글
누
림
한
국
소
설
전
집

황혼

한설야 장편소설

책임편집·해설 – 서경석

문학평론가. 한양대학교 국어국문학과 교수.
저서로는 『한국근대리얼리즘문학사연구』, 『한국근대문학사론』 등이 있음.
1988년 한국문학 평론부문 신인상으로 등단.

일러스트 – 이효정

문화진흥회주최 전래놀이, 라메르 수상전시, 자연과 생태 전시에 참여.
현재 그림책 작업 다수 진행. 출판미전 순수부문 금상 수상.

글누림한국소설전집 7

황혼 한설야 장편소설

초판발행 2007년 12월 3일

지 은 이   한설야
펴 낸 이   최종숙
펴 낸 곳   글누림출판사

편집기획   홍동선
진   행   이태곤
본문편집   김주헌 김지향
편   집   권분옥 이소희 양지숙 허윤희
마 케 팅   안현진 나현명 정태윤

주   소   서울시 서초구 반포4동 577-25 문창빌딩 2층(137-807)
전   화   02-3409-2055(대표), 2058(영업), 2060(편집)
팩   스   02-3409-2059
전자메일   nurim3888@hanmail.net
등록번호   제303-2005-000038호(2005. 10. 5)

값 16,900원
ISBN 978-89-91990-74-6-04810
ISBN 978-89-91990-67-8(세트)

출력·안문화사 **스캔**·삼평프로세스 **용지**·화인페이퍼 **인쇄**·서정인쇄 **제책**·동신제책

글누림한국소설전집 ⑦

황혼

한설야 장편소설

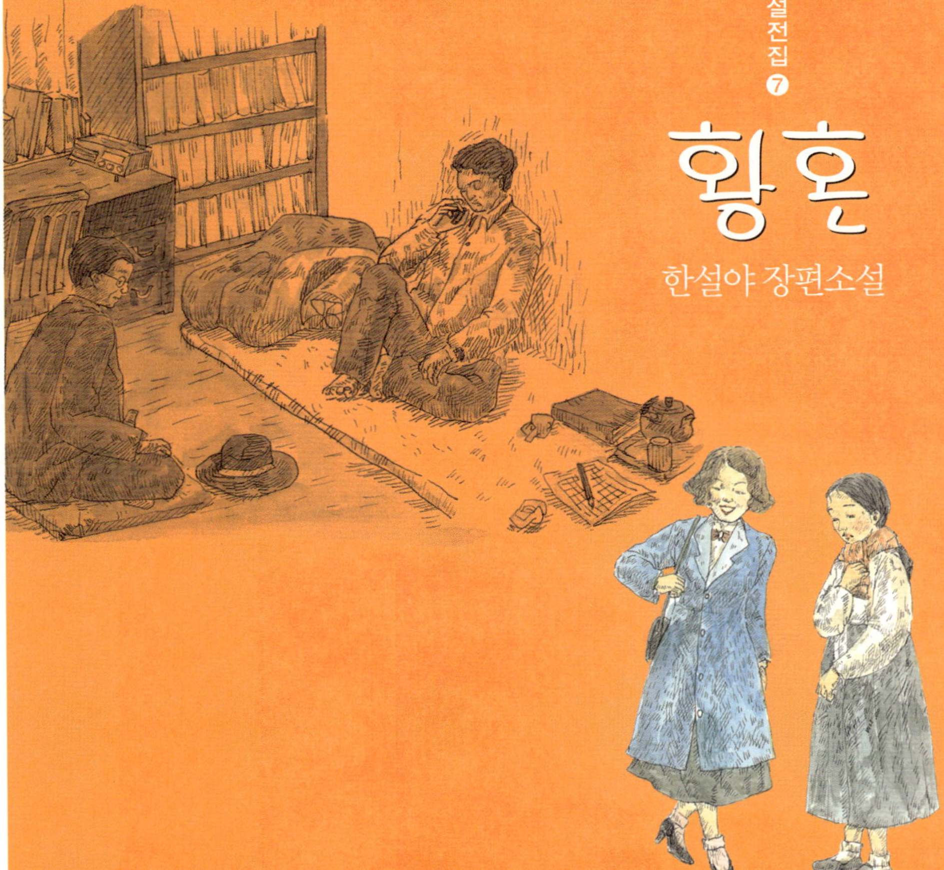

韓國現代小說

글누림

┃ 간 행 사 ┃

'글누림한국소설전집'을 새롭게 간행하며

　디지털 환경에 익숙해진 문학 독자들을 위해 '글누림한국소설전집'을 새롭게 간행한다.

　세계의 유수한 고전적 저작들의 목록 절반 이상이 소설이라는 것은 놀라운 일도 이상한 일도 아니다. 잘 짜인 한 편의 이야기인 소설은 사회가 지향하는 꿈과 소망을 고스란히 담고 있다. 소설을 언어로 직조한 시대의 세밀한 풍경화라고 하는 말은 그래서 가능하다. 소설이 그 짧은 역사에도 불구하고 인류 문화의 벗으로 자리 잡을 수 있었던 것도 이러한 특성과 무관하지 않다.

　시대의 격랑 속에 한치 앞도 전망할 수 없는 오늘날의 개인은 소설 속에 담긴 과거의 시공간과 만나면서 인간의 보편성을 확인하고 자신의 개별성을 확장하는 정서적 체험을 하게 된다. 소설과의 만남은 단지 즐거운 독서 체험에 그치는 것이 아니라, 가치의 기준과 삶의 저변을 확장하는 문화의 실천인 것이다.

　오늘날의 문학 환경은 과거에 비해 많이 변화되었다. 신세대를 위한 '글누림한국소설전집'은 시대의 디지털적 진화(?)를 고려하여 기획되었다. 무엇보다도 새로운 문화적 감수성으로 무장한 독자들에게 문자로 읽는 텍스트에 그치지 않고, 텍스트가 생산된 시대를 짐작하고 음미하며 즐길 수 있도록 배려한 것이 이 전집의 특징이다. 그 배려는 문학이 우리 삶에 기여하는 정서적 · 교육적 효과를 깊게 고려한 것이고, 동시에 역사가 주는 교훈과 달리 우리의 삶을 되비추는 거울과도 같은 성찰의 효과를 전제한 것이다.

'글누림한국소설전집'이 지향하는 기획 의도는 다음과 같다.

첫째, 이 기획은 문학교육 전문가들과 대학에서 문학을 강의하는 전공 교수들의 조언을 받아 이루어졌으며, 근대 초기로부터 한국전쟁 이전의 소설 중에서 특히 문학적 검증이 끝난, 이른바 정전(cannon)에 해당하는 작품들을 중심으로 구성되었다. 정전이란 한 시대의 표준적 규범을 뜻하는 말로, 문학 정전이란 현대문학사에서 누구나 인정하는 성과와 질을 담보한 불후의 명작들을 의미한다. 이 전집을 통해서 근대 초기 이후 지금까지 삶의 이면을 관류하는 문학의 근원적 가치와 이념을 확인할 수 있을 것이다.

둘째, 이 전집은 디지털 환경에 익숙한 젊은 독자들의 취향을 고려한 편의성을 최대한 제고하고자 하였다. 이를 위해서 어려운 낱말에는 상세한 단어풀이를 붙여 이해를 돕고자 했고, 동시에 작품 속에 등장하는 인물들의 갈등과 내면세계를 삽화로 제시하는 한편 작품과 관계되는 당대의 풍속, 생활, 풍물 등의 사진을 본문과 함께 배치하여 다양한 볼거리를 제공하고자 했다. 아울러 작가의 산실이 된 생가와 집필 장소, 유품 등을 사진으로 수록하여 작가의 삶과 작품에 대한 총체적인 이해를 돕고자 했다.

셋째, 이 기획은 교양과목을 수강하는 대학생과 시험을 앞둔 수험생, 풍요로운 삶을 소망하는 일반 독자들에게 작가와 작품, 작품의 배경이 된 당대 현실에 대한 이해를 돕는 교양서로 기능하도록 배려하였다. 수록 작품들은 본래의 의미를 최대한 존중하면서 다양한 이본들을 발표 원문과 일일이 대조하면서 현대식으로 표기하였고, 박사과정 재학 이상의 국문학 전공자의 교정 및 교열 작업을 거쳐 모범적인 판본을 만들었다.

　현재 우리 소설의 역사는 1백 년을 넘어서 새로운 전통을 쌓아가고 있다. 우리 소설들에는 우리의 선조들이 고심했던 역사와 풍속, 삶의 내밀한 관심과 즐거움이 한데 녹아 있다. 독자들은 소설과의 만남을 통해 우리의 문화가 이룩해온 정체성을 확인하고 상상하는 즐거움을 만끽할 수 있을 것이다.

　'글누림한국소설전집'이 디지털 시대를 살아가는 21세기의 젊은 독자들에게 새로운 독서 체험을 제공해 주고 동시에 삶의 풍부한 자양분 역할을 하기를 희망한다.

글누림한국소설전집 간행위원회

목차

황혼

가정교사

아침 안개에 사로잡힌 태양이 바로 동산 머리에 가까이 와서 일 년 감 빛으로 졸고 있다. 무거운 공기가 고가(高價)한 술 냄새같이 구수하다.

꿈의 아침이 자욱한 아지랑이와 함께 개게 되면 아슴푸레 푸른빛을 머금은 대지(大地)의 봄뜻이 그윽히 느껴진다.

여순(麗順)은 교실 소제를 마치고 여느 때보다 바쁜 마음으로 교문을 나섰다. 인제 달포만 지나면 그는 S여자고보를 마치게 된다. 졸업 후에는 어찌할까—요새는 이런 생각이 한시도 그를 떠나지 않는다.

지난 스무 해 동안 거진 그늘에서 자라난 그의 가슴은 새삼스럽게 뒤설레지 않을 수 없다. 졸업이라는 한 줄기 광명을 바라보는 때 그는 도리어 회고와 전망에 떨리는 것이었다. 기뻐야 할 이 봄은 기쁨보다도 오히려 여러 가지의 새로운 불안을 그에게 갖다 주었다.

'하 많은 사람 중에서 나는 왜?'

남다른 역경을 그는 산산이 찢어 버리고도 싶었다.

하나 주인집 가까이 오며 제 몸을 한 번 죽 살펴보는 순간,

'그래도.'

하는 한 줄기 희망이 솟았다. 학교 성적이 썩 좋으면 교비로 상급학교까지 가게 될지도 모르는 것이요, 그렇지 않으면 취직이라도 쉽게 될지 모르는 것이다.

그는 불현듯 허수한 자기의 몸을 꼭 껴안듯이 몸을 오쓸하며 주인집 대문 안에 들어섰다. 비록 *허수한 내 몸이지만 나를 위하여 최후 일각까지 나를 지켜 줄 사람은 허수한 이 몸뿐이 아닌가 하는 생각이 난 것이다. 그는 어떤 경우에든지 제 몸을 스스로 버리지 않으려 하였다.

그가 막 중문 대문에 들어서려고 할 때 그 집 둘째 아들 장난꾸러기 경일(京日)이가 난 데 없이 무중 그의 옆구리를 쑥 빠져 뛰어나온다.

그는 흠칫 하고 놀랐다.

벌써 사 년째나 사는 집이건만 들어서는 때마다 *서룩서룩한 생각이 도는 이 집을 그는 오늘도 조심스레 들어서 중문 안 제 방 앞에 이른 순간 갑자기 눈뿌리가 따끔해졌다.

"요놈의 새낄 어떡허면 좋아."

그는 바르르 떨리는 손으로 쪽마루 위에 뒹굴고 있는 자기의 칫솔을 집어 들었다. 검은 구두약이 엉키어 붙고 털은 *형지없이 모지라졌다.

"발에 거는 구두를 남 이 닦는 솔로 닦어……."

그는 곧 경일이가 저지른 장난인 줄을 알아채고 "오늘은 용서 안 헐테다" 하며 그것을 쥔 채 밖으로 다좇아 나왔다.

골목 안까지 나와서 한참 이리저리 살피노라니까 경일은 저편 곡마단 천막 안에서 무엇을 사들고 입을 부질부질하며 까치걸음으로 뛰어온다.

여순은 전봇대 뒤에 몸을 숨기며 그가 오기를 기다렸다.

허수하다
짜임새나 단정함이 없이 느슨하다.

서룩서룩하다
서먹서먹하다.

형지
어떤 형체가 있던 자리의 윤곽.

"너 이걸 왜 이랬니?"

경일이가 무심히 앞을 지나가려고 할 때 그는 표독한 소리와 함께 칫솔을 그의 코앞에 바싹 내대었다.

"뭐?"

모르쇠를 대다
아무것도 모르는 체하거나 모른다고 잡아떼다.

경일은 주춤하다가 인차 *모르쇠를 대며,

"내가 그랬나!"

"네가 안 그랬으면 누가 그랬어? 거짓말쟁이……."

"난 몰라……."

하고 경일은 과자를 꼭 깨물며 시치미를 딴다.

"거짓말 말어…… 그 구둘 금방 닦은 거 아냐, 이 칫솔로?"

생각 같아서는 당장 쥐어박고 싶었지만 그럴 수도 없는 터이어서 눈살만 쏘아 주었다.

"내 건 없나 뭐, 어머니가 사다 줬는데……."

"네 거 있는데 왜 남의 칫솔을 쓰는가 말야."

"난 몰라."

하면서도 경일은 뒷장이 켕기는지 비슬비슬 가버리려 한다.

"가길 어디로 가."

하고 여순은 그의 팔을 홱 잡아채며,

뒤지
밑씻개로 쓰는 종이.

"요전에도 공책을 뜯어서 *뒤지를 했지. 그래 학교에서 선생님이 그러래던?"

여순은 속이 바지지 끓어나서 말이 토막토막 끊어졌다.

"……."

"이 닦는 걸 가지고 구둘 닦으라고 누가 그리던?…… 학교로 가자, 선생님허구 물어 볼 테다. 어서 가자."

하며 등을 밀었으나 경일은 되레 뒷걸음질을 한다.

"왜 못 가, 왜 못 가는 거야? 얼른 가."

"……난 안 그랬다니까."

경일은 동네 말썽을 도맡아 둔 장난꾸러기지만 글을 가르쳐 주는 관계인지 대들지는 못한다.

"거짓말하는 앤 당장 *출학이야. 너 안 가면 난 못 갈 줄 아니. 가서 이를 테니 두고 봐라."

"선생 울 아버지와 친하대나."

"친하시면 일없을 줄 아니?"

"상관없어."

하고 경일은 재빠르게 빠져 집으로 달아 들어갔다.

경일은 여순이가 없는 사이면 가끔 그런 짓을 하곤 하였다. 변소로 가다가도 여순의 방문을 홱 열어 젖히고 공책장을 되는 대로 뚝 떼어 가지고 가곤 하였다.

"경일아, 공책을 뜯어 써도 필기해 논 델 뜯어 쓰면 어쩌니. 다신 그리 마라 응."

하고 여순이는 골난 속을 가까스로 눌러 가며 좋은 말로 타이르나 그때 뿐이지 도무지 그런 버릇을 고치지 않는다.

여순의 교과서 책장에다가 크레용으로 남학생과 여학생을 가지런히 그려 놓기도 하였다. 시골 여순의 동생에게서 온 엽서를 가로채다가 여순이가 보기도 전에 종이비행기를 만드는 일도 있다.

그뿐 아니라 나중은 책상 서랍을 뒤져 내고 심지어 짐짝까지 뒤져 내놓고는 가까스로 사다 둔 가제와 *탈지면(脫脂綿)까지 찢어 내기도 하였다.

출학(出學)
학교에서 학칙을 어긴 학생을 내쫓음.

탈지면(脫脂綿)
불순물이나 지방 따위를 제거하고 소독한 솜.

그러더니 오늘은 칫솔이 그의 손에 걸린 것이다. 제 구둣솔이 있음에도 불구하고 남의 칫솔로 구두를 닦아야 하는 심사를 여순은 알 수가 없었다.

그는 다시 안뜰 앞으로 들어왔으나 화가 올라서 견딜 수가 없었다. '망할 놈의 새끼! 공부는 해서 뭐 하는 거야. 밤낮 낙제나 허구 한껏 잘돼야 연극장 깃대나 메고 다닐 놈의 새끼!' 하며 속으로 욕설을 해보았으나 그래도 마음은 후련치 않아서,

"어디 두고 보자. 네 따위가 사람이 되면 내 손바닥에 장을 지져라…… 열세 살이나 처먹은 자식이 왜 맨날 그 턱이야 오라질 놈의 새끼. 네 집에 안 있는 날이면 꿈에만 보아도……."
하고 중얼거리며 안방 쪽으로 가시눈을 쏘아 주었다.

'공연히 공부할 시간만 허비했지! 이 바쁜 목에…….'

문득 이런 생각이 나서 그만 방으로 들어가려고 했으나 아직도 괘씸한 생각이 풀리지 않아서 책보를 낀 채 밖으로 나오려 하였다. 그 방속에 들어앉아서 미운 놈의 목소릴 들어가며 공부하느니 차라리 동무—수원이 집이라도 가버리는 게 낫지—하는 생각이 났던 것이다.

"학생 어디로 가우? 저녁이 다 됐는데."

여순이가 막 중문을 나서려는 때 멋모르는 어멈이 부엌에서 나오며 게궂은 목소리를 높인다.

그래도 그는 못 들은 척하고 그대로 나와 버리려다가 한편 어멈에게 미안한 생각이 나서 다시 돌아서며,

"수돌 엄마 나 저녁 안 먹겠수."
하고 겨우 어멈에게나 들릴락말락하게 나직이 말했다. 그 순간 그는 무언지 모르게 외로운 생각이 물밀듯 불시에 솟아올랐다. 그래서 슬며

시 머리를 숙이고 문 밖으로 나와 버리려 할 때,

"여순이 어디 가우?"

하는 좀 쨋쨋한 소리가 쫓아왔다. 그 집 안주인—경일 어머니의 소리다.

"잠시 다녀올 데가 있어서요."

여순은 힘써 감정을 눌러 가며 태연히 말하였다.

"내일 가보구려. 지금이 어느 때요 글쎄…… 계집애년(그의 딸 경옥이)은 뭘 하게 여태 안 오누. 밤에는 꼭 붙잡아 놓고 공불 시켜야지 않소?"

경일 어머니는 좋은 낯을 가지면서도 명령하듯이 말한다.

그래도 여순은 돌아 들어오려고 하지 않았다. 이 집에 안 있으면 고만이지—하는 생각까지 나서 맘은 다시 날카로워졌다.

"전 그만 나가겠어요."

하고 금시 말해 버리고 싶은 것을 억지로 참고 있느라니까 경일 어머니는 별안간 화가 난 듯이,

"어멈 학교에 가서 요년 잡아 오게."

하고 목청을 깐다.

"네—인제 곧 올겁쇼."

어멈은 비위만 맞춰 주듯이 대답만 크게 한다.

"얼른 갔다 오게."

"네—"

하며 어멈이 *비린 목소리를 길게 끌며 부엌으로 들어가 버리자 경일 어머니는 나직이,

"공부할 제나 시키는 그 사람이나 모두 그게 그거니 되길 뭐가 되누."

비리다
목소리가 비위에 거슬리거나 어색하게 가늘다.

하고 혼자말같이 종알거린다. 하나 그러면서도 여순의 동정을 비슬비슬 살피고 있다.

감정의 절정은 넘었으나 그렇다고 되돌아 들어가기도 뭣해서 여순이가 멍하니 서 있으려니까,

"글쎄 여순이가 맡은 거니까 낙젤 하든 뭘 하든 난 모르겠소."

하고 경일 어머니가 사뭇 못마땅한 소리로 한짐 떠맡기는 것이다. 경일 어머니의 이 말은 책임감이 깊은 여순에게는 제일 급소를 찌르는 말이었다. 바로 그때에,

"볼일이 있다는데 뭘 그리시우."

하며 건넌방에서 책을 보고 있던 그 집 맏아들 경재(京在)가 덧문을 확 내민다.

"그럼 가만 내버려둬도 좋겠니? 만날 낙제만 해두."

하고 경일 어머니—경재의 계모는 경재에게로 화를 돌리며,

"이번에 낙제만 해봐라. 제가 죽는 건 둘째고 첫째 내가 살 수 없다. 너도 번연히 아버지 성밀 알지……."

하며 푸념을 시작한다.

"글쎄 염려 마서요. 오늘 밤은 지가 공부시키지요."

경재는 얼른 말이 없도록 하려고 곧 감정을 죽이며 좋게 둘러댔다.

여순이도 곧 그 눈치를 채고 슬며시 제 방으로 들어가 버렸다. 경일 어머니에게 대한 감정이 경재에게 대한 미안한 생각으로 바꾸어진 것이다.

"그래 인제야 겨우 그 소리야. 넌 왜 조선 팔도가 좁다고 동경까지 가서 하고 싶은 대로 맘껏 공부허구…… 그래 제 동생 공부시켜 주면 손될 거 뭐냐?"

"그러게 인제 가르쳐 준대지 않아요."

"누가 해라 말아라 할 것두 없는 일이지……."

"내가 가르치자면 애들이 겁부터 집어먹는 심인지 알 것도 모르니까…… 저희들을 생각해서 그런 거지요."

"그렇다고 저무두룩 그대루만 내버려두겠니. 제 형한테 겁을 집어먹는 자식이 못난 놈이지."

"그까짓 공부 잘 못 해두 걱정 없어요. 밤낮 꼴찌만 하던 사람도 훌륭하게만 됩디다."

"뱃속 편쿠나. 쓸 건 안 가르치고 그래……."

계모는 속으로 "저희들처럼 기껏 공부해 가지고는 *비웃 모양으로 얽혀나 다녀야 시원하겠구나" 하고 말해 주고 싶었으나 그것만은 참아 버렸다.

비웃
'청어'를 식료품으로
이르는 말.

"괜찮어요. 인제 문의가 탁 틔는 날이 있어요."

"흥 괜찮어?…… 소가 되거나 말이 되거나 난 모르겠다. 잘난 형이 있겠다 애비가 있겠다 내가 무슨 걱정이냐."
하고 계모는 미닫이를 덜컥 닫아 버린다.

그는 이 집에 후처로 들어와서 경옥(京玉)이와 경일의 두 남매를 낳았다. 한데 그들은 보통학교에서부터 낙제만 하고 있다. 공부 안 하는 것도 안 하는 거지만 머리가 나쁘다는 말이 그 어머니의 귀에까지 굴러 들어왔다.

그런데 이와 반대로 *선처 소생인 경재는 어려서부터 천재라는 칭찬을 듣고 있다.

선처
전처.

이름만은 같은 자식이지만 제 낳은 자식을 더 사랑하고 더 잘되기 바라는 것이 속된 어머니의 인정이다. 그래서 제 자식을 사랑하는 편벽된 그 어머니의 욕심은 그 둔한 자식을 꼬집어 뜯고 싶게까지 강렬해지곤 하였다.

계모의 마음이 편치 못할 것도 의당한 일이다.

근년에 적지 않게 내려났다 하지만 그래도 이 집은 먹고 사는 데에는 걱정이 없는 터이다. 또 작지 않은 방직회사도 가지고 있다.

자식은 다 같은 자식이지만 장자요 겸하여 영리한 아들이 못나고 둔한 자식보다 더 많이 재산을 가지게 될 것도 뻔한 일이다.

계모는 제 소생을 경재보다 못하게 길러서 찾아 먹을 복도 찾아 먹지 못하게 하고 싶지는 않았다. 하나 지금 보는 바로는 제 소생은 선처 소생인 경재보다 훨씬 못난 것이 사실이다.

그는 가슴이 아프지 않을 수 없었다. 어떻게 하든지 두 자식을 공부 잘 시켜서 금년과 명년에 모두 고등보통학교에 넣어야 한시름 잊을 것이나 자식들은 죽어라 글은 읽지 않고 또 설사 읽는대야 남과 같이 따라가지도 못한다. 금년에 만일 경옥이가 여자고보 입학시험에서 떨어지면 어찌 할까?

그는 심사가 편할 수 없었다. 여순이도 이런 사정을 잘 알고 있느니만치 그 어머니의 심화를 동정하지 않는 것이 아니나 그보다도 경재에게 대한 미안스러운 생각이 이 순간에는 더 컸다.

하나 요행 계모와 경재는 큰 충돌을 일으키지 않아서 적이 맘을 놓을 만한 때에 안방에서 경옥이와 경일을 꾸중하는 애처롭고 *여무진 소리가 다시 들려 왔다.

그러자 무엇보다도 경재에게 대한 미안한 생각이 거듭 살아났다. 바로 자기에게로 올 경일 어머니의 발악스러운 소리가 경재에게로 옮아 갈 것 같은 생각이 몹시 그를 불안케 해서 가만히 앉아 있을 수 없었다.

여무지다
사람의 성질이나 행동,
생김새 따위가 빈틈이
없이 매우 단단하고
굳세다.

그는 잠깐 마음을 진정시켜 가지고 안방으로 들어갔다.

"어머니 아까는 지가 급한 볼일이 있어서⋯⋯."
하며 그는 웃는 낯을 경일 어머니에게 보였다.

"어머니 그만두서요. 어서 진지 잡수서요."

여순이는 재삼 위로하는 말을 보냈으나 경일 어머니는 아무 응대도 없다.

어머니 아버지란 말을 불러 본 기억이 아득한 여순은 이 집에 있게 되면서부터 그 그리운 칭호의 하나를 경일 어머니에게로 보냈으나 받는 그는 그다지 고마운 기색도 보이지 않았다. 뿐만 아니라 무슨 들썩한 손님이 찾아오는 때면 이 시골내기 허수한 여순이의 친근한 부름을 노골적으로 꺼리는 기색조차 나타내는 일이 있었다.

그럴 때마다 여순의 그리운 표정은 때아닌 서리에 떨어지는 낙엽과 같이 가깝고도 먼 두 사람의 사이를 마치 텅빈 거친 뜰같이 하염없이 휘날려 사라지곤 하였다. 그러며 너른 뜰에도 *인총이 빽빽한 세간에 도 오직 한 몸만이 외로이 서 있는 자기 자신을 여순은 발견하는 것이 었다.

인총(人叢)
한곳에 많이 모인 사람의 무리.

어멈이 들어와서 찌개가 다 식는다고 다시 화로에 들여 놓고 *침모 가 밥상에 매어달리는 제 어린것을 끌어당기며 송그리고 앉은 가운데 서 주인댁은 호기를 내어 자식들을 꾸중한다.

"요년놈들아 그럴 테거든 어서 학교 다 집어쳐라."
하고 자식들을 꼬집어 뜯을 듯이 노려본다.

여순은 속으로,

'그놈의 새끼 대가리 좀 부서주지 못해.'
하고 다시금 괘씸한 생각을 하였다. 그러나 돌이켜 생각하면

침모
남의 집에 매여 바느질을 맡아 하고 일정한 품삯을 받는 여자.

화로

자기 때문에 말썽이 커진 거고 또 뜻밖에 경재까지 끄들려 들어간 까닭에 될 수 있는 대로 얼른 말이 없도록 하고 싶었다. 그러며 경재에게 미안하다는 생각이 더욱 커졌다.

"어머니 가만두서요. 요새는 공부 잘해요."

하고 여순은 직접 경재에게 미안탄 말을 못 하는 대신 주인댁에게 고분고분 말하였다.

"아이 미안허우. 그리 좀 앉구려."

주인댁은 그제야 불이 꺼진 지 오랜 궐련을 재떨이에 던지고 돌아앉으며,

"글쎄 여순이 볼 낯이 없구려. 제 낳은 자식두 맘대루 못 하는데 남이야 말해서 무엇 하겠소."

하고 긴 한숨을 후 내쉰다. 성미가 풀어지는 대신 설움이 온 것이다.

"어머니 너무 걱정 마시고 진지 잡수서요."

하고 여순이가 말하자 어멈도 따라서,

"어서 잡수서요."

하고 나가 버린다.

"아이구 밥이고 뭐고 아무 생각도 없소."

하고 주인댁은 다시 궐련을 집어 들며 말을 이었다.

"여순이 오늘 밤부터 이 방에서 좀 가르쳐 주우. 정 안 들으면 침질이라도 해줘야 속이 좀 풀리지……."

"어머니두…… 아무 데면 어떤가요. 너무 구속이 심하면 되려……."

여순은 사실 그 방에서 가르치고 싶지 않았다. 비위에 맞지 않는 아이들에게 글을 가르치는 것만 해도 괴로운 일인데 게다가 곁에서 이러니저러니 잔소리까지 보태게 되면 보다 더 괴로운 일이 아닐 수 없다.

"아니 글쎄 그렇드라도 나도 좀 봐야겠구……."

하며 주인댁은 기어이 우긴다.

　여순은 하는 수 없이 저녁이 필한 후 그 방에서 두 아이를 가르치었다.

　그러나 글을 읽혀 보아도 아는 것보다 모르는 것이 훨씬 더 많고 씌어 보면 아주 그믐밤같이 캄캄하다.

　그나마 얼마 되지 않아서 경일은 *곤두덕곤두덕 졸기 시작한다.

　"애 애 경일아, 응 경일아."

하며 부처님이나 만지듯이 살살 어루만져서 깨워 놓으니까,

　"아이 오줌이…… 똥이 매려……."

하고 밖으로 튀어나가 버리고, 경옥은,

　"선생님이 국어만 잘 읽어 오면 된대요."

하고 가르치는 대로는 듣지 않고 딴 책을 뒤적거린다.

　"그럼 어데 그거나 읽혀 봐요."

곤두덕곤두덕
꼬덕꼬덕. 고개를 자꾸
아래로 수그리며 조는
모양.

하고 어머니는 거기서나 안심을 얻을 듯이 참견을 든다. 그래서 그 책을 읽혀 보아도 역시 그놈이 그놈이다.

"여기는 안 읽어도 좋댔어요, 선생님이……."

하고 경옥은 제 맘대로 책장을 척척 넘긴다. 그러다가 제가 앎직한 곳을 펴놓고 읽기 시작한다. 그러나 읽는대야 고작 들은 풍월이지 글자를 알고 읽는 것은 아니다.

여순은 몇 번 주먹으로 꽂아 주고 싶은 것을 꾹 참고 있었다. 제 동생 같으면 당장 책을 박박 찢어 버리고 말았을 것이다.

'먹는 일이란 이렇게도 힘들까.'

하고 그는 속으로 한탄하였다.

여순은 애타는 것을 꾹 참아 가며 가르치었다.

침모의 어린것은 저녁때에 한잠 잘 자고 나서 그런지 눈이 *마록마록해서 기어다니며 보스락 장난을 치다가 그만 재떨이를 엎질러 버렸다.

"앨랑 재이구려."

하고 주인댁은 눈을 찌푸리고 몸을 비키며 손으로 입을 막는다.

그러자 경일은 요행 구실을 찾은 듯이,

"오라질…… 요 자식을 그저……."

하고 어린아이에게 주먹질을 한다.

"아이구 온 자식두……."

하며 침모는 어린것을 채가듯이 홱 끌어다 놓고 얼른 엎질러 놓은 것을 걸레로 훔쳐 담는다. 그리고 어린것을 옆에 끼고 재떨이를 비워다 놓고는 늘 하는 버릇으로 노끈을 가져다가 한끝을 어린아이의 허리에 매고 한끝을 제 발에 매어 놓았다.

"온 자지도 않고, 공부허시는데……."

마록마록
작은 눈알이 생기 있는 모양.

하고 침모는 혼자말 모양으로 중얼거리며 다시 바느질을 시작하였다.

　"아이구 요 녀석아!"

　어린애가 글 읽는 쪽으로 기어가면 침모는 노끈 맨 발을 당기곤 한다. 그러면 아이는 게발같이 나비어 붙으며 장판 위를 질질 끌려간다.

　"아 어 엄마…… 아 어마……."

하며 어린애는 그래도 쉬지 않고 책이며 필통 같은 것을 잡으려고 제한된 좁은 세계에서 안타까이 꼼지락거리고 있다.

　"이 자식을 그저……."

　경일은 고사리 같은 어린아이 손이 제 곁에 와서 방바닥을 허비적거리는 때마다 핑계삼아 그편으로 돌아앉아서 을러 대기도 하고 혹은 발길로 밀어 버리기도 한다.

고사리

　침모는 몇 번 늘어진 노끈을 제 발허리에 되감아서 거리를 바투곤 하였다.

　"아야야……."

　어머니 발끝에 바싹 죄어 매인 어린아이는 손에 잡을 것이 없어서 그 어머니의 발가락을 조무락거리다가 그만 깨물어 버린 것이다. 그러자 경일은,

　"옜다, 이거 물어라 애."

하며 어린애 입가에 발을 내민다.

　이런 가운데서 하룻밤의 괴로운 의무를 마치고 제 방으로 돌아온 여순의 머리는 다시금 무거운 생각에 사로잡히었다.

　노끈에 매여 지내는 침모의 어린아이는, 지금 시골 오촌의 집에 외로운 몸을 붙이고 있는 그의 동생 기순(基順)의 일을 연상케 하였던 것

이다.

　여순에게는 단 한 사람의 동생이 있을 뿐인데 그들 남매는 어려서 부모를 잃었다. 그리하여 그들은 제일 근친(近親)인 오촌의 집에 몸을 부치게 되었다.

　어린 두 남매의 목숨이나 꾸어맬 수 있는, 그 부모가 남겨 준 유산은 물론 오촌의 손에 들어가고 말았다. 그러고서도 오촌은 큰 은혜나 입혀 주듯이 그들 남매를 구박하였다. 시골 사립학교에 들여 준 것이라든지 사 년 동안을 계속 시켜 준 것도 모두 여순이가 어려서부터 영악했던 까닭이다. 몇 번 퇴학시킨다는 것을 그는 며칠씩 굶어 가며 기어이 계속해 왔다.

　그러나 그가 어린 가슴에 사무친 한을 품고 그 원한의 집을 떠나서 서울로 온 이후 기순은 사립학교 이학년에서 끝끝내 퇴학하고 말았다. 오촌이 *월사금을 주지 않아서 기순은 교실로 들어갈 수가 없었다. 그때의 일을 생각하고 지금의 그의 신상을 그려 보니 여순은 새삼스럽게 가슴이 메어지는 듯하였다.

　바로 엊그저께도 기순에게서 이런 편지가 왔다.

　"누나 잘 있소? 나도 서울 가고 싶소. 우리 야학은 아주 못 하게 되었소. 그리고 이곳에는 수리조합이 된 후 일이 무척 많아졌소. 밭을 파서 논을 만들어야 하우. 나는 지금 날마다 그 일을 하고 있소. 작년 여름 홍수에 신동이 터져서 겨우내 부역하다가 다리를 다친 것이 도져서 매우 괴롭소. 좋은 *고약이 있으면……."

　그 편지는 대략 이런 사연이었으나 무슨 생각을 했는지 '좋은 고약이 있으면' 하는 구절은 연필로 진하게 지워서 간신히 알아보았다.

　연필촉에 침을 묻혀 가며 서툴게 그려 논 동생의 편지를 생각하고

월사금
다달이 내던 수업료.

고약(膏藥)
주로 헐거나 곪은 데에 붙이는 끈끈하고 검은 약.

그는 이불 속에서 느껴 울었다.

　이번 달 월사금을 탈 때에는 무슨 이유든지 만들어 가지고 몇 푼 더 얻어서 고약이나 사 보내려던 것도 지금 같아서는 바랄 수 없는 일이었다. 오늘 그 일이 있은 까닭으로 그는 돈 말을 꺼내기가 심히 면구할 것을 생각했던 것이다.

　그때 안대문 소리가 삐걱 나며 경재를 부르는 소리가 높게 들렸다. 그의 아버지가 그제야 돌아온 것이다.

혼담

"경재 있니? 이리 좀 나오너라."

하고 거듭 부르는 아버지의 목소리는 높았으나 부드러웠다.

요새부터 그의 아버지—김재당의 태도는 아들에게 대하여 사뭇 달라졌다. 전에는 크지 않은 일에도 화를 내고 꾸중을 하였는데 요사이에 와서는 대소 사건에 경재와 상의하였다. 나이 늙어서 아들의 힘을 바라게 된 탓도 있고 또 회사일이 점점 기울어져서 기운이 꺾인 까닭도 있겠지만 그 이외에도 딴 이유가 있는 것을 경재만은 벌써부터 살피고 있었다. 그러나 그 이유를 깊이 파고들어가서 생각하는 것은 불쾌한 일이어서 곰곰 따져 생각해 보지는 않았다. 즉 근일의 아버지의 태도에는 늙은 아버지로서의 사랑이나 또는 장자에게 대한 보다 깊은 윤리적(倫理的)인 관심 이외에 어떠한 불순한 티가 숨기어 있는 것같이 생각되기 때문이었다.

경재는 보던 책을 펴놓은 채 사랑으로 나갔다.

"그리 좀 앉아라."

아버지는 술이 상당히 취한 듯하였다.

"영감마님 진지상 내오랍쇼!"

하고 밖에서 어멈이 말하는 것을,

"그만두게."

하고 아버지는 담배 한 대를 붙여 물며,

"지금 안주사를 만나고 오는 길이다."

하고 아들을 쳐다본다.

"안중서 씨 말씀입니까?"

"응…… 너도 번연히 아는 일이지만 회사 영업이 아주 말 아니고 해서 수차 말했더니 오늘이야 쾌히 승낙하더라."

"승낙이라니요?"

"그래 승낙했어."

"아니 돈만 내는 건가요? 그렇지 않으면……."

"아니다. 돈 내구 왜 그저 있을라든. 그의 의사도 그렇겠지만 워낙 유수한 사업가니까 사장 자리를 내맡기는 게 영업상 유리하거든."

"사장이오?"

"암 자연 그렇게 될 거 아니냐. 누구니 누구니 해도 현금 많기로는 그만한 사람이 없는 터이고 또 나도 사장 자리를 양보하는 게 의당한 일이니까."

"글쎄 그거야 두 분 협의에 달린 거지요 제가 압니까."

"아니 그리 되면 네 일도……."

아버지는 만족해하는 상이다.

"제 일이야 뭐 별거 있습니까……."

경재도 물론 남의 호의가 싫은 것은 아니었으나 아버지와 같은 만족을 거기서 찾아내지는 못하였다.

"아니 그는 특히 네 말을 많이 하더라. 하나 어릴 때에는 젊은 혈기에 아무 데나 덤비어 보는 수도 있고 그야 또 남자로서 피할 수 없는 일일 테지만 인제 나이도 먹고 또 대학까지 마쳤으니까 무슨 상당한 사업을 가져야 한다구 하더라. 가만히 말하는 속이 네 일에 대해서는 따로 무슨 배포를 가지고 있는 모양이더라. 너도 그렇잖냐. 사람이란 항산이 있어야 항심이 있는 거니까."

"글쎄올시다. 제가 무슨 장사할 줄을 아니 장사를 하겠습니까…… 공부나 좀더 했으면 좋겠는데 그도 집 형편이 허락하지 않구."

"아니 공부는 그만하면 족하지 돋보기 쓸 때까지 공부한단 말이냐."

"아니에요. 기왕 하던 거니까 서양까지 가보고 싶습니다."

"소용없는 일이다. 죽을 때까지 공재 왈 명재 왈 하던 사람도 별수없드라. 나도 젊어서 재산이 있어서 그 뿐을 했더면 오늘만큼이나 됐겠니. 그리 말구 안씨 말대루 무슨 사업이든지 해볼 생각을 해라."

"그거야 서양 갔다 와서는 못 합니까."

"아니다 그렇잖다."

하고 아버지는 담배연기를 입에 물었다가 입으로 되내어 보내며 말을 잇는다.

"너도 나이가 인제 스물여섯이 아니냐. 장가도 들어야지 않니? 나도 남 같으면 벌써 증손자 볼 나이로구나."

하는 아버지의 말 속에는 남의 아버지로서의 하정도 있었지만 그 밖에 또 딴 의미가 있는 것을 경재는 생각지 않을 수 없었다.

경재와 안중서의 딸 현옥(顯玉)이와는 이미 약혼한 사이다. 물론 경재가 좋아서 약혼했던 것이지만 애초에는 그처럼 반대하던 아버지가 지금 와서 재촉하다시피 하는 거라든지 또는 이번 회사일과 혼인문제를 연결시키려는 것이 경재에게는 적이 불쾌하였다.

경재는 인생문제에 관하여서도 그러한 것같이 남녀문제에 있어서도 높은 이상과 *고결(高潔)을 요구하였던 것은 사실이나 그러나 일찍 그 문제를 깊이 파고들어가 본 일은 없다. 그러니만큼 아직 거기에 대해서는 극히 단순하고 또 순진한 편이다. 일찍 현옥이에게 사랑을 느낀 것은 사실이나 그것은 결코 정신적인 *계선(界線)을 넘어설 만한 것이 아니었다. 그러므로 곧 육체의 문제와 관련되어 생각되는 결혼문제를 지금 아버지 앞에서 이러니저러니 말하고 싶지 않았다. 그러나 한편 그런 문제보다 한층 높고 큰 희망을 가진 자기인 것을 발견하였을 때 그는,

"결혼은 아직 안 하겠어요."

하고 자기가 생각하는 대로 말해 두는 것이 의당하다고 생각하였다. 그 말이 자기의 이상을 암시하는 말인 이상 그는 아버지의 앞이라고 주저할 수 없었다.

"지금 안 허면 언제 헌단 말이냐? 어쨌든 한번은 있을 문제가 아니냐."

하고 아버지는 딱하다는 듯이 말한다.

"그다지 바쁩니까."

"안 바쁘다니…… 여자 나이 스물넷이면 벌써 과년한 거지. 너도 너지만 저편 사정도 좀 생각해 봐야지 않니?"

"뭘요 그 사람도 공부 더 할 생각인가 보던데요."

"공부 공부 하니 말이다만 그건 언제든지 할 수 있는 거지만 인륜대사란 때가 있는 법이다."

고결(高潔)
성품이 고상하고 순결함.

계선(界線)
경계나 한계를 나타내는 선.

"하여간 제게 맡겨 주십시오. 지금 회사문제와 그 문제를 뒤섞는 것은 재미없을 듯합니다."

경재는 얼른 그 자리를 피하기 위해서 이렇게 결론을 지어 버렸다.

"아니 글쎄 말이다. 제 일은 제가 하는 게 당연하지만 그렇지 못한 사정이 있으니까 말이 아니냐."

하고 안타까운 생각을 누르듯이 허리를 구부려 재떨이에 담뱃재를 툭툭 털며,

"내 집 일도 일이지만 저편은 그게 외딸 아니냐. 안씨는 본래 호화로운 사람이 되어서 아직두 아들을 본다구 별짓 다 하는 모양이더라만 나 보기에는 때가 지났어. 허니까 사위라도 얼른 맞어서……."

하고 한참 담배만 뻑뻑 빨고 앉았다.

경재도 뭐라고 말해야 좋을지 몰라서 그저 가만히 앉아 있었다. 그러나 기울어지기 시작한 자기의 일생 사업을 다시 춰세우리라고 생각하는 이 무렵에서 아버지는 아들의 이해 없는 미적지근한 태도를 그저 보고 있을 수 없었다.

"저편에서 그다지 급해 하지 않는다면 나도 네 생각이 그렇다니 별 말 안 하겠다만."

"저편에서 그렇게 급해 할 리야 있습니까."

"아니 지금 다 말하지 않었니. 그리구 사람의 일을 누가 아니. 그러다가……."

하는 아버지는 말이 너무 노골에 가까워지는 것을 깨달으며 버젓이 딴 길로 돌린다.

"어느 세상이든지 돈만 있으면 세도는 따라다니는 법이다. 그리구 세도하는 사람은 한번 제 비위에 거슬리면 그날이 마지막이다. 그가

지금 너를 특히 사랑하는 터인데…… 사람이란 때가 있는 법야.”

그래도 경재는 가만히 앉아 있었다.

사실 경재는 겉으로는 표시하지 않았지만 최근에 와서는 현옥에게 대한 마음이 전보다 훨씬 달라졌다.

그 아버지가 금광으로 졸부가 된 이후의 현옥은 전과 비하여 딴사람같이 변하여 버린 까닭이다. 물론 제게 대한 사랑이 변한 것은 아니었지만 그보다 더 중대한 변천이 있는 것을 그는 읽고 있었다. 근일의 기분관계인지는 몰라도 대체로 현옥은 전보다 생각이 나빠지고 인간성이 저급해진 것같이 그에게는 보였었다.

하나 자기들끼리 좋아서 약혼까지 한 터이고 또 양편 부모들까지 승낙하게 된 문제를 동경서 돌아온 지 한 달도 못 되는 그 사이의 인상으로 훌훌히 뒤집는다는 것이 너무도 경솔하고 또 혹은 후회를 남길 일일는지도 몰라서 앞으로 현옥에게 대하여 확실한 인식을 얻을 때까지는 가부간 혼인문제 같은 데에는 부딪히지 않으려 하였다.

더욱이 요즈음은 사상상의 번민도 있고 해서 아버지의 뜻을 잘 알면서도 곧 복종하지 못하는 것이다. 이렇게 생각하니 그는 더 앉아 있기가 괴로워져서,

“다시 생각해 보겠습니다.”

하고 일어나려 하였다.

“잘 생각해 봐라. 부랑패류처럼 떠나다닐 생각이라면 모르겠다만 기왕 무슨 사업이든지 하랴거든 지금이 꼭 시기란 말이다.”

하는 아버지의 얼굴에는 ‘내 말대루 해라. 생각할 거 없다’ 하는 듯한 참을 수 없는 욕심이 서리어 있는 듯하였다.

경재의 아버지와 현옥의 아버지는 같은 평안도 사람일 뿐 아니라 그

세의(世誼)
대대로 사귀어 온 정.

구주전쟁(歐洲戰爭)
제1차 세계대전. 1914
년 7월 오스트리아가
세르비아에 대해 선전
포고를 하면서 시작되
어 1918년 11월 독일의
항복으로 끝난 세계적
인 규모의 전쟁.

가둑잎
가둑나무(졸참나무)의
잎사귀.

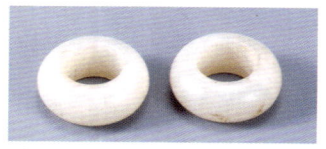
가락지

노리개

경향(京鄉)
서울과 시골을 아울러
이르는 말.

집은 대대로 *세의가 있는 사이다. 두 사람의 아버지는 모두 죄 없는 평민의 자손으로 먹을 것이나 지니고 있었고 피차 교제도 빈번한 터이었다.

그러다가 현옥의 아버지가 *구주전쟁 당시부터 광산에 뜻을 두고 거진 미친 사람같이 광산에 열중하여 다니던 끝에 있던 재산을 탕진하고 경재의 아버지의 돈까지 적지 않게 탈을 낸 후부터는 두 사람의 사이는 멀어졌다.

뿐만 아니라 이편에서,

"그놈 날도적놈! 남의 돈을 탈내더니 *가둑잎에 똥 싸먹게 됐지 별수 있나."

하고 욕하면 저편은,

"이놈 몇 대나 누려 먹나 두고 보자! 네가 망하는 걸 내가 안 보구 말 줄 아니."

하고 시기하였다. 그러다가 바로 작년에 다시 가까워질 기회가 왔다.

세상은 또다시 전쟁이 난다고 떠들어들 대고 식었던 광산열은 때를 맞추어 머리를 쳐들게 되었다.

"평안도 어느 광산은 백만 원에 팔렸대."

"행경도 어느 금판에서는 괭이금이 났대여."

이런 푸짐한 광산 이야기는 탑골공원 천 냥 만 냥패에게까지 전염되고 '광석 보따리' 들은 아낙의 가락지와 며느리의 노리개까지 잡혀 가지고 *경향으로 불이 나게 싸다녔다.

그러던 판에 현옥의 아버지가 가지고 있던 평안도 금광이 바로 작년부터 소리를 치게 되었다. 물론 금도 많이 났지만 소문은 실지보다 몇 갑절 더하였다. 한데 때마침 금시세가 갑절 이상으로 올라간 판이라

현옥의 아버지의 어깨도 따라 올라갔다.

그는 돈을 가지고 와서 경재의 아버지의 옛 빚을 탕감하였다. 하나 그 빚을 갚은 것은 세의를 지켜서 그런 것이 아니라 경재의 아버지의 힘을 빌리기 위하여서였다.

경재의 아버지는 Y방직회사의 사장으로 있을 뿐 아니라 기타 몇몇 회사에도 관계를 가지고 있어서 한때 세도가 당당하였다.

"영감 주선이면 꼭 될 줄 아우. 어데 한번 힘써 보시우. 백만 원이면 소개료가 줄잡어도 십만 원은 되지 않소…… 다른 사람도 많지만 같은 값이면 영감 드리는 게 좋지 않겠소. 세의로 보더라두."

"어데 말은 해보겠소만 쉽게야 되겠소."
하며 경재의 아버지는 맨처음 허황하게 생각했으나 결국은 그의 주선 으로 금광은 삼정회사에 팔렸다.

바깥 소문은 오십만 원에 팔렸다고 하지만 사실은 그렇지 못하였다. 소개료 무엇 한 것을 제하고 그의 손에는 삼십만 원 미만의 돈이 떨어 졌을 뿐이다.

하나 그는 그로 해서 일약 부자가 되고 또 이름이 경향에 떨쳤다.

그리고 두 사람의 사이도 이로 해서 전보다 더 친밀해졌다.

"영감이 큰소리칠 날이 있을 걸 나는 꼭 믿고 있었소. 인심(人心)이 천심(天 心)입넨다. 하하하……."

경재 아버지는 이렇게 말하였다. 말뿐 아니라 맘 으로도 그를 큰 인물이라

생각하였다.

"그도 영감이 그전에 *예수를 잘 해준 덕이지요. 나보다 영감이 *선견지명(先見之明)이 있쇠다."

현옥이 아버지도 될 수 있는 대로 김재당을 치올렸다.

이리하여 돈으로 해서 오래 버려졌던 둘 사이는 다시 돈으로 해서 졸지에 가까워졌다.

그러나 얼마 되지 못해서 경재 아버지는 전무후무한 불경기의 오랜 영향으로 수년 사이 결손해 오던 나머지 끝내 파산상태에 빠지고 말았다.

거진 그의 개인 경영이나 다르지 않은 Y방직회사는 한때 문을 닫아매려고까지 하였다.

재산 전부가 저당에 들어간 것은 물론이지만 그 외의 개인 사채만 해도 수만 원에 이르렀다.

"영감, 영감 같은 사업가라야 내 사정을 알아주지 누가 알겠소."

하고 현옥이 아버지에게 몇 차례 간청하였으나 그는 이 핑계 저 핑계로 미루어 왔다.

"그러니 어데 현금이라고 있소. 모다 사업에 잠겨 놨으니…… 차차 두고 봅시다."

그러다가 결국 요사이에 와서야 그는 출자 승낙을 하게 되었다.

그것은 물론 자기가 회사 권리 일체를 양수한다는 것이 맨 큰 조건이었지만 이 문제와 전후하여 일어난 경재와 현옥의 결혼문제가 유력한 보조조건이 되었던 것도 사실이다.

따라서 경재의 아버지는 그 아들에게 결혼을 거듭 권하지 않을 수 없게 되었던 것이다.

김재당과 안중서는 오랜 친구였지만 경재와 현옥은 동경 유학중에 비로소 처음으로 알게 되었었다.

그들이 동경으로 건너간 그 당시는 경재의 집은 부자였지만 현옥의 아버지는 욕심결에 외딸 현옥을 동경 먼 길을 떠나보내고 그 뒷바라지도 잘 하지 못하는 처지였었다.

경재는 조도전대학 고등학원에 다녔고 현옥은 여자문화학원에 학적을 두고 있었다.

경재는 학비에 곤란받지 않았지만 현옥은 여자의 체면을 유지하기가 어려울 만큼 딱한 경우를 가끔 당하지 않으면 안 되었다.

그러나 그들은 이렇게 현격한 생활을 하고 있으면서도 생각에 있어서는 일치한 바가 많았다. 그리하여 피차 일치한 생각을 가지고 있는 것을 알게 되면서부터 그들은 서로 내왕도 빈번하였고 마음과 마음의 흐름도 미끄러웠다. 금시 세월이 뒤바뀔 듯이 새 소리 높은 때에 있어서 그들의 기개는 자못 씩씩하였다.

두 사람은 남녀문제를 떠나서 친근하게 되었다. 서로 '동무' 또는 '동지'라고 불렀고 네 것 내 것을 가리지 않았다. 없는 것보다 있는 것을 수치로 생각하고, 있는 것보다 없는 것을 외려 자랑으로 생각한 일도 있었다.

따라서 받는 사람보다 주는 사람이 *되레 미안을 느끼는 특수한 심리상태를 당시의 이들 젊은 남녀는 가지고 있었던 것이다.

되레
'도리어'의 준말.

현옥은 거지반 경재가 보내는 돈으로 공부하였다. 방학에 집으로 돌아오는 때에도 현옥은 경재의 신세를 졌다.

그러면서도 피차 네 돈 내 돈이라든지 신세라든지 또는 구조라든지 하는 그런 관념을 느끼지 못하리만큼 그들은 세속을 떠난 사이였다.

그러는 동안에 두 사람은 어느덧 이성으로서의 사랑까지를 느끼게 되었다. 하나 이런 문제를 떠나려고 하면서 부지불식간에 이런 경우에 이르게 된 그들은 애초부터 이런 문제를 예상한 사람들보다도 더 깊이 이 그물에 걸려 버렸다. 그리하여 그들은 기쁨보다도 괴롬을 여기서 느끼게 되었다.

사랑이라는 조그만 세계에 빠져 버리기에는 그들의 뜻이 너무나 컸던 것이다. 그래서 될 수 있는 대로 그런 감정을 버리고 큰뜻으로 나아가려고 양심은 허위적거렸다.

하나 그것은 결코 마음대로 되는 일은 아니었다. 그리하여 다만 이성을 따르는 감정과 사랑을 초월해야 한다는 이지(理智)가 한동안 그들의 머리를 몹시 괴롭게 하였다.

그러는 사이에 때는 흘렀다. 그들의 맘도 어느새,

'사랑하면서도 뜻을 또 이룰 수 있다.'

하는 곳으로 흘러갔다. 경재는 조도전대학부 정치과에 들어가고 현옥은 졸업한 후 취미에 따라 서양 여자에게서 음악공부를 하고 있었다.

경재는 자기들의 관계를 친구들에게나 자기 집에나 일체로 알리지 않았다. 그러나 현옥은 집에 돌아오는 때라든지 또는 편지하는 기회에 가끔 경재의 은혜를 사실보다 크게 보태어서 알려 준 일이 있다.

그리하여 현옥의 부모는 결국 두 사람의 사이를 분명히 알아채게 되었다. 그의 부모는 그들의 관계를 반대하지 않았을 뿐 아니라 속으로 은근히 반겨하였다.

"나도 이왕 한번 그 사람을 봤는데 외형이 퍽 똑똑하더군요. 지금은 어쩐지 몰라도."

하고 현옥의 어머니가 궁금한 듯이 경재 말을 꺼내면,

"아따 나도 어려서 봤지만 재간은 더 놀랍대우. 동경 가서는 어찌는지 모르지만 조선선 학교에서 둘째도 해본 일이 없다는구려. 그러기 요만했을 적부터 신동이라고들 했지."

하고 그 아버지도 칭찬이 놀라웠다.

"참 저 수징방골 김주사네 있지 않소? 그 집 맏딸이 금년에 스물여덟인가 아홉이라는데 웃짐을 쳐놓고 사위를 골라도 작자가 없대는구려. 그래서 할 수 없이 제 남동생부터 거꾸로 장갈 들였대나요."

"맹부인이 됐지 별수 있소."

맹부인이란 미국 여자로 평양 어느 병원장인데 평생 독신으로 지내는 사람이다.

"사위라두 *유만부동이지 우리집이야 아들 겸 사위 겸……."

이것은 어머니의 술회(述懷)다. 하나 이렇게 말하는 똑똑한 사위 경재의 뒤에 사업가요 또 부자인 그 아버지 김재당이 있음을 이들 가난한 부부는 분명히 보고 있었다. 하나 김재당은 그 내색을 알게 된 당초에는 물론 그것을 찬성하지 않았다. '금광쟁이의 딸! 허파에 바람이 든 따위를' 하고 속으로 멸시하였다. 그때는 아직 안중서의 금광이 팔리기 전이다.

풍부한 물질과 거기 따른 명예 속에서 북돋아 온 김재당의 늙은 머리에는 하잘 것 없는 가난뱅이 자식을 며느리 될 사람으로 인정할 수 없다는 낡은 인습이 뿌리 깊이 박혀 있다.

여기에 경재와 현옥의 관계를 찬성하지 않은 첫째의 이유가 있다.

그리고 그는 그들의 사회가 거진 다 그런 것같이 아래는 눈도 거들떠보지 않는 대신 늘 위만 쳐다보는 사람이다. 그의 눈에 비치는 것은 돈과 권세를 가진 사람뿐이다. 장안 만호 중에는 그렇게 올려다보이는 사람이 적지 않다. 그런 사람과는 무슨 관계든지 맺어 보고 싶었다. 따라

유만부동(類萬不同)
비슷한 것이 많으나 서로 같지는 아니함.

서 관계 중에도 가장 밀접한 사돈관계를 맺고 싶었던 것은 물론이다. 경재를 똑똑한 아들이라고 생각하느니만큼 그 아내를 쳐다보이는 가정에서 맞아 오고 싶었고 또 맞아 올 수 있다고 생각한 그는 내려다보이는 그러한 가정에 대해서는 아무 관심도 가지지 않았다. 쳐다보이는 가정의 애꾸눈은 보였지만 내려다보이는 가정의 양귀비는 보이지 않았다. 그러므로 영락한 안중서의 집이 그의 관심을 끌 이치가 없었다.

여기에 그들의 사이를 찬성하지 않은 둘째의 이유가 있다. 그리고 문벌이나 벼슬로 양반이 되던 옛날과 달라서 오늘은 돈으로라야 양반이 된다는 것이 바뀐 세상에서 얻은 그의 새로운 인생관이다. 그러므로 황당한 금광쟁이—만에 하나도 성공하기 어려운 투기업자를 현재 돈과 지위와 명예를 누리고 있는 그가 멸시할 것은 당연한 일이다.

여기에 그들의 관계를 찬성하지 않는 셋째의 이유가 있다.

"얘, 사람은 제 몸을 제가 조심해야 하는 거다."

하고 김재당은 아들에게 주의를 주고는 좀 더 노골적으로,

오굼
오굼. 무릎의 구부러지는 오목한 안쪽 부분.

"*오굼에 바람이 든 계집애들의 궁둥이나 쫓아다니면 사람의 자식을 어따 쓴단 말이냐."

하고 경계하였다. 그리고 동경으로 떠날 때 여비를 주며,

"공부할 때는 공부나 착실히 허지 못된 송아지 응뎅이서 뿔이 난다구 요새 젊은놈들은 부모가 주는 돈을 계집년 오굼에 처넣고 마니 되길 뭐가 되느냐."

하고 돈 줄 때마다 하는 버릇으로 버럭 화를 내었다.

그러던 아버지가 오늘은 그와 속히 결혼하기를 조르고 있지 않은가?—이런 생각을 하다가 그는 벽을 향하고 돌아누우며 혼자 고소(苦笑)하였다.

연재 당시의 삽화

밤은 깊었다. 팔뚝시계의 때를 짚는 소리가 분명히 들려 온다. 그가 학창(學窓)에서 생각던 세상과 지금 실지로 다닥친 세상은 아주 딴판이다. 학교에서 나온 후 아무 한 일도 없이 지나온 요즈음 한 달 사이에 세월은 그의 눈앞에 일찍 생각해 보지 못한 알 수 없는 세상을 펼쳐 주었다.

대체로 어찌 될 세상인지 어떻게 해야 옳을 인생인지 요새는 갈피를 줄 수가 없다.

그는 학교에 있을 동안에는 책도 많이 보고 또 글도 때때로 써내었다.

비평도 받았고 칭찬도 물론 받았다. 모르는 사람들에게서 동무라는 부름을 받는 유쾌감도 느꼈고 광명을 걸머진 사람들의 말석(末席)에나마 이름이 끼인 듯한 슬기도 가지었다. 그때는 기뻤다. 무슨 훤한 빛이 내다뵈는 듯도 하였다.

그러나 지금은 그때보다 훨씬 변하여졌다. 정신을 부채질하던 소리도 어느새 낮아지고 한 끼 굶는 한이 있더라도 꼭꼭 사다 보던 책자들도 읽어 보고 싶은 욕심을 끄는 일이 한결 적어졌다. 또 가령 읽는대야 거기서 현실에 들어맞는 소리를 풀어내기가 어렵고 따라서 무슨 글 하나를 써낼 수가 없었다.

앞이 캄캄해지는 것 같았다. 참말 그렇게 되고 말 것인가 하고 생각하고 있노라면 돌연히 신문에 나타나는 예상치 못하던 소문이 자기를 핀잔주는 것 같기도 하였다. 자기가 생각하던 것 같은 모든 일이 어디로 자취를 감춘 것 같고 제가 기억하고 있는 사람의 이름은 다시 얻어 들을 길이 없을 것 같기도 하였다.

무엇이 무엇인지 도대체 세변을 가릴 수 없었다.

게다가 엎친 데 덮치기로 집일은 말못되게 기울어지고 있다. 밖에 나가거나 집에 들어오거나 머리만 뗑할 뿐이다.

한데 현옥은 때를 만났다는 듯이 *오도깨비같이 갖은 치장을 다 하고 제법 제노라고 호기 좋게 뽐내고 다닌다.

그는 비록 정신을 차릴 수 없었지만 제가 옳다고 생각하던 바를 그렇게도 가볍게 내어던지는 사람을 미워할 만한 양심은 가지고 있었다. 또 그만큼 경멸할 인간을 제 몸에 겨누고 싶지 않다는 깨끗한 한 구석도 남겨 가지고 있었다.

오도깨비
괴상한 잡것이나 또는 온갖 잡귀신을 낮잡아 이르는 말.

그 네 사람

토요일날 석양이었다.

여순은 그 사이 몇 번이나 월사금 때문에 경일 어머니와 말하려 하였으나 끝내 입을 열지 못하였다. 오는 월요일날 아침까지 월사금을 가져오지 않으면 졸업시험을 보일 수 없다는 선생의 말을 듣고 돌아온 그는 눈을 꽉 감고 말해 보려 하였으나 역시 입이 떨어지지 않았다.

요사이는 회사일이 바로잡히느라고 그런지 경재 이외의 온 집식구는 모두 즐거운 얼굴을 가지고 드설레었지만 여순에게 대하여서는 원두쟁이 쓴외 보듯 전보다도 더 *심상하였다. 아이를 둘이나 학교로 보내는 터이니까 벌써 월사금 바칠 마지막 기한이 온 것을 알 것이건만 경일 어머니는 이렇다 말 한마디도 없다.

'아마도 준식(俊植)이한테 가보는 수밖에 없다.'

하고 여순은 다시 그를 생각해 보았으나 오래 찾은 일이 없는 그에게로 가서 무중 돈 말을 꺼내기도 심히 면구한 일이었다.

심상하다
대수롭지 않고 예사롭다.

준식은 그와 한 고향 사람이다. 뿐 아니라 사립학교에서 같이 공부하다가 같이 서울로 고학을 떠나온 사람이다.

시골 사립학교에서 보습과(補習科)를 겨우 마치고 온 그들은 평소에 공부 잘했던 보람이 있어 모두 고등보통학교에 입학되었었다.

그때는 아직 재산을 입학조건의 하나로 보는 그러한 풍이 적었던 관계로 그들은 이 난관을 무사히 통과할 수가 있었다. 그러나 미리부터 전전푼푼이 꽁쳐 두었던 돈은 입학한 지 얼마 못 되어 거진 밑자리가 들리게 되었다.

그래서 그들은 밤마다 빵장사 혹은 약장사를 해가며 공부해 갔었다. 그러다가 여순이만은 다행히 지금 있는 집으로 와 있게 되었다.

이 집 경옥이와 그 동생 경일이는 여순이가 다니는 S학교 부속보통학교에 통학하고 있었다. 한데 그 어머니가 자식의 공부를 위하여 공부 잘하고 얌전한 고등과 학생을 구하여 달라고 선생에게 부탁하였던 관계로 여순이가 선생의 소개를 받아 가지고 이 집에 와 있게 되었던 것이다.

선생도 매양 월사금이 밀리고 또 기타 학교에서 시키는 범절을 그대로 하지 못하는 여순이 때문에 쓸데없는 시름을 받아들인 것같이 생각하던 차라 사실보다도 더 좋게 보태어서 그 집에 소개하여 보냈었다.

그런데 누구보다도 여순이가 그렇게 된 것을 다행히 생각한 사람은 준식이었다. 하나같이 큰 뜻을 품고 서울 왔던 준식은 삼학년이 되던 무렵에 무슨 사건으로 그만 출학을 당하고 말았다.

그러다가 준식은 어찌어찌해서 공장으로 들어갔다. 그것이 바로 여순이가 와 있는 김재당의 집 회사인 줄은 피차 알지 못하다가 얼마 후에야 서로 알게 되었다.

허나 그들은 자주 만날 기회가 없었다. 피차 생활이 달라진 데 따라서 뜻하지 않은 사정이 그리운 둘 사이를 가로막게 되었다.

바로 얼마 전에도 여순은 준식에게서 주인을 옮겼다는 엽서를 받았으나 여태 찾아갈 겨를을 얻지 못하였다.

그는 돈 말도 할 겸 며칠 전부터 찾아가려고 벼르면서도 한편 주저하는 생각이 있어서 오늘까지 가지 못하였다. 그러나 주인집에서 돈을 주지 않는 이상 그에게밖에 말할 곳이 없는 그였다. 그래서 오늘은 큰 맘을 먹고 일어났다. 고약도 사 보내야겠으니 동생의 다친 다리를 생각하니 잠시라도 더 앉아 있을 수가 없었다.

그는 경일 어머니에게 잠깐 다녀온다는 말을 하고 돌아서 나오다가 중문 대문간에서 어디 갔다 돌아오는 경재와 마주쳤다.

"어데 가서요?"

하고 경재는 모자를 벗으며 겸손한 얼굴로 인사하였다.

"네 잠시 볼일이 있어서…… 지금 어머니헌테 말씀했어요."

하고 여순은 전에 외출 때문에 말썽이 되던 것을 생각하며 변명하듯이 말하였다.

"아니올시다. 볼일이 계시면 가보서야지요. 늦게 되시겠어요?"

"아뇨."

"아니 늦게 되실 것 같으면 내가 아이들을 복습시키지요."

"아니에요. 천만에……."

"뭐 그러실 거 없습니다. 조금도 염려 마십시오."

하는 경재의 진정은 싸늘한 세상에서 자라난 여순의 맘을 차라리 무겁게 누르는 것이었다.

"아녜요. 곧 다녀오겠어요."

"에— 또, 내일이 공일이니까 뭐……."

그리고는 별로 할말이 없으면서도 피차 그 자리를 떠나려 하지 않았다.

가벼운 침묵 속에서 두 사람의 얼굴의 근육만이 엷은 파문을 그리고 있다.

여순은 고개를 숙이고 구두코로 모래알을 굴릴 뿐.

경재는 동작으로나마 침묵을 깨뜨리려는 듯이 심호흡하는 사람처럼 발뒤꿈치를 세우고 몸을 뒤로 솟구며 숨을 크게 들이켰다. 그 바람에 옆구리에 끼었던 책 꾸러미가 미끄러져 떨어지며 여순의

발등을 갈겼다.

"앗!"

하고 경재가 구두 뒤축을 땅에 툭 떨구며 앞으로 허리를 구부린 때에는 여순은 벌써 떨어진 책자를 집어 가지고 가볍게 먼지를 털고 있었다.

"서울 안을 죄 뒤져야 책자라고 어디 볼 만한 게 있어야죠."

하며 경재가 여순에게 책을 받으려는 때였다.

뚜벅! 하고 웬 사람이 의심조심 없이 대문간으로 훌쩍 뛰어 들어왔다.

"아! 경재 씨!"

"어!"

경재는 깜짝 놀랐다.

그는 현옥이었다.

—알록달록한 덧양말 밑에 기름이 흐를 듯한 현옥의 *칠피 구두와 뿌옇게 먼지 낀 기러기 주둥이같이 넓죽한 여순의 구두, 화려한 남빛 외투와 퇴색한 검정 치마—이렇게 대조가 고개를 숙인 경재의 눈에 두 여자를 각각 똑똑히 비추게 하였다. 두 여자는 심히 거리가 멀다.

칠피(漆皮)
옻칠을 한 가죽.

—전기로 지진 구름머리와 타고난 윤기를 가진 검은 머리, 분 바르고 연지 찍은 인형 같은 얼굴과 봄바람에 두 볼이 불그레해진 자연 그대로의 얼굴—이것들도 심히 거리가 먼 것이었다.

"구경 안 가서요."

하고 현옥은 여순의 존재 같은 것은 외눈에도 걸지 않고 경재의 몸을 제게로 돌이켜 세우듯이 그의 앞에 바싹 다가선다.

"구경이요?"

하다가 경재는 허리를 구부려 인사하고 나가려는 여순이를 보며 말을
끊었다.

"다녀오겠습니다."

"네……."

하고 경재는 거진 무의식하게 모자를 들었다 놓았다.

"아주 썩 좋대요."

방약무인(傍若無人)
곁에 사람이 없는 것처
럼 아무 거리낌 없이
함부로 말하고 행동하
는 태도가 있음.

하고 현옥은 여전히 *방약무인한 태도다.

"썩 좋아요……."

경재는 제가 무슨 말을 외우는지도 모르게 귀에 아슴푸레 들리는 현
옥의 말을 그저 그대로 되받아 외울 뿐이다.

"네 음악영환데 꼭 한번 볼 만하대요."

"어딘데?"

"명치좌예요."

명치좌(현 명동) 거리
의 상점

"뭐, 다 그렇지."

"아니에요. 그 영화 주연배우가 아메리카의 유수한
성악가래는데요."

"아메리카."

경재의 입가에는 경멸의 웃음이 떴다. 그는 '아메리
카'를 몹시 싫어한다.

"가요 네?"

"난 그만두겠소."

"아이 싫어요."

하며 현옥은 응석 비슷이 발을 가볍게 굴렀다.

"혼자 가보시지요. 난 일이 좀 있어서……."

"무슨 일이에요. 안 돼요."

하고 현옥은 기어이 우긴다. 그러나 경재는 가고 싶은 맘이 나지 않았다. 아메리카 영화배우의 미쳐 날뛰는 꼴만 생각해도 그는 진저리가 났다. 그러나 현옥의 *목곧이 성미를 아는 까닭에,

"내일 가보지요."

하고 안으로 들어가려 하였다.

"그럼 내일 꼭 가요, 네."

하고 현옥은 벌써 영화 이야기는 잊어버린 듯이 정을 새로이 하여 가지고 경재의 곁에 바싹 붙어 서서 걸어 들어온다.

마루 앞 댓돌에 올라설 때 안방에서 경옥이가 뛰어나왔다.

"어머니, 언니 오셨어."

하며 그는 현옥에게로 뛰어왔다.

뒤미처 경일이와 그 어머니가 나왔다.

"아즈머니 오셨어요?"

하고 앞에 선 경일이가 방긋 웃고 인사하자 어머니는,

"아이구…… 왔소."

하고 반가운 빛을 보이며,

"글쎄 어쩐지 올 것 같드라니까…… 아이들도 오늘은 아즈머니가 오신다구 지금 막 말들을 하고 기다리구 있는 판인데……."

하고 뒤스럭을 떤다.

'흥!'

하고 경재는 속으로 쓴웃음을 지었다.

'아즈머니', '언니' 하는 칭호를 요사이 벼락같이 가르쳐 준 장본인이 누구라는 것을 곧 알아내었기 때문이다.

목곧이
억지가 세어서 남에게 호락호락 굽히지 않는 사람을 놀림조로 이르는 말.

댓돌

"그새 안녕하셨어요."

하고 현옥은 마루에 올라서며 경일 어머니에게 인사하였다.

"아이구 나야 밤낮 그 모양이지…… 그런데 어째 그렇게…… 어찌 궁금했는지……."

하고 경일 어머니는 현옥이 앞에 다가서서 검정 고양이 모양에 빨간 목도리를 띤 현옥의 반질반질한 핸드백을 어루만지는 경일을 조금 뒤로 밀며 웃는 낯으로 말하였다.

"바루 어끄제 왔다 갔는데요 사흘 전인가……."

"아이구 그렇든가? 그래두 한 열흘 넘은 것 같애. 호호호…… 애들이 자꾸만 찾어서 그런지."

하고 수선을 떨다가 경재가 건넌방에서 자기들의 이야기를 가로막듯이 크게 기침 소리를 내는 것을 들으며 경일 어머니는,

"추운데…… 방으로……."

하고 경재 방을 흘끔 본다.

"네."

하고 현옥이도 경재의 방 쪽으로 눈을 주다가 바로 옆에 서 있는 아이들 편으로 머리를 돌리며,

"너희들 공부 잘하니? 공부 잘해야 한다 응."

"공부 잘하는 게 다 뭐요. 밤낮 장난만 치고…… 아주 골치가 아파서 죽겠다니까."

"공부 잘해라…… 그럼 늘 상을 줄 테야."

하고 현옥은 핸드백—고양이 등의 쇠고리를 자르르 당기고 일 원짜리 두 장을 꺼내어서 한 아이에게 한 장씩 갈라 주었다.

"아니에요."

"싫어요."

하며 두 아이는 뒤로 물러선다.

"옛다, 어른이 주는 건 받아야 해…… 그리구 어머니 말씀 잘 들어라, 응."

하고 안 받으려는 아이들에게 굳이 돈을 쥐여 주고 경재 방으로 들어가려 하였다.

"인제 좀 자주 와서 잘 가르쳐 주우."

하고 어머니는 다시 말을 이어서,

"글 가르치는 학생을 둔 지가 벌써 사 년 철이나 되건만 어데 돼야죠. 글도 가르칠 사람이 따로 있는 모양이야."

하며 빗대어 두고 여순을 나무란다. 남을 *치탈함으로써 제 자식의 *발명을 삼으려는 어머니의 눈 무딘 욕심에서다.

"참 그 학생 말이지요?"

하고 현옥은 전에도 몇 번 본 일이 있고 또 바로 아까에도 본 여순의 모습을 생각해 내려 하였으나 도무지 어떻게 생겼는지 생각나지 않았다. 그저 허전하고 뿌옇던 몰골만 *어방으로 생각났다.

"첫째 글 가르치는 사람이 아이들의 존경을 받을 만해야 되겠습디다. 아이들이 첨부터 우습게 아니 되겠소 글쎄."

"아무려면요. 첫째 그거지요…… 시굴 사람인가요?"

"그럼…… *행경도 어디라나 시굴티가 그대루 남지 않았습디까."

"글쎄 그렇드군요…… 공부는 잘하는가요?"

"건 글쎄 그렇대나 봐. 하지만 가르치는 건 또 다른 모양이드군요. 현옥이야 나보다 잘 알 테지만……."

"아무려면요. 남 가르치는 거란 여간 묘리가 있어야 하지 않어요. 그

치탈하다
벗겨 빼앗아 들이다.

발명(發明)
죄나 잘못이 없음을 말하여 밝힘. 또는 그리하여 발뺌하려 함.

어방
'어림' 혹은 '어름'의 북한어.

행경
행동거지.

저 글주머니처럼 처넣기만 하고 그것을 잘 활용할 줄 모르면 아무짝에도 못쓰는 거예요. 그러니 남 잘 가르칠 수 있어요?"

"참 그런가 봐."

하고 현옥의 말에 깊이 감동하는 표정을 보이던 어머니는 문득 이 자리에서 가장 보람이 있을 말을 생각해 내었다.

"그리구 또 가정교훈이 좋은 집 자식이라야겠습디다…… 그리구두 활발허구 호호호."

하며 그는 "바로 현옥이 같은 사람 말이유" 하듯이 웃음과 애교를 보내다가,

"천하없어도 금년엔 경옥이년을 고등보통학교에 넣어야 할 텐데…… 아무리 바쁘더라두 좀 자주 와서 가르쳐 주구려."

하고 어머니는 간곡한 표정을 한다.

"아이구 저야 뭘…… 가르치는 사람이 있으니까 생각이 있겠지요.
*허재비도 제 구실은 헌대는데……."

허재비
'허수아비'의 방언.

"아이구 말도 마시우."

하고 경일 어머니는 목소리를 낮추며,

"금년 봄에는 내어보내겠수. 저도 그 눈치를 알어서 그런지 아주 성의가 없어요. 오늘도 또 어디로 나가지 않았소. 아마 뒤가 달리는 모양이야 호호호……."

"네 아까 봤어요."

"그래 봐야 제가 속았지 별수 있소. 밥 멕이구 학비까지 대주는데……."

하며 말을 더 이으려 할 때 경재가 듣다 못해서 문을 열고 현옥을 제 방으로 불러들였다.

경재는 오늘 사온 책자를 뒤적거리며 *도련치지 않은 책장을 칼로 베고 있었다.

"무슨 책이에요?"

하며 현옥은 거진 경재와 머리가 맞닿을 만큼 가까이 그 곁에 가서 앉았다.

"뭐 볼 만한 책이라구 있어야지요."

"아이 사뭇 *죽은 자[伏字]가 많은데……."

하면서도 현옥은 그 책에 대하여는 아무 흥미도 느끼지 못하였다. 동시에 경재의 흥미가 그 책으로부터 자기에게로 말끔 옮아오기를 이 무르익은 처녀는 바라고 있었다.

"그래도 산 자가 더 많지요."

하며 경재는 그제야 현옥을 보며 웃었다.

"그렇지만 어디 쓸 만한 거라구 있습디까."

책이라고는 통 들여다보는 일이 없는 현옥이었지만 이렇게 볼 만한 책이 없어서 못 보는 체 책을 치탈함으로써 그의 허영심은 애오라지 만족을 얻으려 하였다.

"그래도 보아야지요."

하는 경재의 말이 자기의 양심을 찌르는 듯함을 느끼며 그는,

"아이구, 공부고 뭐고 인제 골치가 아파서."

하고 다시 다른 방패를 든다.

"안선생! 벌써 늙으셨습니다. 하하하……."

하고 경재는 삽시간 너털웃음을 치다가 다시 진실한 제 본색으로 돌아오며,

"현대인으로 누가 번민이 없겠습니까만 그런 것은 어떻게 하든지 이

도련치다
종이 따위의 가장자리를 가지런하게 베어 내다.

죽은 자[伏字]
인쇄물에서 내용을 밝히지 않으려고 일부러 비운 자리에 'O', '×' 따위의 표를 찍음. 또는 그 표.

기어 나가야지요."

"하지만 자연히 그렇게 되는 걸 어떻게 헙니까."

"그러나 까닭 없이 되는 일이 있습니까?"

하다가 경재는 문득 생각나서,

"참 요전 남녀 학생 웅변대회에서 어느 여학생인가 말하던 것이 참말 옳은 말이라고 생각되어요. 요새 가끔 그 생각을 되풀이하게 되는데요."

하고 다시 그때 광경을 연상하였다.

　—그 여학생은 제 손으로 꽃나무를 심었는데 얼마 동안 잘 자라더니 어찌 된 까닭인지 차차 시들어 가기 시작하여 여러 가지로 손질을 해주다가 결국 그 뿌리를 파보니 벌레가 들어서 뿌리를 짚었으므로 그놈을 파내어 발로 밟아 버리고 다시 흙을 묻은 후로는 꽃나무가 전과 같이 잘 자라나더라는 것을 말하였다. 즉 그와 같이 모든 사물에는 원인이 있고 따라서 결과가 생기는 법인데 우선 그 원인을 잘 알아야 결과를 바로 알아낼 수 있고 원인을 고쳐야 결과가 잘된다는 것을 말하였다.

"사실 나도 병이 들었어요. 헌데 딱한 것은 무슨 병인지 알 수 없는 것이에요. 그 여학생은 제 몸이 아닌 나무에 병이 든 것까지 알아맞혔다는데 나는 제 몸의 병을 저로서 알아내지 못하니 딱할 수밖에……."

하는 경재는 벌써 조금도 현옥을 빗대어 두고 비꼬아 말하는 것이 아니었다. 그는 진정으로 자기 자신이 어떠한 이름할 수 없는 병에 걸려 있다고 생각하는 것이다. 그러면서도 그 병을 고칠 방법이나 또는 적극적으로 고쳐 보려는 성의가 함께 부족한 것을 스스로 깨닫고 있었다. 여기에 그의 고민이 있고 또 고민이 더욱 깊어지는 이유가 있다.

"아무리 조고만 일이라도 이것은 이 까닭에 이렇게 된다고 그 이유를 따져 낸 때같이 유쾌한 때는 없을 거고 또 그보다도 원인을 찾아서 그것을 고치는 데 따라서 좋은 결과를 낳게 되는 때는 더욱 유쾌할 거지요. 즉 병을 앓아서 내 몸은 이 때문에 쇠약해 간다고 그 까닭을 캐여 내기만 해도 유쾌할 것인데 더 나가서 그 병을 고침으로 해서 몸과 정신이 함께 건전해진다면 그 유쾌함이야 더 말할 것두 없겠지요. 헌데 그것을 해내지 못하니까 늘 마음이 어둠에 사루잡혀 있을밖에 없지요."

"허지만 책만 보아 가지고서야……."

아무 흥미를 짝하지 않은 이런 이야기에서 현옥의 말소리는 점점 가늘어져 간다.

"물론 그렇지요. 무엇보다 세상 형편을 알려면 세상 복판에 들어가 봐야 할 것은 사실이겠지요. 생각만은 농촌에도 가보고 싶고 공장에도 가보고 싶지만 그러면서도 그것을 실행해 내지 못하는 것이 약한 사람의 상례이니까 하다못해 공부라도 해서……."

경재는 이까지 말하는 사이에 우울해지지 않을 수 없었다.

현재의 생활에서 벗어날 수 없는 것이 아니건만 몸소 새 길을 헤치지 못하는 자기였다. 그것이 안타까이 생각되었다.

하면서도 그는 저보다도 훨씬 멀리 뒤떨어져 있는 현옥에게 대해서는 일종 우월감을 가지고 있다. 고민과 우월감! 그는 지금 이런 범벅된 생각을 가지고 있는 것이다.

경재가 현옥이와 이야기하고 있는 그 시간에 여순은 준식이와 이야기하고 있었다.

여순이가 간신히 집을 찾아 가지고 대문 안에 들어선 때 거무테테한 젊은 사나이가 준식이와 같이 방 안에서 나왔다.

"아, 여순 씨……."

하고 준식은 놀라며 인사하고 나서 검은 사나이에게 먼저 가라는 듯이 눈짓을 한다.

그 사나이는 숙여 쓴 캡 밑으로 째어진 눈을 여순에게 픽 보내고 그대로 성큼성큼 나가 버린다.

"참 오래간만이오. 자아 들어오우. 집을 용케 찾았는데."

하며 준식은 반겨 여순을 인도하였다.

"한참 찾았어요. 이 근방은 한 번도 와본 일이 없어서……."

여순은 이 친형제와 같은 유일한 동무 준식의 앞에 앉은 때 다시금 오래 쌓인 전면한 *회포에 적이 가슴이 떨리었다. 순간 돈 사정은 멀리 달아나고 말았다.

그는 준식의 집으로 찾아오는 그 사이에 만나는 무렵으로 온 뜻을 말해 버리려고 거듭 마음에 다짐을 두었다. 하기 거북한 말은 때를 늦추어 놓으면 점점 더 꺼내기가 거북한 것을 과거의 경험에서 잘 알고 있었기 때문이다.

그는 자기의 온 뜻을 말할 기회를 준식의 말끝에서 찾으려 하였다. 그러나 준식이도 그런 기회를 지을 만한 여러 말을 하지 않는다.

친근하면서도 평범히 대하지 못하는 젊은이들의 높은 감정이 항상 말머리를 누르는 것이었다.

그래서 구변이 좋은 준식이까지 말을 척척 이어 대는 그러한 유창한 장면을 열어 주지 못하였던 것이다.

회포
마음속에 품은 생각이나 정(情).

"참 오래간만이외다."

하고 준식은 또 한번 이렇게 말하고는 한참 있다가 다시 말을 이었다.

"아마 두 달인가 되지요?"

"네 꼭 두 달 만이에요."

하고 여순은 웃는 낯으로 자기의 무심했던 것을 사과하며,

"참 편지까지 주셔서 고맙습니다. 그리지 않아도 벌써부터 한번 온다면서 공연히 바빠서 못 왔습니다. 용서하십시오."

"천만에…… 참 졸업하실 시기가 가까와서 퍽 바쁘시겠습니다."

하는 준식의 말은 전보다 아니 바로 아까보다 한결 더 점잖아졌다. 전에는 결코 그들은 이러한 경어(敬語)를 쓰는 사이가 아니었다. 하나 나이가 먹어 가고 또 피차 제각각 딴 생활을 하게 되고 그리고 오래 만나지 못하는 사이에 어느새 이렇게 용어까지 변해졌다.

준식에게는 이것이 한편 섭섭한 일이었다. 둘 사이가 멀어지는 것 같았기 때문이다.

여순은 속으로는 이때가 돈 말을 꺼낼 기회라고 생각하였다. 졸업인지 먼지 모르겠소. 월사금을 못 내서 시험을 치를 수 있어야지요—하고 말해 버리려다가 그만두었다. 이미 때를 늦추어 논 그는 이번 기회도 또 그저 넘겨 보내고 말았다. 다음 기회를 기다려 보지 하는 생각을 하며.

"졸업 후에는 무얼 하실 생각입니까?"

"글쎄요……."

여순이는 뭐라고 대답할 길이 없었다. 졸업 후에는 상급학교로 들어가려는가? 그렇지 않으면 직업을 구하겠는가? 하는 준식의 물음에 대하여 여순은 한마디도 분명한 대답을 할 수가 없었다.

여순은 얼마 후에야 겨우 돈 말을 꺼내었다. 졸업 후에 대한 상의와 여순의 동생 기순의 이야기와 고향 소식을 이야기하는 사이에 차차 무관하던 옛날의 그들로 돌아가는 듯한 반가운 생각을 느끼게 되어 그제야 겨우 그 말을 꺼낼 수 있었던 것이다.

"하, 거 안됐군. 몇 푼 남았든 걸 그저껜가 쌀을 사오고(준식은 자취를 하고 있었다) 또 책자 몇 개를 사노라고."

하며 준식은 걱정스러운 얼굴을 하였다. 하나 그 걱정스러운 얼굴만을 가지고 있기에는 그의 여순에게 대한 정이 너무 컸고 또 꼭 얻어 주어야 하겠다는 거진 절대적인 결심이 너무 빨리 왔다.

"바쁘실 테지만 낼 석양에 한 번 더 와주시우."

"아니 가진 게 없으면……."

하고 여순은 없어도 상관없다는 듯이 웃었다.

"아니 그리 말구 한번 더 와보우. 그래두 사내대장부가 그만 것이야 변통하지 못하겠소. 꼭 와주시우."

"글쎄 오라면 노는 겸 오기는 하겠습니다만……."

여순은 한숨 트이면서도 한편 준식에게 대한 미안한 생각이 새로 생겼다.

여순으로서는 이성 가운데 가장 가까운 사람이 준식이다.

두 사람은 다 친남매 같은 단순한 생각을 지켜 가려고 하였으나 인간의 감정—더욱이 젊은이의 감정은 자칫하면 그 계선(界線)을 넘으려고 하였다.

세상에 태어나면서부터 오늘까지 거진 같은 처지와 그리고 피차의 이해와 동정 속에서 지나온 그들의 감정은 그들의 거리가 영(零)이 되도록 가까이 접근하려고 한 때도 있다.

이러한 감정은 결코 다만 벗으로서의 그것만은 아니었다. 하나 두 사람 다 이런 감정을 눌러 오지 않으면 안 될 그늘에서 살아왔다. 그리하여 그들은 일찍 한 번도 표정으로나 또는 말로써 그러한 감정을 표시하는 행복된 기회를 가지지 못하고 말았다. 따라서 서로서로의 속마음을 깊이 읽어 볼 만한 기회도 가지지 못하였다. 그리하여 여전히 그들의 사이는 표면의 평범한 사이임에 지나지 않았다.

오늘도 이들은 예사로운 이야기를 주고받는 데에 그치었다.

"한데 거 참 기순이 일 말 아니군…… 다리는 몹시 다쳤는가요?"

준식은 진심으로 기순의 일이 걱정되었다.

"글쎄 자세는 알 수 없으나 다리를 다쳐 가지고 신동역부니 수리조합 *개답(開畓)이니 하는 걸 말짱 건부역으로 해댔으니까 고약 한 봉지나마 사내지 못한 모양이에요."

여순의 눈에는 *악마디진 흙투성이의 동생—기순의 모양이 분명히 떠왔다. 저희 남매를 진심으로 동정해 주는 준식의 앞에 있다는 생각이 불시에 그를 서럽게 하였다.

"참 말 아니에요. 병낙이, 희근이, 창열이 뭣한 게 모다 있지 않게 되었으니까 모다들 말 아닐 테지요."

"저는 내가 졸업하면 서울 올 생각인 모양인데 지금 형편으로서야 어디 데려올 수 있어요."

"암요, 그럴 테지요. 나도 내심으로는 그 애를 우리 공장에 넣어 볼까 했습니다만 안 되겠어요."

"아니 저 안 무언가 하는 재산가가 새로 사장이 되어서 대확장을 한다면서요?"

여순은 일찍 속으로 그 회사가 확장되는 기회에 경재를 통하여 기순을 취직시켜 주도록 부탁해 보려고 생각한 일이 있었다. 그러나 적당한 기회를 얻지 못하여 아직도 말하지 못하고 있는 중이다.

"허니까 문제지요. 돈 많은 새로운 기계를 놓아 보시우. 그전에 열 사람이 하던 걸 그 기계 한 대에 한 사람이 붙어서 하게 돼보시우. 상품은 굉장히 나올 수 있지만…… 나머지 아홉 사람은……."

하다가 준식은 문득 생각이 난 듯이 말을 끊고 밥상 겸 책상으로 쓰는 조그만 상 위에 벗어 논 모자를 집어 들고,

"좀 급한 일이 있어서…… 미안합니다만 내일 밤 천천히 이야기합시다. 꼭 기다리겠습니다."

"네 바쁜 일이 계시면 가보셔야지요."

하고 여순은 웃으며 일어서다가 책상 위에 놓인 도련치지 않은 책 몇 권을 보았다.

그는 언젠가 준식이가 주던 책을 끝까지 읽지도 않고 책상 밑에 팽 개쳐 둔 기억이 나서 속으로 부끄러운 맘이 들었다.

사실 읽어 보아도 그는 그 책 내용을 잘 이해할 수 없었다. 그러나 중학도 마치지 못한 준식은 자기보다 훨씬 이상의 학력을 가지고 있는 것 같았다.

그래서 그렇게 친근한 사이면서도 한편 무언지 모르게 여순은 그에게 눌리는 듯한 생각을 가지지 않을 수 없었다. 사실 그는 여순이가 항시 보는 사람들보다 어딘지 모르게 씩씩한 기운이 있고 무서운 곳이 있는 것 같았다.

이런 생각에 잠겨서 무심코 툇마루로 나오던 그는 부지중 추녀 아래에 달린 철사 *보구미를 머리로 받아 떨어뜨렸다. 소금투성이 *비웃 몇 마리가 마루 앞에 뒹굴어 떨어졌다.

추녀

보구미
'바구니'의 방언.

비웃
'청어(靑魚)'를 식료품
으로 이르는 말.

그는 이 준식의 반찬을 다시 담아서 걸고 대문 앞에 나와서 그와 작별하였다.

한참 걸어오다가 그는 준식의 모습을 찾을 듯이 그가 걸어간 어둠에 덮인 길을 초연히 돌아다보았다.

때도 봄이요 인생도 봄이건만 오늘도 꽃과 사랑을 실은 동군의 수레는 그들을 찾지 아니하였다. 그리하여 여전히 그늘진 비탈길을 걷는 은혜 받지 못한 그들은 한 저녁의 짧은 만남을 마치고 피차 갈리지 않으면 안 되었다. 끝까지 그들은 제각각 딴 길을 걷고 말 것일까?

그렇지 않으면 한 길의 길동무로 어깨를 맞추어 나아갈 날이 오고 말 것인가?

하나 그 어느 편이든지 *빈천한 이들의 앞에는 그들이 뜻하지 못하는 무수한 풍파가 쌓이어 있는 것이다!

빈천하다
가난하고 천하다.

취직

경옥이는 여자고등보통학교 입학시험에서 떨어지고 말았다.

이것은 그 부모의 희망을 꺾는 한스러운 일이었을 뿐 아니라 여순에게서 졸업의 기쁨을 빼앗고 그 생활까지를 위협하는 결과를 낳았다.

경옥이가 그렇게 된 것을 알게 된 때 그 어머니의 낙심은 컸다. 분하고 한스러웠다.

그리고 경옥이가 입학되지 못하였다는 사실은 나아가서 경일이에게도 낙망을 가지게 하였다. 경옥이보다도 더 머리가 나쁘고 더 공부하기를 싫어하는 경일이가 명년에 중학교에 합격되지 못할 것은 달력의 굵은 숫자를 보는 것보다도 더 명백한 일이다.

그래서 이러한 심정은 마침내 노염이 되고 미움이 되어서 여순에게 부딪쳤다. 그 집으로부터 나가 달라는 의사를 은연히 표시하게 되었다.

"고 연놈들 학교고 뭐고 인제 공부 안 시키겠소."

하는 어머니의 말은 당장 보따리를 싸라는 말보다 더 아프게 여순의 가슴을 때렸다.

여순이가 미안하다는 말을 한 때에는,

"모두 제 탓이지요."

하고 입을 닫아물던 그 어머니는 여순이가 돌아나와 댓돌에도 발을 대기 전에,

"그만치 뒷바라지를 해주면 몇 갑절 나은 사람을 갖다 둘 텐데…… 금순이네 학생(가정교사)은 일 년도 다 안 가르치고 입학시켰다는데 괜히 사 년 철이나 두고."

하고 입이 쉴새없이 종알종알하였다.

여순이도 그것이 모두 속히 나가라는 말인 줄은 잘 알고 있었다. 또 마음 같아서는 그 당장으로 뛰어나오고 싶었다.

"자식두 외양간에서 낳았는지…… 그래도 제 자식 탈을 할 줄 모르고……."

외양간

이렇게 톡 쏘아 붙이고, 간다 보아라 하고 뛰어나오고 싶었다.

하나 가면 어디로 갈 것인가? 그가 갈 곳은 없다. 시골로도 갈 수 없는 터이요 사십만 장안일지라도 혈혈한 그 한 몸을 용납해 줄 곳은 없다.

하지만 나가라는데 안 나갈 수도 없는 일이다. 정녕 미움이 깊어지면 등이라도 밀어 낼 것이다. 여순은 나갈 수도 또 안 나갈 수도 없는 그러한 딱한 처지에서 뼈를 쑤시는 몇 날을 보내었다.

아무도 그를 동정하는 사람은 없다.

그러나 오직 한 사람―경재만은 그의 신상을 누구보다도 동정해 주

었다. 위로해 주고 또 취직이라도 될 수 있는 대로 힘써 보겠다고 말하였다.

하나 경재는 근일에 와서는 밖으로 나다니는 일이 많아서 집안 사정을 잘 알지 못한다. 해서 경일 어머니가 그같이 독살을 피는 것까지는 아직 알지 못했다.

하루 두 끼를 주인 어머니에게 얻어먹는 여순에게는 다섯 아들(경재)의 동정보다도 한 주인의 미움이 보다 무서웠다.

여순은 자기를 동정하는 오직 한 사람인 경재에게 사정을 대강 이야기하고 우선 동무의 집에라도 며칠 가 있어 볼까도 하였다. 하나 그렇게 되면 경재의 성미로 당장 집안에 큰 풍파를 일으킬 것이요 그러면 둘 사이에서 자기만 더 딱하게 될 것이었다.

혹 백화점 점원이나 될 수 없을까 하고 찾아보았으나 그도 되지 않았다. 학교에 부탁한 취직이나 어떨까 하고 가보아도 말하는 투가 *한송정이다.

한송정
고려 시대의 가요. 여기서는 '회답이 없다'는 뜻.

그의 본래의 성격으로 말하면 길가에 나앉는 한이 있더라도 튀어나오고 말았을 것이나 사 년나마 있는 사이에 얽힌 주위의 사정은 책임감과 의리 인정이 있는 그의 처신을 그렇게 가볍고 단순하게 하지 못하게 하였다.

개중에도 얼마 동안 기다리고 있어 달라는 경재의 말이 무겁게 그의 맘을 붙잡고 있다.

그는 웬만한 일이 있더라도 좀처럼 밖으로 나가지 않았다. 나갔다가 들어올 때 내다보는 주인댁의 얼굴은 별로 딴 기색이 없어도 필시 독기가 있는 것같이 보여서 애초에 나가지를 않았다.

그리하여 그는 온종일 제 방에 들어박혀서 경재가 사다 준 책을 들여다보고 있다. 그것을 보고 있으면 얼마만큼은 잡념과 주위의 거친 공기를 잊을 수가 있다.

그러는 사이에 차차로 글 읽는 재미도 났다. 글을 골몰히 읽고 있으면 그만큼 불안을 누를 수가 있다는 경재의 말이 사실에 어그러지지 않음을 그는 깨달았다.

또 새로운 지식을 얻은 것도 적지 않았다. 혹 모를 것이 있으면 남이 보지 않는 사이에 경재에게 묻기도 하였다.

그러면 그는 자기가 아는 범위 안에서는 애써 여러 가지로 설명해 주었다.

그 정성스러운 태도에 여순은 눈뿌리를 뜨겁게 한 일도 적지 않았다.

"여순씨 계십니까."

문 밖에서 나직한 목소리가 난다. 여순은 보던 책을 밀어 놓고 급히 일어나 소리 없이 문을 열었다.

*우선우선한 경재의 얼굴이 전깃불에 비쳐 왔다.

"들어……."

"네 잠깐 실례하겠습니다."

하고 경재는 조심스레 방으로 들어왔다.

"어디 갔다 오시는 길이에요?"

하고 여순은 나직이 물었다.

"네……."

하고 경재가 여순이 보던 책을 보며 빙그레 웃을 때 여순이도 따라 웃으며 보던 책을 슬쩍 덮어 버렸다.

"오늘 어디 다녀오던 길에 이게 좋을 것 같애서……."

하며 경재는 책 한 권을 또 내놓았다.

우선우선하다
목소리나 표정 따위가 어두운 기색이 없이 밝고 활기가 있다.

"아이 이것도 다 못 봤는데요."

"그러니까 이건 빨리 보시란 독촉장으로 받으십시오."

"아니에요. 이걸 다시 한 번 더 읽겠어요."

"네, 물론 그러는 것도 좋겠지요만……."

"두 번 읽어 가지고도 알 것 같지 못해요. 어떻게 모를 데가 많은 지…… 한 댓 번 거푸 읽으면 어떨는지요."

"하여간 이것두 두어 두십시오."

하고 경재는 담배 한 대를 꺼내어 가지고 손 바닥에 그루를 박으며,

"그런데 여순씨! 벌써라도 말씀했을 건 데 역시 완전히 결정되기 전에는 말하 지 않는 것이 나을 것 같아서……."

하며 담배를 붙여 물고 나서 다시

말을 이었다.

"하여간 여순씨 일은 우선 잘되었어요."

"제 일이라니요?"

"네…… 글쎄 잘된 거라고 할는지는 모르겠습니다만…… 내 성의만은…….""

여순은 대강 말하는 의미를 알 듯도 하고 또 얼른 똑똑히 알고 싶은 생각도 있었으나 잠시 그저 듣고만 있었다.

"여순씨 취직은 오늘 확정—그렇지요 확정이라고 해도 무방하겠지요."

여순은 어디 취직이 되었는지를 묻고 싶었지만 역시 그의 말이 나오기만 기다리고 있었다. 요전에 이력서를 써달라고 하던 때까지도 경재는 어디라는 말을 하지 않았다. 그리고 그 때문에 여러 날 싸다니었으나 일이 결정되기 전에 말해 주는 것은 되레 그의 불안한 맘을 뚫어 놓는 것 같아서 일체 입 밖에 내지 않았다.

"다른 데가 아니라 Y방적회사인데…… 전번에 그 회사 사장이 갈렸어요. 그래서 여태까지 퍽 분망했던 관계로 시일이 좀."

"아니에요. 천만에요."

"*가친은 이번에 *취체역으로만 있게 되고 안씨라는 사람이 사장이 되었어요. 해서 가친과만 말해도 될 수 없는 터이게 새 사장과 누차 말씀했지요. 한데 돈 있는 사람이란 어디 남의 말을 잘 받아 듣습니까. 해서……."

"아이 미안합니다."

하며 여순은 대체 무슨 자리로 들어가는지 몰라서,

"그러니 지가 뭘 알어야지요."

가친
남에게 자기 아버지를 높여 이르는 말.

취체역
예전에, 주식회사의 이사(理事)를 이르던 말.

하고 그의 동정을 살피었다.

"아니 뭐 별거 없어요. 글씨나 쓰고…… 글쎄 나도 자세한 건 아직 모르겠습니다만 사장 말이 보아서 사장실에 두겠다니까요. 하여간 내일 같이 가보십시다. 쓰기는 꼭 쓸 모양예요. 사장이 여순씨 이력서를 보구는 자필(自筆)이냐고 묻기에 물론 그렇다고 했더니 아주 *옥필이라구요."

"아이 부끄러……."

"그리구 또……."

하고 경재는 말하기 거북한 듯이 천장을 향하여 담배연기를 뿜으며 말을 이었다.

"그리구 얼굴이 이쁘냐구."

"아이……."

여순은 대번에 얼굴이 발개지며 고개를 푹 숙였다.

"해서 아주 썩 미인이라구 했지요. 하하하…… 그게 사실이니까요."

"아이!"

하고 여순은 경재를 원망하듯이 흘끔 쳐다보며 뒤로 홱 돌아앉아 버렸다.

"사실은 사실대로 말할 수밖에…… 그렇잖습니까. 여순씨?"

그래도 여순은 대답 없이 돌아앉은 채 꿰맨 양말을 치맛자락으로 꽁꽁 싸서 감춘다.

"여순씨."

"네."

하고 여순은 여전히 돌아앉은 대로 대답하였다.

"거기 들어가더라도 공부나 많이 하십시오. 내가 바라는 것은 그것

옥필(玉筆)
매우 잘 쓴 글씨. 남의 필적이나 시문을 높여 이르는 말.

뿐입니다.”

“네, 고맙습니다.”

이런 이야기를 하다가 경재가 제 방으로 돌아간 후 여순은 밤을 거진 새워 가며 빨아 두었던 저고리를 새로 지었다.

여순의 취직은 그 뒤 인차 확정되었다. 새 사장 안중서는 그를 만나 보고 쾌히 승낙하였다.

여순이와 몇 마디 말을 물어 보고 또 사무에 대한 간단한 주의를 준 후 안사장은,

“학교 성적도 우등이라지?”

하고 경재에게 물었다.

“네, 그렇답니다.”

하고 점잖게 대답하는 경재는 사실 여순이보다도 더 만족한 감정에 흔들리고 있었다.

“몸도 건강해 보이고…… 또 자네가 소개한 터이니까…….”

“아니올시다. 저뿐 아니라 가친께 물어 보셔도 잘 아실 겁니다. 아주 견실한…….”

“하아, 그럴 테지…….”

사장도 매우 마음에 흠썩했다. 그는 내일부터라도 자기의 앞에서 사무를 보게 될 여순을 유심히 바라보았다. 얼굴도 똑똑하고 몸태도 미인의 격을 가졌으나 거기 비하면 행색이 매우 떨어진다. 호화한 것을 즐기는 그는 벌써 *금란의 빛난 옷에 싸인 여순을 그리어 보는 것이다.

여순은 자기의 허수한 차림에 떨어지는 사장의 시선을 깨달으며 얼굴이 붉어지고 고개가 숙여졌다.

경재도 사장의 눈치를 알아채며 무언지 모르게 거북해졌다.

금란(金襴)
황금색 실을 섞어 짠 바탕에 명주실로 봉황이나 꽃을 수놓은 비단.

'사실 아닌 게 아니라 젊었을 적엔 모양도 좀……'

하는 듯한 속된 취미를 사장의 얼굴에서 그는 읽었던 것이다.

그래서 그는 곧,

"그러면 내일부터라도 *출사하는 게 좋겠지요?"

하고 거북한 순간을 물리치듯이 사장에게 물었다.

출사(出社)
출근.

"암, 상관없어."

사장이 그렇게 말하자 경재는 곧 여순에게 말을 돌렸다.

"그럼 인제 돌아가 보시지요…… 난 일이 좀 있어서 천천히 가겠습니다."

"네!"

하고 여순은 두 사람에게 인사하고 밖으로 나왔다. 그리하여 자기의 차림차림을 다시 한 번 살펴본 그는 새삼스럽게 얼굴이 화끈해졌다. 밤을 새워 가며 지은 새 저고리 — 전깃불 아래에서는 하 *고이찮게 보이던 새 저고리가 밝은 낮에는 그리고 으리으리한 회사에서는 어떻게 보잘 것 없는 것이었을까?

고이찮게
괜찮게.

그날 밤 경재는 기어이 안 가려는 여순을 데리고 거리로 나갔다.

"이놈의 세상이란 첫째 형식부터 보니까…… 기왕 그런 데 들어간 이상에는……"

하고 경재는 옷감, 구두, 무엇한 것을 마련해 주었다.

여순은 고마운 것보다 괴로웠다. 어떤 때는 등골에 땀이 흐르는 것 같았다.

그리고 그보다도 남몰래 지은 분에 넘치는 새 옷을 입고 나선 때에는 또 어떠하였으랴? "흥!" 하고 경일 어머니가 경재와 자기를 함께 비웃는 것 같았다. 굽 높은 구두의 서투른 걸음이 금시 땅에 얼어붙을 듯이 몸가지기가 군색하였다.

그 다음 또 하나 괴로웠던 것은 딴 주인을 얻어 가지고 경재의 집을 나오던 그때였다.

글 가르치던 경옥이는 고보에 합격되지 못했다. 그 어머니의 가슴에 잊을 수 없는 못을 박아 주고 그 집을 나가는 괴롬을 누가 알랴? 그 어머니는 겉으로는 좋게 보내나 마음의 노염과 한을 *느루 풀지 않을 것 같이 여순에게는 보였다.

느루
한꺼번에 몰아치지 아니하고 오래도록.

그리고 삼 년나마 밥 지어 주던 어멈, 밤늦게 돌아온 때 우는 아이를 밀어 놓고 대문 열어 주던 그에게는 어린애 장난감 한 개도 엿 한 가락 살 돈도 주어 본 일이 없다.

그 집을 떠나던 마지막 날에도 건인사만 하고 나오는 수밖에 없었다. 동정해 주는 경재가 있었지만 여순이와 같은 처지에 있어 보지 못한 그는 그까지는 주의가 미치지 못하였다.

"여러 가지 미안한 일은 이루 다 말할 수 없습니다."
하고 경재가 도리어 사과하듯이 말할 때 여순은 대답할 아무 말도 찾지 못하였다.

"이 집에서 나가시는 건 매우 섭섭한 일이지만 인제부터 자유로운 생활을 하실 거니까."
하고 경재가 섭섭한 얼굴에 웃음을 지을 때 그는 금시 눈물이 솟는 것 같았다.

"아무 말도 제게는 할 말이 없습니다. 모두 미안한 것뿐입니다."
하고 여순은 옷고름을 비비는 사이 불시에 눈물이 떨어졌다.

"천만에요. 그러면 이편이 되려 미안스러워서……."
하고 경재는 그가 더 말하려는 것을 막듯이,

"금후도 늘 뵙겠는데 그런 생각을 가지신다면……."

하고 딴 이야기로 말을 돌려 버렸다.

지게꾼

그러나 몇 가지 안 되는 짐을 지게꾼에게 지워 가지고 경일 어머니며 어멈에게 인사하고 나오던 때에는 구멍이라도 있으면 금방 들어가 버리고 싶게까지 등이 저려났다.

여순은 오늘에야 동생 기순에게 편지를 썼다.

전번에 고약을 보내며 편지를 할 때에는 참으로 말할 수 없는 침울한 생각에 잠겼었다.

그리고 경옥 어머니의 태도가 갑자기 더 나빠지는 때에는 자기나 동생의 신상을 생각하고 여러 밤을 뜬눈에 새웠다.

그러다가 다행히 취직이 되었다. 생각 같아서는 편지보다 금시 날아가 보고 싶었다.

그러나 한편 무언지 모르게 어두운 생각이 또 났다. 아무리 취직이 됐다 하더라도 동생을 곧 데려올 사정은 되지 못한다. 따라서 동생의 처지는 별안간 바꾸어질 까닭이 없었다.

몇 푼 안 되는 월급에서 밥값 치르고 또 경옥이 집과 경재와 준식에게 혹은 인사로 혹은 빚으로 떼어 주고 나면 몇 달 동안은 용돈 한 푼도 쓸 여유가 있을 것 같지 않았다.

뿐 아니라 별안간 크나큰 회사에 들어가서 자기와는 너무도 거리가 먼 듯한 사람들 틈에 끼이게 되고 보니 어쩐지 기분이 약약해서 자연히 마음이 안정되지 못하였다.

해서 이때까지 동생에게도 붓을 들지 못하였다.

그러나 누이가 졸업했다고 요사이는 더욱이 소식을 고대하고 있을 동생을 생각하니 무심한 자기가 죄스럽기 짝이 없는 듯하였다.

그는 저녁을 필하자 곧 붓을 들었다.

자기의 사정을 대강 적은 후 동생의 형편을 묻고 지금은 사정이 사정이니까 얼마 동안 기다려 달라는 것과 다달이 다만 몇 푼씩이라도 보내어 주겠다는 말을 써서 다시 읽어 보고 봉투에 넣었다.

"여순씨!"

*피봉을 쓰던 여순은 이런 말소리를 듣고 얼른 문을 열었다.

"아이 선생님 오셨어요."

여순은 방 안을 휘둘러보며,

"들어오십시오. 아이 방이 어지러워서……."

하고 무의식하게 흐르는 반가운 웃음을 손등으로 가리었다.

"벌써 한번 온다면서……."

하고 경재는 방에 들어서며,

"과히 불편하지나 않습니까……."

하고 권하는 대로 자리에 앉았다.

"네, 별로……."

"회사는 과히 바쁘시지 않습니까."

"네……."

"몇 시에 나오서요?"

"요새는 아직 첨이 돼서 다섯 시가 넘어야 나오게 됩니다."

"다섯 시요! 어이구 곤하시겠군…… 공부허실 여가나 있어야 헐 텐데……."

"그거야 제 생각만 있으면 밤엔들 못 하겠습니까만…… 어디 그렇게 되니까 게을러서."

하고 여순은 빙그레 웃다가 문득 생각이 나서,

피봉(皮封)
편지 봉투의 겉면.

"참 선생님, 신문를 보내 주셔서……."

하고 경재를 쳐다보았다.

"네, 뭐……."

"바루 스무 닷샛날 밤이에요. 웬 사람이 밖에서 박여순이 있습니까…… 하고 찾겠지요. 어떻게 놀랐는지요. 아무도 찾아올 사람이 없는데 분명 박여순이라고 하기에 공연히 가슴이 찔렁했어요."

하는 여순은 그 말결에 자기를 찾아올 아무도 없다는 것을 경재에게 알리게 된 것을 스스로 만족히 생각하였다.

"아 그날 늦게야 말했더니 이튿날 조간부터 가져왔었군요."

"네, 그래서 나가 봤더니 신문배달부겠지요…… 아 이 방이세요? 하고 신문 한 장을 내어놓고 가랴 하게 웬 거냐고 물었더니……."

하며 여순은 웃음으로 미안한 뜻을 표하였다.

"뭐 보실 건 없어두…… 그래두 각지 사정을 알려면 불가불 아니 볼 수 없으니까요."

"아이 미안합니다. 그래도 전 선생님이 보내 주신 건 미처 생각지 못하고 웬 거냐고 안 받으랴고 했어요. 했더니만 발써 돈까지 다……."

"나도 명함이라두 써 보낼까 하다가……."

"아니에요. 저도 아주 생각 못 한 건 아니에요. 그래도 그저 받기가 어쩐지 미안해서 어떤 이냐고 물었더니 모습을 말하는 게 선생님이 분명하드군요."

"뭐라구요?"

"얼굴이 희고 눈썹이 검고 머리가 고실고실하고 키가 후리후리하고 그리고 목소리가 *옹글더라나요. 또……."

하며 여순은 다시 경재의 얼굴을 눈여겨보며 상글상글 웃고 있다.

옹글다
물건이 깨져도 축가거나 조각나지 아니하고 본대로 있다.

"그 녀석 날 데릴사위 삼을 텐가 똑똑히 봐두었군요."
하고 웃다가,

"회사에서 보시는 신문을 이중으로 보실 필요가 없겠기에 그걸 보냈습니다……."
하는 경재의 조그만 주의에서 여순은 커다란 정을 읽을 수 있었다.

"요새는 신문도 신문이지만 책자라구는 별로 쓸 만한 것이 없어요. 잡지도 역시 그렇고."
하며 경재는 여순의 책장을 *슬몃슬몃 살펴보았다.

슬몃슬몃
남의 눈에 띄지 않게 잇따라 슬며시 행동하는 모양.

그의 책상은 학생시대의 그것이나 별로 다를 것이 없었다. 다만 고작 보다가 놓은 듯한 전문학교 수험(受驗) 준비서가 특히 그의 눈을 끌었다. 여순은 아직도 상급학교에 들어갔으면 하는 간절한 희망을 버리지 않은 것이다. 혹 의외로 그런 기회가 찾아올 것같이도 그는 생각하는 것이었다.

해서 그는 가끔 거기에 대한 준비서를 뒤져 보곤 하였다.

하나 그것이 한 공상인 것을 깨닫는 때마다 하염없는 생각을 하며 경재가 주던 책으로 손을 옮기곤 하였다.

"모처럼 빌려 주신 책도 다 보지 못하고…… 그러나 인제부터 좀 읽어야겠어요."

학교도 다니지 못하는 대신 학교에서 배우는 이상의 지식을 얻으려는 여순의 동정을 경재는 곧 살필 수 있었다.

"많이 읽으십시오. 학교 같은 데서는 밸 수 없는 거니까요."

"그렇지만도 모를 것이 많아서 책을 보다가도 어떻게 갑갑한지 모르겠어요. 선생님헌테 배운 데는 잘 알려지는데……."

"뭐 저도 그렇지요. 하지만 모를 데라도 두고두고 읽노라면 제절로 알려지는 수가 있어요."

"앞으로도 많이 가르쳐 주서요…… 참 어디로 가실 듯하다더니 어떻게 되었어요?"

"뭐 어찌 될지 알 수 없습니다. 독일로나 가볼까 했더니 히틀런가 한 사람이 어찌 야단을 치는 판인지 갈 수가 없지요. 재작년에 동무 한 사람이 갔는데 *백림에서 몰려나서 지금 빈에 가 있대요."

경재는 담배 한 대를 붙이려다가 성냥도 없고 여자의 방이고 해서 그만두고,

"그리구 미국은 멀쩡한 사람이 가기만 하면 병신이 돼 오고 로서아는 갈 수 없고 간다면 영국이나 어떨는지 모르나 그도 형편이 되어야지요."

"그만침 공부하셨으면 조선선들 연구 못 하시겠어요."

"뭐 아무것도 아는 거 없습니다. 그리구 또 아는 게 있으면 뭘 합니까. 대학이니 양행이니 하고 와도 빈둥빈둥 노는 게 일인데…… 왜 요전 신문에도 나지 않았어요. 금년 졸업생 중 일할인가밖에 취직되지 못한다구…… 허니까 나 같은 *백면서생이야 말할 것두 없지요."

"천만에요……."

여순은 그의 말이 전연 겸손에서 나온 것이라고 생각하였다. 취직하려고 하면 아무 문제없으리라는 것을 그는 잘 알기 때문이다.

"선생님 일은 저도 잘 알아요."

하고 여순은 웃는다.

"뭐 아실 거라구 있어야죠."

"사장도 늘 말씀하고 또……."

하며 여순은 의미 있듯이 웃으며,

백림
'베를린'의 음역어.

백면서생(白面書生)
한갓 글만 읽고 세상일에는 전혀 경험이 없는 사람.

"현옥씨도……."

"현옥씨요? 현옥씨가 내 취직에 무슨 관계 있어요."

"아니 글쎄……."

"괜히 여순씨 추측이겠지요. 그들이 나를 이러니저러니 말할 이유는 하나도 없습니다."

하면서도 경재가 싱글싱글 웃는 바람에 여순은 제가 섣불리 속 못 차린 듯한 생각이 나서,

"번연히 아시면서 공연히……."

"아니에요. 알다니 뭐 알 거 있어야지요."

"글쎄 저도 대강 압니다."

하다가 여순은 말이 지나가지 않았나 하고 경재의 동정을 살피었다.

경재는 속으로 기뻐하는 것 같기도 하고 또 별안간 점잖아진 것 같은 기색으로 보아서는 자기의 그 말을 꺼리는 것 같기도 하였다. 그의 진정은 결국 알아낼 길이 없었다. 여순은 경재와 현옥의 내력을 자세히는 알지 못한다. 그들이 정식으로 약혼한 것까지도 알지 못한다. 그러나 두 사람 다 서로 이해하는 사이고 또 앞으로 약혼 또는 결혼까지라도 하게 될 만한 사이인 듯한 것은 그도 어슴푸레 눈치차리고 있었다.

다만 한 가지 의문이 되는 것은 경재의 태도다. 아무리 보아도 사랑하는 사람의 태도는 아니었다.

그러나 기울어지기 시작한 경재의 집은 현옥의 아버지로 해서 춰서게 되고 그래서 경재의 전 가족은 현옥을 기껏 받들어 올리는 것을 여순은 보아 왔다. 뿐만 아니라 안사장이나 현옥이가 경재를 극진히 생각하고 있는 동정도 보아 왔다.

그러므로 경재는 결국 현옥에게로 가고 말 사람이라고 그는 생각한다. 그러면서도 그리로 가지 않을 경재인 것같이도 그는 생각한다. 이것은 오직 여순의 영감(靈感)만이 느낄 수 있는 예감(豫感)이 아닐까?

예감

현옥은 한 시간 이상을 걸려서 단장을 하고 좀 늦어졌다는 생각을
하며 찾아왔으나 경재는 아직 잠이 깨지 않았다.

"아니 *엽때 주무서요."
하며 그는 나무라듯이 그러나 웃으며 경일 어머니에게 물었다.

엽때
여태껏. 지금까지.

"어젯밤에 늦게 들어와서."
하고 경일 어머니는 나직이 말하며 경재 방에 들어가서 깨우라는 듯이
눈짓을 한다.

"지가 열 시 다 돼서 갔는데 그 후에도 오래 있다가 들어왔어요?"

"그럼…… 아니 열한 시쯤 해서 들어왔지 아마."

"무슨 볼일이 있었던 게지요…… 가만두서요. 일어나실 테지요."
하고 현옥은 지금 거리에서 사가지고 온 꽃가지를 만지다가 그 탐스러
운 꽃포기를 제 뺨에다 살근살근 문지르며 경재의 방문을 살짝 열고
들어갔다.

그는 방 안을 죽 살피고는
필통에다 꽃을 꽂아 놓고 잠시
그것을 들여다보다가 다시 뽑아 가지
고 나오며 경일 어머니에게 말하려다 말
고 어멈을 불렀다.

"어멈—이리 좀 와."

"네—"

"나 꽃병 하나 사다 줄 테야."

"꽃병입쇼?"

"그래……."

"어디 있어요?"

"사기전에 있지 어디 있어."

"어떻게 생긴 거예요?"

"그만두어……."

하고 현옥은 갑갑해 하는
듯이 구두를 신고 홱 밖으로 나가 버렸다.

'온 여자두?'

경일 어머니는 혼자서 속으로 이렇게 생각하였다. 다음 순간 혼자
생각은 더 대담해졌다.

'말괄량이두 분수 있지. 글쎄 시집도 오기 전에!'

하고 그는 또 생각하였다. 십 년이나 이상인 남편을 섬기는 그, 더욱이
구식 여자인 그에게는 사뭇 못마땅하게 보였던 것이다. 너무도 인생의
즐거운 봄을 짧게 지나 보낸 그의 가슴에는 시기에 가까운 비웃음이
떴다.

'흥 며느리 호강은 꿈에도……'

하고 그는 입을 다시며 돌아섰다.

그러며 경일이는 '벙어리 삼 년, 장님 삼 년' …… 말하자면 말 적고 얌전하고 시부모 잘 섬길 사람으로 고르고 골라서 장가들이리라고 생각했다.

그러나 그런 생각보다도 어느새 엉뚱한 생각이 인생의 마지막 향기가 사라지려는—오십을 바라보는 그의 가슴에 적이 오고 간다.

요새는 술이 취해 가지고도,

"어 안 돼, 곤해, 취했어."

하고 바지 *고의춤을 여미는 늙은 영감이 한스럽게도 생각되었다. 말라 가는 몸에 한때의 흥분을 주던 술도 인제는 신통한 보람을 내지 못한다. 그뿐이랴. 인삼 녹용이 좋다 해도 때가 지난 인생에게는 무 조각이나 다를 것이 없고 빛과 향기가 좋다 해도 꽃을 잊은 늙은 나비에게는 아무 소용이 없었다.

고의춤
고의나 바지의 허리를 접어서 여민 사이.

그는 눈앞에서 나불나불 사라지려는 인생의 봄을 하염없이 바라보고 있었다.

그때 현옥이가 꽃병을 사들고 들어왔다.

"어멈 정한 냉수 좀……"

"네—벌써 다녀오슈. 아씨두 참 학교 경주하듯 하시는구료."

하며 어멈이 냉수를 떠왔다. 현옥은 병에다 물을 넣고 꽃을 꽂아 가지고 경재 방으로 들어갔다. 경재는 아직 잠이 깨지 않았다.

현옥은 꽃병을 그의 머리맡에 놓고 그의 얼굴을 한참 유심히 들여다보았다. 불그스레하고 약간 찌푸린 듯한 것이 다소 신열이 있는 듯이 보인다. 그는 물 묻은 손을 씻고 살며시 경재의 이마를 짚었다.

사실 경재는 몸이 좀 찌뿌드했다. 어젯밤에 여순의 주인집에서 늦게 돌아온 탓도 있었지만 몸이 좀 거북해서 *두벌잠이 들었던 것이다.

하나 깊은 잠은 들지 못하고 수다스러운 꿈만 오고 가고 하였다.

— 높은 굴뚝이 있고 기다란 벽돌담이 있는 공장 뜰안과 같은 그런 곳으로 그는 거닐고 있었다. 얼마 후에 여순이가 왔다.

공장은 변하여 어떤 *사삿집이 되었다. 두 사람은 멀리쯤 마주앉아 있었다. 하나 여순은 아무 말도 없다. 골난 것 같기도 하다. 금시 사라질 것 같기도 하다.

경재는 순간 굳은 결심으로 그의 손을 잡으려 하였다. 바로 그때다. 누가 그의 머리를 툭 때린다. 현옥이가 그의 이마를 짚었던 것이다.

경재는 놀라 잠이 깼다. 몸에 선땀이 흐르는 것을 깨달으며 얼굴을 찌푸렸다. 그러며 현옥의 손을 비키듯이 머리를 돌린다.

"일어나서요. 지금 몇 시예요. 글쎄……."

"그만 일어나서요."

현옥은 또 한번 재촉하였다.

"어이 곤해……."

경재는 그제야 눈을 떴다.

"무엇 때문에 그렇게 곤하서요?"

"흠—"

하고 경재는 문을 향하고 돌아누웠다가 부스스 일어났다.

밝은 태양이 휘황히 남쪽 미닫이를 들부시고 있다.

순간 경재는 이름할 수 없는 명랑한 기분을 느꼈다.

"어젯밤엔 어디 가셨어요?"

"네?"

경재는 일부러 정신 못 차린 체하며 이렇게 반문하였다.

"댁에 계신다구 허구는……."

"누가?"

하고 경재는 시침을 뗐다.

"그저께 회사에서 만났을 때에 그리시지 않았어요."

"참 총명두 하시외다. 해두 난 불총명해서 그런지 통 그런 기억이 없는데……."

하고 경재는 그를 보며 빙긋빙긋 웃었다. 어젯밤 일보다도 지금의 대화보다도 아까 꾼 꿈 생각이 나서 웃었던 것이다.

"내가 다 알어요."

"뭘?"

"뭔 뭐예요. 그거지……."

"그거라니?"

"어디 가셨는지 다 알아요."

"글쎄 간 데가 있어야지요."

하고 경재는 아주 심상한 체 한번 입맛을 다시고 나서,

"참 내가 어디 갔더라 어젯밤에? 오—"

"오가 다 뭐예요. 바루 거기 가셨지……."

현옥은 물론 똑똑히는 알지 못했지만 무언지 모르게 트집을 걸고 싶었다. 무엇보다 그는 경재를 깊이 사랑했던 것이다.

"오, 참 어떤 남자의 집에 갔었군……."

"남자?…… 왜 벌써부터 *데바빠나서 그리시우?"

"아니 참 그 사람 부인도 만나긴 했어요."

"흥! 부인이오."

데바쁘다
몹시 바쁘다.

"부인은 여자지요."

"……누가 그걸 몰라요."

"글쎄 그렇다니까요."

"말씀 마세요. 다 알아요. 저 뜰아랫방에 있던 그 애 집 가시지 않았
어요."

그도 젊은이다. 젊은이의 예감이었다.

"그 애라니요?"

경재는 가슴이 뜨끔하였다.

"그럼 그 영양 말이에요."

"온 천만에……."

"왜 이러서요. 당신 호적이 내 주머니에 있어요."

"호적상으로야 죄 없는 백성이죠."

"말두 마세요. 당신 소행을 내가 몰라서. 말 한마디 않구 뒤로 호박
씨 까는……."

"온 이건 갈수록 험산이구료. 허나 그건 아주 인식착오입니다. 여자
라면 천리 만리 달아나는 사람을……."

"흥 말 마세요. *여북해서 동경 있을 적부터 맑스걸들이 당신을 '에
로핀테른'의 용사랬겠습니까. 똑 잠행적으로만……."

"어 주의!"

하고 경재는 크게 웃으며,

"아이구 인제 골치 아픈 소리 그만합시다."

하고 말을 맺으려 했으나 현옥의 트집은 그치지 않았다.

"왜 골치가 아프서요. 되려 요새는 좋으시겠더군요. 자유로 만나
구……."

여북
'얼마나', '오죽', '작히
나'. 언짢거나 안타까
운 마음을 나타낼 때
에 쓰는 말.

"누굴?"

"네, 그 영양 말씀이에요."

"그런 말씀은 하지 않는 것이 좋겠습니다. 그는 순결한 사람입니다. 또 자기 집 회사에 있는 사람에게 흠을 지어 주면 되겠습니까."

"하지만 말을 시키는 장본인은 내가 아니니까요."

"글쎄 그야 누구겠든 전연 없는 일인 줄을 안 연후에야······."
하고 경재는 정색하였다. 여순이와 자기의 사이를 굳이 부인하고 또 그를 어디까지든지 옹호하리만큼 여순에게 가까워진 자기를 깨달으며······.

"경일 어머니두 말씀하세요."

"뭣이라구?"

경재는 신경이 날카로워졌다. 그러나 현옥은 그 말 대답은 하지 않고,

"아버지도 시골 여자라 *숫진 줄 알았더니 요새는 티를 죽 벗고 경재씨와 수작하는 게 여간 아니더라구요."

경재는 그만 아무 말도 더 하지 않으려 하였다. 주위에서 이러니저러니 말한다는 것이 심히 불쾌하였다.

"글쎄 저도 잘 아는 거지만 아무리헌들 일개 여사무원에게······."
하고 현옥은 말끝을 흐려 버린다.

경재는 더욱 불쾌해졌다. 사장도 사장이지만 그 계모가 자기들의 말을 제 추측을 보태어 가며 현옥에게 고자질한다는 것은 그것이 불순한 동기에서 나온 것이니만큼 사뭇 불유쾌한 일이었다.

현옥은 물론 아직 경재와 여순의 사이를 의심할 만한 단서를 발견하지 못하였다. 그러나 경일 어머니가 비위를 맞추던 끝에 무심코 한 말과 또 아버지가 취중에 한 말을 듣고 별안간 생각이 나서 경재와 말했

숫지다
순박하고 인정이 두텁다.

던 것이다.

그러니만치 시기라든가 질투라든가 하는 데에까지 감정이 가지 않았던 것도 사실이다.

다만 평생 말이 별로 없는 경재가 이날은 어린애같이 말을 받아 주는 것이 한편 재미로워서 현옥은 의외의 곳까지 말을 끌어갔던 것이다.

하나 경재는 말을 주고받고 나니 무언지 모르게 **불쾌한** 맘이 더 커졌다. 말없는 사람이 공연히 허튼 말을 많이 하고 **난 때에** 일어나는 후회가 불쾌감을 더 크게 해주었던 것이다.

계모라든지 현옥의 아버지가 자기들의 말을 후론한다는 것도 마땅치 못한 일이었지만 여순을 멸시하는 현옥의 태도가 지금 와서는 무엇보다 불쾌하였다.

현옥은 그를 자기와는 비교도 안 되는 사람같이 업수이 여기고 있다. 일개의 여사무원이라고 비웃고 있다.

그것은 무엇 때문일까?

여순은 학식으로 현옥이보다 못하지 않다. 몸은 더 건강하고 성격도 훨씬 견실한 편이다. 그리고 얼굴은 말할 것도 없이 더 이쁘고 행실도 물론 더 점잖다.

그러면 무엇 때문에?―이렇게 생각할 때 경재는 세속 인간의 비루한 생각을 미워하는 마음이 불끈 솟았다.

'여북 못난 사람이어야 돈으로 남을 이기려겠느냐!'

이렇게 속으로 그는 부르짖었다.

그러며 또 언제든지 약한 사람을 위하리라는 그의 양심도 움직여났다. 그리하여 그는 가장 옳은 생각을 가지는 때의 경재로 돌아갔다. 말문이 무거웠다. 아침에 흐려진 기분은 온종일 개어지지 않았다.

현옥의 조름에 못 이겨서 오래간만에 동물원에 갔다가 H백화점에 들러서 저녁을 먹고 영화구경을 간 때까지도 기분은 맑아지지 않았다.

더욱 화면에 비치는 사진은 그를 기쁘게 하느니보다 차라리 불쾌하게 하였다.

오늘의 활동사진이란 모두 그런 것이지만 이때에는 더 비위에 맞지 않았다.

그러나 현옥은 흥에 겨워 몇 번 박수를 치고 또 그에게도 가끔 동의를 구하였다.

사진은 대강 이러한 것이었다.

—독일 어떤 장교가 어떤 미인을 사랑하게 되었는데 그 여자는 공교히 적국 러시아의 탐정이었다. 그래서 마침내 그 여자의 정체가 독일 탐정에게 알려지게 된다. 여자는 전선을 뚫고 도망했으나 그 여자의 아우는 사살되고 만다. 여자는 고국에 돌아가서 탐정을 그만두었다. 그러다가 러시아 탐정국에서 자기의 아우를 죽인 사람은 자기가 사랑하던 독일 장교라는 말과 또 그것을 복수할 겸 다시 탐정이 되어 달라는 부탁을 듣게 된다. 이것은 그 여자를 다시 이용하려는 탐정국의 수단에서 나온 거짓말이었으나 여자는 사실로 알고 다시 탐정이 된다. 그때 독일 장교는 러시아 장교로 변복하고 러시아로 들어온다.

어느 연회석에서 두 남녀가 만나게 된다. 그때 여자는 제 아우를 죽인 사람이 그 장교가 아닌 것을 알게 되며 다시 그에게 사랑을 느끼게 된다. 하나 독일 장교의 신변은 각각으로 위험하게 되어 간다. 그래서 그 여자는 군용 자동차로 그를 도망시킨다. 남자는 국경을 넘고 여자는 절벽에서 떨어져 죽는다.—

현옥은 사진 가운데의 남녀가 자동차에 꼭 붙어 앉아서 도망을 칠

때 경재의 곁에 꼭 붙어 앉으며,

"아이 위험해……."

하고 향수 냄새가 코를 찌르도록 얼굴을 가까이 한다. 하나 경재는 그저 묵묵히 앉아 있을 뿐이다.

기치창검(旗幟槍劍)
예전에 군대에서 쓰던 깃발, 창, 칼 따위를 통틀어 이르던 말.

현옥은 도주하는 자동차가 *기치창검을 뚫고 나가는 때마다 가볍게 경재의 무릎을 치며 얕은 비명(悲鳴)을 낸다.

독일 장교는 겨우 전선을 넘고 러시아 여자는 혼자 자동차를 몰아가다가 그만 *천야만야한 벼랑에서 벼락같이 떨어져 버린다.

천야만야(千耶萬耶)
가파른 산이나 벼랑이 아득하게 높거나 깊은 모양.

"아잇!"

하고 현옥은 부지중 소리를 높이며 경재의 손을 꼭 쥔다. 감격이 절정에 이르렀던 것이다. 하나 그러면서도 그는 불이 켜지기 전에 눈에 괴었던 눈물을 씻을 것은 잊지 않았다.

경재는 돌아나올 때까지 아무 말도 하지 않았다. 그때는 불쾌한 생각보다 몸 아픈 것이 더 컸다.

그래서 중식 먹으러 가자는 현옥을 바로 돌려보내고 그도 곧 집으로 돌아왔다.

그 뒤 경재는 감기로 며칠 동안 자리에 누워서 일지 못하였다.

현옥은 의학박사라야 한다고 제가 아는 오박사를 청해 오고 또 약도 때를 맞추어 권하였다.

그러나 신열이 몹시 나고 가슴에 모닥불이 붙는 것 같아서 친절히 시중해 주는 것도 경재는 귀찮았다. 공연히 짜증을 내고 *건성질을 하였다.

건성질
주의하거나 정성스럽지 못하고 마구 덤벙대는 짓.

하지만 현옥은 거기에서 일종의 새로운 정을 느꼈다.

'나에게니까 그렇지.'

이렇게 생각하니 경재가 *폐부 없이 화를 내는 것이 도리어 반가운 일인 것 같았다.

그러는 중에 경재의 병은 의외로 속히 가벼워졌다. 따라서 기분도 가벼워졌다.

"똑 현옥씨 탓이에요."

하고 경재는 농담 비슷이 말하였다.

앓아 누웠노라니까 *미상불 사람이 그립고 맘껏 간호해 주는 사람이 고맙지 않은 것이 아니로되 그보다도 아픔이 물러가고 건강이 돌아오는 때의 맑고 가벼운 기분이 가끔 객담을 찾아내게 하였던 것이다.

"글쎄요. 참말 저 때문이라면……."

하는 현옥에게는 제 손에서 회복되어 가는 사랑하는 사람의 건강을 바라보는 만족한 감정이 어리어 있었다.

"그럼 무엇 때문이겠어요? 그날 나가지만 않았더면야."

경재는 괜히 남을 가지고 성가시게 굴고 싶은 들뜬 생각이 났다. 지금쯤 해서 여순이가 찾아오고 그리하여 현옥이와 한바탕 맞불을 놓아주었으면 어떨까 하는 악취미조차 그는 느끼고 있었다.

"하지만 그전날 밤에 벌써 병원(病原)이 생겼는지도 모르지요……."

"천만에…… 그날 밤에는 집에서 책을 보다가 그대루 쓰러져 잠이 들었는데…… 오, 참 현옥씨가 온다구 허구 안 온 날이지요? 그날이 바루."

경재는 번연히 그날 밤에 여순의 주인에 갔던 것을 기억하면서도 위정 이렇게 말하였다.

그러다가 그는 부지중 웃음이 나서 곁에 놓인 실과를 집어다가 한 입 썩 베어먹으며 머리맡에 놓인 꽃을 들여다보았다.

폐부
마음의 깊은 속. 허파.

미상불
아닌 게 아니라 과연.

그 실과는 현옥이가 오늘 아침 일부러 미쓰꼬시에 가서 고르고 골라서 사온 것이었다.

"아이 껍질도 안 베낀 걸…… 인 주서요."

하고 현옥은 그것을 가져다가 껍질을 깎으며,

"전 아직 약속을 어겨 본 일이 없습니다. 존 데가 있는 양반이나 날짜 가는 줄도 시간 가는 줄도 모르지……."

"존 데라니?"

"맘에 물어 보셔요."

"참 현옥씨……."

하고 경재는 웃으며 오박사를 끌어다가 호남자니 미혼전이니 하고 빗대어 말을 거나 현옥은 암만 돌려맞춰도 안 넘어간다는 태도다.

"자 이거나 잡수시우. 기어이 뜰아랫방 영양 이야기를 듣고 싶으신 모양이나 인제 그런 과오(過誤)는 청산하십시오."

하며 현옥은 다 깎은 실과를 그의 코허리에까지 가져갔다.

"잘못이라구 있어야지요. 아무 헌 일두 없는 사람이라야 아무 잘못도 없다니까…… 하긴 잘못도 있긴 있어야겠습디다만 워낙 사람이 고지식해서……."

"늘 그날 밤 생각 같으면 다신 만나지도 않았어요."

"왜요?"

"열 시까지 기다리니 어디 오셔야지요. 헌데 밤을 자고 나니까 그만……."

하고 현옥은 약간 얼굴을 붉히며 다시 실과를 깎아서 쪼개 놓고 팔뚝시계를 보며,

"자아 체온기나 끼서요…… 이번엔 아까보다 체온이 좀 높을걸요.

공상을 많이 하셨으니까……."

하고 라이트 체온계를 꺼내어 경재에게 맡기고 화병에 물을
갈아 넣으러 나갔다.

어느새 석양이 되었다.

바람에 나부끼는 심록색 포플러 잎이 마치 부딪치는 구슬
과 같은 소리를 내는 것 같다.

전봇대 위에 앉았던 제비 두서너 마리가 파아란 하늘에
한 일(一)자를 죽 그으며 미끄럽게 날아간다.

솜같이 뭉게뭉게한 수다스런 흰구름이 남산머리 위 낮은
하늘에서 *팔진도를 펴고 있다.

모였다 헤어졌다 하면서…….

초여름 기분이 완연하다.

화병에 물을 넣어 가지고 마루에 올라서던 현옥은 주춤하고 눈
을 실룩하며 방으로 들어온다. 대문간에 들어서는 여순이를 보았던
것이다.

'조년 왜 또 오는 거야!'
하고 그는 속으로 종알거렸다.

그러나 경재는 여순이가 온 줄도 모르고 하늘만 쳐다보고 있다.

여순은 먼저 안방에 가서 경일 어머니에게 인사하고 몇 마디 말을
주고받은 연후에 건넌방으로 걸어왔다.

"아, 여순씨 오십니까?"

경재는 벌떡 일어나며 반가이 인사하고 들어오기를 권하였다.

"선생님 편찮으시다더니 좀 어떠세요?"

여순은 먼저 현옥에게 목례(目禮)하고 경재에게 이렇게 말하였다.

포퓰러나무의 잎사귀

팔진도
중군(中軍)을 가운데에
두고 전후좌우에 각각
여덟 가지 모양으로
진을 친 진법(陣法)의
그림. 여기서는 구름이
듬성듬성 하늘에 떠
있는 모양.

　"뭐 인제 괜찮습니다. 들어오십시오."
하며 경재가 자리를 내고 방석을 찾아다
　놓으려는 것을,
　　"가만 누워 계서요."
　　하며 현옥은 경재가 뽑아 놓은 체온기
를 집어다가 들여다본다.
　"전 통 알지 못하다가 오늘에야 들었어요. 퍽 미안하게 되었습니다."
　여순은 처음에는 현옥을 좀 꺼리는 생각이 있었으나 곧 '저는 저고
난 나지' 하는 생각이 나서 일부러 웃음을 크게 지었다.
　"천만에요. 바쁘신데…… 지금 나오시는 길이에요?"
　"네…… 좀 어떠세요."
하는 여순의 얼굴에서는 언제까지든지 미안한 빛이 사라지지 않
는다.
　"인제 다 나았습니다. 자아 좀……."
하고 경재가 자리를 비끼며 말할 때 현옥은,
　"자아 이것 좀 보서요. 아직도 열이 삼십칠도 오부예요. 가만히 드러
누서요."

하며 체온기를 경재의 눈앞에 바싹 들이댄다.

　"뭐 상관없어요. 사십 도가 넘어도 사는데…… 여순씨 들어오서요."

하며 경재는 말은 현옥에게로 시선은 여순에게로 각각 따로 보내었다.

　"여기가 좋습니다…… 인제 날씨가 매우 더워졌어요."

하고 여순이가 경재의 시선에 대답하고 있을 때 현옥은 겨우,

　"좀 올라오시죠."

하며 잠시 경재에게서 여순에게로 시선을 돌린다.

　"아니에요. 곧 가봐야겠어요……."

　그러자 경재가 곧 받아 말하였다.

　"여기서 저녁 잡숫고 가십시오. 오래간만인데…… 어서 올라오서요."

　"아니에요."

하며 여순은 짐짓 망설이고 있다. 올라가기가 거북한 것보다도 가지고 온 사과봉지를 내어놓기가 어쩐지 몹시 어색했던 것이다—변변치 않은 걸 어떻게 내놓노? 현옥이나 없었으면 또 모르겠는데 그만 마루에 슬쩍 놓아 두고 가버릴까…… 오래 신세를 지다가 생래 처음으로 *선사라고 주어 보는 여순에게는 그것이 자못 괴로운 일이었다. 그래서 현옥이가 경재의 자리를 바로잡아 깔고 있는 사이에 여순은,

　"가겠습니다."

하고 실과봉지를 살며시 들여놓고 휙 돌아서 단숨에 나와 버렸다.

　경재는 그가 나가 버리자 얼른 실과봉지를 뒤로 돌려놓으며,

　"왜 올라오라지 않어요?"

하고 좋은 낯으로 현옥에게 말하였다.

　"왜 아까 올라오라지 않었어요?…… 석수쟁이 눈겹제기부터 배인다

선사
존경, 친근, 애정의 뜻을 나타내기 위하여 남에게 선물을 줌.

구 시굴년이 식부터 채리나! 제법 **빼물고**……."

"사람이 왜 그렇소. 척 나가서 올라오십시오…… 하고 모셔 드려야하는 거 아니오. 그래야 가위 서울양반이지."

"피 누가? 내가…… 배 아퍼서…… 그까짓 걸 다 모셔 드려요?"

현옥은 자기의 얼굴의 미(美)를 돌볼 여지조차 없이 증오의 빛을 깊이 하였다. 자기의 존재를 누르는 여순의 아름다움이 그만큼 몹시 미웠던 것이다.

"왜 그렇게두 사람이 아량이 없습니까?"

경재는 그저 빙글빙글 웃고만 있다.

"아량!…… 그런 아량은 있을까 봐 겁납니다."

"현옥씨는 여류사교계의 화형인 줄 알았더니만 하하하……."

"왜 오늘 보시니까 틀렸습니까? 좋은 기회를 놓쳐서 섭섭하시겠습니다. 그러나 되지두 않을 생각은 하지 마시구 드러나 누서요."

하고 현옥은 경재의 어깨를 슬며시 밀다가,

"이거 뭐야?"

하며 실과봉지를 집어간다.

"아니에요. 그대루 두시우."

경재는 벌써 그 다음에 나올 현옥의 말이 다 짐작되었다.

"호호호…… 주책없는 년! 야시에서 산 거로구나. 참말 전염병을 들여 줄 심산가?"

이번은 경재의 얼굴에 깊은 증오의 빛이 떴다.

새 사장

안사장이 새로 취임한 후 사무실, 특히 사장실과 거기 달린 응접실은 말끔 면목을 *일신하였다.

일신(一新)
아주 새로워짐.

사장실 커튼을 비롯하여 탁자와 안락의자 등속도 새로 사들였다.

그리고 사장실 서쪽 응접실도 대수리를 가하고 비품을 일신하여 아주 딴 방같이 으리으리하게 되었다. 한복판에는 커다란 탁자가 놓이고 그 위에는 러시아 자수 같은 두터운 포자가 덮여 있으며 그 주위에는 몸이 푹 파묻힐 듯이 북석북석한 안락의자며 소파가 늘어놓여 있다.

그리고 유리창의 심록색 커튼은 부드러운 선을 그리고 좌우로 갈라 붙여 있다.

그 커튼 사이로 바깥 나무들의 신선한 푸른빛과 햇빛에 깊게 그려진 녹음이 한가히 내다보인다.

여순의 방은 바로 사장실 곁방이다. 둘 사이에는 유리문이 있으나 사장은 노상 그 문을 열어 놓아서 사장의 말소리까지 잘 들린다.

여순은 사무도 별로 바쁘지 않아서 보통은 대개 한가한 편이다. 글을 쓰다가 이따금 사장에게 차나 따라 주는 것이 그의 일과다.

사장도 퍽 친절히 해준다. 그러나 아직 첨이고 또 사장과 사무원은 자리는 가까우나 지위의 거리가 멀어서 여순은 사장과 말하는 것이 어쩐지 거북하였다. 그래서 될 수 있는 대로 말할 기회를 피하여 고요히 제 소임을 하고 있을 뿐이다.

필하다
일정한 의무나 과정을
마치다. 일을 끝내다.

글 쓸 것이 다 *필하고도 펜을 놓으면 한가한 사장의 말문이 열릴 것 같아서 그는 안 써도 좋은 글을 쓰는 때도 많다.

그는 오늘도 제자리에서 조심스러이 글을 쓰고 있었다.

뒤에서는 부글부글 끓는 주전자의 물소리가 들리고 앞에서는 제가 쓰는 철필의 깔짝깔짝하는 소리가 들릴 뿐.

철필(펜)

이곳에 앉아 있으면 공장이라는 생각이 나지 않는다. 요란한 소리도 들리지 않고 사람들의 내왕도 번다하지 않다. 그리고 어지러운 먼지도 뜨지 않고 직공들의 땀 냄새도 상상할 수 없다.

오후가 되었다.

여순의 바른편 도어가 슬며시 열리며 공장주임이 들어왔다.

그는 여순을 흘금 눈짓하고 사장실을 기웃이 들여다보더니 마치 시냇물을 건너는 사람같이 발을 뽑으며 사장실로 들어간다.

그의 좁고 짧은 양복바지 자락과 낡은 아사고무 구두 어간에 삐죽이 보이는 목 처진 양말과 발목 털에 무심코 눈을 주었던 여순은 불현듯 웃음이 나서 고개를 돌이켜 다시 글을 썼다. 공장주임은 둘 사이 유리문을 닫고 사장 곁에 가서 공손히 인사하고 사장이 권하는 의자에 걸쳤다.

문이 닫혀서 두 사람의 말은 들을 수 없었다.

그러나 공장에 관한 말일 것을 여순은 추측할 수 있었다.

벌써 얼마 전부터 있어 오던 문제니까…….

사장은 금광으로 졸부가 된 사람이니만큼 통이 크다. 그래서 아직 구식인 이 공장의 면목을 일신하여 대뜸 근대식 공장을 만들려고 들었다.

이 회사와 유일한 경쟁관계에 있는 S방직 회사가 요즈음 확장을 단행한다는 바람에,

"우리 회사도 그만 못해서 될 말인가."

하고 사장은 더욱 조급해났다. 그리하여 공장주임에게 확장에 대한 의견을 물었다.

주임은 이 회사에 십 년 넘어 근속한 사람이요 또 삼백 명이나 되는 직공을 요령 있게 구슬러 가는 익숙한 수완을 가진 사람이다.

연전에는 어떤 여공과의 사이에 좋지 못한 문제가 생겨서 성가신 말썽이 생긴 일이 있었으나 당시의 사장이던 김재당은 적잖은 돈을 써가면서 그를 굳이 만류하였다.

그러니만치 안사장도 공장에 관한 일은 거의 다 그의 말대로 좇아가지 않을 수 없는 터이다.

사장이 낡은 기계를 전부 거두고 능률이 높은 새 기계를 들여놓자고 말하였을 때 주임은,

"물론 언제든지 그렇게 되고야 말 겁니다만……."

하고 이윽히 고려하다가,

"그러자면 좋은 방법이 있어야 합니다. 우선 새 기계를 사용할 줄 아는 숙련공을 양성해야 하고 또 새 기계를 놓게 됨으로 해서 불필요하게 되는……."

하고 그는 이에 따른 여러 가지 문제를 말하였다.

그리한 후로 그는 늘 시끄러운 말썽이 없고 회사에 이익이 될 가장 좋은 혁신방법을 내심으로 생각하고 있었다.

그래서 사장도 그 구체안이 설 때까지 급작한 변동을 피하고 있었던 것이다.

장주임은 제가 가지고 들어온 기계 목록을 척척 뒤지다가,

"이게 순전히 전동력(電動力)만 사용하는 최신식 기곕니다."

하고 복잡한 도면을 가리키며 그 기계의 성능(性能)에 대하여 설명하였다.

사장은 도면을 들여다보며,

"하아 하아."

하는 감탄을 연발하다가 여송연 끝을 따고 불을 붙이며,

"참 S방직도 전동긴가요?"

하고 묻는다.

와사(瓦斯)
가스.

"아닙니다. 어디가요…… 아직은 역시 *와사(瓦斯) 발동깁니다. 하지만 확장할 모양이라니까 물론 전동기가 될 겁니다."

사장은 조금 몸을 뒤로 젖히며,

"헌데 주임, S방직 확장안에 대해서 들은 바 없소?"

하고 흘끔 여순을 내다본다.

"네, 그건 피차 절대 비밀이니까요."

"하지만 어떻게 알아볼 수 없을까?⋯⋯ 기왕 착수한 바에는 남보다 못해서 되겠소."

*승벽이 많은 사장은 여태 S방직에 눌려 오는 Y방직을 한번 들썩하게 만들어 보고 싶었다.

"뭐 별거 없습니다. 이 기계만 놓아 보십시오. 사람은 훨씬 적게 쓰고 물건은 몇 갑절 더 만들어 낼 거니까요. 헌데 이걸 놓자면 첫째 기관실을 새로 지어야 합니다. 그리고 또 공장도 일부분 따로 지어야 합니다. 지금 공장을 고치느라면 돈도 제대루 들고 또 작업에 지장이 생기게 됩니다. 직공도 놀리게 되구요."

하는 주임은 기실 새 기계를 놓고 적은 직공으로 많은 상품을 만들 것만 생각하는 것이다. 공장에서 잔뼈가 굳어진 그는 확장에 따른 회사 내부의 경리상 변동이며 또는 상품을 소화시킬 판로 개척 등 대외문제에 대해서는 생각이 미치지 못한다. 하나 사장은 그와 다르다. 비록 이런 사업에 경험은 없다 하더라도 회사를 충실히 하는 동시에 이익을 버쩍 올리고 싶은 그의 가슴에서는 여러 가지 문제가 착잡히 꼬리를 물고 맴을 돈다.

묵묵히 앉은 사장의 입에서 웃음과 탄복이 나오기만 바라는 장주임은 면도한 지 오랜 아랫수염을 어루만지며 좋은 생각을 빚어 내려고 콘크리트같이 굳은 머리를 연성 짜낸다.

직공 기숙사를 지어야 할 것과 그리하여 장차로는 직공 전부를 기숙시킬 것과 남공은 졸지에 그렇게 안 된다 하더라도 여공만은 꼭 기숙사에 있게 할 것과 그래야 결근이 적고 능률이 오른다는 것을 말한 다

승벽
남과 겨루어 지지 않으려는 성미나 버릇.

음 한층 더 사장의 턱 아래에 허리를 구부리며 소리를 낮추어서,

"그 담은 몸이 쇠약한 사람 또는 오래된 고급공 대신에 젊은 건강한 새 사람을 넣어야 합니다. 양성부를 설치하고 삼 주 내지 한 달포만 양성하면 넉넉합니다."

하고 조심조심 사장을 우러러본다.

그리고 이어서 작년에 북선지방에 수재가 나서 흉년이 든 관계로 사람들이 살길을 찾아 헤매는 터이니만큼 훨씬 헐하게 채용할 수 있다는 것과 그런 지방 면사무소나 주재소에 모집을 의뢰하면 그 구제에 머리를 앓던 당국자들이니만큼 즐겨 요구에 응할 것이라는 것과 함경도나 경상도 변지 여자들은 직실하고 튼튼해서 직공으로서는 아주 안성맞춤이라는 것을 부연하여 말하였다.

"이를테면 기계를 일신하는 동시에 사람까지를 일신해야 합니다."

하는 장주임의 말에 사장은 그제야 빙긋이 웃으며,

"암!"

하고 고개를 한번 크게 끄덕한다.

"새 공장에는 새 공기가 필요하니까."

하고 사장은 오십 평생에 일찍 입에 올려 보지 못하던 소설가다운 한 마디를 무심코 말하였다.

하나 그것은 그가 창작해 낸 말은 아니다.

일찍 상공시찰단에 끼여서 *신호, *대판, *명고옥, 동경 등지를 시찰 갔을 때 어느 공장주임에게서 들은 말을 그대로 되풀이한 데 불과하다. 그때는 무슨 소린가 하고 탐탁히 받아 들지 않았으나 지금 사장의 자리에 앉아서 큰 회사를 운전해 나가려니까 그 말이 더할 나위 없이 적절히 되살아났다.

신호
'고베'. 일본 효고현 남동부에 있는 공업도시.

대판
'오사카'를 우리 한자음으로 읽은 이름.

명고옥
'나고야'.

"아무려면요 첫째 그거지요."

하고 주임은 수염에 갇힌 입을 열며 헤벌쭉이 웃음을 짓는다.

그는 사장의 말을 똑바로 이해하지는 못했지만 사장의 쾌심스러운 동정에 저절로 고개가 끄덕거려졌던 것이다.

"우리 회사는 우리 회사로서의 정신이 확실히 서야 할 거요."

사장은 사장으로서의 위엄을 지으며 말을 잇는다.

"그것은 다만 어떤 한 사람만이 가질 것이 아니라 사장으로부터 직공 소사에 이르기까지 통일적으로 가져야 할 거요. 기술이나 설비 같은 것은 남이 본받을 수도 있고 또 우리가 남의 것을 배울 수도 있는 거지만 정신만은 그렇게 안 될 줄 아오. 하니까 우리는 첫째 남이 본받을 수 없는 그러한 정신을 만들어야 할 거란 말요. 남과 같은 조건 아래에서 작업한다 하더라도 이 정신만 확실하면 늘 남보다 우수할 수가 있다고 나는 확신하오. 회사를 돈 위에다 세우기보다 이 정신 위에다 세우기로 피차 결심하지 않으면 안 될 거요."

이 말도 상공시찰 당시에 얻은 지식에서 나온 말이다.

그 당시 어떤 신문사에 들렀을 때 부사장인가 한 사람은 멀리 영국에서 예를 끌어다가 《타임스》 신문은 그 사로서의 정신이 섰기 때문에 그렇게 많은 경쟁자가 생기고 또 그 사의 맨 우수한 기자를 빼어다가 설비도 더 굉장히 했건만 그 사는 의연 일백오십 년의 성운을 독점하였다고 말하고 어떤 방직회사에 들렀을 때에는 그 공장주임인가 한 사람이 직접 자기 회사를 들어 말하기를 우리 회사는 우리 회사로서의 정신이 서 있기 때문에 내부설비를 동업자에게 공개한다 하더라도 결코 타의 추종을 허치 않는다고 장담하였다.

사장은 지금 비로소 그 말에 *공명을 가질 수 있었다.

공명(共鳴)
남의 사상이나 감정, 행동 따위에 공감하여 자기도 그와 같이 따르려 함.

사장 자리에 앉은 이후 그가 제일 절실히 생각한 것은 회사 전체가 한몸 한맘으로 자기에게 절대 심복해 주는 그것이었다.

물론 임금도 잘 주지 못하던 김재당 당시보다는 사원이고 직공이고 대체로 그를 믿고 존경하는 것이 사실이나 앞으로 새 계획을 실행하는 데 따라서 인사관계에 대변동이 올 것이고 그러면 말썽이 될 것은 피할 수 없는 문제고 또 김재당 당시에 자주 있어 오던 공장의 동요도 공장주임에게서 *저저이 듣고 있으니만큼 우선 자기를 중심으로 한 한 개의 세력을 만들어 놓아야 후일 일부에서 무슨 말썽이 일어난다 하더라도 곧 눌러 버릴 수 있으리라고 사장은 생각하게 되었다.

하나 어떻게 그 세력이 이루어질까 하는 데 대해서는 여태 좋은 생각을 가져 보지 못하였다. 하다가 오늘 주임의 말을 듣고 또 상공시찰 당시에 보고 들은 바를 생각해 내게 되자 비로소 자기를 절대 믿고 복종하는 맘과 맘의 관계에 생각이 미쳐지게 된 것이다.

그러기 때문에 그가 말하는 '정신'이라는 것은 요컨대 자기에 대한 절대의 심복과 무조건적 예종을 의미하는 것이다.

하나 이렇게 생각해 오던 사장의 머리에는 문득 한 가지 의문이 생겼다. 그렇게 순후하고 또 자본도 꽤 단단할 뿐 아니라 사업가로도 이름이 높은 김재당이 왜 파산상태에 빠져서 사원과 직공의 심리를 수습하지 못하였는가 하는 그것이다.

"한데 그전 김사장 당시엔 왜 폭이 안 됐을까. 그리구 또 줄창 말썽이 생겨서 욕을 봤다지?"

하고 사장은 주임에게 물었다.

"그건 그렇습니다. 때가 나빴으니까요. 그런 불경기시대에는 조업을 단축하고 인원을 줄이고 싶을……."

저저(這這)이
있는 사실대로 낱낱이
모두.

하고 주임은 그런 때의 경리방법을 말한 다음,

"참 딱했습니다. 이 어른이 산업합리화란 말이나 아셔야지요. 하니까 말씀해도 과단을 못 낸 거지요. 때도 때지만 모든 일이 첫째 주인을 만나야겠더군요."

하고 김사장을 나무라는 반면에서 은연히 새 사장을 때와 포부를 함께 가진 훌륭한 주인으로 쳐올렸다.

물론 그도 새 계획을 시행하자면 첫째 인원정리가 오게 될 것이요 그로 해서 생길 말썽이 꺼림하지 않은 바 아니었으나 이 자리에서는 그보다도 사장의 신임을 얻을 것이 더 급하고 요긴한 문제로 생각되었다.

사장 한 사람을 위해서는 여러 사람의 미움과 말썽을 걸머져도 좋으리라는 용기까지도 났다.

"하여튼 회사도 인제 사장 영감을 만났으니까 잘될 줄 압니다."

"나야 뭐……."

하고 사장은 사장으로서의 뛰어난 방침을 세워야겠다는 저 혼자의 생각을 가지며 신중한 체모로 돌아갔다.

그 며칠 후 안사장은 안락의자에 허리를 파묻고 뒤로 몸을 젖힌 채 신문을 보고 있다. 흥취가 뜨는 때의 버릇으로 눈초리 가에는 서너 줄 가는 주름이 잡힌다.

신문 가정면과 오락면에는 잠자리 날개 같은 하르르한 *경라(輕羅)를 입은 여자들의 사진이 있다.

경라(輕羅)
가볍고 얇은 비단.

그는 눈을 들어 제 자리에서 글을 쓰고 있는 여순에게로 시선을 보낸다. 남창 밖으로 새 솜 같은 흰구름 송이가 유유히 떠도는 파아란 하늘과 초여름 진한 햇빛에 비친 금모래판 같은 앞뜰과 그리고 그 위에 그려진 무르익은 녹음이 언뜻 내다보인다.

순간 그는 무언지 짜릿한 감각을 깨달으며 담배 한 대를 꺼내어 가지고 재떨이의 라이터를 눌렀다.

그는 또 한번 여순을 흘금 보고는 신문의 사진으로 다시 시선을 떨어뜨렸다.

나이는 먹었어도 여자를 좋아하는 타고난 버릇은 늙지 않았다. 아니 노욕(老慾)이라고 할까 갈수록 나이 보람 없이 되레 *자심해지는 듯도 하였다.

그는 지금도 소실이 둘이나 있다. 하나는 신여성이요 하나는 기생이다. 돈을 모은 후 빛 다른 것이라고 적지 않은 돈을 써가며 소위 신여성을 맞아 왔으나 그도 한때의 흥미에 지나지 않았다. 어느새 아기자기한 맛이 없는 한 개의 인형이 되고 말았다. 기생도 번 가는 그 무렵뿐이지 들여앉히고 보면 화병에서 시들어 가는 한 떨기 꽃이 되고 만다.

일제 시대의 신여성

이러한 심리는 그로 하여금 밖에서 향락을 찾게 하였다.

그리하여 요새는 소위 모던 걸에게 구미가 터서 연회 같은 데서 취해 가지고는 가끔 카페로 들어간다. 한번은 영화회사를 만든다는 어떤 사람의 연줄로 여배우 한 사람을 알게 되었으나 그 여자를 싸고도는 젊은 사나이들 바람에 만날 기회조차 얻을 수 없었다.

기생

그래서 그는 손쉬운 카페나 바로 찾아드는 일이 종종 있다.

음악은 없어도 좋다. *홍등녹주(紅燈綠酒)는 아무렇더라도 좋다. 빛 다른 여자만 있으면 그만이다.

그는 첫째 여자의 몸을 본다. 더욱 그 가는 허리와 그 아래의 펑퍼짐한 곡선을…… 그래서 여기다 초점을 두어 가지고 그 담으로 얼굴을 치보고 종아리를 내려다본다.

"됐어!"

하고 그 담에는 손으로 여자의 육체미를 감상하는 버릇이 있다. 자기의 체면이고 상대자의 감정 여하를 생각지 않는다.

하나 사장의 자리에 앉아 있는 동안만은 그렇게 할 수 없다.

해서 여순에게는 퍽 점잖은 체를 빼고 말도 삼간다.

그러나 날이 가고 달이 바뀌는 사이에 그의 *배냇버릇은 여순에게로 움직이게 되었다.

여순은 말이 적고 행동이 무거웠지만 무슨 말을 시켜 보든가 일을 시켜 보면 반할 만치 영리하고 초돌지다.

그리고 또 처음 들어올 때보다는 미끈하게 때가 벗었다. 맨첨에는 모양이 수수하고 체격이 바른 시골내기라고만 생각했지만 두고두고 보느라니 첨에 발견하지 못하던 여러 가지 장점이 새로 드러난다.

사장은 신문에서 눈을 떼어 또 한번 여순을 내다보았다. 의자에 걸친 그 측면이 보인다. 뒷맵시의 뚜렷한 곡선을 더듬으며 그의 시선은 오르내린다―살결, 양말에 싸인 늡늡한 다리, 앞이마로부터 귀밑가로 물결치는 몇 올 고수머리, 하이얀 귀, 영리한 입, 대똑한 코, 불그레한 뺨 그리고 그보다 턱 아래에 애오라지 불쑥하게 그려진 곡선은 오늘 첨 발견하는 미(美)다.

"*남남북녀란 말이 옳군."

하고 그는 입을 다시었다. 신문의 사진보다는 실물인 여순에게로 시선이 더 끌린다.

사진에 대한 흥미가 사라지는 심리는 곧 여순에게로 가까워지는 심리인 것이다.

그의 들뜬 맘은 *공중누각을 쌓으며 여순의 몸에다 공상의 갖은 치

베냇버릇
태어날 때부터 가지고 있는 버릇. 또는 고치기 힘들게 굳어진 나쁜 버릇을 비유하는 말.

남남북녀(南男北女)
우리나라에서, 남자는 남쪽 지방 사람이 잘나고 여자는 북쪽 지방 사람이 고움을 이르는 말.

공중누각(空中樓閣)
공중에 떠 있는 누각이라는 뜻으로, 아무런 근거나 토대가 없는 사물이나 생각을 비유적으로 이르는 말.

장을 베풀어 본다. 호화로운 옷을 입히고 눈부시는 성적을 하고 그리고 바로 제게로 오는 춤의 스텝을 공상으로 그의 몸에 그리어 본다.

"양장이나 시켜 놨으면!"

그는 입맛이 고소해났다. 그때다. 문이 스르르 열리며 급사가 무슨 물건봉지를 들고 들어오며,

화신백화점 매장

"화신에 물건 청하셨습니까?"

하고 여순에게 묻는다.

"아니오."

하고 여순이가 대답할 때,

"오냐, 내가 청했다."

하고 사장은 급사에게 말하며 여순이더러 받으라고 눈짓을 한다.

여순이가 급사에게서 물건봉지를 받아 들고 사장실로 들어올 때 사장은,

"거 여순이 거야 가져다 두어."

하고 얼굴을 반쯤 신문 위에 쳐든 채 눈썹을 위로 당기며 받아 두라는 뜻을 보인다.

"네?"

여순은 너무도 의외여서 잠시 어찌할 바를 몰랐다. 대관절 무슨 물건일까 하는 생각도 가질 여유가 없었다.

"거 가져다 써보아."

"아니에요. 전……."

하며 여순은 역시 머뭇거리고 있다.

사장은 이번은 명령하듯이,

"갖다 쓰라니까."

하고 뒤미처 딸에게 대한 아버지의 말
투로,

"내 집 현옥이 것두 내가 사다
주니까……."
하고 점잖게 여순을 본다. 그에
게 주려고 화장품 등속을 청해
온 것이나 그렇다고 말하기는
어쩐지 거북하였다.

'딸에게 사다 주는 것이면 대
개 뭘까.'
하고 여순은 그제야 속으로 생각해
보았다. 그러나 역시 알아맞힐 수 없
었다.

사장은 다시 신문에 얼굴을 가리고 두말 없다.

여순은 그것을 그만 사장 탁자에 놓고 그대로 나와
버리고 싶었으나 그 자리의 공기가 그렇게도 되지 않아서
이윽히 망설이고 있었다.

그때다. 똑 똑 똑…… 하는 가벼운 노크 소리가 뒤에서 들려 왔다.

여순은 섬뜩한 생각이 들며 거지반 무의식하게 되돌아 나오다가 문
을 열고 들어오는 경재와 마주쳤다.

"아, 여순씨."
하며 경재가 돌아서 문을 바로 닫는 사이에 여순은 얼핏 저편 왼손에
물건봉지를 바꿔 쥐었다.

"안녕하십니까."

여순은 공연히 얼굴이 빨개지며 길을 비키듯이 물건 쥔 왼편으로 몸을 조금 돌렸다. 그때 사장이,

"아, 자네 앓는다더니 괜찮은가."

하고 경재를 내다보며 굵은 목소리로 묻는다.

"네, 감기였어요."

하고 경재가 성큼성큼 걸어들어갈 때 여순은,

'아뿔싸!'

하고 속으로 생각했으나 벌써 문병인사가 늦어 버렸다.

경재가 앓는 데 잠시 다녀온 후로 오늘 처음 만나는데 아무 말도 못하고 말았다. 그는 몇 번이나 일어나 가서 말할까 하면서도 사장과 경재가 함께 있는 그 자리에서는 이상하게 몸가지기가 거북해서 종내 가지 못하고 있었다.

"그런 걸 현옥이년은 어떻게도 설치는지……."

하며 사장은 거기 걸치라는 듯이 턱으로 의자를 가리키나 경재는 그대로 서서 탁자 앞을 왔다갔다하고 있다. 생각 같아서는 거기 앉기보다 여순에게로 가서 그 사이의 얘기나 들어 보고 싶었던 것이다.

"참 현옥이년이 또 아프대더니만……."

하며 사장이 탁상전화를 앞으로 당기어 갈 때 여순이가 주전자를 들고 들어왔다.

"선생님 아주 쾌차하십니까?"

"네, 다 나았습니다. 참 그날은 퍽 미안했습니다."

"천만에요. 지가 되려……."

하며 여순은 차를 따르고 의자를 권하였다.

"왜 통 놀러 오시지 않습니까."

"하는 일 없이 공연히 바빠서요……."

하고 여순은 입가로 손을 가져가며 목소리를 낮추어,

"한번 가겠습니다. 퍽 미안……."

하다가 사장이 전화 거는 높은 소리에 짐짓 말을 끊었다.

"아 누웠어? 대단하대?…… 아 오박사가 왔다 갔어?…… 응, 잘 조리시키게."

하고 사장은 미간을 쭝긋하며 전화를 끊는다.

"늙은 사람이 이렇게 건강한데 온 젊은애들이……."

"대단하답니까."

"드러눴다네그려."

하며 사장은 걱정하는 빛을 보인다.

"감길 테지요."

"글쎄 오박사가 왔다 갔다니까 괜찮겠지…… 이따가라두 사이 있건 들러 보게그려."

"네―"

하고 대답하다가 경재는 흘끔 여순의 눈치를 보았다.

여순은 경재의 시선을 피하는 듯이 벽에 붙은 플레이트식 방직기계의 도해(圖解)로 시선을 슬며시 돌려 버린다.

잠시 가벼운 침묵이 왔다. 지나치게 촉기 빠른 젊은 맘과 맘이 소리쳐 부딪치는 듯함을 경재는 느꼈다.

사장은 몇 마디 돌아가는 이야기를 하다가 여순이가 제 자리로 돌아간 후 경재의 신상에 관한 이야기를 꺼내었다.

"참 자네 얘기 점 듣세. 포부가 다 있을 테니까, 하하하……."

"뭐 아무것도 없습니다."

경재는 그제야 의자에 걸쳤다.

"그래 서양 간다던 건 인제 단념했나?"

"집 형편이 어디 그렇게 됩니까?"

"글쎄 그건 둘째 문제고."

"가고 싶은 생각이야 없을 리 있습니까."

그러자 사장은 아주 과단성 있는 어조로,

"그만두게. 내가 권하는 거니 그만두게."

하고 끊어 말한 다음,

"정 필요하다면 학비쯤이야 낸들 못 대주겠나만 그거 다 소용 없는 일일세. 꿩 잡는 게 매라고 돈 버는 게 장술세…… 현옥이년도 자네 바람에 서양 간다구 야단이데만 가면 뭘 하나. 그리고 자네 보다시피 내 집에 다른 자식이 있나. 돈푼이나 생기더니 양잣감이 어서 그리 나오는지 되려 골치가 아플 지경이네만 난 아직 그럴 생각은 없네. 딸자식은 자식 아닌가. 또 자네가 있지 않은가. 아무 걱정 없네."

하고 조끼 겨드랑이에 엄지손가락을 찌르고 몸을 뒤로 젖히며 경재를 쳐다본다.

경재는 아무 말도 없다.

사장은 조금 뒤에 다시 말을 이었다.

노무력(老無力)
늙고 힘이 없음.

"여보게 그러지 말구 이 회사로 들어오게. 자네 영감은 인제 *노무력(老無力)해서 실무를 보실 수 없는 터이고 또 옛날 생각만 하시구 해서…… 이왕이면 자네가 있는 게 매우 졸 듯하네."

"제가 뭘 알아야죠."

"아따 이 사람아. 한다는 대학을 마쳤겠다, 그만하면 상당허지. 외려 너무 지나갈는지 몰라, 하하하……"

하고 사장은 한참 너털웃음을 치다가,

"사실 이 회사도 인제부터 꼭 인재가 필요하네. 아직 자네와는 상의한 일이 없네만 앞으로 새 방침을 실시해 나가랴면 아무려나 자네 같은 믿을 만한 사람이 꼭 있어야 되겠네. 이마적은 대신이니 뭐니 하는 고관대작들도 자식이니 사위니 하는 걸 비서(秘書)로 쓴다데그려, 하하하……."

하고 또 웃음을 터친다.

"제가 어디 *적재가 됩니까."

"그야 겸손하는 말일 테지만 어쨌든 나는 자네를 꼭 믿고 있네. 자네도 이 회사 형편은 대강 짐작할 줄 아네만 어차피 불원간 대혁신을 단행하지 않으면 안 되겠네. 기왕 착수한 바에야 남에게 져서 되겠나. 내 계획대로만 하면 아닌게아니라 한번 큰소리 쳐볼 자신이 있네만. 그러자면 불가불 수완도 있으려니와 첫째 신용할 만한 인물이 있어야 하겠네. 그러니까 같은 값이면 남보다 자네가 있어 주는 게 낫지 않겠나."

하고 사장은 일단 목소리를 낮추어 가며 새 방침에 대한 윤곽을 대강 말하였다. 새 기계를 사용하고 인원을 축소하면 생산비는 훨씬 낮아지고 생산고는 반대로 버쩍 높아질 것도 말한다.

"저는 수완도 없으려니와 첫째 혁신이라든가 인원 정리……."

"쉬."

하고 사장은 여순을 눈질하며 목소리를 낮추도록 경재에게 손을 내흔든다.

"다른 것은 전 모르겠습니다만 인사문제만은 그렇게 단순히 될 것 같지 않습니다. 자칫하면 혹을 떼려다가 되려 붙이게 될 겁니다."

하고 경재는 거지반 상식적으로 판단할 수 있는 이 문제에 대하여 의

적재(適材)
어떠한 일에 알맞은 재능. 또는 그 재능을 가진 사람.

견을 말하였다.

사장은 자기도 그것이 염려되기 때문에 후일을 생각하고 벌써부터 *요로(要路)와 밀접한 교섭을 계속해 오는 중이라는 말과 또 오늘 밤에도 그런 의미의 연회를 베푼다는 말을 하고는,

"일이란 당길 데 늦출 데를 알아야 하는 걸세. 종로에서 불이 났는데 한강에 가서 물을 길어서야 일이 되겠나."

하고 또 너털웃음을 친다.

경재는 거기 대해서 여러 가지로 의견을 말하고 인원정리의 불가함을 역설하였으나 사장은 종내 자기의 의견을 고집하였다.

그러는 중에 전화가 따르르 울려 왔다.

사장이 얼른 받아 가지고 몇 마디 주고받더니 말을 끊고 경재에게로 넘긴다.

현옥에게서 온 것이다.

잠시 제 집에 들러 달라는 그의 말에 경재는 간단히 간다고만 대답하고 전화를 끊었다.

요로(要路)
영향력이 있는 중요한 자리나 지위. 또는 그 자리나 지위에 있는 사람.

그들의 문답

여름날 *승석 때다.

준식은 볼일이 있어서 어디로 나가고 놀러 왔던 그의 동무 — '녹샤꾸(六尺)'라는 별명을 듣는 키보 낙범(洛範)이와 '길림당나귀'라는 별명을 듣는 말라깽이 기태(基台)가 준식의 방에 남아 있다.

식곤증이 나서 준식이가 책궤로 쓰는 석유상자에 기대어 깜박 잠이 들었던 길림이가 부스스 머리를 들며,

"원, 빌어먹을, 흠—"

하고 쓴입을 다시며 게슴츠레한 눈을 썩썩 비빈다.

키보는 아래웃방 사잇벽 구멍에 달린 전등 밑에 앉아서 무슨 책을 읽느라고 아무 대꾸도 없다.

키보를 이윽히 끔적끔적 들여다보고 있던 길림이는 별안간 땅이 꺼질 듯이 목멘 웃음을 야단스레 터쳐 놓는다.

"핫 하하하…… 으 흐흐흐……."

승석(僧夕)
중이 저녁밥을 먹을 때라는 뜻으로, 이른 저녁때를 이르는 말.

그러자 키보는,

"흥 이놈의 당나귀, 오늘은 아시기녘부터 우는구나. 야 아직 새벽이 멀었다."

하고 속도 모르고 픽 웃는다. 시계가 없는 벽촌에서 당나귀 울음을 새벽 신호로 일어나던 옛날의 기억도 얼핏 떠왔다.

"야 녹샤꾸야."

하고 길림이는 지금 비몽사몽간에 언뜻 본 괴상망측한 광경을 생각하며 불렀으나 키보는 아무 대답도 없다.

"너 미인이 되고 싶으냐? 야……."

그래도 여전히 대꾸가 없다. 키보는 지금 책 속에서 이해하기 어려운 대목을 만나서 머리를 짜듯 미간을 씨무룩거리며 골똘히 글을 보고 있다.

"흠—한 달은 재수 비겠다. 녹샤꾸가 미인이 돼뵈다니 엥히……."

길림이가 저 혼자 푸념하는 군소리다.

"미인?"

키보는 그제야 길림이를 보며,

"미친놈!"

하고 쭝긋 웃는다.

"야 녹샤꾸야 네가 내 덕에 미인이 됐다."

하고 길림이는 이야기를 꺼낸다.

"내가 지금 꿈에 어떤 촌엘 갔는데 그야말로 정말 청사초롱에 불 밝히고 그 우에 똑 따온 미인이 앉았더라. 한편 무릎을 딱 세우고 그 우에 새서방 도포감을 주섬주섬 올려놓고 *침선을 하는데 그 바늘 쥔 손이 어떻게 *섬섬옥수든지 눈에 넣어도 아프지 않겠더라. 그래서 눈

도포

침선
바느질.

섬섬옥수(纖纖玉手)
가냘프고 고운 여자의
손을 이르는 말.

이 뚫어지게 들여다보다가 그만 눈을 떴다. 눈을 떠보니 그게 미인이 아니라 바루 너드라, 너야. 전깃불 아래서 글 읽는 것이 그렇게 보였단 말이다. 에―튀 재수없어."

하고 길림이는 열어 논 문 밖에 마른침을 탁 내뱉는다.

"하하하…… 시러베자식! 으흐흐흐……."

키보는 그만 연성 웃음이 터져 나와서 견딜 수가 없었다.

"그 책이 새서방 도포로 보인 건 또 모르겠다만 글쎄 저 북덕갈구리 같은 더런 손이 섬섬옥수로 보이다니 꿈도 분수가 있지, 엥히……."

"이놈아 네가 눈을 뜨고 자는 버릇이 있으니까 그렇지…… 하하하 하하."

키보는 잠잘 때 조금 까뒤집어지는 버릇이 있는 길림이의 눈을 생각하며 또 웃음이 터졌다.

길림이는 키보의 거친 손과 그 손에 쥐어진 책을 마땅치 않게시리 바라보며 입을 버룩버룩 씰룩이다가 별안간,

"쉬―"

하고 키보를 쿡 찌르며 손을 내떤다. 소리를 내지 말라는 뜻이다.

키보도 알아챈 듯이 잠자코 입만 실룩 하고 다시 책을 들여다본다.

곁방에서 구수무레한 콧노래가 끊어질 듯 가늘게 흘러온다. 그 곡조가 '여공의 노래'인 것도 또는 그 노래 부르는 여자가 누구인 것도 그들은 곧 알아맞힐 수 있었다. 그 노래의 주인공은 그들과 같은 공장의 여공인 준식의 주인집 딸 정님이다.

그는 말썽 많은 여공이요 그 부르는 음색은 일터의 노래로서는 너무 청승맞은 편이건만 그래도 그 노래에는 그들만이 느낄 수 있는 일터의 호흡이 있다.

길림이는 어느 때 십 전짜리 발성영화에서 본 한 장면이 생각났다—어떤 주점의 여자가 *면경을 들여다보며 세상을 원망하듯 구슬픈 콧노래 부르던 것을…….

그는 정말 당나귀처럼 엎드려 곁방 쪽으로 어슬렁어슬렁 기어갔다.

준식의 방과 그 아랫방 두 사이 벽에는 본래 문이 있었다. 하던 걸 웃방에 직공을 치게 되면서부터 신문지로 몇 겹 발라 버렸다.

해서 빈대란 놈 외에는 통래를 못 하게 되었건만 여름철이 되면서부터 신문지가 죄어들어 터지며 군데군데 틈이 생기게 되었다. 그 틈으로 내다보면 그 아랫방의 일부분이 어렴풋이 눈에 든다.

길림이가 먼저 맨 잘 보이는 구멍을 찾아내었다. 키보는 뒤미처 한 구멍 찾아내었다.

삐죽한 꽁무니와 뭉실한 궁둥이를 가지런히 뒤로 내밀고 두 사람—길림이와 키보는 신이 나서 시방 곁방을 엿보고 있다.

아랫방에는 *히물찌게 생긴 찰떡 같은 정님이가 있다. 같은 공장의 여공이요 날마다 보는 터이지만 도적해 보아서 그런지 더 이쁜 듯하다.

더구나 정님은 지금 밤화장을 하고 있지 않은가. 또 저고리 앞섶을 헤치고 다리를 함부로 뻗고 있지 않은가.

"히—"

키보는 머리를 돌리며 히죽 웃고 길림의 궁둥이를 탁 흔든다.

송충이

길림이는 돌아도 보지 않고 송충이나 털듯이 손을 툭 털며 여전히 엿보고 있다.

"흐음—"

키보는 비켜 앉아서 입을 다시다,

"얘—이리 와."

하고 길림이가 모기 소리만큼 가늘게 부르자 키보는 다시 가서 붙는다.

정님은 솔잎 냄새 나는 값싼 크림을 손바닥에 문질러 가지고 얼굴에 장단을 친다. 그러고는 한 손으로 치맛자락을 들썩 쳐들고 표지(表紙) 떨어진 영화잡지를 들고 아래위로 슬슬 부채질을 한다. 매우 더운 모양이다.

"에그—"

길림이는 거위같이 목을 늘여 단침을 꿀떡 삼키고 머리를 푹 떨구어 문 아래턱에서 새 구멍을 찾고 있다. 위틈에서는 그의 하체를 똑똑히 볼 수 없었기 때문이다. 하나 아래에는 불빛조차 샐 만한 틈이 없어서 머리를 상하 좌우로 한참 붓다새 내젓고 다니다가 키보의 머리와 탁 마주쳤다.

그러자 키보는 얼결에 머리를 픽 돌렸다.

"왜 통째로 삼키구 싶니?"

"호호……."

길림이는 남생이처럼 목을 틀어박고 코를 분다.

"얘……."

키보는 길림이의 귀를 잡으려 하였다. 당나귀처럼 귀조

남생이

차 벌쭉한 것이 우스웠다.

"아서……."

하고 길림이는 몸을 웅크리고 또 한참 들여다보더니만 중동이 저려나는지 몸을 비비꼬며 부지중 키보의 넓적다리를 꽉 꼬집어 튼다.

당나귀

"아야야 이놈이……."

"쉬―이리 와."

길림이는 키보의 덥석머리를 감아쥐고 당기었다.

두 사람은 다시 문틈에 가서 매달렸다. 그리하여 한참 실히 꼼짝도 안 하고 그대로 있었다.

그들은 밖에서 발자취 소리가 나는 것도 듣지 못하였다. 그러므로 조심스러운 시선이 들어오는 것은 더욱 알 리가 없었다.

여순이가 준식을 찾아서 그 집으로 왔으나 그들은 전혀 알지 못하고 있었다.

여순은 요전에 한번 잠시 다녀간 일이 있는 집이므로 별로 눈도 살피지 않고 무심히 대문 안에 들어섰다.

준식의 방문이 열려 있고 불빛이 흐르고 또 사람의 그림자가 얼핏 보이는 듯하므로 그는 별 생각 없이 너댓 걸음 *뜨락을 걷다가 주춤하고 발을 멈췄다.

뜨락
'뜰'의 북한어.

116 한설야

사람의 얼굴은 보이지 않고 삐죽하고 둥글한 두 궁둥이만 들여다보이는 것이 어쩐지 괴상하였다. 그런데 또 얼마를 지나도 움직임이 없이 그대로 가만히 있는 것이 더욱 까닭 모를 일이었다.

그러는 사이에 어디서 여자의 노래가 구성지게 흘러왔다. 그러자 방 안의 두 사람은 그 곡조에 맞추듯이 궁둥이를 맞비빈다.

여순이 비로소 노랫소리 나는 곳과 그들이 그러고 있는 까닭이 어렴풋이나마 알려지는 듯하였다.

"온!"

하며 그가 그만 돌아서려 할 때에 그 두 사람은 입에다 손을 가리고 킥킥거리며 머리를 이편으로 돌린다.

여순은 그만 엉겁결에 훌쩍 뛰어나왔다.

정녕 준식의 얼굴이 아니었으므로 다시 들어갈 필요도 없었다. 그러나 그대로 돌아오려니 어쩐지 한편 섭섭한 맘이 들었다.

그러며 그저께 준식을 만난 때의 일이 새삼스레 머리에 떠왔다.

그날은 바로 경재가 회사에 왔다가 현옥의 전화를 받고 그 집으로 가던 날이다.

그날 여순은 밀린 일이 있어서 여섯시 고동이 뚜 하고 목멘 소리를 낸 후에도 한참 있다가야 회사문을 나섰다.

경재가 현옥의 집으로 갔다는 생각이 야릇하게 머리에서 맴을 돌아서 그는 고개를 숙이고 걸어왔다. 어떤 찰나에는 울듯 울듯 한 애꿎은 감상(感傷)이 고독한 그의 몸을 엄습하고 또 어떤 순간에는 *세도인심(世道人心)이 모두 귀찮은 듯한 생각이 믿을 곳 없는 그의 가슴에 왔다.

'내가 왜 이럴까.'

그는 문득 이렇게 속으로 부르짖으며 너무도 변해진 제 몸을 스스로

세도인심(世道人心)
세상을 살아가는 데에 지켜야 할 도의와 사람의 마음.

꾸짖었다. 어떤 경우에든지 제 몸을 버리지 말려던 내가 아닌가. 악착한 세상을 허비고 박차며 일곱 번 넘어지면 여덟 번 일어나려던 내가 아닌가. 까닭 없는 일에 비록 한때나마 아까운 내 맘을 괴롭게 할 것이 무엇이랴. 그는 이런 생각에 잠겨서 준식이가 빈 *벤또를 떨그렁거리며 뒤에서 몇 번 부르는 것도 알지 못했다. 하다가 결국 그가 곁에 와서,

"여순씨, 오래간만입니다."

하고 인사할 때에야 놀라며 그편으로 언뜻 머리를 돌렸다.

"아, 준식씨!"

하고 그는 웃음을 지으며,

"참 오래간만입니다."

하고 한껏 미안했다는 표정을 보였다.

그는 일찍 회사에 들어온 후 잠시 한 번 준식을 찾아가서 대강 사정을 말하였을 뿐으로 여직 한 번도 찾아가 본 일이 없다. 해서 늘 미안한 생각을 가져왔던 관계여서인지 막 만나고 보니 몹시 *즞즛하여졌다.

그전에는 자주 찾아가지 않아도 별로 그런 맘이 없었으나 하나는 사장실에 있고 하나는 공장에 있는 오늘에 와서는 찾아가지 않는 것이 무슨 차별을 짓는 것같이도 또는 그를 업신여기는 일인 것같이도 생각되었다.

"한 번도 찾아가지 못해서 미안합니다."

하는 그의 속맘은 결코 미안이라는 그런 말로 표시할 수 없는 참스러운 것이었다.

"천만에…… 퍽 바쁘시지요?"

"아니 나야 뭐 바쁠 게 있어요. 하지만 준식씨는……."

"우리야 물론이지만 동무가 많아서……."

벤또
도시락.

즞즛하다
어떤 일이 있은 뒤 일정한 시간이 지나 조용해지다.

"아이 되려 게가 자미있겠어요."

"하하하…… 오십시오그려."

하는 준식은 여전히 맘씨 고운 씩씩한 사나이였다.

그는 꼭 한번 찾아와 달라고 당부하고 여순은 수일 내로 어김없이 찾아간다고 약속하였다.

여순은 그와 갈린 후,

"벌써 가봤을걸!"

하고 후회가 나서 또다시 무심했던 제 몸을 스스로 꾸짖었다.

여남은 사람은 다 안 찾아도 좋다. 다른 사람의 욕은 먹어도 좋다. 그러나 준식이만은…… 이런 생각이 가냘프게 그를 괴롭게 하였다.

그래서 어젯밤에는 꼭 찾아가 보려 하였으나 경재가 찾아와서 가지 못하였다.

그는 오늘 밤 그를 찾아가며 이런 지난 일을 또 생각하였다―자기와 경재의 교제가 빈번한 것을 알게 되면 준식은 어떻게 생각할까. 아니 벌써 그 내색을 눈치차렸는지도 모르는 일이 아닌가. 그러면 준식은 나에게 대한 감정이 전보다 달라졌을까.

그러나 그가 본 준식에게는 그런 *티기라고는 손꼽만치도 없었다. 여전히 친절한 그요, 순직한 그요, 씩씩한 그다.

티기
'티'의 북한어.

속된 감정과 애증(愛憎)의 기반을 벗지 못한 자기와 같은 예사론 사람으로는 알아낼 수 없는 거룩한 그인 것같이도 생각되었다.

그러나 준식은 반드시 그런 사람인 것도 아니다. 그는 최근의 여순에게 대해서는 전연 백지(白紙)다. 따라서 그에게 대한 감정에도 변함이 없다.

다만 한 가지 딴 것이 있다면 그것은 준식이가 자기들의 처지를 생각하는나마에 여순을 통하여 회사의 내막을 시시로 알아보려는 그것 뿐일 것이다.

이 새로운 필요가 준식을 여순에게 더욱 가까워지게 하고 또 자주 만나고 싶게 하는 동기가 되어 있는 것이다.

물론 여순을 순전한 이용물로만 생각하는 것은 아니지만 장차 올 어떤 행동의 예비로 여순의 입을 빌리자는 것은 사실이다.

여순은 준식의 주인집에서 돌아나오다가 길에서 준식을 만났다.

"아 여순씨 왜 돌아가서요."

"네, 아니……."

창졸간
미처 어찌할 수 없이 매우 급작스러운 사이.

여순은 *창졸간 무어라고 말했으면 좋을지 몰랐다. 길림이와 키보의 하던 양이 눈에 선해지며 공연히 면구한 생각이 나서 고개를 떨궜다.

"여순씨가 오시건 기다리라고 동무에게 이르고 나왔는데 왜 그 사람들 암말도 없어요?"

"아니에요."

하다가 여순은 갑자기 웃음이 나려는 것을,

"바쁘실 텐데……."

하고 정색하였다.

"쥔집을 옮기려구…… 어느 친구와 말해 두었더니 마침 적당한 집이 있다구 해서 지금 거기 다녀오는 길이에요. 좌우간 놀러 가십시다. 기왕 오셨던 거니……."

점직하다
부끄럽고 미안하다.

께름하다
마음에 걸려 언짢은 느낌이 있다.

그래도 여순은 다시 가볼 용기가 나지 않았다. 길림이와 키보를 보기도 *점직하려니와 만일 그들이 자기가 아까 왔다 간 줄을 알게 되면 얼마나 무안해할까 하는 생각이 나서 적이 망설이고 있었다. 뿐 아니라 낯선 사람들이 있는 데 들어가기도 *께름한 일이어서,

"동무들이 계신데 방해가 되지 않겠어요?"

하고 *자저하였다.

"아니요. 그 사람들은 잠시 놀러 온 건데…… 내가 다녀올 동안 기다려 달라고 붙들어 앉혔어요. 그새 여순씨가 왔다 가실 것 같아서 누가 오건 기다리도록 말해 달라구 당부하고 나왔어요. 왜 암말도 없어요?"

"아니에요. 알지 못할 사람들이게 암말도 묻지 않고 그대로 나왔어요. 내 온 줄도 아지 못했을 겁니다."

"네 그러서요. 좌우간 놀러 가십시다. 나만 가면 그들은 곧 가버릴 겁니다."

"공장에 다니는 분들이에요?"

"네 그렇습니다. 썩 좋은 사람들이에요……."

준식은 여순이가 그들을 꺼리는 동정을 살피며 이렇게 말했다. 여순이가 찾아온 걸 보더라도 나쁘게 말하거나 오해하는 일이 없으리라는 뜻으로…….

"아니에요. 뭐 다르게 생각해서 그러는 거 아니에요."

"그러니까 상관없지 않아요. 자아 가십시다."

하고 준식이가 재촉하다시피 하는 데 이기지 못해 여순은 오던 길로 다시 돌아섰다.

조금 걸어오다가 여순은,

"근데 그 집에 있는 여자가 누구여요?"

하고 눈웃음을 지으며 준식에게 물었다.

"여자요?"

하고 준식을 놀란 듯이 묻다가,

"오, 정님이 말이지요. 그 집 딸이어요. 지금 만나 봤어요?"

"아뇨."

"그럼 어떻게 아서요?"

"아는 수가 있지요. 호호호……."

여순은 또다시 아까의 그 광경이 생각나서 저절로 웃음이 났다.

하나 준식은 그 순간 여순이와는 딴 의미로 즉 정님을 자기에게 빗대어 두고 하는 말로 생각하며,

성황당
마을을 지키는 혼령을
모신 집.

"우리 공장에 다니는데 밤낮 *성황당같이 차리고 다니는……."

하고 자기와는 아주 거리가 멀다는 듯이 넘겨짚었다.

그리구서두 여순이가 정님을 아는 것이 이상히 생각되어서,

"그런데 어떻게 아서요?"

하고 다시 물었다.

"아니 아는 게 아니라요. 그 집에 가니까 아랫방에서 여자의 창가 소리가 나게 누군가 했어요."

"네 그렇습니까…… 아주 말못할 친굽니다."

"왜요?"

"그럴 일이 있어요. 상당히 말썽 많은 괴물입니다. 그 하고 다니는 꼴 못 보았어요…… 얼른 쥔을 옮겨 버려야 할 텐데."

"참말 옮기게 됐어요?"

"네, 이번 임금이 나오면 방세 치러 주고 그날로 옮기겠습니다."

이런 이야기를 하며 주인집 가까이 왔을 때 그들은 어디로 놀러 나가는 정님이와 마주쳤다.

길이 어두워서 얼굴은 똑똑히 보이지 않으나 분과 기름과 크림 냄새

가 뒤섞여 코를 쿡 찌른다.

"어디 갔다 오서요?"

하고 그는 준식에게 인사하고 지나가며 여순을 어둠 속에서 픽 한번 훑어보는 상이다.

준식은 뭔지 모르게 불쾌한 생각이 났으나 여순은 아까의 광경과 관련하여 한번 그 얼굴이나 보았으면 하는 호기심이 생겼다.

준식이가 먼저 제 방에 들어가서 키보와 길림이에게 무슨 말을 하는 동안 여순은 뜰에 서서 있었다.

"들어오시지요."

하고 준식이가 두 번째 권하는 때에 여순은 제 주인집으로 돌아가는 길림이와 키보에게 미안하다는 뜻으로 조금 허리를 굽히고 방으로 들어왔다.

"아까 말하던 그 여자가 바로 이 아랫방에 있어요."

하고 준식은 낮게 말한다.

"네…… 회사에 다닌 지 오랩니까."

"얼마 안 됩니다. 본래 학교엘 다니다가 지난 이십구년 겨울에 퇴학을 맞고 고학생횐가 여성운동인가에도 점 비쳐 본 일이 있대요."

"네 그래요."

"하지만 말뿐이지 아무짝에도 못 쓰겠어요…… 그 동생이……."

하다가 준식은,

"참 아시겠군. 회사 사무실에 다니는 그 키 작은 급사 말이어요."

하고 여순을 쳐다본다.

"네, 순용이 말이지요? 그가 바루 동생이어요? 전 그런 누이가 있는 줄은 통 몰랐어요."

"그게 적어 뵈어도 지금 열일곱인가 여들이라는데 아주 똑똑하답니다."

"네 그렇드군요. 전 열대여섯밖에 안 된 줄 알았는데요."

"그렇지만 보기와는 다릅니다. 여간 맹랑하지 않아요…… 작년에 무슨 말썽이 생겨서 내가 대표인지 뭔지 돼가지고 사무실 출입을 몇 번한 일이 있어요. 그래서 그때부터 그를 잘 알게 됐고 내게도 가끔 놀러 왔었지요. 쟤 뉘도 그때부터 알게 됐어요."

"아주 교제가로 됐더군요. 또릿또릿한 게……."

"아무렴요. 나이는 비록 어렸지만 그때부터 벌써 쟤 뉘 걱정을 하고 있겠지요. 괜히 오금이 떠서 빈둥거리고 다니고만 있으니 잘 권해서 공장에나 들어가게 해달라구요. 한데 쟤 뉘도 내 말은 어렵게 듣는 것 같구 해서 몇 번 그대루 권해 봤지요."

"호호 그래서 들어간 거군요?"

"그렇지요…… 그러나 워낙 가두에서 *룸펜풍이 들어 놔서 지금도 말썽이어요. 모양이나 내고 연앤지 떡인지 한 거나 재잘그렸지 어디 쓸모라고 있어야지요."

그러자 여순은 까닭 없이 무언지 가슴에 따끔 맞히는 것이 있어서 검정 양사 치맛자락을 발끝으로 밟으며 방바닥에 시선을 떨궜다. 나를 경계하는 말이 아닐까…… 하는 반성과 동시에 제 가슴속의 한모퉁이가 발 아래 밟혀지는 것 같았다.

준식은 또 말을 이었다.

"우리 직공 중에 중학도 다녀 보고 그러그러한 축들과 얼려 다니기도 하던 치가 하나 있어요. 한데 오리가 제 물로 간다구 이것들은 만나자마자 그만 *의기투합(意氣投合)하는 모양이더군요."

룸펜
부랑자나 실업자.

의기투합
마음과 뜻이 서로 맞음.

여순이 여전히 말없이 듣고만 있었다.

"하지만 그게 오래겠어요. 요새는 또 공장주임과…… 천생 잠자리라니까."

"공장주임이오?"

"네, 털보 말이에요. 아직 못 보셨어요?"

"왜요, 이따금 사장실로 들어오더군요. 그저께도 왔다 갔어요."

"그게 그래뵈어도 여간 능구리가 아닙니다. 다른 일도 다른 일이지만 여자라면 덮어놓고 회를 쳐 먹을랴고 든답니다. 정님이 일만 해두 아무리헌들 거게 여자가 먼저 걸었겠습니까. 제가 다 그렇게 맨든 거지요."

"전 아직 인사도 안 했습니다만……."

여순은 무슨 변명이나 하듯이 말하였다.

"얼마 전에는 정님을 공장 사무실 사무원으로 쓴단 말이 있었는데 요새는 그런 말이 없더군요."

"공장주임이요?"

"그렇지요. *난짝 제 손에 넣잔 말이지요."

"그렇지 않아도 피차 좋아한다면서요?"

"하지만 사람의 맘이란 가을 하늘과 같은 거니까요. 그런데다가 워낙 여자가 다각적이 돼서 그전 사내와도 여전히 집적거리거든요. 그 사내도 아주 쓰레기통에 던져 버린 게 아니니까요. 이를테면 또랑에 들어선 송아지가 이 언덕 풀도 뜯고 저 언덕 풀도 뜯듯이 좌우편치기지요."

하고 준식이가 씽긋 웃는다. 순간 여순의 머리에는 그 옛날의 농촌 생각이 어제인 듯 새로워졌다. *호드기를 불며 소 먹이러 다니던 그

난짝
'답삭'의 북한 방언. 왈칵 달려들어 냉큼 물거나 움켜 잡는 모양.

호드기
봄철에 물오른 버드나무 가지의 껍질을 고루 비틀어 뽑은 껍질이나 짤막한 밀짚 토막 따위로 만든 피리.

기억이…….

그때부터 가장 가깝던 동무는 준식이가 아닌가.

"갈배 동동 물배 동동……."

하는 목동의 노래를 부르며 소 배부르기를 기다리던 그 시절의 기억과 함께 여러 가지 쓰고 단 옛 기억이 되살아오는 것이었다.

봄들로 '메'와 '나시'와 진달래 캐러 다닐 때 *각근히 쫓아와서 보구미 속의 것을 차다가 난짝 씹어먹던 심술꾸러기 어린 준식은 한선날 대보름날 널뛰기판으로 슬슬 쫓아다니며 '*바재' 구멍으로 엿보던 숫총각 때의 준식을 여순은 생각해 내었다. 그 어느 때인지 한번은 긴찮은 일로 멱살을 잡고 어우러져 싸운 일도 있다.

그렇건만 제일 친하던 것은 역시 준식이다.

여순이가 이런 생각에 잠겨 있는 동안 준식은 딴생각을 하고 있었다.

널뛰기

사실 준식이가 제일 알고 싶은 것은 무엇보다도 요사이의 회사 내정이다. 개중에도 직접 자기들과 관계를 가진 주임이 무슨 생각을 가지고 사장실로 들어가는지? 무슨 이야기가 그들의 사이에 바꾸어지는지를 알고 싶었다. 회사 혁신에 대한 이야기를 준식이들도 대강 듣고 있었으며 한 편의 확장이 한편에 정리로 나타날 것도 어림으로나마 눈치차리고 있었던 것이다.

그래서 사실인즉 주임의 신상으로 이야기를 끌어가려고 정님의 말을 창황히 이끌어 왔던 것이며 따라서 이 알고 싶은 어귀에까지 말을 전개시켰던 것이다.

그는 정님이와 학생 물림과 주임의 삼각관계에 대하여 다시 몇 마디

더 말한 다음,

　"참말 털보가 정님이를 기어이 제 사무실에 두려고 사장에게 청대러

가는 게 아닌지 몰라?"

하고 여순의 눈치를 보았다.

　"글쎄요……."

　사실 여순은 *금시초문이다.

　"요새 사장실로 자주 들어가지요?"

　"네—"

　"어째 수상하지 않아요? 하는 양이……."

　"두 사이 문을 닫고 얘길 해서 제 방에선 들리지 않아요."

하다가 여순은 문득 생각이 나서,

　"참말 그저께는 무슨 기계 목록 같은 걸 가지고 얘기하더군요."

금시초문(今始初聞)
바로 지금 처음으로
들음.

하고 그때 본 대로 대강 말하였다.

"오래 얘기했어요?"

하는 준식은 속으로 '여기다' 하는 생각을 했으나 내색은 내지 않았다.

"한참 실히 했어요. 무슨 뜻인지는 몰라도 주임이…… 그럼 그렇게 알구 나가겠다고…… 그러며 퍽 만족해하는 낯색이더군요. 그렇지만 기계 목록을 손질하며 정색하고 말하는 품이 여자 얘기 같지는 않아요."

"하하 그럼 그 얘긴가 보군요? 전부 새 기계를 들여놓는다든……."

"글쎄요……."

하다가 여순은 별안간 또 생각난 듯이 말을 이었다.

"주임이 나간 다음 경재씨가—그전 사장 아드님 말이에요. 그가 와서 얘길 하는데 인사문제가 가장 어려운 거니까 함부로 하다가는 되려 낭패가 된다고 하더군요."

"사장은 뭐래요."

"자센 못 들었어두 댓바람에 홍두깨 내밀듯이 해서는 안 될 거지만 거게는 또 그만한 방침이 있지 않겠느냐구요. 그러며 자기 의견만 우기는 모양이어요."

다듬이질 할 때 쓰는, 단단한 나무로 만든 홍두깨

"그건 전부터 있던 말이니까 조만간 그렇게 될 테지요."

"그리구 참 어저께 또 무슨 회의가 있었어요. 전무 이하 서무과장과 인사과장이 오고 또 공장주임도 낭중에 왔어요."

"역시 그 얘길 테지요?"

"글쎄요. 문이 닫혀서 잘 들리진 않아도 각 과장들이 서류를 내놓고 설명하다가 이따금 공장주임더러 무슨 말을 묻는 것이 필시 그 얘긴가 봐요."

"하하."

"그리구 참 무슨 도면(圖面)과 통계표 같은 것도 있었어요."

하는 여순의 말을 받아 가지고 준식은 좀더 자세 알아보려 하였으나 여순은 그 이상 아는 것이 없었다.

해서 준식은 한편 유감된 생각이 있었으나 조금도 그런 티를 보이지 않고,

"하여간 여순씨가 계시니까 인젠 소식이라두 자주 얻어듣게 됐습니다."

하고 웃었다.

그는 여순이가 좀더 눈기 빠르고 *알심 있게 내정을 탐사해 주었으면 하고 바랐다.

알심
보기보다 야무진 힘.

그리하여 그는 이에 대한 한 마디 암시의 말을 잊지 않았다.

"인제 좀 자주 얘기할 만한 재료를 만들어 주십시오."

여순은 어쩐지 준식에게 대하여 미안한 생각이 들었다. 사무실과 공장의 거리가 가깝고도 먼 것같이 자기들의 사이도 그처럼 되어 가는 것 같았다. 그래서 그는 차라리 공장에 가서 기술을 배우는 것이 오히려 낫겠다는 것을 말하였다.

"사실 옷감 하나라도 제 손으로 맨드는 걸 뱄으면 좋겠어요."

"글쎄올시다. 노상 나쁠 건 없는 일이지만 어디 그렇게 되겠어요."

"될 수는 있어요…… 아니 사장과 직접 말할 게 아니라 김경재씨와 말하면 될 거예요."

"그전 사장 아들 말이지요."

"네 퍽 좋은 사람이어요. 남의 하정도 잘 알어주고 또 공장 같은 데 다니는 걸 나쁘게는커녕 되려 부럽게 생각하고 있는 모양이야요. 저이

같은 사람은 죽어도 지구가 돌지만 노동자가 없어서는…… 참 준식씨와 꼭 뜻이 맞을 거예요. 그전에 준식씨가 제게 준 책을 보구는 썩 좋은 책이라구요…… 밤낮 공부만 하구 있어요."

하는 여순의 말을 들으며 준식은 까닭 없이 인텔리에게 대한 반감이 일어났다.

"하하하…… 책이야 지식이나 줬지……."

"아니에요. 조금도 아는 첼 하지 않아요. 퍽 겸손하고 또 뜻이 고상해요. 그리구 부자 자식 티라구는 꿈에도 볼 수 없어요."

"나도 말만은 들었어요. 생각만은 좋았던 모양이더군요. 하지만 이제 때가 바껴서 그것만 가지고는 안 될걸요."

하는 준식의 말에는 여러 가지의 의미가 있었으나 여순은 그것을 이해하지 못한다.

"좌우간 한번 만나 보서요. 그만한 사람도 흔치 않을 것 같아요."

"글쎄요. 혹 만나게 될지도 모르지요. 필요 있는 때면 만나게 될 거고……."

"얘기해 보면 뜻이 맞을 거야요."

"우리 같은 사람과도?"

하는 준식의 말에는 다분히 비꼬는 의미가 있었다.

"그럼요……."

"정말 그렇다면 제가 먼저 찾아와야지요. 하하하……."

"준식씨가 먼첨 찾아가면 어때요?"

"하지만 내가 먼저 찾아가야 한다는 법은 없으니까요. 상놈이 양반 찾아가는 때가 있다면 양반이 상놈 찾아오는 때도 있어야죠. 하니까 인제 우리도 남 찾아오는 걸 받아야지 않어요?"

"서루 그리다가는 만날 날이 없게요?"

"그러나 뒤바뀌는 것도 세상 이치의 하나니까요…… 그도 상당한 지식청년이니 자존심이 있겠지만 그래도 내게 먼저 오는 날이 있을지 아나요."

"그럼 두고 보지요. 호호호……."

"두고 보기보다…… 한준식씰 먼저 찾아가 보시우…… 하고 그더러 말해 보시죠. 하하하."

"그리다가 안 오면 준식씨도 망신이고 나도 망신이지요."

"망신될 거 없지요. 못 오는 제가 못난이지요."

"못 오는 건가요? 안 오는 거지."

"우리 같은 사람을 좋아한다면서 안 오니까 벌써 가짜 좋아하는 거지 뭐예요."

"그럼 왜 준식씨는 안 가요?"

"난 글쎄 필요 있으면 간다니까요. 그렇지 않은 경우에는 대체로 그가 날 찾아오는 게 옳겠지요."

"괜히 그리지 마시우…… 사장이 어떻게 그를 신임하는데 그리시우, 호호호……."

"하하하…… '*구비'가 된단 말이지요. 그야 한다는 사위 될 사람이니까 사장도 그만 청이야 물론 들어줄 테지만……."

하는 준식의 말을 듣고 보니 자기는 무심코 한 말이나 어쨌든 잘못된 것 같아서 여순은,

"아무리 사위라도 들을 말이 있고 안 들을 말이 있지요."

하고 사과하듯이 웃었다.

"현옥이가 외딸 아니우. 하니까 경재는 이를테면 사위 겸 아들 겸이

구비
있어야 할 것을 빠짐없이 모두 갖춤.

니 오만 가지 청인들 안 들어주겠소. 회사엔 안 들어온다구 헌다지만 인제 곧 결혼한다니까 그러면 그게 훌륭한 취직이 아니우. 백만장자의 사위 겸 아들이면 그만이지요."

"훌륭한 취직이오? 호호호."

여순은 태연히 웃었으나 마음은 웃을 수 없었다. 그래서 슬며시 화제를 돌렸다.

"난 그래도 낡은 직공을 내보내고 새 직공을 넣는 때 그에게 부탁해서 기순을 취직시키랴는데요."

그러자 준식은 단호히 끊어 말하였다.

"못씁니다!"

음모

"얘, 현옥이 있냐?"

아버지의 술취한 목소리다.

"네, 아버지 오셨어요."

하며 현옥은 *응석받이같이 종종걸음으로 급히 뛰어나왔다. 그러자 어머니도,

"아이구 영감 오셨나!"

하고 좀 떨리는 손으로 옷맵시를 고치며 다좇아 사랑으로 나왔다.

돈을 모으고 세도가 높아진 이후로 밤이면 영감 보기가 중의 머리에 상투 보기만치나 힘든 터이다.

둘이나 되는 작은집으로도 만족하지 못해서 영감은 밤이면 외도만 하고 돌아다니는 것이다. 금시 사랑에 앉았다가도 어느새 어떻게 나가 버리는지 한번 나가 버리면 그 밤으로 돌아 들어오는 일이 거의 없다.

그러던 영감이 밤늦게 갑자기 돌아오고 보니 현옥의 어머니는 기쁘

응석받이
어른들이 귀여워 해 줄 것을 믿고 버릇없이 굴며 자란 아이. 응석둥이.

다는 것보다 차라리 떨리었다.

아내는 나이 오십이 넘건만 그래도 맘만은 늙지 않아서 밤마다 빈자리를 어루더듬는 그 맘이 젊었을 때보다도 외려 더 쓸쓸하다.

"영감 진지 차리리까?"

하고 아내는 마루에 올라서며 영감의 기색부터 먼저 살핀다.

"아니, 먹고 왔소. 연회가 있어서……."

하는 영감의 우선우선한 얼굴은 주기가 올라서 한결 젊어 보인다.

"술이 취하셨구먼요……."

아내는 이렇게 중얼거리며 급히 돌아나오더니만,

"여보게, 행랑어멈 자나?"

하고 목소리를 높인다.

그래도 행랑에서는 아무 대답이 없다.

"여보게, 벌써들 자나?"

"네—"

"어서 나오게…… 영감마님 오셨네."

"네, 나가요."

해놓고도 어멈은 곧 나오는 기척이 없다.

"더운데 문들 닫고……."

하며 현옥의 어머니는 다급해나서 문을 열어 젖힐 듯이 그리로 걸어갔다.

"나가요."

바로 문 앞에 발자국 소리를 들으며 어멈은 흐트러진 치마춤을 잡고 화닥닥 문을 밀며 나온다.

"나리가 술이 취하셨어…… 손 씻고 화채 좀 만들어 주게."

"네—"

어멈은 비린 목소리를 가늘게 끌며 뒤에 쥐쥐 흐르는 치마를 춰올려 매느라고 중문 대문턱을 걸차며 비틀비틀 안으로 들어온다.

"얼른 만들게."

하고 현옥의 어머니는 영감이 들으라는 듯이 일부러 목소리를 크게 한다.

열두시가 넘었으니까 다시 나갈 것 같지는 않으나 그래도 늦바람이 잦을 줄 모르는 영감이니 또 어찌 될지 몰라서 될 수 있는 대로 나가지 않도록 *보비위하려는 그 첫 공작을 어멈에게 당부한 아내는 다음으로 안방을 치울 필요에 조급해졌다. 그래서 곧 방으로 들어왔다.

현경이—친정집 편에서 얻어다 기르는 계집애가 다리를 함부로 내던지고 한구석에서 곤히 자고 있다.

"온 계집애년 잠을 자도……."

하고 그는 얕게 혀를 차며 현경이를 웃목에 밀어 누이고 새로 꾸민 영감의 자리를 넌지시 편다. 두텁고 넓은 요에 스무새 북포(北布)를 껴놓아서 만져만 보아도 시원한 느낌이 있다. 기다란 베개를 요머리에 가로놓고 홑이불을 죽 펴놓고 전등을 장지마루에 내걸고 그는 다시 방으로 들어와서 방 안을 휘둘러 보았다.

"아이 더워, 바람 한점 없구면……."

하고 그는 서쪽 유리창을 열어 놓고 부채를 집어 들었다.

가슴의 뛰노는 소리가 제 귀에 들린다. 머리가 가볍게 떨려진다. 헙헙한 허리로 미끄러 떨어지는 옷을 추켜올리다가 끈을 졸라매며,

"어멈 어찌 되었나?"

하고 어멈더러 재촉하였다.

보비위
남의 비위를 잘 맞추어 줌. 또는 그런 비위.

"네—거진 됩니다."

"되거든 이리로 가져오게. 사랑으로 가져가지 말고……."

"네—"

"그리구 대문을 꼭 잠그게."

하는 아내의 손은 갈수록 더 떨린다. 빗가루 들어오는 전깃불빛을 받는 체경에 무심코 비치는 제 얼굴조차 똑똑히 보아 낼 수 없다.

"얘 얘, 옥남아…… 저 공 잡어라 얘."

하고 현경이가 *번열이 나듯 돌아누우며 잠꼬대를 한다.

번열
몸에 열이 몹시 나고 가슴속이 답답하여 괴로운 증상.

그는 얼른 부채로 깨지 말라는 듯이 현경을 슬슬 부쳐 주었다.

그새 사랑에서는 술취한 아버지가 현옥이와 입심 좋게 이러니저러니 지나가는 이야기를 하다가 경재의 말을 꺼냈다.

"아마 그게 경재가 옳아. 분명히 그럴 법해……."

"어서 보셨어요?"

하고 현옥은 아까 그의 집에 찾아갔다가 만나지 못하고 돌아온 생각을 하며 이렇게 물었다.

"자동차가 휙 지나쳐 버려서 똑똑히는 못 보았다만 필시 극장으로 들어가는 거야."

"극장이오? 혼자예요?"

"아니…… 곁에 붙어 가는 게 아마 모르면 몰라도 여순이야 뒤태가……."

"여순이라니요? 네, 네, 회사 다니는 걔 말씀이지요."

하는 현옥은 대뜸 약이 올라서 말소리가 가늘게 떨린다.

숫내기
숫처녀.

"그래 분명 옳아…… 고 기집애가 암만해도 *숫내기가 아니야. 요새 하는 품이……."

"뭘 또 어쨌어요?"

"아니 글쎄 말이다. 첨은 수수하니 시굴 기집애답드니 이마적은 꼭 대기부터 발길까지 기름기가 쭉 흐른단 말야."

"되지도 않은 게…… 제가 그러면 뭘 하는 거예요. 몰려나면 그날이 마지막이지요."

"아니 그도 그렇지만 경재란 사람이 주의 좀 해야겠어. 암만해도 눈치가 다르단 말야."

"무얼요. 고년이 상전이나 뫼시드키 어려워하면서 아첨을 대니까 그럴 테지요."

"아냐. 기집도 기집이지만 경재의 눈치도 미상불 달러졌어."

"아니에요. 경재씨는 그런 사람이 아니에요. 제게 헌 말이 있는데요."

"아니 물론 일시 장난이니까 네게 대해서야 뭐……."

"좌우간 고년을 내보내서요. 기르던 개 발뒤축 문다고 그까진 건 두어서 뭘 하서요."

"허지만 *댓바람에 그럴 수도 없는 거고 또 사실은 불쌍한 사람이어. 나가면 *생도가 아주 끊어지거든."

"불쌍하긴 뭐가 불쌍해요? 사람을 몰라보고 아무에게나 주제넘은 짓을 허는 년이 뭐가 불쌍해요. 그래 백 번 죽으면 경재씨가 거지발싸개 같은 저를 뭘 하겠어요."

"아냐, 그만 욕할 거 없는 거야. 제가 아무리 그렇더라도 남자가 워낙 점잖으면야 어따 대고 그리겠냐?"

하는 사장의 가슴에는 사실 저만 아는 한 가지 컴컴한 구석이 있다. 여순을 단 한 번만이라도 그 손아귀에 넣어 보려는 그는 여순이와 가장 친근한 경재를 그에게서 멀리 떼어 버리려는 심산을 가지고 있는 것이

댓바람
일이나 때를 당하여 단번에.

생도(生道)
살아나갈 방도. 생계.

음모 137

다. 그러자면 자기가 말하는 것보다 경재의 아버지나 현옥이가 견제하는 것이 가장 보람이 있을 것이요 또 사리상 떳떳한 일일 것같이 생각한 것이다.

"경재씨와도 말할 테에요. 체면 사나운 줄도 몰르고 일개 여급사와…… 그리고 자기 집에서 얻어먹던 여자가 아니에요."

하는 현옥은 실상 아버지의 참속은 몰랐으나 저는 또 저대로 생목이 올라서 시방 당장이라도 뛰어가서 한바탕 톡톡히 해대고 싶은 것이다.

"허나 남자란 괴상한 물건이 되어서 말을 주의해야 하느니라."

"무얼요. 제가 동경서 나와서 하도 갑갑해하기에 그새 가만 내버려두었지만…… 인제 아버지도 책망하서요."

"제 영감 말도 안 듣는데 그래 내 말을 들을 상싶으냐."

"자기 아버지는 왜 암말도 안 한대요."

"아직 그런 줄이야 모를 테지. 나는 노상 보고 있으니까 알지만……."

"자기 집에도 말할 테에요. 경옥 어머니더러요."

"하지만 그는 계몬데 계모 말을 들을라든."

"아니에요. 그 어머니더러 얘기하면 자연 그 아버지에게도 말이 갈 거 아니에요."

"어쨌든 직접 말할 사람이 말해야지……."

"저도 물론 말하겠어요. 아버지도 말씀하서요."

"글쎄 나도 말을 하겠다만 그보다 난 첫째 여순을 주의 주어야 하겠어."

"그까짓 건 사람이 되라구 말을 하서요. 내보내구 말지요."

"뭐 아직 그럴 것까지는 없구…… 또 그게 그래뵈어도 사람이 *엽렵해서 말을 해주면 곧잘 알아들어."

엽렵하다
슬기롭고 민첩하다.

"아직 암 말씀도 안 하셨어요? 눈치는 벌써부터 달렸을 텐데요……."

하며 현옥은 팔목시계를 본다. 그러나 극장은 벌써 파한 지가 오랠 것이다. 바로 경재의 집으로라도 달려가 볼까 하며 적이 생각하고 있을 즈음에,

"영감! 안방으로 점……."

하는 떨리는 듯한 소리가 들려 왔다. 어머니의 소리다.

그날 밤 사장은 몹시 번열이 나고 또 늙은 아내의 종알거리는 소리가 귀찮아서 밤중에 마루에 놓인 침대로 옮겨 누웠다. 주기가 물러가며 새벽에 잠이 깨어 냉수를 켜고 두벌잠이 들었다.

벌써 아홉시가 넘었다.

사장은 아침 햇발이 들이비추는 양지쪽을 피하듯이 북쪽을 향하고 돌아누워서 가끔 입가에 얇은 파문을 지으며 무엇을 잡을 듯이 이따금 손가락을 가볍게 움직인다.

텅 빈 넓은 마루는 짐짓 고요하다.

현옥이가 기거하는 동편 반양실 낭하에 있는 장 속의 새들이 잊었던 듯이 이따금 한가로이 재재거린다. 현옥은 그 아래에 가지런히 놓여 있는 화분에 오징어 고은 물을 주고 있다. 그러는 사이에 사장은 비몽사몽간에 간드러진 여자의 말소리를 들었다.

'여보서요. 당신은 나를?…… 호호호…….'

'응, 아무렴…….'

사장은 흐늑히 대답하였다.

'꼭?'

'암―'

'이번엔 저한테 물어 주서요.'

하는 여자의 애틋한 주문…….

　'뭐라고?'

　─사장의 어리둥절한 반문.

　'호호호…… 그걸 몰라요? 지가 당신을 사랑하느냐고…….'

　'응, 그래 너는 나를……?'

　'물론이지요.'

　'얼마나?'

　'이만침…….'

하는 말과 동시에 여자의 향긋한 입술이 대기중(待機中)의 사장을 향
하고 돌진(突進)해 온다. 순간 그 뺨에 몹시 선뜻한 감각이 왔다.

　사장은 깜박 잠이 깨었다. 그의 얼굴은 침대의 쇠난간에 닿아 있고
그의 손은 홑이불을 꼭 거머쥐고 있다.

　그러나 아직 똑똑한 의식이 돌아오지 않았다.

　'기생이었던가?'

하고 그는 입맛을 쩍 다셨다. 그러자 약간 분명한 의식이 왔다.

　'아니 분명 여순이었지?…… 꼭 틀림없어.'

하는 순간 귀밑에 닿는 부드러운 이불에서 이상한 감각이 짜릿 하고
왔다. 그는 이불을 가슴 밑에 구겨박으며 몸을 조금 더 기울이고 다시
생각해 보았다. 생각해 보아야 꿈에 본 그는 어김없는 여순이다. 뿐만
아니라 꿈속의 자기는 이십 년도 더 젊어진 자기가 아니었던가?

　'젊은 여자, 더욱이 순진한 여자에게 접촉하면 행결 젊어지는 모양
이어. 생기(生氣)를 양하기 위해서도…….'

하는 그의 흐리텁텁한 머릿속에서는 야릇한 환영(幻影)이 흐린 날 밤
의 도깨비불처럼 깜박깜박 명멸(明滅)하고 있다.

'조심성 있고 아직 남자를 모르는 여자가 제일 좋아.'

하며 그는 장차 올 '첫날'의 근경을 머리에 그리고 있었다. 정복(征服)의 쾌감이 왔다. 그러며 생각은 더욱 대담히 비약하였다.

'그 기회를 어떻게 가질까. 그리고 그 장소는?'

하며 그는 머리를 짰다. 고요한 피서지, 해수욕장의 별장, 한가한 시골 온천장, 약수터…… 이렇게 생각이 머릿속에서 주마등같이 빙빙 돌아갔다.

'응 그렇지. 금강산 호텔이 좋을 거야. 헌데 그가 가려고 할까…… 아니 옳지. 그만 먼저 보내 놓고 뒤미쳐서 나도 가자!'

하며 벌떡 일어나는 그의 입에서는 저도 모르게 군소리가 흘러나왔다.

"옳지 그렇게 해보지."

이러한 생각 때문에 찌뿌드 곤기가 드는 이 아침도 유쾌한 아침일 수 있었다.

예에 없이 화색이 만면한 늙은 아내가 손수 지은 아침밥도 먹는 둥 마는 둥하고 그는 '시보레'의 쿠션에 몸을 던졌다.

그가 막 사장실로 들어설 때 여순은 제자리에서 일어나며,

"안녕히 즈무셨어요?"

하고 공손히 허리를 굽힌다.

"일이 있어서 좀 늦었는걸. 별일 없지."

하고 사장은 약간 떨리는 듯한 입술을 웃음으로 얼버무려 버렸다.

"네…… 지금 편지 몇 장이 왔습니다."

하며 여순이가 뒤에 서서 사장실까지 들어갔다가 돌아나오려 할 때 사장은,

"이리 점……."

하고 불러 놓고는 별말 없이 탁자에 놓인 편지를 한참 들추어 보다가 한 장을 뜯으며,

"나 차 한잔 주어."

하고 흘끔 여순을 보다가 다시 편지로 시선을 떨궜다.

여순이가 차를 따르는 사이 편지를 보고 있던 사장은 볼 거 없다는 듯이 편지를 쭉 찢어서 휴지통에 던지며,

"왜 물이 이리 켜일까."

하고 차 따르는 여순의 손을 뻔히 내려다본다.

"날씨가 갑자기 더워져서."

"그래서 그런가?"

하고 이윽히 여순을 아래위로 훑어보며 찻잔을 들던 사장은,

“앗 뜨가워…….”

하며 다시 찻잔을 내려놓았다.

미안한 듯이 *애오라지 웃음을 띠고 비스듬히 돌아선 여순은 엷은
여름옷을 입어서 늘씬한 몸의 윤곽이 눈부시게 분명히 보인다. 흰 속
치마 위에 하르르한 검정치마를 입어서 조금만 움직여도 흰빛과 검은
빛이 어우러지며 이상하게 아른아른해 보인다.

그리고 그 손과 얼굴과 피부에서는 그 순진함과 그 나이 때가 아니면
볼 수 없는 윤택과 건강과 혈색의 ‘트리오〔三重奏〕’가 들리지 않는가.

그날 오후다.

여순은 다시 사장실로 불려 들어갔다.

여태껏 저 혼자의 생각을 이리 돌려 보고 저리 번뒤쳐 보던 사장은 이
제야 비로소 좋은 단안을 얻는 듯이 *우선우선한 얼굴로 침착히 말한다.

“여순이가 이 회사에 들어온 지가 몇 달이 되지?”

여순은 잠시 생각하다가,

“넉 달째 됩니다.”

하고 공손히 대답하였다.

“하아. 벌써 넉 달…… 응 그리 좀 앉어.”

“네…….”

“상관없어 그리 좀…….”

“네.”

하고 여순은 그제야 두 손으로 뒤치마를 쓸며 단정히 의자에 걸쳤다.

“넉 달이라?”

“사월 초순부터니까 만 석 달입니다.”

“하하 그런데 벌써 퍽 오래된 것 같은데그래. 세월이란 참 빠른 거

연재당시 삽화

애오라지
‘겨우’를 강조하여 이
르는 말.

우선우선
얼굴에 어두운 기색이
없이 밝고 활기찬 모양.

음모 143

야. 어느새 이렇게 더워서 견딜 수 없게 되었으니 하하…….”

하고 사장은 담배 한 대를 붙여 물며 말을 이었다.

“학교엘 다니다가 별안간 이런 델 오니까 매우 갑갑하지?”

“아니에요.”

“허지만 일이 좀 고될걸…… 아침부터 석양까지 꼭 들어만 앉았으니까.”

“그러나 무어 하는 거라구 있습니까. 그저 놀고만 있는데요.”

“천만에 그럴 리가 있어. 글쓰는 거란 여간 정력이 드는 거 아닌데…….”

“…….”

“이따만큼 귀찮은 생각이 날걸? 하하하…… 여순이 그렇잖어?”

“아니에요. 천만에요.”

“그러나 아직 대우도 변변치 않구 해서 난 여간 미안하지 않어…… 좌우간 괴로운 대로 얼마 동안만 더 기다리우. 나도 생각하는 바가 있으니까.”

사장은 정말 하고 싶은 말은 저만치 있으면서도 위정 이렇게 먼장을 떠들어 갔다.

“헌데 사실 여름 한철만은 누구나 없이 권태가 생긴단 말야 그렇잖어? 여순이…….”

“아니에요. 그저 놀구 있는 것보다 통 갑갑한 줄을 모르겠어요.”

“그럴 까닭이 있나. 중의 문자가 아니라 삼천세계에 마음 가진 사람의 인정은 누구나 매일반이라는데…… 다른 말 헐 거 없이 첫째 나부터도 벌써 피서 가고 싶은 생각이 든단 말야 하하하…….”

하고 이어,

"그야 물론 사람이란 누구든지 가끔 휴양도 해야 하는 거니까 그게 당연한 일이겠지…… 허니까 사실 여름 한철만은 사원에게 대해서 어떤 형식으로든지 위로방법을 취해야겠어…… 단 메칠씩이라도 이를테면 휴가를 준다든지 여행을 보낸다든지 하다못해 위로출장을 보낸다든지…… 어쨌든 허기는 해야 헐 일이야. 그렇다고 물론 많은 사원을 모조리 그럴 수는 없겠지만…… 가령 말하자면 제일 업적이 좋은 근실한 사람으로 뽑아서 말이지……."

하고 사장은 빙긋이 웃는다.

여순은 사장의 속맘을 모르니만큼 그저 단순히 그럴듯이만 생각되어서,

"네……."

하고 그 말에 대하여 존경하는 뜻을 표하였다.

"가령 이를테면 여순이 같은 사람 말야 하하하……."

하고 사장은 크게 너털웃음을 치며 여순이를 빤히 건너다본다.

여순은 사장의 말을 듣고 보니 그만 어설픗이 하잘것없는 자기의 공적을 본의 없이 스스로 시인해 버린 것 같은 *수삽한 맘이 들어서 이어 아까 한 말을 *뭉때리듯이,

"아니 저야 무어 한 일이 있어야지요."

하고 짐짓 얼굴을 붉혔다.

"아니 그렇잖어. 글만 쓰면 늘 그 한 가지만 하는 게 아니구 손님 접대와 또 잔심부럼이 여간 많어야지. 허니까 누구보다도……."

하고 사장은 어쨌든 여순에게 공적을 둘러씌우려는 상이다. 하나 겸손한 여순은 그것을 받을 수 없을 뿐 아니라 사장의 추스르는 말에서 도리어 일종 미안한 맘과 면구한 생각까지를 느끼며,

수삽하다
몸을 어찌하여야 좋을지 모를 정도로 수줍고 부끄러운 상태.

뭉때리다
능청맞게 시치미를 떼거나 묵살해 버리다.

음모 145

"그게 제 직책이 아닙니까."

하고 몸가지기 어려운 이 자리의 자기를 간신히 붙들고 있었다.

"그러나 내 자리에서는 그렇게만 생각되지 않는단 말야. 여순인 겸손하는 뜻으로 그렇게 말할 것두 *용혹무괴지만 내 자리에서는 사실은 사실대루 공정히 보지 않을 수 없단 말야…… 하니까 얼마 동안 금강산쯤 갔다 오는 게 어떻겠소?"

"금강산이오!"

여순은 너무도 의외의 말에 깜짝 놀랐다.

"그래…… 구경해 봤소?"

"아니오."

"그러면 더욱 좋지. 이번 기회에 가보는 게 어때? 회사에서 보내는 거니까…… 여름에는 별로 바쁜 일도 없고 또 나도 한번 석왕사쯤 잠시 다녀올 생각이구 허니 여순이도 가보는 게 좋을 듯허우. 기실 나만 혼자 가기도 미안한 일이란 말야 하하하……."

"아이 천만에요. 과히 바쁘시지 않으시면 다녀오시도록 하시지요. 저는 그만두겠습니다."

"아니 나야 이러다가도 또 별안간 급한 일이 생길지도 모르는 거니까 여순이부터 가보는 게 좋겠소."

하고 사장은 나선을 그리며 뭉게뭉게 올라가는 담배연기 속으로 눈을 가늘게 하며 여순을 건너다보고 있다가 별안간 생각난 듯이,

"참 우리집 현옥이두 피서…… 해수욕 간다구 벌써 언제부터 조르고 있는데 여순인들 안 가고 싶을 리가 있소. 난 본래 내 자식이니 남의 자식이니 하는 생각이 없어서 그런지는 몰라도 현옥일 보내 주고 싶으니만치 여순이도 보내 주고 싶단 말야."

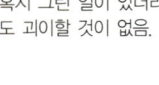

용혹무괴(容或無怪)
혹시 그런 일이 있더라도 괴이할 것이 없음.

석왕사. 함경남도 안변군 설봉산에 있는 절. 조선조 태조때 무학대사가 창건했다.

하고 사장은 짓궂이 자기의 말을 우긴다.

그는 자기의 가슴에 쌓여진 *복마전(伏魔殿)으로 가는 이름 좋은 피서의 길을 가볍게 포기해 버리려고 하지 않는다.

그러나 그러면서도 그는 여순의 겸손한 사양을 좀처럼 움직여 내기가 어려울 것 같아서,

'만일 여순이가 기어이 가지 않는 때에는 어찌할까?'
하는 제 이단의 방법까지를 일변 생각하고 있다.

여순은 물론 사장의 음모를 아직 전연 알지 못한다. 그러니만큼 그는 다만 피서와 같은 분에 넘치는 일을 할 수 없다는 단순한 생각으로만 사장의 *권면을 사양하고 있는 것이다. 사장이 아무리 강권한다 하더라도 일찍 세상에 나온 후로 아직 한 번도 염두에 두어 보지 못한 생소한 일을 해볼 만한 용기는 나지 않았다.

그래서 그 자리를 물러나오려고 할 때 사장은 또 이렇게 말하였다.

"현옥이도 피서는 보내 줘야겠는데 이 여름으로 예식을 해야겠으니까…… 예식만 하면 그 애들도 금강산쯤 가게 될 테지. 여순이가 먼저 다녀와서 잘 얘기해 주구려."
하고 슬쩍 딴말로 넘겨짚는다.

그러자 여순은 그만 스르르 고개를 떨궈 버렸다.

사장의 말을 더 듣고 싶은 것 같기도 하고 더 듣고 싶지 않은 것 같기도 한 야릇한 교감(交感)의 순간이었다. 무언지 모르게 어색해서 머리를 들기도 무엇하고 또 그렇다고 안 들기도 무엇한 괴로운 장면이었다.

그러는 판에 요행 그는 그 자리를 떠날 구실을 찾았다.

주전자의 물이 끓어 넘쳐서 숯불에 떨어지며 재와 김이 떠오르는 것

복마전(伏魔殿)
마귀가 숨어 있는 집이나 굴. 비밀리에 나쁜 일을 꾸미는 무리들이 모이는 곳을 비유적으로 이르는 말.

권면(勸勉)
알아듣도록 권하고 타일러 힘쓰게 함.

을 바라보며 그는 얼른 주전자를 들고 의자에서 일어났다.

"아이 먼지야……."

하며 여순이가 제 방으로 돌아나올 때 누가 밖에서 두서너 번 문을 노크하다가 그대로 문을 밀고 들어온다. 경재다. 순간 여순은 난처한 압박에서 구출되는 듯한 가벼운 기분을 느끼며 부지중,

"아, 선생님!"

하고 불렀다. 하나 거진 그와 동시에 입가에 뜨려는 웃음을 그는 꼭 깨물었다. 무언지 모르게 맘이 응해졌던 것이다.

'흥! 이 여름으로 결혼식을 한다지.'

옮기는 마음

　어젯밤에 현옥이가 주고 간 불쾌감은 오늘 아침까지도 개어지지 않았다.

　그런데 또 계모까지 이러니저러니 속된 소리를 중언부언하고 있다.

　"에이 인제 아주 태도를 선명히 해야겠다!"

하고 경재는 자리를 차듯 일어나 나왔다.

　그저께 밤에 여순이와 함께 극장에 갔다가 그 이튿날, 즉 어저께에는 볼일이 있어서 아침 일찍이 그 일을 보고 그 길로 회사에 들렀는데 그때에는 여순이조차 무엇 때문인지 외면을 하고 있지 않은가.

　사장이 있기 때문에 긴 말을 하지 못했고 따라서 여순의 심경을 알아볼 기회도 가지지 못하였다.

　그들은 어떤 다른 불안과 불쾌에 사로잡혔다가도 마주보고 몇 마디 말을 주고받는 사이에는 대개 그런 기분은 물러가고 말았는데 그때의 여순은 그렇지 못하였다. 나중은 역시 웃는 낮으로 대해 주기는 했으나 어딘지 모르게 마음에 맺힌 마디를 숨겨 가지고 있는 것 같은 동정을 경재는 직감할 수 있었다. 사장이 무엇이라고 여순에게 말했는지를 알지 못하는 경재에게는 그때의 여순의 하는 양이 너무도 의외였고 또 이상한 것이었다.

그래서 그날 밤으로 찾아가 보려니 하고 있었는데 집에 돌아와 보니 현옥이가 아침부터 여태까지 발에 *자개바람이 나도록 그를 기다리고 있다.

남의 기분 여하를 헤아릴 줄 모르는 걸걸한 현옥은 요사이의 경재의 태도에 대하여 노골적으로 불만을 표시할 뿐 아니라 말의 말끝마다 빗대 두고 여순이를 *까박하고 헐뜯으려고 든다. 자기 아버지에게서 들은 이야기를 거듭거듭 되풀이하고 거기다가 자기의 추측과 독단을 보태어 가며 성가시게 애를 바친다. 왜 자기가 극장으로 가자면 '엥히 영화는 지랄 구경하는 것 같다' 느니 '연극은 보는 사람의 얼굴이 되려 간지럽다' 느니 하고 회피하면서 여순이와 함께 구경갔느냐고 졸라 대고 또는 여순을 그만 쫓아낸다는 의미의 말을 자기의 뜻인지 아버지 뜻인지 암시하기도 한다. 그러다가 나중은 심지어 속히 예식을 거행하자는 의미의 말까지 비치지 않는가? 경재는 갈수록 기분이 흐려져서 대답하기가 귀찮았다.

참말 불쾌한 일이 있으면 말문을 닫아물고 *절곡한 압력(壓力)으로 상대자를 정복하려는, 침울한 경재에게는 너무도 노골적이요 너무도 *자깝스러운 현옥의 태도가 사뭇 못마땅하게 보였다.

이렇게 종밤을 졸리고 난 오늘 아침에는 계모가 또 걱정 비슷이 경재의 반성을 재촉하지 않는가? 딴에는 인정과 수단을 겹친 듯한 알심 있는 말만 골라 가며 해주고 자기는 여태까지 아버지에게 대해서나 또는 다른 사람에게 대해서 언제든지 아홉 폭 치마가 좁다고 경재를 싸 주었다는 듯이 살풀이굿하는 무당같이 요량 좋게 주워 대는 것이다. 경재에게는 모두 귀찮을 뿐이다. 하다가 결국,

"아버지가 아시면 큰일난다."

하고 으르는 말인지 또는 제가 감쪽같이 싸고 돈다는 말인지 알 수 없는 말을 할 때 경재는 그만 아침 숟가락을 내던지고 일어서 버렸다.

밖에 나와서 지향없는 발길을 옮겨 놓느라니 아닌 게 아니라 자기를 유일한 미끼로 살아가려는 몰락해 가는 가정의 무능한 부모가 한편 밉기도 했지만 또 한편 가엾은 생각도 전혀 없지 않다.

종로에만 나서도 냉락한 세상의 거친 바람이 뼈를 핥는 것 같고 게다가 사상상의 고민 즉 양심만은 남아 있으면서도 아무 하잘것없는 제 몸을 하염없이 돌이켜보는 회심이 생겨서 가정에 대한 생각도 더한층 가냘프게 스며든다.

생각만은 아직도 때와 세상이 움직여 가는 가장 바른 길을 찾고 싶으나 실지로 그것을 가져 보고 스스로 밟아 볼 용기와 방법을 얻을 수 없다. 농촌에 가봐야 한다! 공장에 들어가 봐야 한다는 것은 책에서 얻은 지식이나 그것은 한낱 지식에 그칠 뿐으로 참말 혈행(血行)이 되고 맥박이 되어서 그 몸을 슬기 있게 달음질치도록 만들어 주지 못한다. 그는 괴로웠다.

어디로 갈까……?

아득한 그의 앞에는 오직 배우지 않고 깨달아지고, 뜻하지 않고 잡혀지는 사랑의 길만이 무엇보다 환히 열려 있다.

'여순에게로…….'

이층 사장실로 올라가는 층층대에서 경재는 내려오는 여순이와 마

주쳤다.

"아, 오셨어요?"

하는 여순의 얼굴에서는 너무도 빨리 반가운 기색이 사라지고 만다. 동작이 *까라지고 낯빛이 해쓱해 보인다.

까라지다
기운이 빠져 축 늘어
지다.

"어젯밤에는 실례했습니다."

하고 경재는 어젯밤에 간다고 하고 가지 못한 데 대해서 사과하는 뜻을 표하였다.

"천만에요……."

이렇게 말하는 여순은 병인가 의심되도록 생기가 없어 보인다. 약속을 어겨서 노염이 생겼나 하는 생각도 해보았으나 그런 것 같지도 않다.

일찍 약속을 어긴 때에 그가 가지던 노염은 좀더 생기가 있었고 좀더 능동적이 아니었던가.

"왜 몸이 불편하십니까."

"아니에요."

"매우 기색이 좋지 못한데요?"

"……"

"편찮으시면 병원으로 가십시다."

"아니에요…… 사장 만나시겠어요?"

하고 여순은 뒤를 돌아보며 한 계단 올라선다. 그것이 마주서서 이야기하는 것을 꺼리는 동작인 것같이도 보였다.

"아니 별로 그런 것도 아니고…… 그저 겸사겸사해서 왔습니다."

사실 경재는 여순이 때문에 찾아온 것이나 어쩐지 이 자리의 공기가 서먹서먹해져서 엉거주춤하니 이렇게 말하였다.

"사장이 지금 골이 잔뜩 나셨어요."

"골이오…… 왜요?"

"그저께 밤에 우리가 구경가는 걸 봤대나요."

"봤대요?"

"네—"

"그러면 어떤가."

"그렇지만……."

"그래 뭐래요?"

두 사람은 이렇게 말하며 이층 *노대(露臺)로 나왔다.

"아니 별말은 없어도……."

하고 여순은 적이 망설이는 상이다.

"글쎄 그대루 말씀해 보시우."

"아니 저는 조금도 상관없습니다만 선생님 때문에……."

"또 선생님이에요? 그런 *군동동이는 인제 다 집어치시우. 경재라는 훌륭한 이름이 있는데 하하하……."

하는 경재는 여순의 말에서 그에게 대한 의심이 풀리는 한편 사장에게 대한 의혹이 왔으나 그렇다고 졸한 태도를 보이기가 싫어서 위정 큰 소리로 명랑히 웃으며,

"뭐래요?"

하고 재차 물었다.

"꾸중하지 칭찬하겠어요 호호호……."

"꾸중할 건 또 뭐예요. 제가 남의 사생활까지 간섭할 권리가 있나."

"그래도…… 사람은 처신을 잘 해야 한다구요. 모처럼 자기가 사랑해 주는 터인데 그렇게 해서 되겠느냐구요……."

"그 말뿐이에요?"

노대(露臺)
공연이나 행사 따위를 하기 위하여 지붕이 없이 판자만 깔아서 만든 무대.

군동동이
'군더더기'의 방언.

"그리고 또……."

하다가 여순은 경재를 빤히 쳐다보며 말을 멈추었다.

"그리구 또 뭐래요?"

"……"

"말씀하셔요. 상관없어요."

"그리구요. 경재씨는 훌륭한 사람이요, 전도 있는 사람이요, 또……."

"또 뭐래요?"

"……또 이미 아내 될 사람이 있는 사람인데 여순이가 삼가야 하지 않겠느냐구요. 경재씨 집이나 자기 집으로 말하면 가풍이 그렇지 못해서 *일호반점이라도 처신을 그르쳐서는 안 될 건데 여순이가 그걸 죄다 알면서 그러느냐구요……."

일호반점(一毫半點) 일호(한 가닥의 털이라는 뜻으로, 극히 작은 정도를 이르는 말)를 강조하여 이르는 말.

"그리구 또…… 죄다 얘기해 보서요. 그래야 나도 사장을 그만침 알고 대하지 않겠어요."

"암말도 마서요. 아주 모르는 척하서요. 아시는 내색을 보이시면 제가 고자질하는 사람으로 알지 않어요."

"글쎄 염려 마서요. 독을 보구 쥐를 못 친다구 그만한 요량은 나도 있으니 말씀하시우."

"그것뿐이에요. 지금 죄다 말하지 않었어요."

"아니 더 있을 겁니다."

"없어요, 없다니까요."

"글쎄 그리지 말구…… 나도 대강 짐작해요."

"아니에요, 참말이에요."

"말씀 안 하면 그건 나를 믿지 못하기 때문이겠지요. 그렇잖어요?"

하는 경재는 사장이 무슨 말을 했을지 대강 추측할 수는 있었다. 말문이 그만큼 열리었으니까 별별 야비한 소리가 다 나오고야 말았을 것이다.

하나 여순은 그 이상 더 말하려 하지 않았다.

경재는 금후의 태도를 결정하는 데 있어서 사장의 한 말을 죄다 들을 필요가 있다고 생각하며 거듭 물어 보았으나 여순은 그저,

"선생님을 위해서 더 말하지 않겠습니다. 묻지 마서요."

하고 말을 막아 버리려 하였다.

"나를 위해서요?…… 그러나 그건 나를 위하는 게 아닙니다. 말하자면 나를 믿지 못하는 거겠지요. 철저히 믿는다면 무슨 말이든 못 하겠어요?"

"그러기에 선생님을 믿느니만치 아까 죄다 말씀하지 않았어요."

"아니지요. 여러 가지 말이 많았을 겁니다. 사장이 이런 말을 하지 않어요?…… 정 처신이 나쁘면 나도 생각이 있다. 저까짓 놈 아니면 사위 될 사람이 없을 테냐. 제 집은 내가 멕여 살리는데 그렇게 되면 뭘 먹고 사나 보자. 죽고 사는 게 모다 내 한 손에 달렸다. 여순이도 내 말 안 들으면 그날이 마지막이다…… 이런 말을 하지요? 나도 다 추측합니다. 그러나 상관없어요. 여순씨도 겁낼 거 없으니 맘을 튼튼히 가지시우."

"저야 뭐 겁날 거 있어요? 선생님 때문에 그렇지……."

하다가 여순은 별안간 생각난 듯이,

"참 현옥씨를 만나셨어요?"

하고 경재의 눈치를 살핀다.

"아니오."

"조곰 전에 왔다 갔어요. 선생님을 꼭 뵈어야 할 일이 있다구요. 퍽

급한 일인 모양이드군요."

"괜히 그럴 테지요. 타고난 버릇이니까……."

"아마 댁으로 간대나 봐요. 사장과 무슨 이야기를 한참 하다가 총총히 나가 버리드군요."

"……."

"그런데 제게 대해서는 퍽 불쾌한 태도예요. 하는 눈치가……."

"뭣이래요?"

"아니 별말은 없어도 보면 몰르겠어요."

"그러면 여순씨도 마주 그래 주지요 뭐……."

하고 경재가 말하고 있을 즈음에 아래층에서 누가 올라오는 발소리가 들려 온다.

그러자 여순은 곧 아래층으로 내려가 버렸다.

그의 발소리가 철필 글씨와 같이 머리에 씌어지는 듯 고요한 노대에 이윽히 서 있던 경재는 사장실로 들어가 볼까 하다가 문득 불쾌한 생각이 나서 그대로 돌아나왔다.

여순이가 변소 모퉁이에서 바라보며 경재의 시선이 그리로 돌아오기를 기다리는 것도 알지 못하고 그는 머리를 숙이고 걸어나왔다. 행길 사람 *답쌔기 속까지 그렇게 걸어나오던 그는,

답쌔기
사람이나 사물 따위가 한 곳에 많이 모여 있는 것.

"앗!"

하고 머리를 쳐들었다. 전차가 쓰르릉 하며 바로 코앞으로 스쳐 지나갔다.

"어디로 갈까."

하며 그는 또 한참 지향없이 걸어갔다.

그러다가 별 생각 없이 한강행 전차를 잡아탔다.

혹 무슨 신간서적이나 있나 하는 생각으로 조선은행 앞에서 전차를 버리고 진고개로 잡아들었다. 그리하여 책사라는 책사는 거진 다 훑어 보았으나 볼 만한 책이라고는 하나 얻어 만날 수 없었다.

명치정에 있는 책점에까지 들러 본 다음 길가 어느 식당에 들어가서 저녁을 먹고 황금정에 나와 전차를 탈까 하다가 그만두고 동대문 쪽으로 어슬렁어슬렁 걸어갔다.

날은 벌써 저물었다. 전깃불이 차츰 광채를 돋운다. 가두의 라디오에서 막걸리같이 컬컬한 귀 거슬리는 소리가 흐른다…… 이 거리에서 라디오만 없어져도 한결 다닐 맛이 있으련만…… 하는 생각이 삽시에 왔다.

째지는 첫더위의 하루가 지나갔으나 밤도 무던히 찌물쿠는 편이다.

너른 길에는 산보객들이 꾀어친다.

이런 잡답한 중에서 그는 문득 무언지 모르게 고독한 생각이 물밀듯 밀려들었다. 동시에 괴롬도 왔다. 비록 그것은 눈깜빡 사이에 지나지 않았지만 그 괴롬을 파고들어가 보면 '나는 왜 생겨났던고' 하는 끝도 밑도 모를 깊은 괴롬에까지 부딪힐 것 같은 것이었다.

그러나 다음 순간—맨 밑바닥에 탁 부딪힌 생각이 조그만 탄력으로 치솟는 순간 땅 파고 기계 돌리는 자기의 모양이 그리고 여순의 모양이 무심코 머리에 떠왔다…… 그러나 우리는 과연 그럴 수 있을까?…… 하는 생각이 이어 뒤미처 왔다. 그는 자기의 이 물음에 스스로 대답할 아무 말도 없었다. 그는 바로 여순의 주인으로 찾아갔다.

"여순씨 기십니까."

"네, 아이 들어오셔요."

"공부하시는 데 방해되지 않겠어요?"

"그 대신 가르쳐 주시면 되지 않아요. 앉으셔요."

하는 여순은 모든 설움을 잊은 듯이 명랑하다.

"자주 와서 미안합니다만 암만해도 사장의 말이 맘에 걸려서 또 찾아왔습니다."

"선생님도 그건 뭘 가지고 그리십니까."

"아니 모두 얘기하고 확 잊어버리고 말잔 말이지요."

"그러게 낮에 말끔 얘기하지 않았어요…….'

"아니 그건 그렇다고 치고 내가 우선 내 사정에 대해서 대강 얘기해 드릴 필요가 있을 줄 압니다. 괴롭겠지만 여순씨도 들어 두시는 게 좋겠지요."

하고 경재는 다 탄 담배와 침을 함께 내뱉고 말을 이었다.

"가친이 일에 실패하게 되자 안씨의 빚을 적잖게 지시게 되어서 결국 사장의 자리까지 내놓게 되고 따라서 가친은 지금 이름만 중역이지 사실은 아무 권리도 없습니다. 뿐 아니라 지금은 안씨의 덕으로 살아가는 심이지요. 그 사람으로서는 참말 의외의 호의와 동정을 보내 준다고 할 수 있어요. 다달이 적잖은 돈을 지출하고 있는 것도 사실이에요. 그러니만치 가친은 그를 큰 은인으로 알고 절대 그의 명령에 복종하도록 노골로 말씀하는 터입니다. 가친뿐 아니라 온 집이 모두 그렇게 생각하고 있습니다.

해서 내가 조금이라도 사장의 말에 거슬린다거나 심지어 현옥이한테 조금 불친절해도 당장 기가 죽고 내게 성화를 바치지요. 까딱하면 계모는 턱도 없는 바스라지는 소리를 하고 바가지를 긁지요. 아버지는 일가의 성쇠가 달렸다고 걸핏하면 꾸중과 잔소리지요. 회사엘 왜 안 들어가는 거냐? 사장의 말을 왜 안 듣는 거냐? 하고 쏘아 붙이지요. 심하면 집안을 망하고 선영을 더럽힌다고 한탄이지요.

이런 가운데서 호흡하고 있노라니 내 맘이 안 괴로울 리 있습니까? 죽을 지경입니다. 참말 골치가 아퍼서 죽을 지경입니다. 그러나 부모는 자기나 안씨의 뜻에 절대 복종할 것을 강요하지만 내게도 내 생각이 있지 않겠습니까. 지금 나는 부모의 말대로 일가의 행복을 위해서 부잣집 사위가 되어 가지고 남에게 예속된 강아지의 행복을 누리겠느냐? 그렇지 않으면 내 뜻대로 내가 가고 싶은 길을 걸어가겠느냐?……하는 기로에 서 있습니다.

제삼자가 보기에는 부잣집 사위가 되어가지군들 무슨 일을 못 하겠느냐 하겠지만 내 뜻을 살려 가려면 불가불 그 속에서 빠져나와야겠고 그리 되면 그 생활은 파탄되고 말 것인데 그것을 번연히 알면서 그리로 눈감고 뛰어들 수는 없는 거 아닙니까? *우황…… 이건 여순씨가 들으면 어찌 생각할는지 모르겠습니다만 현옥이란 사람은 내 뜻을 이해해 줄 만한 사람도 아니고 또 성격상 물과 불과 같은 차이를 가지고 있지 않습니까.

그렇건만 저편에선 무엇 때문인지는 몰라도 예식을 해라 돈벌일 해

우황
하물며.

라…… 하고 명령하다시피 조르고 있습니다.

현옥이와 결혼 못 하는 데 대한 얘기는 빼버리겠습니다만 그 다음 회사에 입사하지 않는 이유는 이렇습니다. 밖에 있어도 사장과 늘 의견이 충돌되는데 거기 들어가면 물론 더 심해질 거 아닙니까. 사장은 지금 개혁이니 인원정리니 새 방침이니 하고 떠들지 않아요. 내가 가령 입사한다면 내게도 의견이 있을 거 아닙니까. 한데 그와 나의 의견이 서로 상치될 것은 번연히 알고 있는 터이며 그리 되면 싸움밖에 더 생기겠습니까. 그런 경우에는 그가 나에게 굴복할 리도 없고 또 나도 그에게 굴복할 리 없는 거니까 자연 권리 없는 내가 자퇴하는 수밖에 없지요. 그렇지 않고 그저 머리를 숙이고 벌어먹는 경우도 생각할 수는 있지만 아직 그러기는 싫으니까요. 또 현옥에게 대한 태도를 이미 결정했으니까 그런 자리나마 들어갈 수 없지요.

하니까 내가 끝까지 내 뜻을 고집하고 있으면 저편에선 결국 뉘 덕에 살아가는 거냐. 돈이 싫건 그만두려무나. 무얼 먹고 사나 보자…… 이렇게밖에 더 나올 게 없겠지요. 하니까 사장이 여순 씨한테 내 말을 했다면 그런 비열한 심사가 어느 모에서든지 튀어나왔을 겁니다. 그러니 이 멸시를 무릅쓰고 그 아래에서 머리를 숙이고 항복할 수 있겠습니까. 하다못해 노동을 해먹는 한이 있더라도 그들의 발 아래에서 안락을 찾으려고는 하지 않습니다."

하고 경재는 굳은 결심의 빛을 보이며 말을 맺었다.

경재의 마음은 확실히 여순에게로 기울어지고 있다.

기쁘면서도 괴롭고 괴로우면서도 기쁜—이러한 알 수 없는 심경에 그는 지금 사로잡혀 있다.

동시에 그는 나날이 현옥에게서 멀어지고 있다. 현옥에게서 멀어지는 길은 말하자면 여순에게 가까워지는 길이다.

그러나 그는 결코 여순이 때문에 현옥이와 멀어지는 것은 아니었다. 또는 이와 반대로 현옥이가 싫어지기 때문에 여순이와 가까워지는 것도 아니었다.

현옥은 얼굴이 좋은 편은 아니었지만 그 때문에 진심으로 그를 사랑하지 못하는 것도 아니요, 여순은 현옥이보다 훨씬 아름다운 편이었지만 그 때문에 그를 사랑하는 것도 아니다.

또 현옥은 경재의 성격과는 반대로 자깝스럽고 경솔한 점이 많았지만 그 때문에 그를 가까이할 수 없는 것도 아니요, 여순은 경재의 성격과 같이 *결곡하고 탐탁한 곳이 많았지만 그 때문에 그를 가까이하는 것도 아니다.

결곡하다
얼굴 생김새나 마음씨가 깨끗하고 여무져서 빈틈이 없다.

그러면 일면의 이유, 즉 장점 또는 단점은 인간을 전적(全的)으로 평가(評價)하는 조건이 아니라고 그는 생각하고 있다. 그러나 그렇다고 그보다 더 철저한 조건을 일일이 찾아내어 가지고 혹은 싫어하고 혹은 사랑하는 것도 아니다.

누가 만일 그에게 현옥을 싫어하는 이유를 묻는다면 그는 결국 '현옥은 인간미(人間味)가 부족하다' 하고 대답할 것이다. 그러나 누가 만일 그에게 여순을 좋아하는 이유를 따진다면 그는 '여순은 인간미가 풍부하다' 하는 한마디로 결론지어 버리지는 않을 것이다.

여순은 현옥이보다 훨씬 높은 인간미를 가지고 있는 것이 사실이나 다만 그것 뿐은 아니다. 인간미라는 막연한 한 말로써 표현할 수 없는 오직 마음으로써만 느낄 수 있는 언어를 초월한 여러 가지의 미점(美點)을 가지고 있다고 경재는 생각하는 것이다.

한편 여순이도 벌써부터 경재에게 맘이 끌리고 있었다.

처음 경재와 현옥의 사이를 알게 되었을 때 그는 거기 대하여 이런 것 저런 것을 죄다 알고 싶었으나 그것을 일일이 물어 보기에는 아직 너무 먼 거리에 있었다.

그러다가 두 사람의 관계를 확실히 알게 된 최근에 와서는 그것을 더 깊이 파고 묻는 데에서 일종의 공포와 시기를 느낄 만큼 벌써 가까운 거리에 와버렸다. 결국 그들의 관계를 더 알 필요가 없었다.

오직 알고 싶은 것은 경재의 태도 하나이다. 물론 그도 어느 정도까지는 경재의 심경을 알고 있었지만 좀 더 마음 밑을 있는 대로 두드려 보고 싶었다.

그러나 그는 결코 부자연하게 경재를 자기에게로 끌어 오고는 싶지 않았다. 의젓하게 제 진정으로 걸어오기를 바랄 뿐이다.

여순은 자기가 마음으로 바라는 그 사나이를 자기가 끌어서 비로소 피동적으로 움직이는 그러한 졸한 인간으로 떨어뜨려 주고 싶지는 않았다.

말하자면 두 사람은 극히 자연스러이 그러나 가장 깊이 융합하는 그 길을 걷고 있는 것이다.

그러나 두 사람의 생각은 처지가 다르니만큼 차이가 있지 않을 수 없다. 경재는 여순이보다 훨씬 복잡한 심경에 놓여 있다.

언제든지 드러나고야 말 자기들의 관계가 장차 어떠한 파문을 그릴는지? 그리고 자기는 여순이보다 훨씬 시끄러운 사정에 얽혀 있느니만큼 얼마나 책임이 무거운지를 경재는 생각 않을 수 없다.

그러나 비교적 은혜받은 생활 가운데서 인생고와 여난(女難)을 겪어 보지 못한 그는 그들의 청춘 행로(行路)를 가로막는 거친 파도를 그리어 보면서도 한편 그 성낸 물결을 돌파해 나갈 장쾌한 생각을 꿈꾸고 있다.

여순의 앞에 앉아 있다는 생각과 오직 하나의 여순이가 있다는 신념이 선명해질 때에 이러한 의협심과 모험 심리는 모든 걱정과 근심을 일순에 물리쳐 버리고 만다.

어떠한 난관에 갇히더라도 그것이 벗어나기 어려우면 어려우니만큼 헤칠 때에 오는 쾌감은 더욱 클 것이다. 경재는 자기 주위에 얽힌 사정을 내다보며 이런 생각을 하고 있다.

그가 바야흐로 필승(必勝)을 기(期)하는 군사와 같은 쾌심한 웃음을 지으며 무심코 팔목시계를 들여다보려고 할 때 여순은 신문지로 시계를 가리며 싱글싱글 웃고 있었다.

그리하여 그들의 이야기는 그칠 줄을 모르듯이 밤늦도록 계속되고 있었다.

전차 소리도 끊어졌다. 도회의 밤도 깊어서는 고요하다.

피서

여름은 무르익어 간다.

큰길 작은길 거리에는 크고 작은 빙수 가게가 늘어가고 남산 공원에는 한가한 사람들이 기울이고 남은 빈 병을 줍는 아이들이 붓다새 싸댄다.

전차 안 광고 붙는 데에는 별장 광고가 으뜸을 차지하고 정거장 벽에서 피서지의 풍경화와 찻삯을 할인한다는 붉은 *관지 맞은 *게시가 으자자하게 나붙어 있다.

관지
관의 허가를 받은 문서.

게시
여러 사람에게 알리기 위하여 내붙이거나 내걸어 두루 보게 함. 또는 그런 물건.

학생들은 말쑥하게 새로 머리를 깎고 양복바지를 요 밑에 다려 주름 잡아 입고 그리운 고향으로 돌아들 가고 유여한 사람들은 피서지로 떠나들 간다.

정거장으로 몰려치는 사람의 떼를 보면 서울의 한모퉁이가 응당 텅 비어졌을 것도 같으나 그래도 서울의 여름은 사람 답째기가 한층 더 심해질 뿐이다.

밤이면 더욱 그렇다. 종로 야시에는 사람의 무리가 알감자 씻듯이 오글오글 꾀어치고 우측 좁은 길가에서는 빈대에 몰려난 사람들이 혹은 하늘을 이불삼아 곤한 몸을 가로쉬고 있으며 혹은 희미한 전깃불 아래에 장기판을 벌여 놓고 장군 멍군을 부르기도 한다.

현옥은 벌써부터 피서 가볼 생각이었으나 경재가 그것을 즐기지 않으므로 혼자 가기도 점직해서 여태 떠나지 못하고 있다.

"아홉 시에 꼭 만나쟀는데."

현옥은 몇 번이나 팔목시계를 들여다보며 경재의 빈방에서 그를 고대하고 있었다.

벌써 아홉 시 반이 넘었다.

"사람을 속여도 분수가 있지 자기 때문에 여지껏 피서도 못 가고 있는…… 또 고년헌테 갔나?"

그는 슬며시 약이 올랐다. 이렇게 약속을 어긴 것은 한두 번으로 헤일 수 없다.

"열 시까지만 안 와봐라. 어떻게든지 고년헌테까지 찾아가고 말걸……."

하고 그는 여순의 주인집까지라도 찾아갈 채비였으나 그의 주소를 알지 못하기 때문에 그리도 못 하고 그저 혼자 벼르고만 있다.

결국 경재는 열 시가 좀 넘어서야 술이 취해 가지고 집으로 돌아왔다.

"늦어서 미안합니다."

하는 경재의 목소리는 부드러웠으나 그것은 술기운에 들떠서 고분고분해진 것이라고 현옥은 생각하며,

"미안할 게 있습니까, 재미나 많이 보시면 됐지."

하고 돌아앉은 채 눈도 거들떠보지 않는다. 분한 것보다 괘씸한 것보

다 그는 원통하였다. 순간 욕심 사나운 그의 눈에는 알 수 없는 눈물이 핑그르 도는 것 같았다.

"자미는 밤낮 무슨 자미란 말요? 동경서 친구가 와서……."

"낼 만나면 어떤가요?"

"그러지 못할 처지니까 그렇지요."

"좋아하던 사람이든 게군요?…… 동경에 존 색시를 흠뻑 흘리고 왔으니까 인제 주어 모아야 할 테지요."

"원 난데없는……."

"여자라면 날아가는 벼락이라도 찾아겠습니다."

"여자는 웬 여자란 말요? 동경서 출옥한 친군데 오늘 막 돌아오는 길이래서 그저 보낼 수도 없구 해서 저녁 먹으러 갔었어요. 사오 년이나 못 보던 친구고 또 그새 엽서 한 장이라도 보낸 일이 있었다면 덜 미안하겠는데……."

그러자 그제야 현옥은 해시시 풀리며 이편으로 돌아앉는다.

"그런 걸 난 찾아가려구까지 다 했어요."

하고 되레 미안했다는 듯이 얕은 웃음을 짓는다.

"그런데 참 낼 *삼방(三防)으로 떠나게 됩니까."

"네…… 글쎄 어쩔까요?"

"하하하…… 그야 내가 압니까, 현옥씨 생각이지요."

"그러면 경재씨는 기어코 안 가실 테야요?"

"글쎄 난 사정도 있고 또 워낙 피서 같은 건 통 가고 싶은 생각이 없으니까요."

"그럼 원산 갈까요? 송도원(松濤園)으로요?"

"모두 마찬가지지요."

삼방(三防)
함경남도 안변군에 있는 명승지. 예전에, 남북 간의 중요한 통로를 이루어 세 군데에 통행인을 검사하는 관방(關防)이 설치되어 있었던 데서 비롯한 이름이다. 약수로 유명하다.

삼방 약수터

166 한설야

"어디든 경재씨 좋은 데로 가요. 금강산이 보고 싶다고 허시지 않았어요? 그전에……."

"아무 데도 생각 없습니다. 혼자 가서 잘 놀고 오십시오."

"제가요?…… 왜 그렇게 돌려대십니까. 경재씨나 잘 노서요. 그리게 경재씨 안 가실 건 벌써 잘 알았어요."

"혼자 가기가 어째 미안한가 보군요. 하하하……."

하는 경재는 아닌 게 아니라 맘이 들떠 있다. 그 심리는 다만 술 때문만은 아니다.

요새 경재는 사실 공연히 맘이 들먹들먹하는 때가 많다.

여러 가지 주위의 사정으로 아직은 현옥에게 대하여 최후의 선언을 내리고 발을 뚝 끊어 버리게는 되지 못한다 하더라도 맘속으로나마 이미 현옥이와 여순에게 대하여 각각 태도를 결정하고 있는 것이 사실이니까 어떤 기회에든지 현옥이를 멀리하는 것이 의젓한 남자의 마땅히 취할 바 태도일 것이나 사실은 그렇지 못하다.

물론 현옥을 만나는 그것은 그와의 관계를 계속하려는 것을 의미하는 것은 아니지만 그래도 현옥을 만나게 되면 아주 여남은 사람을 대하는 것 같이 담담하지는 못하다. 혹은 증오까지를 느끼는 때도 있지만 때로는 들뜬 기분에 흔들리기도 한다. 말하자면 그도 남 가지는 약점을 가지고 있는 것이며 또는 여자에게 대한 예사로운 남자의 *비루한 야심도 가지고 있는 것이다. 더욱 요사이는 여순이와의 접근에서 마치 무슨 승리나 얻은 듯한 자만과 뜬맘을 가지게 되어서 이러한 심리는 여순에게 대한 결곡한 절조 위에 때로 *공화(空華)와 같은 객기(客氣)를 가져오는 것이다.

그는 아직 한편 높은 이상과 굳은 의지를 바라보는 젊은이의 순결을

비루하다
행동이나 성질이 너절하고 더럽다.

공화(空華)
번뇌로 생기는 온갖 망상.

가지고 있는만큼 무절조한 중년(中年) 남자와 같은 탐욕을 그 심리에 짝하고 있는 것은 아니라 하더라도 그러한 들뜬 기분은 여순에게 대해서나 또는 현옥에게 대해서나 모두 마땅한 것이라고는 할 수 없다.

물론 그는 그러한 심리를 인간의 본능이라고 생각함으로써 자기의 심리를 스스로 변명하려는 그러한 얄미운 *교지(巧智)를 몸소 의식하고 있는 것도 아니요 또는 구태여 옛날 묵은 도덕에 사로잡힘이 없이 스스로 새로운 도덕관을 가지고 있기 때문이라고 생각함으로써 자기의 방종(放縱)을 합리화(合理化)하려는 소위 일부 사상청년과 같은 무궤도적(無軌道的)인 생각을 가지고 그러는 것도 아니나 가령 그렇다고 하더라도 자연히 그렇게 되는 자기의 들뜬 심리를 몸소 억제하려는 반성과 극기(克己)의 뜻이 없은 까닭인 것은 움직일 수 없는 사실이다.

교지(巧智)
교묘한 재주와 지혜.

더욱이 오늘은 술이 취해서 그의 맘은 한결 더 드솟고 있다.

하나 부화를 좋아하는 현옥은 이러한 가벼운 경재의 태도에서 참말 자기가 그리는 이른바 명랑한 경재를 발견하며 또 엇구수하게 비꼬아 댄다.

"나는 피서 갈 테니…… 아니 경재씨를 위해서 몸을 피해 드릴 테니 어서 안심하고 잘 노서요. 사실은 경재씨의 마음을 받들어 드리기 위해서 즉 기쁘게 해드리기 위해서 내가 가는 거니까요."

"나를 팔지 않아도 피서 가는 걸 아무도 말할 사람은 없을 겁니다. 안심하고 가십시오."

"네 물론 가겠어요. 내가 만일 안 간다면 경재씨가 앙갚음으로 다시 만나 주지도 않을걸……."

"그런 소리 마시구 먼저 가보시우. 나도 보아서……."

"꼭 오서요 네?"

"하하하…… 그것만 보아도 가고 싶어하는 걸 알 수 있지."

"아니에요. 난 동무들허고 약속해 놔서 안 가볼 수도 없어요. 벌써들 가서 자꾸 오라구 편지하는데요……."

"왜 함께 가지 않았어요?"

"경재씨 때문에 차일피일하고 있었더니만 그 애들이 속도 모르고 괜히 놀려먹겠지요…… 흥 알었다. 물론 넌 그럴 거다. 오라 넌 그이와 단둘이만 가잔 말이지. 아유 어서 그러려무나. 눈치 못 차린 우리가 바보지. 흥 그러나 피서 오건 꼭 소개는 해다구. 아주 굉장한 미남자라지? 오라 알었다 알었어. 하지만 설마한들 동무의 '하이프'를 빼앗겠느냐…… 하구 막 놀려 대며 아주 깨고소해서 죽겠다나요."

전차의 커브 도는 소리가 멀리서 들려 온다. 경재는 갑자기 여순이를 찾아가고 싶은 생각이 나서 벌떡 일어나며,

"참 이런 정신 보게…… 어느 친구와 꼭 만나기로 약속해 논 걸 여태 잊고 있었어……."

"다른 약속은 잘 지키는군요."

"아니 참말 가봐야겠어요."

"그럼 가보시구료, 호호호."

"네, 그럼 실례……."

하고 경재는 비틀거리며 일어섰다. 술이 몹시 취해서 별안간 눈이 핑 그르 돌아가며 허전거리는 발을 문턱에 올려놓고 잠시 문가에 몸을 기댄 때,

"안 돼요."

하고 현옥은 그의 양복자락을 잡아당겼다.

경재는 그만 웃방에 들어가 쓰러져 버렸다.

얼마를 지났는지 경재는 몸이 몹시 떨리며 어렴풋이 잠이 깨었다.

여름이건만 장판방이 몹시 차고 또 몸에 신열이 있어서 경재는 술 오한이 들었다. 그래서 양복깃을 펴놓고 다리를 주물렀다. 그래도 몸이 떨렸다.

현옥의 고운 노랫소리가,

"아이 그 방은 찰 텐데."

하는 말소리로 변하며 그의 부드러운 손이 제 몸에 와 닿는 것을 경재는 아주 희미하게 의식하였다. 다음 순간,

"아이 무거워."

하는 말과 함께 자기의 몸이 그의 손에서 조금씩 들릴락말락하게 추어지는 것을 그는 또 얇게 의식하였다.

그 다음 순간 부드럽고 따스한 담요에 눕혀지는 것과 그리고 역시 같은 감각을 주는 부드러운 것이 몸에 *차붓이 덮여지는 것을 또 의식하였다.

그래도 여전히 몸은 떨렸다. 별안간 겨울을 만난 듯이 술 오한이 심해졌다.

"아유 아랫방에 내려와 누서야 할 텐데……."

하며 조심스러운 손이 그의 몸 여기저기를 꽁꽁 누르더니,

"아이 사뭇 찬데 방이……."

하고 담요를 격하여 겨드랑이 밑으로 그 손이 살며시 찌르고 들어왔다.

그러나 그 손 하나로 그 찬 방을 덥게 할 수는 없었다. 뒤미처 손 하나가 마저 몸 밑으로 들어왔다. 애오라지 따스한 감각이 오는 것 같은 순간 그는 자기의 몸을 싸고 도는 여자다운 섬세한 관심(關心)을 깨달으며,

차붓하다
가볍게 착 붙은 듯한 느낌이 부드럽다.

"앗!"

하고 벌떡 일어났다.

"아랫방으로 내려가 누서요. 술 오한이 나는 때는 차게 자면 못쓴 대요."

하고 현옥은 어느 때 술취한 아버지에게서 들은 말을 그대로 외웠다.

경재는 양복섶을 여미며 아랫방에 내려와 담요를 돌돌 감고 새우등 같이 꼬부린 채 다시 쓰러졌다. 그러나 몸이 떨려서 잠은 오지 않았다.

"지가 간 후에 날마다 하루도 빼지 마시구 편지해 주서요. 네, 주실 테에요?"

하며 현옥은 어리광을 부리듯 무릎을 꿇고 그의 앞에 단정히 앉았다.

"글쎄요. 편지를 잘 쓸 줄 알어야지요. 좀 편지 많이 받어 두었을 테니 그거나 점 빌려 주시구려, 배워서 쓰게요……"

"그러지 말고 꼭요 네?…… 그리구 인제 몸 좀 삼가서요."

"무얼 했든가요? 언제."

"글쎄 말들이 많어요."

하고 현옥은 또 여순의 *패풍을 떨기 시작하였다. 시골뜨기니 여급사 니 심부름꾼이니 하는 소리가 귀찮아서 경재는 눈을 감고 얼굴을 가슴 에 박아 버렸다.

"경재씨의 맘은 지가 잘 알지만…… 글쎄 고것이 되두 않을 먼산을 쳐다보구 있으니 청산이 늙은들 무슨 소용이에요."

하고 현옥이가 헐뜯는 소리를 기다랗게 되풀이하고 있는 것을 한참 가 만히 듣고 있던 경재는,

"뭘 어쨌다구 그립니까."

하고 한마디 쏘아 붙이고 나니 그만 제김에 약이 올라서,

패풍
험담.

"뭐가 어떻다구 욕하구 멸시하는 겁니까. 시굴 농부의 자식이라구 해서 업신여기는 겁니까. 가난한 사람이라구 해서, 남의 심부름 하는 사람이라구 해서 멸시하는 겁니까. 죄 없는 농부의 자식으로 제 힘을 가지고 제가 벌어먹는 거룩한 사람을 그렇게 잔칼질하는 이유가 대체 어디 있습니까. 욕하려거든 나같이 하잘것없는 인간을 욕해 보시우. 얼마든지 욕해 보시우."

하고 기다랗게 늘여 뱉었다.

"호호호…… 취하셨습니까. 왜 딴소리하서요? 호호호…… 우스워 죽겠네."

"내가 취했어요. 당연한 소리 하면 취했다구…… 흥 그럴 테지. 악한 눔 잘되는 세상이니 옳은 소리 하면 취담이 될 것두 사실이겠지요. 그러면 내 말은 취담으로 칩시다. 그러나 우리가 그들의 앞에 무릎을 꿀 날이 올 것은 어찌합니다. 또 그날이 참말 인류를 위해서 가장 옳은 날이라는 것도 빤히 내다뵈는 일이니 그건 또 어찌할 겁니까…… 언제든지 맨 불쌍하고 맨 하찮은 인간은 우리같이 이것도 저것도 아닌 반편 인간들이라구 나는 생각합니다."

"호호호…… 인제 그만두서요. 나도 경재씨가 말하는 의미를 잘 알어요. 하지만 경재씨는 늘 내 말이라면 오해만 하서요."

하고 현옥은 입을 닫아문다. 그가 혼자 그리던 오늘 밤의 근경과는 전연 반대의 어둔 골목으로 들어가는 것을 깨달으며…….

그 며칠 후 우편배달부가 경재의 방 마루에 편지 한 장을 내던지고 갔다. 경재는 보던 신문을 밀어 놓고 두툼한 양봉투를 가로 쨌다. 위에다 영자를 가로 박은 줄 없는 편지지에는 아래와 같은 사연이 *자름자름 가로 씌어 있다.

자름자름
여럿이 다 크지 않고 작은 모양.

경재씨!

산수 좋은 곳 그러나 낯선 곳으로 외로이 찾아드는 서글픔은 한층 더 크온데 그 위에 또 왜 혼자 오느냐는 세 동무의 질문까지 받고 보니 가까스로 붙잡고 있는 가슴이 그만 무너지는 듯합니다.

만일 경재씨가 오셨으면 이 강산은 얼마나 반가울 것이겠습니까. 또 얼마나 기쁠 것이겠습니까. 그러나 아깝소이다. 이 강산이요 이 기쁨이 없음이여! 저는 그만 되돌아 서울로 올라가고 싶습니다.

떠나던 안날 밤에는 무심코 경재씨를 노하게 해서 여간 미안하지 않습니다. 그러나 그때의 경재씨의 노염은 우연한 일시의 감정이었던지요? 아니 좀 더 뿌리 깊은 근거를 가진 것은 아니올는지. 경재씨! 넓은 세상에서 다만 한 사람만을 사랑할 만치 편벽한 경재씨가 아니요 보다 넓은 보다 높은 큰 뜻을 가지신 경재씨라고 생각하면 무한히 기쁘기도 합니다. 그러나 제게는 저대로 또 제 생각이 있습니다. 채워지지 않는 빈 마음의 한구석이 있습니다.

경재씨의 그 넓은 뜻으로—보다 거룩한 것을 바라보고 그것을 포용하려는 굳센 마음으로 한 사람의 가슴을 채워 주는 따위는 도무지 문제도 안 될 것인데 하고 생각하면 지극히 섭섭하기도 합니다. 제 불만(?)을 말하오리까.

경재씨는 물론 지가 없는 서울에서도 기쁨이 있겠지요. 웃음이 있겠지요. 그리고 그 '무엇' 을 보시며 생각하시며 만족해하시겠지요. 그것이 무엇인지는 말씀 안 하겠습니다. 저보다 경재씨가 더 잘 알고 계실 터이니까요…….

하여간 '그 무엇을' 보시고 경재씨는 반겨하시겠지요. 그 하소, 그 웃는 눈, 그 타는 마음은 경재씨에게 아무것도 주지 않을까요? 아닙니다. 그 무엇은 경재씨의 눈에만도 아니요, 귀에만도 아니요, 바로 그 가슴에 가서 문을 두드릴 겁니다. 오늘도 내일도 모레도. 그러면 그 가슴의 문이 열리지 않을까요? 무엇이 들어가지 않을까요?

가령 경재씨의 가슴에 이미 지극히 조그만 그림자(현옥이)가 불쌍한 자태로 더부살이하고 있다고 가정합시다. 그런데 딴 무엇이 또 문을 두드렸다 합시다. 두 번째 세 번째…… 열 번째 아니 백 번째에 열렸다 합시다. 그러면 그 가슴에는 이미 더부살이하고 있던 그것 이외의 것이 새로 들어앉게 될 겁니다. 그러면 그 새것은 그 옛것을 밀어내지 않을까요. 더 말하지 않겠습니다. 그러나 다만 한 가지 더 말할 것이 있습니다. ‘그러면 네 가슴의 문을 두드리는 그 무엇이 있을 때에는 어찌할 것이냐. 문을 열지 않을 터이냐. 백 번을 열 곱하여 천 번을 두드리는 때에도?……’ 하고 물으실지도 모릅니다. 이것까지 물어 주리라고 믿는 것이 되레 부질없는 생각 같습니다만 그래도 그것은 가장 있음직한 물음이기 때문에 대답하지 않을 수 없습니다.

제 눈에도 경재씨 이외의 빛이 보이고 경재씨 이외의 소리가 들리는 것은 사실입니다. 찍어 당길 듯이 짓궂은 시선도 보이고 감아 녹일 듯이 애연한 노래도 들립니다. 그러나 그것은 너무도 단단히 닫힌 이 가슴의 문을 두드리기에는 가엾이 약한 소리요 빛이요 힘인가 합니다. 도무지 열릴 줄을 모르니 딱하다 하오리까, 기쁘다 하오리까.

굳게 닫힌 마음이 누구로 해서 괴롭고, 열리지 않는 가슴이 무엇 때문에 안타까운지를 그윽이 생각할 때마다 미어지는 심사 같

아서는 차라리 딴 데로라도 가슴이 열려 버렸으면 하리만큼 불붙
는 것이오나 그래도 열리지 않으니 괴로울 것이 그 누구오리까.

 인제는 더 말하지 않겠습니다. 동무들이 총공격하고 산이 홀리
고 물이 불러도 그야말로 물도 불도 추위도 더위도 모르는 돌부
처같이 되어 있습니다. 이것을 누가 움직이게 하리까.

칠월 이십칠일

삼방협에서 현옥 올림

경재씨 앞

 경재는 다 읽고 나서도 별로 따가운 감정을 느끼지 않았으나 늘 하
는 버릇으로 책상 서랍 속에 편지를 던져 버렸다.
 또 그 다음 편지 사연은 이러하다.

 저는 오늘 석왕사로 왔습니다.
 늙은 소나무 가지 사이로 칠월의 째지는 햇발이 길게 드리운
금모래판 같은 역전의 풍경이 매우 좋았습니다. 그리고 그보다도
*단청(丹靑)이 짙은 옛 사찰의 고아(古雅)한 맛이 더욱 좋았습니
다. 모든 것이 삼방협에 비하면 훨씬 개화한 것 같습니다. '우리
에게 있어서 자연은 한 개의 점토(粘土)라'고 한 말도 있거니와
이 피서지도 장래에는 사람들의 손요리에서 놀라운 현대 풍경으
로 변하여지겠지요. 저는 가파른 뒷산 송림 속으로 길 없는 길을
찾아 헤매고 있습니다. 그러며 이 편지를 토막토막 주워 엮고 있
습니다. 과연 좋은 자연입니다. 잔잔히 흐르는 얕은 시냇물이 발

단청(丹靑)
옛날식 집의 벽, 기둥,
천장 따위에 여러 가지
빛깔로 그림이나 무늬
를 그림. 또는 그 그림
이나 무늬.

길에 밟혀 넘어지는 풀에 막히어 마치 붕어새끼가 번뒤치는 것같이 번쩍 하고 빛납니다. 얼른 발을 들면 풀은 다시 머리를 쳐들고 물은 씻기고 씻긴 하얀 돌 위로 그리고 두 언덕의 풀과 풀이 머리를 맞댄 그 아래로 비단 같은 부드러운 파문을 지으며 졸졸 흘러갑니다. 톨스토이는 코카서스 지방에서 밟혀도 밟혀도 머리를 쳐드는 풀을 보고 유명한 역사소설 『하지무라드』를 썼다 하고 굴원이는 *참소(讒訴)에 더럽힌 몸을 멱라수에 던졌다 하거니와 비록 제게는 그러한 뜻과 재간이 없다 하더라도 언제까지든지 이곳에 앉아 이 풀 이 물과 함께 속삭여 보고 싶습니다. 그러면 누가 찾아올 것 같습니다. 그러나 이것이 제게는 기쁜 일이요 동시에 설운 일이외다.

해는 저물었습니다. 우렁찬 인경 소리가 땅을 울리고 산을 흔들고 그리고 하늘에 사무칩니다. 저는 문득 아름다운 젊은 아내를 버리고 *궁사극치의 삼시전(三時殿)을 등지고 출가하던 석가여래를 생각했습니다. 머리를 자르고 금관옥의를 떨어 버리고 반나체의 허전한 몸으로 심산 중에 선인을 찾아 그 제자들의 고행(苦行)을 바라보던 그 광경을 그리어 보았습니다. 벌거벗은 몸에 소똥 칠한 사람, 온종일 남국의 쨍쨍한 태양을 눈도 깜박하지 않고 바라보고 있는 사람, 목까지 땅 속에 파묻힌 사람, 짐승같이 나뭇가지로 기어다니는 사람, 한 다리를 들고 한 다리로 선 사람들을, 그리고 육 년의 수도와 고행에서 뼈만 남은 석가를, 냇물에 목욕

참소(讒訴)
남을 헐뜯어서 죄가 있는 것처럼 꾸며 윗사람에게 고하여 바침.

궁사극치(窮奢極侈)
사치가 극도에 달함. 또는 아주 심한 사치.

하고 촌색시의 우유를 받아 마시는 그를, 그리고 또 *원정흑의
(圓頂黑衣)의 아난(阿難)에게 반한 촌색시를 그 딸의 사랑하는 어
머니가 소똥에 불을 붙여 마귀를 불러 가지고 아난을 제 집에 감
금하는 것을, 아난이 석가에게 구출되는 것을, 머리 깎고 아난을
찾아오는 촌색시를…… 그리고 촌색시를 설교하던 석가여래를
생각했습니다만 저도 종교로서의 불교에 대해서는 아무런 흥미
도 미혹도 느끼지 못합니다.

다만 사람은 괴롬을 겪어 봐야 한다던 경재씨의 말을 생각하며
생래 첨으로 험한 산중을 혼자 걸어다닐 뿐입니다. 조금도 괴롬
을 깨닫지 못합니다. 그러나 저는 불시에 이런 생각을 또 해봤습
니다. '불도는 사자가 그 새끼를 입에 물고 산골짜기로 뛰어넘는
것 같다'는 말을…… 그러나 너무 단단히 물면 새끼는 물려 죽을
것이요, 너무 가볍게 물면 골짜기에 떨어져 죽을 것입니다. 떨어
지지도 않고 물려 죽지도 않게 하는 것이 말하자면 불교의 정신
과 같다는 말이겠지요.

그러나 기왕 죽이지 않으면 안 될 그런 경우라면 물어 죽이더
라도 제 입에 길이 물고 있고 싶은 것이 인정일 것입니다. 저는
그 인정을 결코 그르다고 생각지 못합니다. 제 입에 제 손에 제
맘에 가졌던 자기의 보배를 목숨이 있는 한에야 어찌 잃어버리겠
습니까. 하물며 어찌 빼앗기고 말겠습니까. 차라리 죽여 버리고
말지언정…….

경재씨!

깨끗한 이 강산에 와서 너무 많이 속된 감상을 적어 보내와 죄
스럽습니다. 그러나 이것은 속임 없는 저의 심경이오니 용서하고

원정흑의(圓頂黑衣)
둥근 머리에 검은 옷이
란 뜻으로, '중'을 이
르는 말.

보아 주실 줄 믿습니다.

그러나 경재는 두 번 편지를 받고도 회답을 쓰려고 하지 않았다.

현옥이가 이곳 저곳으로 옮겨다니는 것이 자기의 답장 안 주는 구실을 만들어 주리라 하였다. 그런데 그러고 있는 어느 날 또 편지 한 장이 왔다. 이번은 우표 석 장이나 붙은 전보다도 더 두터운 편지다.

편지를 떼고 보니 마치 무슨 사진 설명같이 사진 한 장에 편지 한 장씩 따로따로 붙어 있다. 맨 첫머리에는 송도원 사진이 있는데 거기에는 이런 사연이 달려 있다.

어저께 석왕사를 떠나 원산 송도원으로 왔습니다.

기대에 어그러짐이 없는 좋은 벗을 저는 찾았습니다. '괴롬' 과 '외롬' 이 곧 그것입니다. 기쁜 가운데서 괴롬을 찾고 요란한 가운데서 외롬을 찾았습니다.

송도원

서울서 삼방, 석왕사, 원산은 그다지 멀지 않을 것입니다. 그러나 애꿎은 제게는 천리라 하리까 만리라 하리까? 첨 삼방까지 와서도 괴롬과 외롬은 컸습니다. 그러나 그것은 저의 유일한 벗이었습니다. 그런데 삼방보다 더 먼 석왕사 원산으로 옮기며 그러한 심리는 응당 더 커질 것이 아니겠습니까. 말하면 저는 더 큰 벗을 찾아서 예까지 왔습니다. 과연 예상과 같습니다. 저는 지금 이 둘도 없는 '벗' 을 꼭 부여안고 있습니다.

송도원을 어찌 잊으리까. 나같이 괴론 사람을 반겨 안아 주는 땅의 마음을 어찌 잊으며 춤추고 노래해 주는 물의 정을 어찌 잊으리까—바라건대 그이여! 당신도 이 땅과 이 물 같은 사람이 되어지이다…… 하고 저는 축원하고 있습니다.

그 담은 해수욕장의 풍경, 그 중에는 조그만 보트를 힘주어 젓는 현옥이와 그의 동무인 듯한 오리 같은 '우키부쿠로'를 탄 여자와, 한 케이프 속에 한편 팔로 서로 부여안고 한편 손으로 먼바다를 부르며 웃고 있는 두 여자도 있다. 그 사진에는 또 이렇게 씌어 있다.

이 얼마나 유쾌한 풍경입니까. 노래도 부르고 웃기도 하고 장난도 치고 농담들도 합니다.

흉측한 남자들은 자맥질을 해서 물 속으로 여자들을 쫓아다니고 잘난 체하는 못난이들은 노를 저어 앞을 감돌며 헐긋은 유행가의 그물을 던집니다. 헤엄칠 줄 모르는 사람은 머리를 물에 박고 발장구만 치고 잘하는 사람은 부표(浮漂)같이 머리만 동동 내놓고 두 손으로 세수를 합니다. 처녀들은 남 노는 멋에 빵긋빵긋 웃고만 있고 아이 난 중년 여자들은 하마(河馬)처럼 뭉기적거립니다. 나먹은 이들은 송림을 거닐고 젊은 패들은 모래에 살을 구워 가지고는 누가 더 검은가 내기합니다. 도비다이를 곤두박질하는 치도 있고 뱃놀이에 곤드레만드레하는 주정뱅이도 있습니다. 체조하는 사람도 있고 달음박질하는 사람도 있습니다. 물소리 바람 소리 사람 소리…… 실로 형언할 수 없는 재즈입니다.

그러나 현옥의 맘은 외롭습니다. 괴롭습니다. 마음의 눈은 눈물시내를 이루고 가슴의 불은 타고 있습니다. 보트를 가지고 오십시오—이 눈물시내에 배 띄우게요. 설움과 잡념을 죄다 가지고 오십시오—이 가슴불 속에 던져 버리게요. 경재씨가 오실 때까지 저 먼 바다로 저어서 마중 나가겠습니다.

그 담에는 네 여자가 에워싼 우편배달부의 사진. 거기에는 또 아래와 같이 씌어 있다.

저번의 삼방협은 산이 촉하고 길이 험합니다. 그리고 호랑이까지 있다니 사람의 마음인들 편하겠습니까.

유산가 부르는 노는 사람도 이렇거든 하물며 심부름 다니는 사람들이야 말하여 무엇 하겠습니까. 그러기 때문에 우리는 우편배달부를 볼 때마다 가엾은 생각이 났습니다. 우리 같은 소견 없고 경박한 여자도 그렇거든 경재 씨야 말하여 무엇 하겠습니까.

"얘들아 그이는 삼방협 험한 길에 지친 배달부가 가엾어서 편지두 안 한단다."

하고 *저즘께 삼방에서 나는 동무들에게 크게 선전하였지요.

"오라 호호호…… 그럴 거야 어쩌면……."

하고 동무들은 곧 경재씨의 남다른 뜻을 높게 양해했습니다. 인식부족(認識不足)이 없는 사람들이지요.

그러나 원산 와보니 송도원까지 길이 퍽 좋습니다. 자동차도 다니지만 해풍을 쏘이며 걷는 것이 몸에 퍽 좋을 것 같습니다. 그래서 그런지 이곳 배달부는 사뭇 건강해 보입니다. 염려 마시고 한 짐씩 편지 보내십시오.

이런 편지를 보는 사이에 문득 불쾌한 생각이 나서 경재는 그만 찢어 버릴까 하다가 역시 가진 버릇이라 또 그대로 서랍에 던져 버렸다.

저즘께
저번에. 접때.

직장

직포부 직장(織布部職場)—이백 대의 *역직기(力職機)가 네 대씩 한
데 붙어서 좌우 두 줄로 기다랗게 늘어놓여 있다.

요란한 소음(騷音)과 어지러운 먼지가 온 장내를 누르고 있다.

거멓게 그슬린 유리창은 하나 빼지 않고 말끔 닫혀 있다. 바람이 들
어오면 실이 잘 끊어지기 때문이다.

숨이 콱콱 저리리만큼 장내는 몹시 무덥다.

"여보 학수씨……."

역직기(力職機)
수력, 전력 따위의 동
력으로 움직이는 베틀.

하고 정님은 자기가 맡은 기계 앞에서 쨍 하니 외쳤으나 요란한 기계 소리가 목소리를 채가고 말았다. 그래서 그는, 자기의 저편 뒤에 있는 여공의 기계를 들여다보고 있는 학수에게로 걸어가서,

"여보 실 좀 걸어 줘요. 아이구."

하고 학수의 등을 가볍게 꽂았다.

학수는 픽 돌아서 빙긋 웃으며,

"네…… 아, 그리시우."

하고 달음질해 가서 날실(經絲)을 가져왔다.

정님은 두 역직기 사이를 왔다갔다하며 짜지는 무명을 빤히 들여다 보고 있다. 한 여자가 두 대씩 맡아 보는 것이다.

"자아, 점 비키시우."

하고 학수는 재빠른 솜씨로 기계에 날실을 바꾸어 건다. 정님은 학수의 귀에다 입을 대듯이 하며,

"준식씨는 우리집에서 옮겨 갔어요."

하고 빵긋 웃었다.

"옮겼어요, 언제요?"

"어저께요……."

"그럼 이제 놀러 가두 괜찮겠군요."

"그럼……."

"또 딴사람을 넣지 않어요."

"안 넣어요."

"놀러 갈까요? 오늘 밤에……."

"오서요."

"털보가 찾아가면 어떡허우."

"그럼 그만두구료."

하고 정님은 핼끔 깔보며 새침하니 저편 기계로 뛰어간다.

"그러지 말구 내가 그리로 가 있을까."

하며 학수의 입김이 정님의 귀로부터 뺨을 스칠 때 정님은,

"쉬, 사팔이 와요!"

하고 성가신 듯이 톡 쏜다.

사팔뜨기 담당(감독)은 어느 곳을 보는 건지 바르지 못한 시선을 이리저리 내저으며 저편으로 지나간다.

"아니 이편을 보는 게 아니어. 눈찔이 틀어져서 저편을 본다는 게 그 모양이어."

하고 학수가 말할 때 정님은,

"호호호…… 그래도 난 늘 저 눈에 속아. 지금도 꼭 이편을 보는 것 같지 않었어요?"

하고 입을 쫑긋한다.

관사(管絲)
방추형으로 감아 놓은 실몽당이. 피륙을 짤 때 북에 넣어 쓴다.

"그러니까 명감독이지. 안 보는 것 같은데 사실은 보고, 보는 것 같은데 사실은 안 보니까, 대체 대중을 헐 수 없어서 주의들을 하게 되거든."

정님은 타이프라이터나 치듯이 복잡한 기계의 부속품 사이로 잽싸게 손을 놀리고 있다.

베틀

북
베틀에서, 날실의 틈으로 왔다 갔다 하면서 씨실을 두는 기구.

학수는 정님의 작업복 앞섶에 끼인 *관사(管絲) 있는 새 *북을 쑥 뽑아 가지고,

"이것두 인제 갈아 넣야겠구먼……."

하며 기계에서 가름실〔緯絲〕이 다 뽑아진 북을 빼고 새 북을 바꿔 넣는다.

"오늘 밤에 와요, 네, 꼭?"

"암, 가다뿐입니까."

"안 오면 알지……?"

좁은 기계 사이에서 두 사람의 몸과 몸이 맞비벼진다. 그런데다가 또 기계의 촉면전자(觸面轉子)가 굼뜨게 왔다갔다하며 바로 허리를 건드려서 정님은 불현듯 짜릿한 충동을 깨달으며,

"꼭 알지?"

하고 조그만 주먹을 학수의 코앞에 겨눈다.

학수는 코허리가 시큰해지며,

"암 가구말구요. 아홉시까지 꼭 가지요."

하고 정님의 어깨너머로 기계를 들여다본다.

"인제 난 찾아가지 않을 테니 언제든지 당신이 찾어와야 하우 응!"

"*불감청이언정 고소원이지…… 여태까지야 웃방에 동무들이 있었으니까 그랬지만 인제야 뭐…… 그렇잖소?"

"아이 간지러……."

"뭐가?"

"왜 남의 귀를 물랴고 들어…… 수탉 모양으로."

"아니야, 말소리 똑똑히 들리라고 귀에 대고 말하는 거야."

그때 저편에서 빽 지르는 다른 여공의 소리가 들려 왔다.

"여보! 얘기만 말구, 이리 좀 와봐요."

그러자 학수는 잠자코 그리로 걸어간다.

공장주임 털보가 아까부터 그와 정님을 주목하고 있는 것을 학수는 알지 못하였다.

불감청 고소원
(不敢請 固所願)
마음속으로는 간절하지만 감히 청하지 못했으나 본디부터 바라던 바.

농 속의 새보다도 지옥보다도
담당의 잔소리 몸서리나네
회사는 흘러가고 기계는 타고
사팔인 콜레라 털보는 페스트

학수가 가버리자 정님의 바로 곁에서 일하고 있던 복술이가 정님을
놀려먹듯이 이런 콧노래를 부른다.
정님이가 새침해서 못 들은 척하고 있노라니까 바로 복술의 건너편
분이가 또 맞장구를 댄다.

남공은 꽃에 꿰어 다섯에 오 전
여공은 단 한 분에 이십 전 열 냥

일제시대의 방직공장

그러자 복술이가 또 되받아 채간다.

남공님 무얼 하누 기계 밑에서
짜여진 샤쓰에선 이만 끓어요

"얘들 떠들지 말어."
정님은 그만 약이 발끈 올라서 이렇게 톡 쏘아 붙였다.
"흥, 넌 존 데가 있으니까 우리 소리 따위는 듣기 싫단 말이지."
복술의 말.
그러자 저편에서 분이의 응원이 날아왔다.
"얘야, 네가 화낼 거 뭐냐?······ 그 사람(학수) 다치기나 했더면 큰일

날 뻔했구나, 호호호……."

하고 분이는 재미있어 못 견디겠다는 듯이 깔깔 웃는다.

　"주임이 와."

하고 정님은 그편으로 눈질하며 부리나케 손을 놀린다. 그래도 복술이
와 분이는,

　"흥, 오면 어때."

　"누가 사무실 급사가 된대나."

　"우린 천 년 가도 틀렸어."

　"애, 난 줘도 안 헌다."

　"하지만 이뻐만 봐라."

　"급사에다가 기생질까지 겹쳐 허게…… 호호호……."

하며 서로 찧고 까불고 한다.

　"쉬—"

　"에크."

　복술이와 분이는 주임이 가까이 오는 걸 보며 시침을 따고 일들을
한다.

　"누가 노랠 했어……?"

하고 털보는 빙글빙글 웃으며 복술이와 분이를 흘끔 보고는 정님의 곁
에 가 서며,

　"정님이가 노랠 했어?"

　"아니오."

　"아따, 내가 다 들었는데, 히히히……."

　"난 노래헐 줄 몰라요."

　"아니 일만 잘허면 그래도 상관없지."

하고 털보는 능글능글 웃으며 정님의 어깨 위로 턱을 가져가더니만,

"어, 인제 아주 잘 짜는데."

하고 그의 기계를 들여다본다.

"아유, 바쁜데 놀리지 마서요."

"허, 누가 놀리나."

"얼마만 더 있어 봐요. 나도 훌륭한 직공이 될 테니."

"아니 그만하면 훌륭해."

그때, 분이의 모선 눈이 털보에게서 복술이에게로 옮겨 가며 샐쭉한 웃음으로 변하여진다. 복술이는 그 눈웃음을 알아들었다는 듯이 고개를 끄덕끄덕하며 입을 빙긋하다가,

"에헴."

하고 배에 힘을 주어 기침을 한다.

털보는 몸을 돌리더니 좀 어색했는지 장내를 휘 둘러보며,

"허, 오늘도 결근이 많은데."

하고 혼자 중얼중얼하며 저편으로 가버린다.

"궁둥이에 송충이가 들었나? 남의 몸을 왜 슬슬 쓸고 다녀……."

하고 복술이는 여공들 짬으로 비집고 다니는 털보의 뒤에 이런 말을 보내며 분이를 보았다. 이편을 건너다보는 분이의 눈과 턱은,

'털보가 뭐라든?'

하는 것 같이 보여서 복술이는,

"뭘 뭐래, 그거지."

하고 픽 웃는다.

"정님이는 어쩌면 그러냐? 꿈 잘 꾸었구나?"

하고 분이가 말할 때 정님은 흘낏 그를 보았다. 분이의 말은 똑똑히 들

리지 않았으나 어째 오금이 마치는지 눈을 깔끔히 떴다가 그만 슬며시 고개를 떨궈 버렸다.

"애, 너 꿈 잘 꿨단 말이다, 분이가……."

하고 복술이가 일깨워 주듯이 말하는 것을 정님은,

"듣기 싫다."

하고 톡 쏘아 버렸다.

"싫으면 고만두려무나. 털보나 학생 말이라야 말인 줄 아냐."

"너이들 대체 왜 사람을 놀려먹는 거냐 응?"

"뭐 어쨌단 말이냐, 그래."

정님이와 복술이는 그만 달려붙을 듯이 맞다가선다.

"이년아, 내가 그리 만만해 뵈더냐."

정님의 말.

"요년아, 누가 어쨌니."

"놀리긴 왜 놀리는 거냐."

"누가 놀려? 그래 너 때문에 헐 말도 못 하겠니."

"내 말을 왜 해?"

"네 말은 무슨 네 말이냐? 고년이 지나가는 말까지 채다가…… 그래 요년, 싹 송살 해먹을 테냐."

"그럼 뉘 말을 했니…… 비겁한 년들……."

"흥, 학생! 문자가 막 쏟아지는구나. 난 그런 말 모른다만…… 털보 말 했다. 그래 어쩔 테냐."

그때 준식이가 지나가다가 주춤 하고 섰다. 그러자 저편에서 분이가 또 한몫 끼여든다.

"애 복술아, 털보 말 하다가 모가지 달아날라. 그리 말고 정님이헌테

사과해라.”

그러나 복술이는 준식이가 곁에 있어서 한결 뱃심이 난 듯이,

“이년, 어서 가서 털보헌테 일러바쳐라, 어디 보자.”

하고 비꼬아 으른다.

여태 가만히 듣고만 있던 준식은 뜯어말리듯이 둘 사이에 들어서며,

“그만둬요, 그만둬. 뭘 가지고 그래.”

하고 복술이부터 제자리로 밀어 보냈다.

“되두 않은 년이…….”

하고 복술이가 팔딱거리는 것을 준식은,

“뭘 긴찮은 일에 싸우고 있어. 주임과 할 말은 주임과 해야지요. 정님씨가 무슨 상관이란 말요. 헐 일이 없으면 동무끼리 싸우는 법이야, 하하하.”

하고 세 여자를 차례로 돌아다본다.

분이는 준식이만 보면 어쩐지 수줍어져서 그만 얼굴을 붉히며 고개를 숙여 버렸다.

준식이가 저편으로 가버릴 때에야 분이는 고개를 들고 그의 뒷모양을 흘끔 바라보았다. 순간, 그는 적이 원통한 생각이 났다.

‘어쩌면 사람이 저리 찰까.’

하고 분이는 속으로 얕은 불만을 느꼈다. 오늘도 분이는 준식의 눈에서 아무런 속삭임도 읽을 수 없었던 것이다.

“흥, 내 불러 주까.”

하고 복술이는 아까 일은 금시 잊은 듯이 분이에게 눈을 샐룩해 보인다. 준식에게 대한 분이의 속맘을 잘 아는 까닭이다.

“이 앤—”

"그럼 너 왜 얼굴이 빨개지니? 얘 고갤 좀 들어 봐."

하고 복술이는 몇 번 불러 보았으나 분이는 아무 대척도 없다. 복술에게 대해서가 아니라 준식에 대해서 슬며시 분이 난 까닭이다.

그렇게 남달리 하건만 사람이 차서 그런지 감각이 무디어서 그런지, 준식은 아무런 내색도 보여 주는 일이 없다.

'제 아니면 사람이 없든가. 아니 남자 아니면 못 사나.'

분이는 이렇게 생각하다가 그만 그런 생각을 요란한 소리 속에 묻어 버리듯이 허리를 구부리고 기계를 들여다본다.

그러나 가슴은 답답하다.

"아이 왜 이리 덥대여, 후유."

하며 그는 가슴을 헤쳤다. 빈대에게 물린 자리가 울긋불긋 보이고, 어떤 데는 몹시 긁어 놓아서 검붉은 핏더데기가 송침 맞은 자리같이 점점이 돋아 있다.

그럴 판에 어디서 잘칵 탁…… 하는 소리가 나더니 정님이가 가슴을 움켜쥐고 쓰러질 듯이 뒷걸음질을 친다.

"애구머니!"

"얘, 정님아!"

순간, 복술이는 펄쩍 뛰어오며 정님을 뒤로 꼭 껴안았다.

"아이구 가슴이야!"

하는 정님은 몹시 괴로운 듯이 외마디 소리를 외친다. 복술의 기계에서 튀어나온 북이 그의 가슴을 세차게 때렸던 것이다. 복술은 황급히,

"몹시 다쳤니? 응, 얘."

하며 정님의 가슴을 연신 문질러 준다. 그러자 분이도 달려왔다.

"아이구 제려!"

"애 정님아 내가 잘못했다. 용서해라, 응."

"아니 괜찮어……."

"내가 그만 주의를 안 했구나. 좀 어떠니 응?"

"아니 괜찮어……."

하고 그제야 정님은 미간을 펴며 몸을 춰선다. 그럴 때에 학수가 급히 달려오며,

"어디 다쳤어요?"

하고 정님을 붙잡으려 하였다.

"아니에요. 아무 일 없어요."

하고 정님은 이마의 땀을 씻으며 다시 기계 앞에 가서 섰다.

복술이는 떨어진 북을 주우며,

"학수씨가 잘못 끼워서 그랬어요."

하고 눈썹을 모으며 웃었다.

그때 급사가 와서 학수에게,

"점심시간에 주임이 오래요."

하고 묻는 말도 대답할 사이 없이 저편으로 가버렸다.

점심시간에 주임이 학수를 불러세우고 주의를 시킬 때 준식이가 또 들어왔다.

"작업중에 잡담해서 안 되는 줄 몰라?"

하고 주임은 준식이는 보지도 않고 학수를 후려댄다.

"회사 규칙을 번연히 잘 알지. 갓 들어온 사람과도 달라서 알고도 위정 그런 짓 하는 건 용서할 수 없어."

그래도 학수는 아무 대답이 없다.

다른 사람 같으면 변명을 하든지 용서를 빌든지 했을 것이지만 한

여자를 사이에 두고 피차 내심으로 소가 닭 보듯 하는 터라 학수는 차마 입이 떨어지지 않았다.

"작업중에 여공들과 농담하고 장난하는…… 그런 짓 하는 사람을 이 공장에선 용납할 수 없단 말야."

"아닙니다. 날(經絲)을 갈아 넣느라고 말한 겁니다."

"말 안 하고는 못 갈아 넣어. 무슨 잔말이야."

"별말 한 게 없어요."

"안 돼. 내가 다 들었어."

하고 주임은 잠시 묵묵히 앉았다가,

"이 회사는 새 사장이 취임한 이래 면목을 일신하고 새 정신을 가질 작정이란 말야. 하니까 회사 규칙을 지키지 않는 사람은 절대 용서할 수 없어."

하고 기가 도도해서 눈을 부라린다.

'저 녀석 정님이 때문에……'

하고 준식은 속으로 생각하며 흘깃 주임을 쏘아보았다. 학수보다 아직 정님에게서 먼 거리에 있고 또 학수 때문에 정님을 맘대로 할 수 없어서 털보가 지금 앙갚음을 하고 있는 것이라고 생각하니 준식은 그만 가슴이 무뚝해져서,

"바쁜데 무슨 말씀이에요?"

하고 주임에게 물었다.

"딴말이 아니라 아까 작업중에 여자들하고 얘기하는 걸 봤는데…… 어떤 경우든 그래서는 안 될 거란 말야."

하고 준식에게로 말을 돌리는 주임의 태도는 짐짓 누그러진 편이다.

학수만 불러다 말하기가 안됐으니까 부른 거로구나…… 하고 준식

은 속으로 생각하였으나 그렇다고 잠자코 있을 수는 없었다.

"여자들이 싸우게 말린 것 뿐입니다."

"글쎄 준식이는 물론 장난으로 안 했을 줄 내가 잘 알어…… 그렇더라도 담당이 있는 거니까……."

"담당이 마침 없기에 말린 거지요. 싸우고 있으면 일에 방해가 될 거 아닙니까."

"그래도 어쨌든 규칙 위반이 아닌가. 담당이 있으니까 그런 때에는 곧 담당에게 알리라고 하지 않었어."

"아니에요. 대수롭지 않은 일이게, 거기까지 필요를 인정하지 못했습니다. 알리러 간 사이에 쌈이 더 커져도 안 될 거고 또 그러는 시간이면 넉넉히 뜯어말릴 거니까 그렇게 된 거지요."

"하지만 규칙이란 한 번 딱 세우면 절대 그대로 해야 하는 거 아닌가." 하고 주임은 이어 학수에게,

"그렇게 회사 규칙을 지키기 싫거든…… 어데구 제 맘대로 헐 데를 찾는 게 좋단 말야."
하고 몇 장 안 되는 탁자 위의 서류를 뒤적뒤적한다.

"제 맘대로 헐 데라니요?"
하며 준식은 주임의 앞으로 한 걸음 다가섰으나 주임은 그는 보지도 않고 학수에게,

"자네는 벌써 한두 번이 아니란 말야. 규칙상, 도저히 용서할 수 없어. 첨 같으면 또 모르지만 두 번 거듭하는 때에는 시말서를 받으란 규칙이……."

"시말서요?"
하고 준식이가 곧 반문하였다.

"그렇지. 세 번 이상 반칙하는 때엔 퇴사시켜도 무방하지만……."

"쓸 수 없쇠다. 공장질서를 위해서 한 건데 되려 시말서요."

"쓰기 싫으면 나가는 거지."

"나가요?…… 우리는 일개 주임한테 채용된 사람이 아니우."

"왜 자넨, 남의 일까지 맡아 가지고 이리는 거야."

"남의 일이 아니라, 사리가 그렇지 않소. 작업상, 헐 수 없이 한두 마디 말했다기로 나가라 말라 시말서 써라……."

"준식인 가만있어."

"가만있을 게 없이 기왕 말이 났으니 과장께든지 사장께까지라도 죄다 털어 놓고 얘기해 봅시다. 누가 공장 규칙을 위반했나……."

"준식인 나가 있어. 왜 함부로 덤비는 거야."

"아니죠. 인제 참말 공장을 위해서 밝혀야 헐 일이 많은 줄 알우……자아 학수 나가세."

준식은 학수의 소매를 끌고 공장으로 나왔다. 주임의 얼굴은 확실히 당황해났었다.

학수는 이때까지 준식에게 고마운 감정을 가져 본 일이 없다.

그는 이때까지, 준식을 겉으로는 친한 체하면서도 속으로는 늘 멀리하고 있었다.

첫째 자기와 정님의 관계를 준식은 찬성하지 않는다. 일종의 나쁜 유희와 같이 경멸하는 동정도 학수는 잘 알고 있었다. 그래서 속으로 아니꼽게 생각한 때도 많다.

그러나 준식이가 직공들의 인기를 집중하고 있는 관계인지 학수는 늘 그에게 위압되는 듯한 감이 있어서 준식이와는 말도 자주 하지 않았고 더욱이 정님이와의 관계는 될 수 있는 대로 감추어 왔고 또 준식이가 있는 관계로 정님의 집으로도 잘 가지 않았다. 그러면서도 한편, 제 딴에는 자존심이 있어서 속으로 준식을 비웃기도 하였다.

그러나 오늘의 준식의 태도에서 학수는 일찍 가져 보지 못한 좋은 감정을 그에게 가지게 되었다. 그것은 다만 감사하다는 그 정도의 감정이 아니고 좀 더 높은 감정인 것을 느끼며 학수는 새삼스레 준식의 손을 꼭 잡았다.

두 사람이 정님이, 복술이, 분이가 휴식하고 있는 곳으로 올 때 급사가 뒤따라오며 정님에게,

"주임이 좀 오랍니다."

하고 되돌아간다.

"나를? 왜?"

"몰라요."

하고 급사는 흘끗 돌아보고 그대로 가버렸다. 그러자 준식은,

"또 그 얘길 겁니다…… 실을 걸어 달란 말 외에는 암말도 한 거 없다구 그러시우."

하고 곁에서 일깨워 주었다.

"왜 오라 가라 하는 거야."

하고 정님은 마뜩지 않게 종알종알하며 공장 사무실 쪽으로 걸어갔다.

그가 사무실에 막 들어서자 주임은,

"거게 좀……."

하고 점잖게 그러나 웃는 낯으로 의자를 가리킨다.

"네…… 여기가 좋아요."

"아니 괜찮어…… 좀 물어 볼 말이 있어서……."

"무슨 말이에요?"

"아까 학수가 뭐랬소?"

"암말두 안 했어요."

"뭐 내가 다 봤는데……."

"아니에요. 지가 실 좀 걸어 달래니까 걸어 주었을 뿐이에요."

"그러지 말구 바른 대로 말해 보아."

"없어요."

"내가 다 들었다니까……."

"들으셨으면 더 물을 거 있어요?"

"지금 학수와 준식일 불러서 주의를 시키니까 잘못했다구 허든
데……?"

"그래도 전 한 말 없어요."

"하여간 학수와는 말 안 하는 게 정님이헌테 유리하겠소. 정님이가
급사가 될 건데 못 되는 것두 그 사람 때문이 아니우."

"그런 건 전, 싫어요."

"아따 정님이 생각은 내가 다 아는데…… 학수만 내보내면 뭐 꺼릴
거 없지 않어."

"죄 없는 사람을 왜 내보내요."

"아니 그 녀석은 번번이 규칙을 위반하구 해서, 이번엔 아주 내보내
구 말겠소…… 지금 그 사람 만나 봤소?"

"아뇨. 지나가는 건 봤지만 암말도 못 들었어요. 누가 말이나 하
나요."

"암 그래야지…… 정님이 이만침 앉어요. 자아……!"

"네―괜찮어요."

"정님이 생각은 어떻소?"

"무엇 말이에요?"

"학수를 내보내는 데 대해서?"

"그러면 안 돼요."

"하지만 그 녀석들은 지금 버티고 나갔으니까 그저 안 있을 거란 말요. 날 먹어 댈지도 모르고 또 정님이도…… 그까짓 게 그래 봐야 소용은 없지만."

"가만 내버려둬요. 뭐, 문제도 안 되는 걸 가지고 좀스럽게 그러서요."

"글쎄 나도 아직은 시말서나 쓰이고 그만두렸는데…… 아따 그 준식인가 한 녀석은 왜 그 모양이어…… 여태 정님이 집에 있소?"

"어저께 옮겨 갔어요."

"옮겼어? 하하……."

"그 사람은 쌈을 말린 것뿐이에요."

"그러기 말야. 그 녀석은 주의만 시키고 내보내쟀는데…… 상주보다 복인이 더 뛴단 말야."

"동무끼리니까 그렇지요. 가만두서요."

"말이 그렇지 별안간 내보낼 순 없지만. 그 녀석들이 있는 말 없는 말을 터놓으면 그도 시끄럽단 말야, 정님이까지도……."

"괜찮어요. 지가 말이 없도록 할게요."

"하여간 내가 정님이 맘은 잘 아니까 기회를 보아 특별히 고려해 주지. 하하하……."

"전 저대루 가만둬 주서요."

"글쎄 염려 말구 있어."

주임은 흉측한 웃음을 띠고 일어서며 정님의 어깨를 툭 친다.

묘안

"날이 매우 더웁습니다."

공장주임은 조심스럽게 사장 앞 탁자 곁에 와서 공손히 허리를 구부린다.

"하, 어제 오늘은 대단헌데."

하며 사장은 보던 신문을 내려놓고 몸을 약간 뒤로 젖히며 선풍기를 주임 쪽으로 조금 밀어 놓고 스위치를 돌려 놓는다. 선풍기는 다시 느리게 도리도리를 시작한다.

주임은 시절에 대해 몇 마디 말을 한 다음,

"요새 공장에는 결근이 많아서 탈입니다."

하고 근일에 자기가 생각하고 있던 바를 말할 전제로 또는 오늘 준식이가 큰소리로 버티고 나간 데 대한 예방으로 우선 이렇게 말을 끌어왔다.

"날세가 더워서 그런가?"

"네. 물론 그것도 있겠지요만 그러나 그보다 더 큰 원인이 있는 줄 압니다."

이어 주임은 그 전 사장 때 사업이 부진해서 그 까닭으로 공장 규율이 해이해지고 따라서 걸핏하면 말썽이 생기던 것과 이렇게 불측한 버릇이 거듭하는 가운데서 공장 공기가 더욱 문란해진 것과 한 번 배겨진 습성은 관성(慣性)이 되어서 좀처럼 빠지지 않는다는 것과 따라서 새 사장이 취임한 이래 그렇게 능률 증진과 풍기 숙청에 갖은 노력을 거듭해 왔건만 그 보람이 뜻과 같이 급속히 나타나지 않는다는 것과 여기 대해서 금후 단호한 대책을 세우지 않으면 안 되겠다는 말을 한 다음,

"그래서 저는 이렇게 하는 것이 어떨까 하고 진작 생각해 보았습니다…… 대체로 남녀공이 한데 있으니까 쓸데없는 군소리가 많거든요. 하니까 작업중에는 일체 말을 못 하기로 하고 그 대신 신호를 사용하게 했으면 어떨는가 합니다."

"신호라니?"

"중대한 책임을 지고 보니까 잠잘 새 없습니다. 늘 연굿지요. 해서 요새는 이런 생각을 해봤습니다. 즉 푸른 기, 붉은 기, 흰 기를 만들어 두고 그걸로 신호를 해서 말 대신하게 하는 게 작업상 또는 풍기상 좋을 것 같습니다. 그러면 딴 얘기들을 하지 못하게 될 거거든요."

"하지만 입 가진 사람이 노상 말이 없을 수 있소. 하하하."

"그렇잖습니다. 공장에선 원래가 말을 금해야 합니다. 여간 능률에 관계되는 게 아니니까요. 워낙 공장이란 요란해 놔서 말을 하려면 높게 외쳐야 하고 또 한 마디 할 걸 두 마디나 세 마디를 해야 하거든요. 하니까 정력과 시간이 여간 소모되지 않는단 말씀이에요."

여송연
담배잎을 말아서 만든 둥글거나 모난 막대기 모양의 담배.

사장이 *여송연 끝을 따며 빙긋이 웃는 데 힘을 얻은 듯이 주임은 다시 말을 잇는다.

"그렇지 않아도 몇몇 불량분자가 있어서 여자들을 가지고 농담하고 즙적거리군 하니까 규율을 딱 정해 놔야겠어요. 아까도 그런 분자 몇을 불러다가 주의를 시켰습니다만 여태 그전 버릇이 남아서……."

"아, 그래서야 될 수 있나."

"생각 같아서는 당장 처분하고 싶지요만 별안간 그럴 수도 없는 사정이고 또 그새 단속을 게을리 하지 않은 관계로 그전보다는 대체로 많이 나어는 졌습니다만 여직 몇몇 불량분자가 남아 있어서 주임이 무법하느니 회사가 규측을 무시하느니 하고 뻗댄단 말씀이에요."

"하하, 그걸 그저 내버려둘 수 있나."

"참 우슨 일이 많습니다. 주임은 왜 여자들하구 얘기하느냐 하고 감투를 씌우려고 드는데 어이가 없어서 닦아세우다가도 웃음이 나는 일이 있습니다. 하니까 인제부터 아주 회사 명령으로 규칙을 딱 세워 놓아야 하겠어요. 워낙 인원이 많아서 되두 않는 말이라두 이구전파로 커지는 수가 있고, 또 그렇다고 일일이 불러다가 주의를 시키기도 사실 곤란한 터이니 인사과(人事課)에서 정식으로 취급 규칙을 제정하야 곧 실행시키도록 해주십시오."

"그야 어려울 거 없지. 이따가 인사과장과 잘 말해 보시우."

"네…… 그런데 사장 영감께서 한번 다시 정식으로 공장 전체를 골고루 시찰해 주십시오. 그래서 친히 보신 후 규칙을 만드시는 걸로 해야 위신이 있게 될 겁니다."

"그렇지 않아도 요새 한번 순시해 보랴는 중이오. 전과 비교해서 얼마나 공장 공기가 변해졌는지 알고 싶으니까."

"사장 영감 말씀도 있고 해서 저로서는 최선을 다해서 노력하고 있습니다만……!"

"물론 많이 나어졌을 줄 아오."

"네, 물론 전 사장 때와는 판이합니다. 작업상태로 보든지, 일반 공기로 보든지 사뭇 긴장해진 것은 사실입니다."

하고 연신 사장의 안색을 살피고 있던 주임은,

"그리구 또 하나 이런 걸 생각한 게 있는뎁쇼."

하고 다시 자기가 생각하고 있던 직물 시세에 대한 이야기를 꺼냈다.

사장은 그 이야기를 듣다가,

"암, 많이 올랐지. 인플레 경기로 직물 시세도 앞으로 사뭇 올라갈 거요. 내가 보기에는 얼마 동안 떨어질 염려는 없을 듯하오."

하고 무슨 경제통이나 된 듯이 알지도 못하는 '인플레'라는 말을 들어가지고 쾌심스러운 얼굴로 말한다.

"하니까 말씀입니다. 이런 시기에 제품을 많이 만들어야 할 거 아닙니까."

"암, 물론이지. 원료 시세도 올랐다 하지만, 일반 경기가 회복되는 데 따라서 도시와 농촌의 구매력이 높아지고 소비량이 많아지니까 이런 목에 제품을 버쩍 늘리는 게 생산업의 통칙이 되어 있거든."

하는 빈약한 사장의 머리에는 뜻하지 않고 한 가지 지혜가 언뜻 떠왔다.

"하니까 내 말대로 벌써 새 기계를 들여놨어야 하는 건데."

"글쎄올시다. 저도 그런 생각이 없었던 것은 아닙니다만."

주임은 황공한 듯이 손을 맞비비며,

"혹여 의외의 방면에서 더 큰 손실이 올까 해서 그랬습니다만, 지금 새 공장 건축에 착수한 터이니까 이제부터라도 몰아치면 늦을 것이 없을 듯합니다. 그리구 또 현상으로도 전연 대책이 없는 것도 아닐 줄 압니다."

하고 슬쩍 사장의 동정을 살핀다.

"물론 지금도 시기가 전연 늦은 건 아니겠지요. 원료고 제품이고 아직 시세가 한결 더 올라갈 거니까 지금 원료를 다량으로 구입해 놓으면 앞으로 한 몫 톡톡히 볼 줄 아오."

"한데 저는 지금부터 이렇게 했으면 좋을 줄 생각합니다. 즉 작업을 촉성시켜 가며 생산을 버쩍 증진시키었으면 하고 있습니다."

주임은 사장의 말을 듣고 있는 사이에 자기가 가지고 있던 생각이 다소 순서가 혼란되어 가는 것을 급작히 수습해 가며 이렇게 말을 이었다.

"여름 한철이 제일 작업 능률이 덜 나는 때고, 또 마음이 해태해지는 때니까, 이것을 방지하는 동시에, 생산고를 올리기 위해서 하기 경품제(夏期景品制) 같은 것을 채용했으면 어떨는지요? 칠월은 다 갔으니까 말할 거 없습니다만 앞으로 팔구 양월에 한해서 직공의 제품고에 따라서 상여로 경품을 주도록 하면 어떨는지요?"

"경품?"

"네. 다시 말씀하면 매일 얼마씩이라는 분량을 정해 주고 한 주일 동안 그 분량대로 짠 사람에게 경품권 한 장씩을 주거든요. 해서 두 달 동안 한 번도 빠지지 않고 경품권을 탄 사람에게 마지막 추첨권을 주기로 하고 그걸로 추첨해서 일, 이, 삼, 사, 오등쯤까지 시상을 하기로 하면 좋을 줄 압니다. 제품고에 비기면 경품액은 손꼽에 지나지 않을

겁니다. 그리고 상품은 회사 제품으로 주는 게 경제상으로든지 선전상
으로든지 좋을 줄 압니다."

"그야 예서 정하기로 할 거니까 문제 될 거 없지. 그러나 금액으로
정해 놓고, 단 상품으로 환산해 준다고 하면 보기에 점 낫겠지. *동가
홍상이니까."

"그러면 그것도 수일 내로 곧 발표하도록 해주십시오."

"경리과장과 얘기해 보시오."

"한데 이 두 달 동안에는 하루라도 그 정한 분량을 짜지 못하거나 빠
지거나 하면 안 되게 할 건 물론입지요만 혹시 남의 경품권을 꿔서 쓰
는 경우가 있어서는 안 될 거니까 거게는 일일이 씨명을 박아 주도록
해야 하겠어요."

"그렇지 암—"

"그리구 이 방법은 또 한 가지 유리한 조건이 붙게 됩니다. 즉 이 방
법을 채용하는 동시에 능률 정도와 근태 상황과 건강상태를 따로 조사
해 두었다가 후에…… 새 기계를 들여놓을 때 사람을 정리하는 데 참
고로 쓰면 일거양득이 될 겁니다. 불평이 있다 하더라도 물적으로 증
명하는 게 있는데 어찌합니까. 그리구 또 가령 두 달을 계속한다구 합
시다. 그리노라면 몸이 지칠 겁니다. 한데 두 달을 그렇게 해낼 사람은
대개 숙련공, 즉 고급공일 건데 이런 축은 새 기계만 놓으면 별로 필요
없을 거니까 겨울쯤 가서 건강진단을 해보면 정해 놓고 불합격이 될
겁니다. 하니까 공장 혁신을 위해서도 하기경품제도는 필요한 것이라
고 생각합니다."

"좌우간 나도 다시 생각해 보겠소만 나가는 길에 인사과장과 경리과
장을 만나 보고 잘 얘기해 보시우."

동가홍상(同價紅裳)
같은 값이면 다홍치마
라는 뜻으로, 같은 값이
면 좋은 물건을 가짐을
이르는 말.

소제부
청소부.

"네—"

하고 주임은 늘 하는 버릇으로 다리를 뽑으며 조심스러이 걸어나갔다.

그 며칠 후 좀 나이먹은 *소제부 두 명이 커다란 상자를 실은 먼지 치는 기계(除塵機)를 밀고 소면실(梳綿室)로 들어왔다.

"제기 경칠…… 한 대 피이고 보세."

한두 살 아래 되어 보이는 소제부가 기계를 홱 내밀어 버리고 허리를 펴고 가래침을 탁 뱉는다.

"또 경치지 않겠나."

허리 굽은 소제부는 이마의 땀을 쥐어 뿌리고 악마디진 주먹으로 허리를 쿵쿵 두드린다.

"경은 이따가 칠 셈하고…… 담당이 없으니 우선 한 대 하고 보세."

"아따 요새는 왜들 그리 부라리는지 골치가 휑 하데그려."

"괜찮어……."

"저리 좀 비키게."

하고 허리 굽은 편도 상자 끝에 걸치며 '단풍' 한 대를 땀난 손가락 끝으로 집어 낸다.

"후, 천하일밀세. 여편네는 없으면 없었지, 담배 안 먹구는 못 살겠네."

젊은 편은 그 바쁜 중에도 틈을 도적해 가며 남보다 곱절이나 담배를 피우고, 또 공장 뜰과 행길에서 꽁초 줍기로 이름난 사람이다. 하루 백 대라도 피운다고 해서 별명을 '백대'라고도 부른다.

"들키기만 하면 양떡일세…… 어이, 어이구 허리야."

"그리기 이렇게 몸보양두 허구 점 놀잔 말일세."

"아닌 게 아니라 우린 상 타긴 다 틀렸으니……."

"상?…… 오, 경품인가 한 거 말이지."

"그래, 그런데 우린 왜 안 준대여?"

"소제부는 맨 꼴찌거든."

"엥히……."

그들은 글자라고는 한 자도 몰랐으므로 게시판에 나붙은 추첨 규정을 제 눈으로 읽을 수는 없었으나 남의 말을 들어 잘 알고 있다. 소제부, 주유공(注油工) 기타 잡역들이 추첨에서 제외된 것도 알고 있다.

"거 어디 *장근 두 달을 그렇게 내댈 수가 있나. 맨 더운 여름에…… 차라리 우리가 평안하이……."

백대는 댓진이 오른 꽁초를 연신 갈아 대며,

"장님이 제 닭 잡아먹기로 그러다가 몸이나……."

하고 맛난 음식이나 먹듯이 입맛을 쩍쩍 다신다.

"하지만 어쨌든 꿩먹고 알먹기가 아닌가. 삯은 삯대루 받고 상까지 타면……."

"말두 말게. 공거 먹자는 놈이 글치. 어떻게 밝은 세상인데 공거가 있겠나."

"하기야 하많은 사람 중에서 어찌 뽑히길 바라겠나만…… 그렇드라도 우리는 코가 없나 눈이 없나. 왜 빼놓는대여."

"보구 못 먹는 떡은 애초에 없는 게 낫더니…… 그리구 또 떡을 쥐면 될 하나. 준식이 말마따나 떡 쥐고 쓰레기통으로 들어가면 속을 눕이 뉘 아들이겠나. 눈이 까매서 담배 한 대두 못 피면 소용이 무슨 소용이란 말인가. 그저 틈 있는 때 담배나 맘껏 피게."

장근
사물의 수효나 시간을 나타내는 말 따위와 함께 쓰여 '거의'의 뜻을 나타내는 말.

"어느 눔이 타든지 타긴 탈 거 아닌가."

"이 사람 두고 보게. 혼자 타먹고 살이 붙겠나……."

그때 그 곁방—솜 트는 간(打綿室) 문이 삐걱 하며 누가 들어오는
소리가 어렴풋이 들려 온다.

"어쿠."

늙은 편이 엉겁결에 일어나며 허리 틈에 꽂았던 걸레 같은 수건을
뽑아 가지고 잽싸게 입과 코를 막 싸맨다.

백대도 뒤미처 일어나 꾸르륵 하고 담배연기를 삼키고, 입에 수건을
동이며 기계로 달려갔다. 그들은 손싸게 소면기 바퀴와 제진기(除塵
機) 바퀴에 둥그런 밧줄(벨트)을 맞걸어 놓았다.

그러자 곧 요란한 소리를 내며 제진기의 풍차(風車)가 눈부신 속도
로 잽싸게 돌아간다. 소음 먼지가 *회리바람같이 뿌옇게 천장으로 떠
올랐다가 눈같이 산산이 아래로 퍼붓는다. 그 아래 사람들의 머리는
순식간에 재를 뒤집어쓴 것같이 뿌옇게 된다.

회리바람
회오리바람.

사장과 중역 몇 사람을 비롯하여 경재와 현옥이까지 모조리 백설같
이 하얀 손수건으로 입과 코를 막고 눈을 약간 찡그리며 소면실로 들
어왔다.

"잠시 중지해."

주임이 이렇게 외치자 백대와 늙은 소제부는 곧 제진기의 운전을 중
지시켜 버렸다.

사장 일행의 하얀 손수건이 소제부에게는 눈부시듯 희게 보였다.

사장 일행은 암말 없이 조금 모걸음치듯 하며 곧 저편 방문을 밀고
들어가 버렸다.

직포부(織布部) 중간도로로 관사(管絲)를 넣은 커다란 푸대를 실은

*밀구루마가 주르르 굴러온다.

"조것들을 그저 해뜩 자빠트려 놔⋯⋯."

운반공들은 바로 앞에 모여 선 여공들을 보자, 별안간 신이 났다.

"어, 비켜, 비켜."

이렇게 소리를 치나 모여 서서 실뭉치로 죽방울(오데다마)치기를 하고 있는 여공들은 알지도 못하고 고개를 들었다 내렸다 하고 있다.

"⋯⋯셋, 넷, 다섯⋯⋯."

여공들은 세시의 휴식시간이 되자 부리나케 모여 서서 유희를 하기 시작한 것이다.

"여—구루마—아, 앗, 비켜."

운반공이 이렇게 외치자 맨 뒤에 섰던 여공이 얼핏 돌아다보고 두 손을 벌려 여공들을 저편으로 홱 밀친다. 몸에 닿을 만큼 구루마가 가까이 왔던 것이다.

"엄마—"

다리 밑으로 실공을 올려 치고 있던 여공이, 등을 밀리는 바람에 치마를 걷어 든 채 정강이를 보이며 앞으로 게걸음을 친다.

"아야야."

한 여공이 미끄러지며 무릎을 찧고 나머지는 바로 그 뒤에서 구루마는 멈춰 버렸다.

"눈이 없나."

"아이 미쳤나."

여공들은 약이 빨끈 올라서 미간을 쫑긋쫑긋하며 운반공을 노려본다.

"왜 길에서 장난을 치고 있어, 에헴."

하고 검둥이라는 운반공이 흰 눈알을 들들 굴려 보인다.

"이걸 봐, 기름갑지가 벗겨졌어, 물어내 물어내."

무릎을 다친 복술이는 얼굴이 빨개서 치마를 부러 걷고 다리를 내밀어 보인다.

"허—"

검둥이 뒤에 섰던 길림이가 앞으로 꾸지르고 나오며 빤히 들여다보더니 바짝 마른 손가락에 콧등의 땀을 슬쩍 묻혀 가지고,

"자아, 내 손이 약손이어, 이게 또 명약이지."

하고 한 손으로 복술의 다리를 잡으려 한다.

"비켜……."

복술이는 길림의 어깨를 탁 밀치며 다리를 뒤로 홱 당겨 버렸다.

"앗!"

그때 검둥이가 별안간 입을 막 싸쥐고 눈을 끔적끔적한다. 어느 여공이 던졌는지 풀 묻은 실로 만든 공이 바로 그의 입에 들어맞았던 것이다.

"호호호……."

"하하하……."

"상 타먹을라구 노는 시간에 놀지도 않고 일하더니 풀떡이 생겼구나."

"공거 먹구 싶거던 절간으로나 가, 호호호……."

"아이구 배야."

하며 여공들은 깨고소해서 못 견디겠다는 듯이 배를 안고 웃으며 돌아간다.

"누가 그랬어?"

검둥이가 그렇게 외칠 때 분이가 쓱 나서며,

"내가 그랬어."

하고 허리에 두 손을 얹고 가슴을 불끈 내민다. 그러나 두 뺨은 깨물린 웃음으로 가늘게 떨린다.

"그랬으면 어쩔 테야."

"덤빌 테건, 덤벼 봐."

"누가 겁날 줄 아나."

여공들의 총공격이다. 하나 눈들은 여전히 웃고 있다.

검둥이의 무서운 얼굴도 거대하게 무너지고 말았다.

"용서했어."

"용서? 호호호……."

"호호호……."

"응, 특별히 용서했어."

검둥이의 말.

"안 해도 좋아."

하고 분이가 눈 아래딱지를 손가락으로 끌어당기어 놀려먹고 있을 때 준식이가 왔다. 분이는 대뜸 얼굴이 발개지며 무안한 듯이 뒤로 물러서 버렸다.

"무엇들 하고 있어?"

"여보게 준식이, 분이가 글쎄 나한테 저걸 멕였단 말일세. 풀 묻은 공을……."

"그걸 나하고 말하면 어쩌란 말인가."

"괘씸하지만 자네를 보아서 용서했네. 그런 줄이나 알게. 다른 사람 같으면야 어림이나 있나."

"이 녀석아, 실없는 소리 말구 노는 시간엔 놀기나 해."

그러자 여공들은 다시,

"추첨에 일등상을 뽑는대나."

"운반공은 소용 없어."

"사장이 순시하니까 잘 뵈랴고 그러나 어림도 없어."

하고 놀려 댄다.

하나 분이는 갑자기 말문이 막혀서 고개를 숙이고 준식의 툭한 구두에 시선을 떨구고 있다.

직공들은 준식이 외 몇 사람을 에워싸고 그들의 말을 듣고 있다. 아닌 게 아니라 그들의 말을 듣고 보니 그럴듯도 하다. 상 타겠다는 욕심이 엷어지고 사탕발림을 무시할 용기도 났다.

분이와 복술이도 얌전히 듣고 있다.

그럴 때에 동필(東弼)이가 지나가다가 복술이를 흘끔 보고 멈칫 발을 멈춘다. 그러나 준식이가 떠벌리는 것이 듣기 싫다는 듯이 입을 비쭉 하고 곧 지나쳐 버린다.

동필이는 이 공장 설립 당시부터 있는 맨 오랜 직공일 뿐 아니라 과거에는 여러 사람의 리더로 인기를 일신에 집중하고 있던 사람이다. 그러던 것이 몇 차례 곤욕을 겪고 나서 그런지 또는 고급을 받게 되어서 그런지 차차 열이 식어져서 지금은 면장에서 슬슬 배돌고만 있어서 신망이 적지 않게 떨어져 버렸다.

그 대신 준식은 그보다 연조가 짧고 나이도 어리나 얼마 전부터 동필이와는 반대로 인기가 올라가고 있다. 더욱이 새 사장이 취임한 이래 장차 올 혁신에 따른 여러 가지 문제를 간파한 그의 의견은 그 누구의 의견보다도 일반의 신임을 받게 되었다. 그리하여,

"우리는 어찌하든지 현재의 경우를 잃어서는 안 된다. 그리기 때문에 늘 범위 내에서 행동을 신중히 해야 한다."

하는 동필의 의견과,

"앞길을 몸소 개척할 노력과 예비가 있어야 한다."
하는 준식의 의견은 정면으로 대립하기에 이르렀다.

"흥, 햇비둘기 재를 못 넘는다구."

동필은 이렇게 준식을 비웃고 있다. 그리고 또 한 가지 그가 준식을
미워하는 이유는 그가 은근히 사랑하고 있는 복술이가 준식의 말을 믿
고 따르며 자기를 멀리하는 그것이다.

그는 복술에게 노골적으로 준식을 *중상하는 말까지 한 일이 있으
나 복술이는 자기의 뜻을 알아주지 않고, 또 비위를 맞추려는 기색도
보여 주지 않는다.

중상
근거 없는 말로 남을
헐뜯어 명예나 지위를
손상시킴.

현재의 경우에 만족하려는 동필은 별로 높은 의도를 요구하지 않는
다. 그러니만큼 복술에게 대한 애욕만이 한 가지 큰 그림자로 지금의
그의 가슴을 거의 전부 점령하고 있다.

한편 준식이는 그런 문제에 관계해서 그런 것은 아니나, 항시 동필
이를 경계하고 있다. 동필이는 전연 백지와 같은 무지한 사람과도 달
라서 어떤 경우에 이르면 한결 위험성이 많은 것이요, 또 회사에서 그
를 이용하려고 드는 동정도 혹시 보이므로 준식은 그에게 대한 주의를
게을리 할 수 없었다. 더군다나 요새는 시기가 시기니만큼 동필을 중
심으로 한 딴 힘이 생겨서는 큰일이라고 생각하느니만큼 그를 주목하
는 일방 나아가서는 여러 사람을 제게로 끌어 오도록 노력하고 있다.

따라서 요새는 이렇게 여러 사람과 얘기할 기회를 자주 만들려고 하
였다.

준식이가 말을 마치고 다른 데로 가버리자 분이는 혼자서 변소로 갔
다. 무언지 모르게 그는 화가 났다. 준식이가 이야기하는 사이에 분이

는 여러 번 준식을 주목해 보았으나 준식의 시선은 한 번도 그에게로 오지 않았다. 어떤 경우에는 퍽도 다정한 사람이면서도 또 어떤 경우에는 너무도 냉정한 사람인 것 같았다.

'요담에 만나건 인사도 안 할걸!'

분이가 속으로 이렇게 다짐을 두며 변소로부터 나올 때 *시업 *고동이 윅 하고 요란히 운다.

시업
사업이나 학업 따위의
일을 시작함.

고동
신호를 위하여 길게 내
는 기적 소리.

"여보……."

머리를 숙이고 종종걸음으로 걸어오는 분이의 뒤에서 이렇게 부르는 소리가 들렸으나 그는 돌아서지 않았다.

"여보……."

분이는 그제야 돌아섰다. 그러나 시선이 곁으로 흘러 버린다.

"분이게 줄 거 있는데."

준식의 목소리는 점잖으나 아까와는 딴사람같이 친절한 얼굴이다.

분이는 가슴이 두근거릴 뿐 암말도 할 수 없었다.

"자아 받어 두시오."

준식의 굵은 손이 분이의 작업복 섶으로 쑥 들어올 때 분이는 놀라듯 머리를 선뜻 들었다.

"아이, 뭐예요?"

하나 준식이는 아무 대답도 하지 않고 총총히 가버렸다.

분이는 준식이가 주고 간 책을 살며시 들여다보다가 거진 무의식하게 두 손으로 가슴을 꼭 눌렀다.

부상

학수는 결국 원동부(原動部)에서 발동기 운전을 맡아 보게 되었다.

그는 맨 처음 이 공장에 들어왔을 때 이곳에 있었다.

그는 기계에 대한 취미도 있고 겸하여 학식도 다소간 있었으므로 복잡한 기계의 원명을 잘 외웠고 또 그것을 일종의 자랑으로 생각하였다. 그래서 그다지 정확하지 못한 발음으로나마, 직공들에게 들으라는 듯이 다른 기계 이름을 주워 대기도 하였다. 그러나 공장에서는 기관실이나 선반에 있는 사람을 흔히 검둥이라고 부르고 또 거기에는 여공이 없고 해서, 차차 싫증이 나게 되었다.

해서 그는 직포부로 옮기게 되었던 것이요, 거기서 정님을 알게 되었던 것이다.

그러다가 정님이와의 관계로 해서 다시 ※제도루묵이가 되고 보니 동무들 보기에도 낯이 간지럽고 또 변심한 정님에게 대해서도 분한 생각이 들어 자연 떡심이 풀리게 되었다. 한데 날씨까지 몹시 더워서 요

제도루묵이
본래의 상태로 되돌아가 버리는 일을 비유적으로 이르는 말.

새는 도무지 하는 일이 손에 붙지 않는다.

노—정신이 회—돌아가서 불이 나게 돌아가는 기계나 우레같이 요란한 소리가 꿈속에서 보고 듣는 것같이 몽롱한 감을 줄 뿐이다. 그래서 마치 기계의 한 부속품같이 멀리 서서 머리를 떨구고 하염없이 허튼 공상에 잠기는 일이 많다.

기계는 그런 것을 상관할 거 없이 쉬지 않고 돌아간다.

일 분간 이백 회 이상을 돌아가는 라인샤프트(幹軸)로부터 밑바닥 조방기(粗紡機)에 걸친 삼 인치 벨트는 춤을 추며 으르렁으르렁 돌아간다.

기름 치는 직공(注油工)은 천장에 올라가서 사닥다리로부터 사닥다리로 또는 *봇장으로부터 봇장으로 넘나다니며 기름을 치고 있다.

학수가 조방실(粗紡室) 기계 옆에 앉아서 무슨 잡념에 잠겨 있노라니까 별안간 위에서 찐득찐득한 기계기름이 머리 위에 뚝뚝 떨어져 온다.

"에잇!"

그는 허리에 찬 운전대를 쳐들어 머리를 가리며 비켜 서서 천장을 삐죽이 쳐다보았다.

"요놈, 뭘 하구 있어?"

주유공이 봇장에 착 들러붙어 빙글빙글 웃고 있다.

"너멈, 있다……."

하고 학수가 소리를 지르자 주유공은 또다시 기름을 주르륵 내려 뿌린다.

"아서 이눔아."

하며 학수는 저만치 멀찍이 비켜 섰다.

"애, 너, 또 고것(정님이) 생각하구 있니. 이눔아 틀렸다, 틀렸어."

"애, 원숭아, 재간 한번 놀아라."

봇장
칸과 칸 사이의 두 기둥을 건너질러 도리와는 'ㄴ' 자 모양, 마룻대와는 '十' 자 모양을 이루는 나무.

"이눔이 여태……."

주유공은 기름통을 들고 봇장을 더듬어서 학수 있는 위로 쫓아온다.

"이눔아, 여기 있어도……."

"그래 못 갈 줄 아냐?"

"아서, 아서……."

학수는 얼른 기계 사이에 몸을 감추며,

"어김없이 동물원 원숭이 구경하는 맛이다. 좀더 놀아 봐라. *호콩 주지, 호콩 주어." 호콩
땅콩.

"요눔이 참말이냐."

하고 주유공은 기름통을 홱 내들었으나 뿌리지는 않았다.

"옜다, 이거나 받아 먹구 허궁살판이나 한번 해라."

학수는 솜뭉치에 기름을 묻혀 가지고 그에게로 홱 올려 던졌다.

"요요놈을 짜장 연애두 못 하게 기름쥐를 만들어 놀까 부다."

"배가 아프니…… 수두룩하다, 수두룩해."

"말 말아. 그래도 내가 다 안다 요눔."

"알긴 네깟놈이 뭘 아냐."

"정님인 너, 다 틀렸다, 아니 알어? 털보허구…… 히, 좋더라…… 내가 하누님 아버지시야 위에서 죄다 보구 있다. 가르쳐 줄까?"

"일없다, 일없어. 너멈, 있지 않니?"

그때 발동기 속에서 무엇이 터지는 소리가 펑 하고 요란히 났다. 학수는 얼결에 그리로 뛰어갔다.

발동기 기통(氣筒) 안에서 폭발되지 않은 압축*와사(壓縮瓦斯)가 폐기관(廢氣管)에 나가서 폭발되었던 것이다. 소음기(消音器)의 연통이 경련이 일어난 살같이 우르르 떨린다. 와사
'가스'의 일본식 한자.

"뭐냐, 무슨 소리냐."

그때 담당이 급히 달려들어오며 날카로운 소리를 빽 지른다. 그래도 학수는 아무 대답이 없다.

"너 따위는 천만을 모아 놔도 기계 한 대가 안 돼. 뭘 허구 있어!"

그 시간에 정님은 점심을 먹고 공장 *낭하를 지나 기관실 옆으로 빠져나가 가지고 타면실(打綿室)과 혼면실(混綿室)의 먼지를 풍차로 공중에 불어 내는 탱크 옆 쇠사닥다리로부터 지붕 위로 올라갔다. 지금까지의 공장 안과는 전연 딴 세계가 눈앞에 펼쳐진다.

낭하
복도.

남산에서 본 경성 시내

높고 낮은 지붕이 그 빛과 높이에 따라 형형색색으로 빛나고 남산과 북악과 낙산이 신선한 심록색에 잠겨 있다. 마치 한 폭의 유화(油畵)를 보는 듯한 풍경이다.

팔월의 햇볕은 쨍쨍하게 내리쪼이나 탱크 그늘은 푹푹 찌물쿠는 직장 안에 비하면 사뭇 청량한 편이다. 대지의 미소—바람이 있다.

"아이구 모르겠다."

그는 두 다리를 쭉 뻗고 펄썩 주저앉아 버렸다.

그러나 줄창 서서만 있어서 그런지 앉아 있으려니까 얼마 되지 않아서 다리와 허리가 되레 콕콕 쑤시어나서 그는 두 팔을 베개로 하늘을 향하고 드러누워 버렸다.

"아이 시언해. 살 것 같다."

쌓이고 쌓였던 피곤이, 온몸 마디마디로부터 새어나가는 듯 몸이 가뿐해지며 맑은 기분이 삽시에 왔다.

파아란 하늘에는 점점한 흰구름 송이가 유유히 떠돌고 있다.

공장 굴뚝에서는 갈색 연기가 길게 떠오르고 무거운 더위에 눌린 공장은 신음 소리와 같이 쿵쿵거리고 있다.

'또 저 속으로!'

이렇게 생각하니 차라리 한 마리 새가 되어서 또는 한 점의 구름이 되어서 저 하늘을 훨훨 날아 보고 싶었다. 그러면 얼마나 유쾌하랴!

……이 몸이 학이 되야 천만리 날아가서…….

어떤 직공이 부르던 노랫가락도 생각났다.

'그러면 뭔들 뜻대로 안 될 게 있을까!'

마음은 마음대로 거침없이 하늘을 날고 있다. 구름을 지나서 달까지도 별까지도…….

이렇게 생각하니, 일찍 가슴에 조그만 흔적이나마 남겨 준 학수와 털보…… 그런 것은 인제 아무 소용도 없는 것 같았다. 학수와의 사이가 시시해지는 동시에, 털보도 탐탁히 생각할 바 아니었다. 다시 학수를 가까이하고 싶은 생각은 물론 없었지만, 그렇다고 털보의 구수한 소리에 마음이 쏠리는 것도 아니었다. 털보의 말대로 급사가 되면 뭘 하나!

모든 것이 허사일 것 같았다.

세상에 나와서 오늘까지 일찍 한 번도 행복이라는 것을 그는 느껴 본 일이 없는 것 같았다. 모든 것이 헛된 것 같을 뿐이다.

웃음 뒤에는 하품이 있고 기쁨 뒤에는 저주가 있고 향락 뒤에는 우울이 있다.

일순간도 쉬지 않고 사람의 생명은 줄어들고 있으니 한 웃음 한 울음, 그리고 한 마디 말 한 가락 노래는 말하자면 자기의 생명이 새어나가는 것을 의미하는 것이 아닐까? 마치 그것은 칼에 에어진 상처를 가진 사람이 그 피나는 상처로부터 자기의 생명이 각일각 사라져 감을 바라보는 것과 같은 것이 아닐까?

유아등(誘蛾燈)
나방 따위의 해충의 피해를 막기 위하여 논밭에 켜는 등불.

그러고 보니 이성을 그리고 청춘을 즐기려는 자기가 마치 *유아등(誘蛾燈)을 따라 덤벼드는 벌레와 같이도 생각되었다.

"호호호……."

그는 별 의미 없이 소리 높게 하늘을 향하고 웃었다.

그러나 공상은 결국, 세상사보다 더 헛된 것이었다. 마음이 하늘을 나는 반면에서 가슴이 텅 비어짐을 그는 깨달았다.

그리하여 그는 얼마 못 되어서 또 일상의 그로 돌아왔다. 애욕과 고독이 공상의 반동으로 더 짓궂이 감돌아들었다. 그러며 이 수다스런 여인은 불꽃이 날 만큼 백열화하는 애욕을, 눈물과 시기와 싸움이 있는 청춘을, 그리고 부드러운 잎 속에 핀 꽃보다 얼병같이 숭얼숭얼한 그 속에 핀 꽃을 생각하였다.

그럴 판에 그가 누운 바로 그 아래 경사 건조실(經絲乾燥室)의 안전판에서 거세게 증기가 치솟으며 빵—하고 요란한 소리가 났다.

'무슨 변이 났구나!'

이런 직감과 동시에 그는 소스라쳐 일어나 아래로 달려내려왔다.

직장 문을 막 열고 들어설 때,

"학수가 다쳤다."

"숨은 있나?"

하며 직공들이 땀을 철철 흘리며 조방실로 달려간다.

정님이는 그만 눈이 아찔해지며 허겁지겁 그들의 뒤를 따라갔다.

늘어진 낡은 벨트가 조방기 바퀴에서 미끄러 벗어진 것을 보자 학수는 곧 그리로 달려갔다.

천장 밑 높은 곳에서 일 분간 이백 회의 속도로 돌아가는 라인샤프트의 바람쌀에 벗어져 버린 벨트는 벗어진 대로 치렁치렁 춤을 추고 있다.

익숙지 못한 사람 같으면 으레 기계의 발동을 저지시키고 그것을 다시 걸어야 하지만 학수는 몇 번 치러 본 경험도 있고 또 잠시라도 기계를 정지시키면 담당이 덮어놓고 눈을 부라리기 때문에 그는 그대로 벨트를 당기어다가 조방기 바퀴에 걸었다.

바퀴에 걸쳐진 벨트가 다시 급속도로 돌아가기 시작한 순간 학수의 왼팔이 그만 그 속에 먹혀 버렸던 것이다.

정님이가 거진 무의식한 중에 황급히 달려와서 빵 돌아선 직공들 틈으로 오슬오슬한 눈을 던졌을 때에는 학수는 인사불성에 빠져서 게거품을 우그그 물고 나자빠져 있었다.

그러한 중에서도 조방실 담당은 거의 기계적으로 학수의 팔을 물어 당기는 바람에 재차 벗겨진 벨트를 손싸게 다시 걸어 놓고 이편으로 뛰어오며,

"주의를 안 하니까 그렇지. 물을 가져와 냉수를……."

하고 학수의 팔과 몸을 문지르며 당황히 서두는 직공들에게 소리 높게 외친다.

한 직공이 물을 가지러 가려고 할 때 준식이가 마주 외쳤다.

"얼른 의사를 불러와야지."

그러며 준식은 어깨에서 째어져 팔목에 치렁치렁 감긴 학수의 노동복 소매를 잡아 벗기고, 그의 왼팔을 골고루 살펴보았다. 학수의 팔은 까맣게 질리고 튀어나온 핏덩이는 기름투성이 팔 이곳저곳에 점점이 떠 있다. 그것이 아직 체내에 있던 관성으로 팔딱팔딱 뛰는 것 같고 따스한 온기까지 가지고 있는 것 같이 직공들에게는 보였다.

"얼른 의사를 불러와요."

준식은 학수의 가슴에 귀를 대고 심장 뛰는 소리를 들으며 또다시 이렇게 외쳤다. 그때 공장주임이 달려왔다.

"어떻게 됐어. 부러졌어?"

여태 기색한 듯이 암말 없이 학수의 몸을 어루더듬고 있던 동필이도 의사를 불러 달라고 주임에게 외쳤다.

탁범이(키보), 기태(길림이) 들도 학수의 팔과 몸을 문지르며 담당과 주임에게 의사 부르기를 재촉하였다.

"아니 팔만야?"

하고 주임이 허리를 구부리고 들여다보는 것을,

"팔이고 뭐고 의사부터 불러와야죠."

하고 동필이가 또 말하였다.

그는 공장에 오래 있어서 이런 참변을 여러 번 보아 왔을 뿐 아니라 최근에는 직공의 생명 또는 생활이라는 문제에 대하여 몹시 감상적인 인정과 인도를 느끼고 있는 터이다.

연재 당시 삽화

"응, 괜찮어."
하고 주임은 그제야 전화 걸러 갔다.

"인제 곧 의사가 올 거니…… 어서 일들 해."

키 작은 조방실 담당이 둘러선 직공들을 보며 턱질을 하나 한 사람도 움직이려 하지 않는다.

"버썩 문질러…… 우선 살구야 볼 일이지."

준식은 허리띠를 풀어 학수의 어깨를 졸라매며 혼자말 모양으로 중얼거리고 있다.

"뼈는 다치지 않은 모양이지?"

동필이가 부축해 주며 땀을 죽죽 흘리고 있다.

"응, 절골(折骨)은 안 된 모양인데 어깨뼈가 어긋난 것 같애…… 이걸 봐 뼈가 쑥 내밀리지 않았어……."

준식은 동필을 보며 새삼스레 가슴이 따가워짐을 느꼈다. 그와 사이가 벌어지고, 겸하여 경계까지 하고 있는 터이나 그러나 동필에게도 같은 처지를 울고 아파하는 거룩한 피가 남아 있다.

"누가 수건 가진 것 없어!"

동필이가 죽 둘러선 사람에게 땀 흐르는 얼굴을 돌렸다. 그 얼굴에 흐르는 것은 땀뿐이 아니었다.

"여게 있어요."
하고 정님이가 하얗게 빤 수건을 얼른 동필에게 내밀었다.

동필의 손에 잡힌 피 흐르는 학수의 팔에 손수 빤 제 수건이 덮일 때 정님은 고개를 푹 숙이며 홱 돌아서 버렸다. 굵은 눈물이 방울방울 땅바닥에 떨어졌다.

"흑—"

부지중 느껴지는 것을 정님은 이로 깨물고 가슴을 꼭 부여안았다. 하나 그래도 견디기가 어려웠다. 학수와 여러 사람의 모양이 한데 얼려서 아른아른 눈에서 춤을 춘다.

"엉—"

그는 그만 달음질을 쳐 나와 버렸다.

그 며칠 후 밤 분이가 복술이를 찾아갔다.

"복술이 있니?"

"분이냐? 들어오너라."

"언제 들어가고 있어…… 저녁 안 먹었니?"

"먹었다. 나도 지금 막 가려는 길이다."

두 여자는 학수가 입원한 병원으로 위문을 가려고 나섰다.

"넌 뭘 샀니?"

"아니야, 과자 좀…… 넌 실과 샀구나…….."

복술이는 분이 것보다 엄청나게 작은 과자봉지를 저편 손으로 넘겨 쥐었다.

"참말 그런데 애, 정님이 안 간대든?"

"누가 아니."

"같이 가쟀을걸…….."

"내가 말은 해봤다. 하니까 벌써 한번 다녀왔다구 그러드라."

"또 가면 어떤가."

"얘 준식씨 말마따나 행경도 문자로 꼴을 보니 명태 꼴이라구 틀렸더라 틀렸어."

복술이는 비웃는 얼굴로 마뜩지 않게 입을 쫑긋한다.

"왜?"

"왜가 뭐냐. 털보하고 다 그렇게 되는 모양이더라."

"그거야 벌써 언제부터냐. 그렇지만 아직 학수하고도……."

"아니 딴인 몰라도 이번은 정말 공장 사무실로 들어가는 모양이드라."

"뭐래든?"

"별말은 없어두…… 기계일은 딱 싫어서 죽겠다구…… 그리며 급사 운동이나 해볼까…… 허구 웃드라. 그게 말 속에 말이 있는 게 아니냐."

"운동을 해? 요사한 년, 운동할 게 있나. 털보 가슴에 덥석 안겨만 보지."

"벌써 그랬는지 누가 아니…… 그리구두 아주, 나 급사 되면 어떻겠니?…… 하고, 슬쩍 떠보는구나 글쎄. 누가 모를 줄 알고……."

"그래서 너 뭐랬니?"

"뭐라긴 뭐래, 난 입이 써서 암말도 안 했다."

"말해두 소용 없을 거다. 감정이나 상했지……."

"그럼……."

"요새는 학수가 불쌍하드라. 동무들한테도 호감을 사지 못하다가, 털보한테 밀려서 그리로 가 있게 되자 또 부상까지 당했으니……."

"그래도…… 뭐니뭐니 해도 동무들 힘이 많지. 동무들만 아니었어봐라. 입원까지 해냈겠나……."

"그럼 그렇구말구. 털보가 가뜩이나 미워하든 판인데."

"그러지 않아도 집에서 다니며 치료받으라는 것을 모두들 뻗대여서 입원하게 되지 않었니. 이번에도 준식씨 힘이 참 많었다."

복술이는 그렇게 말하며 흘끔 분이의 눈치를 보았다.

"왜, 이번 일에는 동필이 힘도 많다드라. 누구니 누구니 해도 털보는 여태 동필일 제일 무서워하거든. 그전에 여러 번 겪어 본 일이 있어서."

"그야 물론 한두 사람만 주장해 가지고 되겠니…… 입원료가 하루 일 원 오십 전이라니까, 거진 우리들 사흘 삯전이 되지 않니. 그러니까 여간해 가지고야, 만만히 그걸 해주려겠니……."

"하여간 기왕 그리 된 거니…… 병신이나 되지 말았으면 좋겠다 만……."

"괜찮을 거다. 뼈는 부러지지 않었다니까……."

"하지만 다 낫자면 오래 걸릴걸 아마?"

"그렇지, 줄잡아도 한 달은 걸릴 거다. 어깨까지 상했다니까 수이는 안 나을 거다."

"참말 오늘이 메칠째 되나? 오늘이 그믐이니까 벌써 꼭 보름이 되는 구나."

"한 달이구 두 달이구 다 나을 때까지 입원해 있어야지…… 아무렴 그야 그래 주지 않고 배겨 내나."

"경과는 좀 어떤지? 너 요새 안 가봤니?"

"너허구 두 번 가보구는 나도 오늘이 첨이다…… 그저껜가 준식씨 한테서 들으니까 조곰씩 나어는 간대드라."

"준식씨는 아마 자주 가는 모양이지?"

"준식씨뿐 아니라 다른 동무들도 자주 가는 모양이드라. 동필씨도 몇 번 갔더라는데……."

"참, 동무란 존 거야. 그렇지 않으면 누가 그렇게 친절히 해주겠니."

"그럼, 그전에 간난이가 기계 밑에서 소제하는 걸 사팔이가 알지 못하고 기계를 돌려 놓아서 깔렸을 때 일만 보려무나."

이런 이야기를 하는 사이에 병원에 이르렀다.

밤이 되어서 병원 안은 고요하다.

긴 복도로 간호부가 슬리퍼를 잘잘 끄는 소리가 들려 온다.

학수의 병실에는 준식이 외 몇 사람이 벌써 와 있었다.

"오시우? 어이구 미안합니다."

학수는 고개를 조금 들며 눈으로 반가이 두 여자를 맞았다.

침대 가장 여기저기 걸쳤던 다른 사람들도 혹은 자리를 비키고 혹은 일어서며 두 여자에게 인사하고 앉기를 권하였다.

"아니 괜찮아요…… 좀 어때요?"

"요전보다 낯색이 좋군요?"

하고 두 여자는 남 보지 않는 사이에 가지고 온 과자와 실과봉지를 침대 저편에 놓인 조그만 탁자에 올려놓고 창가에 기대 섰다.

"여러 동무들 덕에 팔자 좋게 드러누워 있습니다…… 자아, 이만침 걸치시지요."

하고 학수가 두툼하게 붕대를 감은 왼팔을 조금 뒤로 당기며 바로 머리 앞에 자리를 낸다. 그러자 길림이가 벌떡 일어나며 두 여자를 끌어다 앉힐 듯이 창가로 간다.

"아니에요. 여기가 좋아요."

복술의 말.

분이는 까닭 없이 어색해나는 것을,

"자주 오지 못해 미안합니다."

하고 학수에게 웃어 보였다.

"천만에요…… 요새 매우 곤하실 텐데…… 경품인가 추첨인가 한 거 때문에……."

"그까짓 건 벌써 잊어버린 지가 오랩니다."

"누가 애당초 엄두나 냈나."

키보의 말.

"그래도 더러 있을걸, 상 타보려는 사람이……?"

"더러 있기는 있는 모양이데만…… 워낙 날씨가 몹시 더워서……."

"누가 장근 두 달을 그렇게 해내겠나…… 우선 살구 볼 일이지."

하고 여러 사람은 한참 동안 거기 대해서 이러니저러니 말을 주고받고 하였다.

이 문제는 그새 여러 사람의 입에 오르내려서, 그러는 사이에 어떤 개인의 의견보다 몇 걸음 나아간 견해를 그들은 이 문제 위에 내리게 되었고 또 사실 몹시 힘이 부쳐서 이제 그것에 대하여 흥미를 느끼는 사람은 별로 없었다.

그래서 말은 어느새 잡담으로 흘러갔다.

—병원에 입원해서 돈 타먹고 침대 위에 가만히 드러누워 있는 팔자나 되었으면 좋겠다는 길림의 말과 학수가 다치던 날 정님이가 우는 걸 천장에서 굽어 살폈다는 얼굴에 기름 흔적이 남은 주유공의 말을 비롯하여 '가나부(간호부)'가 맥만 짚어 주어도 살이 찌겠다느니, 분이는 인제 '분이 아주머니'라고 부르는 게 마땅하겠느니, 학수는 아프지 않더라도 아주 아파서 못 견디겠다고 흉측을 부리는 게 좋겠다느니…… 하고 한참 신들이 나서 시시덕거렸다.

그러다가 간호부가 들어오는 소리에 그들은 말을 멈췄다.

구두 울타리가 바닥에 처진 넓적한 구두를 신은 키 크고 뚱뚱한 간호부가, 다른 침대들을 끼웃끼웃 들여다보다가 어색한 듯이 걸어와서 팔목시계를 내들고 보며 인제 면회시간이 지났다는 말을 할 때 그들은 일어섰다.

빽빽히 들여 놓인 여섯 대의 침대 위에는 바짝 마른 환자들이 혹은 입을 하 벌리고 혹은 얼굴을 찡그리고 드러누워 있다.

잠을 자며 끙끙거리는 사람도 있고 침대 난간을 붙들고 반구역질하는 사람도 있다.

"자아 학수, 그럼 우린 가겠네."

하다가 준식은 말을 이어,

"누가 뭐라고 하든지 다 나을 때까지 꼼짝 말고 드러누워 있게."

하고 당부하듯이 말하였다.

"그렇게 언제까지던지 뉘여 두겠나? 회사에서……."

"글쎄 걱정 말고 가만 있게. 자넬 병신이 되게 하겠나. 우리가 있어서……."

"의사 말이 인제 이삼 일만 지나면 집에서 다니며 치료받아도 좋겠다구 그러데. 그러니……."

"아따 그런 말은 한쪽으로 흘리고 드러누워 있게. 우리가 다 생각하고 있으니까 염려 말게."

"좀 자주 와주게. 그리다가 별안간 나가라면 어쩌나."

"암 오다뿐이겠나…… 의사는 으레 사람과 경우를 보아서 그럴듯이 둘러대는 거니까, 자네 자신이 다 나았다고 생각될 때까지는 꼼짝 말고 누워 있게…… 자아 그럼 가겠네. 조리 잘 하게."

"다시 오겠네."

하고 여러 사람은 인사하고 병실을 나왔다.

암투

경재가 사장실로 들어가니 마침 여순이가 혼자 있다.

"사장 어디 갔습니까."

"네, 지금 막 손님하고 점심 잡수시러 나가셨습니다."

"마침 잘 왔군……."

하다가 경재는 속으로 '인제부터 점심시간에 와야겠군' 하는 생각이
나서 혼자 빙글빙글 웃고 있었다.

"참, 현옥씨가 원산서 돌아오셨다지요?"

"네."

"그저께 사장이 말씀하시드군요. 그날 밤차로 온다구요."

"네, 어저께 잠시 집에 들러 갔어요."

그러자 여순은 속으로 '요새 매우 바쁘시겠군요' 해주고 싶었으나
그러기도 무엇하고 해서 잠자코 있다가 경재가 다시,

"오늘 밤에 계시겠어요?"

하고 묻는 말을 받아 가지고,

"네. 저는 있겠습니다만…… 바쁘실 텐데……."

하고 가볍게 *추급하는 웃음을 보냈다.

추급하다
미루어 생각이 미치다.

경재는 그제야 요새 며칠 찾아가지 못한 것과 현옥이가 왔다는 것에 무슨 관련이나 있는 듯이 여순이가 생각하고 있는 것같이 생각되어서,

"참, 어저께 밤에는 꼭 놀러 가쟀는데 마침, 얼마 전에 동경서 돌아온 친구가 찾아와서…… 참, 요전에 한번 얘기했지요. 동경서 친구가 왔다구……."

하고 정색하며 여순을 쳐다본다.

"네. 그런 기억이 있습니다. 함경도 사람이랬지요?"

"네, 네, 바루 그 사람입니다. 그때 곧 시굴집으로 갔다가 요새 또 서울 왔어요. 취직 소개를 좀 해달라는데……."

"취직이오?"

"네…… 시굴 가서 이것저것 운동해 봤으나 이름이 고향이지 워낙 오래 외지에 가 있어서 모든 것이 생소하고 또 게다가 꼬리표까지 붙여 놓아서 아무 일도 못 해먹겠드라구요. 해서 다시 올라와서는 공장에라도 좀 힘써 달라고 하는데 온 어찌 될는지……."

"이 회사에요?…… 공부도 많이 한 사람이라면서요."

"공부도 공부지만 사람이 워낙 좋아요. 고생도 많이 겪어 보고…… 또 성격이 퍽 견실한 사람이에요. 그리고 무슨 높은 지위를 요구하는 사람도 아니요, 몸도 건강한 편이어서 자기는 공장이 좋다는군요."

"사장과 말씀해 보시지요. 그만 것이야 안 되겠어요."

"글쎄, 온 그런 것까지 사장과 말하기도 무엇하고…… 해서 이따가 공장 주임에게 우선 부탁해 볼까 합니다. 그러나 앞으로 사람을 줄이

려는 중이니까…….”

"아니 그리지 마시구, 사장과 말씀해서 사무실에 운동해 보시지요."

"어디 그렇게 자리가 있습니까. 그리고 또 그도 사무실 같은 데는 희망하지 않아요. 꾹 들어백여서 글이나 쓰는 것은 그의 성격에 맞지 않고 또 사실 그는 시굴 가서도 공장 같은 데만 운동했었대요. 질소공장 직공 채용시험을 보았다는데 참 우슨 이야기가 많드군요. 다른 시험은 요행 패스했는데 구술시험에 떨어졌다나요."

하고 경재는 그 친구(박형철)의 이야기를 다시 생각해 보았으나 원체 알지 못하는 지방의 이야기고 또 그의 말이 너무도 복잡해서 대강대강 기억에 남은 줄거리를 취가며 말을 이었다.

"공장에서 오라는 날에 가니까 주재소 뒤 광장에 모여 세우고 하나씩 불러서 주소, 성명, 연령 같은 걸 묻고는 인차 커다란 모래섬을 어깨에 메어 오라구 하드라나요. 아주 튼튼해 보이는 사람두 가슴까지 간신히 춰올렸다가는 그만 떨어트리는데 자신이 안 나드래요. 한걸 죽을 힘을 다 해서 가까스루 들어 메었더니 그 담은 쌀섬에 찍는 것 같은 털솔을 손바닥에 탁 찍어 주기에 들여다보니까 소우(牛)자가 찍혀졌드래요, 하하하…….”

"호호, 아마 기운이 시단 의미겠지요?"

"글쎄, 그도 무슨 뜻인지는 알지 못한대요. 하지만 어쨌든 그것이 그 시험에 통과되었다는 증명인 모양이드라구요. 그래서 그 담 시험장으로 가니까 손을 조사해 보구 이어 구술시험을 보더라나요. 학술시험 대신에 공장에 관한 간단한 상식을 묻기에 생각나는 대로 대답했더니 국어를 어서 그렇게 잘 배웠느냐구 하드래요. 해서 무심히 동경 있었다구 하니까 오, 그러냐…… 하고 유심히 보더니만 덮어놓고 일없다구

하드래요."

"호호호, 너무 아는 것도 병이군요."

"글쎄 아마 그런 게지요."

하고 경재도 웃었다.

여순은 고향 이야기고 또 첨 듣는 소문이고 해서,

"그래서요?"

하고 그 담 말을 재촉하듯이 경재를 보며 생글생글 웃고 있었다.

"그는 전과가 있는 게 제일 상심되어서 남의 호적을 빌려 가지고 그 이름으로 원서를 제출하고 또 경험이 있는 사람들에게서 이것저것 물어 가지고 시험을 봤다는데 미처 그런 것까지는 생각지 못했다구요."

"그래서요?"

그만하면 그 얘기는 다 끝난 것이건만 그래도 무슨 뒷말이 또 있을 것만 같아 여순은 재차 물었다.

"그래서 떨어지구 말았지요."

하고 경재는 벙글벙글 웃다가,

"또 하나 듣구 싶습니까?"

하고 다시 말을 이었다.

"그때 마침 그 지방에 치수공사(治水工事)가 있어서 거기나 혹여 어떨까 하고 또 나가 봤대요. 하니까 날마다 수백 명 일꾼들이 몰려 드는데 실지로 쓰는 사람은 매일 팔구십 명에 불과하더래요. 그런데 거기서는 무슨 시험을 보거나 딴 규정을 세워 가지고 사람을 쓰는 게 아니라 아침에 십장이 나와서 그날 붙일 인부 수만치 부삽을 내어 뿌리는데 먼저 그것을 잡은 사람이 일을 하게 되고 그 담 사람은 그저 돌아가게 되더래요. 해서 아침이면 그 부삽을 줍노라

부삽

구 함부로 덤비어쳐서 코피가 터진다, 나뒹군다, 무릎을 깐다…… 해서 아주 야단법석이드래요. 그래서 어떤 사람은 자기 집 부삽을 몰래 가지고 나와서 시침을 떼고 일하다가 그만 들켜나서 밀려나기도 하고 또 어떤 사람은 부자형제 여럿이 몰려 나와서 부삽을 잡아 가지고는 그 중의 한 사람이 일을 하기도 하더래요.”

경재가 그렇게 말하는 사이에 여순은 어느새 아까의 흥미와 호기심이 사라지고 서글픈 마음이 스르르 가슴에 스며들었다.

고독과 가난에 시달리면서 그날 그날을 애꿎이 지내 가는 동생, 기순이를 문득 생각한 것이다. 하많은 사람에 그를 도와 줄 사람이 그 누구이며 넓디넓은 세상이나 그 한 몸을 편히 쉴 곳이 그 어디메랴.

그러나 경재는 그러한 동정까지는 살피지 못했다.

생면강산(生面江山)
태어나서 처음 보는 강과 산.

“여순씨도 인제 고향 가보시면 아주 *생면강산 같을 겁니다. 그 사람도 첨 시굴 가서는 집으로 가는 길을 다 홀렸답니다. 어떻게 몹시 변했는지 어디가 어딘지 알 수 없더래요. 수리조합이 되어서 밭은 거진 다 논이 되고 봇돌이 이리저리 째여지고 방축이 높다랗게 쌓여지고 구 길이 없어지고 신작로가 생기고 면사무소가 읍 근처로 옮겨 가고 주재소가 새로 생기고 사립학교가 공립보통학교가 되고, 그리구 자기 동리는 염병하구 난 것 같더라나요. 그렇게 높게 보이던 집들이 납작해진 것 같고 어떤 집은 헐리고 그 대신 유리문에 돌담 쌓은 집도 생기고 검은 판자로 지은 눈에 서투른 집들도 생기고 그리고 말짱 머리 깎고 검은 옷을 입어 놔서 알 사람도 얼핏 알아볼 수 없더라구요.”

경재는 무슨 풍속사진이나 보듯이 이 진기한 농촌 풍경을 스스로 머리에 그려 보며 담배 한 대를 붙여 물고 다시 말을 이었다.

개답
논을 새로 만듦.

“그런데 촌엘 가보니까 부역이라 개답(開畓)이라 뭐라 해서 통 앞을 사이도 없는데 밤은 또 밤대루 가마니짜기와 새끼꼬기에 괭이 발까지 빌려 쓰고 싶도록 어린애고 어른이고 모두들 바뻐서 쩔쩔매구 돌아가드래요.”

그래도 여순이는 암말도 없다. 여태 *묵철같이 무거운 생각에 눌려 있었던 것이다.

묵철
무쇠를 녹여 만든 탄알.

변해지는 고향과 함께 어린 동생의 천진하고 귀엽던 모습조차 가난과 거친 바람에 고목과 같이 말라 가는 것 같아서 그는 속깊이 적멸을 느꼈다.

“피서 가지 못하는 대신에 여순씨 고향으로 가봤을 걸 그랬습니다. 요담에 한번 가보십시다. 농촌이 외려 도회보다 낫겠어요. 순박한 농민들 속에서 그들과 같이 호흡하는 것이…….”

그래도 여순이는 여전히 잠자코 있다.

“여순씨!”

“……”

“시굴 가실 생각이 없습니까? 호미 메고 괭이 메고…….”

여순은 그만 불시에 눈물이 괴어서 저편으로 스르르 고개를 돌려 버렸다.

경재는 아직 실지로 가서 살아 본 일이 없는 농촌에 대해서 여러 가지 공상을 그려 보는 한편 자기가 가장 *미쁘게 생각하는 형철의 이야기를 거듭 생각해 보기도 하고 또 그에게 관한 이야기를 좀 더 계속해 보고 싶은 생각도 있었다.

미쁘다
믿음성이 있다.

그는 집에서 형철이와 이야기하는 사이에도 또는 역시 옛 친구의 한 사람인 봉우와 함께 셋이서 어젯밤에 카페에 갔을 때에도 자기와 형철의 사이에는 어떠한 *구거와 거리가 생겨 있는 것을 느꼈지만서도 지

구거
도랑.

금 여순이에게 대해서 형철의 말을 여러 가지로 해보고 싶은 충동이 있다.

그 심리는, 즉 생활과 생각이 변해 가면서도 그 옛날의 높은 뜻과 값 있는 행동을 자랑함으로써 자기의 가치와 인격을 굳이 보전해 가려는 그러한 심리와 공통되는 것이다. 그리고 말을 들어 주는 여순이가 아직 사회적으로 전연 백지이니만큼, 이러한 심리는 일종의 안전감 아래에서 거진 무반성하게 말해지는 것이다.

경재와 형철이는 뜻을 같이하던 친근한 동무였지만 오늘에 와서는 표면으로는 여하튼 속으로서는 접근할 수 없는 거리에 놓여 있는 것 같이 경재에게는 생각되었다. 공장으로 들어가려는 형철이는 자기의 진정한 속뜻은 비쳐 말하지 않으려는 것 같기도 하였고 그 무엇인가 자기보다 딴생각을 숨겨 가지고 있는 것 같기도 하였다.

일제시대의 카페 모습

어젯밤 카페에 갔을 때에도 경재는 자기와 형철의 거리를 깨달았다. 카페—붉고 푸른 전등빛이 음울한 기분을 던지고 축음기 레코드가 음란한 소리를 자아내고, 푸른 잎, 붉은 꽃, 유두분면, 음침한 그늘, 들뜬 음향 속에서 밤을 맞이한 환락경 카페로 들어설 때 형철이는 삽시에 정신이 흐려지는 듯 눈은 볼 바를 찾지 못하고 발은 디딜 곳을 모르는 것 같았다. 그러나 그 서투른 동작을 웃기에는 그의 흙내나는 '진실'이 너무나 깊었고 그의 순박한 사람됨이 너무나 무거웠다.

형철이에게 비기면 경재 자신은 그러한 향락에 꽤 깊이 물든 편이다.

조그맣고 평범한 일상생활의 차이가 쌓이고 모여서 어떠한 결정적 시기에 가서 크고 심각한 차이로 나타나는 것이 아닐까.

하루하루가 모여서 한 달이 되고 일 년이 되고 십 년이 되는 것이다. 이 하루하루를 의미 없이 값없이 보내고 어찌 값 있고 빛나는 십 년 후를 바라랴.

경재는 형철이로 해서 사상상의 고민을 남몰래 좀더 깊이 느끼게 되었다.

그러나 그는 결코 형철이를 미워하거나 섭섭히 생각하는 일은 없었다.

차라리 그는 옛날의 의기를 잃은 자기 자신을 힘없이 돌이켜보는 음울한 기분에 사로잡히게 되었다.

형철이 모양으로 땀내나는 그들의 틈에 끼여 직공시험에 응해 볼 용기가 있을까. 형철이처럼 농군들 사이에 섞여서 부역을 해볼 슬기가 있을까.

'구태여 그러지 않아도 좋다. 어디 있든지 좋다. 어떤 경우든지 상관없다. 생각만 있으면야…….'
하는 것이 항용 하는 말이나 그러면 구태여 그렇게 하지 않아도 좋다는 그들의 생활에는 무슨 취할 바가 있는가.

그는 괴롭지 않을 수 없었다. 그러나 어떻게 제 몸을 운전해야 할지 그는 알지 못했다.

"*유위한 사람을 위해서……."

그는 스스로 불만을 느끼면서도 부득이 이런 자리에밖에 설 수가 없었다. 형철이를 위해서 그의 뜻대로 노력해 줄 것을 그는 스스로 제 몸에 다짐을 두었다.

사장은 여태 돌아오지 않았다.

여순은 여순이대로 제 생각에 잠겨서 아무 말 없이 가만히 앉아 있다.

유위
능력이 있어 쓸모가 있음.

"여순씨!"

"네."

"요새 공부 많이 하십니까."

"웬걸요, 통……."

"공부 많이 하십시오."

경재가 인제 공부나 독실히 해야겠다고 생각하며 여순에게 그 뜻을 말할 때 밖에서 가볍게 문을 노크하는 소리가 들리더니 인차 누가 슬쩍 들어온다. 현옥이다.

"경재씨…… 여기 오셨어요."

경재는 흘끔 그편으로 눈을 주다가 고개를 돌려 사장실 벽에 붙은 박람회 상장을 멀리 들여다보았다.

"여기 온 걸…… 댁에까지 갔었어요."

하며 현옥은 보라는 듯이 경재의 앞으로 가까이 온다.

경재는 아무 할 말이 없는 듯이 그저 멍하니 서 있다.

"호, 아이, 더워."

현옥은 새로 맞춰 입은 양장이 좀 어색한 듯이 한 걸음 더 경재의 시선 아래로 다가섰다.

"참 오늘이 며칠이드라?"

경재는 심상한 얼굴로 여순이 앞에 달린 달력을 뒤적거리고 있었다.

여순은 아무 말 없이―그러나 오똑하게 돌아앉아서 철필로 무엇을 끄적거리고 있다. 이상한 공기가 여순이와 현옥의 사이를 빠르게 흐르는 것 같고 남모르는 숨소리가 거칠게 맞부딪치는 것 같이 경재에게는 생각되었다.

현옥이는 불현듯 자존심이 불쑥 머리를 쳐들며 매서운 눈살을 여순에게로 떨쳤다…….

"저 안됐소만…… 밖으로 좀 나가 주시우."

거리낌없는 우월감이 내려붓긴다.

그러나 여순은 동작으로나마도 대답하려는 기색을 보이지 않고 마치 한 손가락이라도 건드려만 보아라 하듯이 꼭 한 모양으로 앉아서 쓰던 글을 마저 끝내고 눈도 한번 까딱 없이 오줄오줄 밖으로 나가 버렸다.

순간 경재는 가슴에서 무엇이 불끈 치솟는 것을 깨달았다.

현옥은 현옥이대로 또한 불쾌한 생각에 사로잡혀 있었다. 아버지가 외우던 말이 생각났다.

"경재란 사람 탈났어."

아버지는 이렇게 말하였다.

"젊은 놈들의 맘이란 바람개비와 같단 말야."

이렇게도 말하였다.

"……모르는 소리 마라. 계집이 나쁠 게 뭐냐. 사내자식이 주책없이 추근거리니까 그렇지."

하고 경재를 발명하려는 자기 말에 버럭 화를 낸 일도 있다.

현옥은 이런 생각을 하며 머리를 들었다.

"경재씨!"

"⋯⋯."

"경재씨⋯⋯."

"왜 그러시우."

"미안합니다."

"뭐가 미안하오."

"이야기하시는 데 방해를 해서 미안합니다."

현옥은 그의 얼굴을 손으로 썩 씻어 주고 싶은 것을 가까스로 참았다.

"들어오래시우. 그 사람을⋯⋯."

하는 경재의 말은 그다지 날카롭지는 않으나 무게 있는 준절한 어조다.

"참말입니다그려, 경재씨."

"들어오라고 해요 글쎄."

"당신이 그러시구려."

현옥이도 독이 올랐다.

"왜 일보는 사람을 나가라고 합니까?"

"조금 얘기가 있어요⋯⋯."

"무슨 얘기예요. 얼른 말하시우."

"경재씨부터 얘기해 보서요. 속에만 처박아 두지 말고⋯⋯."

"난 아무 얘기도 없소."

"왜 말을 못 하서요."

"⋯⋯."

"다 알어요⋯⋯ 아무 때라도 알게 되구야 말걸, 왜 진작 얘길 못 하서요? 감추면 누가 모르나요."

"감추긴 뭘 감춰요? 누가 도적질했단 말요."

"흥, 도적질이오…… 없어서 도적질하는 거야 할 수 없지요."

"……."

"그게 그래, 남보다 생각이 있다는 양반이 할 일이란 말요."

"하구 안 허는 건 또 뭐란 말이오."

"나한테 물어야 알 일이오 그게."

"쓸데없는 소릴 말구, 얼른 들어오래시우."

"속이 아픈 양반이 그러시구려. 누가 그런 심부름 하러 왔나요."

"그럼 왜 일하는 사람을 나가래요? 얘긴 얘기구…… 우리는 놀러 온 사람 아니우. 놀러 온 사람이 되려 사무 보는 사람을……."

"그런 짓 하면 인제 정말 나가구 말걸, 어디 두고 보지."

경재는 그만 더 말하지 않고 채가듯이 모자를 집어 들고 마치 모든 불순한 환경에서 키워진 현옥의 우월감을 차버리듯이 성큼성큼 걸어 나와 버렸다.

"경재씨!"

현옥이도 따라 나왔다.

그러다가 그들은 그때 마침 어디 갔다가 돌아오는 사장과 바로 문 앞에서 마주쳤다.

"왜들 가나?"

그러나 경재는 약간 인사만 하고 그대로 지나쳐 버리고 현옥이만 아버지를 따라서 도로 사무실로 들어갔다.

경재는 이층 노대 앞을 지나다가 거기서 먼 시가를 내려다보고 있는 여순이를 발견하였다.

"여순씨……."

그는 될 수 있는 대로 마음의 흐림을 없애고 맑은 기분으로 여순이를 대하려 하였다.

"아이, 가십니까?"

하는 여순이도 아까의 일 같은 것은 통 마음에 두지 않는 것 같은 명랑한 얼굴이다.

그러나 억지로 꾸미는 듯한 부자연함을 경재는 그에게서 직감하면서 마음은 적이 무거워졌다.

"후! 여태 날세가 몹시 더운데요."

"여기는 퍽 선선합니다."

하고 여순이는 별 의미 없이 얕은 웃음을 지었다.

그러나 그것은 경재의 맘을 더한층 무겁게 하였다. 여순의 웃음 밑에는 씻을 수 없는 불쾌가 숨기어 있는 것 같았다.

경재는 노대 앞, 여순이 가까이로 나가며,

"미안합니다. 일하시는 데 방해를 해서……."

하고 힘써 맘을 평정시키려 하였다.

"천만에요…… 사장, 만나 보셨어요?"

"아니오……."

"아까 말씀하신다든 건 안 하서요?"

"천천히 하지요……."

하고 경재는 다시 말을 이어,

"우선 공장 주임부터 만나보고 그 담에 사장과 말하는 게 좋을 것 같습니다…… 인제 내려가는 길에 공장에 들러 보겠습니다."

"그럼 다시 올라오시겠어요?"

"아니오. 오늘은 딴 일도 있고 해서 그대루 가야겠습니다."

그리고는 둘이 다 한참 말이 없었다.

조금 후에 경재는,

"오늘 밤에 계시겠어요?"

하고 물었다.

"네."

"놀러 가겠습니다."

"네, 오십시오."

그럴 때에 현옥이가 종종걸음으로 두리번거리며 그 앞을 지나다가 멈칫 발을 멈추고 아무 감정이 없는 가벼운 표정으로 여순에게,

"아까는 실례했습니다. 얘기가 좀 있어서⋯⋯."

하고 노대로 걸어나왔다.

"아니에요."

여순은 그저 버들가지에 바람 인 듯 심상한 상이다.

"별로 바쁜 일도 없는 모양인데 산보나 가지요?"

"아니⋯⋯."

"가시랴거던 아버지와 말씀해 드리지요."

하고 현옥이가 상글상글 웃는 것을 보며 여순이는 거진 반동적으로,

"아닙니다⋯⋯ 다녀오시지요."

하고 현옥에게 웃어 보이고 다음으로,

"난 볼일이 있어서요."

하고 경재를 보았다.

그러자 현옥이도 경재에게로 말을 돌렸다.

"지금 아버지한테서 자동차를 얻었는데⋯⋯."

"⋯⋯."

1930년대 자동차

"드라이브나 가서요, 네?"

"난 볼일이 있습니다."

"내일 보시지요. 아버지가 모처럼 자동차를 빌려 주셨는데."

"혼자 가보시오."

"아이, 안 돼요. 경재씨 때문에 자동차를 빌려 주신 건데…… 피서도 못 갔으니까 오늘은 맘놓고 드라이브나 하라구요."

"난 그만두겠습니다."

"그러면 안 돼요…… 아버지가 점심에 손님과 함께 술을 좀 잡수셔서 지금 퍽 기분이 좋으신데 모처럼 빌려 주신 걸 안 간대면 되려 노여하실 거 아니에요…… 어디서 저녁이라도 먹고 오라구 돈까지 주시던데……."

그래도 경재가 대답이 없는 것을 보며 현옥이는 혼자말로 어린애 같이,

"여태 어린애로 아시는 모양이야. 어디로 간대면 용돈까지 주시구……."

하며 상글상글 웃는다.

경재가 아무 대답도 하지 않고 그만 나가 버리려는 것을 보며 여순이는,

"전 실례하겠습니다. 다녀오십시오."

하고 곧 노대를 나와 버렸다.

"가서요, 네?"

하는 현옥의 소리가 마치 들으라는 듯이 쫓아오는 것을 떨쳐 버리듯이 여순은 걸음을 빨리하였다.

사무실 문을 열 때 가지런히 걸어나가는 두 사람의 발소리가 얼핏

들리는 듯하며 무심코 시선이 그편으로 끌리는 것을 여순은 용수철이
나 당기듯 이편으로 채어 버렸다.

오해

경재는 술이 몹시 취해서 정신이 회—돌아가고 다리가 허전거렸다.

그러나 봉우, 형철이와 갈리자 마음은 앞서서 살같이 달아났다.

동대문에서 전차에 내린 그는 바로 여순의 *주인으로 찾아갔다. 대문 안에 들어서서,

주인
물건의 임자. 여기서는
'세를 든 방'의 뜻.

"여순씨."

하고 몇 번 불렀으나 아무 대답도 없다.

"주무십니까."

하며 그의 방문을 열려고 할 때 그 집 주인노파의 이빠진 호구랑 소리가 들려 온다.

"누구요?"

"이 방에 있는 이, 어디 갔습니까."

"회사로 간대나 봅디다."

"회사요?"

경재는 의아한 생각을 하며 시계를 보았다. 아홉 시 반이다.

"밤에 갈 일이 없는데."

"누가 알우."

경재는 그저께 밤 집으로 돌아올 때 오늘 밤에 또 온다고 한 말을 생각하며 재우쳐 물었다.

"나가며 암말도 없어요?"

"회사로 간다구 그리드라지 않소."

하고 노파는 혼자말로 무엇을 종알종알한다.

경재는 그의 방에 들어가서 기다려 볼까 하였으나 공연히 조급해나서 돌아나왔다.

대체 무슨 때문일까?…… 하며 허전허전 뜬발을 옮기다가 문득 생각이 나서 길가 가게의 간판을 쳐다보며 한참 급하게 걸어갔다―한 여남은 집 지나서야 그는 전화 있는 가게를 찾았다.

그러나 전화를 걸어 보아도 회사에서는 아무 응대도 없다.

"암만 불러도 나오지 않습니다."

하는 전화교환수의 말을 듣고 그는 밖에 나와서 이윽고 주저하다가 다시 회사 쪽으로 걸어갔다. 게까지 가볼 작정이었다.

걸어가는 사이에 문득 선뜻한 생각이 들었다―술이 취하면 눈초리에 음란한 주름살이 잡히는 사장의 붉은 얼굴과 그 말에 질려서 터질 듯이 팔딱거리는 여순의 모양이 마치 무슨 환영(幻影)과 같이 눈에 *서물서물하였다.

그의 발은 별안간 잽싸게 옮겨졌다. 그럴수록 가슴은 더 높게 뛰었다. 전등불이 적어서 길이 컴컴해질수록 환영은 더 분명히 떠왔다.

"선생님! 선생님이 아니서요?"

서물서물하다
어리숭한 것이 자꾸 눈 앞에 떠올라 어른거리다.

그런 소리를 들으며 그는 선뜻 머리를 들었다. 저편 길가로부터 흰 그림자가 다급히 걸어온다.

"아, 여순씨……."

"어디로 가서요?"

여순은 경재인 줄을 알자, 도깨비한테나 몰린 듯이 재빠르게 뛰어온다.

"어디 갔다 오십니까."

"아이 무서워……."

여순은 몸을 오싹 떨며 가슴에나 안길 듯이 바싹 다가서며,

"얼른 가요, 네?"

하고 가기를 재촉한다.

"회사에 갔다 오시우?"

"네, 아니……가서요, 얼른……."

"무슨 일이에요? 밤에……."

하며 경재는 그의 얼굴을 유심히 쳐다보았다. 몹시 상기한 얼굴이며 흐트러진 머리칼이며 구겨진 옷모양이 엷은 불빛에 희미하게 보인다.

순간 여순은 반가운 생각도 사라져 버린 듯이 고개를 숙이고 아무 대답도 없다.

"여순씨!"

"……."

"무슨 일이에요?"

그래도 여순은 잠자코 있다.

"얘길 하서요."

"아무 일두 없어요."

"일이 있어서 갔다면서요?"

"글 쓸 게 좀 있어서 갔다가 오는 길이에요."

"글 쓸 게 있어서요?"

경재는 더욱 의아한 생각이 났다. 낮에도 일이 없어서 놀고 있는 때가 많은데 밤에 무슨 *서역일까.

"얼른 가요, 네."

두 사람은 잠깐 침묵에 잠긴 채 걸어왔다.

"선생님두 술 잡수셨군요."

"……"

"술 잡숫지 마서요, 네."

그래도 경재는 잠시 암말도 없다.

여순은 한 걸음 뒤떨어져서 그늘진 편으로 걸어오며 경재가 보지 않게 머리도 쓰다듬어 올리고 옷도 바로잡아 입었다.

일부러 그것을 보지 않는 체하면서도 슬금슬금 여순의 동정을 살피고 있던 경재는, 불현듯 무엇인지 모르게 불순한 냄새를 맡은 것 같은 생각이 나며 대뜸 가슴이 뭉클해졌다.

그는 그만 더 참을 수 없는 듯이 픽 돌아서 찌르는 듯이 여순을 쳐다보았다.

"나말구 술 먹은 사람이 어디 또 있어요?"

하고 경재가 물을 때에 여순은 걸음을 빨리하여 그와 가지런히 서며,

서역
잔글씨를 쓰는 수고로운 일.

"인제 잡숫지 마셔요, 네."

하고 싱긋 웃는다.

"별안간 그 말은 왜 하십니까."

"취하셨으니까 말이지요."

"그전엔 아무 말 없지 않았어요."

"그러기 인제부터는 다시 잡숫지 마셔요."

"친구를 만나서 그렇게 됐습니다. 그런데……."

"참, 약속을 어겨서 미안합니다."

"아니, 그런데 대체 무슨 일이에요? 밤중에……."

"얘길 하지 않았어요, 아까."

"아닙니다."

경재는 그의 진정한 대답을 재촉하듯이 툭 끊어 말하였다.

"참말이에요."

함정을 무사히 벗겨져 나온 생각을 하니 여순은 몸서리치는 한편 장쾌한 기분도 났다. 그러며 경재가 자기에게 있어서 커다란 숨은 힘이 되어 주는 것을 생각하니 그에게 대한 감사한 웃음이 생겼다.

그러나 경재는 그와는 반대로 생각하였다. 향기 빠진 거짓 웃음같이 그의 웃음은 보였다.

여순의 방에 들어와서도 경재는 한참 실히 잠자코 있었다.

불빛이 비친 여순의 구겨진 흐트러진 머리와 불그레진 뺨을 다시금 쳐다보니 침묵은 더한층 무거워졌다.

한편 여순은 갑자기 설움이 솟았다. 말없는 경재의 무릎 앞에 떨어지려는 눈물을 *습벅습벅 얼버무려 버리며 그는 생각하였다.

말하는 것이 옳을까 말하지 않는 것이 옳을까…… 그는 오늘 밤 일

습벅습벅
눈꺼풀이 움직이며 자꾸 감겼다 떠졌다 하다.

에 대하여 혼자 망설이고 있었다.

파묻어 두기에는 너무도 분한 일이나 그렇다고 말해 버리면 그만큼 둘 사이를 흐리게 하지나 않을까. 뿐 아니라 그로 해서 사장과 경재와 또는 사장의 집과 경재의 집 관계가 어찌 될 것일까…… 차라리 아무 말도 하지 않는 것이 나을 것이다. 남모르는 한을 혼자서 썩이는 것이 옳을 것이다. 사람은 언제든지 제 자신을 믿는 것이 가장 떳떳한 일일 것이다. 경재에게 말해서 분풀이를 하는 것보다 내 맘으로 이겨 주는 것이 가장 마땅한 일일 것이다. 빼앗기려던 자랑을 내 손으로 지키었으니까…….

누가 무어라고 하든지 나는 순결한 사람이다. 땅에도 하늘에도 부끄러울 바 없다. 경재에게도 털끝만치나마 부끄러울 바 없다.

"선생님!"

그의 목소리는 쨍쨍하고 명랑하였다.

그러나 경재는 여전히 대답이 없다. 깊어가는 침묵 속에서 불쾌한 생각도 커갔다.

"선생님, 무얼 그렇게 생각하십니까."

순간 경재는 입술에 힘을 주어 소리를 가다듬었다.

"여순씨!"

그리고 이윽고 있다가 말을 이었다.

"당신만은 나를 속이지 않으리라고 믿었습니다."

"지가 무얼 속였어요?"

여순은 짐짓 놀랐다.

"절대로 그런 일은 없으리라고 나는 믿었습니다."

"지가 무슨 일 때문에 선생님을 속이겠습니까."

여순은 오싹 몸을 가다듬었으나 그 소리에서는 애조(哀調)가 흘렀다.

"기어코 나를 속이시렵니까."

"아니, 무슨 말씀이에요."

"무슨 말?"

급소를 찌르듯 경재는 목소리를 날카롭게 하였다.

"아까 말씀한 것 외에는 아무것도 없습니다."

"다, 압니다."

"아니, 무얼 아신단 말씀입니까?"

"회사에는 누가 있었습니까."

"……."

"누가 있었어요?"

여순은 잠시 생각하다가,

"사, 사장이…… 있었, 어요…… 그리구……."

하고 말끝을 흐려 버린다.

"그럼 왜 진작 말씀하지 않습니까?"

"……."

"왜 말하지 않는가 말씀이에요. 사장이 혼자 있었지요?"

"네……."

"말씀하십시오."

"……."

여순은 고개를 수그리고 잠시 더 생각하였다.

그러다가 경재가 다시 부르는 그 다음 순간 그는 오똑 머리를 쳐들었다.

눈은 샛별같이 빛났다.

머리를 들고서도 여순은 달음질치는 제 맘을 멈칫 눌렀다.

"선생님 때문에…… 한 걸음 더 나아가서 선생님 가정 때문에 아무 말도 안 하겠습니다. 더 묻지 말아 주십시오."

하고 여순은 다시 고개를 숙였다.

그러나 경재에게는 그와는 딴 의미로 그의 말이 해석되었다.

"나 때문에? 가정 때문에?"

"네, 그만치만 알아 주십시오."

"그것이 나 때문이오, 가정 때문인가요?"

"……."

"그것은, 한낱 발명에 지나지 않는 겁니다…… 나의 태도는 누구보다도 여순씨가 잘 아시지 않습니까. 그러면 그것이 과연 나 때문이 될 수 있겠습니까."

하는 경재의 날카로운 소리에서 여순은 퍽이나 따뜻한 여운(餘韻)을 들었다. 불시에 가슴이 콱 막혔다. 눈뿌리가 따끔해지며 제 무릎에 가지런히 놓인 두 손이 마치 물 속에 노는 흰 고기와 같이 어룽어룽해 보인다.

"물질 때문에, 사업 때문에……."

경재는 말을 뚝 끊었다가 다시 이었다.

"그러나 당신의 동무로서 나는 그러한 있을 수 없는 행동을 절대로 옳다고 생각할 수 없소."

그러자 여순은 흠칫 하며 머리를 번쩍 쳐든다.

"있을 수 없는 행동이라니요? 말씀해 주십시오."

하고 일발(一髮)을 넣을 사이 없이 급히 추급하였다. 천군만마라도 무서울 게 없다…… 하는 버젓한 태도다.

그러나 경재는 오해가 풀리지 않는 만큼 시기와 노염도 정비례로 커 갈 뿐이었다.

"나를 위해서, 당신의 몸을……."

"아닙니다. 아니에요."

여순은 초조히 그의 말끝을 채가고도 맘은 오히려 더 급해서 부지중 경재의 무릎을 꼭 눌렀다.

"그 따위 더런……."

여순은 다시 그의 손을 잡으려고 하며 말을 막았다.

"아니면 무엇입니까."

하고 경재는 무겁게 손을 털며,

"몸을 팔아서 나를 위하렵니까."

하고 외쳤다.

"아니에요. 선생님, 선생님."

그러다가 여순은 그만 설움이 복받쳐서 그 자리에 쓰러져 버렸다. 이를 악물고 울음을 참건만 그래도 그의 몸은 경련이 난 것처럼 발발 떨렸다.

"나 때문이라고 해서, 자기의 그릇된 행동을 합리화시키려는……."

떨리는 여순의 몸—이미 자랑을 잃어버린 듯한 그의 몸을 내려다보며 경재의 맘은 증오에 뛰었다.

"선생님…… 그렇지 않아요. 절대로 그렇지 않아요."

"그 몸—그 몸을 파는 외에, 딴 길은 없습니까."

"아, 아니에요. 아—"

하고 여순은 그만 울음을 터쳤다.

"뭐가 아니에요."

경재는 성난 말같이 날뛰는 제 맘을 스스로 제지할 수가 없었다.

여순의 흰 목 그리고 부드러운 곡선이 물결치듯 흔들리는 그 몸을 노려보며 잔인하게, 찢어 주고 싶은 듯한 그리고 뜨거운 창자가 다 식어질 때까지 그 손등이라도 깨물어 주고 싶은 이가려운 감정에 그는 헐떡이고 있었다.

"선생님 그것은 오햅니다. 오해예요."

여순은 얼굴을 방바닥에 박은 채 안타까이 부르짖었다.

"뭐가 오해예요?"

"그런 일은 절대로 없습니다."

"아까는 사실이라지 않었소?"

"언제 그랬어요, 언제요?"

여순은 반쯤 몸을 일으키며 눈으로 찌르듯이 경재를 쫓았다.

"나를 위해서 그랬다지 않었소."

"아닙니다. 선생님을 위해서 말하지 않겠단 말이에요."

"당장 말해 놓고는 금시 뒤집습니까."

"그건 잘못 들으신 거예요."

하며 여순은 다시 엎드렸다. 몸은 여전히 떨렸다.

"자기의 잘못을 억지로 꾸며 대이고 곧장 한 말을 식언해 버리는 것처럼 가증한 일은 없어요…… 여순씨는 하루 사이에 그렇게 돌변했습니까, 엥히……."

경재는 그만 자리를 차듯 소스라쳐 일어섰다.

"선생님 얘, 얘기하겠습니다. 죄다 얘기하겠어요. 앉으서요."

여순은 벌떡 일어나 그의 바지를 잡으며 결연히 부르짖었다.

경재의 성난 감정이 불똥과 같이 뛰었다.

"노시우."

"죄다, 얘기하께요. 앉으서요."

여순은 마음을 가다듬었다. 새 힘이 왔다. 어떤 경우에든지 자기 자신을 놓지 않고 갸륵히 붙들어 온 그다. 그렇게 애꿎이 붙들어 온 내 몸을 무실한 누명에 더럽혀서 될 것인가.

경재와 그의 집을 위해서 오늘 밤 일을 굳이 비밀에 붙여 두려고 억울한 욕을 먹어 가면서도 제 몸만 꼭 붙들고 있던 여순은 인제 실토함으로써만 자기의 몸을 구할 수 있는 막다른 골목에 이른 것을 깨달으며 다시 한번 제 몸을 껴안고 돌쳐섰다.

어둠 없는 밝음에 제 몸을 내세우는 데서만 경재의 오해를 풀 수 있는 것이요, 동시에 제 몸을 맑게 지킬 수 있으리라고 그는 생각하였던 것이다.

"오늘 낮에 사장이 서류 한 뭉치를 갖다 주면서 오늘 안으로 죄다 해 놔야 한다고 하기에 저녁 후에 다시 회사로 나갔어요."

비 갠 뒤의 별같이 여순의 눈은 반짝인다.

"그런데 아홉 시쯤 해서 사장이 잔뜩 얼어가지고 들어왔어요. 뭐, 사원위안회에 갔다가 먼저 빠져 왔대나요. 다른 사원들은 열두시까지 놀라구 하구……."

시냇물같이 맑은 소리다.

"그러더니 이리 좀 들어오라구 하겠지요. 무슨 까닭일까…… 하는 생각은 했지만 그렇다고 안 가볼 수야 있어요. 해서 사장실로 들어갔어요. 했더니 사장은 어느새 응접실에 들어가 있어요. 그래서 그 문 밖에서 왜 그러느냐고 했더니 좀 조용한 얘기가 있으니 들어오라구요…… 그때 벌써 눈치차렸지요. 하지만 안 들어가 볼 수도 없고 해서 들어갔었지요."

그때 경재는 아까 회사 쪽으로 걸어가며 생각하던 환영을 언뜻 다시 머리에 그려 보았다.

"들어가니깐, 아니나 다를까, 혀도 잘 돌아가지 않는 *옥진각진한 소릴 함부로 주어치겠지요. 한데 그러면서도 출입구 쪽으로 슬쩍 막아 앉아요. 저는 그때 벌써 그가 무슨 소릴 하든지 그런 건 듣지도 않고 제 발만 딱 내려다보고 있었어요. 여차하면 구두를 벗어들 생각이었지요. 밤이 되어서 마침 학생 구두를 신고 갔는데 그것이 어떻게 다행하든지 몰랐어요."

하는 여순의 얼굴은 점점 흥분되어 갔다.

"그렇지만 그것만으로는 암만해도 부족한 듯해서 그의 말은 안 듣고 눈만 살펴보았지요. 왜, 그 테이블 위에 묵직한 구리 재떨이가 있지 않아요. 그게 뵈더군요. 그뿐인가요. 딱 정신을 통일해 가지고 있으려니까 그 굵직굵직한 안락의자도 손에 싼 돌멩이로만 생각되어요. 한데 사장이 그 웅장한 몸으로 탁 덮이듯이 덤벼드는데 *짜장 산이 앞을 가로막는 것 같애요. 그러나 딱 준비를 하고 있다가 꽉 실리랴 할 때 쏜살같이 옆으로 빠졌지요. 했더니 그 *달마 같은 배를 안락의자에 철썩 내려치며 엎드러지더군요. 그러나 어떻게 날래게 일어나는지 미처 피할 사이가 없었어요. 해서 전 테이블 저편에 가서 그의 손길만 이리저리 피하여 도망칠 낌새만 엿보았지요. 한데 그때 마침 사장실 전화가 따르릉 요란히 울겠지요. 어떻게 반갑든지요. 그래서 무중, 경재씨 옵니다…… 하고 발을 굴렀더니, 취중에도 겁이 났는지 주춤해요."

경재는 속으로 제가 전화 걸던 것과 그 시간을 생각해 보았다.

옥진각진
서로 옳으니 그르니 하며 다툼. 혹은 그런 행위.

짜장
과연 정말로.

달마
달마 대사.

"그래서 문을 잠그라고도 하고 딴 데로 가자고도 해가면서 안락의자를 슬슬 밀어 가지고 가다가 그의 앞을 홱 막아 버리고 부리나케 문을 밀고 뛰어나왔어요. *다좇아나오며 부르는 것도 못 들은 척하고 단숨에 달려나와 버렸어요."

다좇다
다급히 뒤따르다.

여순은 말을 마치고 땀을 씻었다.

경재는 그저 듣고 있는 수밖에 없었다.

"아모것도 선생님한테 의심 살 만한 일은 없습니다. 전부터도 사장의 눈치를 모른 것은 아니지만 설마 그럴 줄이야 누가 알았어요."

여순은 이윽히 지나서 다시 말을 이었다.

"지가 불민한 탓이라고 생각하실지 몰르지만 그거야 저의 평소의 태도를 보시면 아실 거 아니에요. 또 앞으로 두고 보시면 더 잘 아실 거 아니에요. 어쨌든 저에게 대한 인식과 신념 정도에 따라서 해석을 달리할 것이라고 저는 생각합니다. 좋게도 나쁘게도……."

여순은 말하는 사이에 아주 딴사람같이 호젓한 태도로 돌아왔다.

'내 몸을 위해서 최후까지 싸울 사람은 오직 내 몸 하나뿐인가!'

여순은 잠자코 앉아서 이런 생각을 하며 다시 한번 제 몸을 스스로 부여안았다.

신(神)은 신을 믿는 사람만을 돕는다고 종교가들은 말하지만, 여순은 차라리 그보다 자기의 세계를 자기로 개척하고 제 주위의 공기를 제 손으로 갈아 넣어야 하리라고 생각하였다.

"그러면 왜 첨부터 그렇게 얘길 해주지 않았어요?"

경재는 벌써 맘만은 그렇지 않았지만 말에는 아직 힘을 주었다.

"그 이유는 아까 다 말하지 않았어요."

"네, 물론 여순씨가 말하지 않는 것도 일리가 있다고 생각하고, 따라서 이해할 수도 있습니다. 그러나 다만 남녀관계뿐 아니라, 모든 인간 관계는 조고만 구름 한 점 때문에 뜻하지 않은 오해를 낳고, 심지어 파탄을 가져오는 수도 있으니까요."

경재는 이윽히 있다가 다시 말을 이었다.

"더욱이 여순씨—여순씨뿐 아니라, 다른 친근한 동무도 그렇습니다만, 어쨌든 우리들 사이에는 일 점의 티나, 흐림이 없었으면 하고 나는 희망합니다. 같은 값이면 맑은 물을 요구하는 것이 인정이니까요. 될 수 있으면 밝은 곳에서 살고 싶은 것이 생물의 본능이니까요…… 그러니깐 터놓고 말하는 데서 깊은 이해와 동정이 생길 것이라고 나는 생각합니다."

"그런 줄은 저도 압니다만, 제게도 또 제 생각이 있지 않겠습니까. 만일 이번 문제가 노골화하는 날이면 의외의 방면에 파문이 미칠 것 같은 생각도 있고 또……."

"네, 여순씨 생각은 나도 잘 알겠습니다. 그러나 터지고 말 것은 하루라도 속히 터져 버려야지요. 지저분한 환경 속에서 한때 한때를 고식적으로 미봉해 가는 구차함보다는 얼른 시원히 탁 터쳐 버리는 게 훨씬 낫겠지요."

"그러니까 우선 저부터 회사에서 나와 버려야겠어요. 불쾌를 느끼면서 머리를 숙이고 여전히 다닐 수는 없어요…… 그리고 또 저편에서 나가라고 할는지도 모르니까요."

"그야 될 말입니까. 그렇게는 못 해낼 겁니다. 그러나 여순씨가 그만두실 생각이면 그만두서도 좋습니다만, 여순씨 일은 끝까지 책임지고 보아 드리겠습니다. 염려 마십시오. 무얼 한들 살지 못하겠습니까."

"이렇게 될 줄 알았더면 차라리 애초에 공장으로나 들어갔을 걸 그랬어요. 그랬으면 벌써 기술자가 되지 않았겠어요."

"그거야 정 생각이 그렇다면 지금인들 못 들어가겠습니까만…… 어디 좀 더 두고 봅시다."

"아니에요. 좌우간 사직원은 내일 내겠습니다. 다시 이러니저러니 말썽이 되면 선생님께도 자미없을 거구 하니까 그저 말없이 나와 버리는 게 좋겠어요."

"아니 나는 상관없습니다만, 여순씨 신상에 관계되는 일이니까…… 좌우간 내일부터 출근하지 마시구 사직원을 내십시오. 아마 모르면 몰라도 내 생각 같아서는 쉽사리 수리 못 할 것 같습니다."

"그렇지도 않을걸요. 여간 면피 두터운 사람이어야지요."

"하지만 그도 사람이니까…… 추태를 부려 놓고 지금 머리를 앓을 겁니다. 그리고 또 워낙 인간이 끈끈이 같아서 무슨 딴 흉계를 꾸미고 있는지도 모르지요. 좌우간 내일 아침에 사직원을 우편으로 보내십시오. 내가 오후쯤 해서 슬쩍 가보지요."

"선생님 소개한 거니까 혹 무슨 말이 있을는지도 모르지요."

"아니 만일 그대로 수리하려 들면 내가 이유를 묻겠습니다. 그래서 어림어림하면 톡톡히 닦아세지요."

"그래도 앙갚음으로라도 수리하려고 들 겁니다."

"아니 가령, 수리한다구 하더라도 그래 놔야 여순씨한테 유리하게 될 거거든요."

"뭐 유리하게 될 거 있어요."

"아니 퇴직수당에 여간 관계가 있지 않으니까요…… 그런데 그것도 그거지만 내 생각 같아서는 절대 사직원 수리를 안 할 것 같은데…… 그때에 이편에서 가질 태도도 미리 생각해 봐야 할 겁니다."

"뭐 한 달쯤 안 가노라면 수리하구 말걸요."

"아니, 그렇게 흐지부지하는 사이에, 이편에 불리하게 되는 수가 있거든요."

그들은 늦도록 여기 대해서 이야기하다가 새로 한 시가 넘어서야 헤어졌다.

술취한 어지러운 정신을 누르고도 남음이 있는 어젯밤의 무거운 기억이 취기 물러가는 아침의 엷은 잠을 물리쳐 버리자, 사장은 일찍 경험한 일이 없는 뒤숭숭한 가운데서 멀끔히 눈을 떴다.

모든 것이 꿈속같이 흐리멍덩하고 또 구태여 생각하고 싶지도 않은 일이었지만 그러면서도 그것은 없었던 일같이 답답히 망각해 버릴 수 없는 성가신 일이었다.

다시 여순을 만나 보지 않을 수도 없는 일이요 또 이미 저질러 놓은 실수니 가령 그 소문이 밖으로는 나가지 않는다 치더라도 두 사람 사이에서만은 일시적 또는 외면적으로나마 위선 말썽이 되지 않도록 해야 할 것인데 아무 좋은 방편도 생각해 낼 여유 없이 번거로운 생각만이 마치 깜깜한 길을 향하고 돌진하는 기차와 같이 달음질치는 동시에 성가신 문제를 실은 시간이 가까이 눈앞으로 연성 달려드는 것만 같았다.

그리하여 마치 운전수를 잃은 기관차같이 달리던 사장의 생각은 무엇에 부딪힐 듯 부딪힐 듯 아차아차한 몇 고비를 지나서 나중은,

"될 대로밖에 더 되랴?"

하는 막다른 골목에 탁 부딪히고 말았다.

그러면 좀 뱃심이 나는 듯이 자리에 들쳐 누워서 거연히 담배 한 대를 피우고 난 그의 머리에서는 다시금 타고난 점액질의 짓궂은 성격이

또 머리를 쳐들기 시작하였다.

그리하여 그는 어젯밤의 그 한때를 교묘히 또는 가령 그렇지 못할 말이면 차라리 완력으로라도 기어코 제 품은 뜻을 결행해 놓았던들 문제는 되레 말썽이 덜할 것이라는 후회 비슷한 생각을 하였다. 그 후회는 말하자면 어찌해서 그렇게 섣불리 실패하고 말았는가—하는 즉, 자기가 취한 바 방법과 수단의 비판을 요구하는 심리이기도 하다.

그래서 여러 가지로 생각을 돌려 본 그는 결국 앞으로는 여순에게 대해서 그런 일이 전연 없었던 것같이 *염담(恬淡)히 또는 보다 친절히 굴어야 하리라고 생각하였다. 그것은 즉 앞으로 기회를 엿보고 기회를 엿보는 가운데서 서서히 그러나 보다 단단히 여순의 심리를 붙잡는 보다 좋은 예비공작이라고 생각하였기 때문이다.

그러나 그렇게 생각하면서도 위선 당장 어떻게 여순의 얼굴을 대할까 하는 거북한 생각이 나서 얼른 자리를 일지 못하고 있다가 아침 열한 시가 넘어서야 그는 아내를 시켜 현옥이를 불러다가 회사에 전화 걸어 보도록 일렀다.

"나, 몸이 좀 곤한데 회사에 전화 걸어 봐라. 무슨 급한 일이나 없는지……."

"네."

하고 현옥이가 나가서 전화를 걸어 보고 다시 들어와서 늘 하는 버릇으로 의미 없이 상글상글 웃으며,

"아무 일 없답니다."

하고 심상한 얼굴로 말할 때 사장은,

"아무 일 없어?"

하고 말을 잠시 끊었다가 재차 물었다.

염담(恬淡)히
욕심이 없고 마음이 깨끗하게.

"전화는 누가 받든?"

"저, 그, 조고만 급사애 목소리 같아요. 남자 급사 있지 않아요……."

"응, 순용이 말이지…… 왜, 여순인 안 왔대든?"

"몰라요. 안 물어 봤어요…… 첨에 전화를 거니까 한동안 암말도 없더니 조금 지나서 그 애가 나와서 받아요."

하고 현옥은 말하다가 아버지의 얼굴에서 무슨 딴 기색을 읽은 듯이,

"왜, 인제 안 온답니까."

하고 좀 성급히 물었다.

"아니…… 아마 어디로 나갔는 게지……."

혼자말 모양으로 이렇게 중얼거리며 자리에서 일어날 때 현옥이가 다시 전화 걸어 보려느냐고 묻는 것을 사장은 그만두라고 하고, 아침밥을 먹고 난 후 다시 현옥이를 불러서,

"애, 사무실을 비워서 안 될 텐데 다시 전화 걸어 봐라. 여태 여순이가 안 들어왔나…… 그리구 안 들어왔대거든 얼른 자동차를 불러라. 나가 봐야겠다."

하고 전화를 시켜 보고 여순이가 분명 안 들어온 것을 안 연후에 회사로 나갔다.

'왜 안 나올까.'

더 묻지 않아도 여순이가 회사로 나오지 않는 이유는 번연히 알려지는 것이었으나, 그는 문득 속으로 이런 생각을 해보았다. 그러며 벌써 출근해 있었으면 하는 생각도 뒤미처 일어났다.

오후가 되어도 여순이는 회사로 나오지 않았다.

출근하지 않을 의사인 것이 확실히 알려지자 사장은 차츰 일종의 불안에 사로잡히지 않을 수 없었다.

아침에 회사로 나올 때에는 당장 얼굴을 맞대기가 무엇해서 그가 출근하지 않은 것을 일변 요행으로 생각지 않은 바도 아니었으나 정작 그가 들어오지 않고 보니 들어오지 않는다는 그 한 가지 사실만으로도 무슨 커다란 위험이 되는 것 같았다.

여순이는 물론 그저 가만히 있지 않을 것이다. 그러면 지금 무슨 복수를 꾀하고 있는 것이나 아닐까.

그는 한참 이런 생각이 일어났다. 여순이가 회사로 나오지 않는 것은 두말할 것 없이 자기에게 대한 감정 때문이라고 생각되었던 것이다.

그러나 그는 또 한편,

'내 생각과 같이 그도 나와 얼굴을 대하기가 *면구해서 그러나.'

하는 생각도 해보았고 또 그 다음에는,

'내가 사과하는 뜻으로 불러들여 오기를 기다리고 있는 것일까.'

하는 생각도 해보았다.

그러나 자기가 어젯밤에 한 일을 곰곰 생각하니 그렇게 좋은 방면으로 해석되기보다, 차라리 맨첨에 생각한 복수행동 또는 시위운동으로 여순의 태도를 생각지 않을 수 없었다.

그러면 여순이는 장차 어떠한 수단 방법으로 나올 것인가…… 그는 여기 대해서 여러 가지로 생각해 보았으나 여순이가 가령 금후 자기에게 대하여 적대행동을 취한다 하더라도 어떠한 방법과 절차로써 다다라 올는지는 전연 추측을 허락지 않는 일이며 추측할 수 없는 일이니만큼 또한 동시에 불안을 크게 하는 일이었다.

여자의 체면을 생각해서라도 함부로 말을 털어 붙이지는 못하리라고 생각되지 않는 바 아니었으나 그러나 여자에게는 한편 자기의 높은 절개를 자랑하고 싶어하는 마음이 있는 동시에 자기에게 닥뜨려 온 마

면구하다
낯을 들고 대하기가 부끄럽다.

수를 몸소 물리쳐 버린 것을 남의 이목에 알리고 싶어하는 마음과 또는 그러한 사실을 저 혼자 감추어 두는 것은 어떤 경우—즉 남의 입에서 그 말이 거꾸로 역선전되는 경우에는 되레 그 자랑이 허물이 되어 여자가 행실이 부정하기 때문에 그렇게 된 것이라는 오해를 받게 되는 일이 있음을 여순이도 알고 있을 것이니 자기의 결백을 위하여 먼저 사실을 털어 놓을 지도 모르는 일이요, 만일 그렇게 된다면 사실보다도 더 보태어서 자기를 영영 매장해 버리려고 들는지도 모르는 일이라고 그는 곰곰이 생각하였다.

자기의 이번 일 같은 것은 몇 번 신문에도 보도된 일이 있고 또 일단 표면화하는 날이면 신문이나 세상의 소문은 모든 죄상을 남자에게 덮어씌워 조금도 가차없는 것을 알고 있는 터이니 어차피 말만 터지면 머리를 들고 나다닐 수 없을 것이다. 그러나 목적이나 달한 것 같으면 또 모르지만 그도 못 하고 어설피 헛물만 켜고 세상의 *타매만 받는다면 보다 더 창피한 일이 아닐 수 없다.

이렇게 생각해 온 사장은 결국 무엇보다도 여순의 감정을 눅히고 입을 재워야 할 필요에 다시금 절박하였다. 그리하여 그는 자기가 허리를 굽히어 여순의 문을 두드릴 것까지 생각하지 않을 수 없었다.

그러나 여순의 맘과 또는 그가 지금 어느 정도까지 분노해 있는지를 알지 못하고 대뜸 그렇게 하기도 어려운 일이어서 우선 순용이를 보내어 볼까 하는 생각을 하고 있는 때에 경재가 들어왔다.

경재는 사장이 별로 필요도 없는 말을 다만 자기 가슴 속의 착잡한 생각을 얼버무리기 위해서 이러니 저러니 하고 주워섬기는 것을 아무 대꾸도 없이 잠자코 있다가, 사장의 말이 끊어진 지 이슥해서야,

"어디 편찮으십니까. 기색이 몹시 좋지 못한데요."

타매(唾罵)
아주 더럽게 생각하고
경멸히 여겨 욕함.

하고 사장의 눈치를 살피었다.

"아니…… 어젯밤에 사원 위안회가 있어서 술을 좀 과히 먹었더니만…… 오늘은 좀 견디기가 어렵네그려."

하고 사장은 이어 술의 해로움을 들어 가며 중언부언하나 경재는 별로 귀를 기울이는 기색도 또는 무슨 말을 더 이어 대려는 동정도 없이 사장 탁자 앞을 이리저리 거닐고만 있었다.

경재의 그 동작과 얼굴만 해도 보통 때와는 다른 것 같고 따라서 까닭 없이 무거운 공기가 실내를 누르고 있는 것 같이 사장에게는 생각되었다.

한참 동안 침묵이 계속되었다. 그것은 사장에게도 경재에게도 무거운 기분을 던져 주는 것이었다.

그럴 판에 마침 전화가 따르르 울려 오자 사장은 곧 그것을 받아 가지고,

"응, 현옥이냐?…… 인제 괜찮다. 아, 지금 경재 집에 들러 왔어…… 경재군은 지금 여기 와 있다……."

하고 말을 끊고 경재에게로 전화기를 돌린다.

"네, 여기 와 있습니다…… 아니 어디 잠깐 볼일이 있어서 인제 곧 가봐야겠습니다…… 글쎄올시다. 거기 가봐야 알겠습니다. 그 사람만 만나면 시간이 좀 걸릴 것 같습니다…… 네, 밤에는 집에 있게 될 듯합니다…… 아니 보아서 댁에 들르지요."

경재는 전화를 끊으며 현옥에게 어디로 간다고 핑계를 했으니까 형철의 주인으로나 가볼까 하는 생각을 하다가 문득 형철에게서 부탁받은 일이 생각나서,

"참 요전에도 잠시 말씀드렸습니다만…… 공장 주임과 말씀해서서 그 사람을 공장에 넣도록 해주십시오."

하고 다시 이어서 공장 주임에게 자기가 한번 부탁한 일이 있다는 것을 말하고 또 이미 말끔 잊어버렸을 사장의 기억을 살려 주기 위하여 형철의 사람됨을 다시 소개하여 주었다.

사장은 가볍게 응하며 경재의 말을 듣고 있다가 어떻게 돼서 경재가 그런 사람, 즉 일개 직공의 자리를 구하는 사람을 알게 되었으며 겸하여 그같이 직업 주선까지 애써 주느냐 하는 말을 묻고 그 말을 물어 가는 가운데서 경재는 그런 사람과는 인연이 먼 처지에 있는 터이요, 따라서 경재의 명예를 위해서도 그런 주선은 될 수 있는 대로 삼가는 것이 마땅하다는 것을 암시한 다음,

"그러나 이번은 기왕 말이 난 거니까 공장 주임과 말하는 게 좋겠네."
하고 그리로 밀어 버리었다.

경재는, 사장이 자기의 말을 잘 알지 못하니까 그렇게 생각하는 것이라고도 생각하고 또 그는 자기를 위하는 맘으로 그렇게 말하는 것이라고도 생각하였으나 그러면서도 경재 너는 안중서라는 돈과 지위를 가진 사람의 사위니까 네 처신은 네 맘대로 해서는 안 된다. 모든 행동을 삼가고 하잘것없는 사람과 사귀어서는 안 된다…… 하는 말같이 생각되어서 적이 불쾌해졌다.

그래서 경재는 또 한참 동안 아무 말도 없이 가만히 이리저리 거닐고 있었다.

그만 그 자리를 물러나오고 싶은 생각도 있었으나 여순이와 약속한 일도 있고 또 여순에게 대한 사장의 태도—즉 여순이를 금후 어떻게 하려나 하는 궁금한 생각도 있고 해서 그것을 알아볼 기회를 가지려고 그는 불쾌한 대로 그 자리를 떠나지 않았다.

얼마를 지나서야 키 작은 급사 순용이가 사장에게 오는 편지를 들고

사장실로 들어왔다. 때는 되었다. 여순의 사직원도 응당 저 편지 속에 끼어 있으리라…… 하는 생각과 동시에 경재는 까닭 없이 가슴이 약간 뒤설레는 것을 느끼었으나 굳이 그것을 참아 가며 그 편지와 사장에게로 넌지시 시선을 보내고 있었다.

한편, 사장은 이러한 사정을 통 알지 못하니만큼 아주 예사로운 무심한 얼굴로 편지를 받아 들고 한가한 시간에서 일거리나 만난 듯이 단념히 한 장씩 읽기 시작하였다.

"뭐?"

무심히 편지를 보아 내려가던 사장의 눈이 당황히 이렇게 말하는 것을 보는 동시에, 그의 손에 쥐어진 편지가 눈익은 여순의 글씨인 것도 경재는 곧 깨달을 수 있었다.

그리고 사장이 얼른 여순의 편지를 여러 편지 속에 섞어 가지고, 탁자 서랍 속에 던져 버리는 그 당황한 기색을 읽으며 경재는 그와 반대인 일종의 안심 비슷한 승리감을 느끼었다. 동시에 어떤 악(惡)의 용자가 어느 시기에 있어서 자기의 소행을 뉘우치는 것을 보는 때와 같은 감사 비슷한 느낌도 또한 깨달았다.

그러면서도 그는 사장에게 좀 더 반성을 재촉하듯이 그에게서 시선을 떼지 않고 또 그가 혼자말 모양으로 중얼거리는 것도 못 들은 척하고 일부러 침묵을 지키었다.

반성의 시간을 좀더 길게 해주고 싶었던 것이다.

경재가 돌아간 다음, 사장은 담배를 붙여 물고 우두커니 창을 내다보며 여순의 일을 다시 생각해 보았다.

여순의 사직원은 최후 행동을 취하기 위하여서의 전제인 것 같이 사장에게는 생각되었다.

남의 은혜를 바라지 않고, 남의 구속을 받지 않을 입장에 물러서면 그 담은 자기의 태도를 선명히 또는 강경히 할 수 있는 것이니, 그리 되면 여순이는 어떻게든지 자기에게 닥뜨려 올 것이다. 회사 전체에 사장의 비행을 공개하고 더 나아가서는 사회의 여론기관에 그 사실을 호소하여 자기의 만행을 공격하게 함으로써 저 자신의 결백을 나타내려고 들 것이다.

이렇게 생각하니 아까 경재가 돌아갈 때,

"여순이가 왜 오지 않습니까."

하고 묻던 말이 마치 자기에게 대한 공격의 *제일시(第一矢)인 것 같이 생각되었다.

"아마 몸이 아픈 게지."

하고 일시를 *호도하기는 했으나 그 두 사람의 친근한 분수로 말하면 여순은 비록 노골적으로 말하지 않았다 하더라도 어떻게 자기의 소행을 경재에게 말하지 않았으리라고 보증할 수 없는 일이었다. 그래서 결국 경재의 가정과 또 자기의 가정에서까지 그것을 알게 된다면 그것은 사회의 여론보다도 더 무섭고 싫은 것이 아닐 수 없다…….

이렇게 생각해 오던 사장은 서랍 속에서 여순의 사직원을 뽑아 내어 가지고 다시 한번 처음부터 끝까지 읽어 보고는 맨 밑서랍 속에 깊이 집어넣고 탁자 머리의 초인종 단추를 눌렀다.

그러자 인차 순용이가 오줄오줄 걸어 들어왔다.

"부르셨습니까."

"얘, 이리 와…… 너, 여순이 집 알지?…… 응, 번지만 알어?…… 그러면 찾을 수 있을 거 아니냐. 너 지금 바루 게 가서 몸이 괴롭더라도 곧 좀 회사로 나오래라."

하고 이른 다음 순용이가 인사하고 돌아가는 것을 다시 불러 세우고,

"그리구 만약 오늘 못 나오겠다거던 내일은 나올 수 있겠나 물어 봐라."

하고 재차 일러주었다.

순용이를 여순에게로 보내고 나니 사장은 좀 안심되는 듯하였다. 순용이가 장차 무슨 말을 들어 가지고 올까 하는 것이 뒤숭숭하게 생각되지 않는 바 아니나 그러나 좌우간 자기의 의사만이라도 우선 전달하게 된 것은 이 경우에 있어서 한 가지 안심이 아닐 수 없었다.

순용이가 나간 후 얼마 못 되어 공장 주임이 들어왔다.

주임은 맨처음으로 지금 입원해 있는 직공 학수 일에 대해서 말을 꺼냈다. 입원한 지도 오래고 또 병도 거의 다 나아가므로 인제 퇴원시킬 것과 퇴원한다 하더라도 다시 작업해 낼 수 없으니 그만 내어보내야겠기에 지금 인사과장과 의논하고 들어오는 길이라고 말하는 것을 사장은 귀찮은 듯이,

"좋도록 하오구려."

하고 한말로 끊어 버리었으나 다시 이윽고 생각하다가,

"그런데 그건, 아직 며칠 더 기다려 보도록 하시우."

하고 아까의 말을 곧 취소하였다.

사실 사장은 이 경우에 있어서는 조그만 말썽이라도 듣고 싶지 않았던 것이다.

그리고 또 공장주임이 허리를 굽석거리며 지나치게 공손히 말하는 것도 도무지 귀찮아서 그가 요전에도 한두 번 말한 일이 있는—공장 사무실에 정님이를 여급사로 채용해 달라는 말과 공장 사정으로 보아서 그리할 필요가 있다는 말과 정님이는 순용의 누이라는 말과 사람이

아주 똑똑하고 또 중학교까지 다녔다는 말과 공장에 있었던 관계로 직공들 동정을 잘 살필 수 있다는 말과 채용하게 되면 급료를 좀 올려 주어야겠다는 것을 사장은 단말로,

"그건 주임이 보아서 좋도록 하시우."

하고 끊어 버리었다.

주임이 만족한 얼굴로 황공한 듯이 손을 비비며 나가려다가 다시 돌아서며,

"그런데 사장 영감께서 불르셔다가 친히 말씀해 주시는 게 좋을 것 같은뎁쇼. 불러 드리리까요?"

하고 너그러운 회답을 바라듯이 기다리고 있는 것을 사장은,

"천천히 보지요."

하고 역시 막아 버리었다. 여순의 주인집으로 갔던 순용이가 곧 돌아올 것을 생각하며…….

경재가 잠시 형철이를 만나 보고 여순의 주인집으로 찾아간즉 여순은 불안한 하루 사이를 지루히 기다렸던 듯이 반기는 얼굴로,

"아까 회사 급사가 왔다 갔어요."

하고 좀 급한 어조로 말한다.

"뭣이래요?"

"할 말이 있으니 몸이 괴롭더라도 회사로 좀 나와 달라구요."

"으레 그럴 테지요."

경재는 자기가 보고 생각한 바가 과히 어그러짐이 없음을, 즉 사장이 그렇게 하지 않을 수 없을 것을 생각하며,

"그래서 간다구 하셨습니까."

하고 다시 물었다.

"아니오. 오늘은 몸이 아퍼서 못 가겠다고 했어요."

"그럼 내일 나가 보시겠습니까."

"글쎄요. 어떻게 하면 좋을는지요. 우선 선생님과 이야기해 보아야 겠기에 똑똑한 대답을 하지 않았어요."

경재는 잠시 생각하다가,

"좌우간 한번 가보십시오. 나도 오늘 회사로 나가 봤는데 사장이 퍽 당황해하는 동정이더군요."

"제 사직원을 보셨어요?"

"네. 마침 내가 거기 가서 있을 때에 그것이 왔는데…… 사장이 황겁히 읽어 보더니만 그만 엉겁결에 감춰 버리는 속이 필시 수리할 상 싶지는 않더군요…… 모르면 몰라도 그 소문이 밖으로 나가는 것을 무엇보다 제일 꺼릴 거니까 섣불리 사표를 수리해서 여순씨의 감정을 좋지 못하게 하야 문제를 확대시킬 리가 있습니까. 아무리 어리석은 사람일지라도 그만한 요량은 있을 겁니다."

"그런데 왜 오라고 할까요. 회사로 나오라는 본의는 어디 있을는지요?"

"그거야 빤한 거 아닙니까—술이 취해서 실수했다는 사과와 절대 발설하지 말어 달라는 당불 테지요. 즉 이 두 가지가 말하려는 요점일 것이고 그 담은 그것을 중심 삼아 가지고 여러 가지 말을 부연해 가며 여순씨의 맘을 눅히자는 걸 테지요. 그 밖에는 딴 도리가 없으니까요."

"그러나 전 기분상 만나고 싶지 않은데요…… 비록 제게는 조그만 과실도 없다 하지만……."

"상관없습니다. 여순씨야 뭐 조금치나 뒤로 길 거 있습니까. 버젓이 맞서서 단판을 하는 게 마땅한 일이죠. 또 그리는 게 여순씨한테 유리할 거니까요. 그리구 또 사표를 수리해 버린 후에 이러니저러니 문제를 쳐들면 그것은 회사를 내보냈다는 감정으로 그렇게 한다고 되잡히게 될는지도 모르는 거니깐…… 어쨌든 사표 수리 전에 만나 보는 게 순서일 것이고 또 득책일 겁니다."

하고 경재는 여순을 보다가 여순이가 말을 꺼내기 전에 다시 말을 이었다.

"하여간 문제는 결국 여순씨 의사에 달린 거니깐 여순씨의 그 의사를 모호한 가운데 던져두기보다는 나아가서 그것을 명백히 내세우는 게 회사를 나오는 경우에 있어서도 또는 나오지 않는 경우에 있어서도 함께 필요한 일일 줄 압니다…… 요전에도 이런 의미의 말을 한 일이 있습니다만 오늘 사장을 만나 본 후로는 더욱 그렇게 생각했습니다."

"그것은 선생님한테니까 그랬을 테지요만 제게 대한 태도는 또 다를 겁니다. 선생님도 언젠가 말씀하셨지만 부유한 사람이라든가 남을 지배하는 지위에 있는 사람에게서는 약자에게 대한 동정이라든가 정의감이라든가 또는 양심이라든가 하는 것은 극히 찾기 어려운 거니까요."

"그렇지요. 물론 그렇습니다. 하니까 여순씨는 조곰도 그에게 굴하는 태도를 보일 필요가 없습니다. 그것은 어떤 경우에든지 결국은 자기를 불리한 입장에 물러서게 하는 약점이 됩니다."

이리하여 여순이도 결국은 내일쯤 출사해 보기로 하였다. 여순이 자신도 첨보다는 맘이 적지 않게 움직여짐을 깨닫지 않을 수 없었다.

경재와의 관계가 깊어 갈수록 일종의 불안한 공기가 주위로부터 은연히 밀려드는 탓도 있었고 경재에게 대한 연모가 커지는 데 따라서 그를 동정하는 맘이 커지는 까닭도 있었지만 그보다도 이 경우에 있어서는 회사를 그만두는 날이면 당장 경재의 도움으로밖에 살아갈 수 없

고 그렇게 되면 결국 경재에게 무거운 짐 하나를 더쳐 주게 된다는 것
이 회사를 그만두려는 생각에 동요를 오게 한 맨 큰 동기였다.

간섭

사장의 사과로 여순은 다시 회사로 다니게 되고 경재도 전이나 다름 없이 회사로 출입하여 겉으로는 별다른 *충절 없이 지나갔으나 이 표면상의 소강상태는 어떤 의미에 있어서는 오히려 더 이면의 불안과 갈등을 크게 하는 것이었다.

시끄러운 문제가 차츰 침식되는 데 따라서 사장의 *음특한 *흉산(胸算)은 또다시 여순에게로 움직이게 되고 일종의 압박을 느끼며 묵묵히 제 소임만 붙잡고 있는 여순은 전보다도 더 자별나게 구는 사장의 친절 속에서 까닭 모를 몸서리나는 무서움을 느끼고 있다. 그리고 이러한 공기를 누구보다도 제일 눈여겨 엿보고 있는 경재는 그러한 분위기 가운데에 여순이를 두는 고충이 있는데다가 또 한편 수다스런 현옥의 말썽까지 받지 않으면 안 될 보다 더 괴로운 입장에 서 있다.

그리하여 이러한 가운데서 경재는 차츰 전과 같은 들뜬 기분이 사라져 가는 대신 의식적으로 더욱 현옥을 멀리하고 있었다.

충절
일의 많은 가닥이나 곡절 또는 변화.

음특하다
성질이 음란하고 방탕하고 간악하다.

흉산(胸算)
속셈.

박지약행(薄志弱行)
의지가 약하여 어려운
일을 이겨내지 못함.

보지(保持)
온전히 잘 지켜 지탱해
나가다.

그는 물론 현옥이와의 약혼을 인제 아주 파담해 버리려고도 생각하지 않은 바 아니요, 또 그러면서도 얼른 과단을 내지 못하는 자기의 *박지약행을 스스로 꾸짖고 이가렵게 생각하지 않은 바도 아니나 그러나 오늘까지 그것을 해내지 못하고 다만 현옥이를 만나지 않는다는 것으로써 자기의 의지를, 그리고 여순에게 대한 순정을 *보지하려는 소극적인 태도를 지루히 끌고 나갈 뿐이었다.

오늘도 경재는 동무들 집에 찾아갔다가 석양에 집에 돌아와서 저녁밥을 먹고 인차 여순의 주인집으로 가려 하였는데 막 밥술을 놓으려고 할 때 현옥이가 찾아왔다.

현옥은 이러니저러니 말하던 끝에 결국,

"아버지는 아주 파혼해 버리는 게 좋겠다구 말씀하시며 자기도 경재 씨 아버님과 그렇게 말씀하신다구 하십니다…… 여순이와의 관계를 끊지 않는 이상 그것밖에 더 취할 길이 없지 않습니까."

하고 말하는 것을 경재는 그저 할대로 해라 하듯이 가만히 듣고만 있었다.

"좌우간 결말을 내야 할 거 아닙니까."

현옥은 이렇게 내붙이고는, 이어서 사람을 무시하느니 좌우간 대답을 해보라느니 하고 거듭 졸라 대는 것을 경재는 역시 잠자코 듣고만 있었다.

인제 아주 끊어서 말해야 하겠다는 생각이 문득 일어나기는 했으나 이미 오래도록 때를 늦춰 놓아서 그것이 한 큰 실수인 것같이도 또는 무책임한 일인 것 같이도 생각되어서 여전히 침묵을 지켰던 것이다.

그러나 다시 곰곰 생각해 보는 때 그는 이윽고 이 이상 더 끌어 나가는 것은 더욱 자기의 입장을 괴롭게 만드는 것이요 또 더욱 무책임한

일인 것 같아서,

"벌써라도 말했을 것입니다만 피차 경솔한 행동은 피하는 게 옳겠고 또 될 수 있는 대로는 자기의 의사를 충분히 비판한 후에 발표하는 것이 마땅할 것 같아서 오늘까지 미루어 왔던 것입니다. 여기 대해서는 나쁘게도 해석할 수 있겠지만 동시에 동감을 가질 수도 있으리라고 나는 믿습니다."

"네, 잘 알았습니다."

순간, 발끈 상기된 현옥의 목소리는 몹시 떨리었고 그 떨림은 뒷말을 찾지 못하도록 격렬한 흥분에 사무친 것이었다.

"그러나 오늘에 이르러서 이러한 결과를 이루었다는 것은 결코 어떤 제삼자의 개재(介在)에 의한 것이 아니라는 것을 마지막으로 말하고 싶고 또 현옥씨도 그것을 충분히 양해해 주시기 바랍니다."

"네, 좋습니다. 양해고 뭐고 할 거 없이……."

하고 현옥은 흥분으로 잠시 말을 끊었다가,

"대체 당신같이 무책임한 사람이 어디 있습니까. 여태 우물쭈물해 오다가 인제야, 경솔한 행동을 피하기 위해서 그랬다구요. 에, 비겁한 사나이. 당신은 당신의 그릇된 행동을 아름다운 문구로 수놓으려는 비겁한 사나입니다."

하고 경재를 쏘아보며,

"나도 그럴 줄 알았소. 그러나 그 비굴한 행동을 스스로 폭로할 때까지, 나는 가만히 기다리고 있었소. 그러한 비열한 말은 당신 같은 위선자의 입에서가 아니면 나올 수 없는 거니깐, 당신의 입이 열리는 것을 기다릴 수밖에 없었지요."

하고 현옥은 마침 자리를 차고 나가 버리었다.

수다스런 가을 하늘이 *고장

갤 듯이 맑아지다가도 금시 또 흐리곤 하더니

어느새 비가 되었다.

그 며칠 후…… 이야기가 중단된 채 아버지도 아들도 한참 동안 아무 말도 없다.

아버지에게도 아버지로서의 생각이 있었으나 경재에게도 경재로서의 생각이 있었다.

다만 불행히 그 생각과 생각이 서로 상치되어 용이하게 일치점을 발견할 수 없으며, 따라서 피차의 의견은 전개되면 전개될수록 반대 방향으로 멀리 달아나므로 아버지는 짐짓 말을 끊고 말없는 가운데서 경재의 반성과 복종을 재촉하며 아울러 아들을 설복할 보람 있는 말을 속으로 생각하고 있다. 괴로운 침묵이 무게를 더할 뿐…….

성긴 빗방울이 우수수 하고 마루 앞 유리창을 때린다.

"어린애 장난두 아니구 대체 그게 뭐란 말이냐."

그러나 아버지의 목소리는 의외로 약하였다.

"도무지 문제 될 거 없는 걸 가지고, 이랬다저랬다 하는 것은 쬐쬐한

고장
'금방'의 방언.

소인이나, 그렇지 않으면 요사스런 계집이 할 일이지 어디 옳은 사람이야 그럴 수 있느냐 말이다."

　그래도 경재는 가만히 듣고만 있었다. 간단하나마 이미 자기의 생각을 말하였으므로…….

　"너도 번연히 모든 사정을 잘 알지 않니."
하고 아버지는 감정을 없이한 부드러운 소리로 말을 이었다.

　"네 일도 네 일이지만…… 인제 네가 집일을 왼통 맡아 봐야 할 거고 또 내 나이 육십을 넘었으니…… 인제 자식밖에 더 믿을 사람이 있냐? 하니까 그만침 자리를 바꾸어서 생각해 보란 말이다."

　"저도 그것은 생각하고 있습니다. 그러나……."

　"그러면…… 그렇다면 말이다. 왜 이런 귀찮은 말을 거듭하게 하느냐 말이다?"

　"그러니까 인제 제 일은 제게 맡겨 주십시오."

　"맡겨 주어?"
하고 아버지는 화나는 목소리로 말하다가 적이 성미를 눌러 가지고,

　"그러면 가령 네 말대로 맡겨 둔다고 하자. 그러나 그러면 대체 어떻게 된단 말이냐."
하고 답답하다는 듯이 아들을 건너다본다.

　"뭐 어떻게 될 거 있습니까."

　"그래 기어이 그 여자(여순이)라야 한다는 말이냐."

　"그건 별문젭니다. 하여간 현옥이와는 이미 파혼하기로 했으니 다시 그걸 가지고……."

　"파혼? 그게 결국 그 말이…… 그 여자라야 한다는 말이 아니냐."

　"그렇지 않습니다. 어디 딴사람이 있다든가 또는 현옥이보다 나은

사람이 있어서 그러는 것은 아닙니다…… 요컨대 현옥이란 사람이 제게는 부적당하기 때문입니다."

"거 대체 무슨 말인지 알 수 없구나…… 그래 내가 우겨서 한 일이란 말이냐. 당초에 네 의사가 있어서 한 건데, 제가 한 일에 대해서 그렇게 책임을 지지 않아도 좋단 말이냐."

"네, 물론 모든 책임이 제게 있느니만치 제가 책임지겠습니다. 제가 한 일이니까 저로서 해결짓는 것이 옳을 줄 압니다. 그리고 기왕 파탄되고 말 일이라면 하루라도 속히 해결지어 버리는 것이 책임 있는 행동일 줄 압니다."

"그러나 그렇게 되면 내 얼굴이 어떻게 되겠나 좀 생각해 봐라."

"아버지께서 그렇게 말씀하실 만한 이유도 물론 있을 것입니다만, 저는 별로 큰 상관이 없으리라고 생각합니다. 아버지 때문에 그 자식이 세상에 서지 못한다는 법이 없는 것과 마찬가지로 자식 때문에 그 아버지가 세상에 서지 못할 것도 없으리라고 저는 생각합니다. 그리고 또……."

"아니다. 그렇잖다. 그것은 너 혼자 생각이지 어디 그러냐. 그리구 또 아버지로서도 제 생각에 있으면서도 자식 때문에 못 하는 일이 있고 또 자식도 제 생각에 하구 싶은 일이 있다 할지라도 그 부모와 조상을 생각해서 그대루 하지 못하는 경우가 얼마든지 있다. 그런 것을 헤아리지 않고 제 맘대루만 한다면, 그 허물은 비단 그 개인에 그치지 않고 나아가서 그 부모형제와 조상에게까지 미치는 것이다."

자기의 말을 스스로 지당하다고 생각하는 감격한 어조로 말하던 아버지는 말없이 듣고 있는 아들도 자기의 말에 감복되어 가는 것이라고 생각하며 무언한 가운데서 의사의 소통을 기다리듯 짐짓 말을 끊고 아들의 동정을 살피고 있다.

　"다른 일과도 달러서 *인륜대사란 일단 결연만 되면 칠거지악이 없는 이상 도저히 번복할 수 없는 거다."

하고 아버지는 여전히 스스로 감격하는 누그러운 목소리로 말을 잇는다.

　"바루 그 사람(현옥)이 정 뭣한 점이 있어서 장중에 다른 사람을 따로 어찌할 법은 있다구 하더라두…… 그리구 남자란 출입하려면 자연 이럴 수도 있고 저럴 수도 있는 거니까……."

　젊어서 외도깨나 착실히 하고, 또 그것을 별로 인도에 어그러진 일이라고 생각지 않는 아버지는 아들의 맘을 돌이켜 세우기 위하여 노골로 그런 말까지 하기를 꺼리지 않으나 경재에게는 그것이 사뭇 불쾌하였다.

　그런 것을 조금도 꺼림히 생각함이 없이 아들에게도 권하는 아버지의 심사가 심히 못마땅하게 생각되는 동시에 한 개의 여자를 버리는 것은 죄악이 아니라 하더라도 한 개의 여자를 더 얻는다는 것은 지극히 불순한 행동이라고 생각하였다.

　그러나 그런 이유를 차곡차곡 따져 말하기도 무엇하고 해서 그저,

　"아닙니다. 전 그럴 생각은 추호도 없습니다."

하고 다시 그런 문제는 건드리려 하지 않았다.

　"그러면 지금 하는 짓은 뭐란 말이냐. 아내 될 사람이 버젓이 있는데 이름 성명도 없는 따위와…… 그래 그게 장래 있는 젊은 놈이 할 일이란 말이냐."

하고 아버지는 내킨 김에 버럭 화를 내어,

　"그 여자(여순이)로 말하면 이 집에서 얻어먹던 사람이고 또 뉘 자식

인륜대사(人倫大事)
사람이 살아가면서 치르게 되는 큰 행사. 혼인이나 장례 따위.

인지도 모르는 사람이 아니냐. 뭐가 취할 게 있단 말이냐 대체……."

하고 여순이를 멸시할 조건을 더 찾지 못하는 대신 소리를 버럭 높인다.

생목
제대로 소화되지 아니하여 위에서 입으로 올라오는 음식물이나 위액. 여기서는 '울화'의 뜻.

경재도 불시에 *생목이 올라서 아버지의 말을 반박해 주고 싶은 충동이 일어났으나, 그렇게 되면 더욱 여순이를 문제의 와중에 끌어넣게 되겠으므로 일부러 한걸음 물러서서 마음을 눅혀 가지고,

"그건 전연 딴 문젭니다. 어디 그 사람 때문에 문제가 생긴 겁니까."

하고 *흐늑히 느린 목소리로 말하였다.

흐늑히
물건 따위가 느슨해진.

"그렇다면 왜 그 여자를 알게 된 후부터 죄 없는 사람(현옥)을 괜히 파혼하느니 뭐 하느니 하고 사람답지 못한 소릴 하느냐 말이다……."

"아까 다 말씀하지 않았습니까. 결국 사람과 사람의 문제니까 뜻에 맞지 않는 사람을 데려오게 되면 피차 더 불행하게 될 거 아닙니까. 조그만 체면이나 일시의 거북함을 생각해서 그런대로 지나간다면 결국 일생의 불행이 될 거니까 그러는 겁니다."

"안 된다, 안 돼. 내가 죽으면 몰라도 살아 있는 날까지는 절대로 안 된다."

하고 아버지는 *타구에 침을 탁 뱉고 홧담배를 뻑뻑 빨고 있다.

타구
가래나 침을 뱉는 그릇.

경재도 몹시 흥분되었다. 짜장 결단을 지어 버릴 최후의 말이 마치 *초자관을 오르내리는, 끓는 물방울처럼 목구멍에서 솟을 길을 찾고 있는 것을 한참 꾹 참고 있었으나 끝끝내 말은 아버지의 급소를 겨누고 튀어나왔다.

초자관
유리관.

"현옥이가 아니면 안 된다는 법도 없지 않습니까."

"그러면 인륜대사를 일시의 허튼 생각으로 망쳐 놔야 옳단 말이냐."

"지금 그렇게 해버리는 게 피차 장래를 위해서……!"

"장래? 당장 오는 일은 어떡할 테냐……."

"뭐 별거 있습니까."

"별거 없어? 네가 그래 한 살이나 두 살에 난 어린애란 말이냐."

"저, 안사장과의 사업관계라든지 또는 금전관계라든지 하는 것은 저도 압니다만 그거야……."

"인사관계란 결코 금전에만 달린 거 아니다. 사람이란 첫째 체면도 있는 거고 또 의리도 있는 거고……."

"네 그 점은 저도 생각하고 있습니다. 그러기 때문에 아버지 체면에는 조금도 관계되지 않도록 하겠습니다."

"그래 그게 될 상싶으냐. 너는 모르겠다만 내 면목으로는 다시 안씨를 볼 낯이 없다."

하고 아버지는 일단 목소리를 낮추어 가지고,

"그러니 너도 아예 그런 허튼 생각은 하지 마라."

하고 조용히 타이른다.

실상 아버지가 제일 무서워하고 걱정하는 것은 파혼이라는 그 문제보다도 파혼으로 해서 안사장과 자기의 관계에 파탄이 오게 되고 따라서 자기의 가정이 여지없이 몰락해 버릴 그것이다.

이것은 무력한 그에게 있어서 가장 두려운 사실이었더니만치 그는 마치 소금섬을 물로 끄는 것 같이 어리석은 행동을 하는 경재를 몹시 미워하고 또 그만치 꾸중과 견제를 그에게 내리지 않을 수 없었다.

그러나 아버지는 그렇게 아들을 꾸중하고 견제하면서도 여태 참말 제 속에 있는 그 말을 다 하지 못한—가려운 데에 손이 닿지 못하는 듯한 안타까움이 있어서 인제 마지막으로 터놓고 그 말을 해볼 생각을 하며 적이 성미를 눅여 가지고,

"내가 일생을 *불피풍우하고 쌓아 온 일이 모두 뉘 때문인 줄 아느

불피풍우(不避風雨)
비바람을 무릅쓰고 한 결같이 일을 함.

냐. 죽으면 내가 가지고 갈 테냐."

하고 위선 *먼장을 이렇게 떠 들어가기 시작하였다.

아버지의 말은 물론 거짓 없는 사실이요 또 그 말에는 아버지로서의 곡진한 *하정이 사무쳐 있음을 느끼었으나 별로 대답할 말도 없고 해서 경재는 가만히 듣고만 있었다.

"일생사업을 그래 너 때문에 내던져야 옳단 말이냐."

아버지는 다음으로 이렇게 말하고 또 한참 묵묵히 앉았다가 다시 말을 이었다.

"너도 번연히 집 형편을 알지 않니. 지금 뉘 때문에 살아가는 거냐. 만일 네가 파혼한다면 나도 안사장과 관계를 끊게 될 거고 안사장과 관계를 끊게 되면 회사도 그날이 마지막일 거니 그리 되면 이 집은 어떻게 되겠나 좀 깊이 생각해 봐라. 내 걱정이 곧 네 걱정이요 네 걱정이 곧 내 걱정이니 나만 홀로 걱정할 게 아니라 너도 좀 생각해 보란 말이다."

"그렇지요만 가령 안씨와 관계를 끊는다 하더라도 어떻게 딴 도리가 있을 테지요. 그런 사람을 믿고 언제까지든지 그대루 지나는 것보다는 차라리 속히 자립할 도리를 강구하는 게 외려 나을 것 같습니다."

"자립? 말은 좋다만 네 행동은 자립이 아니라 자작자멸이다. 현옥에게 대한 거든지 또 그 계집(여순)에게 대한 거든지 모다 자멸행동이 아니고 뭐냐. 나는 일생을 사업에 바쳐도 말경에 이 지경인데 그래 계집이나 가지고 즙적대면 자립이 될 줄 아냐."

하는 아버지는 어느덧 다시 흥분되어 입가의 근육을 가늘게 떨고 있다.

"저는 아직 아무 일도 한 일이 없습니다만 그렇더라도 안씨가 아니면 사업도 할 수 없고 서갈 수도 없는 그런 인간은 아니라고 생각합니다."

"거, 장히 놀랍다."

하고 아버지는 어이없는 듯이 아들을 노려보다가,

　"그러나 네 행동은 네 얼굴에 똥칠할 뿐 아니라 조상과 부모의 얼굴에까지 똥칠하는 거다. 그러니 그런 행동은 절대 용서할 수 없단 말이다."

　"저는 왜 아버지가 그렇게 반대하시는지 알 수 없습니다. 가령 현옥이가 안씨의 딸이 아니라면 도무지 이런 문제가 없을는지도 모르지요."

　"그래 부잣집 딸이래서 싫고 가난뱅이래서 좋단 말이냐."

　"누가 가난뱅이를 좋답니까. 다만 이 집에 오래 있었던 관계로 동정……."

　"거, 놀라운 주의다. 그러나 내 주의는 한 개 계집을 동정하는 데 있지 않다."

　"그러시면…… 현옥이가 아니면 안 된다는 이유도 성립될 수 없을 거 아닙니까…… 현옥이 한 사람을 특히 동정할 이유도 없지 않습니까."

하는 경재는 그만 아들로서의 계선을 넘을 만큼 감정이 날카로워졌다.

　그러자 아버지도 자제(自制)를 잃어버리었다.

　"이놈, 나를 훈계하는 거냐. 부모의 재산을 없애고 배운 게 겨우 그거냐."

　아버지는 버럭 소리를 높이고 회중시계를 꺼내어 보며,

　"나는 절대 용서할 수 없으니 네 생각대루 하려거던 어디든 네 맘대루 가버려라. 그러면 개를 데리고 가던 계집을 차고 가던 네 자유일 것이다만 나는 또 나대루 조상의 위신을 위해서 자식을 버

회중시계

릴 권리를 당당히 가지고 있다."

하고 의관을 정제하고 어디로 나가 버리었다.

뒤미처 경재도 소스라쳐 일어나 안으로 들어와서 모자를 집어 쓰고 거리로 뛰어나왔다.

경재와 여순에게 대한 간섭은 거진 동시간에 행하여졌다.

여순은 탁자를 격하여 사장과 마주 앉은 채 고개를 약간 숙이고 있었다.

향기 높은 여송연 연기가 한가로이 나선을 그리며 타오를 뿐 실내는 자못 고요하고 밖에서는 가는 빗줄이 이따금 사장실 유리창을 가볍게 때리는 소리가 난다.

"에, 그런데……."

하고 사장은 담뱃재를 떨며 말을 이었다.

"더 말할 것도 없는 일이지만 그런 사정이니까 인제부터 경재군과의 교제는 절대 피하는 게 경재군에게도 여순에게도 좋을 줄로 생각하오."

그러나 여순은 동작으로나마도 대답해 주려는 성의를 보이지 않는다.

"전부터도 대강 짐작했을는지 모르지만 나허고 경재 집허고는 끊으랴 끊을 수 없는 밀접한 관계가 있단 말요. 참말 사실인지 아닌지 또는 일시적인지 영구적인지…… 그런 것은 차치하고라도 가령 여순이가 경재에게 어떤 기대를 가지고 있다든가 그렇지 않으면 그와 반대로 여순이는 아무렇지도 않은데 경재가 홀로 여순에게 어떤 희망을 가지고 있다 하더래도 그것은 전연 실현될 가망이 없는 공상이란 말요."

사장은 먼 앞까지 질러 가며 여순의 말을 가로막으려 하였다.

그래도 여순은 역시 아무 말 없다.

"그리구 본즉 경재의 한때 호기심은 단지 자기 자신을 해할 뿐 아니라 여자인 여순에게는 보다 더 큰 타격을 줄 거란 말야. 남자인 경우에는 용서하는 허물이라도 여자인 경우에는 용서치 않는 것이 세속 인심이니까……."

하고 사장은 이윽히 여순의 눈치를 보다가 다시 말을 이었다.

"한데 여순이뿐 아니라 경재도 만일 그러한 행동을 버리지 않는다면 자연 설 곳이 없을 거고 더 나가서는 그 아버지까지도 세상에 설 수 없는 그런 경우에 이르고 말 것이니 만일 그렇게 된다면 그 가정은 아주 멸망하고 말 거란 말야. 하니까 여순이가 이러한 사정을 충분히 고려하고 지금 다행히 과단을 내리게 된다면 그것은 곧 경재를 돕는 것이 되고 더 나가서는 그 아버지와 그 집을 구하는 것이 될 거란 말야…… 여순이는 물론 내 집과 경재 집의 복잡한 관계를 샅샅이 모를 것이니까 내 말을 심상히 들을는지 모르겠소만 나는 여순이를 믿기 때문에 가사관계까지 숨김 없이 말하는 거요. 하니까 그만침 알고 경재를 위해서 또는 여순이 자신을 위해서 깨끗이 단념하고 따라서 경재도 단념시키는 게 좋을 것 같소."

그러자 여순은 비로소 입을 열었다.

"여러분이 그렇게 오해하시는 모양입니다만 사실 경재씨와 저는 아무런 관계도 없습니다. 그야말로 백지와 같습니다. 하니까 거기 대해서는 절대 안심해 주십시오."

"아니 그렇게 말할 게 아니겠지. 나도 번연히 아는 일을 그렇게 부인해 버린다면 그것은 결국 앞으로 오는 일까지를 믿지 못하게 하는 것이 아니겠소…… 가령 말이오, 과거에는 그런 일이 다소 있었으나 금후는 아주 단념하겠소…… 이렇게 말한다면 그것은 믿을 수 있겠지만 있은 일을 없다고 말한다면 그것은 말과 실지가 다르다는 것을 스스로 증명하는 것이니까 그 이외의 것도 따라서 믿지 못하게 될 거 아니우. 그렇잖소?"

"그렇게 못 믿으신다면 제게는 더 할 말이 없습니다."

하고 여순이는 마치 사장의 딱딱한 머릿속에 쇠못으로 글씨나 써주듯이 또박또박 야무진 어조로 말하였다.

"아니 나는 물론 여순이 말을 그대루 믿고 싶소. 믿고 싶을 뿐 아니라 오늘부터 꼭 그렇게 믿겠소…… 하나 내가 지금 말한 의미는 여순이가 나한테 그렇게 다짐을 두어 달라는 것보다 여순이 자신의 맘에 꼭 그렇게 맹세해 달라는 데 지나지 않소. 다시 말하면……"

하다가 전화가 따르르 울려오므로 사장은 곧 그것을 받아 들고,

"네, 네, 아 영감이시우? 네, 회사로 나오시겠어요? 오십시오. 네, 아무 일 없습니다. 마침 잘되었습니다. 네, 기다리고 있겠습니다."

하고 전화를 끊으며 이어 여순에게,

"지금 경재 어룬한테서 전화가 왔는데 그도 요새는 경재 때문에 퍽 걱정하고 있는 모양이오."

하고 여순의 눈치를 흘금 살피다가 그만 일어서려는 그를,

"잠깐 기다리시우."

하고 가볍게 제지하며 여러 가지 술책을 생각해 내는 부자연하게 엄숙한 얼굴로 또 말을 이었다.

"경재는 내가 친자식보다 더 사랑하는 터이고 또 저도 아마 제 어른버덤도 나를 더 믿을 거요…… 그런데 이렇게 어려서부터 오늘까지 귀엽게만 자라나서 가끔 *미거한 짓을 하는 일이 있으나 그러허되 워낙

미거하다
철이 없고 사리에 어둡다.

바탕이 영리해서 인차 제 잘못을 깨달을 줄 아는 사람이니까 설사 제하는 대루 가만히 내버려둔다 하더라도 불과 얼마 못 되어서 회개하고 제 본심으로 돌아올 줄은 알지만 비록 그렇다 하더라도 여순이를 위해서든지 또는 제 아내 될 사람을 위해서든지 그렇게 내버려둘 수 없단 말요."

그리고 또 한참 생각해 가지고,

"저야 남자니까 설혹 잘못이 있다 하더라도 그다지 큰 허물 될 거 없다고 생각할는지 모르겠지만 여자야 어디 그렇소. 그도 옛날 풍습으로 보면 출입하는 남자란 외도도 하는 수가 있으니깐 만약 평생 돌보아만 준대면 괜찮지만 어디 그런 사람이 만에 하나나 있소. 더욱 낫살이나 듬직히 먹은 사람과도 달라서 젊은 놈이란 왜남비같이 고작 끓다가도 금시 식어 버리는 거니까. 하하하……."

하고 너털웃음을 친다.

여순은 힘써 냉정해지려 하면서도 사장이 경재의 행동을 마치 본처 있는 사람의 일시 장난으로 돌리려 하고 따라서 자기를 외간 여자와 같이 여기는 것이 심히 불쾌해서,

"실례하겠습니다."

하고 오똑 일어섰다.

"아니 잠깐만 기다리우."

"몸이 좀 아퍼서……."

"그러면 조금 있다가 주인에 돌아가 평안히 드러눕는 게 좋겠소."

하다가 사장은 문득 이 기회에 얼마 동안 여순이를 어디 보내는 것이 경재와의 관계를 끊게 하는 데에 있어서 한 가지 방법이 되는 동시에 자기에게 좋은 기회를 주는 것이 되리라고 생각하며,

"그리지 않아도 여름내 사무에 시달렸으니까 얼마 동안 위로출장의 형식으로 온천 같은 데 가 있게 하려고 생각하는 중이오."

하고 말할 때에 경재의 아버지가 들어왔다.

"오십니까, 이리 앉으십시오."

하고 사장이 의자를 권하는 것을,

"네."

하고 경재 아버지는 의자에 걸치기 전에,

"여순이 거기 좀 앉으우."

하고 여순에게 앉기를 권하였다.

여순이는 여전히 불쾌한 생각이 있으면서도 경재의 아버지는 어쩐지 사장과는 다르게 생각되어서, 즉 경재를 통하여 막연하나마 무슨 연줄이 둘 사이에 서리어 있는 것 같아서 훌쩍 물러나올 수도 없고 또 그 앞에 조심 없이 걸쳐 앉기도 무엇해서 그대로 서 있었다.

"전에도 사장영감한테서 들은 바가 있고 또 내가 보는 바도 있는데 여순이만은 물론 그런 일이 없으리라고 나는 믿소. *일언이폐지하면 모두 그놈(경재)의 죄가 아니겠소."

일언이폐지(一言以蔽之) 한 마디로 그 전체의 뜻을 다 말함.

하고 경재의 아버지는 다시,

"지금 그놈을 불러서 책망했더니 인제부터는 그런 일 없도록 하겠다고 하고…… 또 가령 그놈이야 그렇다고 치더라도 첫째 여순이가 저로서 제 몸 망칠 일을 해서 되겠소. 자수안맹도 분수가 있지."

하는 것을 사장이 가로채다가,

"아닙니다. 그 일에 대해서는 여순이도 아주 단단히 맹세했습니다. 절대 안심하십시오."

하고 제 맘대로 여순의 머리에 백기(白旗)를 꽂으려 들었다.

"거 갸륵한 일이오. 물론 그래야 하는 거요. 내 집 형편이며 그놈의 사정을 여순이도 번연히 잘 아는 터이고 또 사장 영감이 특별히 총애해 주시는 터이니까 다시 두말없도록 하는 게 좋겠소."

"여순의 생각은 인제 잘 알았으니 금후 여순의 일이고 또 그 가정까지라도 내가 책임지고 보아줄 작정입니다…… 그리구 몸도 불편하다니까 요사이 곧 위로 출장을 보내겠습니다. 하하하…… 영감 생각은 어떠시우."

"네, 그거 좋겠습니다."

사장의 진속을 죄다 들여다보지 못하는 경재의 아버지가 다만 경재와 여순이를 멀리하는 데 있어서 그것이 좋은 방법이 되리라 생각하며 못내 찬성을 표하고 있을 때 여순은 그만 극도로 불쾌해져서 인사도 안 하고 제 자리에 돌아와 버렸다.

기로

사장과 경재의 아버지가 함께 나가 버린 후, 여순은 제자리에 혼자 앉아서 다시 사장이 하던 말을 생각해 보았다.

바로 엊그제 그러한 추태를 저질러 놓고도 마음에 아무런 자책을 받음이 없이 뻔뻔스레 자기에게 훈계를 내리던 사장의 검은 뱃속이 말할 수 없이 더럽고 야비하게 생각되었다.

그날 밤 이후 사장은 자기의 명예를 위해서 허리를 굽히다시피 하여 가며 여순이를 다시 회사로 들어오게 하였다. 그러던 것이 그 대목을 넘어선 지 불과 몇 날이 안 되는 오늘에 와서는 벌써 그런 것을 말끔 잊어버린 듯이 사장의 태도는 다시 *후안무치하게 되어 버렸다.

후안무치(厚顔無恥)
뻔뻔스러워 부끄러움이 없음.

여순이를 그 검은 손아귀에 넣으려던 그 만행보다도 그러한 만행을 불과 며칠 사이에 잊어버린 듯이 태연한 그 태도와, 또는 응당 그 가슴 한 구석에 아직도 선함이 없이 남아 있을 야욕을 감추어 가지고 남을 감히 훈계하려고 드는 그 철면피 같은 태도가 더욱 몹시 밉게 생각되었다.

그는 그 당시에 자기가 좀더 자기의 태도를 강경히 또는 선명히 하지 못하였던 것을 후회하였다. 사장이 조그만 자기의 몸 앞에서 그 웅장한 몸뚱어리를 가지고 어쩔 바를 모르듯이 쩔쩔매고 돌아가며 이마를 땅에 쪼아 사죄하도록 *맵짜게 굴어 주지 못한 것이 스스로 한스럽게 생각되었다.

그리고 지난번 그 당시에 단연 회사를 그만두었어야 하는 것이었는데 그 시기를 늦추어 놓아서 결국 자기의 태도를 미적지근하게 만들어 놓고 말았으니 지금 회사를 그만둔다 하더라도 사장에게 대해서 큰 찌름이 될 수 없는 거고 또 자기의 태도도 그다지 의젓한 것이 되지 못할 것이라고도 그는 생각하였다.

그때에 경재는 회사를 그만두는 데 대하여 단호한 태도를 취하게 하지 않고 그저 두고 보자는 어름어름한 태도로 자기가 다시 회사로 나가기를 바랐었고 그 때문에 자기도 다시 회사로 나갔었다.

이런 일을 생각하니 적이 맘이 쑤시어나지 않을 수 없었다. 지금 와서 보니 결국 사장에게 깨끗이 속아 넘어간 것이나 일반이었다. 아니 사장에게뿐 아니라 한 개의 약한 인간은 늘 세상에 속아서 세상의 험한 물결에 밀려만 지나가는 것 같았다.

이렇게 생각하니 한편 세상이 몹시 미워났다. 그러나 그것보다도 우유부단한 자기 자신이 더한층 밉게 생각되었다.

자기는 너무도 의지가 약한 사람인 것 같았다. 좀더 힘과 의지의 인간이 되지 못한 것이 한없이 *토심스레 생각되었다.

경재도 경재지만 그보다도 첫째 자기 자신의 철저치 못함이 무엇보다 이가렵게 생각되었다.

맵짜다
성질 따위가 야무지고
옹골차다.

토심스럽다
남이 좋지 아니한 태도
로 대하여 불쾌하고 아
니꼬운 느낌이 있다.

회사를 그만둔다 하더라도 살아갈 수는 있을 것이다. 그 당시에 단호한 태도를 취해서 사장을 여지없이 응징하고 깨끗이 물러서 버렸더면 자기에게는 한 가지 굳은 의지가 왔을 것이요, 또 보다 나은 처지가 열려 왔을지도 모르는 것이다.

자기의 뜻을 살리기 위해서는 순경보다도 도리어 역경이 나을 것인데 자기는 자기의 뜻을 달아 볼 그러한 시련의 시기를 그만 싱겁게 내던지고 말았다. 그것은 두말할 것 없이 자기의 패배일 수밖에 없는 것이다.

회사를 나옴으로 해서 더욱 곤경에 이른다 하더라도 그러한 곤경에 서서 의젓이 자기의 앞길을 헤치는 것이 얼마나 사람다우랴.

그렇다면—과연 마땅히 사람은 그래야 할 것이라면 구태여 자기 이외의 다른 사람의 말에 끌릴 것이 없을 것이다. 자기의 몸은 무엇보다도 첫째 자기의 것이니까 자기의 뜻대로 나가는 것이 의당할 것이다.

제 몸을 스스로 붙들어 감이 없이 세상을 살아간다는 것은 온통 거짓말이요, 사랑한다는 것도 부질없는 일일 것이다.

이렇게 생각하니 자기도 경재도 모두 너무나 약한 사람인 것 같았다. 인제부터는 좀 더 힘과 의지로 살아가 보고 싶었다.

그리하여 그 자리로 하여금 자기의 뜻을 시험할 첫 장소를 만들려고 생각한 그는 사장이 돌아오는 대로 자기의 뜻을 말하고 그 자리에서 회사를 그만둘 생각이 있으나 사장은 늦도록 돌아오지 않았다.

그는 다섯 시가 넘어서야 위력 있는 손가락으로 문을 밀고 사무실을 나섰다.

여순은 고개를 숙이고 말없이 걸어나오다가 회사 정문에 다다라서 무의식하게 뒤를 흘금 돌아다보았다. 순간,

'회사도 오늘이 마지막이다!'

하는 시원한 생각과 동시에 무언지 모를 서글픈 생각이 뒤섞여 왔다.

그러며 또 한참 걸어오는 사이에 그는,

'회사를 그만두면 어디로 갈까.'

하는 생각을 하였다.

그 다음 순간 그는 언뜻 고향을 생각하였다. 그 생각은 뜻하지 않고 삽시에 온 것이나 그것은 그 어느 생각보다도 이 순간에 있어서는 가냘프게 그 가슴에 매어달려 떨어지지 않았다.

마치 이때까지 지나온 일이 물 위에 뜬 거품같이 바람에 불려 가고 그 물 밑을 흐르는 줄기찬 흐름의 소리가 들려 오는 것같이 고향의 정조(情調)가 소리 높이 귀밑에 살아오는 것이었다. 다시 말하면 그것은 표면의 어지러움이 사라짐으로 해서 밑바닥의 맑음이 똑똑히 살아오는 것 같은 그러한 것이었고 티끌 세상을 잊어버림으로 해서 맘에 선경이 찾아오는 것 같은 그러한 것이었다.

그날 밤 그는 오래간만에 준식을 찾아갔다.

아무려나 회사를 그만두지 않으면 안 될 경우에 이르고 보매, 한동안 깜박 잊어버렸던 고향이 새삼스레 생각에 떠오고 동시에 고향을 같이 떠나 온 오직 하나인 옛 동무 준식이가 또한 애틋이 그의 맘을 붙들었던 것이다.

그는 준식을 찾아가는 동안 여러 가지 생각을 하였다.

가령 고향으로 간다고 하더라도 경재와의 관계를 끊어 버리게 되리라고는 생각지 않았다.

차라리 깊이 파고들어가 보면 고향으로 돌아가려는 생각은 실상 경재와의 관계를 좀더 안온한 가운데 살려 보려는 잠재의식에서 오는 것일지도 모른다.

　경재는 일찍 농촌으로 가자고 말한 일이 있고 농촌생활의 순박함을 부러워한 일이 있다. 따라서 자기도 농촌 사람들과 같이 흙과 물과 나무와 풀 가운데에 묻혀서 살고 싶다고 말한 일이 있다.

　그렇다고 해서 반드시 자기가 앞서서 경재를 농촌으로 끌어가고 싶지는 않았으나 그러나 경재가 자기를 따라오는 경우에는 결코 그를 잊으려고 하지 않았다. 잊으려고 하지 않을 뿐 아니라 속으로는 경재가 따라와 주기를 은근히 바라는 맘이었다. 그는 오늘 밤 준식을 찾아가

서 경재와 자기와의 관계를 어느 정도까지 그에게 고백하고 겸하여 될
수 있으면 경재와 같이 고향으로라도 돌아가 보고 싶다는 의사를 실토
하려 하였다.

　자기가 고향으로 돌아가는 때 경재가 역시 자기와 거취를 같이 할는
지는 아직 의문이나 그것이 의문일수록 자기가 자기의 뜻을 실행해 보
는 것은 경재가 거기 공명하는가 안 하는가를 시험해 보는 좋은 계기

가 되리라고 그는 생각하였다.

경재가 일찍 농촌으로 가자고 해놓고 이런 경우에 이르러 자기와 뜻을 같이하여 주지 않는다면 그것은, 즉 자기에게 대한 이해와 사랑이 부족한 때문일 것이니 과연 그렇다면 그와의 앞날에 높은 기대를 붙이기도 어려운 일일 것이다.

그러나 지금까지 보아 온 바로는 경재는 결코 못 믿을 만한 사람은 아니었고 또 자기의 뜻을 전연 돌보아 주지 않을 만한 사람도 아니었다. 물론 자기가 고향으로 돌아가는 때에는 그도 같이 가려고 할 것이요, 가서는 무슨 일이든지, 가령 농사짓는 일이라 하더라도 해낼 만한 사람이라고 그는 생각하였다.

이렇게 생각하니 원한으로 떠나 온 고향이나마 한없이 정답게 또는 아름답게 눈에 선히 떠왔다. 곰곰 생각해 보면 비록 고향일지라도 자기를 반겨 맞아 줄 한 떼기 땅과 한 개의 인간도 없는 것이었으나 그렇건만 고향은 더할 수 없는 유혹을 가지고 그런 생각을 무찔러 버리게 하였다.

고향으로 가면 무슨 길한 소식과 반가운 일이 찾아올 것만 같았다. 무슨 벌이든지 생길 테지. 무슨 일이든지 해서 살아갈 수 있겠지…… 하는 생각이 그 어느 생각보다도 그 어떤 불안보다도 힘차게 머리를 쳐드는 것이었다—우리들보다도 더 할 길 없고 더 무지한 사람들도 살아간다. 아니 차라리 그런 사람들은 향락을 모르니만큼 고통을 또한 알지 못한다. 그것은 어느 점으로 보면 밤이나 낮이나 신경을 날카로이 해가지고 있는 도회 사람들보다 훨씬 행복할는지 모르는 것이다.

그리고 보니 고향같이 그리운 곳은 없었다.

여순은 준식이와 마주앉아서 말하는 사이에 아까 그를 찾아오면서 혼자 그리던 생각이 연신 움직여짐을 깨달았다. 동시에 그와 자기의 거리가 옮기는 체 없이 어느새 무척 벌어진 것을 또한 깨달았다.

경재와의 관계를 실토하려던 생각도 그만 사라지고 말았다.

그와 여순의 사이는 감정상으로는 그렇지 않았지만 겉으로는 오늘까지 전연 백지다. 한 마디 말과 한 가지 암시로써 대뜸 맘과 맘의 흐름이 합치될 만한 경우도 지나왔으나 행인지 불행인지 두 사람은 그러한 경우를 공교히 *배돌아만 왔다. 그러므로 그들의 사이는 말하자면 일순에 사랑의 보금자리에까지 나아갈 만한 것이면서도 마침내 그리 해내지 못한 은혜 받지 못한 사이였다. 자칫하면 두 젊은 맘의 자취가 깨알같이 나타날 만한 백지 아닌 백지와도 같은 사이기도 하였다. 한 번 더 쉽게 바꾸어 말하면 그들의 사이는 말할 수 없이 가까우면서도 또한 말할 수 없이 먼 것이었다.

그리하여 끝끝내 여순은 경재에게로 가고 말았으나 그렇게 된 오늘에 와서는 그 누구에게보다도 준식에게만은 그 사실을 고백하지 않으면 안 되리라고 여순은 생각하였다.

준식에게 대한 믿는 맘과 순결한 심정으로 보아서 언제까지든지 자기의 행동을 어둠에 감추어 둔다는 것은 준식을 위해서도 자기를 위해서도 아름답지 못할 뿐 아니라 경재에게 대해서도 좋지 못한 일이라고 생각하였기 때문이다.

그래서 준식에게 고백하려고 하였던 것이나 막상 준식을 만나고 보니 어쩐지 그렇게 되지 않았다.

그는 현재의 괴로운 생각과 착잡한 심경을 힘써 눌러 가며 될 수 있는 대로 태연히 말을 주고받았다.

준식이도 역시 그러한 태도였다. 그는 여순이가 회사를 그만두고 시

배돌다
한데 어울리지 아니하고 조금 동떨어져 행동하다.

골로 가겠다는 말을 할 때 그 이유를 물었으나 그 대답이 아무래도 분명치가 않아서 어느 말끝을 잡아 가지고 재차,

"무엇 때문입니까?"

하고 그 까닭을 물었다.

연재 당시의 삽화

"글쎄 별건 없어두…… 첫째 맘에 맞지 않아서 더 있을 수 없어요."

"사장 말씀입니까?"

"네, 사장도 그렇고……."

"글쎄 그렇더라두 갑자기 그만두고 시굴 간댔자 뭐 별수 있습니까. 번연히 다 내다뵈는 사정이지만 서울보다도 시굴은 외려 더 못살걸요. 오춘이 있대야 남보다도 못한 터이고……."

"글쎄 그건 그렇지만, 그렇다고 서울 있었대야 뭐 별수 있습니까. 다른 데 직업을 구할 수도 없고 또 그렇다고 그저 빈둥빈둥 놀고만 있을 수도 없으니까 시굴이라두 가자는 거지요."

"아니 글쎄 그러니까 말입니다. 다른 데 직업을 구할 생각이고 또 시굴 가서도 놀구 있을 처지가 못 된다면 기왕이니 회사에 눌러 있는 게 낫지 않겠소. 무슨 사정인지 똑똑히는 몰라두 별로 만부득이한 사정이 아니라면 좀 더 있어 보는 게 좋겠지요."

"가령 더 있는다 하더라도 사무실에는 있기 싫어요. 차라리 공장에나 있게 된다면 또 모르지만……."

"말이 쉽지, 공장이란 그렇게 쉬운 게 아닙니다. 생각과는 아주 딴판이에요. 사무실 일이 고되다면 우리 일 같은 건 엄두도 내지 마오. 하하하."

준식은 별 생각 없이 그저 간격을 두지 않는 흐림 없는 기분으로 이

렇게 말하고 이렇게 웃었으나 여순에게는 그것이 다소간 불쾌하였다.

준식이가 자기와의 거리를 의식적으로 멀리 만들려는 것같이도 또는,

"너는 의지가 약해서 힘든 일에는 부적당하다."

하는 것같이 들렸던 것이다.

그래서 그는,

"그러니까 시굴 가자는 게 아니에요. 저 같은 거야 산골에나 들어가서 흙이라두 파먹는 게 마땅하지요. 그렇잖어요? 호호호……."

하고 힘써 맑은 웃음을 지으나 그 웃음 속에는 '나도 남과 같이 무슨일이든지 하려면 할 수 있다' 하는 자존심이 숨어 있었다.

두말할 것 없이 그것은 준식에게 대한 의지(意志)의 말이었고 웃음이었으나 준식은 물론 그까지는 *기찰하지 못하였다. 또 그는 결코 여순이와 자기를 능력과 의지로써 차별지으려고 한 것도 아니나 여순은 제김에 더욱 불쾌해져서 몇 마디 지나가는 말을 하고는 인차 자리를 일어나 버렸다.

여순은 주인으로 돌아오는 동안 여러 가지 생각을 하였다.

아까 준식을 찾아갈 때에는 그를 만남으로 해서 현재의 괴로운 심정에 다소의 위안이나마 얻을 것 같이 생각되었으나 정작 만나고 보니 그도 역시 예사로운 남인 것 같았다.

괴롬이 깊은 자기의 마음에 비하면 준식의 말은 너무나 가볍고 맑고 담담한 것 같았다. 그러한 심경의 차이는 그렇게 친근하던 두 사람을 마치 볕과 그늘같이 다르게 보이도록 하였다.

그래서 이야기를 하다가 결국 그도 믿을 사람이 못 되는구나 하는 생각과 더 나아가서 세상에는 하나도 믿을 사람이 없구나 하는 생각이

기찰하다
행동 따위를 넌지시 살피다.

기로 299

나서 그만 자리를 일어나고 말았던 것이다.

거리는 어두웠다. 이따금 가등(街燈)이 있기는 하나 이날 밤은 유난히 이 거리가 어두운 것 같았다.

그는 어둠에 덮인 숨막히는 듯한 가운데를 그러나 가없이 넓은 것 같은 가운데를 오직 홀로 걷는 듯함을 문득 느끼었다.

그러며 어느덧 다시 경재를 생각하였다. 경재의 맘만은 전이나 조금도 다름이 없는 것을 그는 잘 알고 있다. 어떠한 일이 있다 하더라도 경재는 자기를 떠나지 않으려는 것이 사실이다.

'그러나 과연 끝까지 그리 해낼 수 있을까.'

그는 이렇게 제 맘에 반문해 보았다―경재가 그 가정 형편이나 또는 안사장이나 회사와의 관계를 그렇게 대담히 또는 끝까지 일소에 부쳐 버릴 수 있을까. 나를 떠나지 않으려는 생각이 주위의 절박한 사정에 사로잡히어 버리지 않을까.

물론 뜻없는 여자―현옥이겠든지 또는 다른 여자겠든지―와 일생을 같이하는 괴롬도 클 것이다. 그러나 생활상의 곤궁이나 주위의 박해도 결코 그 괴롬만 못하지 않을 것이다. 아닌 게 아니라 그러지 않아도 형세는 이미 나에게도 그에게도 불리하게 되어 있으니, 그는 과연 이러한 난관을 헤치고 나갈 결심이 있을까. 그리고 설사 그러한 결심이 있다 하더라도 불행과 고난이 꼬리를 물고 일어나는 경우에 있어서 늘 이 심경의 변화를 일으킴이 없이 한길을―괴롬 많은 그 길을 걸어갈 끈기가 있을까.

지금과 같이 나간다면 경재의 아버지도 결국 회사와의 관계를 끊게 될 것이다. 따라서 없는 사람으로서 반드시 받지 않으면 안 되는 고난 속으로 그의 한 집은 떨어지고 말 것이다.

가령 그의 집은 차치한다 하더라도 경재 개인이 그 누구보다도 맨 첨으로 그러한 경우에 빠질 것은 거진 태양을 보는 것 같이 명백한 사실이다.

나 자신은 물론 어떠한 고초라도 같이 할 자신이 있다. 우리들보다 훨씬 괴롭고 난처한 처지에 있는 사람들도 인생을 폐업하지 않거든 사람이 설마 죽기야 하랴.

그러나 탄탄한 길을 걸어온 경재—말 한 마디 사과하고 허리 한 번 굽히면 옛날의 그 생활로 돌아가서 살진 창고의 혜택을 입게 될 경재가 과연 언제까지든지 *영락(零落)한 헐궂은 몸을 이끌고 태연히 밝은 세상을 어둡게 괴롭게 살아갈 수 있을까.

영락
세력이나 살림이 줄어들어 보잘 것 없이 됨.

그것은 지금에 앉아서 경경히 보증하기 어려운 일이나 가령 백보를 물러와서 경재에게 그러한 결심과 끈기가 있다 하더라도 나로서는 사랑하는 사람을 괴롬과 비방과 박해 속에 파묻히게 하고 싶지는 않다. 모든 고뇌를 내 한 몸에 걸머지고 영영 자취를 감추어 버리면 경재는 보다 평온한 생활을 하게 되는지도 모르는 것이다.

그리고 사랑은 결코 인생의 전부가 아니니까, 사랑을 얻는 것이 인생의 전부를 얻는 것이 아닌 동시에 그것을 잃는 것이 또한 인생의 전부를 잃는 것이 아닌즉, 내가 그를 떠나고 그가 나를 잃는 것은 거룩한 인생이라는 견지에서 보아서 혹은 오히려 참된 길을 찾는 한 기회가 되는지도 모르는 것이다.

더욱이 주위의 사정과 세속의 박해 때문에 피차 갈리지 않으면 안되는 것이니까, 여기 대하여 반발을 가지는 동시에 악착히 힘있는 삶을 찾아 새 길을 연다면 오늘의 불행은 곧 내일의 행복이 되는지도 모르는 것이다.

그러나 이렇게 생각하면서도 그는 생각한 바를 대뜸 실행해 볼 용기까지는 나지 않았다.

몹시 실의(失意)한 사람같이 그는 맥없는 발길을 거진 본능적으로 옮겨 놀 뿐⋯⋯.

'왔다 가우. 내일 밤에 오겠소.'

주인에 돌아와 보니 책상 위에 이렇게 갈겨쓴 글발이 놓여 있다. 어김없는 경재의 필적이다.

여순은 다시 한번 그 쪽지를 읽어 보며 좀더 일찍 돌아왔을걸⋯⋯ 하는 생각을 하였다. 그러자 아까 길에서 하던 생각은 가는 체 없이 사라져 가고 그 대신 경재에게 대한 애착이 조금씩조금씩 되살아왔다.

그는 얼핏 팔목시계를 보며 곧 다시 주인집을 나섰다.

경재가 바로 그 근방을 거닐고 있는 것만 같아서 희미한 어둠 속을 이리저리 두리번거려 보았으나 그는 보이지 않았다.

보이지 않느니만큼 맘은 더 조여났다. 금시 뒤에서 '요—여순이!' 하고 어깨를 가볍게 때릴 것 같기도 하고 저편의 전등불이 지금 바로 경재가 지나가는 것을 보았다는 듯이 깜박깜박 발길을 호리는 것 같기도 해서 그는 한참 동안 자기를 잊고 걸어갔으나 경재는 마침내 보이지 않았다.

그리하여 다시 주인으로 돌아온 그는 경재가 써놓고 간 쪽지를 단정히 책상 위에 내려놓고 우두커니 고개를 숙인 채 책상 앞에 꿇어앉아서 힘써 아무 생각도 하지 않으려 하였다.

그러나 뜻과는 딴판으로 무슨 생각인지도 알 수 없는 번거로운 생각이 다사스레 꼬리를 물고 맴을 돌았다.

그는 무거운 머리를 탁 쏟아 버리듯이 두 팔을 베개로 하고 책상 위에 엎드렸다. 그래도 생각은 여전히 멎을 줄을 몰랐다.

얼마 후에 그는 이불을 막 쓰고 자리에 드러누웠다.

그래도 오고 가는 갖갖은 공상은 끊이지 않았다. 책상에 엎드렸을 동안은 그래도 다소 곤기가 오는 듯하였는데 자리에 눕고 보니 되레 정신이 마록마록해졌다.

그는 하나부터 열까지 몇 번이든 거푸 세어 보았다. 그래도 잠은 오지 않았다. 그래서 다음에는 향기 높은 향수 한 방울이 어디로부터 머리 위에 떨어져 와서 머리로부터 발끝까지 죽 퍼져 가는 것을 생각하였다. 전에는 그렇게 생각하면 그 퍼지는 체 없이 퍼져 가는 향수에 닮아 오는 체 없이 잠이 왔었으나 이날 밤은 어쩐지 그렇게 되지 않았다.

그리하여 그는 결국 생각이란 생각은 올 대로 죄다 오너라…… 하듯이 아무 생각이나 함부로 막 해대었다. 기껏 생각하노라면 생각에 지쳐서 잠이 오고야 말리라고 생각했던 것이다. 그러나 여전히 잠은 오지 않았다.

그는 책을 펴서 바로 눈앞에 놓았다. 워낙 읽고 싶지도 않았으나 억지로 읽어내려 가노라면 단 두서너 줄도 못 가서 무엇을 읽었는지 전후의 연락이 끊어져 버리고 지렁이같이 꿈틀거리기도 하고 글자가 제각기 제멋대로 춤추기도 한다.

그는 다시 이불을 뒤집어썼다. 이불 속은 어두웠으나, 불빛에서보다도 생각은 더 똑똑히 떠왔다. 경재의 우울한 얼굴이 눈에 선해진다. 그리고 그보다 더한층 우울한 자기의 얼굴이 마치 다른 사람을 바라보듯이 뚜렷이 제 눈에 비쳐 온다. 그는 문득 자기의 머리에서 경재의 그림자를, 그리고 사랑이라는 생각을 *오리가리 뽑아 버렸으면…… 하는 생각을 하였다. 그러면 금시 하늘이라도 훨훨 날듯이 몸과 맘이 함께

오리가리
여러 가닥의 오리나 갈래로 갈라지거나 째진 모양.

가벼워질 것 같았다.

그러나 그것은 될 수 없는 일이었다. 이리 궁글고 저리 궁글어 보아도 여전히 몸과 맘은 괴로울 뿐이었다.

'대체 무엇이 사람을 이렇게 괴롭힐까.'

번연히 잘 아는 일이건만 그는 몇 번이든 이렇게 제 맘에 물었다. 물어 보아야 시원한 대답이 나올 리는 없었다. 갑갑한 일이었다.

그는 가까스로 마음을 가라앉혀 가지고 한참 실히 제 몸을 돌이켜보았다. 그러나 암만 돌아보아야 이제 새삼스레 제 몸을 어찌해 낼 도리는 없는 듯하였다. 그는 너무도 지나치게 경재에게 던져 버린 제 몸을 스스로 피나도록 채질해 주고도 싶었고 까무러치도록 실컷 울어 주고도 싶었다.

'나를 이렇게 괴롭게 만든 장본인은 결국 나 자신이 아닌가. 제 손으로 이 일을 저지르다니…… 기름을 지고 불로 들어가는 셈이지!'

그는 속으로 이렇게 생각하다가 마침내 소스라쳐 일어났다.

그러나 가슴이 울렁거리고 눈이 팽 돌아가서 한참 가만히 앉아서 그것을 진정시키고 있었다.

밤은 몹시 고요해졌다.

괴테(J.W. Goethe, 1749~1832)
독일의 시인, 극작가. 독일 고전주의의 대표자로서 세계적인 문학자이며, 작품으로 『젊은 베르테르의 슬픔』, 『파우스트』 등이 있다.

얼마 후에 여순은 편지지를 펴놓고 철필을 들었다. 입으로 외울 수 없는 곡진한 심사를 종이에 옮겨서 경재에게 던져 볼까 하는 것이었다. 그러나 무엇을 쓰랴. 종이에 다다르니 아무것도 쓸 소리가 없는 것 같았다.

그리하여 그는 편지지와 철필을 책상 위에 가지런히 놓고 그 곁에 한참 엎드렸다. 그러다가 문득 생각이 나서 그는 책장 속에서 *괴테의 『파우스트』를 끄집어내었다. 얼마 전에 그것을 읽을 때에는 의미가 잘 통하지 않아서 읽는 둥 마는 둥해 버렸는데 그러면서도 지금 새삼스레 맘에 맺히는 데가 있어서 꺼냈던 것이다.

그는 책장을 들추어 그곳을—동굴 속에서의 파우스트의 독백을 펴 놓았다.

손쉽게 말하면 때로는 스스로 속이는 쾌감을
맛보는 것도 무방할 것입니다.
그러나 길이는 참을 수 없을 것이오.
벌써 퍽이나 피곤해 보입니다.
이것이 오래 계속되면 들떠서 미쳐나든가,
음울히 겁쟁이가 되어 버릴 것이오.

다시 읽어 보아야 역시 모호한 소리요 막연한 소리 같으나 '스스로 속이는 쾌감'이라는 것이 어쩐지 지금의 자기를 도와 주는 말인 것 같았다. 그리고 '들떠서 미쳐나든가, 음울히 겁쟁이가 되어서……'라고 한 데가 무언지 모르게 지금의 제 몸을 두고 이른 말인 것 같았다.

그는 다시 펜을 들어 무심코 그 구절에 선을 긋다가 말고 편지지로 펜을 옮겼다. 그러나 얼마를 써가지고 읽어 보는 때 그는 문득 실망을 느꼈다. 그것은 경재에게 대한 자기의 심정의 한 끝을 적은 것이었으나 실상 종이에 실어 놓고 읽어 보니 너무도 평범한 것 같고 너무도 * 열정(劣情)적인 것 같았다.

그래서 쓰다가 말고 파우스트의 그 구절을 그대로 옮겨 써가지고 몇 번 거푸 읽어 보았다. 그러나 몇 번 읽어 보니 그것도 그다지 탐탁할 것이 없는 것 같았다.

열정(劣情)
못나고 천한 마음.

남의 글이라는 것이 첫째 맘에 들지 않았다.

그는 어찌하든지 자기의 생각을 자기의 손으로 그대로 적어 볼까 하였다.

참말 인간이란 생각하는 동물이라면 제가 맘대로 바를 그대로 적지 못할 까닭이 있으랴…… 하는 생각으로 다시 펜을 달려 보았다. 그러나 역시 맘싸게 되지 않았다.

그는 결국 자기의 생각을 너무 힘들게 생각해서 그러는 것이나 아닌가 하고 훨씬 평범히 그러나 대담히 써보는 게 좋겠다고 생각하며 한참 머리를 식혀 가지고 우선,

"선생님……."

하고 서두를 떼었다.

그러나 이 짤막한 구절을 몇 번 읽어 보니까 그것은 지금의 무르익은 심경을 말하는 데에는 너무나 거리가 먼 것 같고 너무나 불만한 칭호인 것 같아서 그만 지워 버리고 다시,

"경재씨……."

하고 서두를 바꾸어 썼다. 그리고는 이어서 가까스로 몇 자씩 적다가는 지우고 지우고는 또 썼다. 쓰고 지우고 한 곳이 *어루숭어루숭하게 보이는 것이 자기의 복잡한 심경을 말해 주는 것 같아서 그는 맘이 좀 내켜지며 지금까지 쓴 곳을 입 속으로 낮게 읽어 보았다.

어루숭어루숭
줄이나 점이 어지럽고 화려하게 무늬를 이루고 있는 모양.

"경재씨! 나는 당신을……."

하고 소리를 높여 다시 한 번 읽어 볼 때 그는 '당신을……' 하는 데에서 이상히 친숙한 느낌을 받았다.

아니 친숙하다느니보다 차라리 울 듯 울 듯한 애상(哀傷)을 느끼었다.

그러나 그것은 끝끝내 한 장의 편지가 되지 못하고 말았다.

그는 펜을 던지고 우두커니 앉아서 창을 내다보다가 무심코 다시 책상에 시선을 떨궜다. 자기가 써놓은 쓰다 만 편지와 경재가 써놓고 간 글발이 가지런히 놓여 있다.

밤은 무섭게 고요하다.

새로 두 시를 치는 먼—괘종 소리가 아슴푸레 들려 온다. 그것이 더 한층 적막을 무겁게 하였다.

제가 쓰다 만 편지와 경재가 써놓고 간 그것을 한참 멍하니 내려다 보는 그는 불현듯 알 수 없는 설움이 북받쳐 와서 그만 책상에 쓰러져 느껴 울었다.

괘종시계

그 이튿날 여순은 회사에 나가서 직접 사장에게 사표를 맡기고 단연 그만둘 의사를 표명하였다.

사장은 여러 가지로 *위류(慰留)하며 온천이나 약수포 같은 데 얼마 동안 가 있기를 권하였다.

"귀찮은 일에 공연히 볶여서 머리가 복잡할 테니까 심려도 물론 적 잖을 거요. 허니까 얼마 동안 휴양하는 게 좋겠소. 지금 마침 때도 좋 고 또 그다지 먼 길도 아니니 금강산 온정리쯤 가보는 게 어떻겠소." 하고 재삼 권고하였다.

거짓 많은 사회의 사교 수단으로도 이렇게 빛 좋은 인정을 보이는 것은 필요한 일이다. 그런데 게다가 또 딴 목적까지 숨겨 가지고 있으 므로 실속으로도 사장은 버썩 이렇게 권면하지 않을 수 없었다.

만일 여순이가 온천장 같은 데로 가기만 하면 사장은 일찍 이루지 못한 야욕을 실행할 기회가 올는지도 모르는 것이다. 그런데 지금은 바로 휴양시킨다는 미명으로 여순이를 그런 곳으로 가도록 권하기 좋 은 시기였다. 즉 그렇게 권하는 것은 자기의 체면을 돋우는 데에도 필

위류(慰留)
어떤 자리에서 물러나려 는 사람을 잘 타일러서 그대로 머물러 있게 함.

요하고 겸하여 얻기 어려운 기회를 붙잡는 데에도 필요하였다. 그래서 사장은 굳이 사직을 들어주지 아니하고 얼마간 휴양하기를 강권하였다. 그 검은 마음을 빛 좋은 말에 감추어 가면서…….

여순은 물론 사장의 호의의 이면에 검은 야욕이 숨어 있는 것을 똑바로 간파하지는 못하였다. 또 빛 좋은 권면이 곧 야욕으로 통하는 미로(迷路)인 것도 똑똑히는 알지 못하였다. 그러나 그는 이미 마음에 결심한 바 있으므로 끝까지 처음의 태도를 *번뒤치지 않았다.

사장이 굳이 사표를 받지 않으려는 것을,

"아닙니다 받으십시오."

하고 기어이 그에게 떠맡기고 나와 버리려 하였다.

그러나 그렇다고 깨끗이 자기의 야심을 내어던질 사장은 아니었다. 그는 강권하는 태도를 슬쩍 돌려 가지고,

"그러면 이것(사표)은 임시 내게 맡겨 두시우. 나도 다시 좀더 생각해 보겠으니…… 그러면 그때까지 기다려 주시우."

하고 웃음과 온정을 보이는 너그럽고 유한 태도로 나왔다. 외목으로 만류만 하면 되레 여순의 고집을 굳게 할 우려가 있어서 한번 줄을 늦추어 보았던 것이다.

그러나 여순은 사장이야 뭐라고 하든지 인제 상관할 필요가 없다는 초연한 태도였다.

회사를 그만두면 인차 생활난이 올 것이로되 그런 것도 생각하지 않으려 하였다. 어쨌든 우선 회사를 그만두고 그 뒤에 오는 것은 다음으로 해결지으려 하였다. 정 할 수 없으면 시골이라도 가볼 생각이었다. 동생도 인제 성남했으니까 서로 도와 가면서 무슨 일이든지 해보려고 생각하였다.

번뒤치다
마음 따위를 변하게 하여 바꾸다.

다만 한 가지 남은 문제는 마지막 월급이나 받아 가지고 나오는 것이다. 그러나 그것을 자기가 먼저 말하기도 무엇하고 해서 한참 주저하고 있었다.

그러다가 결국,

'그거야 물론 보내 줄 테지.'

하는 생각이 나서,

"가겠습니다."

하고 사장의 말을 더 기다릴 거 없이 총총히 나와 버렸다.

넓은 거리에 나오니 좁은 사장실에 있을 때보다 여순은 까닭 없이 서글픈 맘이 들었다. 불안한 생각도 났다. 눈에 보이고 들리는 것이 모두 자기와 아무 인연이 없는 것 같기도 하였다. 너무도 심상한 인간들이요 세상인 것 같기도 하였다.

뿐 아니라 자기가 취한 태도에 대해서도 일순간 어떤 회의가 왔다.

'이렇게 의지를 살리기 위해서 버티고 살아야 하는 이유는 어데 있는가.'

그러며 그는 인간이란 때로는 실상 맘에 없으면서도 또는 괴롭게 생각하면서도 외면으로는 제법 그렇지 않은 체 꾸며 가야 하는 야릇한 심리도 생각해 보았다.

그러나 그는 힘써 그러한 불안을 물리쳐 버리려 하였다. 또 남의 힘을 바라려고도 하지 않았다.

'고학도 했거든 무슨 일인들 못 하랴.'

하는 생각도 하였다.

경재에게도 결코 의뢰하지 않으려 하였다.

이렇게 생각해 오다가 그는 문득 사랑을 얻어 사랑에 사는 것보다 그

것을 스스로 내어던지는—예사 사람으로는 좀처럼 해낼 수
없는 대담하고 장엄한 인간의 비극을 생각해도 보았다.

그날 밤이었다.

생각에 지쳐서 초연히 책상에 기대고 있던 여순은 대문
간에서,

"이리 오너라."

하고 부르는 소리에 놀라 머리를 들었다. 암만해도 들던 목
소리다.

주인노파가 콩콩거리며 대문간에 나가서 손님과
무어라고 말하는 동안 여순은 짐짓 귀를 기울이
고 있었다.

다시 들어 보아도 그것은 듣던 목
소리다. 분명 경재 아버지의 목소리
같다.

"그가 찾아올 리 없는데!"

하며 미닫이를 조금 밀고 삐죽이 내
다보는 때 주인노파가,

"이 방입니다."

하고 손님에게 여순의 방을 가리킨다.

"네, 그렇습니까."

하고 경재의 아버지는 여순의 방 앞에 와서 점잖게
서며,

"여순이 있소?"

하고 나직이 부른다.

"네……."

여순은 공연히 뒤설레는 가슴을 잠시 진정시켜 가지고,

"오셨습니까."

하며 마루로 나왔다.

"어디가 편치 않소?"

경재의 아버지는 이렇게 말하고 여순의 대답도 기다릴 여유 없이,

"이야기가 좀 있어서 왔는데……."

하고 한걸음 마루 앞으로 다가선다.

"네…… 방이 어지러워서……."

"아니…… 잠깐만……."

하고 경재 아버지는 별 사양 없이 앞서서 방으로 들어와서는 방 안을 한번 휘둘러보고,

"그리 좀 앉으시오."

하고 사뭇 무관한 사람에게 하듯이 손으로 앉기를 권한다.

그래도 여순은 어찌할 바를 모르듯이 문가에 우두머니 서 있었다. 그러다가 경재 아버지가 재차 앉기를 권하는 때 그는 단정히 그 자리에 주저앉았다. 얼마 후에 경재 아버지는,

"딴 얘기가 아니라."

하고 여순의 눈치를 살펴 가며 점잖은 늙은이의 *자리찬 말투로 천천히 말을 꺼냈다.

자리차다
성미나 행동이 드세고 세차다.

"요전에도 안사장이든지 내가 대강 말한 거니까 긴 말 할 것 없지만 안씨가 있는 자리에서 말하는 거와 조용히 찾어서 말하는 거와는 또 다르니까 이렇게 *위정 찾아온 거요."

위정
일부러.

그래도 여순은 그저 가만히 듣고만 있었다. 장차 무슨 말이 나올까

하는 생각이 무엇보다 앞을 섰다.

경재 아버지는 좀더 친근한 어조로,

"사장도 사장이지만 내 집과 여순이로 말하면 그와도 또 다르지요. 주객지간(主客之間)이라는 것보다 바루 한집안이나 일가친척과 같은 사이니까…… 워낙 경우로 말하면 진작 한번 찾아오던가 그렇지 않으면 여순이를 불러다가 전후 사정을 말해 주는 게 위 된 사람의 떳떳한 일일 것이나 믿는 사이란 자칫하면 소홀히 되기 쉬워서 이렇게 늦게 되었소."

하고 여순의 동감을 구하듯이 감격한 표정을 한다.

그러나 여순은 여전히 잠자코 있었다.

경재 아버지는 회사의 유래로부터 자기 집과 안사장 집의 밀접한 관계를 창황히 말한 다음,

"……뿐 아니라 앞으로 새 사업을 해보랴고 방금 안사장과 그 일을 계획하고 있는 중이오. 그러나 나는 인제 나이먹어서 실무를 볼 수 없는 터이니 일만 만들어 놓고 그 담은 경재에게 맡겨 버릴 생각이오. 그놈도 인제 제 앞일이나 해나갈 만하니까…… 그리고 사람이란 장생불사하는 게 아니니까 뒤를 이을 자식이 있는 바에야 미리부터 사업에 대한 경력을 닦게 하는 것이 마땅할 거고 또 안사장도 역시 내 생각과 같단 말요. 그로 말하면 뒤를 이을 자식이 없으니까 경재를 꼭 친자식 같이 생각하고 사업을 시키랴는 거지요. 즉 장래는 자기의 사업을 그놈에게 맡기자는 게지요."

경재의 아버지 말은 여순이가 일찍 사장이나 경재에게서 들은 바와는 상치되는 점이 많았다. 그러나 그런 것은 알 필요도 또 참견할 필요도 없는 일이어서 여순은 가만히 앉아 있었다.

그러며 여순은 속으로 무엇 때문에 그가 찾아왔을까 하고 생각해 보았다. 물론 첨부터도 그가 온 뜻을 대강 추측할 수는 있었으나 캐어 말하기 전에는 똑바로 알 수 없는 일이었다. 알 것 같으면서도 알 수 없는 데에서 여순의 불안은 더 커졌다. 그래서 그가 하는 말은 탐탁히 받아듣지 않고 저는 저대로,

'무슨 말을 하려는고?'

하고 여러 가지로 궁리하였다.

여순은 경재의 아버지가 얼른 결론을 지어 말해 주기를 기다리고 있었다.

물론 자기에게 유리한 말을 하러 온 것이 아닌 줄은 벌써 추측할 수 있었다. 그렇지만 아무려나 듣고야말 말이라면 한 초라도 속히 듣고 피차 군색한 자리를 총총히 헤쳐 버리는 것이 나을 것이었다.

'무슨 말이든지 해보시우, 인제 아무것도 겁날 거 없소.'

여순은 속으로 이렇게 외쳤다. 그러나 그렇다고 남의 말을 경경히 질러가며 대뜸 온 뜻을 두드려 볼 수도 없고 해서 지루함을 참고 있었다.

경재의 아버지는 새끼손가락 하나나 겨우 드나들 만큼 열린 미닫이를 꼭 닫아 버리고 나직한 목소리로 말을 계속하였다.

"이런 사정이니깐 만일 경재란 놈이 사장이나 내 말을 듣지 않고 기어이 허튼 장난에 빠지게 된다면 내 일생의 사업은 결국 수포로 돌아가고 말 거란 말요. 내 사업이 그렇게 되면 안씨의 사업도 따라서 그렇게 될 것이고 경재의 일도 물론 그렇게 될 거란 말요. 하니까, 그놈의 그러한 행동은 첫째로 사업을 그르칠 것이요, 둘째로 가정을 도탄에 빠지게 할 거란 말요."

경재의 아버지는 말이 이까지 이르면서부터 말과 말 사이를 길게 늘

여 붙이고 말하는 기색이 한결 어색해졌다.

그 동정만 보아도 무슨 어려운 다짐을 받으러 온 것 같아서 여순은 더욱 맘이 졸여났다. 꿇어앉은 발이 견디기 어려울 만큼 저려났다.

경재의 아버지는 담배 한 대를 꺼내어 가지고 피우지도 않고 이리저리 만져만 보다가 몇 번 손바닥에 그루를 박으며,

"한데 경재놈 일보다도 첫째 저편 사정이 *가긍해서 볼 수 없소. 아내 될 사람은 식음을 전폐하고 지금 병석에 누워 있소. 하니 어느 부모의 맘이 다르겠소. 두 집 다 요즘은 아무 경황이 없소. 그놈도 요즘은 회심이 되어서 가끔 가서 보는 모양입디다만……."

하다가 밖에서 무슨 소리가 나는 것을 들으며 말을 뚝 끊고 잠시 귀를 기울인다.

"누구 올 사람은 없지요?"

"네 없습니다."

여순은 미닫이를 열고 휘 살펴보며 이렇게 말하다가, 혹시 경재가 온 거나 아닌가 하는 생각이 나서,

"안방에서 누가 나갔나 봅니다."

하고 슬쩍 돌려대었다.

"한데 어쨌든 죄는 모두 경재놈에게 있는 거 아니겠소…… 헌데 대관절 그놈이 뭐랍디까."

"별말 없었습니다…… 아무 문제 될 거 없는 일을 가지고 누가 실없는 말을 내었는지 저도 알 수 없습니다."

여순은 속으로 맺히는 데가 있었으나 조금도 낯색을 바꾸지 않고 태연히 부인하였다. 그로서는 인제 아무것도 두려울 것이 없었으나 경재의 신상을 보아서 그는 다시 부연해서,

가긍하다
불쌍하고 가엾다.

"지가 사 년 동안이나 댁 신세를 지고 지금도 역시 지고 있으니까 저를 가장 동정해 주는 이라면 댁 여러분일 것이고 또 지가 가장 믿고 의지하는 이도 댁 여러분일 것입니다. 하니까 그런 것을 남이 볼 때 혹시 오해하면 했지 그 담에는 아무 이유도 없을 것 같습니다."

하고 경재와의 관계를 극력 부인하였다.

"좌우간 여순이도 그렇게 말하고 또 그놈도 인제 회심이 생기는 모양이니 지나간 일을 가지고 중언부언할 필요는 없을 줄 아오. 여순이 생각이 그렇다니 나는 그대로 믿겠소…… 헌데 기왕이면 금후론 절대로 암말 없도록 하는 게 상책일 듯하오."

경재의 아버지는 이까지 말하고 한참 생각하다가,

"그런데 여순이는 금후 어찌할 작정이오?…… 어떻게 했으면 좋으리라고 생각하오?"

하고 여순의 대답을 재촉하듯이 뻔히 쳐다본다.

여순은 그 말의 의미를 잘 몰라서 한참 주저하다가,

"글쎄올시다…… 첨부터 아무 문제 될 거 없는 일이니까 금후 다시 문제 될 거 같지 않습니다."

하고 어리벙벙하니 대답하였다.

"아니 그렇더라도 기왕이면 *만전지책을 써서 몸을 삼가는 게 좋지 않겠소. 첫째 여순이를 위해서……."

"그렇지요만 저는 첨부터 전연 뜻하지 않던 일이기 때문에 거기 대해서는 아무것도 생각해 본 거 없습니다."

하고 여순은 끝까지 아무 문제 될 거 없다는 심상한 태도로 부인하였다.

경재 아버지는 허리를 구부리며 목소리를 낮추어 가지고,

"이렇게 하면 어떻겠소? 안사장 말과 같이 얼마 동안 여행을 갔다가

만전지책(萬全之策)
실패의 위험이 없는 아주 안전하고 완전한 계책.

예서 혼사도 치르고 또 완전히 안정된 때에 다시 오게 되면 어떻겠소?
얼마 안 걸리구 곧 해결될 거니까 그렇게 해보도록 하시우."

하고 다시 이어서,

"회사는 여행 갔다 온다 하더라도 상관없을 듯하오. 지금도 사장과
이야기하고 오는 길인데 사장도 여순일 내보낼 의사는 없고 또 앞으로
는 여순의 가정까지라도 돌보아 준대니까 그건 조금도 염려 말우. 또
내가 있으니까 여순이 일을 잘못되게 하겠소."

하고 다소 구슬리는 어조로 말하는 것을 여순은 약간 반동적으로,

"회사는 오늘 아주 그만두었습니다."

하고 끊어 말하였다.

"아까 사장한테도 그런 말을 들었는데 그러지 말구 여행이나 다녀오
도록 하시우."

"아닙니다. 한 번 그만둔 걸 다시 번복하고는 싫지 않습니다."

"그러면 무얼 하겠소?"

경재 아버지가 여순의 앞일을 죄다 내다보고 있다는 듯이 이렇게 말
하자 여순은 적잖게 불쾌한 생각이 나서 그만 입을 닫아물어 버렸다.
그의 말은 회사를 그만두면 어디 가서 무얼 먹고 어떻게 살겠느냐 하
는 것 같이도 들렸고, 또 자기네 덕이 아니면 살아갈 수 없다는 것 같
이도 들렸던 것이다.

경재 아버지는 여순이가 잠자코 있는 사이 호주머니를 들추더니,

"두말 말고 내 말대루 하우…… 자아, 이거 많지는 못하오만 받아 두
시우."

하고 봉투 두 장을 꺼내어 여순의 앞에 내놓았다.

여순은 봉투에 든 것이 무엇인지를 대강 짐작할 수 있었으나 두 장

씩이나 내놓는 것이 이상해서,

"그건 뭡니까."

하고 의아한 얼굴로 물었다. 경재의 아버지는 내려놓았던 봉투 중에서

한 장을 들어 여순의 앞에 밀어 놓으며,

"이것은 사장이 보내는 거고……."

하고 다시 그 담 봉투를 들며,

"이것은 내가 여순에게 주는 거요."

하고 그의 앞에 가지런히 밀어 놓고는 말을 이어,

"많지는 못하나 받아 두시우. 마침 가진 게 고것뿐이어서 우선 그것

만 맡기는 거나 앞으로 또 더 보내 드리겠소."

하고 그만 일어나려 한다.

"아닙니다."

여순은 급한 어조로 이렇게 가로막아 놓고 이어서,

"사장이 보내는 것은 제 월급인 모양이니 받아 두겠습니다만, 이것

은 받을 수 없습니다."

하고 봉투 한 장을 경재 아버지 앞에 되밀어 놓았다.

그러나 경재 아버지는 그런 것을 상관할 거 없이,

"난 가겠소."

하고 몸을 일으킨다.

여순은 얼른 봉투를 집어 그의 앞에 내대며,

"아닙니다. 아니에요."

하고 그의 앞을 막듯이 저도 반쯤 몸을 일으켰다.

그러자 경재 아버지는 약간 목소릴 높이며,

"받아 두시우."

하고 반명령적으로 말하였다.

"아닙니다."

"왜 그러는 거요?"

"아니에요. 도루 넣으세요."

"어룬의 체면도 보아야 하는 거 아니우."

"아닙니다. 이것은 받을 수 없습니다. 절대로……."

그러자 경재 아버지는 일으켰던 몸을 다시 주저앉히며 여순의 태도가 너무 당돌하다는 듯이 *도고히 건너다보다가,

"그러면 이곳을 안 떠난단 말이지. 아까 한 말은 죄다 거짓말이고…… 허, 거, 맹랑허군."

하고 조금 있다가,

"두말 말고 받아 가지고 가도록 하오."

하고 홱 일어서 나가 버렸다. 일순간 자아를 잊은 듯이 봉투를 내려다보고 있던 여순은 불현듯 더할 수 없는 모욕을 느끼며 봉투를 덥석 쥐고 분연히 거리로 쫓아 나갔다.

"아닙니다. 받으십시오."

여순은 이렇게 몇 번 외쳤으나 경재의 아버지는 점잔을 빼고 모르는 체 돌아도 보지 않았다. 여순은 반달음질을 쳐서 그의 앞을 질러가서,

"옜습니다. 받으십시오."

하고 그의 앞에 봉투를 내어던졌다.

그리고는 뒤도 돌아보지 않고 급히 걸어서 주인으로 돌아왔다. 어쩐지 자꾸 눈물이 쏟아지려는 것을 간신히 참았다.

도고하다
스스로 높은 체하며 교만하다.

사랑을 넘어서

여순이가 다시 주인으로 돌아온 지 얼마 못 되어서 경재가 찾아왔다.

여순은 경재를 방으로 안내하는 그 순간 전후의 일을 생각하지 못했다. 경재의 아버지에게 대한 감정도 잊고 있었다. 경재에게 대해서는 물론 하등 감정드 있을 까닭이 없었다.

그러나 다음 순간 그는 야릇하게 아무 말도 하고 싶지 않았다.

자기의 그 심리는 자기로도 스스로 알 수 없었다. 그러나 그러한 미묘한 심리 가운데서 다음과 같은 몇 가지만은 아닌 밤중의 반딧불같이 반짝 하고 번득이었다. 즉 과감히 사랑을 넘어서는 장엄한 심리와 혼자 있을 때보다도 둘이 있기 때문에 더한층 고적해지는 듯한 심리를 그는 언뜻 붙잡을 수 있었다.

그는 다음으로 경재가 있기 때문에 그가 없는 때보다도 더 외로워지는 것 같은 야릇한 심경을 좀더 분명한 의식 위에 올려놓아 보았다. 그러는 순간, 그는 까닭 모를 비장한 생각이 신경질적으로 가슴을 스치고 지나가는 것을 깨달았다.

그는 단정히 앉은 채 아무 말도 하지 않았다.

그러며 보는 곳 없이 머리를 들고 눈앞에 그린 저 혼자의 명상(瞑想)에 구멍이나 뚫을 듯이 *건공을 응시하고 있었다.

경재의 편으로는 좀처럼 눈을 돌릴 것 같지 않았다.

일순간 경재에게는 이상한 생각이 언뜻 왔다. 너무도 무거운 침묵이요 이해할 수 없는 태도인 것 같았다. 그러나 경재는 곧 돌이켜 생각하였다.

너무도 높게 뛰는 젊은 심장은 때로 상대자를 무척 괴롭게 하고 싶은 것이다. 울리고도 싶은 것이요 심하면 까무러치게 하고도 싶은 것이다. 힘있게 상대방을 포옹하지 않고는 견딜 수 없는 백열(白熱)의 순간에는 더욱 그러한 것이요, 너와 나라는 거기가 영(零)으로 비약하려는 파동기(擺動期)에는 더욱 그러한 것이다.

웃기 위하여 우는 것이며, 울기 위하여 웃는 것이다. 개기 위하여 흐리는 것이며, 흐리기 위하여 개는 것이다.

그렇다면 맑게 갠 하늘을 맘껏 바라보기 위하여 먹장 같은 구름의 한때를 여순은 스스로 짓는 것이 아닐까.

그러한 심경은 경재 자신도 몇 번이나 경험한 일이 있다. 따라서 그것을 누구보다도 잘 이해할 수 있다. 자기 이외의 어떤 딴사람의 그러한 심리도 잘 알아볼 수 있거든 하물며 지금 눈앞에 바라보는 사람이 바로 자기의 유일한 상대자인 여순임에랴!

경재는 여순의 심리를 꿰뚫어보는 것 같았다.

"여순씨!"

경재는 더 참을 수 없는 듯이 갑자기 이렇게 물었다.

건공
반공중. 땅으로부터 그리 높지 아니한 허공.

그러나 여순은 아무 대답이 없다.

"여순씨! 무슨 생각을 그렇게 골똘히 하십니까."

"……."

"여순씨! 여순씨 생각을 내가 대신 말하리까."

그래도 여순은 잠자코 있다. 부처와 같이 단정하고 호숫물같이 잔잔하다.

"내가 말하지요. 여순씨는 지금……."

경재는 이렇게 말해 놓고는 한참 속으로 생각하였다. 여순의 심경을 자기가 아까 생각한 대로 말해 버리는 것은 너무 속된 일이요, 또 여순의 깊어지는 맘을 그만 중도에서 멈춰 버리게 하는 것이라고 생각하였다. 기껏 깊어지는 것은 기껏 높은 데로 올라가는 유일한 길이다. 지옥을 통하지 않고는 낙원으로 갈 수 없는 것이다. 여순은 지금 바로 지하도(地下道)를 통하는 것 같은 침묵에 잠겨 있다.

그러한 여순의 앞에 달짝지근한 사랑의 속삭임이라는 조그마한 등불을 비춰 주는 섣부른 일을 그는 해주려 하지 않았다. 좀 더 여순의 마음을 밀어서 굴 속으로 돌진시키고 싶었다. 그러는 것이 곧 높고 밝은 곳으로 나가는 것이 되리라고 생각하였기 때문이다. 그래서 그는,

"지금 여순씨는 후회하고 있는 거지요……."

하고 우선 가벼운 채찍을 여순의 마음에 던져 보았다.

그러나 여순은 역시 아무 대답도 없다.

"인생의 허무를 느끼는 거지요."

"……."

"아니 인생의 허무라는 것보다 좀 더 구체적으로 말하면 우리들의 일의 허무를 느끼는 거지요."

경재는 재차 이렇게 물었다. 경재 자신도 여순이가 반드시 그렇게 생각하고 있는 것이리라고는 생각지 않았다. 그러나 여순이가 그렇게 생각하지 않는만큼 이렇게 딴전을 울리는 것이 그의 마음을 두드리는 가장 좋은 방법이리라고 생각한 것이다.

그러나 여순은 역시 여전한 태도다. 지하 십만 *유순(由旬)을 통하는 것 같은 무서운 침묵을 지킬 뿐……

'대담하라 더욱 대담하라. 그리고 언제든지 대담하라.'

경재는 일찍 책 중에서 읽은 인상 깊은 이런 구절을 생각하였다. 그 책은 여순에게도 읽힌 일이 있다. 그러니만큼 그 감명은 지금 더욱 깊어졌다. 그것은 어떤 사람에게든지 필요한 말일 뿐 아니라 자기들의 지금의 경우에도 적절히 요구되는 말이었다.

그러나 그대로 말하는 것은 남을 마치 교훈하는 것인 것 같아서,

"사람은 언제든지 대담해야 한다구 말하지 않았습니까."

하고 조금 돌림길을 취해서 말하였다.

그러자 여태 까닭 없이 앉았던 여순의 뺨에는 얕은 물결—그러나 얼음같이 찬 물결이 퍼뜩 서리었다.

"호호호…… 얼마나 대담합니까."

하고 여순은 요염하다고 할 만큼 돌변한 얼굴을 경재에게로 돌렸다. 그 웃음은 일순간에 지나지 않았으나 서리바람같이 싸늘하다. 그러나 어찌 생각하면 그것은 *백열한 마음만이 보낼 수 있는 참[恰]이 아닐까 하고 생각하는 때 여순은 다시,

"지가 얼마나 대담한가 말씀이에요."

하고 부연하듯이 말하였다.

그러나 경재는 그 뜻을 얼른 해득해 낼 수 없었다.

유순(由旬)
고대 인도의 이수(里數) 단위. 소달구지가 하루에 갈 수 있는 거리로서 80리인 대유순, 60리인 중유순, 40리인 소유순의 세 가지가 있다.

백열(白熱)
기운이나 열정이 최고조에 달함. 또는 최고조에 달한 뜨거운 기운이나 열정.

"무엇이 말입니까."

"지가 일찍 한 번이라도 선생님의 물음에 대해서 대답하지 않은 적이 있습니까."

하고 여순은 아까와는 전연 다른—일찍 한 번도 본 일이 없는 심히 침착하고 다부진 태도로 다시 말을 이었다.

"그리고 아무리 짧은 순간일지라도 지금같이 선생님을 고독한 가운데 홀로 남겨 논 일이 있습니까."

"왜…… 여순씨가 있는데……."

"아니에요. 둘이 있는데 혼자일 때보다 더 외로운 경우가 있지 않을까요."

"글쎄요, 있을는지도 모르지요."

"있을는지도?…… 그러면 선생님은 아직 경험한 일이 없으시군요……."

하고 여순은 경재의 대답도 기다릴 여유 없이,

"그럴 테지요, 없을 겁니다. 선생님은 행복하십니다."

하고 상긋 웃는다.

"왜요?"

경재는 얼핏 이렇게 묻다가 저도로 그 물음이 너무 *오활(迂闊)한 것 같고 또 맘이 공연히 조급해나서,

"그러면 여순씨는 불행하단 말씀입니까."

하고 돌려 물었다.

"아니, 반드시 그런 것도 아니겠지요."

"……."

"선생님은 어떻게 생각하십니까."

오활(迂闊)하다
곧바르지 아니하고 에돌아서 실제와는 거리가 멀다.

"무얼요?"

"저를 불행하다고 생각하십니까. 그렇잖으면……."

"그거야 생각하는 자신에 달린 거니까요…… 그리고 또 자기 이외의 사람의 행불행은 노상 알 수 없는 거니까요. 즉 남이 보기에는 행복한 것 같은 일도 그 사람 자신에게는 불행으로 느껴지는 수도 있는 거니까요……."

"저는 이렇게 생각합니다. 모든 *계루(係累)를 말끔 벗어 버리면 무엇보다 제일 행복하리라고…… 첫째 마음이 가뿐해서 아주 재생이나 한 것 같을 겁니다. 불교에서 이르는 해탈(解脫)이라는 것도 아마 그런 것이 아닐까 합니다."

이것은 확실히 지금의 여순의 심경을 암시하는 말이었다.

사람은 무엇에 집착하면 할수록 되레 그것에 얽매여 버리는 것을 여순은 육신(肉身)으로 절실히 느끼었다.

그래서 그는 마음을 괴롭히는 모든 것을 잊어버리고 떨어 버리었으면 하고 바랐다. 괴롭기 때문이었다. 괴로워서 견딜 수 없었기 때문이다.

'사랑이라는 것을…… 경재라는 존재를 잊어버렸으면…….'

그는 속으로 다시금 이렇게 생각하였다.

한때는 이런 생각을 통 할 수 없었고 또 한때는 이런 생각을 무서운 것으로 몸서리친 일도 있었다.

그러나 그 고비를 넘어서 어느 정도까지 이런 생각을 자유로 하게 된 오늘에도 마음은 결코 편하지가 않았다.

잊으려 하는 것은 요컨대 잊지 못하기 때문이 아닐까…… 그는 여기서 또 오뇌를 깨달았다.

그것은 전보다도 어떤 의미에서 더 깊고 더 무거운 번뇌이기도 하

계루(係累)
다른 일이나 사물에 얽매어 당하는 괴로움.

였다.

사람은 결국 지고 난 십자가를 버릴 수 없는 것인가…….

그는 이렇게 또 속으로 생각하며 이윽히 침묵에 잠겨 있었다.

'저를 잊어 주세요.'

여순은 경재에게 이렇게 말해 주고 싶은 충동을 여러 번 받았다.

그렇게 말하는 때에 경재의 태도가 어떨지도 물론 알고 싶으나 그러나 그보다도 그렇게 말해 버림으로 해서 자기의 심경이 장차 어떻게 움직여질까 하는 것이 더 알고 싶었다.

그는 지금 자기의 맘을 스스로 분명히 해석할 수 없었고 간파할 수 없었다. 또 움직여지고 바꾸어질 가능성이 있는지도 알지 못한다. 그러니만치 무슨 동기를 스스로 만들어서 어떻게 움직여지는가를 한번 몸소 보고 싶었던 것이다.

보다 더 괴로움이 온다 하더라도 한번 눈을 꼭 감고 대담한 동기를 지어 보고 싶었다. 그러나 그는 아직 그렇게 말해 버릴 수는 없었다. 그 절정에 올라서는 데에는 좀 더 용기가 필요하였다.

그는 장엄한 비극을 꾸미기에는 아직 힘이 약한 자기임을 깨달았다. 그래서 그는 제 몸을 스스로 꾸짖듯이 또는 비웃듯이 별안간 아주 명쾌한 태도에로 제 몸을 돌려 세웠다.

이 극(極)에 설 수 없으면 저 극으로라도 가보자 하는 심사다. 즉 불이 아니면 물이라도 찾고 싶은 것이 이때의 그의 심경이었던 것이다.

"어디 나가시지 않아요?"

하고 여순은 맑은 웃음을 지었다.

경재는 이야기하는 사이에 어딘지 모르게 맺혀 풀리지 않는 데가 있는 것 같았다. 그리고 갑자기 변해지는 여순의 태도에 약간 불쾌한 생각도 났다.

　그러나 그런 기색을 보이는 것은 되레 졸한 일인 것 같아서 힘써 대범한 얼굴로,

　"어딜요?"

하고 심상히 물었다.

　"어디던지요."

　"어디 가보실 데가 있습니까."

　"네."

　이것은 물론 경재가 기대하는 대답이 아니었다. 그러나 그는 이것을 얼버무리고 또 한번 태연히,

　"어딥니까?"

하고 물었다.

　"그것은 말할 수 없습니다…… 저만 아는 곳이니까요."

　그러자 경재는 더 묻지 않고 묵묵히 앉아서 담배 한 대를 꺼냈다.

　여순은 여전히 상글상글 웃는 낯으로 성냥 한 개비를 죽 그어 가지고,

　"자아 붙이서요."

하고 그의 앞에 내대었다.

　"미안합니다. 인 주서요."

하고 경재는 성냥을 받아 가지고 담배를 붙이며 생각하였다. 아무리 보아도 여순의 하는 양은 이상하였다. 그의 맘은 헤아릴 수 없게 변해 버린 것 같았다. 그러나 대체 무엇 때문인지 알 수 없었다. 갑갑한 일이었다. 그러나 갑갑한 체를 할 수도 없었다. 그것이 또 더 갑갑한 일이었다. 그는 몇 모금 담배를 빨다가 잊었던 듯이,

　"참 어디 가보실 데가 있다는데…… 가보시지요."

하고 저도 웃어 보였다.

　"아니야요. 천천히 가지요. 가면 다시 오기 어려운 먼 곳이니까요……."

　"먼 곳이라니요?"

　"그럼요…… 멀고말고요."

　"그게 어디인가요?"

　"그곳 말씀이오? 그곳은 어디던지 있을 수 있어요, 이 방일 수도 있어요…… 이렇게 서루 보면서도 실상은 보지 못하는 그곳 말입니다."

　"……."

　"호호호, 더 똑똑히 말씀해 드릴까요."

하고 여순은 경재의 말을 기다리며 그의 동정을 살폈다. 그러나 경재는 그만 입을 닫아물고 암말 없다. 사뭇 불쾌한 상이다.

　무엇보다도 여순의 태도가 진실치 못한 것 같았다. 또 그 하는 소리가 갈피를 잡을 수 없이 갈팡질팡하는 것 같았다.

　하나 여순은 반드시 그런 것도 아니었다. 그는 한 번 더 말을 가다듬어 가지고,

　"선생님!"

하고 불렀다.

　이번은 경재가 아무 *대척이 없다.

　"선생님 참말입니다."

　"뭐가 참말입니까?"

　"먼 데로 간다니까요. 가깝고도 먼 데 말이에요."

　"벌써 가버린 거 아닙니까? 맘만이 가는 거니까……."

　"네, 그렇습니다. 그러니깐 선생님두……."

　여순은 이까지 말하다가 저절로 말이 뚝 끊어졌으나 '이 고비만 넘

대척
말대꾸.

기면!' 하는 생각이 나서 더 한번 큰 맘을 먹고,

"선생님두 저를 잊어 주세요."

하고 간신히 말을 맺었다. 그러나 그 말이 끝나자 그는 그만 쓰러지듯 책상에 엎드려 버렸다.

경재가 돌아간 후 여순은 자기의 맘이 아직 너무 약함을 새삼스레 느꼈다. 그러며 좀 더 강해지지 않으면 안 되리라고 마음에 다짐을 두었다.

문제는 갈수록 시끄러워지나 그들은 하등 대책을 얻지 못하고 있었다. 경재도 그렇고 여순이 자신도 그렇다. 그러므로 그들은 스스로 앞길을 열 방법이 없이 뒤를 이어 일어나는 문제와 박해에 질질 밀려만 가는 셈이다. 이렇게 밀려만 가면 결국은 어디로 갈 것일까 어찌 될 것일까.

두말할 것 없이 이러한 인간의 운명은 어차피 자기의 의사와는 딴 곳을 향하고 문이 열릴 것이다. 그 가는 곳이 설사 천행으로 의외에 좋은 곳이라 하더라도 그것은 자기가 뜻하지 않던 곳일 것이다. 그러나 그러한 요행은 만에 하나도 없는 것이다. 그리고 보면 밀려가고 끌려가는 사람의 앞길은 백이면 백, 거의 전부가 자기의 바람과는 반대인 헤아릴 수 없는 험지일 것이다. 암담한 곳이요 비참한 곳일 것이다.

장차 올 길이 *가사 현재의 경우보다 더 험난한 길이라 하더라도 인간은 제 계획대로 걸어가 보아야 할 것이다. 하찮은 '삶'이라 하더라도 어떤 계획 아래에 세우려는 것이 인간다운 점일 것이다. 거미의 그물은 사람으로 능히 지을 수 없으리만큼 정교한 것이라 할 것이나 그것은 어떠한 설계(設計) 아래에서 되는 것은 아니다. 하나 인간은 비록 움 하나를 판다 하더라도 머리에 그것을 그리어 본다. 즉 크나 작으나, 좋으나 궂으나 설계라는 것이 있다. 이쁘고 묘한 점으로 보면 거미그물은 움보다 훨씬 나을지도 모른다. 그러나 머리에 미리 설계하고 계획하고 그리어 보고 그대로 실지에 옮긴다는 점으로 보면 몇억만 개의 거미그물은 한 칸의 움에 비길 것이 아닐 것이다.

비록 보잘것없는 내 '삶'이라 하더라도 나 자신의 계획 아래에 세워 보자!…… 여순은 이렇게 생각하였다.

그러며, 지금의 형편으로는 자기들의 사이를 일단 해소해 버리는 외에 *타도(他道)가 없으리라 생각하였다. 경재를 위해서도 자기를 위해서도…….

이것은 결코 고난에 대한 도피(逃避)가 아니다. 밀려가는 자기들을 한번 다시 스스로 움직이고 걸어가는 자기들로 만들어 보고 싶었던 까닭이다. 그리하는 곳에서만 새로운 결합도 올 수 있을 것 같았다.

물론 잘 되었거나 못 되었거나 여태 쌓아 온 마음의 탑을 무너뜨리는 것은 괴로운 일이다. 이까지 와서 피차 떠나 버리는 것은 두말할 것 없이 괴로운 일임에 틀림없다.

그러나 모든 사정과 형세를 돌아보는 때에는 어차피 이 길 밖에 더 취할 길이 없다. 즉 두 사람 다 함께 살리는 길은 오직 '자기 희생'에 있을 뿐이다. 피차 갈리는 그 길뿐이다.

가사
가령.

타도
다른 길(방도).

별리(別離)
이별.

우황(又況)
하물며.

　이 경우에 있어서는 한 개의 *별리(別離)가 곧 두 개(경재와 여순)의 재출발을 의미하는 것이요, 이 두 개의 재출발은 앞으로 보다 참다운 한 개의 결합으로 돌아갈는지도 모르는 것이었다.

　인제 여순이 자신만 눈을 꼭 감고 자취를 감추면 이 길은 열릴 것이다. 속절없이 진창 같은 한곳에서만 헤매고 있느니 차라리 이 길을 헤치고 나가 보는 것이 옳을 것이다.

　캄캄한 속에서 될 대로 되어라 하고 제 몸을 한갓되이 운명에 맡겨 버릴 수는 없었다. 트인 길이 없는 현재의 처지에서 부질없이 경재의 도움을 바라고 있을 수도 없는 일이었다. *우황 경재 자신도 역시 자기나 다를 것 없는 처지임에랴!

　물론 여순은 한편 경재와 그 가정을 파탄에서 구하려는 예사로운 인간의 관심으로 경재를 떠나려고 한 것도 사실이다. 그러나 그것보다는 진창에 빠진 것 같은 자기들을 구하는 의미에서 경재를 떠나려는 생각을 굳게 하였다.

　그러나 무엇이 어쨌든 경재를 떠나는 것은 괴로운 일이었다. 경재는 그보다도 더할는지 모르는 일이었다. 만일 경재가 자기의 뜻을 알게 되면 기어이 가지 못하도록 할 것이다.

　그러면 경재에게 대해서 어떠한 태도를 취해야 옳을 것일까. 아무 말 없이 가버리는 것이 좋을까. 그러나 이것은 너무 소극적인 것 같았다. 그러면 전후사를 꿰어 말하는 것이 옳을까. 하나 지금 실지와는 동떨어진 이론만을 가지고 있는 경재에게 그 말은 아무 보람이 없을 것이다. 그는 공상에 가까운 이론으로 실제적인 자기의 생각을 막으려고 들 것이다.

　그러면 어찌할까.

그는 여기 대해서 며칠을 두고 지루히 생각하였다.

그 며칠 후―

경재는 여순의 주인집으로 찾아갔다.

"여순씨……."

하고 몇 번 방 밖에서 불러 보았으나 아무 대꾸가 없다.

그래서 미닫이를 조금 밀고 삐죽이 들여다보았다. 책상에 엎드려서 철필로 무엇을 끄적거리고 있는 여순의 모양이 언뜻 보였다. 그러나 여순은 눈도 거들뜨지 않는다.

"무얼 그렇게 열심히 쓰십니까?"

하며 경재는 반향 없는 싱거운 순간을 헤치듯이 성큼 방으로 들어섰다.

그래도 여순은 아무 말 없이 여전히 글만 쓰고 있다.

"무엇입니까?"

편지는 아닌 듯하고 무슨 낙서를 하고 있는 것 같아서 경재는 고개를 숙이며 내려다보았다.

그러자 여순은 곧 손으로 쓰던 글을 덮어 버렸으나 몸만은 역시 까딱 하지 않는다.

그러나 자기에게 보이지 않으려고 쓰던 글을 손으로 가리는 것이 일종 *엇구수한 의사표시 같아서 경재는 약간 무료한 생각이 물러가며,

"여순씨……."

하고 다시 불렀다.

그래도 여순은 아무 대답이 없이 다시 글을 쓰고 있다. 철필 놀리는 소리가 가깝게 들릴 뿐. 경재는 몇 차례나 여순이가 쓰는 글을 들여다보려 하였으나 그때마다 여순은 손으로 막아 버리고 경재의 시선이 멀

엇구수하다
하는 짓이나 차림 또는 어떤 내용이 수수하면서도 은근한 맛이 있어 마음을 끄는 데가 있다.

어지는 것을 기다려 가지고는 또 끄적거리곤 한다.

'보아선 안 될 것인가!'

하고 속으로 생각하니 경재는 어쩐지 뒤숭숭한 흥미가 났다. 한결 더 보고 싶었다.

그래서 그는 안 보는 체하려고 일부러 두서너 걸음 뒤로 물러섰다.

"아—"

소리를 내며 그는 벽을 향하고 기지개를 켰다.

깔죽깔죽 하는 철필 소리가 들려 온다.

경재는 발끝을 세우고 담장이나 넘겨다보듯이 여순의 어깨 위로 고개를 늘였다. 가깝게 움직이는 여순의 손과 철필이 보인다.

여순은 두 자 혹은 석 자 가량씩 붙여 쓰고는 보이지 않게 지우고 또 새로 쓴다. 그러다가도 바삭 소리만 나면 머리를 조금 숙이고 손을 가져다가 덮어 버린다.

'무얼까.'

하고 경재는 생각하였다. 그리고 다음으로,

'내게 관계되는 걸까.'

하고 또 생각하였다.

그리고 본즉 좋은 소리든지 나쁜 소리든지 보지 않고는 견딜 수 없었다.

그러나 경재의 보고 싶은 맘과 정비례로 여순의 조심도 깊어 갔다. 그래서 경재는 위정 방바닥에 놓인 신문을 슬쩍 집어 들었다. 그리고 소리를 내어 읽기 시작하였다. 글쓰는 데에는 전연 관심이 없다는 듯이……

그러나 여순은 그 소리에는 아무 감응이 없는 듯 경재의 신문 읽는 소리는 고요한 공기를 흔들고 제 귀로 돌아올 뿐……

"세계 유일의 흑인제국(黑人帝國), 에티오피아 최후의 날……."

경재는 더욱 목청을 높이어 신문을 읽었다. 그러나 그렇게 목소리를 높이는 때는 곧 시선이 날카롭게 여순의 앞으로 떨어지는 때였다.

여순은 그것을 알지 못하고 조금 방심하여 손을 재게 놀리어 여기저기로 철필을 끌고 다닌다. 그의 앞 종이는 쥐 밟아 논 낮짝같이 검푸른 자국이 점점하다.

경재는 좀 더 목소리를 높이며 감탄의 도수를 늘렸다. 그리고 발소리를 도적해 가며 여순의 뒤로 가까이 왔다. 그러나 신문은 그와 반대로 뒤로 내밀어 일부러 버석버석 소리를 내었다.

손을 뒤로, 머리는 앞으로, 각각 반대 방향으로 늘일 대로 늘인 우스운 자세가 여순의 머리 위로 따릿따릿 소리 없이 내려온다.

여순의 철필 끝에서 씌어지는 글자가 한 자, 두 자, 경재의 눈에 비쳐 오는 순간, 여순은 깜짝 놀라며 고개를 푹 숙이고 손으로 잽싸게 쓰던 글자를 가리어 버렸다.

경재는 얼른 몸을 일으키며 부지중 쥐었던 신문을 떨어뜨렸다.

여순은 책상 위에 상체를 숙인 채 가만히 앉아 있다.

그가 쓰던 글자가 다시 역력히 머리에 살아오는 순간 경재는 적이 어떤 반감을 느끼며 몸이 굳어졌다.

'안현옥', '사장', '경재', '아버지', '내부내자(乃父乃子)'……이런 문구가 경재의 눈에 들어왔던 것이다.

여순이가 쓰고 지우던 문구를 경재는 다시 생각하였다. 허무지른 철필 자국과 가늘게 씌어지던 글자가 머릿속에서 마치 활동사진의 어떤 장면같이 빠른 속도로 휙휙 날아 지나간다.

무거운 침묵이 흐른다. 묵철과 같이…….

경재는 뛰는 마음을 짐짓 누르고 생각을 계속하였다.

현옥이와 사장과 자기의 아버지 때문에 여순은 지금 고민하고 회의하고 주저하고 있는 것이다. 그들의 간섭과 박해 때문에 기가 꺾인 것이다. 용기를 잃고 반발을 잊어버린 것이다. 그리하여 그에게는 이미 사랑도 없고 경재도 없다. 따라서 둘이 함께 가시덤불 같은 고난의 길을 헤치려던 의욕을 스스로 포기한 것이다.

경재는 이렇게 생각하였다. 생각하면 생각할수록 그것은 원통한 일이요 가증한 일이었다.

그까짓 주위의 사정이 다 무엇이랴. 그까짓 것을 물리쳐 버릴 신념이 없는 인간 따위가 다 무엇이랴. 여순은 왜 좀 더 강하여지지 못할까.

이런 생각이 경재의 가슴에서 *분류(奔流)와 같이 흘렀다.

'약자여! 너의 이름은 여자다!'

그는 속으로 이렇게 부르짖었다.

분류(奔流)
내달리듯이 아주 빠르고 세차게 흐름. 또는 그런 물줄기.

여순의 마지막 발명은 역시 경재의 가정을 위한다는 그 말일 것이다. 그러나 그것이 과연 나를 위하는 것일까. 유족한 생활을 하기 위해서 이미 맘으로 버리고 실지로 버린 사람에게로 돌아가게 하는 것이 나를 위하는 도릴까.

'인간적! 너무도 인간적이다!'

경재는 속으로 또 이렇게 부르짖었다.

그러다가 그는 북받치는 감정으로 부지중,

"여순씨!"

하고 날카롭게 불렀다.

"당신 생각은 잘 알았습니다."

강하면서도 섬세한 리듬이 흐르는 그 말소리는 되레 경재 자신에게 얕은 애상(哀傷)을 일으켜 주었을 뿐…… 여순은 아무 반응이 없는 듯이 잠자코 있다.

"잘 알았습니다. 자아, 실례하겠습니다."

하고 경재는 그 자리를 뛰어나오려 하였다.

그는 집에 돌아가서 아무도 없는 제 방으로 이불을 뒤집어쓰고 혼자 생각하고 싶었다. 고민하고 싶었다. 그러는 것이 자기의 맘을 심화(深化)시키고 따라서 그 심화된 압력이 모든 어둠과 공간을 꿰뚫고 상대자—여순에게 투사(投射)될 것 같이 생각되었다.

그러나 그는 곧 나와 버리지는 못했다.

"당신 생각은 잘 알았으니 그만 가겠습니다……"

그래도 여순은 대꾸가 없다.

경재는 간신히 자기의 마음을 눌렀다. 참말 열이 오른 때의 반동적인 침착이 왔다.

"그러나 당신의 생각은 나와는 반댑니다. 사장이나 안현옥이라는 문제 안 되는 존재 때문에 압도될 것이 무엇입니까. 부모의 간섭 때문에 주저할 것이 무엇입니까."

경재는 찌르듯 시선을 여순에게로 보냈다.

"여순씨! 왜 말이 없습니까."

"……"

"그렇지요. 기껏해야 여순씨는 이렇게 말하겠지요. 경재 너를 위해서라고…… 그러나 대체 나를 위한다는 것은 무엇을 의미하는 겁니까. 안현옥이나 안중서(현옥의 아버지)나 또는 내 아버지가 아니면, 나는 내 사업도 아내도 가질 수 없단 말입니까. 자기의 손으로 쌓은 자기의 생활을 파헤쳐 버리고…… 아니 빼앗겨 버리고 자기가 아닌 딴사람에게 매여 살아야 할 인간이란 말입니까."

이렇게 외칠수록 경재는 격정을 참을 수 없었다. 다시 자제(自制)를 잃어버리기 시작하였다. 금방 여순이를 쥐어박고도 싶었다. 그렇지 않으면 하다못해 제 몸이라도 어디다가 탁 부딪혀 주고 싶었다.

"여순씨! 무슨 말이든지 죄다 해보십시오. 당신의 지금 가지는 태도를 보면 무슨 깊은 이유가 있는 것 같습니다. 그러나 말하지 않으면 결국 알 수 없고 마는 게 아닙니까."

하고 경재는 거듭 이렇게 재촉하였으나 여순은 여전히 아무 말도 없다.

아무 말 없을 뿐 아니라 그의 태도는 너무도 심상한 것 같고 너무도 얄밉게 침착한 것 같았다.

경재는 어찌했으면 좋을지를 모르듯이 찌르듯 여순이를 내려다보고 있었다.

경재는 한참 여순을 내려다보며 맘을 진정해 가지고 말을 이었다.

"나는 주위의 간섭을 도리어 좋은 자극이라고 생각합니다. 좋은 시련이라고 생각합니다. 비록 조고만 일이라 하더라도 그것을 제 손으로 물리쳐 버리면 그 이상 더 장쾌한 일이 없을 겁니다. 평화하고 안락한 생활보다 파란과 곡절이 많은 그 생활이 훨씬 사람을 사람답게 한다고 여순씨도 일찍 말한 일이 있지 않습니까."

"……."

"설사 주위로부터 그보다 더한 훼방과 박해가 온다 하더라도 그것을 기어이 헤치고 나갈 그만한 신념과 힘이 있어야 할 거 아닙니까. 조금 불리한 경우에 이르렀다고 그만 백기부터 들고 나설 말이면 무슨 일인들 되겠습니까. 아무 일도 안 되고 말 것입니다."

그래도 여순은 여전한 태도다. 그림과 같이 움직임이 없고 얼음과 같이 차다.

경재도 힘써 자기의 맘을 눌렀다.

"여순씨! 결국 인간의 모든 문제는 그 사람 자신의 생각으로 돌아갈 것입니다…… 그런데 당신의 생각은…… 당신의 생각은 말입니다……."
하는 경재의 말소리에서 *비창한 리듬이 흘렀다. 비창한 리듬이 흐르는 것은 곧 다시 맘이 격하여지는 순간임을 깨달으며 그는 적이 말을 멈췄다가 다시,

"여순씨 생각은 여순씨를 지〔패배〕게 하는 동시에 나를 지게 하는 생각인 외에 아무것도 아닙니다. 두 사람을 함께 지게 하는 생각이란 말입니다."

그래도 여순은 아무 대답도 동작도 없다.

"지는 것을 좋아할 사람이 어디 있습니까. 나는 이기고 싶습니다. 아니 이기고 싶을 뿐 아니라 이기겠습니다."

그러자 여순은 쓰러질 듯한 자기의 몸을 얼른 바로잡으며 여전히 책상을 향하고 앉은 채,

"그러기에 저는 이겼습니다."
하는 한 마디를 말하고는 여전히 또 잠자코 있다.

여순이가 첨으로 입을 연 순간, 경재는 무슨 까닭인지 다시 격정에 사로잡혀 자기를 잊어버렸다.

"이겼다구요?…… 아닙니다. 이기려는 사람은 우선 싸워야 합니다. 그리고 보다 더 강하게 살아야 합니다. 겨루기도 전에 물러설 곳부터 찾는 사람은 언제든지 크나 적은 일을 물론 하고 열패자(劣敗者)의 지위밖에 가질 수 없습니다."

순간 여순은 무엇인가 나오려는 말을 막아 버리듯이 입술을 꼭 깨물

었다.

"사람은 *간난에 사는 것이요 안락에 죽는 것입니다…… 바람 한 점 없는 세상에서는 깃발 하나 날리지 않습니다. 바람과 물결에 부딪쳐 가면서 그것을 헤치려고 하면 제 맘의 깃발도 움직일 겁니다."

그러자 여순은 슬며시 저편 벽을 향하고 돌아앉아 버렸다.

좀더 냉정해지고 좀더 움직임이 없으려는 동작이었다.

경재는 그것을 한참 얄밉게 내려다보다가,

"여순씨! 당신은 이겼다구요? 무엇을 이겼단 말입니까."

"……."

"……이겼다구요? 아닙니다. 이긴 것이 아니라 패한 것입니다…… 약자입니다."

그러자 여순은 고고히 몸을 일으키며,

"아닙니다. 이겼습니다. 나는 강자입니다."

하고 야무지게 외친다.

"무엇이 말입니까? 무엇을 이겼단 말입니까?"

"그렇습니다. 물론 이겼습니다. 나는 사랑하지 않습니다. 그것을 이겼습니다."

"그것을 이겼다구요?"

하다가 경재는 너무도 어이가 없는 듯이 자기의 뜻과는 반대로 불현듯 냉조(冷嘲)가 흐르려는 것을 얼핏 깨물어 버리고도 짐짓 맘을 진정한 연후에,

"그것은 훌륭한 *궤변입니다. 약자의 궤변입니다."

그러자 여순은 호젓이 픽 돌아앉으며,

"똑똑히 말씀해 드리지요. 나는…… 나는 선생님을 사랑하지 않습

간난
몹시 힘들고 고생스러움.

궤변
상대편을 이론으로 이기기 위하여 상대편의 사고(思考)를 혼란시키거나 감정을 격앙시켜 거짓을 참인 것처럼 꾸며 대는 논법.

니다. 아무 말도 말아 주십시오."

하고 말이 끝나자 다시 저편으로 돌아앉아 버렸다.

　"말을 말라구요?"

하고 경재는 한참 심히 여순을 건너다보다가,

　"내게는 말할 권리가 있습니다."

　"권리는 무슨 권리예요. 얼른 돌아가서요."

하고 여순은 매우 무섭게 빽 소리를 질렀다.

　경재의 성낸 발소리가 대문 밖에 사라진 때에야 여순은 그만 그 자리에 쓰러져 느껴 울었다. 사랑이 없기 때문에 그를 떠나려는 것은 물론 아니다. 그러나 이 속을 누가 알랴!

　어느새 앞문이 훤해졌다. 지난밤을 거의 뜬눈으로 새운 경재는 새벽이 되어서야 어슴푸레 잠이 들었다. 그리하여 그 가벼운 잠 속에서 곧 무거운 꿈이 맺혔다.

　—그는 여순을 만났다.

　아니 여순이가 그에게로 달려왔다. 여순의 눈은 웃음으로 유난히 빛난다.

　경재는 그를 떠밀어 버리고 몸을 피하려 하였다. 그러면서도 한편 발길로든지 주먹으로든지 힘껏 박아 주고 싶은 얄궂은 충동이 있어서 그대로 머뭇거리고 있었다. 피가 흐르도록 해주고도 싶었다. 그러나 그 샛별 같은 눈, 어린애 같은 애띤 그를 그렇게 하지 못하게 하였다. 또 그를 훌쩍 물러가 버리지도 못하게 하였다.

　다음 순간 경재는 웬일인지 울고 싶은 충동을 받았다. 굉장한 비극에 나오는 배우같이 상대자의 맘을 쏙쏙 들여쑤시는 말을 연극조로 외치고도 싶었다.

그러나 어쩐지 말이 목에 걸렸다. 그러니만큼 건드리기만 하면 금시 쏟아질 것 같은 감정이 새어날 길을 찾지 못하고 가슴 속에서 만조(滿潮)를 이루고 있었다.

그런데 여순은 상글상글 웃어 가며 연해 그의 몸을 흔들어 주지 않는가.

마치 *잠뿍 담은 물그릇같이 닫기만 하면 고작 쏟아질 것 같은 경재의 몸을 여순은 자꾸 흔들어 주지 않는가…….

잠뿍
담뿍하게 잔뜩.

경재의 가슴에서는 마침내 무엇이 터져 나왔다.

"아—"

하고 잠꼬대같이 가는 소리를 내었다. 첨은 몹시 가는 소리였다. 그러나 차차 높아지는 데 따라서 그 소리는 떨리기 시작하였다. 울음 소리와도 같이, 또는 신음 소리와도 같이…….

무딘 톱날로 나무를 켜듯이 그 소리는 베차맞게 목을 흘러나왔다. 그 얼굴은 안간힘을 쓸 때같이 가쁘게 떨리고 뻘겋게 저렸다.

그러다가 그는 그만 제 소리에 놀라 잠이 깨었다. 그러나 곤기가 실려서 눈은 뜨이지 않았다.

그때 어멈이 미닫이를 슬며시 밀며,

"편지요……."

하고 말하다가 낮게 혼자말로,

"여태 즈무시나."

하고 조심스레 편지를 경재 앞에 내려놓고 소리 없이 미닫이를 닫았다.

"뭐?"

경재는 편지라는 소리에 별안간 정신이 난 듯 눈을 번쩍 떴다.

"편지 왔어요."

하고 어멈이 경재의 소리에 놀란 듯 되돌아서서 쭈뼛이 들여다보고 갈 때 경재는 얼른 편지를 집어 들었다. 편지 *피봉에는 발신인의 주소도 성명도 씌어 있지 않았으나 여순의 편지인 것은 곧 알 수 있었다. 그는 편지를 이리저리 뒤집어 가며 찾아보았으나 *일부인도 똑똑지 않고 발신 일자도 씌어 있지 않았다.

그는 그저께 밤에 여순에게서 놀라운 선고를 받고 집에 돌아왔다가 어저께 밤에 다시 그를 찾아갔다. 그러나 그때는 벌써 여순이가 어디인지 떠나간 후였다. 주인노파에게 물어 보아도 시골로 간다고 하더라는 말만 하고 어디로 갔는지는 알지 못한다는 것이었다.

그는 그저께 밤부터 지난밤까지 골똘히 생각하였다. 암만 생각해 보아도 여순의 심리는 알아낼 수가 없었다. 너무도 돌연한 것 같고 너무도 까닭 없는 심사인 것 같았다.

까닭 모를 일을 골몰히 생각하는 것은 번거롭고 고달픈 일이었다. 그는 생각에 지쳐 버렸다. 그래서 어저께 낮에는 여러 시간 동안 낮잠을 자기까지 하였다.

자고 깨어서 생각해도 역시 알 수 없는 일이었다. 그러면서도 그의 머리는 쉬지 않고 무엇을 생각하였다. 하나 무슨 생각을 하는지 저로도 알 수 없는 때가 많았다. 그는 어저께 석양에 다시 베개를 베고 자리에 드러누워 보았다. 유치장 같은 데로 첨 들어오는 사람은 대개 아무것도 생각지 못하는 듯이 졸고만 있던 것을 생각하였다. 걱정이 사뭇 깊으면 사람은 혼수에 빠지는 것인 듯하였다. 그것은 요행한 일인 것 같았다. 그래서 자볼까 하였던 것이나 잠도 오지 않았다. 위정 자려고 하면 잠이란 놈도 달아나 버리는 것인가 하며 허심히 있어 보았으나 밤새도록 잠을 이루지 못하였다.

피봉
겉 봉투.

일부인
서류 따위에 그날그날의 날짜를 찍게 만든 도장.

그는 편지 떼기가 무서운 듯하였다. 그러나 떼고야 말았다. 편지를 떼는 순간 그는,

"꿈은 생시와 반대라는데……."

하는 생각을 별안간 하였다. 생시와 반대면 꿈에 반기던 여순은 다시 돌아오지 않을 것이 아닌가…… 이런 생각도 하였다.

떼고 보니 편지의 사연은 이러하였다—

선생님!

나는 멀리 갑니다. 다시 찾지 말아 주십시오.

떠나려는 생각은 벌써 오래 전부터였습니다. 아무 말 없이 떠나 버리려고도 하였습니다. 그러나 그것은 너무 비겁한 짓 같아서 저의 태도만을 약간 표명하였던 것입니다. 그날 밤 제가 선생한테 취한 태도는 선생께 대한 저의 마지막 인사였습니다. 울어도 웃어도 시원치 않을 때에는 독사같이 독해지는 것이 오히려 낫지 않을는지요?

선생님!

저는 선생을 사랑하지 않습니다. 좀더 자세하게 말하자면 사랑하기 때문에 사랑하지 않으려는 것입니다. 무슨 모순된 말이냐고요?…… 그러나 그렇지 않습니다. 모순되고 모순되지 않고 간에 이것은 지금의 저의 거짓 없는 심경입니다. 에누리 없는 고백입니다. 선생도 언제든지 이해해 주시리라고 저는 믿습니다.

그러나 지금은 물론 맘이 괴로우실 것입니다. 오직 이것을 해탈하는 데는 시간과 의지가 있을 뿐이라고 저는 생각합니다. 시간이 옮기는 사이에 그리고 스스로 마음을 굳게 가지는 때에 그

괴롬은 해소될 것입니다. 그때는 몸과 맘이 함께 가뿐하실 것입니다.

하루바삐 맑고 가벼운 기분으로 돌아가 주십시오. 저도 될 수 있는 대로 속히 그러한 심경이 되고 싶습니다. 물론 그렇게 되겠지요. 안 되는 날까지는 제 몸에 스스로 매를 내리기를 잊지 않을 것이니까요⋯⋯.

이번에 제가 취한 행동은 선생의 신상을 위하는 동시에 저의 전도를 위해서입니다.

저는 오직 그길 뿐이라고 믿어 의심치 않습니다.

선생은 "너의 행동은 너를 지게 하는 동시에 나를 지게 하는 것이다⋯⋯." 이렇게 또 꾸짖고 비웃으시겠지요. 그러나 졌다고 생각할 필요는 없을 것입니다. 이겼다고 생각하는 것이 옳을 것입니다. 최후에 웃는 사람이 가장 잘 웃는 사람이니까 앞날을 두고 보기로 하지요. 물론 후일 다시 만나게 될지도 모르겠지요. 그때에 선생의 입으로도 "네가 그때에 취한 행동은 과연 옳았다." 하는 말이 나올 만큼 그만큼 저는 지금부터 새사람으로서의 출발을 시작하려 합니다. 저도 선생을 새사람으로 대할 만큼 그렇게 되어지이다⋯⋯ 하고 빌고 기대합니다.

기뻐해 주십시오. 쾌한 일이라고 무릎을 쳐주십시오. 이것은 물론 어려운 일일 것입니다. 그러나 하기 어려운 일을 몸소 해보는 쾌감이 어찌 없사오리까.

마지막으로 저는 바랍니다. 앞으로 만나지 못한다 하더라도 만난 것 같은 우리들이 되는 동시에 만나도 만나지 못한 것 같은 이러한 먼 거리의 사람이 되지 않기를 그윽이 기원하고 있습니다.

떠날 시간이 촉급해서 난필이 되옵고 말의 두서가 서지 못하였사
오니 눌러 보아 주십시오.

서울을 떠나며

R. S.

경재는 자기를 잊은 듯이 열심히 두 번 거듭 편지를 읽어 보았다.

분명히는 잡을 수 없으나 하여간 그가 무슨 새 결심을 가지게 된 것
만은 사실인 듯하였다.

일종 자기를 무시하는 행동인 것 같기도 하고 또 한편 지나치게 자
기를 독려하는 소리인 것 같기도 하나 그러면서도 그 보기 드문 강렬
한 개성을 놓치는 것은 더할 수 없이 *아수한 일인 것 같기도 하였다.

아수하다
아깝고 서운하다.

사랑은 그의 뜻대로 해소해 버려도 무방할 것이다. 그러나 한 번만이라도 다시 만나서 그보다 더 참스럽고 값있는 말을 해볼 수 없을까…… 그는 이렇게 생각하였다.

'대체 어디로 갔을까? 시골 갔을까, 서울에 있을까?'

그는 미닫이 밖으로 내다보이는 하늘에 저 혼자의 공상을 그려 가며 그 공상에 홀로 이렇게 부르짖었다.

그러다가 그는,

'이 땅덩어리가 삽시에 한 방으로 줄어들었으면…….'

하고 바랐다.

그러면 여순이도 물론 그 방 안에 있을 것이 아닌가.

그는 무거운 공상에 차차 자기를 잊기 시작하였다.

우정

학수는 퇴원하여 다시 공장으로 돌아오게 되었다.

이렇게 되기까지에는 준식이 들의 힘이 물론 제일 많았지만 그 외에 동필의 주선도 적지 않았다.

동필은 학수가 입원하여 있는 사이에 여러 동무들에게서 몇 푼씩 모아서 학수의 집으로 보내 주기도 하였고 또 틈나는 대로 그의 집을 찾아가기도 하였다.

"어떻게 지내십니까."

하고 그가 위문하면 학수의 어머니는 일찍 아비를 여의고 형을 병원으로 보낸 어린 두 아들의 머리를 어루만지며,

"어떻게 지낼 말이라구 있수…… 그저 쟤 병이나 얼른 나았으면……."

하고 눈물이 글썽글썽해지는 것이었다. 생활 책임자를 잃은 그 어머니의 설움은 악착한 세상의 생활상 위협으로 더한층 치떨리게 암담하였다.

"학수는 인제 그만하면 큰 염려는 없지요만…… 그 동안 지내갈 일이 걱정이지요."

"지금까지는 당신네들이 돌보아 주어서 이럭저럭 살어왔소만 허구헌 날 남의 신세만 질 수도 없는 거구…… 또 가난 구원은 나라도 못한다는데……."

"너무 걱정 마시우…… 설마 산 사람 입에 거미줄 치겠습니까."

"아직은 날씨가 춥지 않으니깐 밤이면 산에 가서 나뭇가지도 주워 오고해서 하루 한 때나마 끼니를 끓이고……
또 공원이라나 무슨 산이라나 거기 가면
빈 병이 있대나요. 큰 걸 집으면 일 전

씩두 받는대유. 해서 요전엔 그 돈으로 제 성한테 실과를 사간다는 걸 내가 바빠서 *차썼지유."

하고 서글픈 웃음을 띠다가 인차,

"그런데 참 회사는 다시 다니게 되겠수?"

하고 하소연이나 하듯이 어두운 표정으로 동필을 쳐다보았다.

"암요. 나아만 나면 물론 다시 다니게 될 겁니다."

"하지만 팔을 잘 쓰지 못하면 다시 써줄라겠수?"

"그렇잖습니다…… 일하다가 다친 거니깐 모르겠다구야 할 수 있습니까."

"글쎄 온……."

"걱정 마세요."

"말들이나 잘해 주시우. 나야 살아 있어도 죽은 목숨이지 어디 어쩔 줄을 아우…… 그저 여러분만 믿구 있수."

"그렇다뿐이겠습니까. 힘이 모자라서 그렇지 *범연할 리야 있습니까…… 그러지 않아도 불원간 퇴원하게 될 듯하기에 벌써부터 말들은 하고 있습니다."

"그 애도 그저 여러분만 믿구 있더군요."

"그럼요. 그 담에야 어디 누구 믿을 사람이 있습니까…… 또 우리도 기실은 모두 내 일 같지 남의 일 같지 않습니다."

하고 동필은 여러 가지로 학수의 어머니를 위로하였다. 말뿐 아니라 마음으로도 학수의 일에 대해서는 결코 등한하려고 하지 않았다. 손바닥만한 뜨락 구석에 놓인 나부랭이 솔가지—아이들이 주워 온 솔가지를 무심코 보는 때마다 그는 동정을 더욱 깊게 하였다.

누구나 다 같이 당하는 곤경이지만 잔사설이나 재잘거리는 준식이 따위 햇내기패들은 자기처럼 살뜰히 직공의 뼈저린 생활을 알지 못한다고 동필이는 생각하였다.

'주제넘은 큰소리들만 탕탕 주어치지 말구 한 가지씩이라두 꼭 필요한 것부터 해들 봐라.'

하고 그는 속으로 준식이 들을 몰래 비웃었다. 그러며,

'내 하는 걸 보아라!'

하듯이 준식이 패와는 아무 상의도 없이 학수의 집에 보내 줄 돈을 몰래 모으곤 하였다.

"이 담에 내가 다치거던 또 내야 하지 않나. 하니까 한목에 죄다 내도 안 받을 거니 우선 조곰씩만 내게."

하고 동필은 능청맞은 솜씨로 농담 비슷이 웃어 가면서 동정금을 모았다. 삯전 받는 날마다…….

"오 전만 받게."

하고 어떤 직공이 오 전짜리 하나를 내밀면 그는 그 사람의 생활과 처지를 보아서,

"거 잔돈만 죄다 주게."

하고 더 집어 오는 일도 있었고 어떤 직공에게서는 위정 이삼 전씩만 받는 일도 있었다. 그리고 여공들에게서 돈을 거둘 때에는,

"이 담 혼인할 때 비용은 내가 책임지지."

하고 객담을 하기도 하였다. 뿐 아니라 공장 주임과도 수차 학수의 일을 부탁하였다. 그 가정 형편을 *저저이 이야기해 가며 기어이 복직시켜 달라고 간청하였다.

준식이 들도 그런 동정을 죄다 보고 있었으나 그것은 결코 비방하거나 방해할 일이 아니므로 모르는 척하고 자기들은 자기끼리 또 따로

저저이
있는 사실대로 낱낱이
모두.

돈도 모으고 복직에 대해서도 힘써 왔다.

　학수는 다시 공장으로 들어온 첫날 점심시간에 동필에게 감사한 인사를 하였다.

　"동필이 미안하오. 병원에서 나오던 날로 인차 가겠는데 동무들이 와서……."

　"뭐 미안할 게 있나…… 다 그런 거지."

　"어머니가 어떻게 많이 말씀하시는지…… 한데……."

하고 학수는 퇴원하던 날 준식이 들이 병원에 찾아와서 집까지 같이 갔기 때문에 동필이한테 가보지 못하였다는 말을 하려다가 그만두었다.

　"자네 집에 가보니까 내가 되레 더 한심해지데그려. 허니 뭐 별수 있나…… 생각 같에서는 한짐 져다 주고 싶데만 뻔히 아다시피 털면 먼지밖에 안 날 축들이니 어디 헐 수 있나."

　"아니 그거—많고 적은 거야 당초에 문제 될 것도 없는 거고……."

　"그렇지만 마음이야 좀 크게 먹지 못할 게 있나…… 욕심 같에서는 사춘 개와집 지어 주듯이 자네 어머니가 그만 턱이 덜컥 물러날 만치 가져가 보고 싶고 또 내킨 김에 다른 직공들도 먹고 싶은 대루 입고 싶은 대루 맘껏 해주고 싶데만…… 그야말로 *안고수비가 되어서…… 하하하."

　"마음으로라두 그만침 생각해 주니 뭐라 말할 수 없소."

하는 학수는 진심으로 감사한 생각을 가졌으나 그것을 표시할 적당한 말이 없었다.

　"맘으로나 말로 하는 거야 누가 못 하겠나…… 허지만 맘은 태산같이 먹어도 되는 건 벼룩이 애만치밖에 안 되네 안 돼……."

하는 동필의 말 속에는 말로만 재잘대는 준식이 패에 대한 비웃음이

안고수비(眼高手卑)
이상만 높고 실천이 따르지 못함을 이르는 말.

있었고 또 자기의 한 일에 대한 감상적(感傷的)인 만족이 있었다. 그러나 학수는 고마운 마음뿐으로 그까지 *기찰이 미치 못하였다. 해서,

"그럴 리가 있소. 먹고 살면 됐지…… 먹고 사는 일이란 여간 큰 일이오."

하고 그의 노력이 큼을 못내 치하하는 동정을 보였다.

"그리고 자네 일 때문에도 여러 번 주임과 말했네. 낭중 일은 낭중 일이고 우선 몸부터 성하고야 볼 일이기에 치료비를 아끼지 말고 잘 주어 달라고 했지…… 아니 뭐 내 말이라고 더 잘 들어준다고는 할 수 없지만 워낙 오래 있었고 또 낫살이나 듬직허니까 그대지 *홀갑게는 듣지 않는 모양이데."

"그건 글쎄 나도 잘 아는 거지만…… 어쨌든 곁에서 그렇게 말을 잘 해주어서 병신은 면했쇠다."

"병신만 되어 보게. 다시 들어올 수 있나? 한데 순서를 모르고 다짜고짜로 이것저것 들여 대기만 하면 뭘 하나. 될 것도 되려 안 되는 수가 있거든…… 일이란 다 선후가 있는 거니까."

하는 동필의 말을 들으며 학수는 그제야 그 말 속에 준식이 들을 나무라는 의미가 있는 것을 알았다. 그러나 어쨌든 말만은 흠잡을 것이 없는 듯해서,

"암 그렇구말구요."

하고 동의를 표하였다.

"해서 자네가 거진 다 나아갈 임시에야 주임과 다시 말했지……."

"해고한다고 그리드라지요?"

"다른 사람들은 그렇게 말하데만 난 그런 말까지는 못 들었네. 하지만 그야 어쨌든 그저 보구 있을 수 있나. 해서 주임과 다시 들어오도록

기찰
행동 따위를 넌지시 살핌.

홀갑다
할갑다. 길 물건이 길 자리에 꼭 맞지 않고 조금 크다.

우정 351

부탁했지."

"뭐랍디까?"

"글쎄 말치장인지는 몰라도 동필이가 말하는 거니까 잘 생각해 보마구 그리데그려."

"하하, 그렇게 됐군요?"

학수는 사실 준식이네가 노력해서 별일 없이 복직된 것으로만 알았을 뿐이요 동필이가 그같이 자기를 위해서 애써 준 것은 지금껏 알지 못하고 있었다.

"물론 복직된 것은 단순히 내 힘이라고 할 수는 없지만 그렇드라도 곁에서 말하기와 안 하기가 다르니까……."

"아무렴요. 그리구 또 당신 말은 주임이 *홀홀히 듣지 못하는 터이니까……."

홀홀히
행동이 거침 없고 시원스럽게.

"뭐 그럴 것까지는 없지만 그다지 개볍게는 보지 않는 모양이여……." 하다가 동필은 근자에 회사가 이른바 견실한 직공의 한 뭉치를 만들려고 주임을 통하여 자기에게 버쩍 호의를 보내고 있는 데 대하여 듣기 좋게 자랑하고 싶은 삽시의 충동을 받았으나 그대로 참아 버리고,

"그리구 또 그런 일은 잘못하다가는 본인에게 되려 해를 미치게 하는 수가 있단 말야. 하니까……."

그럴 때에 준식이, 키보, 길림이가 털털거리며 조방실로 들어왔다. 학수가 그편을 바라보는 사이에 동필은 별말 없이 어슬렁어슬렁 나가 버렸다.

"어떤가, 일해 낼 만한가."

하고 준식이가 학수의 다친 팔을 유심히 보며 웃었다.

"조금 거북하기는 하네만 뭐 괜찮어."

하며 학수는 활동사진의 슬로 모션같이 천천히 왼팔을 빙빙 돌려도 보고 아래위로 오르내려도 보았다.

그러자 학수의 팔이 노는 대로 시선을 오르내리고 있던 길림이가,

"자네는 그때 일을 모를 걸세만 첨 다쳤을 그때는 마치 재주 잘 부리는 난쟁이팔같이 아무렇게나 함부로 막 돌아가데그려, 핫하하하……."

하고 너털웃음을 친다.

"요눔아, 그래도 이 팔에 한번 맞어 보겠냐."

하고 학수는 왼주먹을 키 작은 길림이의 이마에 내려 겨눴다.

"재간 놀다가 또 어긋날라."

"요눔이……."

하고 학수는 길림이를 금시 때려누일 듯이 주먹을 번쩍 들었다.

그와 동시에 길림이는 그의 주먹을 피하여 여윈 몸을 재게 날려 키보의 뒤로 비켜 섰다.

"산젯(山祭)밥에 청메뚜기처럼 뛰긴 잘 뛴다."

하며 학수는 뛰어가는 길림이를 마뜩지 않게 바라보다가 키보와 길림의 너무도 크고 작은 대조가 우스워나서,

"핫 하하하…… 천생 전봇대에 파리 붙은 것 같구나."

하고 크게 웃고 있는 것을 준식은 그만 제지하듯이 화제를 돌려,

"지금 동필이가 뭐라든?"

하고 학수에게 물었다.

"아니 별말 없었어……."

학수는 무심히 이렇게 말하다가 혹시 오해나 사지 않을까 하는 생각이 나서,

"우리집에 찾아가지 못해서 미안하다구…… 그리구 어머니 말을 들

으니깐 그새 여러 번 찾아오고 또 돈도 가져왔더라구……."
하고 동필이가 말하던 것을 대강대강 이야기하였다.
　"사실 그 사람도 이번에 애 많이 썼네. 아마 돈도 적잖이 모아 갔지…… 그리구 주임허구도 자네 당불 한 모양이데. 어쨌든 고마운 일이야."
　"아무렴, 그야 그렇구말구. 그래서 톡톡히 고마운 치하를 했네."
　"그런데 우리와는 아무런 이야기도 없이 순전히 개인 행동으로 한 것만은 좀 섭섭하데만 애는 썼어……."
하고 준식이가 말할 때 길림이가 곁에서,
　"우리들의 영웅이거든 *일당백(一當百)이 아닌가?"
하고 슬쩍 비꼬는 것을 준식은 전연 불문에 붙이는 점잖은 말로,

일당백
한 사람이 능히 백 사
람을 당해낸다는 뜻으
로 매우 용감함을 비유
한 말.

　"그 사람은 과거에는 퍽 충실한 사람이었는데 근자에는 여간 변하지 않았어. 이번 일만 해도 순전히 개인 행동에 그쳤는데 그뿐만 아니라 우리들 하는 일은 늘 조소하는 태도로 보려고 드는 버릇이 있어."
하고 이어 이에 관련하여 회사가 지금 획책하고 있는 바에 대하여 말하였다.
　즉 사장이 중역 사무원을 비롯하여 공장에 이르기까지 정신적 통일을 도모하려는 것과 그러기 위하여 선참 소위 견실한 분자를 한데 뭉치게 하려는 것과 그래서 중요 분자이던 동필이를 그편으로 끌어다가 이용하려는 것과 그리하는 의의(意義)가 어디 있다는 것 등에 대해서 부연해 말하였다.
　학수는 그 말을 들으며 동필이가 아까 자기와 말하는 사이 준식이들을 비웃고 나무라는 동정이 있던 것을 생각하였으나 거기 대해서는 아무 말도 하지 않고 그저,

"그 사람도 마음이 음험한 사람인 것 같지는 않어."

하고 벙벙하니 말하고 또 키보가 곁에서,

"그 사람도 학수 일이 생긴 후로는 심지가 다소 변한 것 같데그려."

하고 말하는 것을 준식은,

"물론 나쁜 사람은 아니요. 사람으로야 훌륭한 사람이지. 아무렴, 존 사람이구말구…… 그러나 역시 제일 경계할 사람은 그 사람이여. 술책 도 있고 또 무슨 일이든 하랴고 들면 해내거든…… 그리구 여태 순진한 직공들의 신망과 인기를 가지고 있으니까…… 그러니까 인제부터 는 그와 좀 가까워질 필요가 있겠어. 이때까지도 전연 따돌리랴고 한 것은 아니지만 그러나 우리들이 다소 지나간 점도 없지 않었어."

하고 이어 여기 대해서 여러 가지 이야기를 하였다.

그들은 인제부터 동필이와 가까워질 필요를 느끼었다.

그러는 것이 그를 자기들에게서 배반해 버리지 않게 하는 *방도였 다. 뿐 아니라 앞으로 위기가 다가올 것 같은 몽롱한 불안이 그들을 서 로서로 모이게 하였다.

오후의 작업이 시작된 지 얼마 후였다. 공장 뒤뜰 창가에서 일하던 한 사람이 유리창을 내다보며 별안간 *탁배기같이 탁한 청으로 유행 가 한 곡조를 떼자 그 곁에 있던 다른 한 사람이 또 창을 내다보며 비 린 소리로 화답하다가,

"여—학수."

하고 크게 부른다.

학수는 곧 그들이 또 여공을 놀려 주고 있는 것이라고 생각하며 그 편으로 눈을 주었다. 여공이 없는 조방실에서는 가끔 창 밖을 지나가 는 여공을 놀려먹는 일이 있다.

방도
어떤 일을 해 나갈 방법.

탁배기
'막걸리'의 방언.

밖을 내다보는 여러 사람의 뺨에서 웃음이라고 할지 선망(羨望)이라고 할지 알 수 없는 얕은 파문이 흐르고 있는 것을 언뜻 보며 무심히 밖을 내다보는 순간 학수는 놀랐다.

'아, 정님이로구나!'

하고 부지중 눈을 크게 떴다. 딴사람같이 말쑥하게 차린 정님이가 바로 조방실 뒤뜰을 지나가는 것이 그의 눈에 들었다.

이편을 바라보며 누구를 찾는 것 같은 정님의 해쓱한 얼굴을 바라보는 순간 학수는 아무 성심(成心)도 없이,

'나를 만나려는 것인가.'

하고 생각하였다. 이것은 따져 보면 물론 어리석은 생각이나 인간은 어리석음에 사로잡힐수록 그 일에 열중해지는 것이다. 그래서 이렇게 제멋대로 내킨 맘은 다음으로,

'벌써 찾아가 보았을 걸.'

하고 또 생각하였다.

그러며 그는 잠시 황홀한 가운데 놓여 있었다. 정님을 바라보는 눈이 무의식하게 자기의 가슴에 그린 저 혼자의 공상에 향하여지듯이 일순간 그는 몽롱한 가운데 자기를 잊고 있었다.

그러는 사이에 그는 어느덧 정님의 그림자를 잃어버렸다. 뒤통수를 얻어맞은 때 눈에서 불별이 번쩍하듯이 정님의 잔상(殘像)이 머리에 번뜩하였을 뿐 다시 정님은 보이지 않았다.

'곧 쫓아 나가 보았을 걸.'

그는 얼른 또 이렇게 생각하였다. 그 생각은 일순에 곧 후회에까지 이르렀다.

좋은 기회를 놓친 것 같은 후회와 아직도 늦지 않은 듯한 미련이 교차되어 흘렀다. 그러다가 삽시에 아직도 늦지 않았다는 생각만이 의식의 전면으로 불쑥 달려나왔다. 그리고 보니 일 초 사이이나마 *유예할 수가 없었다.

그는 다른 직공들의 눈치를 슬금슬금 도적해 보며 슬쩍 빠져서 밖으로 나왔다. 놓쳐 버리든가 그렇지 않으면 만나 보든가 하는 것이 눈 깜박 사이에 달린 것같이 조급한 마음으로…… 그는 밖에 나와서 기관실 굴뚝에 몸을 숨기듯 하며 이리저리 살펴보았다. 그러나 보이지 않았다. 보이지 않는 만큼 마음은 더 초조해졌다.

유예
망설여 일을 결행하지 아니함.

그는 정님이가 걸어가던 쪽으로 더듬더듬 걸어갔다. 그러다가 그만 가슴이 덜컥 내려앉는 듯함을 느끼며 주춤 하고 섰다. 정님의 모양이 다시 얼른 보였던 것이다.

그러나 막상 보고 나니 맘이 두근거려나고 겸하여 어색해져서 그만 몸을 숨기듯이 픽 돌아섰다. 그러나 돌아서서는 *위정뜨게 걸었다. — 정님이가 제 걸음대로 걸어온다면 얼마 아니하여 곧 따라올 수 있을 만한 속도로……

그는 걸으면서도 뒤에서 나는 소리를 *단념(丹念)히 엿듣고 있었다. 그러나 생각보다는 벌써 정님이가 따라왔을 건데 뒤에서는 아무 기척이 없다. 그는 불현듯,

'딴 데로 가버리지 않았나?'

하는 생각이 나서 다시 픽 돌아섰다.

앞에 선 사람에게는 아무 관심이 없다는 듯이 방심한 태도를 꾸미면서 일부러 발소리를 죽여 가지고 천천히 걸어오던 정님은 그제야 하는 수 없이,

"아, 학수씨!"

하고 놀라는 표정을 하고 이어,

"언제 퇴원했어요?"

하고 또 한 번 의외라는 표정을 한다.

학수는 정님의 물음에 대답하기보다도 또는 오래간만에 만난 반가움보다도 정님이가 물을 넣어 가지고 오는 주전자를 물끄러미 내려다보며,

'나 때문이 아니로구나. 나를 만나러 온 것이 아니로구나!'

하는 생각을 하였다. 그러며 수도로 가자면 으레 그 직장 뒤를 지나지

않으면 안 되는 것과 정님이가 물을 뜨러 그 수도로 갔다 오는 것을 다음으로 생각하였다.

　그는 얕은 웃음으로 우선 첫인사를 보내고 아무 말도 없이 한참 서 있었다.

　물끄러미 주전자만 내려다보고 있던 학수는 거진 본능적으로 힐끗 정님을 쳐다보며,

　"그새 어떻소?"

하고 지나가는 인사같이 예사로이 말하였다. 그러나 가슴은 까닭 없이 뒤설레었다. 그는 그것을 허물어 버리기 위하여 강혀 웃음을 지었다.

　"인제 괜찮으세요?"

　"아니 아직⋯⋯."

하고 별 생각 없이 그렇게 대답하던 학수는 별안간 일종의 반발적인 충동을 깨달으며,

　"생각해 준 덕분으로 죄다 나았습니다."

하고 정님을 다시 아래위로 죽 훑어보았다.

　"천만에요⋯⋯ 그새 찾아가지 못해서 미안합니다. 공연히 바뻐서⋯⋯."

　"그럴 테죠."

　"인제 아주 아무 일 없어요?"

　"네."

하고 학수는 한참 아무 말도 없다. 할 말이 생각나지 않았다. 또 정님에게 어떻게 대했으면 좋을지도 알 수 없었다. 그리고 자신의 유예 *미결한 태도가 더욱 이 경우에 있어서 무슨 말을 물으면 좋을지 모르게 하였다. 그래서 그는 멍하니 정님을 보고만 있었다.

미결
아직 결정되지 아니함.

그러한 태도가 정님에게는 딴 의미로 보였다. 학수의 눈에는 가시가 있는 것 같았다. 그 시선이 얼굴을 썩 씻어 주고 맘을 *잔침질해 주려는 것 같기도 하였다. 그래서 정님은 그것을 피하듯이,

"아주 지독히 다쳤다든데……."

하고 혼자말 모양으로 말하다가 그래도 학수의 찌르는 듯한 시선이 눈에 걸려서 자기 태도를 고칠 필요를 느꼈다.

그러며 그는 학수의 노염 속에 뛰어들어가서 그것을 헤쳐 버리려는 좀 더 능란하고 친숙한 표정으로,

"참말 불행 중 다행이에요."

하고 간드러지게 웃어 보였다. 그러자 학수는 싱긋 웃으며,

"그런 게 아니라 다행 중 불행한 일이지요. 다시 나어나서."

하고 이윽히 정님을 바라보다가 다시 한번 아픈 데를 다쳐 주듯이,

"그렇지 않습니까. 이렇게 다시 만나고 또 한 공장에 있게 되었다는 것이……."

"……."

"만나기를 바라지 않는 사람의 입장에서 본다면 아니 그것을 바랄 필요가 없게 된 사람의 입장에서 본다면 그것은 확실히 악마적인 인연일 거요. 그렇지 않겠소."

그러자 정님은 거진 반발적으로 자포자기적인 분방한 일면을 나타내며,

"호호호…… 악마적이오? 그도 좋지 않어요."

하고 싸늘한 웃음을 짓다가,

"한 공장에 같이 있으면 더욱 좋지요."

하고 어디까지든지 학수의 찌름을 가볍게 삼켜 버리려는 상이다. 그러

나 학수도 쉽사리 삼키어 버리려 하지 않았다. 제 몸을 맹랑히 내던짐으로써 제가 승리를 잡으려는 정님의 앞에서 학수는 제 몸을 건져 내려고 하였다. 정님이와는 반대로 제 몸을 정님에게서 멀리 갈라 세우려 하였다.

"참 *승급하신 인사가 늦어서 미안합니다."

이것은 학수가 정님을 나뭇가지 꼭대기에 높게 올려 앉히고 자기는 그 아래에 버티고 서서 한 번 세차게 그 나무를 흔들어 주자는 것이었다. 즉 올려 앉히려는 것은 반대로 뚝 떨어뜨려 주자는 것이었다.

그리고 자기와 정님의 사이를 멀찌감치 갈라 세워 보는 것은 곧 정님의 정체를 똑똑히 보기 위해서 초점(焦點)을 맞추어 보는 것이기도 하였다. 또 그 밖에 이것은 정님이가 스스로 반성하고 스스로 자기에게로 가까이 오기를 은근히 바라는 미련에서 나오는 한 가지 전술이기도 하였다.

즉 그는 겉으로는 어엿한 체하면서도 여태 가슴 한구석에는 타고 남은 불꽃이 숨어 있었다.

벽에 맞은 공은 다시 이편으로 돌아오는 것이다. 그러니까 정님이도 만일 옛 일을 전연 잊어버리지 않았다면—정열의 탄력이 죄다 사라지지 않았다면 탁 밀치는 때에 되레 이편으로 뛰어올르는지도 모르는 것이다.

그래서 섣불리 그를 제 몸에 부딪치게 하여 되레 먼 데로 달아나 버리게 하지 않으려는 학수는 또 한번,

"정님이는 소원을 이루어서……."

하고 '이번엔 뭐라고 대답하나 보자' 하듯이 정님의 미간에 날카로운 시선을 보냈다.

정님은 학수의 말하는 의미를 알 수 있었다. 승급이라는 것은 두말

승급
급수나 등급이 오름.
승진.

우정 361

할 것 없이 공장 사무실 급사가 되었다는 말일 것이요 또 털보의 손에 넘어갔다는 말일 것이다.

그러나 그는 동시에 학수가 여태껏 자기에게 어느 정도까지 미련을 가지고 있는 것을 또한 간파할 수 있었다. 그것은 학수의 약점이었다. 학수에게 대하여 아무 미련도 없는 정님은 학수의 그 약점을 잡으면서부터 더욱 대담해졌다.

"승급이 다 뭐예요. 밤낮 그 모양이지."

하고 정님은 아무 기탄없이 어엿이 고개를 들었다. 그러나 그러면서도 그는 한편 몸의 군색함이 있었다.

그것은 물론 자기의 행동을 반성하는 데서 온 것은 아니었다. 그리고 학수에게 대한 연정에서 온 것은 더욱 아니었다. 다만 학수가 여남은 직공과 달라서 중학이나 다녔다는 그 점과 죽을 뻔하던 사람이 다시 살아난 것을 바라보는 놀람과 또는 학수가 정 심술이 나면 어떻게 나올지 모른다는 불안에서 나온 심리에 지나지 않는다.

개중에도 학수가 폭력을 가지고 덤벼올 것 같은 것이 제일 무서웠다.

그래서 그는 일변 향긋한 미끼를 찾는 사내를 끌어넣을 구렁까지 미리 속으로 파보고 있었다.

"왜 그렇게도 남의 속은 모릅니까."

하는 한마디면 웬만한 사내는 저도 모르게 그 구렁으로 들어가고 사람 좋은 탈바가지를 스스로 뒤집어쓰는 것이다.

정님은 속으로 이렇게 생각하다가 제 김에 우스워나서,

"호호호…… 승급은 무슨 승급이에요?"

하고 할끔 학수를 쳐다보았다.

"승급이 아니라니?…… 일개 직공으로 사무원이 되었는데……."

“사무원은 무슨 말라죽던 사무원이에요. 인제 겨우 급산데…….”

“급사라두 그렇지요.”

“그렇긴 뭐가 그래요. 장님이 뜨나 감으나 마찬가지지. 뭐가 달러요.”
하고 요부다운 웃음을 띠다가 학수가,

“그러면…….”
하고 무슨 말을 꺼내려는 것을 덮어씌우듯이,

“사장실 사무원이나 되건 인사하서요.”
하고 반달음질을 쳐서 조방실 저편으로 사라져 버렸다.

학수는 그가 가버린 후에도 한참 그대로 우두커니 서 있었다. 무어가 무언지 모르게 어리둥절하였다.

“요년! 어디 보자.”

학수는 혼자 이렇게 중얼거리며 발 앞에 보이는 돌멩이를 탁 차주고 다시 직장으로 들어왔다.

직장에 들어오고 보니 더욱 분이 났다. 시간이 옮기는 데 따라서 조금씩 그 도수가 높아지는 것이었다.

퇴원한 후 처음으로 공장에 들어온 날이 되어서 오늘만은 별로 맡은 소임이 없으므로 그는 한곳에 멍하니 서서 돌아가는 기계를 무심히 바라보고 있었다.

그러다가 그는 문득 돌아가는 기계에다 모래섬이라도 탁 뒤집어씌우고 싶은 생각이 문득 났다.

그러다가 다음 순간에는,

‘아니 같은 값이면 고년을…….’
하는 생각이 불끈 솟아나 힘있게 한 발을 옮겨 놓으며 사람을 번쩍 들어 끓는 가마 속에 던져 버리는 시늉을 하였다.

그리고는 한참 실히 돌아가는 기계만 또 노려보고 있었다. 일 분간 사백 회나 돌아가는 라인샤프트로부터 바닥에 놓인 조방기 바퀴에 삼 인치 벨트가 걸치어서 춤을 추며 돌아가고 있다. 기계도 불이 날듯이 무서운 속도로 돌아간다.

기계에 다치던 기억과 동시에 기계 앞에 나자빠진 한 사람의 환영이 번개같이 눈에 번쩍하였다. 그러나 이상히도 그 환영은 자기가 아니라 정님이었다.

그는 몸서리가 났다. 기계는 똑똑히 보이지 않으나 무서운 기계의 속도가 마치 회오리바람같이 머릿속에서 뱅뱅 돌아간다. 그리고 그 앞에 나뒹구는 사람의 환영이 또 보인다. 그런데 이번은 이상하게도 그 환영은 정님이가 아니라 바로 학수 자신이었다.

그 순간 새로운 정신이 퍼뜩 왔다. 그러며 직공만이 느낄 수 있는 그리고 전장에 나간 군사만이 느낄 수 있는 자기 자신보다 곁엣사람의 죽음을 더 애처로이 생각하는 야릇한 느낌을 받았다. 동무를 사랑하는 준식이 들과 동무의 가정을 걱정하는 동필의 그림자가 *방불히 떠왔다.

방불하다
거의 비슷하다.

부운

황금정 사정목 어떤 조그만 요릿집—보통 '아이마이야'라고 부르는 요릿집 깊숙한 방에 장주임과 정님이가 마주앉아 있다.

그것이 공교히 학수가 퇴원하여 처음 공장으로 돌아온 그날 밤 일이었다. 정님이가 공장 사무실로 들어간 지 열흘, 주임과 단둘이 만나기도 오늘이 첨이다.

일제 때 황금정(현 을지로)

어디인지 모르게 공기가 가라앉아 있는 듯한 이 방에 들어온 정님은 문득 낮에 학수가 하던 말을 생각하였다.

'그야말로 악마적인 인연인가!'

하고 그는 새삼스레 자기를 중심으로 한 세 사람의 관계를 생각하였다.

실로 씻을 수 없는 음침한 인상을 주는 방이다.

한편 주임에게도 이 방은 잊을 수 없는 방이었다.

'그때도 바로 이 방이었지!'

그는 삼 년 전에 문제를 일으키던 그 여공을 생각하였다. 그러나 쓰고 달고 간에 옛 기억에 잠기기에는 지금 바로 눈앞에 보이는 새로운 유혹이 너무도 생생하고 향긋하였다.

"이건 괜찮어, 어린애들도 먹는 건데."

하고 주임은 정님에게 달걀*깍지 같은 정종 술잔을 권하였다.

"아니에요. 못 먹어요."

정님은 굳이 사양하며 술잔을 피하였다.

음흉한 사나이가 빨리 목적지에 도달하기 위하여 흔히 술을 이용하는 것을 그는 잘 알고 있다. 그리고 일찍 잘 먹지 못하는 술을 마시고 *자발없이 마음 문을 열어 준 기억도 있다. 그것은 속절없이 사나이에게 속히 만족을 주는 것인 동시에 자기에게는 그만큼 불리를 이루어 주는 것이었다.

그러니만큼 이런 경우에 있어서는 될 수 있는 대로 남자를 끌고 두름길을 급한 듯 천천히 걸어가야 하는 것이다.

즉 끌려가지 않고 졸졸 끌려오도록 하는 요령을 그는 잘 알고 있는 것이다.

남자란 마치 험준한 산악과 같은 것이다. 높은 봉우리가 있는가 하면 급히 떨어지는 벼랑이 있는 것이다. 항상 불타오를 때에는 끝없는 봉우리같이 쳐다보이지만 식어 가는 때에는 발붙일 곳 없는 낭떠러지와도 같은 것이다.

'요놈의 털보는 또 얼마나 높은 봉우리를 가지고 있노?'

그는 속으로 또 이렇게 생각하였다.

꼴은 *탑지하지만 이런 속에 의외로 높은 봉우리가 있기도 한 것

깍지
콩 따위의 알맹이를 까낸 꼬투리.

자발없다
참을성이 없고 행동이 가볍다.

탑지
일정한 수효에서 부족함이 생김. 또는 그런 부족.

이다.

그러나 한편 이런 종류에 속하는 인간은 흔히 진드기처럼 끈끈히 달라붙어서 떨어질 줄을 모르는 것이다. 그것도 실없이 큰일이다.

'낚을 줄을 아는 사람은 또한 떼칠 줄을 알아야지.'

다음으로 그는 또 이렇게 생각하였다.

잘 끌고 가는 것을 생각하는 동시에 깨끗이 떼어 버릴 것까지 미리 생각하는 것이다.

그는 이런 생각을 해가며 털보가 거듭 권하는 술을 굳이 받지 않으려 하였다.

방 안은 짐짓 고요해졌다.

*나까이들의 짜개신 끄는 소리도 들리지 않는다.

'술 먹게 되었어─돈만 쥐어 주면 쥐도 새도 얼씬하지 않으니까.'

주임은 속으로 웃으며 그러나 어쩐지 맘이 후들후들하고 조급해나서 손뼉을 높게 쳤다. 한참이나 지나서야,

"부르셨어요?"

하고 나까이가 문 밖에 와서 조심스레 묻는다.

"응, 포도주 한 병만 갖다 주게."

"포도줍니까…… 미안합니다만 지금 좀……."

"그럼 사다 주게."

하고 주임이 일어서 문 밖으로 돈을 내밀자 나까이는,

"미안합니다."

하고 곧 저편으로 가버렸다. 주임은 다시 자리에 돌아와 앉으며,

"그럼 이거라두 점……."

하고 정님이도 먹으라는 듯이 떨리는 듯한 손으로 제가 먼저 요리를

*나까이(なかーい)
요릿집 등에서 잔시중을 드는 여성.

집어 가다가 양복섶에 떨어뜨렸다. 딴에는 제법 차리노라고 차린 한 세기나 늦은 구식 양복을 무슨 예복이나 되는 듯이 부리나케 닦고 있는 것을 보며 정님은 웃음이 났으나 참아 버리고,

"아니 아무것도 먹구 싶지 않어요."

하고 공연히 무료해나서 고개를 조금 숙였다.

"이건 괜찮어. 자아 조곰만…… 아니 맛만 좀 보아."

주임은 다시 술잔을 들어 권하였다.

"아이 싫어요."

정님은 팔로 입을 막으며 술을 피하여 슬며시 뒤로 물러앉았다.

"아니 괜찮다니까 글쎄 이리 와 엥히……."

하고 주임이 정님의 팔을 잡아당길 때 밖에서 조심스런 신발 소리가 나며 이어,

"가져왔습니다."

하는 나까이의 낮은 목소리가 들려 왔다.

"응, 고맙네."

하고 주임은 정님을 놓고 얼른 일어나 문을 조금 밀고 포도주를 받다가,

"뭐, *우수리? 넣어 두게."

하고는,

"고맙습니다."

하고 돌아가는 나까이의 발소리가 저편으로 사라지는 것을 잠시 기다려 가지고 다시 자리로 돌아왔다.

"자아, 이건 보약 한 가지니까……."

하고 주임이 포도주를 따라 권하는 것을 정님은,

"아니에요."

우수리
물건 값을 제하고 거슬러 받는 잔돈.

하고 재삼 사양하였다.

"괜찮다니까."

"아니 못 먹어요."

"아따 독약도 먹는데……."

하고 주임은 정님의 팔을 꽉 잡아 끈다.

"아야……."

"글쎄 좀 먹어 보구 말을 해."

"아니 놓서요."

"괜찮어 글쎄……."

"아야, 아퍼요."

"그러게, 자아."

하며 주임은 거센 팔에 더욱
힘을 주어 정님을 꼭 껴안
는다.

"아야야…… 네 그럼…… 그럼……."

"그럼이 아니라 자아 이렇게……."

하고 주임은 억지로 정님의 입에 포도주 한 잔을 부어 넣었다.

정님은 술에 개키며,

"아니 놓서요, 놔요."

하고 굳센 팔 안에서 바둥바둥 허둥댄다.

주임은 더욱 팔에 힘을 주며,

"아따 잘 하는군 그래."

하고 또 한 잔을 억지로 부어 넣으려 하였다.

"아이 그럼…… 먹을 테요…… 글쎄 먹어요."

"자아……."

"글쎄 좀 놔요. 먹는대니까."

"석 잔만 먹으면 놔주지…… 자아."

"캑…… 아이……."

"옳지 인제 석 잔…… 자아."

"난 몰라요."

억지로 석 잔을 마시고 나서 정님은 가슴을 오그리고야 말 듯한 주임의 굳센 팔을 힘껏 때려 주며 마뜩지 않게 깔보았다.

"하하하…… 그래…… 인제 조곰 쉬어."

하고 주임은 팔을 풀어 주고는 괴로워하는 정님을 변태적인 쾌감으로 바라보았다.

정님은 커다란 포도주 잔으로 석 잔이나 마셔 놓아서 대번에 머리가 화끈거리고 정신이 휘돌아갔다.

그러면서도 금시 펼쳐지고야 말 듯한 장면이 언뜻언뜻 머리에 떠와서 냉수를 끼얹듯이 선뜻해짐을 느끼며 몇 번 돌아가기를 재촉하였다.

"그만 갑시다."

"가긴 어느새 가?"

"밤도 늦었는데…… 아이 벌써 몇 시에요 글쎄……."

"몇 시는 물어 뭘 해……."

주임은 이렇게 말하면서도 저도 은근히 맘이 졸여났다.

'시간은 자꾸 가는데…….'

그는 속으로 이렇게 생각하였다.

아까의 한 시간과 지금의 일 분이 맞서지 못하는 것 같았다. 지금의
일 분이 더 아까웠다.

그는 술 몇 잔을 거푸 들이켜고,

"자아…… 한 잔……."

하고 또 정님에게 술을 권하였다.

"아니에요."

"아닌 뭐가 아니어……."

"참말 인제 못 먹어요."

하고 정님은 정색하며 말하다가 그렇게 술만 가지고 사양하기보다는
딴말을 꺼내는 것이 나을 것 같아서,

"대체 이 집은 뭘 하는 집이에요?"

하고 의미 있이 얕은 웃음을 지으며 물었다.

"요릿집이지 뭔 뭐야……."

"요릿집인데 이렇게 조용해요?"

"아무렴 조용하지 조용하구말구…… 쥐도 새도 몰라. 그러게 자아
한잔……."

"가만 있어요."

"아따 그러지 말구 이리 와."

하고 주임은 다시 정님을 바싹 당기어 앉힌다.

"아이 참말…… 못 먹겠어요."

"무얼…… 엥히 자아."

하고 주임은 부쩍 팔에 힘을 주어 정님을 끌어 갔다. 정님의 상체는 완전히 그의 가슴에 안겨 버렸다.

"괴로워 죽겠어요. 토할 것 같다니까요."

"괴로워? 아따 그럼 안 괴롭게 해주지 주어."

주임은 눈을 게검츠레 내리뜨고 정님의 몸을 둥실둥실 추슬러 준다. 그러다가 불현듯 제김에 못 견디어난 듯이 맘을 진정하는 셈인지 그렇지 않으면 무슨 생각을 하는 셈인지 눈을 감고 한참 가만히 앉아 있다.

툭툭 치는 주임의 심장 소리가 정님의 어깨에 몸서리나는 감각을 전하여 주었다.

"아이 괴로워요. 놓서요."

하고 정님은 별안간 그의 가슴을 쿡 꽂아 주었다.

그러자 주임은 눈을 번쩍 뜬다. 그리고는 탐스러이 정님을 내려다보다가 어깨로 한번 크게 숨을 후 내쉬고,

"응, 괴로워……? 괜찮어 둥실 둥…….”

하며 다시 추스르기 시작하였다.

"가요…… 이거 놔요."

"뭐 가다니?…… 안 돼…… 그런데 여보 정님이…… 그러지 말구……하하하…….”

"놓구 술이나 잡수서요."

"암 먹지 먹어. 얼마든지 정님이 쳐주는 술이라면 아따 먹다 뿐이 겠소."

그러자 정님은 속으로 '흥 그래도 틀렸어. 아직은 어림도 없다' 하는 생각이 나서 혼자 빙긋이 웃으며,

"자아 내가 따르지요. 얼마든지 따라 드리지요."

하고 술을 따르는 체하며 얼른 몸을 빼려 하였다.

"흥, 가길 어디 가, 요눔……."

하고 주임은 더욱 힘을 주어 연신 굳센 팔 안에 정님을 몰아넣으며 딴에는 무슨 애교나 부리듯이 또 한번,

"요눔!"

하고 웃으며 외친다.

"아이 참……."

"히히히……."

"속상해서 똑 죽겠네."

정님은 그만 화가 발끈 올라서 승무 장단이나 치듯이 주임의 가슴을 두 손으로 불이 나게 울려 주었다.

"흥, 얼마든지…… 자아 더 두드려 봐."

하고 주임은 되레 가슴을 내밀고 히죽히죽 웃기만 한다. 정님은 그 야성적인 무지한 건강이 미웠으나 일부러 웃어 가며 빈 술병을 주워 들고,

"참말?"

하고 그의 가슴으로부터 얼굴에 겨누었다.

주임은 코허리가 시큰해짐을 깨달으며,

"아이구, 요걸 그저, 하하하……."

하고 더욱 힘을 주어 정님을 껴안고 억지로 술 한 잔을 또 부어 넣었다.

"앗 튀! 캑!"

정님은 목구멍에 술이 걸려서 그만 주임의 가슴에 쓰러졌다. 그러나 쓰러지는 순간 그는 한 번 자기의 몸을 선선히 탁 내던지어 그의 맘을 흠썩 눅혀 주어 가지고 거기서 교묘히 빠져 나오려는 생각이 나서,

"아이 모르겠소."

하고 제창 주임의 무릎에 쓰러졌다.

주임은 정님의 몸을 어루만지기도 하고 살짝살짝 두드려 주기도 하며,

"그래 가만 누웠어…… 뭐 고까짓 데…… 인제 괜찮지?"

하고 일종의 떨림과 만족으로 정님을 내려다보고 있다.

"아이 죽겠어요."

"그러기 이렇게 가만 누웠어."

"아니에요."

하고 정님은 괴로운 듯이 다시 몸을 일으키며,

"냉수…… 냉수…… 좀……."

하고 구역이 나는 듯이 손으로 입을 막았다.

"아, 냉수?"

"네…… 아이구 난 인제 죽어요."

"괜찮어, 가만 있어."

하고 주임은 또 손뼉을 치고 연성 정님의 가슴과 등허리를 문질러 주었다.

"가오루도 좀……."

"가오루? 그래 인제 사다 주지."

"얼른 좀 갖다 주어요."

그때 문 밖으로 조심스러운 발소리가 가까이 왔다.

그러자 주임은 슬며시 정님을 방바닥에 내려 뉘고 일어서 문을 삐죽 열고 나까이와 무슨 말을 한다.

정님은 머리를 번쩍 들었다. 그리고는 금시 구토가 나듯이 입을 막 싸쥐고 주임의 겨드랑이를 빠져 마루로 내달렸다. 단숨에 현관까지 달려나왔으나 신발이 보이지 않으므로 그대로 줄달음을 쳐 나와 버렸다. 술취한 주임의 소리가 마치 '도적이야!' 하는 것 같이 들렸으나 통히 못 들은 척하고 내빼었다.

거리를 반달음질해 오는 사이 정님은 가끔 뒤를 돌아보았으나 주임은 보이지 않았다.

그래서 마음을 놓고 걸음을 뜨게 하였다. 그러자 순용(동생)이가 언뜻 생각났다. 그가 이 꼴을 보면 어쩔까.

그러나 순용은 아직 돌아오지 않았을 것이다. 그는 한 주일에 두 번씩 으레 정해 놓고 외출한다. 책을 숨겨 가지고 나가는 것으로 보든지 같은 시간에 돌아오는 것으로 보아서 그 나가는 까닭을 대강은 추측할 수 있었다. 그래서 정님은 가끔 잔소리를 한 일도 있다.

"너 어디로 가니?"

"암데도 안 가요."

"안 가는 게 뭐냐? 내가 다 안다."

"산보 나가요."

"거짓말 말어…… 너 그리다가 회사 미역국 먹으면 어쩔 테냐?"

"그러게 누가 어쩝니까?"

"그럼 왜 날짜를 정해 놓고 꼭꼭 나가는 거냐."

하고 말했으나 오늘 저녁에는 주임과 만나기로 한 까닭에 동생이 먼저 나가는 것이 도리어 다행한 일이어서 아무 말도 하지 않았다. 그리고 전례로 보아서 동생이 아직 돌아오지 않았을 것이니 그도 역시 다행한 일이었다. 만일 술이 취하고 옷과 머리와 맘이 흐트러진 자기를 보고 순용이가,

"저게 여자야!"

하고 욕한대도 할 말이 없는 거고,

"또 터럭벌거지하고……."

하고 *눈기 빠른 소리를 해도 아무 대답이 없을 판이다.

그런데 자기 집 대문 앞에 이르니 무언지 모르게 또 갑자기 무섭증이 들었다. 금시 주임이 쫓아와서 덜미를 짚을 것만 같았다. 그래서 홀짝 대문 안에 뛰어들어오기 무섭게 대문을 걸고 조심조심해서 마루에 올라섰다.

그리하여 밖 곁방—이전 준식이가 있다가 지금은 순용이가 기거하는 방을 공연히 조심이 되어서 살짝 지나치는 순간 그는 가슴에서 무엇이 쩔렁 하고 떨어지며 주춤하고 섰다. 밖 곁방문이 소리 없이 슬쩍 열리며 불빛이 머리를 때렸던 것이다.

마치 도깨비 장난같이도 생각되었다. 솜털까지 쭈뼛하고 일어났다. 그런데 또,

"정님이!"

하고 부르는 소리에 그는 더욱 겁이 나서,

"아구머니!"

하고 한걸음 뒤로 물러섰다. 지금 가까스로 떼어치고 온 주임이 어느새 그 방에 와 있는 것이었다. 어김없이 목소리도 그렇고 얼굴도 그렇

게 뵈었다.

　그러나 그는 주임이 아니라 학수였다.

　"대단히 바쁘구려!"

　"호호호…… 난 또 누구라구?"

　정님은 역시 놀라면서도 한편 숨이 하 나왔다.

　"주인 없는 방에 들어와서 미안하오."

　"미안한 줄 아니 고맙소."

　"사실은 순용이 만나러 왔던 길인데……."

　"네 그래서요. 그럼 기다려 보시죠."

　"아니…… *가부간 좀 들어오시우."

　"순용이 만나러 왔다면서……."

　"허지만 혼자 기다리기도 무엇하고……."

　"그럼 내일 만나구료."

　"내일요?…… 아니 당신한테도 좀……."

　"나한테요?"

하고 정님은 목을 꺄웃이 기울이고 잠시 무엇을 생각하는 체하다가 혼
자말 모양으로 다시 한번,

　"나한테요……."

하고 요부다운 웃음을 지으며 방으로 들어왔다.

　정님은 갑자기 술이 취해났다. 밖에서 방 안으로 들어오니 몸이 화
끈거려나고 머리가 핑 돌아갔다.

　그러지 않아도 고삐 없는 이 분방한 여자—게다가 술까지 잔뜩 취
한 정님에게 어떻게 해주었으면 좋을지 몰라서 학수는 그저 보스락장
난으로 묵은 잡지만 뒤적거리며 흘금흘금 정님을 보다가 빙긋 웃으며,

가부간
옳거나 그르거나, 찬성
하거나 반대하거나 어
찌 되었든.

"어디 가서 잘 놀았군요."

하고 잠시 반향을 기다렸다. 그러나 기다릴 여유도 없이 정님은,

"그야 자유지요. 그렇잖어요? 가축의 무리를 따라서 말없이 걸어가는 사람이 제일 훌륭하고 선량한 사람인 이 세상에서 무엇을 바라고…… 호호호 그렇잖어요 글쎄?"

하고는 말과는 반대로 넋과 몸이 지친 고달픈 하품을 한다.

학수는 어이가 없어서 한참 아무 말도 하지 않았다.

그리고 이윽히 노리듯 정님을 건너다보다가 혼자말로,

"자유?"

하고 입을 한번 다시고는 내킨 김에,

"그것이 자윤가요?"

하고 고쳐 물었다.

"아무렴요. 몸은 비록 어둠에 묻혔어도…… 집오리의 가슴에는 일찍 물오리였을 때의 자유로운 기억이 남아 있는 거니까요. 그러니까 들오리가 공중 높이 나는 걸 보면 집오리도 떠들고 싶거든요. 호호호…… 나도 한번 물오리가 되고 싶어서."

그래도 학수는 잠자코 노리고만 있었다. 무슨 소리든지 말하고 싶은 대로 죄다 말해 보아라 하듯이…….

그러면서도 그는 일변 자기도 한 번 가슴이 쩍 벌어지도록 함부로 떠벌려 주고 싶은 자포자기적인 충동도 받았다. 그러나 그에게는 사실 그만한 말솜씨가 없었다. 그래서 그는 침묵을 지키고 있을 뿐…….

정님은 인제 아무 흥미도 없다는 듯이 하품을 한번 하 하고는,

"할 말이 있다는데 얼른 하시죠."

하고 그 말과는 반대로 네 말은 더 들을 필요가 없다, 들어서는 무엇

하랴…… 하듯이,

　"곤한데 그만 자야지."

하고 학수의 대답도 기다릴 사이 없이,

　"자아 그럼 실례합니다."

하고 우뚝 일어선다.

　학수는 *첨 저 하는 대로 가만 내버려두었다. 그러다가 정님이가 참 **첨**
말 나가 버리려고 할 때,　　　　　　　　　　　　　　　　　　　'처음'의 준말.

　"여보! 정님이……."

하고 그의 소매를 잡아당기며,

　"그리 좀 앉으시우."

하고 거진 명령적으로 말소리를 날카롭게 하였다.

　"왜 그러서요?"

　"글쎄 점 앉아요."

　"이걸 놓고 말해요."

하고 정님이가 그만 뿌리치고 나가려는 것을 학수는 붙잡은 채 아무
말 없이 아니꼬운 듯이 쳐다보며 속으로 '그래 못 앉을 테냐?' 하고 결
연히 나오려다가 말고,

　"좀 앉어요."

하고 낮게 말하였다. 그러나 그 얼굴에는 어딘지 모르게 주린 야수와
같은 거친 호흡이 있었다.

　정님은 슬쩍 한 번 늦춰 보듯이,

　"호호호…… 기가 맥혀서 나하고는 맞서는 사람마다 걸고 드니 사람
이 좋아서 그런가."

　"걸고 들어?"

"그럼 왜 이러는 거요."

"글쎄 좀 앉으란 말야…… 얘기가 있다니까……."

"무슨 얘기예요?"

"……글쎄 좀 앉어."

"난 아무 얘기도 없소."

"왜 잔뜩 얼었을 때에는 필시 존 얘기가 있을 거 아냐?"

"존 일…… 호호호…… 있지요. 있구말구요. 당신이 지금 이러구 있는 것도 여북 재미나는 일인가요. 왜 이러는지 알 수 없는 것이 말하자면 흥미지요."

하고 정님은 어디까지든지 대수롭지 않게시리 학수를 구슬리려는 것이다.

호담
호기롭게 말함. 또는 그런 말.

그러자 학수도 그런 것은 탓하지 않는 *호담을 보이듯이 감정을 없앤 태연한 태도로 나왔다.

"그건 그렇다고 하고……."

"그 담에는 아무것도 없쇠다."

"왜 그 사이 꼭대기로부터 발끝까지 기름이 철철 흐르도록 변해진 얘기가 많을 거 아니우?"

"호호호…… 기름이 흘러요? 아직 멀었쇠다. 요 담에 다시 만나지요."

학수는 속으로는 치가 떨렸으나 꾹 참고 있었다. 정님의 태도는 물론 말할 것도 없는 일이지만 이런 경우에 있어서 한두 마디로 단밤 상대자를 거꾸러뜨릴 만한 웅변이 줄줄 흘러나와 주지 않는 자기 자신에게도 *심화가 났다.

심화(心火)
마음 속에 북받치는 울화.

그러나 다음 순간 그는 그렇게 지지리 침묵만 지키는 자기의 졸한 태도를 무찔러 버리듯이 별안간,

"……털보 얘기라두 점 들읍시다그려."

하고 마음에 맺힌 한마디를 노골적으로 털어내 놓았다.

"털보!"

정님은 이렇게 짤막하게 한마디만 겨우 말하고는 이어,

"호호호……."

하고 자지러지게 웃는다.

그러다가 잠시 허파가 켕기는 것을 참는 듯이 웃음을 멈췄다가 또 우스워 죽겠다는 듯이,

"호호호…… 호호호……."

하고 요사스레 웃어 댄다.

학수는 정님의 웃는 까닭을 이해할 수 없었다. 이해할 수 없는 웃음이니만큼 의미 없는 웃음인 것 같이도 생각되었다. 의미 없는 웃음을 잘 웃는 것은 *매소부다. 그가 보고 들은 바로는 확실히 그렇다. 그러니만큼 정님의 웃음은 몹시 치사스럽게 들리지 않을 수 없었다. 침이라도 탁 뱉고 싶은 충동이 문득 일어났다. 그러나 또 한편 그렇게 해내지 못하게 하는 연약함이 그를 붙들고 있었다.

정님은 학수야 무슨 생각을 하든지 그런 것은 상관할 필요가 없이 여전히 웃고만 있다가,

"흥!"

하고 코를 불고는 이어,

"털보?…… 사람이 왜 그렇게 소견이 좁단 말요. 그래 기껏 거든다는 게 겨우 그까짓 털보야요…… 아마리 게치쿠사이와네 안타(너무 좀스럽구려, 여보)."

하고 주정 반 조소 반으로 핀잔을 준다.

매소부(賣笑婦)
매춘부. 웃음을 파는 여자.

"게치쿠사이……?"

"그럼요, 아따 사장이 있겠다 또……."

"사장?"

학수는 어이가 없어서 무엇이 무엇인지 알 수 없었다. 그래서 멋도 모르고 그저 정님의 말을 또 받아 외울 뿐…….

그러나 정님은 그것이 되레 재미나서 죽겠다는 듯이,

"또 얼마던지 있지요."

하고 놀려먹듯이 빙긋거리다가,

"그전 사장의 아들(경재)이라나 그도……."

하고 단 좁은 학수의 상상(想像)이 쫓아오기에 고달프리만큼 상상부도 처로 말을 주워 넘긴다.

그러나 정님에게 있어서는 그것은 전연 근거 없는 말도 아니었다. 몇 번 사장실로 오르내리는 사이에 정님은,

'사장도 별사람이 아니구나.'

하는 인식을 가지게 되었고 더 나아가서,

'같은 값이면…….'

하는 엉뚱한 생각까지를 가지게 되었다. 여자만 대하면 곁사람의 눈도 꺼릴 것 없이 야비하게 변하여지는 인격—여자에게 대한 구미에 따라서 바람개비처럼 돌아가는 헐거운 인격과 또는 상상하던 바에 비하여 무척 예사로이 들리는 사장의 말씨를 그는 벌써 죄다 읽고 있었던 것이다.

그리고 그는 또 사장실에서 한 번 경재를 본 일도 있다. 첫인상이 좋았다. 사장보다는 중후한 맛이 있었다. 한 마디 말도 없는 것이 *자리차 보였고 유태인과 *아라사 사람의 얼마우자같이 침울함이 더욱 그

자리차다
성미나 행동이 드세고 세차게.

아라사
'러시아'의 음역어.

382 한설야

럿이 보였다. 나이도 좋고 풍신도 좋았다. 그러나 그도 결국 별사람은 아닌 듯하였다. 꺾지 못할 나무가 어디 있으랴. 여자에게 꺾이지 않을 남자가 어디 있으랴.

여자는 맨 밑바닥에서 맨 꼭대기로 올라가기에 훨씬 편한 사닥다리를 가지고 난 것이다. 남자는 밑천에서 몸을 일구어 부귀로 저어 가기가 마치 *약대가 바늘구멍을 나가는 것 같이 어려운 일이지만 여자는 반드시 그런 것도 아니다.

약대
낙타.

춘향이는 기녀의 딸로 어사의 부인이 되었고 심청이 거지 장님의 딸로 심황후가 되었거든…… 그리고 클레오파트라는 그 조그만 품 하나로 천하호걸을 정복하였거든…….

다시금 이렇게 생각해 온 정님의 맘에는 학수의 존재가 마치 개미자리같이 미미하게 보이지 않을 수 없었다. 그리하여 그는 학수를 해파리같이 보기 좋게 한 번 마음껏 주물러 주고 싶은 충동을 문득 느꼈다. 그러며 *부허한 목소리와 *희떠운 표정으로,

부허하다
마음이 들떠 있어 미덥지 못하다.

"호호호…… 얼마든지 있지요. 육십만 장안에 설마 사람이 없겠소."
하고 학수가 그만 기막혀서 다시 두말없이 입을 딱 벌리고 돌아가는 것을 보고야 말려는 악취미로 방싯 웃고만 있었다.

희떱다
말이나 행동이 분에 넘치며 버릇이 없다.

그러나 학수도 자기에게 내려붓는 모욕을 전연 알지 못하거나 불문에 부칠 만큼 눈어두운 사람은 아니었다.

그는 여러 동무가 자기를 비웃던 옛 일을 생각하였다. 그리고 병원에 있는 동안 준식이 들이 정님이와의 관계를 끊도록 권하던 충고를 또한 생각하였다. 지당한 말들이었다.

그는 정님의 모욕을 물리칠 방도가 오직 그를 차버리고 일어나는 데 있는 것을 깨달았다. 그리 하는 외에는 정님이를 더 어찌해 낼 수 없을

것이었다.

　　그래서 학수는,

　　"엥히⋯⋯."

하고 그만 문을 차고 나오려다가 내킨 김에 그 발길을 바로 정님에게
로 돌렸다.

　　"에끼, 망할 것⋯⋯."

　　학수는 발길로 정님의 어깨를 탁 밀쳤다.

　　"여보, 사람이 왜 그렇게 아량이 없단 말요⋯⋯ 호호호⋯⋯ 참 기가
맥혀서."

　　"잔뜩 얼어 가지고 *개차반이 짓는 게 아량이냐."

　　"글쎄 그리 좀 앉아서 내 말 들어 봐요."

하고 정님은 발길에 챈 분함을 버들가지에 바람 인 듯 흘려 버리는 *시
약심상한 태도로,

　　"동가홍상이라구, 같은 값이면 살진 놈이 좋지 그래 물에 빠지면 주
머니부터 먼저 뜰 *맨깡깡이가 좋단 말요."

하다가 그는 자기의 말과 실제가 아직 적잖이 상치됨이 있음을 깨달
으며,

　　"되두 않은 공장 년놈들이 딱 보기 싫어서 아직은 문턱 너머로 일시
피난간 심이지만⋯⋯ 아닌 게 아니라 누가 젊두룩 그런 데 처백혀 있
단 말요. 한 걸음이라도 올라가는 게 낫지 누가 천대를 받고 싶은 일
해가며 그 년놈들 틈에 끼어 있단 말요."

　　정님이도 정님이대로 분한 *앙치가 있는 것이었다. *단려(短慮)한
사람이 항상 원인을 생각지 아니하고 결과만을 보듯이 정님이도 자기
를 반성하는 것보다 남의 흠을 보는 것이 훨씬 더 큰 것이다. 그래서

개차반이
개가 먹는 차반인 똥이
라는 뜻으로, 언행이
몹시 더러운 사람을 속
되게 이르는 말.

시약심상
흥분하거나 충동을 일
으키지 아니하고 예사
롭게 봄.

맨깡깡이
몹시 여윈 것을 이르
는 말.

앙치
원한의 매듭.

단려(短慮)
생각이 짧음. 또는 짧
은 생각.

그는 동무들에게 적잖은 불만과 불평을 가지게 된 것이다.

"제 한 일을 생각해 봐. 제가 미움을 사는 게지 누가 그걸 주어 주길…… *장님이 넘어지면 막대탈이라구 되지 않은 소리 하지두 말어."

"호호호 여보, 당신도 그전엔 직공들 욕만 잘 합디다. 올챙이 꼬리 떨어진 지 대체 몇 날이오."

"그야 사람인 이상 누구에게 잘못이 없을까. 아무 감각이 없는 산송장이 아닌 담에야."

"오라, 그러면 회개했단 말이지?…… 호호호…… 여보 공연히 남 웃기지 말우."

"웃겨?…… 에끼 더러운……."

"호호호…… 더러워요?"

"그럼 깨끗하단 말이여…… 남의 고기를 파는 인육장사보다도 제 고기를 파는……."

"흐흥, 아무렇게나 말하구 싶은 대로 말해 보구려…… 하지만 내게는 학수씨 같은 깨끗한 사람이라도 척척 쓰레기통에 내던지는 자유가 있다오. 통 속에 든 자유 없는 새로 생각한다면 그야말로 인식부족이지요. 온 세계가 통째로 조롱이라면 모르거니와 그렇지 않다면 나는 자유를 가지고 있으니까…… 아니 온 세계가 비록 조롱이라 하더라도 그래도 맘대로 날 자유가 있으니까 어떠한 사람에게 매달리는 그런 따위 인간과는 철저히 다르지요!"

"그거 놀라운 자유다—제 고기를 파는 자유!"

하다가 학수는 건침이 혀끝에서 도는 것을 삼켜 버리고 한참 정님을 노려보고 있었다.

정님이도 사실 속으로는 약이 올랐으나 슬쩍 돌려서 되곯려 주려는

장님이 넘어지면 막대탈 '장님이 넘어지면 지팡이 나쁘다 한다'의 북한 속담.

듯이,

　"여보 학수씨! 그리지 말구 시조나 부르시
죠—저 촛불 날과 같아 속타는 줄 몰라라……
호호호……."

　"속이 타?…… 석유를 붓고 불을 달아 봐라."
"안 탄대면 더 다행한 일이지만……."

　하다가 정님은 다시 시조나 부르듯이,

　"……눈물이 흘러내려 타는 불 끄노매라…… 호호호."
하고 어디까지든지 곯려 주려는 상이다.

　"눈물! 눈물이 오줌이더냐?…… 그렇게 쉽게 나오게……."

　학수는 그만 콱 쥐어박고 돌아가 버리고도 싶었으나 너무도 당돌한
정님의 태도에 어찌할 바를 모르듯이 한참 멍하니 서 있었다. 그러다
가 돌쳐 생각해 가지고 어조를 낮추어,

　"도대체 내가 잘못이다. 너 같은 걸 인간이라구 찾아와서 중언부언

하는 내가 *긇다. 되려 내가 어리석다."

　"호호호…… 회심곡은 그만두고 천천히 앉아서 속을 푹 다 태우고 가시우. 집에 가서 혼자 안간힘을 써봤대야 소용없는 거고 또 인제 다시 오두 못 할 거고……."

　학수는 그만 *만책(萬策)이 다 진하였다는 듯이,

　"엥히!"

하고 문턱을 차고 나와 버렸다.

　"여보 학수씨!"

　그리고 이어,

　"후회하질랑 말우, 호호호……."

하는 정님의 말소리와 웃음 소리가 뒤로 쫓아왔으나 학수는 아주 듣지 못하는 체하고 탕탕 발소리를 높이며 그 집을 튀어나와 버렸다.

　학수의 심장만 높게 뛸 뿐…… 밤거리는 짐짓 고요해졌다.

　학수가 고개를 숙이고 터벅터벅 걸어오려니까,

　"여보게 학수!"

하고 별안간 뒤에서 누가 부르는 소리가 난다.

　"응 누구여?"

하고 학수는 무심코 픽 돌아서다가 선뜻 놀랐다.

　"아 준식이 자네 웬일인가."

하고 학수는 머리털이 쭈뼛이 일어나는 것을 참아 가며 태연히 물었다.

　"어디 좀 다녀오는 길일세…… 헌데 자넨 어디 갔다 오나 늦었는데……."

　"나도 좀 볼일이 있어서……."

　"어데?"

긇다
그르다.

만책
온갖 계책.

하고 준식은 아무 딴 기색 없이 물었으나 학수는 약간 가슴이 뜨끔하였다. 정님의 집에 간 것을 준식이가 보지나 않았나? 그 자리의 추태를 죄다 엿듣지나 않았나?…… 하는 생각이 났던 것이다.

그래서 어름어름 버무려 넘기려다가 준식이가,

"글쎄 어데냐 말이야."

추급
뒤쫓아서 따라붙음.

하고 웃는 얼굴로 돌쳐설 여유 없이 *추급하는 바람에 제창 지혜가 쑥 나오듯이 그의 질문을 피하여,

"자네는 어디 갔다 오나?"

하고 픽 웃으며 반문하였다.

두 사람은 나란히 서서 걷고 있었다.

"자네부터 말하게."

준식의 말.

그러나 학수는 눈결에라도 정님의 집에 갔다 온다는 것을 알려서는 안 되리라고 생각하였다. 정님이를 찾아간다는 것부터 창피한 일이거니와 그보다도 정님이와의 관계는 좋거니 나쁘거니 도시 화제에 올리고 싶지 않았다. 그래서 동무의 집에 갔다 온다구 꾸며 대었으나 그래도 어째 군색해서 부지중,

"그래 분이 잘 있든가."

하고 넘겨짚었다. 이 경우에 있어서는 분이고 누구고 여자의 말은 하고 싶지 않았으나 제 앞을 *호도(糊塗)할 필요에 급해나서 이렇게 물었던 것이다.

그러나 준식이가 간단한 한 마디로,

"응 잘 있어."

하고 심상히 말해 버리므로 학수는 다시 궁리를 돌려 가지고,

"분이…… 아니 아까 복술일 봤는데 어떤 여자허구 같이 가데그려. 분명, 사장실 사무원—자네 고향 사람이라든 그 여자지 아마."
하고 의미 있이 빙긋 웃어 보인다.

준식은 선뜻 맺히는 데가 있어서 얼른 말을 돌려 가지고,

"딴소릴 말구 바른 대루 말해 봐…… 아닌 뭐가 아니야. 정님일 만나구 오는 줄 다 알고 있는데."

"그런 게 아니라 순용이 만나러 갔었네."

"내가 다 들었네…… 아까 길루 걸어가는데 누가 성냥을 켜 들고 집집마다 번지를 들여다보데그려. 해서 무심히 봤더니 바루 털보란 말야. 무슨 일이 있는가 하고 슬쩍 뒤따랐지. 했더니 바루 정님이 집을 찾아 가지고 무얼 엿듣단 말야. 대문이 걸려서 들어는 못 가고 한참 엿듣더니만 혼자서 뭐라고 두덜두덜하며 비틀비틀 가버리데그려. 해서 나도 그 집 문에 가서 엿들으니까 무슨 싸움질하는 소리가 나는데 틀림없는 자네 소리데그려…… 그래도 속일 텐가."

"아니 사실 가긴 갔었네. 고년 낮에 잠깐 만났는데 아주 망칙하게 돼 버렸단 말야, 해서 욕 좀 해주러 간 것뿐일세."

"미련이 있어서 간 거 아니구?…… 망할 녀석……."

"미친 소리 따위는 하지두 말게. 미련은 무슨 웅뎅이 부러질 미련이란 말인가."

"그러면 그건 그렇다구 하더라도 욕은 무슨 필요 있나? 그게 다 부질없는 짓이란 말야. 벌써 틀린 지 오랜 걸 욕하면 뭘 하나. 안 되네 안 돼. 웬만한 마당에 비질하지…… 사람 될 희망은 꿈에도 없네. 그러니까 미친 개 범 물어 간 셈치고 아주 잊어버리게."

"참말 놀랐네. 그렇게까지 된 줄은 사실 몰랐네. 인제 가래도 안 가

호도(糊塗)
풀을 바른다는 뜻으로, 명확하게 결말을 내지 않고 일시적으로 감추거나 흐지부지 덮어 버림.

네, 엥히 시연해."

"이 사람아, 자네가 다시 공장에 들어오게 된 것도 여러 동무들이 말해서 그리 된 건데 만일 주임이 알든가 하면 되잽히는 거란 말야. 오늘밤에도 주임이 알았는지 몰랐는지는 모르지만 금후에는 절대로 삼가게…… 뜬구름같이 지나 보내게."

"아니, 내가 간 건 전연 딴 의미가 없네. 그러니까 금후는 절대 문제될 게 없을 줄 아네."

"물론 그런 문제야 누구에게도 있기 쉬운 거지만 피차 각별히 삼가기로 하세. 사람이 웬만하면 또 모르지만 자네의 그 일만은 난 첨부터 찬성하지 않았네."

준식이와 갈린 후 학수는 정남이 집에서 나올 때보다 훨씬 가벼운 마음으로 집에 돌아왔다.

방황

봉우가 오래간만에 경재를 찾아왔다.

지난봄에 형철이가 동경에서 건너왔을 때 그들 세 사람은 가끔 만난 일이 있다. 그들은 동경 유학 당시 뜻을 같이하던 친한 동무였다. 그래서 형철이는 두 사람에게 취직을 부탁하였었다. 형철의 희망도 있고 해서 봉우는 곧 경재로 하여금 Y방직공장에 소개하

일제 때의 까페

도록 함으로써 자기는 책임을 면하였으나 그러한 관계로 세 사람은 한때 자주 만났고 카페 같은 데로 같이 다닌 일도 있다.

그러다가 형철이가 Y방직에 취직이 된 후로는 이럭저럭 피차 *격조히 지내 왔다. 그들의 생활이 무기력해지고 마음이 해이해지는 데 따라서 모든 일이 탐탁지 않으매 친구도 아주 잊은 듯이 염두에 올리지 않고 몇 달을 지내 왔다.

더욱이 경재는 여순이와의 사이에 여러 가지 *층절이 생겨서 다른

격조
멀리 떨어져 있어 서로 통하지 못함.

층절
일의 많은 가닥이나 곡절 또는 변화.

일에는 거진 머리를 쓸 여유가 없었고 여순이가 종적을 감춘 후로는 더군다나 마음의 피로가 심하여 세사를 돌볼 여념이 없었다.

그는 몸과 마음이 함께 피곤하여졌다. 여순이 때문에 받은 애욕의 상처는 비상히 크다. 그것은 하루나 이틀로서 잊혀지는 그런 가벼운 종류의 것이 아니었다. 어떤 종류의 괴롬은 처음이 무겁다가 뒤끝이 쉬이 들리지만 이 괴롬은 처음은 그저 정신이 뗑하기만 하다가 차차 의식이 분명해지는 데 따라서 뒤가 점점 무거워지는 것이었다. 이런 종류의 번민이란 실로 감당키 어려운 것임을 그는 과거의 경험으로써 잘 알고 있다.

'어떻게 겪어 갈까!'

그는 갈수록 흐리어지는 자기의 심정을 바라보며 속으로 이렇게 부르짖었다. 그러다가 어떤 때에는,

'올 대로 다 오너라!'

천야만야(千耶萬耶)
산이나 골짜기가 매우 높거나 깊어서 천 길이나 만 길이나 되는 듯한 모양.

하고 *천야만야한 괴롬의 벼랑으로 몸을 탁 내던지려고도 하였으나 그래도 마음은 개어지지 않았다.

—여순은 지금 어디 가 있을까. 어떻게 지날까. 무슨 생각을 하고 있을까. 벌써 새사람같이 맑은 기분으로 돌아가 버렸을까. 그렇지 않으면 그도 역시 오뇌의 날을 보내고 있을까……

이런 풀 수 없는 갖가지 공상과 의문이 종내 머리를 부수고야 말 듯이 짓궂이 매어달려 떨어지지 않는 것이었다.

그를 아주 잊을 수 있었으면…… 애욕의 뿌리를 통째로 빼어 버렸으면…… 하고 그는 생각하기도 하였다. 그러기만 해내면 금시 날 것 같이 몸과 맘이 산뜻해지고 가벼워질 것 같기도 했다. 더할 수 없이 행복할 것 같기도 했다.

그러나 이 '행복'은 좀처럼 그를 찾아오지 않았다. 그리하여 괴롬은 좀먹듯이 자꾸만 마음을 파고들어갈 뿐이었다. 그런데 파고들어가는 것은 결국 새로운 발굴인 외에 아무것도 아니었다. 그리하여 깊어 가는 괴롬은 파고들어가는 데 따라서 더욱 새 괴롬을 가져올 뿐이었다. 갈수록 씨를 칠 뿐이었다.

그런데 또 파고들어가는 괴롬은 결코 한 줄만이 아니었다.

'여순이를 아주 잊어버리고 만다면……'

하는 한 구멍이 있는가 하면 다시 다른 한 구석에는,

'만일 다시 만나게 된다면……'

하는 한 구멍이 또 생기게 되는 것이었다. 그리하여 그 구멍은 벌의 집 같이 사처로 숭숭 뚫어져 갔다. 그것은 그 자신으로도 일일이 헤일 수 없는 것이었고 들여다볼 수 없는 것이었다.

어떤 때에는 '그러다가 혹시……' 하는 생각과 아울러 금시 여순을 만나는 환영이 떠와서 부리나케 거리로 뛰어나가도 보았으나 그것은 늘 공상에 머무르고 말았다.

그리고 또 어떤 때에는 '오늘은 편지라도……' 하는 생각이 나서 눈이 까맣게 배달부를 기다려 보았으나 그러나 항상 *왕청된 편지가 떨어질 뿐이었다.

왕청
차이가 엄청나게.

그래서 나중은 하다못해서 책을 펴들고 잡념을 잊어 볼까 하였다. 그러나 몇 줄 아니 내려가서 글자가 날아가는 여름새처럼 춤을 추며 달아나 버렸다.

어떤 때는 오래간만에 원고나 써볼까 하고 펜을 드는 일도 있다. 그러나 그러다가는 문득 저도 모르게 여순에게 보내는 편지 서두를 써버리고는 그만 소스라쳐 정신이 번쩍 나며 펜을 집어던지기도 하였다.

암담한 가운데는 그도저도 마음싼 일이라고는 하나도 없었다. 그래서 요새는 도대체 눈을 뜨고 정신이 *머룩머룩해지고 있다는 것부터 틀린 수작 같아서 이불을 막 쓰고 드러누워서 오지 않는 잠을 부르기도 하였다. 어떤 날은 너무 지나치게 자서 되레 몸이 녹작지근하기도 하고 병 앓을 때보다도 더 괴로운 경우도 있었다.

오늘도 그는 벌써 오전에 한잠 자고 났으나 오후가 되어도 일어날 엄두를 내지 않았다.

그럴 판에 봉우가 찾아왔다.

봉우는 경재의 몸이 너무도 초췌해진 데 놀랐다. 오래간만에 만나보니만큼 경재의 변해진 모양이 더 분명히 눈에 띄었다. 격조했던 벗이 찾아와도 별로 반가운 기색이 없이 부스스 자리에 일어나 앉는 파리한 얼굴과 허푸수수한 몸가짐이 마치 폐허에 홀로 남은 한 포기 풀대같이 기운이 없어 보였다.

"어디 편찮은가."

하고 봉우가 묻는 말에 경재는 겨우,

"아니⋯⋯."

하고 고개를 젓고는 담배 한 대를 붙여 물고 베개와 담요를 밀어 논 후 비스듬히 가로누워 이윽히 잠자코 있다.

경재가 누웠던 머리맡에는 무슨 책이 놓여 있고 그 곁에는 잉크병과 철필과 원고지가 놓여 있다. 그것을 내려다보며 봉우는 문득 생각하였다―무슨 원고를 써보려고 펜을 들었다가 되지 않아서 책으로 눈을 돌리고 책을 보다가 그도 신통치 않아서 인차 내던지고 다시 펜을 들어 보았으나 역시 글이 되지 않아서 그대로 나자빠졌다가 어느새 잠들고 잠이 깨어 가지고 또 그 노릇을 번복하는 궁상스러운 꼴을 생각하였다. 봉우 자신도 한때는 그런 경험이 있었다. 이발이나 하고 양복이나 빼고 나서면 상당히 명랑한 청년이요 분명 이십 세기의 인간이건만 집에 들어서 무엇을 쓰려고 하고 참말 남보다 좀 의미 있이 살려고 하면 이렇게 궁상스럽게 되지 않을 수 없는 오늘의 자기들과 이 세대를 생각하니 아닌 게 아니라 쓴웃음을 금해 낼 수 없었다.

　'이것이 뜻있는 청년의 오늘날 생활인가.'

하고 생각하니 도무지 자랑할 수 없는 현대요 또 현대 청년들인 것 같다.

그러나 이런 생각을 길게 하기에는 그의 신경이 너무나 약했다. 생각하면 생각할수록 혼돈해지는 것이 오늘의 그였다.

세상이나 인간은 모순에 차 있는 것 같으나 그것을 풀어 볼 적극적인 신념은 없었다. 넓은 세상이나 많은 인간은 그만두고라도 한 개의 자기 자신을 돌이켜보아도 헤아릴 수 없는 모순에 차 있지 않은가. 그는 이러한 자신을 깊이 바라볼 용기도 흥미도 없었다. 파고 본댔자 별 수 없는 모순이요 해결할 수 없는 모순일 것 같았다. 그래서 봉우는 자기의 속에 차 있는 모순을 뒤덮어 버리듯이,

"이 사람아 무슨 연굴 하구 있나."

하고 경재에게로 말을 넘기며 그가 쓰다 놓은 원고지를 집어 들려 하였다. 그러자 경재는,

"아닐세."

하고 원고지를 집어다가 글을 쓰다가 만 첫 장을 세네 번 쭉 찢는 순간 문득 어느 날 밤에 여순이가 편지지에 글을 쓰고는 지우고 지우고는 또 쓰던 것을 생각하였다. 불길한 생각이었다. 그는 차라리 생각을 찢어 버리듯이 원고지를 박박 찢어서 밖에 내던지었다.

그러는 순간 문득 일종의 서글픔이 왔으나 그는 그것을 빛깔 없는 웃음으로 얼버무려 버리며,

"그래 그새, 뭘 했나?"

하고 봉우에게 물었다.

"나야 그저 그 모양이지만…… 자네는 또 무슨 연굴 하구 있나."

하고 봉우도 따라 웃다가,

"*쇼펜하우어나 연구하는 셈인가. 꼴 된 걸 보니 어째 그런 법하이."

하고 경재가 보다가 논 책을 집어 간다.

쇼펜하우어
(A. Schpenhauer, 1788-1860)
독일의 철학자. 염세 사상의 대표자로 불린다. 『의지와 표상으로서의 세계』가 대표적 저서이다.

"쇼펜하우어?"

하고 경재도 빙긋 웃었으나 별안간 웃고 싶지 않은 반발심이 일어났다—시인 바이런의 풍채에 미혹하여 마상에서 떨어진 애인에게 대한 심리상의 격동으로 염세철학—고해와 같은 인세(人世)를 해탈(解脫)함에는 의지를 *멸각(滅却)한 금욕적 수행을 해야 한다고 주장한 쇼펜하우어를 그는 본받고 싶지는 않았다. 비록 여순을 잃었을망정 그 때문에 세상을 숨어 사는 염세가가 되리라고는 생각지 않았다.

아직도 여순이를 만날 수 있다는 미련이 있기 때문도 때문이겠지만 그보다 한편 근대의 견실한 유물철학의 꼬투리나마 남아 있는 덕이 이 경우에는 더 컸다. 별을 바라보는 시인의 눈에는 온 하늘보다 별 하나가 더 크게 보이는 것같이 젊은 심장은 인간이라는 그것보다 사랑이라는 그것을 더 중요하게 생각하는 심리가 있는 것이나 그는 아직 그러한 뒤바뀐 생각에 사로잡히려고는 하지 않았다.

그는 아직도 시대의 양심과 그 양심이 주는 힘을 전연 잃어버리지는 않았다. 의미 있는 삶과 힘있는 믿음을 가져 보고 싶은 일면의 충동과 청년다운 슬기가 얼마간은 있다.

"여보게, 그러지 말구 얼른 장가를 들게. 머리 넘으면 남자도 올드미스같이 마음이 옹졸해지고 또 우울해지는 법일세."

하고 봉우가 멋도 모르고 껄껄 웃다가 이어,

"참 현옥씨 잘 있나?"

하고 묻는 것을 경재는,

"잘 있을 테지."

하고 인차 현옥의 말은 그만 외제로 밀어 버리듯이,

"어디 마땅한 데가 있나? 있건 하나 소개하게그려."

멸각
조금도 남기지 않고 없애버림.

하고 위정 정색하며 말하였다.

"그러지 말고 얼른 예식을 하게."

"천천히 하지. 그다지 바삐할 거 있나……."

"이 사람아, 자네 일두 참 딱하이. 글쎄 오는 복을 차버려도 분수가 있지…… 뭐니뭐니 해도 위선 있고야 볼 일인데. 나도 요새는 돈벌이 해 볼 생각이 버쩍 나데."

"누군 싫대나. 허지만 어디 생겨지나."

"되네 돼, 내 말대로만 허게."

"어떻게?"

"얼른 결혼을 허란 말일세…… 그러면 *위불없이 우울증도 낫고 철학병도 물러가고 그리고 또……."

"그러게 하나 소개하라지 않나…… 하하하……."

"이 사람아, 그런 소릴 헐 테건 자네하고 나하고 바꿔 놓아 주게…… 하하하…… 내가 자네가 되구 싶단 말일세, 어떤가."

"그러게 그래…… 얼마든지……."

"아따 이 사람아, 실없는 소리 그만하고 산보나 나가세. 자 일어나게 일어나."

하고 봉우는 자리에 기댄 경재를 끌어 일으켜 가지고,

"나가세 나가…… 집에만 꾹 들어백였으니까 사람이 궁상해져서 못 쓰겠네."

하고 다짜고짜로 끌고 나가려 하였다.

"어디로 간단 말인가…… 앉게, 앉아서 얘기나 하게."

"나가서는 얘기 못 하나!…… 내가 한턱 함세 자아……."

"난 그만두겠네."

위불없다
틀림이나 의심이 없다.

398 한설야

"누구 오기로 약속한 사람 있나?"

"오기는 누구 찾아올 사람 있나."

"그러면 현옥씨가 온댔나."

"아니, 앉게 앉어……."

"그러면 나가세. 내 좋은 데로 안내하지."

"난 싫네, 싫어."

경재는 사실 외출하기가 싫었다.

그는 무슨 심화가 있으면 집에 꾹 들어박혀서 혼자 속을 썩이는 버릇이 있다. 여자문제로 해서 번민이 오는 때에는 더욱 그렇다. 밖에 나가서 자기의 값있는 번민을 아니꼬운 세상에 내던지고 오고 싶지도 않았고 그 무심한 인간들의 소음 사이에서 잊어버리고 오고 싶지도 않았다. 술도 한잔 못 하는 것은 아니었지만 보통 술꾼과는 달라서 기분이 좋을 때에만 한한 일이었고 기분이 나쁠 때에는 일부러 흥분제를 취하여 기분을 들뜨게 하려 하지 않았다.

말하자면 그도 한편 비극을 좋아하는 낭만적인 심리와 육신으로 괴롬을 실컷 겪어 내려는 음울한 심리가 있었다.

그래서 봉우가 산보를 나가자는 것이나 또는 주점이나 차점 같은 데로 가자는 것을 마음으로 싫어하였으나 그가 너무 강권하므로 결국은 일어나고야 말았다.

'오래도록 *한담을 하고 있으니 얼른 나갔다가 그를 돌려보내고 혼자서 속히 돌아오는 게 낫겠다.'

그는 속으로 이런 타산을 하며,

"대체 어디로 가려나?"

하고 일어섰다.

한담(閑談)
심심하거나 한가할 때 나누는 이야기. 또는 별로 중요하지 아니한 이야기.

일제 때의
장충단공원

애오라지
'겨우'를 강조한 말.

눈기
눈치와 눈 정기를 아울
러 이르는 말.

"어디든 나 가는 대루만 따라오게그려."

"그리지 말고 장충단공원으로나 가세그려."

그러며 경재는 문득 지난번에 여순이와 같이 동대문 밖 밤거리를 걷던 일을 생각하였다. 어둠이 그리웠다. 어두운 거리가 그리웠다. 아직도 남의 눈을 꺼리며 숨어 다닐 듯한 여순이가 *애오라지 마음놓고 다닐 듯한 어두운 거리가 그리웠다. 나가면 어쩌다가 만날 것 같기도 하였다.

'얼른 밤이 되었으면……'

이런 생각을 하며 집을 나선 경재는 바로 대문 앞에서 그를 찾아오는 현옥을 만났다.

'차라리 잘 나왔구나.'

경재는 순간 이렇게 생각하였다.

그러나 봉우는 그와 반대로,

'그러기 안 나오려고 들었군그래, 내숭한 사람!'

하고 지나치게 *눈기 빠른 생각을 하였다.

"오래간만입니다."

현옥은 봉우에게 인사를 한 다음 경재에게,

"어디로 가십니까?"

하고 점잖게 물었다.

"아니……"

하고 경재가 자기로도 자기가 어디로 가는지 모르듯이 머뭇거리고 있는 것을 봉우가 받아다가,

"구경갑니다."

하고 이어 발명이나 하듯이,

"안 나오려는 것을 내가 억지로 끌고 나왔습니다…… 현옥씨가 오시기로 한 거야 알 수 있어야지요, 하하하……."

하고 사람 좋은 얼굴로 의미 있이 웃었다.

"구경이오? 어디요?"

하고 자기도 동감이라는 듯이 방긋 웃으며 현옥은 다시 물었다.

"어디든지요……."

봉우도 사실 어디로 간다는 목표는 없었다.

"저도 구경 가볼까 하고 나왔는데요."

"마침 잘 되었습니다그려."

"그런 게 아니라 Y전문학교 학생들이 연극 공연을 한다구 누가 초대권 두 장을 가져왔어요. 그래서……."

"네, 네…… 드 분이 가시죠. 하하하……."

"아니에요. 함께 가서요."

"글쎄요……."

봉우는 다소 주저되었으나 결국 세 사람이 같이 가기로 하고 황금정행 전차를 탔다.

경재는 별로 가고 싶은 생각이 없었으나 집으로 돌아가면 현옥이가 또 쫓아와서 이러니저러니 종알거릴 것 같고, 또 훌쩍 빠지고 다른 데로 가버릴 수도 없고 해서 그런대로 따라갔다.

전차

경재는 사실 여순이가 떠나 버린 후부터 더욱 현옥이에게는 냉정하여졌다. 뿐 아니라 도대체 여자란 것도 사랑이란 것도 모두 귀찮았다.

그러나 그러면서도 별 생각 없이 현옥이 말대로 그를 따라가는 자기와 또는 자기 마음의 모순을 발견하는 순간, 그는 문득 자기 자신에게 증오를 느꼈다. 확실한 방향도 없이 끌리는 대로 이리로 저리로 움직여지는 소시민(小市民)의 가엾은 그림자를 그 자신 중에서 발견하였다. 실로 얄미운 그림자였다.

그러나 훌쩍 뛰어내릴 수는 없었다. 그것은 현옥에게 미련이 있었기 때문은 물론 아니었다. 또 기어이 가고 싶은 생각이 있어서 그런 것도 아니었다. 차라리 생각 같아서는 저 혼자 딴 데로 가고 싶었다. 그러나 그러면서도 그대로 못 하는 것은 무슨 까닭일까. 그는 저로도 그것을 알 수 없었다.

그는 지금 자기로 자기 몸을 끌고 가는 것이었으나 그러면서도 대체 어찌 되어서 그러는지 알 수 없었다. 마음만은 아직도 늘 *도저해보려고 하건만 실지인즉 그저 가는 대로 가보지, 갔다가 오게 되면 또 오지…… 하는 막연한 행동자일 뿐이었다.

그는 거리로 눈을 돌렸다. 밤을 알리는 전등의 유혹을 그는 느꼈다.

'아! 밤거리…….'

그는 속으로 이렇게 부르짖었다. 그 어두운 거리를 지향없이 이리저리 자아다니고 싶었다. 길을 잃은 것을 괴로워할 것도 없고, 밤이 늦는 것을 괘념할 필요도 없는 것이었다. 발 가는 대로 걸어가다가 비위에 안 맞는 사람을 만나면 눈을 돌리고 지나쳐 버리고 시선을 줄 만한 사람을 만나면 발을 멈추고 바라보는 것이 좋을 것이었다.

'그러나 발을 멈추게 할 인간다운 인간이 어디 있으랴.'

이렇게 생각하고 보니 인간이란 인간은 말짱 목장(牧場)으로 통하는 길을 혹은 잘난 체 뽐내고 혹은 세상 이치를 깨달은 체 고개를 숙이고 걸어가는 것 같았다. 아무리 뜰을 풀이 무성하다 한들 목장에 무슨 넉넉함이 있으며 아무리 아름다운 자연이라 한들 목장에 무슨 노래다운

도저하다
행동이나 몸가짐이 빗나가지 않고 곧아서 훌륭하다.

노래와 빛다운 빛이 있으랴. 몇 올의 철사와 목책에 갇힌 무성한 풀이 어찌 참말 무성한 풀일 수 있으며 아름다운 자연이 어찌 참된 아름다운 풍경일 수 있으랴.

한 개의 채찍 아래에 매인 살진 양의 떼가 사막의 주린 사자를 비웃을 수 있을까.

그는 불란서의 어떤 우화(寓話)를 생각하였다—어떤 목장의 아름다운 양이 주인의 총애와 무성한 사료(飼料)를 마다하고 자유를 찾아 목책을 넘어서 그 밤으로 주린 이리를 만나 최후의 일 분까지 용감히 겪어 내다가 마침내 피를 흘리고 죽어 버렸다는 우화를 생각하였다.

가엾은 세상 사람은,

"스스로 죽음을 택한 어리석은 양!"

하라고 비웃을 것이다. 그러나 경재에게 있어서는 목장의 무성한 풀보다 양이 흘린 한 방울 피가 천 갑절 만 갑절 더 거룩한 것이었다.

극장 앞에는 사람들이 잔뜩 밀려 있었다.

큰길을 이편으로 혹은 저편으로 걸어오던 사람들이 한데 어우러져서 남쪽으로 꺾이어 극장 앞 골목으로 흘러들어가고 있다.

특히 학생들이 많은 것이 제일 먼저 눈에 뜨이고 그 담에는 청년들—*협수룩하면서도 어딘지 모르게 모던식인 청년들과 다소간 맘에만 일종의 빛남이 있는 듯한 청년들이 눈에 띈다. 그런 분위기는 보통 다른 흥행에서는 그렇게 눈에 띌 만큼 현저하지 못한 것이었으나 오늘은 학생들의 연극 공연이 되어서 그런지 그런 유의 관객이 대부분을 점령하고 있었다.

경재나 봉우는 일찍 중학시대에나 또는 동경 유학 당시에는 자기들도 그런 관객 중의 한 사람이 되어 본 기억이 있고 경우에 의하여서는

협수룩하다
옷차림이 어지럽고 허름하다.

예사로운 거리의 사람이 자기들을 달리 보는 것같이도 생각하는 일종의 자긍을 가지어 본 일도 있으나 오늘은 어쩐지 이 자리에 모여 선 사람들이 맘에 들지 않았다. 차라리 꺼리는 생각이 났다. 어딘지 모르게 경박한 데가 있는 것 같고 *헐가의 자존심이 있는 것 같았다. 텁수룩한 모양이 빤질빤질한 그것보다 되레 나은 것 같으면서도 그 속에서는 천박한 의미의 모더니즘이 흐르고 있는 것 같았다. 그래, 그는 사람들을 넌지시 바라보며,

'그만 돌아가 버릴까.'

하고 속으로 생각하였다. 그러나 어쩐지 그렇게 훌쩍 가버릴 수도 없고 그렇다고 그 사람 중에 섞이어 보고도 싶지 않아서 한가에서 서성거리고 있을 때 현옥이가,

"참 지가 표를 사올게요."

하고 알심 있이 봉우에게 말하고 오졸오졸 사람 답째기 속으로 들어갔다. 초대권은 두 장뿐이어서 그는 봉우의 표를 사러 간 것이었다.

그러나 사람이 너무 대밀려서 좀처럼 빨리 사올 성싶지도 않고 또 일종의 들뜬 기분에 움직여지고 있는 사람들 틈에 끼여 있기도 무엇하고 그리고 여자가 표 사오는 것을 기다리고 있다는 것도 그다지 자랑스러운 꼴이 아닌 듯해서 경재는 골목 어귀로 되돌아 나왔다.

그러나 봉우는 현옥이가 모처럼 표를 사온다고 하였고 또 반반한 여자가 표를 사다가 자기에게 맡기는 근경을 남에게 보인다 하더라도 조금치나 창피할 것이 없는 일이어서 사람들 중에서 그대로 거닐고 있었다.

경재는 갈수록 더욱 기분이 침울해지며,

'두 사람을 따돌리고 그만 어디로 가버릴까.'

헐가
헐값

하고 생각하며 행길로 나서는 어귀에서 지향없이 두리번거리고 있었다. 그러나 훌쩍 가버린다는 것은 무슨 승부에서 패한 것을 의미하는 것 같기도 하고 또 한편 자기의 너무도 옹졸함을 남에게 보이는 일인 것 같기도 해서 그대로 서 있었다.

어둠이 차차 깊어 간다. 이 근방은 전짓불도 그다지 많지 않고 거리도 몹시 번잡하지 않다. 광화문 쪽으로 걸어가노라면 혼자 거닐기에 알맞은 장소가 얼마든지 있을 것 같았다. 새카만 속에서 홀로 전등을 멀찌감치 바라보는 것도 괜찮을 것 같고 장안 복판에서는 찾아보기 어렵고 또 찾아보려고 생각한 일도 별로 없는 별과 달을 쳐다보는 것도 그럴듯한 일일 것 같았다. 잔디밭에 자빠져서 어린애 적 모양으로 하늘을 우러러 '별 하나 나 하나' 하고 헤어 보는 일도 맘싼 일인 것 같았다.

지금과 같이 방향을 잡지 못하고 있을수록 아무것도 모르는 어린애 같이 되어 보고 싶었다. 그리고 속된 사람의 무리가 우글거리는 그 가운데서 방황하기보다는 차라리 말없는 자연에 안기고 싶은 것이 오늘 밤의 그의 심경이었다.

이렇게 생각하며 성긴 전짓불빛이 아른거리는 저편을 무심히 바라보고 있던 순간 그는 가슴이 쩔렁 하며 눈을 크게 하였다. 큰길 저편에서 그는 오래도록 찾고 있던 사람을 발견하였다. 분명 여순이었다. 무엇이 출렁 떨어져 버린 듯한 소란한 가슴은 소용돌이같이 울렁거리고 설레기 시작하였다.

그러니만큼 그 발견한 사람의 정체는 똑똑히 보여지지 않았다. 무슨 환영이 비친 것같이 눈은 아른아른하여졌다.

그는 자기를 잊은 듯이 그 그림자를 쫓아 그리로 성큼성큼 걸어갔다.

그 순간에는 아무 생각도 없었다. 그러나 머리는 무엇으로 꽉차 있었다. 건드리기만 하면 탁 터져 나올 것같이 꽉차 있었다.

"여순씨!"

하고 그는 크게 부르려다가 그만두고 걸음을 빨리하였다.

걸음을 빨리할수록 '여순씨' 하는 소리가 금시 쏟아져 나올 것 같았다.

그 사이 철이 바뀌었으니만큼 옷도 그전 입던 옷이 아니요, 모습도 변해진 것 같으나 아무리 보아도 분명 여순이다. 쭉 빠진 몸집, 늠늠한 다리, 일직선상으로 옮기어지는 독특한 걸음걸이가 일호의 의심도 없었다. 그래도 그는 자기의 눈을 한번 더 의심하여 몇 걸음 더 가까이 쫓아갔다.

"여순씨!"

숨이 급해서 소리가 너무 작아졌다. 그래서,

"여순씨!"

하고 재차 크게 불렀다.

그러자 앞으로 무심히 걸어가던 그 여자는 힐끗 돌아다보고 또 불현듯 놀라는 기색까지 보였으나 곧 머리를 돌리고 좀 빠른 걸음으로 걸어갔다.

얼굴까지 보아도 틀림없는 여순이었다. 그래서 경재는 좀더 걸음을 빨리하였다. 그 여자의 걸음도 한결 빨라졌다. 경재의 눈에는 그 여자의 걸음이 자기의 걸음보다 훨씬 빠른 것같이 보였다.

앞으로 가던 여자는 뒤로 쫓아오는 발소리를 그리고 그보다도 심장 소리를 피하듯이 곁 골목으로 픽 돌아서 버렸다.

일순간 그 모양을 잃은 경재는 황급히 훌쩍 뛰어 골목을 돌아서 그의 뒤를 다 쫓아 섰다.

"여순씨! 여순씨 아닙니까?"

더 의심할 여지가 없으니만큼 경재의
목소리는 크고 대담하여졌다. 여순은 마침내
돌아서고야 말았다.

"아! 김선생 웬일이서요?"

하고 여순은 그제야 처음 들은 듯이 위정 놀라는 빛을 보였으나 그 표
정은 심히 침착하였다. 이 자리의 첫인상부터 경재에게는 실망으로 나
타났으나 그런 것을 헤아릴 때가 아니었다.

"여순씨! 그저 서울 계셨습니다그려?"

"아니오!"

"……."

"시골 갔다…… 왔어요."

"시골요?"

하고 경재는 되받아 외웠으나 그것이 참말 자기가 들으려는 말이 아닌 것 같아서 짐짓 말을 끊었다.

그러나 그러면서도 한편 무슨 얘기든지 죄다 듣고 싶었다. 시골 갔다 온 경과도 물론 듣고 싶었다. 그리고 그보다 어째서 그렇게 가버렸는지도 또는 그 사이 어떻게 지났는지도 죄다 듣고 싶었다. 그리고 그보다 더욱더 알고 싶은 것은 그의 심경이었다. 남김없이 그의 맘을 두드려 보고 싶었다. 그리하여 현재의 심경을 알아볼 것은 물론 장래의 취할 바 그의 태도까지 알아보고 싶었다. 말하자면 그것이 맨 알고 싶은 초점이었다. 그러나 그것은 한두 마디로 외울 수도 없는 일이요, 또 들을 수도 없는 일이었다. 그것을 노골적으로 묻는다는 것부터 어리석은 일인 것 같았고 또 그 물음이 자기의 의사와는 반대로 기대에 어그러지는 대답을 가져올 위험도 다분히 있는 듯하기도 하였다. 이러한 복잡한 심경은 실로 형언할 수 없는 난무(亂舞)와 같은 것이었다. 머릿속에는 하고 싶은 말이 너무도 많았다. 그래서 도리어 무슨 말을 꺼냈으면 좋을지 몰랐다. 얽힌 가슴을 어느새 어떻게 마르갖아 가지고 어디서부터 뽑아내었으면 좋을지 몰랐다.

그리하여 조급한 생각이 제 가슴에 꼭 막혀 있는 생각을 아무 데로부터나 함부로 밀어 낼 뿐이었다.

"어째 그렇게 소식이 없었습니까…… 편지라도 할까 하였습니다만 주소를 알 수 있어야지요."

"인제 차차 아시겠지요."

"차차요?"

하다가 경재는 급히 말을 돌려 가지고,

"그런데 좌우간 한번 만나서 얘기도 할 거 있는데요…… 물론 여순 씨 생각은 어디까지든지 존중합니다만 내 생각도 좀 말하고 싶은 것이 있구 해서……."

"네……."

하고 여순은 가볍게 넘겨 버릴 뿐.

"지금 어디 계십니까?"

"차차 아시게 되겠지요."

"아니 뭐…… 오해하실 건 없습니다."

"아니오……."

하고 여순은 그 말을 피하여 다른 말을 꺼내려 하였으나 얼른 생각나는 것이 없었다. 경재와 현옥의 그 후의 관계가 여자의 섬세한 신경을 얼른 건드렸으나 그것은 말하고 싶지도 않았고 또 말할 필요도 없었다.

그리고 자기의 주소는 어디까지든지 비밀에 부치려 하였다. 그것을 알리는 것은 모처럼 자기가 취해 온 행동을 한마디로써 가벼이 허무질러 버리는 결과를 가져올 것 같아서 한편으로는 아직도 미련과 괴롬이 있으면서도 굳이 말하지 않았다.

그럴 판에 현옥이가 찾아왔다. 한 걸음 뒤떨어져 봉우도 왔다.

"뭐 하서요?"

현옥은 뾰로통해서 경재에게 이렇게 말한 다음 이어 그 치선 감정의 한 끝을 여순에게로 돌렸다.

"아, 여순이 오래간만이구료…… 서울 있었소?"

하고 물었으나 그것은 무절제한 감정으로 그저 해보는 말이었더니만큼 여순의 대답은 들을 필요도 없이 또는 듣고 싶지도 않다는 듯이 현옥은 돌아서며 경재에게,

"남더러 표를 사래 놓시군…… 늦었어요, 얼른 가서요."

하고 재촉하였다.

그래도 경재는 아무 말 없다.

봉우는 웬 영문인지 몰라서 어리둥절하니 먼장을 돌고 있었다. 그는 경재와 여순의 관계를 통 알지 못하였던 것이다.

군색한 분위기가 그들을 침묵 가운데 싸고 도는 순간, 여순은 때를 늦추지 않고,

"안녕히 가서요."

하고 점잖게 인사하고 조금도 주저함이 없이 오졸오졸 제 갈 데로 가 버렸다.

그러자 현옥은 마치 '너까짓 거 보아나 주어' 하듯이 여순이와는 반대의 방향으로 몸을 픽 돌리며 제김에,

"흥, 부활했구료!"

하고 코를 분다.

경재는 여전히 잠자코 있을 뿐…… 도리어 그 바람에 불시로 놀람과 흥미를 느낀 사람은 봉우였다. '부활?' 하고 그는 괴이히 생각하는 반면에서 대뜸 무슨 어려운 수수께끼나 풀릴 듯한 흥미를 또한 느꼈다. 그래서 그들의 말에는 아주 무관심한 체 먼장을 거닐면서 실상은 더 귀익히 그들의 말을 엿들으려 하였다.

"일수가 존데요."

잔침질
들이쑤시는 소소한 자극이나 걱정.

하고 현옥은 또 한번 *잔침질을 하며 경재를 보았으나 경재는 아무 감응이 없는 듯 망연히 서 있다.

"방해를 해서 미안합니다."

현옥이가 다시 이렇게 비꼬아 댈 때 경재는 말하는 대신 슬쩍 돌아서서 큰길 편으로 뚜벅뚜벅 걸어갔다.

그러자 거진 동시에 골목 어귀에서 그들을 기다리고 섰던 봉우는,

"여어, 얼른 구경이나 가세."

하고 크게 외쳤다.

경재가 앞서 걸어오고 한두 걸음 뒤떨어져 현옥이가 나오는 것을 기다려 가지고 봉우는 그 둘 사이에 끼여서 걸어오며 속으로 고소하였다.

부활이니 일수가 좋으니 방해를 했느니 하는 현옥의 말은 두말할 거 없이 시기의 상투다. 그러나 그것은 남들이 하는 걸 보면 무슨 연극이나 구경하는 것같이 재미나지만 자기가 당하고 보면 말할 수 없이 성가시고 짜증이 나는 것이다.

봉우는 문득 자기의 아내를 생각하였다. 나이먹어 갈수록 *강짜와 질투가 심해 가는 아내를. 그리고 술잔이나 마시고 들어가면 양복과 와이샤쓰에서 분 냄새와 향수 냄새 나는가를 맡아 보고 어디로 나갈 때에 넥타이만 한번 더 다잡아 매어도 "그만해도 되겠소" 하고 샘을 내고 면도한 뒤에 베르츠수만 좀 발라도 "어느 년한테 잘 뵐라구" 하고 입을 쫑긋거리는 히스테리컬한 아내를 생각하였다. 생각만 해도 넌덜머리가 난다.

그러나 지금 현옥이가 그러는 양을 보고 듣는 것은 조금도 상관이 없었다. 되레 재미가 났다. 남의 달착지근한 사랑 장면을 보는 것은 때로 보는 사람의 마음을 시기로 끌어가는 수가 있지만 치정싸움이란 치사스레 생각되는 경우에라도 한편 재미나는 것이었다. 그것은 아마 남의 불행을 좋아하고 쌈구경 불구경을 좋아하는 사람의 심리와 공통되는 심리일 것이다.

그리하여 경재와 현옥의 그러한 근경을 좀더 보았으면 하는 봉우의 호기심은 어느덧 자기가 그런 소설과 같은 장면의 한 주인공이 된 것

강짜
부부나 사랑하는 이성(異性) 사이에서 상대되는 이성이 다른 이성을 좋아할 경우에 지나치게 시기하는 것을 속되게 이르는 말. 강샘.

같은 공상으로 옮기어졌다.

공상 가운데 그리어진 상대자는 물론 지긋지긋한 그 아내는 아니었다. 훨씬 이상적이요 근대적인 여자요, 고상한 취미와 높은 학식을 가진 여성이었다. 그러한 상대자가 바로 현옥이같이 그리하는 것을 생각하였다. 때로는 높은 감정이 범람하여 가시와 같이 내돋치고 불꽃같이 튀어오르는 여자를 상상하였다. 심히 그럴듯한 정경일 것 같았다.

이런 속생각을 하다가 봉우는 다시금 경재와 현옥을 바라보았다. 자기가 지금 그리고 있는 공상을 얼마든지 실현할 수 있고 또 지금 실현하고 있는 그들이 몹시 부럽게도 생각되었다.

그러나 경재는 물론 거기서 아무런 만족이나 쾌감을 느끼지 못하였다. 현옥이도 부조리한 생각에 *한갓되이 마음을 괴롭게 하고 있었다.

한갓되다
겨우 하찮은 것밖에 안 되다.

경재는 극장에 들어가서도 연극에는 아무 흥미를 느끼지 못했다. 무대에 오르는 배우들이 까닭 없이 미워나는 때도 있었다.

연극 공연의 한 장면

남자와 여자가 맞서는 장면에 달콤한 대화가 벌어지는 것과 또는 어조를 아름답게 구성지게 굴려서 남의 감탄을 사려는 소위 연극조가 몸서리나도록 싫고 미워나는 때도 있었다.

그러나 그러면서도 인생이라는 것이—더욱이 사랑에 울고 웃는 그 노릇이 마치 한 개의 연극 같아서 무대와 자기의 사이에는 보이지 않는 무슨 연줄이 서리어 있는 듯함을 그는 느꼈다. 지금 눈앞에 보이는 무대는 그다지 놀라울 것이 없으나 그것은 자기가 지금 현실에서 빚어내고 있는 연극—사랑이니 질투니 하는 그것을 북돋워 주는 데 *유조한 것인 것 같았다. 그러나 그는 무대의 연극보다 자기의 실연이 좀더

유조(有助)
도움이 있음.

값있고 깊이 있는 것이라고 생각하였다. 그리하여 그는 무대를 곁눈으로 지나쳐 보며 그보다 더 매력 있는 자기의 연극을 속눈으로 돌이켜 보았다.

그리하여 그의 가슴에 새로운 포즈로 다시금 등장한 인물은 물론 여순이었다. 지금 우연히 그를 만났었고 그리하여 가슴의 밀도가 높아졌더니만큼 그에게 대한 생각은 사뭇 복잡하였다.

'여순은 확실히 전과 달라졌다!'

그는 이렇게 생각하였다. 그전의 여순이와 오래간만에 만나도 아무 놀람이 없는 여순은 아주 딴사람같이 생각되었다.

—짧은 시일 안에 이렇게 돌변해 버릴 만한 여순이었다면 그는 과거 그 한때에 있어서도 자기의 마음의 극히 조그만 꼬투리를 나에게 던져 주었음에 지나지 않을 것이다. 즉 그는 지나가는 나그네같이 나에게 보따리 하나쯤을 맡겼었을 뿐…… 그러기 때문에 제가 가버릴 필요를 느끼는 때에는 그까짓 보따리 하나쯤은 가벼이 내던지고 가도 조금도 섭섭함이 되지 않았을 것이다. 그러나 나는 그 보따리를 보화와 같이 극진히 안고 그가 돌아오기를 기다리고 있지 않은가! 이 얼마나 어리석은 공상이요 이 얼마나 망상의 동경이랴.

여순은 벌써 그런 것을 말끔 잊어버리고 말았을 것이다. 고양이 죽은 데 쥐 눈물만큼도 미련이 없이 맘은 씻은 듯 개어 버렸을 것이다.

그는 나를 떠나서 새 생활을 찾고 있을 것이다. 나를 떠날 당시의 약간 흐트러졌던 마음은 그 사이 완전히 수습되어 버렸을 것이다.

나를 떠나서 쾌활해지고 대담해지지 않았는가. 나를 보아도 조그만 애착도 미련도 보임이 없이 심상히 웃고 훌훌히 가버리지 않았는가.

그가 이만큼 변한 것으로 보면—성격과 태도에 그만한 변화를 일으킨 것으로 보면 나보다 훨씬 이상인 무엇이 그의 주위를 알뜰히 에워싸고 그의 맘을 단단히 붙잡고 있음에 틀림없을 것이다!

'그러면 그것은 무엇일까.'

경재는 무엇이 그를 그렇게 만들어 놓았을까를 생각하였다. 생각해 보아야 그것이 무엇인지는 알아맞힐 수 없는 일이었지만 어쨌든 그것은—그를 그만큼 변하게 한 것은 자기보다 더 의의 있고 더 훌륭한 것임에 틀림없을 것이다. 그것은 그가 새로 발견한 새 세상인지 또는 어떠한 남성인지는 알 수 없는 것이나 어쨌든 무엇이든지 있는 것만은 사실인 것 같았다. 그러지 않고는 그렇게 떠날 수도 없는 것이요, 또 떠나서 그렇게 쉽사리 변해 버릴 수도 없는 것이다—그러면 그것은—그를 그렇게 만든 장본은 나를 떠나기 전부터 벌써 있었을지도 모르는 것이다. 그것은 일찍부터 여순에게 나 이외의 것을 넣어 주었을 것이요, 또 그에게서 나에게 필요한 것, 즉 옛날의 그의 맘을 뺏어 가는 데 완전히 성공하였을 것이다.

*가사 아직도 여순의 가슴에 나의 그림자가 조그만큼 남아 있다 하더라도 여순은 날마다 시마다 별개의 인간이 되어 가면서 있으니까 구경, 나의 잔상(殘像)은 허울 없이 사라지고야 말 것이다.

나를 사랑하노라던 그때에도, 그리고 나 아니면 존재 그것이 의심되리만큼 열렬하던 그때에도 그는 나 이외의 딴사람과 웃고 얘기하였고 나 없이도 죽지 않고 며칠이든 엄연히 살아 있었거든 하물며 변해진 오늘이야 말하여 무엇 하랴. 나 이외의 세상에서 담담히 지낼 것이요, 나 이외의 사람을 상대로 즐기고 울고 할 것이다. 보다 더한 사랑을 속삭일는지도 모르는 것이다.

더욱이 나와의 사이가 주위의 간섭으로 여의치 못한 점이 많았으니

가사
가령.

까 그 분풀이로라도 이번은 좀더 대담히 그 대상에게 맘을 그리고 몸을 던져 버릴 것이다.

경재는 집에 돌아와서 이불을 막 쓰고 또 생각하였다.

그전 한때는 그도 진심으로 현옥을 사랑한 일이 있다. 그때는 현옥이가 주는 단것 쓴것이 모두 맘싸게 생각되었었다. 그러나 이미 그 고개를 넘어서 내리막길을 걷기 시작한 감정은 좀처럼 옛날로 돌아가지 않았다.

어쨌든 마음의 움직임이란 뒤로 돌아서기는 어려운 것이다.

그는 문득 또 이런 생각을 하였다—여순에게 대해서도 어느 고비만 넘어서면 그렇게 되지 않을까. 아직은 그 고개를 다 올라서지 못해서 안달을 하고 미련을 가지는 것이지만 장차는 또 감정이 식어지지 않을까.

그것은 자기로도 보장할 수 없는 일이었다. 그것을 깨닫는 때에 경재는 저 자신에 몸서리를 쳤다. 그러한 심리상의 홀가운 변동은 그가 제일 얄밉게 생각하던 소시민의 특성인 것 같았다. 소시민의 가슴에는 높다란 봉우리가 없는 대신 *자름자름한 고개가 많다. 그래서 고개를 오르기도 쉽고 또 내리기도 쉽다. 이러한 감정은 왜냄비같이 쉽게 끓었다가 또 쉬이 식는 것이다.

그렇다고 하면 어느새 여순에게 대해서 식어지지 않으리라고 보장하기 어려운 것같이 현옥에게 대하여 자발없이 다시 끓는지도 모르는 것이 아닌가. 아니 그보다도 숱한 여자에게 대하여 감정은 잦은 가락같이 넘어가고 *주마등같이 회전할는지도 모르는 것이 아닌가. 그러면 이 인간은 과연 무엇이 될 것인고?

이렇게 생각하니 한때는 양심으로나마 소시민의 근성을 극복하려던 자기는 지금 제도루묵이가 되고 마는 것 같았다. 쓸 만한 생각이 물러

자름자름하다
여럿이 다 크지 않고
작은 모양.

주마등(走馬燈)
등의 일종. 무엇이 언
뜻언뜻 빨리 지나감을
비유하는 말.

가는 대신 소시민의 가지가지 얄미운 감정만이 저도 모르는 사이에 자기를 사로잡아 버릴 것 같았다. 그러며 그는 또 한번 저 자신에 몸서리를 쳤다.

마치 폐병으로 거의 죽어 가는 사람이 신경만 더욱 예민해져서 자기의 죽음을 날카로이 바라보고 있는 것과 같이 그는 자기 자신을 바라보는 것이었다. 그것은 신경이 나는 일이요 또 이가려운 일이었다.

병고가 심하면 속히 감각을 잃는 것이 차라리 나을 것이다. 그와 같이 자기도 저 자신을 바라보는 눈이나 졸아 주었으면 하건만 도리어 그와는 반대로 눈만 마록마록해서 변해 가는 자신을 무슨 구경거리나 같이 바라보고 있지 않은가.

'모든 것을 잊어버리자. 여자란 다 무어냐…… 현옥이도 여순이도 없다.'

그는 이렇게 모든 것을 잊어버리려 하였다. 그리고 따라서 반성의 눈을 굳게 닫아 버리려 하였다.

이러한 생각은 결코 오늘에 비롯한 것은 아니다. 벌써부터도 생각해 보던 일이요, 괴롬이 깊을 때에는 자주 이런 심경에 놓여지려고 하였다. 그러나 그것은 좀처럼 되어지지 않을 뿐 아니라 잊으려고 하면 되레 더 분명히 떠오는 야릇한 것이기도 하였다.

그는 결국 자기 자신을 저로도 어찌할 수 없을 것을 깨달았다. 생각하면 생각할수록 지극히 불편하게 되어진 인간이었다. 이렇게 했으면 좋겠다고 생각하면서도, 그리고 그것은 생각에 관한 일이니만큼 되어지지 않을 것이 없는 문제인 것 같으면서도 실지는 그렇게 되어지지 않는 것이었다.

그는 문득 동경서 빈혈증으로 졸도하였을 때 의사가 와서 하던 말을 생각하였다.

"사람이란 지극히 잘 맨들어진 거요. 빈혈증으로 졸도하는 경우만 보더라도 넘어지면 자연 혈액순환이 잘 되어서 인차 깨어나게 되거든요."

그는 이 말을 들으면 과연 그럴듯이 생각하였다. 인간이란 참 교묘히 된 놈이로구나 하였다. 그리고 어느 때에는 우스운 소리를 잘 하는 대학강사가 이런 말을 한 일도 있다.

"사람의 눈이란 참말 잘된 거란 말야. 만일 사람의 눈이 현미경 같이만 돼봐. 갖은 무서운 박테리아가 다 뵈어서 불결하고 겁이 나서도 인차 죽어 버릴 거란 말야. 그뿐인가. 무슨 음식인들 맘놓고 먹어 낼 수 있나."

그 말을 들으면서도 그는 그럴듯이 생각하였다. 아닌 게 아니라 사람의 육신이란 지극히 교묘히 마련되어 있다. 오관(五官)이나 내장은 말할 것도 없이 손 하나만 보더라도 그저 넓적하게 만들어지지 않고 다섯 가다리로 쪼개져서 별의별 일을 다 하게쯤 되어 있다.

그러나 사람의 맘이란 좋은 것이면서도 얼마나 까다로운 것인가.

제 것을 제 맘대로 할 수 없지 않은가.

그는 제 맘을 제 뜻대로 하지 못하는 가장 전형적인 인간—소시민의 그림자를 다시금 저 자신 중에서 발견하며 세 번째 몸서리를 쳤다.

그 뒤에 오는 것

선선한 바람이 떨어지면서부터 준식이와 키보와 길림이는 방 한 칸을 얻어 가지고 셋이 동거하고 있었다.

저녁 후 키보가 무슨 볼일이 있어서 어디로 나간 다음 준식이가 누워서 무슨 책을 보고 있으려니까 길림이가 비린청으로 무슨 소린지 알 수 없는 노래를 부르기에 준식은,

"이놈아, 떠들지 말어."

하고 웃으며 길림의 옆구리를 쿡 찔러 주었으나 그래도 길림이는,

"거 청국 아리랑일세."

하고 픽 웃고는 마치 *깡깡이 켜는 것 같은 소리로 그 노래에 구격이 맞도록 미간을 쪼그리고 고개를 저으며,

"핑이 하이야 쌍하이야!"

하고 뒤끝을 높게 까고는 다시 이어서,

"티잉 파이야 이파이야 싸―디―야 만디―야―"

깡깡이
해금.

하고 제김에 흥이 겨워난 듯이 목소리를 꼬불꼬불 꼬아 가다가 어려운 곡목이나 마친 듯이 쪼그렸던 얼굴을 웃음으로 편다.

"거 뭐라는 소리냐."

"거 무슨 소리냐 말이지?…… 알고 보면 아주 기막힌 소릴세…… 조선으로 치면 아리랑 한 가지야."

"아니 가사의 뜻이 뭐냐 말이야."

"가사?"

"그래, 그 사설이 뭐냐 말이야."

"오, 건 몰라."

"모르는데 아리랑 한 가진 줄은 어떻게 아니."

"나두 야채장수 왕서방한테서 뱄는데…… 왕서방도 뜻은 모르데. 그저 아리랑 같은 거라구 하니까 그런 줄 알지…… 암, 왕서방, 조선말 잘하다마다."

"거 한번 더 해봐라."

"이 사람아 돈 주고 뱄 건데 그렇게……."

"에라, 이놈 그만둬라…… 무엇두 돗자리 펴놓면 안 헌다구…… 자아 그럼 이거나 읽어 봐라. 그 깡깡이청으로……."

"어이 곤해…… 어험."

하고 길림이가 기지개를 켜며 그대로 쓰러지려는 것을 준식은 떠받들어 일으켜 놓으며 그의 코앞에 보던 책을 바싹 내대었다.

길림이는 책만 보면 질색이다. 얼굴이 대뜸 둔탁해지고 입심이 통 줄어진다. 겉보기에는 아주 영리한 것 같지만 글에 들어서는 아주 발바닥이다. 그래서 열 마디를 붙여내려 가려면 '거시기'니 '가설라니'니 하는 따위 군동동이를 그만치는 집어넣어야 한다. 그것이 늘 준식이와 키보를 배창자가 켕기도록 우습게 하는데, 게다가 그 자신의 해설이 더욱더 고소(苦笑)거리였다. 그의 말을 들으면 '거시기'라는 것은 갈 거(去)자 쉴 식(息)자니 글을 읽어 가다가 쉰다는 의미요 '가설라니'는 다시 읽어 간다는 의미라는 것이다.

"자아……."

"……."

"어서 한 번 읽어 보란 말야, 그 좋은 청으로……."

하고 준식이가 그의 얼굴에 책을 내밀 때에 밖에서 가느다란 소리가 들려 왔다.

"준식씨 기십니까?"

그러나 준식은 제 말소리 때문에 그 소리를 듣지 못하였다.

"에크, 왔다 왔어."

하고 길림이는 재바르게 일어나서 얼핏 문을 열고,

"네, 있습니다. 들어오십시오."

하고 반겨 맞았다. 여순이가 찾아온 것이다. 여순은 그 사이 한두 번이 집에 온 일이 있어서 길림이도 키보도 풋인사나 바꾸게쯤 되었다.

"아니 잠시 만나 뵈고……."

하고 여순이가 마루 앞에서 꺄웃이 들여다볼 때에 준식이가 훌쩍 일어나 밖으로 나왔다.

"아, 오셨습니까. 들어오시죠."

"아녜요…… 잠시……."

그 자리 준식은 무슨 조용한 이야기가 있는 것을 알아채고 마루에 내려섰다.

그리고는 길림이는 들을 수 없이 둘이서 몇 마디 수군수군하더니 여

순이가 먼저,

　"갑니다…… 안녕히 계십시오."

하고 인차 나가 버리고 준식이만 다시 방으로 들어왔다.

　"왜 곧잘 들어와 놀더니 오늘은 무슨 샛바람이 불었나."

　"아니 그럴 일이 좀 있어."

하며 준식은 노동복 저고리를 찾아 입고 납작한 캡을 숙여 썼다.

　"왜 자네두 가나."

　"잠시 다녀오겠네."

그러자 길림이가,

　"이놈아, 그래 혼자 가야 옳단 말이냐."

하고 웃는 것을 준식은,

　"그런 사정이 좀 있네."

하고 총총히 나와 버렸다.

　"지금 김경재씨를 만났어요."

　"김경재?…… 네, 네, 그전 사장 아들 말씀이지요?"

　준식은 속으로 다소간 괴이히 생각하였다. 아직도 여순은 그를 잊지

못하는 것인가. 그래서 찾아가 보았나?…… 하는 생각을 하며,

"어디서 만났어요."

하고 다시 물었다.

"길에서 만났어요―이리로 오다가요."

하고 여순은 인차 발명 비슷이,

"아마 구경가는 길인가 봐요. 현옥이―사장의 딸과……."

하고 그 외에 또 한 사람(봉우)도 같이 가더란 말은 빼었다. 빼는 것이 좋을 것 같았다.

"하, 하, 그예 그렇게 되었군요?"

"그럼요."

하고 여순이가 아주 심상히 말하는 것을 준식은 그 심상함이 어느 만큼이나 뿌리박힌 것인가를 알려는 듯이,

"그래 여순씨 감상은?"

하고 웃어 보이다가 고쳐,

"여순씨 감상은 어떻습니까?"

하고 점잖게 물었다.

"저야 무슨 감상이 있겠어요……."

여순은 역시 태연한 태도다.

그러나 그 순간 그는 뜻하지 않고 '세상 사람이란 그저 그런 거지' 하는 무상한 생각이 났다. 얼마 아니하면 경재는 현옥이와 결혼하고 말 것이라는 말을 그는 준식에게 한 일이 있다. 그때에도 아무려나 경재는 현옥에게로 가버릴 사람은 아니거니 하는 속생각이 전혀 없지 않았다. 강혀 자기의 생각을 죽이려 하지 않았으면 그 자신과 경재의 사이에 있음직한 '그 다음에 올 것'을 공상하였을 것이다. 그러나 그는

그런 생각을 굳이 가지지 않으려 하였다. 어느 때든지 다시 경재를 만날 것 같은 생각이 나고 그 생각이 무중 그렇게 되는 때에 올 여러 가지의 공상으로 발전하려는 것을 그는 아차아차하게 막아 버렸다. 그러나 그럴 때마다 그는 자기의 마음의 한 귀퉁이가 무리하게 또는 부자연하게 눌려짐을 깨달았다. 그러며 마치 새살이 나오기 시작한 종처를 누르는 것 같은 감각이 왔다.

오늘 밤에도 경재를 만나서 예사로이 말하고 의젓이 갈라져 버렸으나 한편 마음의 눌림을 또한 느끼지 않을 수 없었다.

"그래 그 사람이 뭐래요."

하고 준식이가 다시 묻는 것을 여순은,

"암말도 없었어요…… 딱 정면으로 부딪쳐서 하는 수 없이 인사만 했지요."

하고 역시 덤덤히 대답하였다.

그러나 말하면 말할수록 거기에는 거짓과 꾸밈이 붙어 다니는 것 같아서 그는 오늘 낮에 P제사소(製絲所)에 갔다 온 경과나 얘기할까 하였다.

그러는 사이에 그들은 여순이가 숙식하고 있는 복술의 집으로 거의 다 와버렸다. 여순은 그전 주인집을 나와서 며칠 동안 다른 집에 가 있다가 준식의 소개로 복술의 집에 와 있게 되었던 것이다. 거기서 분이도 만나고 또 분이와 준식의 사이도 *으스름히 알게 되었다. 준식은 전연 그런 내색을 보이지 않았으나 분이는 상당히 준식에게 애착을 가지고 있는 듯하였다.

여순은 분이를 동정하고 또 동생같이 가까이 하였고 분이도 복술이와 같이 여순을 언니라고 불렀다. 그러나 여순이와 준식이 사이가 여

으스름히
어렴풋하게.

느 사이가 아닌 것같이 보였던지 분이의 태도는 조금씩 달라졌다. 여순이와 분이만 있는 경우에는 별로 그런 티가 보이지 않지만, 거기 준식이가 끼게 되면 분이의 동정은 전연 달라지는 것이었다.

마치 적수 되지 않는 적의 앞에 놓여진 것같이 분이는 풀기가 죽어지는 것이었다. 물론 분이는 여순을 자기와는 비교도 안 될 인격과 지식을 가진 여자로 보았던 것이다.

여순은 복술이나 분이에게 조금이라도 자존심을 가지지 않으려 하였으나 그러한 겸손한 관심이 늘 움직이고 있었더니만큼 분이의 일거일동을 잘 헤아려 볼 수 있었고 또 때로는 지나치게 미안히 생각하기도 하였다.

그래서 여순은 늘 분이의 맘을 눅여 주려 하였고 또 필요 이상으로 무관한 태도를 보이려 하였다. 그리하여 혹은 진심으로 혹은 농담 비슷이 준식이와 분이의 사이를 엮어 주려는 은근한 공작을 이미 사랑의 전장에서 일대 시련을 겪어 온 무르익은 여자—여순은 베풀기도 하였다.

여순은 복술의 집 근처에 왔을 때에야 문득 생각이 나서,

"참 분이 집에 들러 올 걸 그랬어요."

하고 방긋 웃어 보이며 되돌아 분이의 집으로 가볼 듯이 주저하고 있노라니까 준식은,

"뭐…… 그럴 필요 있어요?"

하고 앞서서 성큼성큼 복술이 집으로 들어가 버렸다.

"복술아."

대문에 들어서며 여순이가 크게 부르자,

"언니…… 어느새 오서요."

하고 복술이가 마루로 뛰어나오다가 준식을 보고,

"아, 오셨어요."

하고 까닭 없이 얼굴을 붉히며 웃는다.

"애, 분이 안 왔던."

하고 여순이가 묻자 복술은 또 한번 더 까닭 모를 웃음이 앞서서 방글 방글 웃다가,

"아니……."

하고 여순이와 준식을 번갈아 본다. 여순은 순간 복술의 사기 없는 얼 굴, 명랑한 성격을 부럽게 생각하였다. 자기의 성격과는 확실히 달랐으 나 여순은 그의 성격이 맘에 들었다. 자기에게 없는 것을 남에게 구하 는 것같이 여순은 자기의 성격과 다른 복술의 성격을 못내 부럽게 생각 하였다. 복술은 시기도 없고 흐림도 없는 맑은 성격을 가진 여자 같았 다. '공장에도 이렇게 산뜻한 사람이 있는가' 하고 그는 생각하였다.

"언니…… 왜, 그럼 집에 들러 보시지 않았어요?"

"글쎄, 들른다는 걸 잊었구나."

하며 여순은 방으로 들어오려다가,

"애, 너도 들어가자."

하고 들어가지 말려는 듯이 조마거리고 있는 복술을 끌어 가지고 방으 로 들어왔다. 뒤미처 준식이도 들어왔다.

자리에 앉은 다음 여순은,

"오늘 그 사람을 만나 보았어요."

하고 낮에 P제사소 박기영이라는 사람을 만난 이야기부터 선참 꺼냈다.

박은 본래 여순이와 준식의 이웃 동리의 농부의 아들로 어려서 부내 상점에 사환으로 다니다가 조그만 가게를 자영하게 되고 그러다가 한 때는 젊은 실업가라는 소문을 들을 만큼 성공한 일까지 있는 사람이

누에고치

영전
전보다 더 좋은 자리나
직위로 옮김.

다. 그 당시 P제사소 H지소에서 그를 중간에 내세워 가지고 잠견(고치)을 사들인 관계로 그는 후에 사업에 실패하자 그 반연을 타서 H지소에 있다가 얼마 전에 서울로 *영전되어 온 것이다.

준식은 그 동생과 동무인 관계로 그도 물론 잘 알고 있었다. 그리고 P제사소 고문격으로 올라와 있다는 소식도 그 공장 직공들한테서 얻어들었다. 그러나 물고기가 용이나 된 것처럼 배퉁을 내밀고 알던 사람 모르는 체하고 허전한 사람이 찾아가면 수치로 여길 그를 찾아갈 용기도 없었고 또는 필요도 느끼지 않았다.

그러다가 여순이가 어차피 직업을 얻어야 할 형편이므로 여순이더러 직접 찾아가서 단도직입으로 졸라 보라고 권하였던 것이다.

여순은 박의 얼굴만은 대강 짐작하는 터이요, 또 일가요 한 고향 사람이므로 오늘은 큰맘을 먹고 그를 찾아갔던 것이다.

"그래 뭐래요?"

준식이가 궁금한 듯이 이렇게 물었다.

"만나는 보았는데 그다지 시연한 말은 안 하드군요."

"그만한 권리는 있는 사람인가요?"

"아무렴요. 그 회사엔 큰 공로잔데요."

"그래 아주 안 되겠다구 합디까."

"아니 아직은 필요치 않다구요."

"방직회사에 근무했단 말 안 했어요?"

"왜요, 했어요. 첨에 경력을 묻기에 대강 말하고 무슨 자리든지 좋다고 했지요…… 그런데 여자고보 졸업한 얘기는 안 할 걸 했어요."

하고 여순은 그전에 경재에게서 들은 얘기를 하였다. 그러나 경재에게서 들었다는 말을 빼기 위하여 그저 얼마 전에 어떤 사람이 어떤 공장 채용시험에 응하였다가 동경 갔다 왔다는 말을 하고 좀 학식 있는 대답을 했기 때문에 그만 떨어진 일이 있다고만 말하였다. 그러나 준식은 그 사람이 누구라는 것을 곧 알아채고,

"네, 네, 알겠습니다."

하고 이어서,

"그 사람이 지금 바루 우리 공장에 들어와 있습니다."

"누군데요?"

"김형철이라구…… 왜 벌말 사람으로 우리 곳에서 제일 먼저 대판인가 동경으로 건너간 사람이 있지 않어요."

"글쎄요. 나도 얼마 전에 이름만 들었습니다만 기억이 없는데요."

"왜 김경재 소개로 들어왔다니까 여순씨도 아실 텐데……."

"네, 저도 얘기는 들었어요. 그러나 아직 만나 본 일은 없어요. 만나면 혹시 보든 얼굴일는지도 모르지요."

"썩 좋은 사람이에요."

그리하여 얘기는 한참 동안 아주 외제로 돌아가 버렸다.

"다시 오란 말 안 해요?"

준식은 오늘 여순이가 박을 만난 경과에 대하여 다시 물었다.

"아니오."

"여순씨를 아주 몰라봅디까? 여순씨 아버님과는 잘 알었을 텐데……."

"글쎄요. 아는지 모르는지 그런 눈치는 통 안 내드군요…… 도대체 시굴사람인 체하지 않어요. 그리고 어떻게 거만한지 나도 그런 말을

내지 않았어요."

"사람이란 항상 그런 법이지요. 조금만 지위를 얻으면 알던 사람도 모르기가 일쑤니까요. 못생긴 위인일수록 더 심하지요…… 그 녀석도 그전엔 사람이 상냥하고 누구에게든지 굽실굽실해서 남들이 모두 일 컬었는데 그만해도 출세를 했다구 그러는 게지요."

"준식씨는 본시 잘 아십니까?"

"아니오. 그저 풋면목이나 있지요…… 그전에 그 사람이 P회사 고치 사들이는 일을 맡아볼 때 가끔 우리 동리에도 와서 고치를 사갔습니다. 한데 사람이 워낙 능한데다가 고치 사는 데에는 특별한 기술이 있어요. 동척회사 소작료 받는 사람들이 대개 다 그렇답디다만…… 그

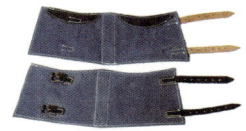

녀석도 늘 가죽 *각반(脚絆)을 치고 다녔는데 그 안 배에 묵철을 넣었다나요. 해서 고치 말을 되면서 그 다릿배로 말을 울려서 고치가 다른 사람 말보다 훨씬 더 들어가게 하거든요. 그렇건만 어떻게 기술적으로 하는지 곁에서 눈을 부릅뜨고 보아도 알 수 없다는군요. 하니까 여남은 사람보다 더 많이 받고 또 고치 이면이 횡한데다가 말솜씨까지 좋아서 사뭇 싸게 사갔어요. 해서 회사가 적잖은 이익을 본 것은 물론이지만 일반 파는 사람들도 그 녀석의 *얼렁대는 바람에 속아 넘어가서 되려 인기가 좋았어요. 그래서 칠팔 년 동안 *곱닿게 그 노릇을 해먹는 사이에 제 속도 무던히 궂겼던 모양이에요. 한때는 새 부자가 났다고 소문이 굉장했지요. 그러다가 불경기 통에 내려놓고 핫김에 *미두까지 해서 쫄딱 닦아 바치구는 옛날 인연으로 그 회사에 들어갔답니다. 지금은 지위가 상당하지요. 고문격이라니까요…… 하여간 자꾸 가보십시오. 열 번 찍어 안 드는 도끼가 없다구……."

"그래도 원, 될 성싶지 않아요."

"왜요…… 그래도 여자는 남자보다…….."

하다가 준식은 말을 돌려,

"참 그 사람 사택을 알어 보셨어요?"

하고 물었다.

"아니오."

"참 전화부를 찾아보면 알 수 있겠군요. 꼭 있을 겁니다…… 사택에 가서 만나 보는 게 좋을 듯합니다."

"가보는 거야 조곰도 어려울 거 없는 일이지만…… 끝끝내 안 되면 탈이지요."

"그러니까 한 군데만 믿구 있다는 것은 위험한 일입니다. 일면 다른 데도 운동해 보는 게 좋겠지요."

"그렇지만 어디 말해 볼 만한 곳이라고 있어야지요."

"물론 그것도 사실입니다만…… 그러니까 요전에도 말한 것과 같이 여순씨의 태도가 무엇보다 선결문제라고 나는 생각합니다."

하고 준식은 직업을 구하는 여순이 태도에 대하여 말하였다.

"전에도 말한 일이 있습니다만 첫째 무슨 직업을 구하겠다는 목표가 확실히 서야 할 것 같습니다. 가령 백화점 점원이 되구 싶다구 하면 백화점으로 다녀 본다든가 그렇지 않고 회사 사무원을 희망한다면 그런 방면으로 줄을 타본다든가 해야 할 겁니다. 그렇지 않고 어디든지 좋다는 생각만으로 나간다면 구하는 직업이 막연하니만치 닥뜨려 볼 대상도 막연할 밖에 없을 것이 아닙니까."

사실 준식은 최근의 여순에게 대해서 얕은 불만과 의혹을 가지게 되는 때가 많았다.

같이 고학하던 옛날 같으면 직공이라도 되시우…… 하고 맘에 있는 대로 말해 버릴 것이나 여순은 그 사이 중학을 마치고 크나큰 회사의 사무원 노릇을 하는 중에 저도 모르게 보다 좋은 자리를 구하려는 버릇이 박혀서 덮어놓고 자기 생각대로 이렇게 해라 저렇게 해라 하고 권면할 수도 없는 터이었다.

사람은 항상 위만 쳐다보기 쉬운 것이요, 아래를 내려다보길 싫어하는 법이다. 더군다나 여순이같이 사회상의 처지가 위로 올라가기도 힘들고 그렇다고 아래로 떨어지기도 싫은 중간에 선 인간은, 그리고 사회 전체가 커다란 이상을 잃어버린 음울한 세대에 처한 인간은 그저 중간에서 어름어름하다가 그 전도를 어둠에 던져 버리는 위험이 다분히 있는 것이다.

준식은 자기가 생각하는 바를 솔직히 여순에게 말하고 싶었으나 오랫동안 처지를 달리하던 사람에게 *무중 그렇게 *내대기도 무엇해서 늘 암시에만 그쳐 왔다. 그러며 여순의 맘에 스스로 무슨 결심이 서주기를 기다렸다.

여순이도 물론 준식의 맘을 어느 정도까지는 추측할 수 있었다. 그래서 그는,

"오늘 P제사소에 갔을 때에도 공장이면 외려 기술도 배울 겸 더 좋겠다고 말했어요."

하고 말하였다.

그러나 준식은 여순의 말을 진심으로 믿을 수 없었다. 말만은 그렇다 하지만 그 가슴속에서 팔딱거리고 있는 조그만 자존심의 고동이 분명히 들리는 것 같았다. 물론 여순이도 굳이 높은 지위를 구하는 것은 아니겠지만 그렇다고 하더라도 전과는 전연 다른 처지에서 자기의 생활을 값있게 살려 보려는 확고한 깨달음이 아직 없는 것 같았다. 그래

무중
갑자기, 뜻밖에.

내대다
함부로 말하거나 거칠게 굴며 대하다.

서 그는 여순의 진정을 두드려 보기 위하여 한걸음 더 나갔다.

"가령 말입니다. 여순씨가 그만침 생각한다면 유독 P회사뿐이겠습니까. 얼마든지 직업을 구할 만한 곳이 있을 겁니다. 서울만 하더라도 공장이 얼마든지 있으니까요."

"그렇지만 안 된다면 어찌합니까. *반연이 있어야 떼도 써보고 운동도 해보지요. 첫째 교제할 줄을 알어야지요. 그런 방면은 더욱 서툴어놔서……."

"물론 맘과 실지는 다른 거니까 큰맘을 먹고 다다랐다가도 저편의 태도가 너무 딱딱하면 기가 꺾이는 거지만…… 그러나 여순씨 생각만 확실히 공장이라도 좋다고 한다면…… 가령 말입니다, 김경재 같은 사람에게도 부탁할 수 있는 거 아닙니까. 조곰도 꺼릴 게 없는 일이지요."

"김경재씨요?"

"그렇지요. 그는 안사장과 특별한 관계가 있으니까 무슨 청이든지 할 수 있는 거 아닙니까."

"하지만 한 번 그만둔 회사를…… 설사 공장이라 하더라도……."

"아니 이를테면 그 회사라도 상관이 없단 말이지만 김경재란 사람은 모르면 몰라도 다만 그 회사 한 군데만 반연이 있을 거 아닐 줄 압니다. 그의 주위 환경이 그러니까 다른 회사에도 직접 간접으로 무슨 인연이든 있을 겁니다. 하니까 그도 직업을 부탁할 유력한 사람이 아니겠습니까?"

"하지만 그것만은 싫어요."

"아니, 물론 여순씨 기분 문제도 생각할 수는 있어요. 하지만 절박한 경우에 다다르면 모든 조건을 원만히 살려 가면서 직업을 구할 수는 없는 거니까요."

반연(絆緣)
무엇에 이르기 위한 연줄로 삼음. 또는 그 연줄.

준식은 여순에게 대한 안사장의 추행과, 또는 그가 나올 전후의 *델리킷한 경위를 샅샅이 모르니만큼 지금의 여순의 심경을 똑바로 포착할 수는 없었다. 다만 그는 여순이가 경재와의 관계를 청산하는 데 있어서 경재와의 접근을 될 수 있는 대로 피하는 것이 좋다고 생각하는 줄로만 짐작하였다. 또 그것은 마땅한 일이라고도 생각하였다.

"여순씨 생각은 나도 대강 이해할 수 있습니다. 그러나 여순씨 태도만 확실히 세우면 김경재와 만난들 무슨 상관입니까. 어쨌든 결국은 여순씨의 태도 하나에 달린 것인 줄 압니다."

그러나 여순은 여기 대해서 확실한 대답을 하지 않았다. 여태껏 경재를 만나고 싶은 맘이 남아 있으니만큼 경솔히 준식의 말에 동의하는 것은 자기의 숨은 생각을 섣불리 드러내는 것 같고 또 한편 '여공이 돼?' 하는 서글픈 생각이 있는데 복술이가 덩달아,

"언니 우리 회사로 다시 들어와요. 얼마 아니하면 곧 사범공(師範工)이 될걸요."

하고 멋도 모르고 조르다시피 하는 것을 여순은 그저,

"글쎄 그래 보자꾸나."

하고 어리벙벙하게 웃었다. 그러나 속으로는 태도를 결정하지 못하고 있었다. 그는 지금 자기가 가장 난처한 회전기에 처해 있는 것을 느꼈다. 지금까지와는 전연 딴 길이 눈 속에서 어른거렸다.

'저 길을 걸어가?'

하고 그는 또 생각하였다. 말은 아무 직업이라도 좋다고 해놓았지만 사실인즉 대뜸 그 길을 걸어볼 용기는 없었다. 별안간 누가 자기를 들어서 기계 앞에 갖다 놓으면 좋으나 궂으나 그런대로 일해 보겠지만 그까지 이르는 성가시고 *면구한 길을 얼굴 가렵게 한 걸음 한 걸음

디디어 가볼 생각을 하니, 그렇게 된다는 것이 한 천 리 밖 일같이 아
득히 생각되었다. 그래서 그는 이 문제를 숙제로 두고 생각하기로 하
였다.

재회

하루 아침 경재는 피봉에 주소 성명 없는 편지 한 장을 받았다.

글씨는 그다지 능치는 못하나 남자의 필치임은 곧 알 수 있었다.

그러나 떼고 보니 의외로 여순의 편지였다. 지난번에 길에서 우연히 그를 만난 지 꼭 이 주일 후의 일이다.

'무슨 편질까.'

경재는 선참 이렇게 생각하였다. 그는 얼마 동안 편지를 읽지 못하고 맨 끝장을 뒤지어 주소부터 찾아보았다. 그리고는 아래로부터 위로 치올라오며 한번 쭉 살펴보았다. 그렇게 지나쳐만 보아도 역시 여순의 냄새가 나는 것 같았다. 언문 글씨가 경재 자신의 것보다 훨씬 능숙하다. '언문은 암만해도 여자의 글이야' 하고 언제인가 여순에게 말하던 기억이 났다.

그러나 문득 한 가지 눈에 걸리는 것은 그의 변해진 생활을 말하듯 편지지가 사뭇 어지럽고 허전해 보이는 것이었다.

못내 잘되기를 바라던 사람의 영락한 자태를 보는 듯 일종 애수의
눈으로 그는 편지를 읽기 시작하였다.

김선생!

요전날 밤에는 미안했습니다. 그러나 물론 깊은 이해가 계시리
라고 믿습니다. 비록 삽시에 지나지 않았고 따라서 긴 말 드릴 여
가가 없사오나 명랑해진 선생의 얼굴에서 제가 일찍 바라고 있던
바를 찾은 것 같아서 일변 반가웠습니다. 선생의 생각도 *상필
저와 비슷하였으리라고 생각합니다.

저는 선생을 떠난 후 물론 다시 선생을 만날 날이 있으리라고
생각하였고, 또 제가 찾아뵐 날도 있으리라고 마음으로 믿고 있
었습니다. 그러나 그러니만큼 우연히 뜻하지 않고 만나기를 저는
바라지 않았습니다.

그래서 저는 선생을 뵈온 후 차라리 좀더 지난 후에 만나 뵈었
더면 하는 후회 비슷한 혼잣생각을 하였습니다. 사람의 마음이란
기실은 약한 것이니까요. 더욱이 저 같은 평범한 인간은 스스로
강하여지려고 하면서도 늘 그대로 되어지지 않는 일이 많으니까
요…… 그래서 때로는 자기의 몸과 마음을 시간과 공간으로 몸소
얽어 두어야 하리라고 생각하기도 하였습니다.

사실 '우연'이란 놈은 무서운 장난꾼입니다. 저는 이 장난꾼에
게 한번 단단히 붙들렸다 난 것 같습니다.

그러나 한편 또 저를 만남으로 해서 결코 마음의 한 모공(毛孔)
이나마 흐리고 어두워질 선생이 아닌 것을 생각하고 저의 조그만
*기우(杞憂)는 곧 해소되었습니다. 바꾸어 말하면 선생의 그러한

상필
아마도 반드시.

기우
앞일에 대해 쓸데없는
걱정을 함.

태도는 선생을 구할 뿐 아니라 나아가서 저까지 구하여 줍니다.

선생!

긴 말은 더 쓰지 않겠습니다. 곧 만나 뵐 생각이 있기 때문입니다. 과연 선생은 저를 다시 만나 주실 생각이 계신지요. 형식이나 막부득이해서가 아니라 진심으로 말입니다. 물론 저의 심경을 그르침 없이 이해해 주신다면 만나 주실 줄 믿습니다만…….

그러나 또 한편 '그렇게 무심히 가버린 네가 무슨 면목으로 만나자는 거냐' 하고 꾸짖는 선생도 상상해 보고, 또 '왜 만나자는 걸까' 하고 궁금해하시는 선생도 그려 봅니다. 그러니만큼 미리 만날 용무에 대해 상세히 말씀드리고 싶습니다만 그것은 만나는 날에—선생이 와주시지 않으면 제가 찾아갈 것이니까 그때에 자세히 이야기하려니 하고 혼자 생각하기도 합니다.

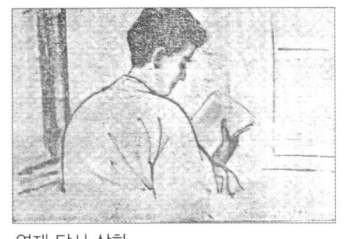
연재 당시 삽화

선생!

이렇게 외람히 앉아서 편지 올리기가 심히 죄송하오나 찾아가기가 더 미안해서 이처럼 서면으로 실례하오니 용서해 주시기 바랍니다.

다른 것은 다 그만두고라도 제가 선생 댁을 찾기 거북할 것은 누구보다 선생이 잘 이해하실 줄 믿습니다.

그렇다고 달리 만나 뵈올 기회도 없고 해서 생각다 못하여 감히 미안한 걸음을 청하게 된 것이옵니다.

그런데 될 수 있사오면 내명일 즉 십오일 밤에 와주셨으면 합니다. 물론 십육일 밤에도 십칠일 밤에도 기다리겠습니다만…….

그리고 끝으로 밀려와서 미안합니다만 현옥씨도 평안하신지요. 잘 전성(傳聲)해 주시기 바라옵니다.

십삼 일 밤

박여순

김경재 선생

    경재는 편지를 다 읽고 나서 다시 한번 대강대강 훑어보았다. 그래 봐야 역시 무슨 의미인지 똑똑히 갈피를 잡을 수 없었다. 그러나 한 가지 여순의 태도만은 어느 정도까지 잡히어지는 것 같았다. 아무려나 여순은 그전의 여순이가 아닌 듯하였다. 다시 만나자는 것은 그전의 만남과는 전연 딴 의미인 것도 알 수 있었다.

    '대체 무엇 때문에 만나자는 걸까.'

    이런 궁금한 생각이 났다. 편지의 사연된 법으로 보아서는 지나간 일에 대해서는 조금도 관심이 없는 듯한데 그러면 무슨 *왕청된 소리를 하려는 겐고.

    그는 다시 한번 *얼추로 편지를 훑어보았다. 그러는 순간 그 편지에서는 무엇인지 모르게 싸늘한 분위기가 흐르는 것 같고 심지어 무슨 야유 같은 것조차 번뜩이는 것 같았다. 자기가 찾아올 생각까지 하고 있다는 점으로 보든지, 또는 며칠이든지 기다리고 있겠다는 점으로 보든지 만날 필요는 꼭 있는 듯하나 읽어 보면 읽어 볼수록 편지의 군데군데에서 자기의 기대에 냉수를 끼얹는 듯한 싸늘한 문구가 뛰어나오는 것이었다.

    '명랑해진 선생의 얼굴'이라는 말이라든가 '제가 바라는 바를 선생의 얼굴에서 찾은 것 같다'든가 하는 문구가 모두 그렇게 해석되었다.

    ―그러면 여순은 대체 내 얼굴에서 자기가 바라는 무엇을 찾아내었다는 말인가. 그날 밤에 한해서는 더욱 음울한 자기였는데 '명랑 운운'

왕청되다
차이가 엄청나다.

얼추
어지간한 정도로 대충.

재회 **437**

이라고 했으니 이것은 어김없는 야유가 아닌가. 그리고 '저를 만남으로 해서 맘의 한 모공이나마 흐리고 어두워질 선생이 아니다' 하고 덮어놓고 감투를 씌우려고 든 것도 역시 같은 의미가 아닐까. 결코 명랑해짐이 없는 나를 여순은 다짜고짜로 춰올려 주려는 것이 아닌가. 어리석은 사람이란 속으로는 그렇지 않다고 생각하면서도 남이 추스르는·바람에 막부득이 그런 체할밖에 없는 수가 많으니까. 여순은 이러한 나약한 심리를 이용하려는 것이 아닌가.

이렇게 생각하다가 그는 제 김에 화가 난 듯이 편지를 내던지고 다시 자리에 쓰러졌다.

"흥! 아무렇게나 될 대로 되어라!"

그는 자기의 옹졸함을 스스로 비웃듯이 천장을 쳐다보며 고소를 지었다. 그리고는 아주 허심해지려고 한참 동안 힘써 아무 생각도 하지 않았다.

그는 무슨 책이라도 들여다볼까 하다가 그만두고 신문을 집어 들었다. 그러나 신문 역시 읽을 만한 것이 없고, 또 읽고도 싶지 않았다.

얼마 후에 그는 소스라쳐 일어나서 편지지를 꺼내 놓았다. 순간 그는 한 개의 활달한 남자인 자기를 발견하였다. 아까와 같은 옹졸한 사나이는 아니었다—좀더 슬기 있는 태도로 여순에게 다다르는 것이 사내다울 것이다. 너무 잔 생각이 많으면 되레 큰 실패를 자취하는 경우도 있는 거니까…… 하며 그는 펜을 들었다.

그러나 펜을 들고 보니 쓸 말이 없다. 아니 쓸 말이 없다는 것보다 여순에게 대하는 자기의 태도를 결정할 수 없었다. 그래서 한편으로는 여순의 태도에 참답지 못함이 있는 것을 지적하는 논조로 나갈까 하는 생각이 있었고 또 한편으로는 여순의 그러한 태도를—아니 그보다 더

한 것이라도 태연자약히 받아 넣고 그리고 씻은 듯이 소화해 버리는 허탄한 태도로 나갈까 하는 생각이 있었다.

그리하여 기로에 선 것같이 얼른 한 가지로 결정을 지을 수 없었다. 떳떳한 장부의 태도로 말하면 맘에 거슬리는 점은 버젓이 지적해 주는 것이 마땅할 것이나 생각은 그렇게만도 가지 않았다. 차라리 자기의 생각에 없는 일부러스러운 명랑한 태도를 보임으로써 도리어 보다 깊은 속을 암시해 주고 싶었다. 그것은 고지식하게 말하는 것보다 몇 갑절 더 반응이 있을 일 같았다.

이렇게 생각하다가 그는 자기의 생각을 여순의 신상에 미루어 보았다—여순이도 상필 맘만은 그렇지 않으면서 일부러 딴전을 울려 본 것일는지도 모르는 것이다. 남의 본의 아닌 말을 용의주도한 아량 아래에서 위정 넘겨씌우는 것은 듣는 사람으로 하여금 미움 없는 안타까움을 가지게 하는 것이요, 안타깝게 하는 것은 듣는 그 사람의 정서를 무척 고조시켜 주자는 것이니 여순은 이러한 인간의 심리를 이용하려고 한 것이나 아닌가.

이렇게 생각하다가 그는 결국 편지를 쓰지 못하고 말았다. 지금의 여순의 심리를 적절히 들어맞힐 보람 있는 문구를 마침내 발견할 수 없었던 것이다.

"가서 만나 주지……."

그는 이렇게 부르짖으며 다시 자리에 쓰러졌다. 입을 하 벌리고 천장을 멀끔히 바라보려니까 불시에 온몸이 모진 피곤에 싸여 어디로 떨어져 가는 것 같았다.

그 다음 다음 날 밤 경재는 먼지 낀 희미한 전등이 한두 개 멀리서 졸고 있는 어두컴컴한 골목을 여럿이나 쳐다녔다. 구차한 사람의 생활이

그런 것같이 아랫거리는 번지조차 질서 없는 것 같았다. 찾는 번지가 가까워 오는가 하면 별안간 훌쩍 뛰어 왕청된 번지가 나온다. 그런데 또 좁고 어두운 잔골목이 대중없이 많아서 집을 찾기에 사뭇 시간이 걸렸다.

"엥히 경칠 놈의 거리……."

하며 공연히 화가 나서 큰길로 나왔다가 다시 한 골목으로 잡아들어 성냥을 켜들고 이집 저집 번지를 찾고 있으려니까 어디서 콩콩하는 발소리가 가까이 오며,

"아이, 선생님!"

하고 누가 부른다. 경재는 곧 여순인 줄을 알았다.

"아, 여순씨……."

경재는 숨이 나오는 듯이,

"이 근처십니까? 그런, 걸 어떻게……."

하고 웃었다.

주위는 어두웠으나 그러니만큼 오래 막혔던 감정은 되레 순조로 흐를 수 있었다.

"바루 저집니다. 집을 못 찾으실 것 같아서 나와 봤지요."

방불하다
흐릿하거나 어렴풋하다.

하는 여순의 웃는 얼굴과 여자다운 섬세한 감정이 *방불히 보이는 것 같았다.

"아, 그러면 나오신 지 오랩니까?"

"네…… 아니."

여순은 대중할 수 없는 대답을 웃음으로 흐리어 버리고,

"전 안 오시는 줄 알았어요."

하고 희미히 보이는 경재의 얼굴에 웃어 보였다.

경재는 별같이 웃는 눈을 방불히 머릿속에 그리며,

"그럴 리가 있습니까."

하고 이어서 "여순씨 같으면 모르지만……." 하고 부연하려다가 그만 두었다.

여순은 그 근방 집들보다도 한결 더 낮은 집 앞에 이르러,

"여깁니다. 집이 누추해서……."

하며 찌그러진 조그만 대문을 슬쩍 밀고 들어갔다.

경재는 퇴 낮은 어두운 집에 눌린 듯 잠시 대문 밖에서 주저하고 있었다. 마치 무슨 '아지트'로 들어가는 듯한 생각이 났다―여순의 거처는 어떤 방이며 어떻게 되어 있나. 그 안에서 여순은 장차 무슨 말을 하려는 것이며 나는 무어라고 응대할 것인가…… 하는 불안 비슷한 생각도 났다.

"들어오십시오."

"네……."

경재는 주저하는 동정을 보이지 않으려고 성큼성큼 들어갔다. 그러다가 부지중 대문턱을 받으며 물 나가는 구멍에 빠지려는 것을 여순은 곧 부축해 주며,

"다치지 않았어요. 대문이 낮아서……."

하고 손을 잡아 인도하였다.

"아니오."

하고 심상히 말하는 순간 말과는 반대로 이상한 감격이 경재의 가슴을 흘러갔다. 그것은 과거 그때에 응당 느꼈어야 할 행복을 그 당시에 느끼지 못하다가 지금이야 새삼스레 느끼는 애상(哀傷)의 감정이기도 하였고 또는 현재보다 과거에 사는 듯한 추억의 정서이기도 하였다.

'사람은 어느 만한 시간이 흘러간 후에라야 과거를 진실히 인식할 수 있는 건가.'

경재는 이런 생각을 하며 여순의 뒤를 따라 방으로 들어왔다.

그러나 방으로 들어오는 순간, 그러한 공상은 산산이 부서지고 말았다. 그 방에는 웬 알지 못할 남자가 앉아 있었다. 여순의 편지를 받았을 때에는 그 피봉 글씨를 보면서 어떤 남자가 대서를 했나 하는 생각을 하지 않은 바 아니었으나 오늘 밤은 만나기로 약속한 터이니까 으레 혼자 있으려니 하는 선입견이 있어서 그런 것은 전연 괘념하지 않고 있다가 의외로 이런 근경을 바라보게 되니 별안간 자기의 생각이 홀딱 뒤집혀지는 것 같았다.

자기를 농락하려는 이 자리인 것같이도 생각되고 편지 피봉을 대서시킨 그것도 벌써 무슨 까닭 있는 일인 것같이 생각되었다.

"앉으십시오."

방 안에 있던 사나이는 아랫목으로 자리를 내며 내려 앉기를 권한다.

"아니…… 여기가 좋습니다."

하고 경재는 출입하는 문을 조금 비켜 웃목에 앉았다.

"참 피차 초면이실 텐데 인사하십시오."

하는 여순의 소개에 따라 두 사나이는 판에 박은 듯한 상투로 초면 인사를 바꾸었다.

방 안에 있던 사나이는 준식이었다.

여순이가 생면부지의 두 개 성—본시 말 적은 두 사나이의 사이에서 군색함을 느끼고 있는 동안 침묵이 그들을 에워쌌다.

"벌써 성화는 많이 들었습니다만 미처 찾아보이지 못해서 미안합니다. 앞으로 많이 지도해 주십시오."

하고 준식이가 먼저 말을 꺼내자 경재도,

"천만에요…… 아무것도 모릅니다."

하고 공손히 말하였다.

"전 바루 댁 회사에 다니는 직공입니다. 계제가 없어서 한 번도 인사드릴 기회를 얻지 못했습니다만 김선생 얼굴만은 잘 알고 있습니다…… 그전에 한 번 공장 구경 오신 일이 있지 않습니까, 사장과 함께……."

"네, 네, 있습니다…… 저도 생각만은 늘 여러분을 만나 뵈었으면 하고 있습니다만 이럭저럭 그렇게 못 되었습니다."

"인제 저희가 찾아가서 좋은 말씀 많이 듣겠습니다."

"아니올시다…… 뭐 아는 거라구 있어야지요."

"천만에요. 선생 말씀은 전부터도 여순씨한테서 자주 들었습니다……."

하며 준식이가 여순을 보는 때 경재도 무심히 그에게 눈을 주었다.

순간 까닭 없이 이상한 생각이 들었다—저 사람이 여순의 편지 피봉을 써주었나 하는 생각도 났다.

그리고 또 그것과는 별로 관계없는 생각—세상의 남녀관계란 야릇한 것이어서 좀처럼 균형이 잡히지 못하는 건가 하는 왕청된 생각도 하였다.

그러며 그는 이와 같이 짝이 기운 부부의 실례 몇 가지를 또 생각하였다―아내는 아메리카 유학까지 하고 와서 사교계에 이름을 날리고 있는데 남편은 이름조차 아는 사람이 없는 그런 내외의 한 쌍을 생각하였다. 그리고 또 제 아들에게 편지하는 데 부상서(父上書)라고 쓸 만큼 무식한 남편을 둔 지식계급의 한 아내도 생각하였다.

이것은 평소 심상히 보아 온 사실이었고 또 여순이와 준식에게도 그다지 해당할 거 없는 생각임에도 불구하고 그 어느 때보다도 그 어느 자리에서보다도 이 시간 이 자리에서 더 명확히 의식에 떠오르는 것이었다.

그러고 있을 때 준식이가 말을 다시 계속하였다.

"여순씨하고는 바루 한 고향입니다. 선생 댁에 오래 폐를 끼치고 있은 것도 잘 압니다. 그리고 또 회사에까지 소개해 주신 것도⋯⋯."

"아, 그러서요. 그러면 본래부터도 잘 아시겠군요."

하고 경재는 준식을 보고 다음으로 여순을 보았다.

"그럼요. 서울 올 때에도 함께 왔었어요. 그리고 서울 와서 한때 고학도 같이 하구요."

하고 여순은 웃으며 지난 일의 단편단편을 대강 이야기하였다.

"그런 걸 왜 한 번도 말씀하시지 않었어요."

"그저 그렇게 됐어요."

그러자 준식이가 얼른 그 말을 받아 갔다.

"뭐, 말할 만한 사람이 돼야지요, 하하하⋯⋯."

준식이가 이렇게 말하고 나서는 잠깐 동안 아무도 말을 꺼내지 않았다.

경재는 초면인데다가 별로 접촉해 본 일이 없는 사회의 사람의 지나친 존대를 받고 보니 도리어 몸가지기가 불편하였다. 그리고 암만해도 이 자리의 공기를 얼른 인식할 수 없고 또 여순이가 장차 무슨 말을 꺼낼지 몰라서 일변 뒤숭숭한 생각도 났다.

　—대체 무슨 말을 하려는 것이길래 여순이 혼자서 아니고 딴사람(준식)을 앉혀 놓았을까. 준식이가 꼭 있어야 할 이야긴가, 그렇지 않으면 여순이가 이야기를 꺼내기 전에 준식은 가버릴 것인가.

　만일 여순이가 청하지 않은 데 준식이가 우연히 온 것이라면 여순은 이야기를 꺼내기 위하여 준식에게 자리를 피해 달라고 해야 할 것이다. 그렇게 말할 수 없다면 여순은 이야기를 꺼낼 수 없을 것이요, 경재 자신도 두 사람만의 이야기를 말해 낼 수 없을 것이다.

　그러나 얼마를 기다려 보아도 준식은 일어나려는 기색은 없고 여순이도 그를 꺼리는 눈치가 없다. 그래서 경재는 속으로 여순이가 위정 준식을 청해 온 것인가 하고 생각하며 부지중 모자를 집어 들었으나 훌쩍 나와 버리기도 무엇하고 해서 모자를 무릎에 씌우며,

　"참, 그새 시굴 다녀오셨다지요."
하고 여순에게 물었다.

　"네……."
　여순은 이렇게 대답하며 그만 돌아가려는 경재의 동정을 살핀 듯이,

연재 당시 삽화

　"회사로 자주 나가십니까?"
하고 딴 화제를 꺼냈다.

　"아니 별로 자주 가보지 못합니다. 가볼 일이라구 있어야지요."
하다가 경재는 얼마 전에 여순의 소식이나 혹시 알 수 있을까 하는 생각으로 회사에 나가 보던 일이 생각나서,

　"여순씨가 그만두신 직후에는 자주 나가 보았습니다만."

하고 고쳐 말하였다.

"제 일에 대해서 아무 말 없었어요?"

"아니 별말은 없었습니다만 사장도 소식을 몰라서 퍽 궁금해하드 군요."

"아마 시굴 가 있는 줄로만 알고 있을 걸요."

"글쎄올시다…… 그렇게 편지했었습니까?"

"아니오."

"편지나 해두실 걸 그랬습니다…… 여러 가지로 퍽 미안히 생각하는 모양이고 또 퇴직료도 못 디려서 한 번 찾아오셨으면 하고 기다리드군요…… 참말 언젠가 여순씨 시굴 주소를 묻는데 어디 알 수가 있어야지요."

"하지만 인제 혹시 만나게 되면 아주 본 듯 만 듯할걸요……."

"왜요, 오래간만이니만치 더 반가워할 테지요. 인정상 그럴 거 아닙니까?"

"아니 그렇지도 않을걸요. 그런 사람이란 제 일을 도와 주는 동안은 잘 하건 못 하건 제 편 사람이어니 제게 이익을 주는 사람이어니 하는 생각을 가지고 있으니까 좀 무엇한 일이 있더라도 정책상 친절히 굴겠지만 일단 제 일을 안 보는 날이면 더 쌀쌀해지는 법이니까요."

"네, 물론 그것이 그 사회의 통례입니다만 가령 그렇다기로서니 무슨 상관입니까. 저는 저고 여순씨는 여순씬데……."

"그러니까 애당초 만날 필요가 없지요. 그렇잖습니까?"

"왜요?…… 만나 보실 일이 있습니까?"

"아니, 글쎄 말이에요. 혹시 어디서 만나게 될지도 모르는 것이니까요. 사람의 일을 누가 압니까?"

하고 여순이가 웃는데 무슨 의미가 있는 것같이 경재는 생각되었다. 일시의 감정으로 회사를 그만두고 보니 역시 그만한 곳도 얻어 만날 수 없고 또 생활도 군색해지고 해서 다시 회사로 들어가자는 거나 아닌가 하고 생각하였다.

그러며 그는 여순이가 지금 거처하고 있는 듯한 그 방 안을 슬몃슬몃 살펴보았다. 누덕누덕 기운 장판, 뿌옇게 그은 되벽, 풀기 없이 못에 걸린 *입성, 책상에 놓인 표지 떨어진 책 몇 권······ 이런 것들이 모두 여순이가 다시 직업을 구하고 있다는 것을 웅변으로 말하고 있는 것 같았다. 그리고 또 한 편 얼마 아니 되는 퇴직료나마 꼭 필요히 생각하는 것같이도 생각되었다.

그래서,

"만나 보시랴거던 만나 보서도 무방할 겁니다. 사장은 여순씨에게 대해서는 옛날이나 지금이나 꼭같이 호감을 가지고 있는 모양입디다. 아직까지도 여순씨는 회사를 그만둔 것이 아니거니 하고 있는 것 같더군요. 그러니까 지금이라도 찾아만 가시면 어서 오십시오 하고 모셔들일 겁니다."

"아니에요······ 일단 그만둔 걸 다시 빌붙기는 싫습니다만 혹시 다른 부탁이라도······."

"무슨 부탁입니까······ 그도 정도와 능력 문제겠지만 자기가 할 수 있는 범위에서는 어디까지든지 힘써 줄 줄 믿습니다."

"아니 꼭 무슨 부탁이 있다는 게 아니라요, 이를테면 그렇단 말이지요."

하고 여순은 자기의 속생각을 한 편에 감추어 두고 어름어름한 표정을 보이다가,

입성
'옷'을 속되게 이르는 말.

"그건 그렇다고 하고 선생님 같으면 어쩔 테야요?"
하고 방긋 웃는다.

"무엇을 말이에요?"

경재는 여순의 물음을 잘 이해할 수 없어서 어리둥절하니 이렇게 반문하였다.

"가령 말입니다. 지가 무슨 딱한 부탁을 한다면 그때는 어찌하실 텐가 말씀이에요."

"글쎄올시다. 그거 매우 어려운 질문인데요. 하하하…… 대체 남의 부탁을 들을 만한 자리에 있는 사람이어야지요."

"글쎄 그리지 마시고 얼른 생각나시는 대로 말씀해 보서요. 안 해주시랴거던 안 해주신다고 하고……."

"좌우간 무슨 일이십니까? 말씀을 해야 알지요."

"아니에요. 해주실지 안 해주실지 그것부터 말씀하서야 본론을 얘기하겠습니다."

"그거 참 딱한 조건입니다만 좌우간 말씀해 보십시오."

"아니에요. 좌우간이 아니라 꼭입니다, 네?"
하고 여순은 웃는 눈으로 다짐을 받듯이 하고는 이어,

"대관절 저는 무슨 일을 했으면 좋으리라고 생각하십니까."
하고 또 딴말을 꺼내 붙인다.

경재는 여순의 신상에 대하여 여러 가지로 의사를 바꾸다가,

"네, 네, 공장으로?…… 거 좋겠습니다."
하고 동감을 표하였다. 마음으로도 물론 그렇게 생각하였지만 자리가 자리니만치 더욱 그렇게 *쾌답할 필요를 느꼈던 것이다.

"그런데 저뿐 아니라 여러분의 의견도 그렇고 또 딴 데라고는 상론

쾌답(快答)
흔쾌히 대답함.

할 곳도 없고 해서 여럿이 협의한 결과 암만해도 김선생의 힘을 빌려야 하겠기에 *외람히 와 주십사 한 겁니다."

"네, 고맙습니다."

하고 경재는 웃는 낯으로,

"그런데 사실 나야 고맙게 상의를 받을 뿐이지 어디 능력이 있어야지요."

"아니에요. 선생님만 힘써 주시면 곧 될 일이에요…… 네, 네, 바루 그 회사 공장 말씀입니다."

"네, 잘 알아듣겠습니다. 말하는 거야 백 번인들 어려울 거 있습니까…… 한데 내 생각 같애서는 여순씨가 직접 말씀하는 게 외려 나을 것 같습니다. 이것은 책임을 회피해서 하는 말이 아니라 효과를 생각해서 말입니다."

"네, 물론 저도 말은 해보겠어요. 한데 선생님께서 먼저 공장 주임과 말씀해 보시고 그 담에 사장과 한번 의견을 물은 후에 그 경과를 알아 가지고 저도 가볼까 하는데요."

"하여간 지금은 사장이 독재를 하고 있으니까 결국은 사장 의견에 달린 거겠지요…… 하니까 여순씨가 말씀하시는 게 내 말하는 것보다 외려 낫지 않을까 합니다. 여순씨 말은 늘 좋게 하고 있으니까요…… 그런데 한 가지 염려되는 것은 가령 채용한다고 하면 다시 사장실에 두려고 하지 않을까 하는 겁니다. 사실인즉 사장실에 있던 사람을 별안간 공장으로 보낸다는 것은 좀 문제니까 그것을 꺼릴 것 같습니다. 그런 사람은—그런 사람뿐 아니라 현대사회의 소위 지위 있다는 사람은 우리와는 달러서 형식이라는 데 여간 구속되지 않으니까요."

"그건 선생님이 말씀하시기에 달린 거지요. 저와 저의 집 의사도 그

외람히
외람하(지)다. 행동이나 생각이 분수에 지나치다.

럴 뿐 아니라 다시 사무실에 두는 건 여러 가지로 자미없겠다고 그럴 듯이 이유를 붙여서 말씀해 주십시오그려."

"참말 요전에 보니까 공장에 있는 여자라는데 가끔 사장실에 와서 무슨 글도 쓰고 심부름도 하더군요. 사장 말이 퍽 똑똑하고 글씨도 얌전하다고 하는 속이 아마 앞으로는 올려다 쓸 생각인지도 모르겠어요."

"그게 누군가……."

"아주 살결이 안 뵈도록 된화장을 한 게 얼른 보기에는 무슨 배우 무드레기 같기도 하고, 또 서투른 모던 걸 같기도 하고…… 대체 종잡을 수 없는 *화상이드군요."

그러자 여태 무슨 책을 뒤적거리고 있던 준식이가 씽긋 웃으며,

"그게 바루 정님이라는 문제 많은 여잡니다."

"글쎄 난 누군지는 모르지만 반질반질한 품이 어쨌든 *숫은 아니더군요. 제법 아무에게나 척척 말을 거는 수작이 암만해도 백지 같지는 않아요."

"아무렴요. 매 많이 맞어야 할 종류지요…… 변덕쟁이고 *자깝스럽고…… 도무지 말할 수 없지요."

"글쎄 그런 법하더군요."

경재가 준식의 말에 이렇게 대답하고 있는 것을 여순이가 채다가,

"그래 선생님한테도……."

하고 웃다가 말을 돌려 가지고,

"하지만 그것도 한 기회예요. 사장도 괜찮게 생각하는 눈치라니까 버쩍 권해서 사장실에 두도록 하서요. 그러면 저더러 사장실에 있으라고 할 수 없지 않겠어요."

화상
'얼굴'을 속되게 이르는 말.

숫
순박하고 어수룩하다.

자깝스럽다
어린아이가 마치 어른처럼 행동하거나 젊은 사람이 지나치게 늙은 흉내를 내어 깜찍한 데가 있다.

"말이 그렇지 공장에 있던 사람을 그렇게 훌훌히 올려다 쓰겠습니까. 아무리 여자에게는 관대한 사람이라 하지만……."

그때 준식이가,

"거 안 될 겁니다."

하고 정님의 근러 사정을 말할까 하다가 그만두고 그저,

"공장 주임이 모처럼 자기 사무실에 데려간 건데 웃 사무실로 보내랴겠습니까. 요새 새로 월급도 올려 주고 또 새 공장 준비 때문에 공장 사무실도 매우 분망한 모양이던데요. 김선생은 잘 아시겠지만……."

"아닙니다. 전 통 알지 못합니다. 사실상 저는 회사와 아무 관계도 없습니다. 공장 혁신에 대해서는 전에 한두 번 들은 일이 있습니다만 근일 형편은 통 알지 못합니다."

능란하다
익숙하고 솜씨가 있다.

"참말 공장 혁신이 되면 좀처럼 들어갈 수 없을 겁니다. 하니까 될 수 있는 대로 속히 말씀해 주서요."

여순은 문득 생각이 나서 이렇게 경재에게 졸라 대었다.

경재는 여순의 말보다 차라리 그 태도에 놀랐다. 그는 전보다 말솜씨가 여간 *능란해진 것이

아니요, 사람의 심리를 여간 잘 구슬리지 않는 것 같았다.

어찌 생각하면 그의 태도는 사람을 이리저리 되넘겨짚는 얄궂은 태도 같기도 하고 또 어느 편으로 보면 아주 사람을 무관히 조종하는 지나치게 친숙한 태도와 같기도 한데 그 어느 편이겠든지 경재로서는 심상히 보아 넘길 수 없는 일이었다. 그가 이 집으로 올 때까지 바라고 상상하던 여순은 고민에 싸인 침중한 여순이었는데 다다르고 보니 아주 딴판이다.

'여순은 전보다 많이 변했구나!'

경재는 속으로 이렇게 생각하고 이렇게 한탄하였다.

함부로 남의 속뽑이를 하는 일이 없었고 또는 진실한 속생각은 가벼이 표시하지 않던 신중하던 그전의 여순에게 비하면 지금은 그 품이 사뭇 가벼워진 것 같았다.

"생각 같아서는 훌륭한 지위도 얻고 싶습니다만……."

하고 여순은 경재의 기분을 고려함이 없이 다시 말을 꺼낸다.

"그러나 그것은 될 수도 없는 일이고 또 생긴대도 제 자리가 아니니까요. 하니까 제게 적당한 자리를 가지는 게—즉 그 사람이 그 자리를 가지는 게 떳떳한 일이겠지요…… 그러니까 마땅한 제자리가 무엇일지 좀 보시는 대로 솔직히 말씀해 주서요."

"글쎄올시다…… 그러나 사람이란 어디 자리를 선천적으로 타고나는 게 아니니까 무엇이든 생기기만 하면 누구나 할 수 있는 거 아닐는지요."

"아니에요…… 아마 제 자리가 워낙 변변치 못하니까 말씀하시기가 거북하신 모양입니다…… 그러면 지가 말씀하지요."

하고 여순은 한참 웃음 섞인 눈으로 경재의 동정을 살피다가 다시 말을 이었다.

"이전에 지가 회사 사무원이 되었다는 것은 말하자면 선생님 덕분에 인간사회의 계단을 턱없이 두세 층이나 *허궁 뛰어오른 것이나 일반이에요. 그것을 요행이라고 보면 볼 수도 있겠지요만 근거 없는 자리니만치 항상 흔들리기가 쉽거던요. 그러니까 이번은 참말 흔들리랴 흔들릴 수 없는 그런 자리—즉 꼭 제게 알맞은 자리에 서보고 싶습니다. 그것이 가령 인간사회의 맨 밑바닥이라 하더라도 할 수 없는 일이지요."

"글쎄올시다. 그 생각만은 나도 동감입니다만 그 자리가 어딜는지 또는 무엇일는지는 아마 나보다 여순씨 자신이 더 잘 아시겠지요."

"반드시 그런 것도 아니겠지요만 어쨌든 저는 이렇게 생각합니다. 오늘날 인간사회란 마치 높다란 탑과 같은 것이라고…… 그래서 사람들은 남이야 어찌 됐든 저만 자꾸 더 높은 데로 올라가기 위하야 더 높이 탑을 쌓으려고 드는데 높이 쌓을수록 위험률도 따라서 높아지는 거니까 말하자면 오늘날의 그들은 떨어지기 위해서 탑을 쌓는 셈이지요!…… 하니까 역시 안전한 곳은 땅바닥인 것 같애요. 그러기 때문에 대다수의 인간이 오히려 땅에 발을 붙이고 있는 것이 아닐는지요. 저도 이 많은 사람 중에 끼여 있는 것이 차라리 제일 안전한 처신이요 또 제자리일까 생각합니다."

"거게는 나도 물론 아무 이의가 없습니다. 나 자신도 그렇게 해보려면서 늘 맘과 실제가 배치되어서……"

경재는 이렇게 말하며 또 한번 놀라운 눈을 여순에게 보냈다. 그는 첫째 여순의 이론에 놀랐다. 그리고 다음으로 우유부단한 자기 자신을 부끄러이 생각하였다.

"그러니까 저는 한번 눈을 꽉 감고 지금 생각하는 대로 해볼 작정이

허궁
어떤 물체가 공중에 번쩍 들리거나 떴다가 떨어지는 모양.

에요. 구태여 높은 자리를 구할 필요가 없으니까 공장도 좋고…… 무엇이든지 가리지 않을 작정이에요."

여순은 이렇게 결론을 지었다. 물론 그는 아직도 파고들어가 보면 확고히 어떤 결심이 섰다고는 할 수 없었다. 만일 그가 안에 굳은 결심이 있다면 단 한 마디로 끊어 말하고 말았을 것이다. 그러나 그렇지 못하고 기다랗게 이론적으로 돌림길을 돌아 내려온 것은 사실인즉 아직도 그 결심이 그 자신의 피와 살과 호흡이 되지 못한 까닭이었다. 만일 그 결심을 육신으로서 느낀다면 한 마디로 '나는 이렇게 하겠다' 하면 그 다음은 천백이 무어라고 하든지 상관할 거 없을 것이나 그것은 그렇게 밥 먹듯 되는 일은 아니었다. 그래서 그 자신도 그새 좀더 강해지려고 여러 가지로 반성하고 겸하여 준식의 권고도 간곡한 바 있어서 어쨌든 위선 준식의 권고를 따르기로 하였던 것이다.

경재는 이야기를 하면서도 가끔 그들과 기분이 잘 얼리지 않음을 느꼈다.

감정의 깊은 융화가 없이 말만 겉으로 배도는 것같이 생각되었다.

그러나 그는 힘써 그들의 감정을 맞추려 하였다. 그들도 물론 경재의 기분에 영합하려 하였다.

그래서 표면만은 오늘 밤의 만남은 매우 원만하였다.

경재는 여순이가 자기를 청한 이유가 *나변에 있는지를 알게 되고 또 자기의 의사를 대강 말하고 나서는 몇 번 일어나려고 하였다. 그러나 무슨 까닭인지 훌쩍 그렇게도 되지 않았다.

밤은 이미 늦었다. 일어나지 않으면 안 될 시간이 되었다. 움쭉 일어나서 '실례하겠소' 하고 나와도 조금도 예에 어그러짐이 없을 만큼 이야기도 충분히 하였다. 그는 또 한번 일어나려다가 마지막으로,

나변
어느 곳 또는 어디.

"결과를 보아서 다시 오던지 할 테니 그 담에 한번 직접 사장과 말씀해 보십시오. 나도 물론 그날은 나가겠습니다."

"네, 저도 가겠습니다만 어쨌든 되고 안 되는 건 선생께 *일임합니다. 지가 직접 사장을 찾아가기는 사실 싫습니다만 기왕 선생께 일임한 거니 금후는 일체 명령에 복종할 의무가 있으니까요."

그리고는 또 한참 말이 끊겼다. 다시 더 상의할 말이라고는 별로 없었다. 경재는 또 한 번 돌아가지 않으면 안 될 시간이라는 것을 의식하였다.

그는 '몇 시나 되었나' 하는 생각을 하며 부지중 시계를 보려다가 그만두었다. 보면 시계는 벌써 돌아갔어야 할 늦은 시간을 가리키고 있을 것이니 시계를 보는 날이면 '어이구 정신없네' 하고 일어나야 할 판이다.

그래서 그는 마침내 여태 말하기가 거북해서 안 하고 있던 말을 꺼내었다.

"그런데 또 한 가지 걱정은 내가 말하는 것이 도리어 일에 방해가 되지 않겠나 하는 겁니다. 즉, 될 것도 안 되는……."

경재는 아까부터도 제가 사장에게 여순의 말을 꺼내는 날이면 사장이,

'너, 요놈! 아직도…….'

하고 한층 더 색안경을 쓰고 보지 않을까 하는 생각이 있었다. 뿐 아니라 심술궂은 사장이,

"요 년놈들, 제법 *제도루메기가 되려구 좀 배틀려 봐라."

하고 앙갚음으로 여순의 이 희망을 낚아다가 되레 더 악착히 꺾어 버리지 않을까 하는 생각도 있었다.

그러나 두 사람만 있다면 그것을 노골적으로 말할 수도 있겠지만 준식이가 있기 때문에 그 이상 더 똑똑히 말할 수 없었다.

하나 여순은 곧 그 말의 의미를 알 수 있었다.

사장이 자기에게 야심을 가지고 있느니만큼 경재를 경계하고 시기하던 것을 그는 잘 알고 있다. 제 손에 안 들어올 바에는 남에게도 넘어가지 못하게 하려는 것이 야속한 인정이니까 사장은 어떤 의미에서는 여순이가 종적을 감춘 것을 괘씸히도 생각하고 있을 것이다. 그러던 판에 돌연히 경재의 입에서 여순의 소식이 알려지고 또 청까지 대게 되면 사장의 꼴린 배알이 조금 더 배틀리지 않으리라고도 보장할 수 없는 일이었다.

그러나 또 한편으로 생각하면 탐욕스럽고 음란한 사람의 눈이란 항상 무디어 있는 거니까 행여나 하는 맘으로 한번 더 만나기를 바랄 법도 한 일이요, 따라서 경재의 말을 모두 덮어놓고 물리치기도 어려울 듯하였다…… 여순은 그렇게 생각하며,

"그러니까 그건 선생이 말씀하기에 달린 거지요. 제법 영리한 체하면서도 어수룩한 사장의 심리를 조종하기에 매였지요. 그렇잖아요?"

여순의 말은 경재도 이해할 수 있었다.

그러나 그러고 보니 인제는 참말 더 할 말이 없었다.

"가겠습니다. 너무 늦어서 미안합니다."

하고 경재는 선뜻 일어섰다.

"천만에요. 바쁘신데……."

하며 준식이와 여순이도 따라 일어섰다.

대문 앞에 나와서 준식은 인사하고 들어가 버리고 여순이만 큰길까지 따라나왔다.

"안녕히 가서요."

여순은 이렇게 말하고도 몇 걸음 더 따라왔다.

그러다가 또 한번,

"안녕히 가서요."

하고는 발을 멈추고 전차 끊어진 겨울밤 거리를 터벅터벅 걸어가는 경재를—제 속말은 비쳐 보지도 못하고 귀찮은 청 하나만 더 달아 가지고 맥없이 돌아가는 경재의 뒷모양을 멀리 바라보고 있었다.

"선생님!.안녕히 가서요."

여순은 세 번째 이렇게 외치고 뒤를 흘끔 돌아다보는 경재의 희미한 모습을 바라보며 불시에 따가워지는 눈을 땅바닥에 떨어뜨렸다.

교섭

거성스럽다
극성스럽다.

세밑
한 해가 끝날 무렵. 설을 앞둔 섣달그믐께.

삼한사온(三寒四溫)
한국을 비롯하여 아시아의 동부, 북부에서 나타나는 겨울 기온의 변화 현상. 7일을 주기로 사흘 동안 춥고 나흘 동안 따뜻하다.

달포
한 달이 조금 넘는 기간.

추위와 빚쟁이가 한결 *거성해지는 양력 *세밑이 되었다.

예년보다 일찍이 서리가 내리고 첫추위가 온 후로는 예에 없이 날씨가 따스하더니만 며칠 전부터 갑자기 된추위가 떨어져서 *삼한사온도 잊은 듯이 줄창 그 모양으로 내려대었다.

세밑 어느 추운 날 아침 복술이가 공장으로 나간 다음 우편배달부가 찌그러진 대문을 밀고 편지 한 장을 내던지고 갔다. 여순이가 이 집으로 온 지도 벌써 *달포가 넘는데 "편지요……" 하는 소리를 듣기는 전후 이번이 처음이다.

여순이는 그 사이 아무 데도 편지 한 장 보낸 일이 없고 또 받은 일도 없다.

혹시 동생 기순에게서나 편지가 오지 않았나 하고 그전 주인으로 한두 번 가보았으나 늘 헛걸음이 되었고 자기도 여태 편지할 기회를 얻지 못하고 있었다. 거짓말을 꾸며서 소식을 전하기도 안 되었고 그렇

다고 사실대로 알릴 수도 없는 사정이었다.

　그래서 어디든 직업이나 결정되면 편지하려니 하고 여태 미뤄 왔다.

　여순은 편지 집으러 나가면서도 그것이 꼭 자기에게 온 것이라고는 생각지 않았다.

　아무리 구차한 집에라도 일 년에 몇 번씩은 세납에 관한 통지서 같은 것이 오는 거니까…… 더욱이 세목이라 붉은 쪽지(독촉장)는 일쑤 숨막히는 집으로 찾아드는 거니까…… 하며 그는 대문간으로 나갔다.

　그리하여 배달부가 함부로 내던지고 간 편지를 찾아 든 순간 그는 놀랐다.

　그것은 경재에게서 온 편지였다.

　경재의 말을 잘못 들었던지는 모르나 무슨 이야기가 있으면 다시 찾

우편 배달부

아와 주려니 하고만 있었던 관계로 편지 오리라고는 별로 예상해 본 일이 없었다.

여순은 편지를 들고 들어오며 여러 가지로 생각해 보았다. 대체 무슨 사연이 씌어 있을까. 직접 오지 않고 편지한 걸 보면 교섭 경과가 여의치 못한 거나 아닌가. 그렇지 않으면 '나는 다시 두 번 네 일에는 아무런 관계도 가지고 싶지 않다. 그러니 전번 얘기는 *막설하기로 하자.'

하는 준열한 거절장이나 아닌가…… 하는 생각도 났다. 그는 반가움보다도 차라리 불순한 가운데서 편지를 뜯었다.

막설
말이나 하던 일을 그만둠.

여순씨!

퍽 기다리셨지요? 기다리시지 않게 하려고 딴에는 무던히 초조했습니다만…… 어쨌든 사장에게 그 말을 꺼내기는 심히 거북하였습니다. 거북하다니보다 차라리 싫었다고 하는 것이 나의 심경에 근사한 표현일 것 같습니다. 그래서 유예 미결하는 가운데서 여러 날을 *천취했었습니다. 그러나 사장은 의외로 아무 곡해도 고려도 없이 좌우간 속히 회사로 나오라는 것이었습니다.

천취
일이나 날짜 따위를 미루고 지체함.

나도 오해 없도록 여러 가지로 말하였습니다만 도무지 그런 말을 할 필요조차 없으리만큼 사장은 보기 드물게 담박한 태도를 가지고 있습니다. 그것은 회사로 나오면 그 담은 모두 자기가 좋도록 하겠다는 너그러운 태도이기도 하였습니다.

역시 내가 예상하던 것과 같이 여순씨가 직접 만나 보셨더면 오히려 나았으리라고 생각됩니다. 그만큼 사장은 여순씨에게 대하여 호감을 가지고 있는 것입니다.

사장이 내 말에 아무 반대를 표시하지 않은 것도 실상은 여순씨에게 대한 호감 때문일 것이니 사실 내가 애쓴 바는 하나도 없는 셈입니다.

어쨌든 첫 계단은 무사히 밟은 듯하오니 만나 보시기로 하십시오. 내일 오전 열시쯤 해서 회사로 나가 보십시오.

나는 사실 다시 더 나갈 필요가 없을 듯합니다만 하여간 내일 오후쯤 나가기로 하지요. 여순씨가 돌아간 후에 만나는 것이 좋을 것 같습니다.

그런데 미리 한 가지 알아 두실 것은 사장이 아직 여순씨의 희망을 그대로 들어준다는 언명을 한 일이 없는 그것입니다. 공장 말도 했으나 찬부 어느 편에도 확답이 없고, 또 내가 생각하던 사장실 근무 문제에도 언급하지 않고 그저 덮어놓고 나오라는 것입니다. 그러니까 모든 것은 직접 여순씨와 이야기할 줄 아오며 여순씨도 그만큼 아시고 거리낌없이 희망을 말씀하시는 것이 좋을 것 같습니다.

생각 같아서는 곧 귀소로 가서 만나고 싶습니다만 몸이 좀 불편해서 못 나갑니다.

깊이 용서하실 줄 믿으며……
김경재

여순은 편지를 다 읽고 나서 일이 예상보다 쉽게 진척되는 것을 깨닫는 동시 도리어 마음의 긴장이 풀리는 것을 느꼈다. 그리고 그 풀린 마음 가운데서 무슨 불안 비슷한 뒤숭숭함이 일어나는 것을 또한 느꼈다.

생각하면 그것은 지금까지 걸어오던 길을 버리고 그것과는 딴 길을

잡아들려는 때에 오는 심리이기도 하려니와 또 한편 경재의 편지가 어
디인지 모르게 예상보다는 빛도 열도 없는 *냉회와 같은 감각을 주는
데서 오는 심리이기도 하였다.

　—여순이가 사장을 만나고 돌아간 다음에 회사로 나가 보겠다는 말
이나 자기는 다시 더 만나 볼 필요조차 없을 것이라는 말이나 또는 생
각 같아서는 찾아가고 싶으나 그러지 못한다는 말이나는 말하자면 청
춘의 시(詩)와 노래를 잊은 너무도 사무적인 그리고 너무도 외교적인
겉발림이 아닌가.

　거기에는 말은 있으나 호흡이 없고 움직임은 있으나 피가 없고 재는
있으나 불이 없는 것 같았다.

　여순은 사실 그 동안 이루어질 수 없는 애욕의 굴레를 벗어 버리려
하였다. 경재를 잊으려 하였다. 그리고 경재도 속히 그렇게 되었으면
하고 바라기도 하였다.

　그러나 그랬음에도 불구하고 지금 경재의 냉락해진 심경을 읽는 것
은 결코 유쾌한 일이 아니었다.

　그러고 보니 경재를 잊으려고 한 자기는 그를 다시 만남으로 해서
마음의 뿌리가 적잖이 흔들렸는데 응당 한 번만이라도 만나 보았으면
하고 기대하였을 경재는 다시 만남으로 해서 도리어 냉담해진 것같이
생각되었다. 세도 인심같이 무상한 것은 다시 없는 것 같았다.

　그러나 그는 굳이 인간의 무상을 한하려 하지 않았다.

　—인간이란 것은 정(情)이 없기 때문에 영원히 늙지 않는 하늘과 같
은 것이 아니라 말하자면 정이 있기 때문에 이지러졌다가 역시 정이
있기 때문에 다시 둥글어지는 달과 같은 것이거니 둥글어지고 이지러
짐을 구태여 탄하여 무엇하랴!

그는 '인간 세사란 모두 그런 거지' 하는 허심한 생각을 억지로 해 가며 그날 밤의 엷은 잠을 가까스로 맺었다.

이튿날 아침 그는 편지를 한번 다시 보려다가 말고 경재가 말한 시간보다 좀 이르게 회사로 나갔다.

두 달 동안에 말끔 자기를 잊은 듯한 무심한 거리를 이리저리 지나서 회사 정문 앞에 다다르니 야릇하게 생소하고 서투른 생각이 나서 한참이나 서성거리다가 겨우 정문 안에 들어섰다.

공장도 그 자리에 있고 사무실도 그전 보던 그대로이고 변소 하나 위치를 바꾼 것이 없다.

다만 변한 것이라면 새로 건축중이던 현재 공장의 서남쪽 언덕을 파내고 지은 새 공장의 준공된 모양뿐이었다.

그러나 전체로 보아서 길도 예 다니던 길이요, 들도 나무도 굴뚝도 예 보던 그대로이다. 쌓인 눈을 쓸어 낸 뜰의 누런 모래도 그윽이 옛 정을 끄는 것이 있었다.

잎 떨어진 나무의 성긴 모양이 지금은 이 회사와 실낱만한 인연도 없는 여순의 *약약한 심경을 더욱 쓸쓸히 하였다.

약약하다
싫증이 나서 귀찮고 괴롭다.

말하자면 인연이 있던 옛날보다도 그 모든 정경이 한층 더 눈을 끌고 감회를 자아내는 것이었다.

'이 뜰에서 다시 일을 해?'
하는 생각을 하며 그는 다시 한번 휘 둘러보고는 사무실 현관으로 잡아들었다.

그는 아무도 만나고 싶지 않아서 머리를 숙이고 바로 이층으로 올라가는 층층대를 걸어올라갔다. 아무를 만나더라도 못 보는 체하려 하였다. 그런데 층층대를 절반쯤 올라간 때 누가,

"아, 여순씨 오래간만입니다."

하고 앞을 막아서므로 여순은 하는 수 없이 고개를 들었다. 그는 급사 순용이었다.

"그런데 웬일이서요? 그새 어디 가셨어요? 사장이 퍽 기다리셨는데……."

하고 순진한 소년이 상대자의 대답도 기다릴 사이 없이 정다운 제 말부터 내놓는 동안 여순은 웃음으로 대답하다가 그의 말이 끝나는 것을 기다려 가지고,

"몸이 좀 불편해서."

하고 다정히 대답하였다.

"아, 그러서요…… 인제 좀 괜찮습니까…… 네, 다행합니다. 그럼 다시 나오시겠군요."

"아니 아직은 어떻게 될지 모르겠소…… 참 순용이 누님이 사무실로 오셨다지."

"아니요, 가끔 일 있을 때면 올라옵니다. 그전에 타이프라이터를 좀 배웠다나요. 해서 사장이 타자기 한 대를 사다 놓시구 이따금 치게 하시는 모양이드군요. 그러니까 여순씨 문제와는……."

"아니 그런 의미로 하는 말이 아니라 같은 값이면 누나가 올라와 있는 게 좋겠다는 말이지."

하고 여순은 바로 사장실로 올라왔다.

사장은 마침 혼자 있었다.

그는 문 여는 소리를 듣고서도 지위 있는 사람의 진중함을 지키듯이 또는 자기 앞에 와서 황송히 허리를 굽히고 *신색을 살피는 아랫사람의 존경을 기다리듯이 한참이나 실히 보던 신문에서 눈을 떼지 않았다.

신색
상대편의 안색을 높여
이르는 말.

그러는 동안 여순은 출입구 곁에서 조마거리고 있다가 사장이 이편으로 흘끔 눈을 주는 때에,

"안녕하십니까?"

하고 나지막한 소리로 공손히 인사하였다.

"어, 여순이……."

사장은 이쩌른 말을 야비한 웃음으로 시작하여 겉치레의 점잖음으로 그치고는 더욱 위풍을 돋우듯이 안락의자에 젓바로 앉으며,

"이리 들어오우."

하고 턱으로 의자를 가리킨다.

그 순간 여순은 약간 불쾌해지는 것을 느꼈다.

사장의 태도는 거만하다는 것보다도 진실한 맛이란 손꼽만큼도 없는 것 같았다.

그것은 마치 그물을 벗어났던 새가 다시 그물로 돌아오는 것을 바라보는 올가미꾼의 태도와 같이 여순에게는 보였다.

'다시 저 악랄한 그물에 걸려들어…….'

여순은 사장실 문을 열 때까지도 별로 의식해 본 일이 없는 이런 느낌을 새삼스레 깨달았다. 그러고 보니 자기는 하릴없이 적에게 항복하러 온 것 같고 농(籠) 속을 찾아 돌아온 것 같아서 잠시 동안 가벼운 후회에 사로잡혀 있었다.

그러며 하는 수 없이 지금 사장의 앞으로 걸어가는 약한 자기와 그 자리를 차고 돌아서는 강한 자기를 그는 함께 제 맘속에 그리어 보았다. 그 생각은 심히 무거운 것이었다. 걸음도 자연 떠졌다.

그러나 또 한편 생각하면 이런 자리라도 나오지 않을 수 없는 자기였다.

타자기

그는 예전에 자기가 앉았던 자리를 다시 한번 유심히 보았다. 탁자와 의자가 모두 위치를 바꾼 것과 그 탁자 위에 타자기인 듯한 것이 놓여 있는 것을 눈여겨 바라보며 사장실로 가만히 넘어섰다.

"이리 오시우."

하고 사장은 역시 턱으로 가까이 오기를 권하다가 여순이가 멀찌감치 서려는 것을,

"자아 이만침……."

하고 몸을 조금 앞으로 일으키며 손으로 자기에게 제일 가까운 의자를 가리킨다.

"네……."

하고 여순은 한 걸음 옮겨 섰으나 무슨 말을 어떻게 꺼냈으면 좋을지 몰라서 그저 *목다심으로 기침을 한 번 하고 가만히 서 있었다.

목다심
물을 조금 마시거나 헛기침을 하여 거친 목을 고르는 일.

사장은 담배를 붙여 물며,

"아, 왜 그렇게 소식이 없었소? 대체 어찌 된 줄을 알 수가 있어야지."

하고 이어서 사람이란 어떤 경우에든지 거취(去就)가 분명해야 하느니 남이 생각해 주는 도리를 알아야 하느니 무어니…… 하고 한참 주워대었다.

여순은 그 말을 탐탁히 받아 듣지는 않았으나 어쨌든 두 사람 다 아무 말 없이 멍하니 잠자코 있는 것보다는 차라리 사장의 *타변(駄辯)이라도 있는 편이 군색함을 덜어 주는 것 같아서 유심히 듣는 체하였다.

타변
질이 나쁜 말이나 표현.

평소에는 된 소리 안 된 소리를 잴잴 떠벌리는 사람이 몹시 미웠으나 이때에는 어떤 자리에서든지 무슨 말이고 줄줄 이어 대는 사람이 부럽게도 생각되었다.

"그새 시굴 다녀왔다지?"

"네……."

"그래 시굴집은 다 무고하고…… 또 여순이도……."

"네, 별고 없습니다."

"시굴서 언제 왔다지?"

"한……."

하고 여순은 대답하다가 경재가 자기를 언제 왔다고 사장에게 말했는지 또는 그가 언제쯤 사장을 만나서 자기 말을 했는지 몰라서,

"한 열흘 됩니다."

하고 날짜를 늦게 대었다.

"그러면 진작 올 일이지 거 무슨 짓이란 말이오……."

하고 사장은 자기의 풍부한 인정미를 보이듯이 여순을 나무라는 어조로 말하고는,

"그래 지금 어디 있소…… 역시 그전 주인인가?"

하고 묻는다.

"아닙니다."

"그러면……."

"……."

"그러면 여관에 있소?"

하고 사장은 기어이 알려는 듯이 자기로 추측을 내리어 가며 친족의 집인가 아는 사람의 집인가…… 하고 여러 가지로 물었다.

여순은 한참 잠자코 듣고만 있다가 별로 숨길 것도 없는 일이고 또 솔직히 말하는 것이 자기의 온 뜻을 꺼내는 실마리가 될 듯도 해서,

"이 공장에 다니는 여자의 집에 있습니다."

"이 회사에 다니는?"

"네, 본래부터 잘 알던 여자예요."

"이름이 뭔데…… 하, 그런데 여공은 어떻게 알았든가."

하고 사장은 여공과 안다는 것이 하도 괴상하다는 듯이 또는 그런 데가 있는 것은 상당한 여자의 운치를 상한다는 듯이 거듭 파고 묻는 것을 여순은,

"회사에 있을 때부터 잘 알던 여자예요…… 이번은 저도 그런 기술이나 배울까 하는 생각이 있고 해서 찾아갔었어요."

"응, 공장 말이지."

하고 사장은 곧 경재가 하던 말을 생각했으나 그런 내색은 내지 않고 그저,

"구태여 그럴 필요까지는 없겠지…… 여순의 생각이 꼭 다시 직업을 구하구 싶다고 하면 나도 좀 더 고려해 볼 수 있으니까……."

하고 제 얼굴만 내세워 가며 여순의 말을 낚으려 하였다.

"아닙니다…… 저희 집 희망도 있고 또 저도……."

"하지만 잘 되기를 바라는 것이 인정이지…… 못 되기를 바랄 사람이 어디 있겠소. 그렇잖소…… 하니까 일도 쉽고 체면도 좋고 또 수입도 많으면 가정에서도 그걸 희망할 테지 어느 부모가 떨어지기를 희망하겠소. 사랑하는 부모일수록 자식 잘 되기를 갈망하는 법이지……."

하고 사장은 무슨 웅변이나 토하듯이 *성색(聲色)을 다듬어 가지고,

"가령 내가 여순일 어떤 사람인지 또는 지식 정도가 어떤지를 모른다면 구태여 권고할 것도 없는 일이고 또 부탁을 받는대야 들어줄 바도 아니겠지만 이미 잘 아는 터이니 말하자면 적재(適材)를 적소(適所)에 쓰자는 말이거든…… 남의 심정과 정도를 잘 알아서 적당한 자리에

성색
말소리와 얼굴빛.

기용(起用)하는 것이 일을 위해서 피차 유리한 거니까…… 나는 일을 위해서는 비록 적이라도 용납할 생각이오…… 딴말 할 거 없이 이 회사 중역들과 가끔 의견이 충돌되는 일이 있지만 아침에 싸우고 나면 점심에는 다정히 손을 잡고 가서 점심을 노눈단 말이요. 이것은 아마 여순이도 짐작할 거요……."

사장의 웅변이 제 김에 이렇게 딴 방면으로 탈선하는 바람에 여순은 잠시 자기의 의견을 보류하였다가,

"그러나 기술이라는 것은 한 번 배기만 하면 늙어 죽을 때까지도 써먹을 수 있지 않습니까…… 사무원 같은 건 붓을 놓면 그날이 마지막이지만……."

"허지만 여자가 돋보기 쓰도록 기술을 팔아 먹게 돼서야 쓰겠소…… 여자란 아무려나 조만간 가정 살림을 맡게 되는 거고…… 또 좋은 가정을 이루자면 미리 지위와 명예와 덕망을 쌓아 두어야 하는 거니까."

"저는 가족을 위해서 일평생……."

"허―그건 공상이지…… 그런 사람이 외려 더 빨리 시집가는 법야. 하하하."

"아니에요. 기왕이면 기술이나 잘 배게 해주십시오."
하고 여순은 *초지대로만 나갔다.

물론 안락한 생활에 대한 동경도 있었지만 준식의 말도 있고 또 준식의 소개로 알게 된 형철의 의견도 들은 바 있어서 좋으나 궂으나 어쨌든 그들의 권고대로 해보기로 하고 재삼 사장에게 부탁한 연후 그날은 그만 돌아와 버렸다.

돌아와서는 선참 준식이와 상의하고 뒤미처 형철이와도 경과를 이야기하였다.

초지(初志)
처음에 품은 뜻이나 의지.

준식이와 형철은 끝까지 그의 희망대로 나가기를 권고하고 또 자주 사장한테 졸라 보라고 일러주었다.

여순이도 어쨌든 그리 해볼 결심을 좀더 굳게 하였다.

준식의 말도 말이지만 형철이 그 사람이 육신으로써 가르쳐 주는 교훈이 더욱 큰 힘이 되었다. 형철은 지식으로 보든지 문견이 넓은 점으로 보든지 경력으로 보든지 인격으로 보든지 여순이 자기보다는 사뭇 뛰어난 사람이었다. 그런 사람이 굳이 높은 지위를 구함이 없이 현재의 처지를 손수 구하고 또 스스로 만족해 하는 것이 여순에게는 무엇보다 힘있는 *활교훈이 되었다.

활교훈
산 교훈.

'저런 사람도 저렇거든 하물며 나 같은 것이야……'
하며 여순은 자기의 갈 길을 맘 튼튼히 생각하였다.

그 후부터 여순은 자기가 구하는 직업을 결코 창피하게 생각하지 않으려 하였다.

강혀
애써. 내키지는 않지만.

그리고 사장에게로 가보는 귀찮음도 *강혀 눌러 가면서 하루 걸러 혹은 이틀 걸러로 사장을 만나러 회사로 나갔다.

사장도 첨은 여순이가 그저 해보는 소리로 그러는 게거니 그전 그 자리를 달라기가 미안해서 딴전을 써보는 게거니…… 하였으나 차차 여순의 희망에 거짓이 없음을 알게 되어서,

"그야 어려울 거 있소만 그렇드라도 후회 없도록 좀더 생각해 보오. 그래서도 정 소원이 그렇다면야 하는 수 있소…… 어쨌던 여순이를 위해서 좀더 시간 여유를 두고 싶소."
하는 정도로 나갔다.

그러다가 사장은 한번 공장 주임과 공장 혁신에 대한 이야기를 하다가 무슨 말끝에 주임이,

"글쎄올시다. 일이 요행 지장 없이 진행하면 다행하지요만 그렇더라도 회사는 회사로서 미리 만전지책을 세워야 할 줄 압니다…… 직공이란 하나 순편한 놈이 없는 거니까 어느 때 어디서 무엇이 불거져 나올지 모르거든요."

하고 이어서,

"그러니까 미리 회사 심복이 될 만한 사람을 직공 사이에 심어 두는 것도 한 방법인 줄 압니다."

하는 말에 사장은 번쩍 귀가 떠서 속으로,

'여순일 거기다 이용해?'

하고 언뜻 생각하였다.

하나 주임은 사실 여순이를 두고 한 말이 아니라 정님이를 빗대 두고 한 말이다.

정님이가 사장실 출입이나 하게 되면서부터 자기에게 사뭇 냉담해져서 그는 은근히 사장을 시기하며 그 *탈회책에 적잖이 콘크리트 머리를 짜내고 있는 판이었다.

그래서 정님이가 사장실로 올라가는 때마다,

'저러다가 아주 통째로 올려다 두지 않을까.'

하는 *미타한 생각도 하였고 모처럼 손끝에 꺾일 듯 꺾일 듯한 어여쁜 꽃을 빼앗기는 듯한 이가려운 심화도 났다.

그래서 여러 가지로 생각하던 끝에 정님이를 그대로 공장 사무실에 두고 끄나풀로 이용하는 것이 좋다는 의미로 사장에게 말하였던 것이다.

하나 사장의 생각은 그까지 미치기 전에 여순에게로 빗나갔다.

여순이를 공장에 두고 새 공장 설비가 완성되거든 여공 주임으로 승

탈회책(奪回策)
탈환책. 다시 빼앗으려는 계책.

미타하다
온당하지 않다.

격시켜서 공장에 절반 사무실에 절반씩 있도록 하려고 속으로 생각하였다.

그만한 책임을 맡기어 자기에게 직속(直屬)시켜 놓으면 접촉은 자연 빈번해질 것이고 혹시 종업(終業) 후라도,

"공장에 관하야 긴급히 상의할 일이 있소."

하게 되면 밤까지라도 남아 있을 것이다. 그리고 또 여공이라도 되려고 하는 터이고 실지로 어지러운 직공들 틈에 끼이게 되면 제 몸의 결백이라는 것을 깨닫지 못하게 될 것이고 또 사장의 지위를 훨씬 높게 우러러보게 될 것이니 그러면 나의 손길을 감히 뿌리치지 못할 것이다…….

그래서 사장은 하룻날 여순에게 이렇게 말하였다.

"여순이는 어떻게 생각하는지 모르되 나는 따로 생각하는 바가 있소. 가령 공장에 있다 하더라도 앞으로 새 공장이 되면 여공 책임자 같은 것으로 승진의 길을 열어 주고 싶단 말요. 하니까 여순이도 그만침 알고 미리부터 명념해야 할 거요…… 그렇다면 나도 한 번 더 구체적으로 고려해 보겠소."

사장은 이렇게 말하고 여순이를 돌려보낸 다음 주임을 불러 대강 그 뜻을 말하였다.

보다 반가운 것은 주임이었다. 정님이 때문에 골치를

앓고 있는데 그보다 훨씬 이쁜 꽃이 날아오다니…… 하고 주임은 벌써 하루 열두 시간 동안 자기의 시선에서 벗어날 수 없는 한 떨기 꽃을 생각하며 축배나 들듯이 침을 삼켰다.

"거 매우 좋습니다. 사실 할 수 없으니 말이지 그만침 학식 있는 사람이라면 직공들도 어려워할 거고 또 모든 기찰이 *명민할 거거든요. 두말할 거 없습니다. 그렇게 하기로 합지요."
하고 주임은 못내 찬성하였다.

사실 그 동안은 정님이 때문에 사장을 시기하는 맘이 있어서 공장 혁신에도 별로 뜻이 없었고 되레 자칫하면 의외의 낭패가 올는지도 모른다고 해가며 위정 일을 천취시키었다.

그래서 원체로 말하면 가을부터 제반 준비를 실행시키고 건강진단을 해서 인사문제에도 손을 대기 시작했어야 할 것이나 사소한 일로 해서 이럭저럭하는 중에 겨울이 되어 버렸다.

하나 사장의 그 말이 있은 후로 주임은 신이 나서 사장실로 오르내리고 회사를 위하여 비범한 솜씨를 뽐내어 보이려고 *들뿌리를 죄었다.

명민(明敏)하다
총명하고 민첩하다.

들뿌리
'팬티'를 뜻하는 함경도 방언.

새 출발

여순이가 여기 들어온 지도 이미 달포, 벌써 이월도 반 넘어갔다.

양력설을 지날 때까지도,

'아직은⋯⋯.'

하는 생각을 하였으나 이제 정작 음력설까지 지내 놓고 보니 한 살을 더 먹었다는 생각과 또는 공장에서 설을 지냈다는 생각이 때따라 야릇하게 서글픈 가운데서 새로워졌다.

'새출발'이라고 남도 그러고 자기도 그렇게 생각하건만 그래도 이따금 옛 추억은 새날에 대하여 회의를 가지게 하였다.

그리고 과거의 일이 과거 그때보다도 더 분명히 머릿속에 살아오기도 하였다.

그러나 그는 굳이 이런 생각을 잊으려 하였다. 그리고 모든 잡념을 요란한 기계 소리에 던져 버리고 작업에 충실하려 하였다.

그것이 한낱 자기를 구할 길일 것 같았다. 그러니만큼 일손도 속히 튀어졌다.

처음 여기 들어와서 한 십여 일 동안 교습을 받고 비로소 기계 앞에
섰을 때에는 가끔 어찌할 바를 몰라서 이마에 선땀을 흘리며 쩔쩔맨
일도 있었다. 그러나 인제는 서투른 대로나마 두 대의 기계를 맡아 가
지고 큰 실수 없이 해나갈 만큼 되었다. 주임 이하 사범공이 특히 친
절히 해주고 또 소위 글자나 안다는 사람이 여남은 여공보다도 깨침
이 무디어서는 안 되겠다는 숨은 노력도 있고 해서 비교적 빨리 진취
되었다.

지금은 일하는 순서가 기계 사이로 오고 가는 그의 머리에 거진 기
계적으로 떠 있다.

북〔梭〕을 갈고 관사(管絲) 갈고,

짜여지는 바탕을 보고,

관사를 뽑아 내고,

짜여지는 바탕을 보고,

북을 갈고 관사 갈고,

북을 갈고 관사 갈고,

짜여지는 바탕을 보고,

날(經絲)을 보고,

날을 고르고,

짜여지는 바탕을 보고…….

이러한 절차가 절거덕거리는 기계 소리와 장단을 맞추어 가며 머릿
속에서 꼬리를 물고 맴을 돈다.

여순이가 이렇게 일에만 맘을 쏟고 있을 때에 늙은 여자 사범공이 그의 곁에 와서 기계를 뻔히 들여다본다.

그는 이 공장 설립 당초부터 있은 사람으로 여공들은 거진 다 그의 지도를 받았었다.

따라서 그는 여공들의 실수를 곧 자기의 실수라고 생각하여 성가신 잔소리도 많이 하는 터이다.

그러나 여순이만은 사장실에 있던 여자요 또 주임의 당부도 있고 해서 남달리 고분고분히 굴었다.

뿐 아니라 권력에 충실한 이 사범공은 여순에게까지 아부하는 일조차 있었다.

"많이 나어졌군……."

사범공은 키가 모자라서 기계 추대(錘臺)에 올라서서 북이 왔다갔다하며 짜여지는 것을 들여다보다가 이렇게 말하였다. 그러나 여순은 위정,

"웬걸요, 암만 해도 바탕이 곱지가 않어요. 다른 사람 것보다는……." 하고 겸손히 대답하였다.

"차차 나어질 테지…… 그러나 전보다 많이……." 하며 사범공이 허리를 펼 때 그의 모진 악취와, 먼지와 때와 땀에 절은 퀴퀴한 냄새가 여순의 코를 쿡 찔렀다. 그러나 여순은 조금도 그런 티를 내지 않고,

"그런데 자꾸만 날이 끊어져요. 서투른 탓도 있겠지만 기계가 사뭇 낡은 것 같아요." 하고 웃었다.

"그런 점도 있지만…… 이것두 꼭 사람의 몸과 같으다우. 그러기에 제 몸 놀리듯이 기계를 부리게쯤 돼야 비로소……."

하며 사범공이 다시 허리를 구부리고 기계를 들여다보는 때 여순은 그의 뒷모양—더욱이 염소똥만큼 되는 대로 목덜미에 돌돌 틀어 논 머리를 보며 별안간 몸서리가 났다.

이 사범공은 옛날 자기가 부리던 기계 레버(挺子)에 *종사리를 *쌔리어서 곁엣기계 차축(車軸)에 쓰러지며 키에 머리채를 물렸다가 간신히 구원을 받은 일이 있다는 것을 여순은 복술에게서 들은 일이 있다.

'그때에 머리가 빠져서 저런가.'

하며 여순은 부지중 자기의 머리를 만져 보았다.

그는 다시 한번 소름을 치며 저편 기계로 뛰어갔다.

조금 후 여순이가 다시 이편 기계로 오는 때 늙은 사범공은 짧은 다리를 늘게 뜨면서 저편으로 가버리자 인차 준식이가 왔다.

"여순씨 게시판을 보셨소."

준식은 주위를 둘러보고 여순의 곁에 와서 기계 위에 몸을 수그리며 말하였다.

"아니오, 못 보았어요."

여순은 잽싸게 손을 놀리며 엎드린 준식의 머리 위에 대답하였다.

"아까 휴식시간(오전 아홉시의 십오 분 휴식)에 밖에 나가니까 정님이가 나와서 게시를 붙이드군요."

"뭔데요?…… 하하, 건강진단이오."

"네, 인제 참말 시작되는 모양이군요."

"글쎄요, 그럴까요?"

"그럼요…… 벌써부터 계획하던 거니까요."

"언제래요?"

"오는 삼월 이일 삼일 양일간이래요."

종사리
'종아리'의 방언.

쌔리다
'때리다'의 방언.

"정말 그 때문일까요?"

"아무렴요…… 확실한 기정사실이라니까요."

"준식씨! 감독이……."

여순이가 저편 기계로 가려고 할 때 저편으로부터 사팔뜨기와 털보가 어슬렁어슬렁 걸어오는 것이 얼핏 눈에 띄었다.

"하하, 날이 다 돼 가는군……."

준식은 기계를 한번 다시 들여다보고 혼자말 모양으로 중얼거리며 저편으로 걸어갔다. 준식이가 주임보다 몇 걸음 앞에 선 사팔이와 어깨를 마주치고 지나칠 때 여순은 일부러스럽게,

"얼른 갖다 주어요. 날을……."

하고 준식의 뒤에 챙한 소리를 질렀다.

그러자 준식은 흘끔 돌아다보며 입을 벙긋 하고 급히 뛰어갔다.

사팔이는 여순의 뒤에 와서,

"잘 되오?"

하고 잠시 발을 멈추었다. 여순은 으스름히 그 소리를 들으며 고개를 돌렸으나 사팔이의 시선은 분명 자기 곁 사람에게로 가고 있으므로 암말도 대답하지 않았다.

"첨이 돼서 고되지요?"

두 번째—감독의 웃음만은 정녕 자기에게로 오는 것임을 깨달으며 여순은 그제야,

"아직 잘 안 돼요."

하고 그 비뚤어진 눈길을 생각하며 입술을 꼭 물었다.

주임이 이리저리 휘 살펴보며 갈지자로 뜨게 걸어오자 사팔이는 자리를 비켜 주듯이 다시 저편으로 걸어갔다.

"허 많이 늘었군."

털보의 웃는 소리가 송충이처럼 목덜미를 건드리는 걸 깨달으며 여순은 저편 기계로 뛰어갔다.

주임은 이윽히 기계를 들여다보다가 여순이가 다시 이편으로 올 때,

"다른 사람보다 퍽 *속한데, 여순씨는……."

하고 빙글빙글 웃는다.

순간 여순은 솔깃한 생각이 났다.

자기의 이름을 기억하고 있는 것도 있는 거지만 '씨' 자를 붙이는 게 더욱 징그럽게 생각되었다.

공장 안에서는 그들이 씨자를 붙여 부르는 사람이라고는 하나도 없는 터이다.

"암만해도 공부헌 사람이 달러……."

털보는 연해 칭찬이다.

여순은 마치 끈끈이(파리약)를 짚은 것같이 이마가 찡그려졌으나 모르는 척하고 있었다.

"여순씨 들어온 지 얼마나 되지?"

"벌써 달 반이 넘습니다."

여순은 하는 수 없이 대답하였다.

"괴로운 대로 당분간 참으시우. 인제 새 공장만 되면……."

하고 주임이 모두 제게 생각이 있다는 듯이 말할 때 여순은 저편 기계로 가며 분이와 복술이 쪽으로 눈을 주었다.

그들과 여순의 지간은 좀 뜨나 그들은 벌써부터 여순이 편을 주목하고 있었다. 말은 피차 할 수도 없으려니와 가령 한다고 하더라도 들리지 않을 것이므로 눈과 눈만 마주 웃었다.

속(速)하다
빠르다.

그때 키보가 저편으로부터 오며 돌아선 복술의 기계 위에 긴 몸을 구부리고 무어라고 말을 하고 그대로 지나쳐 버렸다.

복술이가 분이에게 그 말을 받아 전해 주듯이 말하고 다시 이편을 보며 방긋 웃을 때 여순은,

'건강진단 얘긴가.'

하고 생각하였다.

그러며 그는 무엇보다도 여러 사람 중에서 웃통을 드러내 놓고 진단을 받는 자기의 창피한 꼴을 생각하였다.

그럴 때 준식이가 경사를 안고 이편으로 걸어왔다.

"자아, 겁시다."

툭하다
성질이 상냥하지 못하고 무뚝뚝하다.

하고 준식이가 위정 *툭한 소리로 말할 때 주임은 어슬렁어슬렁 걸음을 옮기어 갔다.

점심시간.

이곳 저곳, 햇볕마다 패패 모여 서서 그들은 오늘 아침에 내붙인 게시에 대하여 이러니저러니 이야기들을 하고 있었다.

글 모르는 축은 궁금해서 여러 가지로 파고 묻기도 하고, 글자나 아는 사람은 자랑삼아 자기의 의견까지 보태어 가며 과장적으로 꾸며 대기도 하였다.

그런 중에도 간신히 글자나 붙여 읽는 직공은 무슨 큰 명문이나 얻어 만난 듯이 게시 전체를 그대로 외워 들리려고 *군둔한 입을 날름거리고 있었다.

군둔하다
어리숙하고 둔하다.

마치 옛날 서당아이들이 훈장의 매를 모면하기 위하여 바람 한 점만 건들 하면 그만 까먹고 말 만치 가까스로 혀끝에 발린 글을 위태로이 외워 바치듯이 눈이 커다란 한 직공이 눈알을 들들 굴려 가며 서투른

어조로,

"에…… 우리 회사가 여러분의…… 여러분의 덕택으로……."

하다가 그 뒤가 생각나지 않아서 공연히 목다심만 하고 있는 것을 곁에 섰던 얼굴 갸름한 한 사람이 툭 채갔다.

"……여러분이 근면 성실히 작업에 종사한 결과로 착착 발전하고 있습니다. 다시 말할 것도 없이 회사의 성운(盛運)은 오로지 종업원 제군의 건강과 노력에 달린 것입니다. 그러므로 이때에 당하여 우리 회사는 여러분의 건강을 위하여 오는 삼월 이, 삼 양일간 건강진단을 시행하기로 하였습니다. 한 사람도 빠짐이 없이 이에……."

"건강을 위해서……."

하고 얼굴 납작한 사나이—어딘지 모르게 남의 약점만을 잘 쑤시어 낼 듯한 얄궂은 사나이가 바쁘게 *가래질하듯 퍼넣은 점심 밥알을 튀기며 소리치고는 이어,

가래질
가래로 흙 따위를 퍼서 옮기는 일.

"흥! 해가 서편에서 뜨겠구나……."

하고 그 곁에 선 키 작은 사나이를 보며,

"여보게 그런 소리 듣기보다 자네 그 미꾸라지잡이나 한번 보세."

하고 픽 웃는다.

키 작은 사나이는 거꾸로 서서 엉덩이에 실로 뭉쳐 만든 것을 마치 사람의 머리같이 올려놓고 두 발로 보고미를 들고 미꾸라지 잡는 시늉을 하는 재주가 있어서 이따만큼 직공들을 배창자가 켕기도록 웃기는 것이었다.

"이 사람아, 해두 서산에서 뜨랴는데 사람인들 거꾸루 걷지 못할 거 있나 자아……."

"조선 사람은 키가 적어야 재간이 든단 말야, 하하하…… 어서 해 보게."

"아따…… 비싸게 굴지 말고……."

"자아, 내가 가서 실뭉치와 보고미를 가져옴세."

여러 사람은 연해 이렇게 키 작은 사나이에게 우겨 대었다.

그러나 그는 남이 버쩍 권하는 바람에 되레 비위가 없어져서 비실비실 꽁무니를 뺐었다.

그럴 판에 키보가 왔다. 덜컥 높은 사나이가 오는 통에 그들은 키 작은 사나이의 일을 잠시 잊어버린 듯하였다.

그들은 다시 진단에 대한 이야기들을 하였다. 어째서 하는 것이며 장차 어떻게 되리라는 말도 났다.

"어쨌든 받아 보구 볼 일이지……."

납작한 사나이가 이렇게 말하였다.

"아무렴…… 병이 있대면 치료해 달라지…… 안 들어주어? 안 들어주면 들어줍시사 하지."

키보가 받았다.

"엥히, 그러면 또 목간을 해야지……."

목덜미에 때가 더덕더덕한 덜충해 보이는 사나이가 이렇게 말하자 곁에서,

"너 그래 언제 목간을 해봤니?"

"이놈아, 이 때 때문에 어디 청진기가 들리겠니? 바루 목도리한 셈이로구나, 하하하."

"춥지는 않을걸……."

하고 모두들 웃어 대었다.

그러나 이렇게 웃고 떠드는 중에서도 다른 날과 달라서 오늘은 무슨 일이 다가오는 것 같은 심리를 그들은 느꼈다.

동시에 무슨 비장한 장면까지를 그들은 한편 생각하였다.

　몇 사람만 모여서도 무엇이든지 해낼 것 같은 엄청난 생각도 나고, 무엇이든지 번쩍 들어다가 제 놓고 싶은 자리에 놓아 보고 싶은 충동도 났다.

　그러다가 어떤 사람은 누가 한턱한다면 저 높은 굴뚝으로 올라가느니 동대문 지붕에라도 올라가느니 하고 왕청한 소리까지 꺼냈다.

　"언니, 아까 준식씨가 뭐래요?"

　복술이가 여순에게 물었다.

　"바루 그 얘기야…… 지금 보고 온 게시 말야."

하고 여순은 대답하고 그 곁에 선 분이 어깨의 먼지를 털어 주며,

　"분이도 들었지?"

하고 물었다.

　"네, 들었어요."

하고 분이는 아까 키보가 복술이와 자기에게 일러주더란 말을 하였다.

　"아주 건강한 사람이라구는 별로 없을 걸요."

하고 복술이는 여순의 고름을 만지작거리다가,

　"그러나 언니는 갓들어와서 괜찮을 거요."

하고 빙그레 웃었다.

　"나도 얼마만 있어 봐라. 꼭 마찬가지가 되지 않나."

　"그러나 새 공장이 되면 사뭇 나을 걸요."

　"글쎄 다소간 낫겠지만…… 그보다 이미 건강을 잃은 사람은 새 집 구경도 못 할 거니 그게 탈이지."

하고 여순이가 말하자 분이가 곧,

　"그럼요."

하고 동의를 표하였다.

그도 몸이 매우 허약한 편이었다. 그래서 '혹시나……' 하고 *흉흉
히 생각하고 있는 터이다. 여순이는 곧 그 눈치를 알아채고,

"그렇지만 겉으로 보아서 튼튼한 것 같은 사람도 진단을 해보면 저
도 모르는 병이 있으니까…… 아무도 맘 놀 수는 없지."

하고 분이를 위로하는 의미로 말하였다.

"그렇구말구요. 밝은 세상에 있는 사람도 그런데 여기야 너나 할 거
없지요."

복술이도 이렇게 말하였다.

"그럼…… 들어온 지 얼마 안 되는 사람이 도리어 그런 생활에 단련
이 못 되어서 기관지 같은 것을 상하기가 더 쉽대."

"언니, 기관지가 뭐요?"

분이가 웃으며 물었다.

"숨쉬는 구멍 말야…… 거기가 나빠지면 차차 폐로 들어가거든……
가슴으로."

"가슴이요……."

"그래 숨쉬는 주머니 말야…… 공기가 들어갔다 나갔다 하는……."

"그러니 숨 안 쉬는 장수가 있나…… 천하 없는 데 갖다 놓아도……."

"그러기 말이다. 그 먼지 속에서 숨을 쉬니까 좋을 리가 있니?"

"그래도 여태 가슴이 아픈 줄은 몰랐는데……."

하고 분이가 제 가슴을 꽁꽁 눌러 본다.

"그거야 아직 괜찮으니까 그렇지…… 호호호…… 분이가 어디 그렇
대나…… 괜찮어, 근심 말어."

"그렇드라도 사람의 일을 누가 알겠어요……."

하고 분이가 여전히 가슴을 만져 보고 있는 것을 보며 복술이도,

"그러기 말이다. 너나 나나 *속통이 지금 어떻게 됐는지 알 수 있니?"

하고 가슴을 콩콩 쳐보다가,

"얘, 바루 이렇대드라…… 종로 네거리를 입이라고 하고 동대문을 폐라고 치면 기관지나 뭐라나…… 그것은 바루 종로 일정목쯤 된다드라…… 그러니까 공장에 있는 사람이야 자동차 탄 셈이지. 획하면 종로 네거리에서 동대문까지 가버리고 말 거 아니냐. 그리구 또……."

하고 복술이가 기닿게 늘어뺄는 것을 분이는 듣기 싫다는 듯이 탁 밀치며,

"얘, 그만둬…… 아는 게 병이란다."

하고 말을 막는다.

"이년아, 모르면 네가…… 아니 우리가 속았지 별수 있니?"

"속긴 왜 속아…… *곤쳐 내라지…… 입은 두었다 뭘 하게……."

하고 말하다가 분이는 제김에 골이 나서,

"참말 그렇대면 물어내라지 물어내래…… 왜 그저 있어, 흥!"

하고 복술에게 푸념한다.

"그런데 너 왜 날더러 해몸하는 거냐, 호호호…… 참 웃어 죽겠네."

하고 복술이가 웃어 대자 분이도 별안간 우스워져서 방긋하며,

"그런 소릴 들어서 그런지 골치가 다 아프다, 얘."

하고 이마를 짚으며 눈을 깜작깜작한다.

"얘, 기왕이니 그것도 물려 내랴려무나, 호호호……."

"그래 이년아, 넌 안 아프단 말이냐."

"왜 안 아퍼? 아닌 게 아니라 나도 아프다. 그리기 내 것까지 좀 물

속통

'마음'을 속되게 이르는 말.

곤치다

'고치다'의 방언.

려다구."

"요년아, 왜 나만 혼자 말해?"

"애, 그런데 그것도 그거지만…… 누가 웃통을 벗고 그 꼴을 본단 말이냐 챙피해서……."

하고 복술이는 제 말에 얼굴을 붉히며,

"난 그날 안 올 테다."

하고 웃는다.

"앤 안 오면 되니? 병이 있으면 하루라도 빨리 알아 가지고 낫도록 해야지…… 치료해 줄지 안 해줄지는 아직 모르는 거지만 그렇드라도 되도록 힘은 써봐야지…… 나 같은 건 회사만 그만두면 밥도 안 멕힐 텐데 약을 먹구 있어…… 어림도 없다."

"누구는?…… 모두 한 가지지 어디 다를 사람 있더냐."

"그러기 우선 진단은 받아 보자."

하는 복술이는 다시 여공들의 진단받는 광경을 연상하며,

"그런데 요년아, 넌 왜 가슴이 이리 통통하냐, 호호호."

하고 분이의 젖가슴을 꼭 꼬집어 주었다.

"아야…… 때갈 년, 넌 왜 그러냐?"

하고 분이가 공연히 얼굴이 붉어지며 복술이를 쫓아갈 때 뒤에서 별안간 *옹근 소리가 날아왔다.

옹글다
매우 실속있고 다부지다.

"여! 무슨 온당치 못한 얘기들이야?"

세 여자는 깜짝 놀라며 일시에 홱 돌아섰다. 그는 길림이었다.

"난 또 누구라고……."

"흠, 깜짝 놀랐네."

분이와 복술이는 마뜩지 않게 쓴입을 다시었다.

길림이는 위정 암말 없이 눈을 부릅뜨고 있다가,

"……여, 회사는 여러분이 부지런히 일해 준 덕택으로 에—"

하고 연설조로 게시문을 외우려다가 암만해도 뒤끝이 생각나지 않아서,

"에— 여러분을 위해서 여러분의…… 거시기……."

"호호호…… 호호호……."

"거시기가 뭐야? 거시기가…… 호호호."

분이와 복술이는 배를 안고 돌아갔다.

"이때에 대해서…… 아니 이때에 당해서 여러분의 건강진단을 하겠습니다……."

길림이는 웃지도 않고 손에 쥐었던 담배 *물부리를 청진기같이 귓구멍에 꽂으며 두 여자에게로 가까이 왔다.

담배 물부리
담배를 기워서 빠는 물건.

"흥! 의사 양반……."

"거 의사 양반 체격 좋다!"

하며 두 여자는 비실비실 몸을 피하였다.

순간 여순이도 몹시 우스워났다. 길림의 바짝 마른 몸—모로 걸어오는 사람만큼 가늘게 보이는 몸을 보며 입을 막고 돌아서 버렸다.

"얘, 말 마라. 의사 양반 뼈가 방해를 해서 더 마르지 못한대."

"호호호…… 호호호, 하지만 맨 뼈뿐이니까…… 뼈에 병들 리는 없지."

"아이, 배야……."

두 여자는 재미있어 죽겠다는 듯이 자지러지게 웃어 댄다.

길림이는 주위를 한번 휘 살펴보고 별안간 정색하며 목소리를 낮추었다.

"그런데 당신들끼리만 얘길 말구 좀 돌아다녀 보구려."

그러자 여순이가 먼저 길림이 쪽으로 돌아섰다.

두 여자는 웃음을 참노라고 얼굴이 더 빨개졌으나 눈물을 씻고 인제 그에게로 가까이 왔다.

"모두들 그 이유를 철저히 알어야 할 거 아니우. 그리구 또 의견들이 통일돼야 할 거 아니우."

길림이가 그렇게 말할 때에야 분이와 복술이는 간신히 웃음을 진정하였다.

"그러기 지금 얘기를 했어요."

"어쨌든 맨 요점은 듣는 사람 자신이 제 맘으로⋯⋯."

하고 길림이는 대강대강 말한 연후 다른 데로 가려다가 잠시 발을 멈추고 다시 연설조로,

"에, 마치 지렁이같이⋯⋯ 한끝이 잘려져도 남은 몸뚱이가 움직여지고 또 토막토막 떨어졌다가도 다시⋯⋯."

하고 또 한번 주위를 휘 둘러본다.

"네, 알어요."

"아주 웅변가신데."

분이와 복술이는 허리를 굽신하며 웃었다.

"그리고 또 한 가지 동필이⋯⋯ 무엇한 사람들을 늘 경계⋯⋯."

하고 길림이가 말하는 것을 분이가 툭 채갔다.

"알어요, 알어."

복술이는 그렇지 않지만 동필이는 여태 그에게 미련을 가지고 있는 것을 분이는 잘 알고 있다. 그러니만큼 복술의 앞에서 말하지 않아도 좋을 당부를 새삼스레 하는 것은 눈치 없는 짓이라고 생각하였던 것이다.

"대체 똑똑허구 영리허구⋯⋯."

길림이는 위정 딴소리를 하고 픽 웃으며 다른 데로 가버렸다.

인차 점심 *고동이 윽—하고 운다.

고동
신호를 위하여 길게 내는 기적 따위의 소리. 사이렌.

군상(群像)

깔떠보다
눈길을 올려 보다.

의사는 말하는 대신 안경 위로 한번 흘끗 *깔떠볼 뿐이다.

여순은 저고리를 벗어서 곁 탁자에 올려놓고 의사 앞으로 나아갔다.

여공의 얼굴은 보지도 않던 의사가 여순의 하얀 어깨에 한 손을 올려놓고 한번 다시 눈을 깔떠보고는 가슴을 톡톡 두드려도 보고 거진 배꼽 있는 데까지 꿍꿍 눌러도 본다.

"숨을 크게……."

의사의 말대로 여순은 숨을 크게 쉬었다.

어깨로부터 잔등까지 두드려 보고 척추를 훑어 보고 다시 그 순서에 따라 청진기를 대고 듣는다.

여순이가 의사를 등지고 돌아섰을 때 정님이가 무슨 서류를 들고 들어와서 별말 없이 털보의 탁자 위에 놓고 그만 돌아가려는 것을 털보가,

한설야

"정님이 조금 기다리우."
하고 흘끔 눈짓하고 무엇을 또 끄적끄적 쓰고
있다.

정님은 여순의 얼굴로부터 발끝까지
한두 번 죽 훑어보고는 고개를 기웃하고
저편으로 돌아서 버렸다.

'흥! 네가 내 자리에 가고 내가 네 자
리에 와 있으니 코웃음이 나느냐?'
하고 여순은 속으로 웃어 주었다.

그때 바로 정님의 곁에 섰던 분이가 정님
의 뒤에 빙긋 웃음을 던지고 여순을 보며 눈을 가물가물 하고 웃는다.

여순이도 별 의미 없이 고개를 끄덕끄덕하며 웃어 보였다. 그때에
의사가 여순의 한 팔을 쥐어 삑 돌려 세운다. 그는 별안간 깜짝 놀라며
대뜸 눈이 샐룩해졌다.

그러나 의사는 그런 것은 알은척도 안 하고 손끝으로 여순의 턱을
받치며,

"아—" 소리를 내어 입을 벌리게 한 다음 기웃이 들여다보고는 턱
을 넣고 별말 없이 무중 눈딱지를 발칵 까뒤집는 바람에 여순은 또 한
번 깜짝 놀랐다. 눈물이 핑그르 돌았다.

'망할 녀석 입은 해서 무엇 하는 건가?'
하고 여순은 속으로 욕하였다.

그러나 그 새침한 표정이 되레 비위에 들었든지 또는 여공으로서는
지나치게 때가 벗었다는 인상이 들었든지 의사는 씨무룩 하고 웃으며
곁에 앉은 약제사에게 무어라고 중얼중얼하고 이어 분이에게 또 안경

위로 눈을 준다.

여순은 얼른 저고리를 입고 분이가 진단받는 동안 기다리고 있었다.

"여순씨, 체격이 썩 존데, 아주 건강하겠어……."

여태 여순을 슬멋슬멋 눈여겨보고 있던 주임이 이렇게 감탄을 발하였다.

여순은 아무 대답도 하지 않았다. 의사, 털보, 정님이…… 이런 아니꼬운 존재들만 있어서 적이 불쾌하였다.

"여순씨 중학 다닐 때 운동하셨소?"

털보가 정님에게 보아라는 듯이 친절히 말하자 정님은 픽 돌아서며 벽에 붙은 *방추 단면도(紡錘斷面圖)를 들여다보았다.

방추
물레에서 실을 감는 가락.

"북도 사람은 거개 다 체격이 좋단 말야…… 서울내기는 하나 쓸 거 없어."

털보가 일석이조(一石二鳥)격으로 정님이를 곯려 주고 여순을 춰주는 말을 혼자 중얼거리고 있을 때 분이가 저고리를 입으며,

"언니 나갑시다."

하고 여순이와 같이 나와 버렸다.

"털보가 정님일 보더니 속이 되게 상하는 모양이야."

공장으로 걸어오며 분이가 말하였다.

"아니, 정님이가 아주 웃사무실에 가 있게 됐나?"

"아니 아직 그렇게까지는 되지 않은 모양입디다만 요새는 웃사무실 출입이 잦고 또 털보에게 대한 태도가 사뭇 냉정해 가는 모양이드군요. 그러니까 심화가 날밖에……."

"참말 서루 좋아는 했던가?"

"그럼요. 하지만 고년 워낙 잠자리거든요. 사장실 출입을 하게 되면

서부터 그만 간다 보아라지요."

"털보하고 사장하고 대놓으면 어느 편이 나을까, 호호호…… 그래도 사장 편이 좀 나을걸 아마……."

여순에게는 사장이 망나니로 보여서 이런 당치 않은 대조(對照)를 끌어왔으나 사장의 사람됨을 모르는 분이에게는 털보만이 개차반으로 보였다.

"털보, 어이구 말도 마시우."

분이는 쓴입을 다시며 침을 탁 뱉었다.

공장은 건강진단하는 이틀 동안 오후만 임시휴업이었다.

직공들은 무엇이 어쨌든 우선 살판을 만난 듯이 제각각 제 좋은 놀음들을 하고 있다.

제일경(第一景)은 여공들의 새끼뛰기…….

"하나이라면 한 마음……."

하고 어느 여공이 케케묵은 노래를 꺼내자 하도 오래간만에 듣는 멋에 그거 재미나는구나 하듯이 다른 여공이,

"두흘이라면 두 번 다시 오지 못할……."

하고 받아 섬긴다.

이런 노래를 부르며 여공들이 빽 둘러 서 있는 가운데서 두 여자가 깡총깡총 뛰며 새끼넘기를 하고 있다.

"애, 틀렸다 틀렸어. 이리 주어."

"아니다 아니야. 이번은 내 차례다."

"애, 내가 먼저다."

"새낄 놓아요 글쎄."

가운데서 뛰던 한 여자가 새끼를 두 다리 사이에 빠뜨린 채 치마를

걷어 올리자 여럿이 우 몰려들어 너도 나도 하고 차례 다툼을 한다.

그러더니 얼마 후에 다시 반원(半圓)을 그린 새끼가 빙빙 돌아가기 시작하였다.

"뭣들 하구 있어?"

분이가 달려오며 비집고 들어섰다.

여순이도 웃으며 넌지시 들여다보며 발을 멈췄다.

"너 지금 보고 오는 길이냐?"

코끝이 뾰죽하고 사철 콧물을 흘리는 것같이 인중이 불그스레한 여자가 분이에게 물었다.

"그래…… 넌 벌써 갔다 왔니?"

"그럼…… 그런데 참 너하구두 암말 안 하던?"

"말이 다 뭐냐…… 의산지 뭔지 간조실(경사에 풀칠해서 말리는 직장) 풀을 처먹었는지 입이 붙었드구나…… 그리구 눈길두 참 고약하더라."

"글쎄 말이다. 별안간 홱 잡아 돌리구 눈알을 쿡 찔러 주는데 대뜸 불똥이 번쩍하더라, 눈에서……."

비녀

"사람을 업신여겨서 그렇지…… 금비녀만 찌르구 가 봐라. 담박 부처님 만지듯 안 허나……."

"그렇지만 어쨌든 또 돈벌인 톡톡히 하게 됐지."

"왜? 오—약값 그건 우리가 내나 회사가 내지……."

"회사? 흥, 꿈에나……."

"하지만 내주도록 해야지…… 몸도 괴로운데 차라리 며칠 놀아들 봐라. 뉘 아들이 바쁜가."

"난 참말 약값 내라면 탈이다."

곁에 섰던 얼굴 노란 여자가 한몫 낀다.

그러자 뒤미처 한 사람 두 사람 분이와 여순을 중심으로 하고 모여서서 그 말들을 주고받고 하였다.

"회사더러 내라면 내까?"

"그거야 내게 해야지. 암말도 안 허구 있으면 갖다 줄 사람이 어디 있니?"

"그럼 그렇구말구…… 그런데 병이 심한 사람은 일을 쉬게 한다니 참말이냐?"

"쉬게 해? 말은 좋지만 그건 마치 죽는 것을 천당 간다고 부르는 거나 마찬가지다."

"사월부터 새 기곌 놓는다니까 그렇게 되면 지금보다 훨씬 적은 사람으로 더 많은 일을 할 수 있대……."

하고 여순이는 그제야 준식이들한테서 들은 말을 알아듣기 쉽도록 다시 말하였다.

"그 중에서도 오래 있는 사람이 제일 *미타하지 몸이 잔뜩 약해져서 병이 더 많을 거 아니냐. 그리고 또 그 사람들은 몇 푼 아니라지만 삯도 더 받지 않니. 하니까……."

미타하다
온당하지 않다.

분이도 가끔 섬겨 주었다.

"누군 어찌 될지 알우. 미타하기야 매일반이지."

"그러게 말이다. 그러게 미리……."

"그러니 별수 있니?"

"별수는 없지만 그저 그대루 두고 병이나 잘 치료해 달라지……."

"글쎄 들어줄까?"

"안 들어준다면 그때야 들어주도록 하는 수밖에 없지."

"모두들 그러잘까?"

"그럼…… 어디 남의 일 해주는 거냐? 모두 제 일인데 제가 해야지."

"그렇지만 갓들어온 사람들이야……."

하고 얼굴 노란 여자가 말하다가 여순이를 보며 말을 슬쩍 돌려서,

"몸이 튼튼한 사람이야……."

하고 말할 때 오늘은 위정 다른 패에 가서 섞이기로 하였던 복술이가 반가운 듯이 이편으로 뛰어왔다.

그들은 한가한 오후를 이야기와 유희로 보내었다.

제이경(第二景)은 남공들의 캐치볼…….

학수는 실을 풀에 담가서 돌돌 뭉쳐 만든 볼을 건조기에 말려 가지고 조방실 앞 뜨락으로 나왔다. 다친 팔도 죄다 낫고 또 중학 다닐 때의 운동 취미도 움직여나서 캐치볼이나 해보려는 것이다.

"자아 받아라."

하며 학수는 두 손을 한데 모아 가지고 한참 아래위로 까부르다가 허리를 굽혔다 펴면서 오른손을 뒤로 돌려 머리 위에서부터 반원을 그리며 볼을 던지는 시늉을 하였다.

"자아 던져라."

하고 거무튀튀한 사나이가 쓱 나서더니 다리를 벌리며 무릎에 두 손을 짚고 노려보다가 두 손을 가슴으로 올리며 날아오는 볼을 받는다.

"나이스 볼……."

한 사람이 어디서 몽둥이를 집어 가지고 달려오며 소리친다. 그러자 한편으로 비켜 선 사람들 중에서,

"내가 엄파이다…… 베리 나이스…… 원 스트라이크."

하고 사뭇 약하디약한 사나이가 앞으로 나섰다.

"잘한다, 잘한다."

"학수야, 하나 멕여라."

멋도 모르고 이렇게 소리치는 패도 있고,

"배트 방망인 무얼 하는 거냐."

"때려라, 때려."

하고 나무라듯 외치는 사람도 있다.

중학교 다닐 때 야구를 해본 일이 있는 학수의 볼은 너무 세어서 받는 사람을 쩔쩔매게 하고 몽둥이 든 사람을 허공만 갈기게 하였다.

"애, 틀렸다, 틀렸어. 이리 보내라."

하고 한 사나이가 몽둥이를 빼앗아 들었다.

그러자 얼마 못 되어서 몽둥이가 바로 들어맞으며 볼이 공중으로 올려 솟았다.

"잘한다 잘해."

"야 그놈 제법 해봤구나."

여러 사람이 공중을 쳐다보며 장쾌한 듯이 외쳤다. 조금 후에 볼이 건조실 창 앞에 떨어지자 여러 사람의 시선도 그리로 떨어졌다.

그때 어디서 키 작고 날쌔게 생긴 사나이가 달려오더니,

"애, 공 좀 빌려라."

하고 볼을 덥석 쥐어 건조실 저편으로 잠시 겨냥

을 대더니 멀찌감치 내어던진다.

볼은 바로 그편 들로 지나가는 정님의 발뒤꿈치를 들이갈겼다. 볼을 따라가던 여러 사람의 시선은 일시에 그에게로 쏠렸다.

"나이스 볼……."

"원, 스트라이크……."

"얘, 고거 단단히 들어맞은 모양이구나!"

정님은 돌아다볼 여유도 없이 엎드려서 발뒤꿈치를 꽁꽁 문지르고 있다.

"에쿠, 돌아다보네."

여러 사람은 이편으로 머리를 돌려 버렸다.

"조년 뭐라고 종알거리는 거야, 이년!"

하고 볼을 던진 사나이가 비스듬히 돌아다보며 혼자 어른다.

그러자 여러 사람은 다시 그편으로 곁눈을 주었다.

정님은 공이 어디서 온 건지 몰라서 두리번거리다가 혼자 종알종알 하며 사무실로 들어가 버렸다.

"어떻냐 어때……."

키 작은 사나이가 쾌한 듯이 웃으며 부르짖었다.

"이놈아, 그래 기왕 던질 말이면 겨우 발을 맞히고 있어?"

한 사나이가 혀를 끌끌 찬다.

"아니야, 겨냥은 바루 했는데."

하다가 키 작은 사나이는 일부러 기착하고,

"학수, 미안하이."

하고 픽 웃는다.

"미안하긴 뭐가 미안해, 잘했다 잘했어."

"흠, 거 분허다…… 겨우 발을 맞히다니……."

"글쎄 말일세. 발이야 죄가 있나."

학수가 대답할 사이 없이 여러 사람은 말을 차다가 이리 넘기고 저리 넘겼다.

그때 키보가 빙글빙글 웃으며 걸어왔다.

"여어 녹샤꾸!"

"이 사람들 뭐 하나, 나두 점 끼이세그려…… 뭐 겨우 정님이한테?…… 그도 괜찮네만 인제 정말 디려 맞힐 데가 생겼네 생겼어."
하고 키보는 껄껄 웃었다.

"아니야, 이건 우선 시험적으로 해본 거거든. 자네두 한 번 안 해보려나."

"어이 난 못 해."

그리하여 한편에서는 공을 치고 한편에서는 키보를 중심으로 병 애기들을 하였다.

제삼경(第三景)은 장군멍군…….

"*약자 선수라고 자네 먼저 두게."

"이 사람아, 물에 빠진 녀석처럼 속은 뻔해 가지고…… 어서 두게 두어."

약자 선수(弱者先手)
바둑이나 장기에서 수가 약한 사람이 먼저 두는 일.

땅바닥에 그려 논 장기판에 마분지로 만든 장기말을 붙여 놓고 좀 나이먹어 보이는 두 사람이 서로 선수를 하지 않으려고 밀기닥거리고 있다.

그럴 판에 한 사람이,

"이 사람아, 자아 이렇게 둬."
하고 한편 말을 제 맘대로 옮겨 놓으니까 '백대'(담배 몹시 피우는)가

장기두기

비집고 나서며 이편 말을 또 함부로 옮겨 놓는 것을 대국(對局)한 한 사람이 다시 제 자리에 집어다 놓으며,

"그래 자네들 말해 보게, 누가 먼저 두겠나?"

하고 주위에 삑 둘러선 사람에게 묻는다. 그러자 이편 사나이는 어이가 없다는 듯이,

"장기 내기 같으면 정말 양식 사메고 다니겠다."

하고 입을 쩍 다신다.

"그런데 참, 거 무슨 내긴가?"

얼굴이 부은 듯 팅팅한 사나이가 히죽 웃으며 물었다. 얼른 보아도 상당한 *모주임을 알 수 있다. 그래서 누구의 입에서 나왔는지는 몰라도 유행어꽤나 아는 축들은 그를 '알콜스키'라고 불렀다.

모주(母酒)
모주 망태. 술을 늘 대중 없이 많이 마시는 사람을 놀림조로 이르는 말.

"내긴 무슨 내기야 빈내기지."

"빈내기? 안 된다 안 돼. 내기할 사람이 둬라."

하고 백대가 삑 둘러보다가 곁엣사람의 담배를 툭 채가며,

"담배내기라도 해라."

하며 꾸르륵 하고 담배 연기를 삼킨다.

"에끼, 담배내기를 하구 있어…… 할 테건 술내기나 해라."

하며 알콜스키가 안 하면 쓸어버릴 듯이 넓죽한 발을 장기판 위로 쑥 들이민다.

"그래라, 그거 좋다."

"한 되 내길 해."

여러 사람은 못내 찬성하였다. 동필이는 싱글벙글 웃으며 그저 들여다보고만 있었다.

"우리가 둘 테니 누가 이기나 자네들끼리 내기하게."

하고 대국한 이편 사람이 말하는 것을 저편 사나이가 툭 채가며,

"그래라 그래. 자아, 한 되 내길세…… 내가 먼저 두었으니 얼른 두게, 두어…… 나잇[齡]대접하는 거니."

하고 먼저 말을 긴 날 일(日)자로 옮겨 놓았다.

"이 사람 따위는 가만 있게, 가만 있어……."

하고 이편 사나이가 어름어름하고 있는 것을 곁에서 다짜고짜로 우겨 쳤다.

"아따, 뭘 그리나? 기왕이니 얼른 해보게."

"자네 못 내면 내 냄세."

"이 사람아, 돈은 써야 생기나니."

그러자 이편 사나이도 하는 수 없이 조심조심 살펴 가며 두기 시작하였다.

"이 사람아, 차가 올라가며 장군을 시켜…… 뭘 조무락거리고 있나?"

하고 알콜스키가 조급히 구미가 동해난 듯이 말하는 것을 곁엣사람이 쿡 찔렀다.

"이 사람아, 훈수 말어, 내긴데."

"자네가 내구 싶은가, 훈수하게."

"이 녀석아, 어느새 벌써 목에서 조루룩 소리가 나느냐?"

"암 벌써 목구멍에 기별이 갔을걸, 칫, 하하하……."

여럿이 킥킥 웃어 대었다.

"장군이야!"

저편이 별안간 무릎을 탁 치며 소리소리 외친다.

"장기쪽을 놓게 놓아. 뭐 별수 있나."

이편은 암말 없이 한참 골똘히 생각하더니,

"자아, 이거 아닌가. 어서 두게 두어."

그러고 있을 때 준식이가 왔다.

"뭣들 하나. 아따, 또 장기야…… 내기 훈수 좀 해줄까. 대체 어느 편이 약한가 약한 편을 도와 주지."

"이 사람이 괜히 술을 내려고 이러나."

"흥, 술내긴가 뱃심들 좋구나. 낼 모레면…… 아니 술에다가 '미역국' 안주를 받쳐 먹을 심인가."

"미역국?…… 그러나 먹을 사람이 먹어 주어야 말이지."

"자네 안 먹을 자신이 있나? 그러나 혼자서 말로만 베르는 건 미꾸라지 이 가는 셈이야…… 이불 속의 활개가 바람이 나나?"

준식은 빗대 놓고 이렇게 말하였다.

어느새 장기는 끝나고 준식을 중심으로 '그 뒤에 올 것'에 대한 이야기가 시작되었다.

그러나 어느새 동필의 자취는 거기 보이지 않았다.

그때 털보가 그 뒤에서,

"만성이, 만성이……."

하고 눈을 부라리며 크게 외쳤다. 만성은 늙은 소제부다.

여기저기 모여 서서 이야기를 하고 있던 사람들은 모두 소리나는 편으로 머리를 돌렸다.

털보는 제 김에 골이 버쩍 올라서 뻘건 얼굴을 해가지고 터벅터벅 걸어오며 여러 사람에게 다시 외친다.

"만성이 어디 갔어?"

그러나 모두, 그걸 누가 아느냐 하듯이 비실비실 돌아서서 장기 두는 것을 들여다보며 저희끼리 무어라고 수군덕거리고 있다.

"늙은 녀석이 툭하면 어디로 가는 거야?"

하며 털보가 이놈 나서만 봐라 하듯이 혼자 두덜거리며 저편으로 걸어간 지 조금 이윽해서,

"거 대체 무얼 하구 다니는 거야."

하는 게궂은 소리가 난다. 만성이가 발견되었던 것이다.

"이리 와……."

이렇게 외치는 털보의 뒤에서 허리 굽은 만성이가 빗자루를 들고 공장 안으로 들어설 때 털보는,

"어서 걸레를 가지고 이리 와…… 그리고 그 비도 가지고."

하고 만성이를 돌아다보며 또 외친다. 만성은 별말 없이 걸레를 가지고 털보의 뒤를 따라갔다.

"흥, 변소로 들어가네."

누가 이렇게 말하자 공장 안을 이리저리 돌아다니던 사람들은 공연히 덩달아 그의 뒤를 따라갔다.

"저리들 가. 어디로 오는 거야?"

털보가 돌아서서 오지 말라고 소리치는 통에 직공들은 되레 더 보고 싶어나서 우르르 따라섰다. 털보는 떠다밀듯이 저리 가라고 외치고 혼자말로,

"이눔, 어느 놈이든 걸려만 봐라."

하며 변소간 바깥문을 절컥 밀어 버리고 만성에게 턱질을 한다.

만성은 털보의 턱이 가리키는 대로 맨끝 변소 문부터 열었다.

"이런 글씨 써놓은 델 빡빡 지우란 말야."

털보는 기다란 비를 들고 지저분한 변소 안벽을 이곳저곳 가리킨다.

만성이는 시키는 대로 해보았으나 통 지워지지 않으므로,

"걸레질해야 안 지는갑쇼."

하고 털보의 처분을 기다리듯 돌아다보며 걸레질을 하고 있다.

"안 지다니…… 힘을 내어 빡빡 문질러……."

"연필 자리는 지지만요 이런 쇠못으로 그어 논 자리는 걸레질하면 되려 더 똑똑히 뵈는겁쇼. 이걸 봅쇼그려."

"쇠못으로 써놓았어. 망할 놈들, 제 할애비 비석인 줄 아나 쇠못으로 새겨 놓게…… 엥히, 주립땔 앵길 놈들 같으니."

하고 털보는 그곳을 한참 노려보다가 만성에게,

"사무실에 가서 먹통을 가져와."

하고 우악하게 외친다.

만성은 글자를 모르는 까닭에 무슨 낙서인지는 모르나 공연히 욕만 처먹은 생각을 하니 슬그머니 분통이

나서 혼자말로 무언지 알아들을 수 없는 소리로 두덜두덜하며 사무실로 가는 판인데 곁사람들은 거 좋은 구경거리나 없느냐 하듯이 옆으로 앞으로 연해 우겨들며,

　"대체 그 안에서 무얼 하는 거요?"

하고 묻는다.

　만성은 더욱 화가 나서,

　"내가 알우……."

하고 퉁명스럽게 쏘아 붙이고 혼자말로,

　"글공부할 데가 없어서…… 변소에다 글을 써놓아, 엥히, 쳐 죽일 놈들……."

하고 *건침을 탁 뱉는다.

건침
마른 침.

　"뭐라고 썼어요, 영감……."

　"맹재왈인지 공재왈인지 내가 알 까닭이 뭐유."

　하고 만성이가 사람을 헤치며 사무실로 들어가려는 것을,

　"하하, 그건가 보군……."

　"영감, 지우지 말고 그대로 두소. *전책 보는 셈치고 좀 읽어 보게……."

하고 누가 말할 때 바로 그 뒤에 섰던 사람이 옆구리를 쿡 찌르며,

　"쉬, 털보가 내다본다."

하고 슬쩍 눈질을 한다.

　그러자 그 사나이는 시침을 뚝 따고 천장을 쳐다보며,

　"청천 하눌엔 별도 많고……."

하고 천연덕스럽게 아리랑조를 떼자 그 뒤에 있던 사람도,

　"이 내나 공장엔……."

전책
〈홍길동전〉, 〈전우치전〉처럼 고전 소설 가운데 '전(傳)' 자를 붙인 책

하고 보다 더 흐느러진 청으로 그 소리를 받아 준다.

만성이가 먹통을 들고 다시 변소로 들어간 지 한참 이윽해서야 털보와 만성은 다시 공장으로 나왔다.

여러 사람은 털보의 그림자가 사라질 동안 그의 뒷모양을 뻔히 보고 있었다.

"그걸세, 바루 그거야."

누가 변소에서 뛰어나오며 이렇게 외치자 동시에 여러 사람은 '건강 진단의 뒤에 오는 것'을 곧 직감하였다.

전경(前景)

　시업 고동이 운 지 얼마 못 되어 털보와 사팔이가 허덕거리며 눈이 빨개 가지고 위로부터 달려온다.

　당황히 직공들의 몸과 기계를 살펴보며 손싸게 무엇을 집어 내는 것으로 보든지 또는 그들이 지나친 다음 직공들이 수상히 쑤군덕거리는 것으로 보든지 무슨 단단한 연고가 있는 것 같았다. 직포실 아래 끝에서 일하던 나이먹고 무식한 여공들은 어인 영문을 몰라서 궁금하기는 하나 말썽을 들을 것 같아서 모른 척하고 제 일들을 하고 있었다.

　"뭐야? 이리 내……."

하고 털보가 공장복 앞섶으로 해서 바로 배꼽 있는 *어방에 무엇을 찔러 넣고 있는 한 여공의 몸에 손을 쑥 찔러 그것을 끄집어내는 것을 보며 나이먹은 여공들은 공연히 몸서리가 났다. 그래서 다시는 곁눈도 안 팔고 다른 때보다도 더 점잖게 일을 하고 있으려니까 사팔이가 앞에서 오면서,

어방
'어름'의 북한말.

“지금 주은 걸 어쨌어. 어서 내놔…….”

하고 덮어놓고 눈을 부라린다.

“아니에요, 아무것도 집은 거 없어요.”

하고 나이먹은 여공이 빈손을 내보이며 사실대로 공손히 대답하였다.

“거짓말 말어. 죄다 보구 있어.”

하며 사팔이가 다짜고짜로 손 갈 만한 곳까지 몸을 온통 뒤져 보고 머릿속까지 헤집어 볼 때 털보가 와서 기계 사이를 샅샅이 들여다보며 재빠르게 손을 넣어 무엇을 끄집어내다가 호주머니에 쑥쑥 구겨박는다.

털보와 사팔이가 직포부 직장을 휘 둘러 나간 다음에야 나이먹은 여공들은 한숨을 쉬며 그 까닭을 서로 물어 보았다.

“그거 뭔고?”

“글쎄 뭔지?…… 거기 있는 줄 알았더면 집어다 두었을 걸 통 알었어야지.”

“집어 두었대야 읽을 줄 알어야지.”

“가지고 가서 이웃집 학생더러 보아 달랠 걸 그랬어.”

“보아야 무슨 광골 테지…… 아까 얼른 보니까 지저분한 게 모르면 몰라도 아마 넝마전 광곤가 봐.”

“아니야…… 그런 것이면 못 보게 할 까닭이 있나.”

나이먹은 여자들이 이렇게 쑤군대고 있을 때 건너편에 있는 얼굴 해쓱한 나이먹은 여자가 아까 그 통에 발 아래 밟아 두었던 쪽지를 얼른 집어서 버선목에 찔러 박았다.

“여보 뭐요?…… 감추지 말고 이리 좀 보내우.”

어느 여공이 그것을 보고 이렇게 외쳤으나 폐병 환자같이 얼굴이 해쓱한 여자가 빈손을 들어 보이며 쌀쌀히 시침을 따는 판에 여럿은 슬그머니 심술이 났다.

그래서 다시 더 보잔 말을 안 하는 대신 저희끼리 비웃는 낯으로 종알종알 속살대었다.

"제까짓 게 나나 마찬가지로 개발바닥이지 보면 아나."

"모르거든 내놓고 아는 사람더러 읽어나 달래지."

"아니 그 사람은 보아 줄 사람이 있어…… 뭐 신문사 수위(守衛)라나 뭐라나……?"

"호호, 그런가. 그래서 그 사람이 글을 가르쳐 주었는지도 모르지."

"아무렴, 신문사쯤 다니는 남편이 있으면 글도 잘 배고 얘기도 싫도록 들을걸……."

"그러나 우리야 그런 복이 있어야 말이지."

이렇게 비꼬아 대기도 하고 또,

"흥! 그까짓 신문사 수위…… 이 안에도 그보다 난 사람이 얼마든지 있대나…… 첫째 학수만 보지."

하고 위정 공장 안 사람을 높게 추켜 올리기도 하였다.

"그뿐인가. 남자는 고만두고라도 여순이만 보지…… 그리고 복술이분이도 *진서 섞인 편지를 쓰고 보고 한다는데."

"우리가 제일 무식하지. 그 담 젊은 여자들은 죄다 글자깨나 읽었다오…… 참 정님이는 웃사무실 사무까지 본대지 않어……."

"그러면 정님이가 여순이보다 글이 더 나은가."

"아니야, 남녀공을 물론하고 이 공장에선 여순이가 제일 유식허대."

"그런데 왜 공장으로 들어왔을까. 웃사무실을 싫다고 하고 이리 왔다면서?"

그럴 판에 사팔이가 잔뜩 위풍을 돋우어 가지고 어슬렁어슬렁 이편

진서(眞書)
예전에, 우리글을 언문(諺文)이라고 낮춘 데에 상대하여 진짜 글이라는 뜻으로 '한문'을 높여 이르던 말.

으로 왔다. 다리가 가려워서 긁고 있는 한 여공을 유심히 들여다보며 지나쳐 버리려는 때 한 여공이,

"담당나리, 아까 거 뭐예요?"

하고 물었다.

"아무것도 아니야…… 일이나 열심히 해."

하고 사팔이는 그대로 지나쳐 버렸다.

키 작은 여자 사범공이 여순의 곁으로 와서 일하는 것을 한참 들여다보고 있더니,

"여순이도 광고를 봤소?"

방직공장 여공들

하고 묻는다.

"아니오…… 광고라니요?"

여순은 시침을 떼고 되레 이렇게 반문하였다.

"그까짓 건 알어 무엇 하겠소. 안 본 사람이 깨끗한 사람이지…… 쓸데없이 의심받을 거 있소."

"무언데 그러요?"

여순은 여전히 시침을 떼고 물었으나 사범공은 그 말 대답은 하지 않고,

"글쎄 기르던 강아지 발뒤꿈치 무는 셈이지…… 거, 뭣들이란 말요. 의사를 불러다가 진단을 시킨 건 직공들을 위해서 한 일인데……."

하고 누런 이빨을 드러내 놓으며 제 김에 역증을 낸다.

"무슨 말썽이 생겼어요?"

"아니…… 그래 봐야 성나서 바위 차는 셈이지 어디 어림이나 있소…… 그저 말없이 제 일이나 부지런히 하는 게 상책입니다."

순간 여순은 까닭 없이 사범공에게 증오가 생겨서 좀 성난 듯한 어

조로,

"어디 누가 뭐랍니까?"

하고 물었다.

"글쎄 말이오…… 여순이는 잘 모르는 일이지만 삼 년 전에도 괜히 들 까닭 없이 서두른 일이 있는데…… 그때 제일 즙적대던 동필이가 지금은 아무 말 없이 잠자코 있는 것만 보우그려…… 인제 아주 얌전한 사람이 되어서 회사에서도 옛일을 *불계하고 퍽 동정해 주는 터이 아니우."

"동필씨를 회사에서 그렇게 잘 생각해 주어요. 하지만 뭐 다른 거라구 있어요. 역시 마찬가지 직공이 아닙니까."

"그야 회사에서 하는 일을 공장에서 알 수 있소. 또 알아서는 안 되거든…… 하지만 웃사무실이나 주임께서는 벌써 죄다 생각이 있지요."

"그러나 첨부터 얌전한 사람은 별말 없는데…… 그러면 동필씨는 말썽 부린 덕을 지금 입는 셈이 아닙니까, 호호호……."

"아니 그런 게 아니지. 그는 그전에 그런 일만 없었더면 벌써 사범공이 된 지 오래고 앞으로는 인차 담당이 될 건데 이를테면 그 일 때문에 늦어졌지요."

"그러면 장차는 그렇게 되겠군요."

"글쎄 그야 알 수 있소만 가령 인제 된다구 하더래도 거 얼마가 손해요…… 여순이도 아무 일에 상관 말고 모르는 사람들이나 잘 일깨워 주우. 새 공장이 되면 아마……."

하고 말하다가 사범공은 깜짝 놀란 듯이 돌아서며,

"아이구, 주임이 오셨소."

하고 조금 비켜 서며 공손히 허리를 굽히고는,

불계하다
옳고 그른 것이나 이롭고 해로운 것 따위의 사정을 가려 따지지 아니하다.

"그러지 않아도 지금 주임 말씀을 하는 길인데 만침 오셨군요……
새 공장만 되면 여순이는 따로 생각해 주신다고…… 주임께서 늘 말씀
하시지 않았어요?"

하고 웃음을 짓는다.

"물론이지요. 여순씨는 여러 사람의 모범이 될 만한 사람이니깐……."

하고 주임이 더욱 가까이 오며 껄껄 웃는 바람에 여순은 그만 입을 꼭
닫아물었다.

그때 분이가 여순이 편을 할끔 건너다보며,

"얘, 저것 좀 봐."

하고 복술이를 불렀다.

"흥! 정님이한테 채이드니 요새는…… 그러나 어림도 없다."

"주제에 참 *염량은 좋아…… 창피한 줄을 통 모르나 봐. 아마 그 얼
굴에 붙은 건 보통 사람의 살이 아니지. 사람의 살 같으면 부끄러운 줄
도 알고 창피한 줄도 알고 남의 눈치도 알 거 아니냐."

"호호호…… 그두 그래. 아마 송침질을 해줘도 뜨끔도 안 해할걸."

"얘, 저기 저 *피대(皮帶)에 넣고 주리를 틀어 봐라. 어디 어림이나 있
나……."

"얘, 쉬ー"

털보는 그들의 편을 사납게 노려보고 있다.

"에쿠."

분이도 그편을 보다가 엉겁결에 머리를 돌렸다. 털보가 뚱기적거리
며 이편으로 걸어오는 것이었다.

"무슨 얘기들 했어?"

하고 그는 분이의 뒤에 와서 두 사람을 노려본다.

염량
선악과 시비를 분별하
는 능력. 여기서는 '염
치'의 뜻.

피대
벨트. 두 개의 바퀴에
걸어 동력을 전하는 띠
모양의 물건.

그러나 아무도 대답하지 않고 손만 잽싸게 놀리고 있다.

"무슨 얘기를 했나 말이야?"

"암말도 안 했어요."

"분명 안 했어?"

털보의 침이 분이의 뺨에 뛰어왔다.

"안 했어요."

"발칙한 년! 죄다 보구 있는데…… 그래 안 했어…… 이따가 휴식시간에 사무실로 와."

하고 털보는 성이 도도해서 저편으로 가버린다.

아홉시 휴식시간.

분이와 복술이는 주임의 명령대로 공장 사무실로 들어갔다. 아까 그의 후론을 한 데 대하여 걸찍한 욕이 쏟아지려니 하고 있으려니까 주임은 직공 출근부를 뒤적거리다가 딱 덮어놓고,

"아침에 무얼 집은 게 있지?"

하고 왕청한 소리로 넘겨짚으며 쏘는 듯 노려본다.

"없어요."

분이와 복술이는 거진 동시에 이렇게 말하며 고개를 숙였다. 주임은 도고히 몸을 살리며,

"없어?"

하고 손으로 탁자를 한번 울리고는 이어서,

"다 알고 있어…… 어디다 감췄는지 어서 내놔. 안 내놓면 내놓게 하는 수가 있어."

하고 추상같이 을러 댄다.

"아무것도 본 거 없어요."

의젓하다
말이나 행동이 점잖고
무게가 있다.

복술이는 낮은 목소리였으나 *의젓이 부인하였다. 저편이 덮어놓고 딱딱거리니까 되레 뱃심이 좋아졌다.

"그러지 말고 내놔."

주임은 복술이 편은 보지도 않고 분이와만 으르렁댄다.

분이는 자기에게 특히 더 짜게 구는 털보의 태도에 슬그머니 골이 나서,

"무얼 내놔요?"

하고 새침하니 반문하였다.

"참말 암것도 집은 거 없어요."

하고 복술이가 편을 들어 말하는 것을 주임은,

"넌 가만 있어."

하고 분이만 노려본다.

"내노란 말야. 안 내노면 네게 좋지 못해."

"없는 걸 어떻게 내놔요."

"어떻게 내놔?…… 요 맹랑한…… 그래 네 소행을 모르는 줄 아냐?"

"아이 참 별말 다 듣겠네…… 알긴 무얼 알어요?"

"누가 한 장난인 것까지 네가 번연히 알고 있는 줄도 회사는 다 조사하고 있어."

"그러면 말씀해 보서요. 절더러 물을 필요가 없지 않어요."

"그러지 말구 정직히 말을 해봐……."

"암말도 할 거 없어요."

"아까 하던 말을 다시 해보란 말야. 선은 이렇고 후는 이렇다고 복술이를 슬슬 꾀던 말을 해보란 말야."

"꾀긴 무얼 꾀어요."

하고 분이가 말하자 복술이도 어이
가 없는 듯이 한마디 집어 내리는 것을
털보는 얼른 가로막으며 분이에게,

"그러면 무슨 얘길 했어?"

하고 다시 날카롭게 추궁하였다.

"아무 얘기도 안 했어요…… 우슨 일이
있는 때 동무를 보고 웃지도 못하겠어요."

"누가 웃으라고 했어…… 무슨 일 때문에 웃느냐 말이야?"

"우슨 일이 있어서 웃었어요."

"무슨 일이냐 말야…… 그런 당치 않은 소릴 말고 바른 대로 말해 봐."

"참말이에요."

"그러면 네게 좋지 못해. 괜히 후에 우는 소릴 말구 지금 죄다 말해 봐. 잘못했다구 하고 제 잘못을 깨달으면 용서해 줄 수도 있는 거야."

털보는 말머리만 들썩 크게 떼어 가지고 뒤끝을 슬쩍 달래어 붙이듯이 목소리를 낮춘다.

"참말 안 했어요. 얘길 해두 들리지 않아요."

하고 복술이가 발명하듯이 다시 말하였으나 털보는 여전히 머리를 분이 편으로 돌리고,

"너 날 잡아잡수…… 하는 배짱이냐. 정 그렇다면 내게도 생각이 있다. 작업 중에는 절대 웃거나 말해서 안 된다구 벌써 몇 번 말했어?"

하며 다시 목소리를 높인다.

"웃은 건 잘못 되었어요."

웃은 건 들킨 거니까 속일 수 없었다.

"그것뿐 아니야. 알고 있어…… 네가 항상 무슨 생각을 하고 있는지 또는 어떤 사람과 부동해 다니는지 죄다 조사하구 있단 말야."

순간 분이는 가슴이 뜨끔하였다. 묻지 않아도 그것은 준식을 가리키는 말인 것을 분이는 곧 알아들을 수 있었다. 그러나 그런 내색을 보이는 것은 자기에게 불리한 것보다 준식에게 재미없으리라고 생각하며 새로 용기를 내어,

"다니긴 누구하고 다녀요?"

하고 잡아떼듯이 말끝을 채쳤다.

"이번에는 못된 놈들을 절대 용서 안 할 테다. 두고 봐라…… 무슨 일이 생기드라도 후회하지 말어."

하고 털보는 이어서,

화단(火丹)
단독(丹毒). 피부의 헌데나 다친 곳이 세균에 감염되어 생긴 종기.

"못된 무리 때문에 순직한 너희들까지 *화단을 입게 되는 건 회사로서 희망하지 않는 바다만 일르는 말을 안 들으니 할 수 있니."

하고 위엄을 보이듯이 몇 장 안 되는 서류축을 철썩 앞에다 내놓으며,

"나가!"

하고 턱질을 한다.

"흥! 어디 할 대로 해보려무나…… 그러나 그렇게 만만치는 않을걸."

복술이는 공장 사무실을 나오며 혼자말로 이렇게 종알거렸다.

그러나 분이는 아무 대꾸도 없다.

복술이는 어쩐지 분이에게 대해서 미안한 생각이 들었다.

분이는 워낙 약질인데 일에 부쳐서 몸이 더욱 쇠약해 가고 또 준식이 때문에도 단단히 골치를 앓고 있다. 그런데 또 운수 사나운 사람은 자빠져도 코가 터지는 격으로 주임은 두 사람을 불러다 놓고 공교히 분이만 가지고 닦아세우지 않았는가.

복술이는 불현듯 가엾은 동무를 껴안아 주고 싶은 눈물겨운 야릇한 충동이 일어나는 것을 누르고,

"얘, 뭘 걱정하고 있어."

하고 위정 높은 소리로 나무라듯 말하였다.

"얜 누가 어쨌니."

하고 분이는 아무렇지도 않다는 듯이 말하였으나 사실은 복술이한테도 좋은 낯을 가질 수 없었다. 복술의 말을 듣고 보니 더욱 외로운 생각이 가슴 밑으로 스며들었다.

"그럼 너 왜 그러니…… 그까짓 게 그런다기로 무슨 걱정이냐……."

"걱정은 누가 무슨 걱정이란 말이냐……."

"그럼 왜 그리고 있어? 언젠 무슨 좋은 소리 들을 줄 알았더냐. 으레

그럴 걸 각오하고 있던 건데……."

"그러기 누가 무얼 하니?"

하고 분이는 그제야 *애오라지 웃음을 보이며,

애오라지
'겨우'를 강조하여 이
르는 말.

"뭐니뭐니 해도 넌 동필이 덕이다."

하고 복술이를 쳐다보았다.

"뭐?"

복술이는 대뜸 이렇게 쏘아 붙이고,

"요년아, 덕은 무슨 말라 죽은 덕이란 말이냐. 동필이가 그래 나한테 무슨 상관이냐, 망할 년……."

하고 이번은 복술이가 뾰로통해졌다.

"호호호…… 이년아, 털보가 그렇게 생각하고 있단 말이지. 어디 네가 그렇단 말이냐. 털보는 꼭 그렇게……."

"그렇게란 뭐냐."

복술이는 어선도 못 하게 톡 쏜다.

"그전만치 아는 모양이 아니던 그래."

"그전엔 누가 뭘 했니."

"아니 넌 모르겠다만 그 사람은……."

"그는 그고 난 나지, 남의 일 내가 알 게 뭐냐?"

복술이는 한때 자기의 맘도 움직여지지 않은 바 아니나 이미 지나가 버린 일이라 바닥이 나도록 부인해 버렸다.

"요년아, 입은 비뚤어도 주리는 바루 불라고…… 바루 그때는 그때고 지금은 지금이라고 말해라."

"때갈 년, 난 그런 짓 안 헌다…… 참말 백지 같은 사람이야."

"흥! 백지니까 편지 쓰기가 좋지…… 어디 두고 보자."

"그래 두고 봐라."

하다가 복술이는 까닭 없이 웃음이 나서,

"두고 보면 너처럼 그럴 줄 아니…… 너나 실컷 해먹어라."

하고 빙긋 웃어 주었다.

"요년아, 해먹는 건 뭐냐."

하고 분이가 재차 뾰죽해지려는 것을 복술이는 얼른,

"넌 사실 준식이 때문에 욕먹은 거다…… 영광인 줄 알어라…… 털보 말이 오늘 아침 일을 누가 한 건지 다 알고 있다구 그러지 않든. 너하고 그 말 하는 것부터 벌써 말 속에 말이 있는 게 아니냐. 나 같으면 영광이겠다."

하고 빗대 두고 웃었다.

"영광?"

하고 분이는 순간 어이없는 웃음이 나려는 것을 참고,

"너처럼 뉘 덕에 욕먹을 것을 모면했다면 그야 영광일는지 모르지."

하고 딴 의미로 웃었다.

"요년아, 여태……."

하고 복술이가 분이를 꼭 꼬집어 주려는 때 분이는 웃으며 제자리로 달려갔다.

그러자 곁에서 일하고 있던 여러 사람이 궁금했던 듯이 이편으로 시선을 주기도 하고 요란한 소리 속에 귀를 기울이기도 한다.

"뭐래?"

하고 곁에 있는 여공이 분이에게 물었다. 다른 사람들도 분이의 대답을 기다리듯 그를 본다.

"뭘, 뭐래…… 욕먹었지 칭찬 들었겠니."

하고 분이는 이어서,

"인젠 정말 추풍낙엽이라드라. 한 코도 용서 안 헌대…… 웃지들 말고 허리끈이나 단단히 졸라매라."

"흥! 오늘 아침 그 일 때문에 약이 머리끝까지 올랐을 테지."

여러 사람은 요란한 기계 소리 가운데서 이상한 불안과 흥분을 느꼈다.

점심시간이 되자 여순은 점심 그릇을 들고 곧 달려와서,

"얘, 뭐라든?"

하고 복술이와 분이에게 물었다.

여러 사람도 그들을 중심으로 모여 앉아 점심을 먹으며 얘기들 하였다. 어쩐지 오늘은 어디서 무슨 변괴가 툭 불거져 올 것만 같이 직장의 공기는 어수선하고 사람들의 맘은 뒤숭숭하였다.

"욕먹었지, 뭐 상 주겠소."

하고 분이는 웃으며 일부러 침착한 태도로 여순에게 말하였다.

"아니, 뭣 땜에 오라는 거야?"

"언니 때문이지, 뭐…… 고마운 치사나 해요. 호호호……."

"나 땜에?"

하고 여순은 놀라며 분이를 쳐다보다가,

"거짓말 말어. 얘길 하다가 들키구선 뭘 그러니……."

"언니가 그만 호랑이 입으로 들어가는 것 같아서 그 얘길 했다우."

"염려 말어……."

귀 거슬리는 소리였으나 여순은 좋은 낯으로 이렇게 대답하였다.

"아따 언니두 사흘 굶은 호랑이, 원님을 가리겠수."

하고 분이가 말할 때 바로 그 곁에 섰던 함부로 만든 *질그릇같이

질그릇
잿물을 덮지 아니한,
진흙으로 구워 만든
그릇.

우툴우툴하게 생긴 여공이,

"요새는 세월이 좋아서 너무 처먹고 배불러 죽을 판이라더라 회사가……."

하고 사내 음성같이 툭한 소리로 말하는 것을 분이는,

"그렇지만 먹을수록 더 먹구 싶은 법이거던…… 진드기란 놈이 배터지는 줄 모르고 처먹듯이 말야."

하고 좋은 비교나 끌어 온 듯이 쾌심스레 웃었다.

"하지만 누가 멕히나!"

여순은 순간 자존심이 발끈 머리를 쳐들었다.

그러자 여태 잠자코 있던 복술이는 여순의 내심을 안 듯이 말을 돌려,

"사실 불려가기는 언니 때문에 갔는데…… 결국 언니 때문에 무사히 된 셈이에요."

하고 말하였다. 그러다가 그는 문득 좋은 지혜가 났다.

아까 분이가 '너는 동필이 덕에 욕 안 먹었다' 하고 말할 때에는 미처 생각이 나지 않았으나 지금 생각하니 동필이 때문이 아니라 여순이 때문에 털보가 자기에게 녹록히 군 것 같았다.

또 사실 털보는 동필이 때문에 그랬다고 하더라도 자기는 여순이 때문이라고 내세우는 것이 좋을 것 같았고 또 그렇게 우기고 싶었다. 그것은 첫째 분이에게 보내는 *발명으로 무엇보다 필요하리라고 생각되었다.

복술이는 아까 분이가 그 말을 꺼낼 때 왜 여순의 생각을 미처 못 했던가 하는 때늦은 감이 나서 새삼스레 분이에게 들으라는 듯이,

"언니가 우리집에 있는 줄을 털보가 알고 있지 않어요. 그러니까 말을 세게 못하는 모양이드군요, 독을 보구 쥐를 못 친다구……."

발명
죄나 잘못이 없음을 말하여 밝힘. 또는 그리하여 발뺌하려 함.

하고 방긋 웃었다.

　그러자 분이가 복술이 말을 가로막듯이 하여 여순에게,

　"그런데 언니, 나허구는 아주 딱딱거리는데 말하는 품이 큼직한 쓰레기통을 마련해 논 모양입디다. 그래 놓구는 쓰레기통이 비어서 걱정이든 판에 마침 내가 걸려들었거든요. 그래서 짜장 나부터 개시를 하려고 들겠지. 참 기가 맥혀서……."

　"뭐라든?"

　"뭐라는 게 아니라 인젠 까딱만 해도 절대 용서 없다구요. 그러니 되는 대로 막 집어 세자는 말 아니에요."

　"아무렴, 핑계가 없어서 헤매는 판인데…… 그러니까 어쨌던 인제 참말 정신들 차려야겠다."

　"닥다른 씨름이니……."

하고 분이가 말할 때 누가 그의 옆구리를 쿡 찌르며,

　"쉬! 온다."

하고 눈짓을 한다.

　사팔이가 찌그러진 눈통을 해가지고 어슬렁어슬렁 걸어온다.

　그러다가 여공들의 시선이 자기에게로 집중되는 것을 깨달으며 사팔이는 다른 데로 삐어져 갔다.

　다른 날과 달라서 점심시간에도 감독이 기찰하러 다니는 것이 이상하게 직공들의 맘을 들추어 주었다.

　"흥! 오늘은 점심시간에도 냄새 맡으러 다니나."

　"아무렴, 그게 일인데……."

　"아무렇게나 해볼 대로 해봐라. 하나도 겁날 거 없다."

　이렇게 이야기들을 하고 있을 때 고동이 윅 하고 목멘 소리를 낸다.

그러자 주임과 감독들이 여느 때보다 한결 긴장한 얼굴로 일제히 공장으로 나왔다.

바람을 머금은 하늘 아래의 바다와 같은 기분으로 장내는 차가고 있다.

대책

열한 시가 넘어서야 회사로 나온 사장은 담배 한 대를 붙여 물고 어젯밤에 보지 못한 신문을 이것저것 들추어 보고 있었다.

사진과 눈에 뜨이는 제목만 대강 취내려 가던 그는 어느 조선문 신문 조간 제 이면을 읽어내려 가다가 별안간,

"뭐!"

하고 놀라운 눈을 크게 떴다. 그리고 한곳에 한참 실히 시선을 못박고 있었다.

얼마를 지나서야 그는,

"이눔들 대체 뭣들 하구 있는 거야?"

하며 손가락에 사장의 권위를 집중시켜 가지고 함부로 초인종을 눌렀다.

인차 급사 순용이가 들어왔다.

"얘, 얼른 가서 공장 주임을 오래."

하고 사장은 급사가 돌아 나간 다음 다시 한번 그 기사를 내려다보았다.

자세히는 나지 않았으나 사장에게는 금시초문이었다.

대체 자기와 주임과만 알고 있어야 할 사실이 어떻게 종업원에게 알려졌는지 그로서는 알아낼 길이 없었다.

그리고 이런 일이 생기면 무엇보다 먼저 자기에게 보고해야 할 자리에 있는 주임으로서 여태 이렇다 말 한마디 없으니 이 어인 *만홀함이랴.

만홀(漫忽)
한만하고 소홀함.

"이놈을 당장⋯⋯."

사장은 이렇게 중얼거렸다.

딴에는 독재의 수완을 뽐내고 있다고 자처하는 사장은, 주임을 *일도양단으로 처치함으로써 무시당한 사장의 권위를 살리려고까지 이 순간에는 생각하였다.

일도양단(一刀兩斷)
칼로 무엇을 대번에 쳐서 두 도막을 냄.

조금 이윽해서 사장실로 들어온 주임은,

"안녕히 주무섰⋯⋯."

하다가 황송히 뽑던 한편 다리를 든 채 홱 놀라며 멈칫 하고 섰다.

"대체 뭣들 하고 있는 거요."

하는 사장의 말소리는 사뭇 높았으며 얼굴은 일찍 보지 못하던 무서운 상이다.

"네…… 무엇 말씀……."

하고 주임은 어찌할 바를 모르듯이 귓불만 만지고 있다.

"공장에 무슨 일이 생기면 곧 알려야지 않소…… 대체 어떻게 하는 셈이오?"

"네 별로…… 아무 일……."

"아모 일 없는 거 뭐요…… 공장 주임이란 대체 얻다 쓰는 거요?"

"무슨 잘못된……."

"세상이 다 아는 걸 그래 주임이 혼자 끝까지 비밀을 지킬 테요. 이걸 보, 이걸 봐."

하고 사장은 그의 앞에다 신문을 탁 내던지며,

"신문에 없는 말이 날 까닭이 있소."

하고 또 한번 퉁명스레 외친다.

주임은 더욱 황송히 신문을 들여다보다가 약간 떨리는 손으로 머리를 긁으며,

"뭐, 대수롭지 않은 일인데…… 네, 다 무사히……."

"신문에 커다랗게 나도 일없단 말요?"

"곧 발견해서 아무 일 없이 했는데 대체 어느 놈이 물어다가……."

"이미 있은 일인데 없다니? 거 말이라고 하는 거요?"

하고 사장은 대답에 궁한 주임을 한참 노려보다가,

"대체 어떻게 된 거요? 말을 해야 알지 않소."

하고 사려 있는 사람 같으면 으레 먼저 물었어야 할 순서를 뒤바꿔서 이제야 물었다.

　주임은 어저께 일을 될 수 있는 대로 줄여 가며 그러나 자기의 민활한 활동을 결코 잊음이 없이 그럴듯하게 꾸며 댄 다음,

　"그러니까 아무 일 없습니다. 몇 놈의 일시 장난에 지나지 않는 겁니다. 그런 것까지 사장 영감의 귀에 전해서 일시라도 마음을 괴롭게 하신다든지 또는 혹시 큰 계획에 지장이⋯⋯."

　"그러니까 말요. 그런 사정을 보고해 주었으면 신문에는 안 내도록 교섭할 거 아니오."

　"네⋯⋯ 그건⋯⋯."
하고 주임은 어름어름하다가 문득 좋은 생각이 나서,

　"신문이란 교섭하다가 모르는 걸 되려 알려 주는 수도 있으니까요. 그러니까⋯⋯."
하고 말하는 것을 사장은 탁 가로막았다.

　"그러면 난 그만 생각도 못 한단 말요. 그런 말이 어디 있소?"
하고 사장은 더욱 소리를 높여,

　"그래 회사가 잘못되는 날이면 주임이 책임질 테요⋯⋯ 책임은 대체 무얼로 진단 말요?"
하고 주임의 인격과 능력을 여지없이 내려깎았다.

　신문에 남으로 해서 받을 명예상 또는 물질상의 손해에 비하면 자기의 *질욕은 아직 너무나 작은 것 같은 말할 수 없는 분노에 사장은 잠시 사로잡혀 있었다.

　사장의 질욕을 들으며 주임은 속으로 슬며시 약이 올랐으나 수십 년 동안 남의 턱 아래에서 닦여진 그의 철학은 한때의 굴욕과 분노를 누

질욕
꾸짖으며 욕함.

르고도 남음이 있었다.

  그래서 잠자코 듣고만 있다가 더욱 불안한 표정으로 몸을 송그리고,

  "네, 대단 황송한 일이올시다만, 제 생각은 크잖은 일이고 하니 사장 영감께까지 알리실 거 없이 무폐하게 만들자는 것인뎁쇼……."

  "글쎄 있는 일을 어떻게 없앤단 말요? 두덮어 두면 없애는 거요."

  "아니올시다. 모두들 보기 전에 죄다 빼앗어 버리고, 또 그 후에도 아무 일……."

  "아무 일 없을 걸 어떻게 알우. 이렇게 신문에까지 나도 아무 일 없단 말요…… 회사의 명예 손상이지 제품(製品) 시세가 떨어지지, 경쟁자들이 쾌해허지 비웃지…… 그러면 대체 내 얼굴이 어떻게 되겠소? 그래도 아무 일 없단 말요?"

하고 사장이 이어서 중언부언하며 몰아세웠으나 주임에게는 발명할 아무 말도 없었다.

  그래서 이윽히 생각하다가 말을 돌려 가지고,

  "이것은 꼭 한두 놈의 장난인뎁쇼…… 아마 그놈들이 뜻을 이루지 못해서 신문사에 찔렀나 봅니다."

하고 한번 야단스런 수완을 그 장본인의 머리 위에 내리겠다는 듯이 어깨로 숨을 쉬며 무슨 결심 있는 듯한 기세를 보였다.

  "그래 그놈들을 조사했소."

  "네, 아직……."

  "아직이라니 그러면 여태 뭘 하고 있었소?"

추급(推及)
미루어 생각이 미침.

하고 사장이 *추급하는 바람에 주임은 그만 대답이 막혀서 공연한 말을 또 꺼냈구나 하는 생각을 하며 두 손을 합장하고 꽁꽁 주무르기만 한다.

"그놈들을 조사했는가 말요?"

"네, 곧…… 알아냅지요, 네."

하며 주임은 무료해서 다시 신문을 집어 들었으나 글자가 똑똑히 보이지 않고 신문 잡는 손만 가늘게 떨리었다.

"인제 알아내?"

사장은 뱉듯이 이렇게 말하고는 이어서,

"나가서 각과 담당을 불러오우. 그리고 주운 종이도 가져오우."

하고 엄연히 명령을 내린 후 두 손을 날라리뼈에 꼭 대고 조심조심 걸어나가는 주임의 뒤에,

"무슨 일들을 그렇게 허구 있담, 엥히……."

하고 신문을 들어 테이블 위에 탁 내려놓았다.

얼마 후에 각과 담당들이 주임의 뒤를 따라 들어왔다.

주임이 미리 무어라고 말한 관계인지 그렇지 않으면 권력에 충실한 일상의 버릇 때문인지 모두들 지나치게 황공한 동정이다.

"그리들 앉어."

사장이 두 번째 이렇게 소리치는 바람에, 겁을 집어먹은 듯이, 푹석푹석한 장의자에 풍덩 들어앉던 조방실 검둥이 담당은 단박 땀이 버쩍 솟았다.

금시 의자 밑구멍이 펑 빠지는 것같이 깊이 들어갔기 때문이다. 생래 처음 앉아 보는 안락의자의 푸근한 맛이 쩔렁 하는 놀람에 쫓기어 한참이나 돌아오지 않았다.

사장이 묻는 말에 그들은 대개 비슷비슷한 대답을 하였다. 그들 중에는 평소 감정이 피차 좋지 못한 사람도 있었으나 이 자리에서만은 그런 것을 계관할 사이 없이 거진 같은 의견을 말하였다.

"한두 놈이 장난삼아 한 겁지요."

하는 말과,

"금후는 별일 없을 겁니다."

하는 아까의 주임의 의견과 어슷비슷한 말이 그들의 의견의 거의 전부였다.

그러나 사장은 그들의 말을 그대로 신용하려고 하지 않았다. 그는 주임이 가져온 종이를 들여다보다가,

"배포 유한 소리들 말어. 조고만 일이라도 차차 커지는 법야…… 그런 불칙한 놈들이 있으면 왜 벌써 처치를 못 했어."

하고 여전히 노기를 품은 소리로 힐책하였다.

"네, 물론 평소부터 알어내랴구야 하지요만 사장영감께서 취임하신 이래로는 모다들 근실히 일들 하고 해서 어디 좀처럼 알아낼 수 있어야 말입죠."

하고 소면실 담당이 두 손가락 사이를 벌려 *사개를 물려 가지고 비비 틀며 말하자 그와 제일 감정이 좋지 못하던 타면실 담당이 곧 그 말을 받아,

"네, 그렇습니다. 사장 영감이 오신 후로는……."

하고 참된 표정으로 전 사람의 말을 보조해 주었다.

"그전에도 한두 번 그런 일이 있었습니다만 뭐 별일은 없었습니다…… 하두 많은 사람이니까 그렇게 주의하건만 그래도 어느 모에든 한두 놈은 늘 끼여 있는 모양입니다. 합지요만 뭐……."

하고 소면실 담당은 공장복 무릎을 슬슬 문질러 가며 연해 사장의 눈치를 살피고 있다.

"그전에도 그런 일이 있었어?"

사장의 말소리가 의외로 좀 낮아졌다.

그러자 여럿은 '흥! 그 말이 효력이 있구나' 하듯이 얼른 그 말을 받아 가지고 그전 경험으로 보아서 조금도 염려할 거 없다는 뜻을 재삼 되풀이들 하였다.

"그전에야 어디 지금에다 대겠습니까. 어림도 없습니다. 규칙이 물러서 그저 공연히라도 떠들어 대기가 좋았지요만 그래도 별일은 없었는뎁쇼. 하니까……."

하고 건조실 담당이 기를 얻어 말하고 있는 것을 원동실 담당이 채다가,

"네, 그렇습니다. 사장 영감께서 계시게 된 후로는 워낙 규칙이 엄해져서 그전보다는 일반 공기가 훨씬 엄숙해졌습니다. 그리구 그전 같으면 영문도 모르고 덩달아 줍적거릴 판입지요만 이번은 모다들 암말 없이 전일이나 조금도 다름없이 일하고 있습니다."

하고 부연해 말하였다.

그러자 조방실 검둥이도 안락의자 끝에다 엉덩이를 얕게 내걸며 한마디 섬기었다.

"그럼요. 괜히 심심들 하니까 어느 눔이 그저 한번 해본 겁지요. 하니까 직공들은 애당초 참견하려고 들지 않는 모양이드군요. 가만히 동정을 보니까요."

검둥이의 말까지 끝나는 것을 기다려 가지고 주임은 여럿의 의견을 종합해서,

"사장 영감께서도 늘 말씀하는 겁지요만 첫째 직공들의 동정을 잘 살펴야 할 겁니다. 그런데 담당이 있다 합지요만 그렇더라도 직공들이 어느 때 어디서 무슨 생각을 하고 있는지 무슨 상의를 하고 있는지…… 그까지는 사실 알기 어렵습니다. 그림자만 얼씬해도 시치미를 따니까요.

하니까 무엇보다 직공들 중에서 좋은 사람을 물색해 가지고…… 가령 이를테면 동필이라든지 여순이라든지……."
하고 자기의 의견을 베풀자 사장은,

"암, 그러기 내가 언제부터 그걸 말하고 있었는가 말요. 하니까 금후는…… 아니 오늘부터 그런 방법도 구체적으로 실행해 보란 말요."
하고 곧 동의를 표하였다.

사장은 이렇게 말하는 사이에 문득 여순이를 생각하였고 그를 불러다가 겸사겸사 속을 좀 뽑아 볼 것을 또한 생각하였다.

왜 벌써 불러오지 못했던가 하는 후회도 났고 인제 그는 공장에 묻혀서 제 몸의 결백을 지키려던 한낱 어릴 때의 고집도 웬만치 벗어 버렸으리라는 흥미도 났다.

정님이에게서 너무 빨리 만족을 얻은 사장의 짙은 마음은 인제 새삼스레 너무 늦도록 채워지지 못한 옛날의 야심으로 움직여졌다.

"네, 그렇습니다. 직공은 직공들끼리라야 모든 것을 샅샅이 알어낼 수 있는 겁죠. 그뿐만 아니라 그런 나쁜 축들에게 은근히 반감을 가지고 있는 직공이 있거든요. 그런 사람이 제 보기에는 퍽 많은 것 같습니다. 하지만 회사에서 별로 유리한 조건을 제시하는 일도 없고 하니까 그들도 그저 *벙벙히 지나가는 겁죠. 하니까 인제부터는 그저 말로만 달래려고 하지 말고 다소간 물질적 방법을 써가면서라도 비밀히 단속을 시켜야겠습니다. 불 먹은 쥐 물로 간다고 그래야 일이 쉽게 되겠어요…… 물론 이대로 간다고 하더라도 별일은 없겠지요만 회사는 회사로서의 *기정방침이 서 있으니까 이 봄 안으로 예정방침을 착착 진행시키기 위해서는 꼭 대세를 작정할 만한 회사측의 세력을 만들지 않으면 안 될 겁니다."

벙벙하다
어리둥절하여 얼빠진 사람처럼 멍하다.

기정방침(旣定方針)
이미 결정되어 있는 방침.

주임은 기세를 얻자 말이 술술 쏟아져 나왔다. 그는 속으로 동필이를 앞잡이로 쓰려고 생각하였다. 그래서 사장이,

"그릴 수 있을까?"

하고 물을 때,

"아무렴요, 될 수 있습니다. 우선 직공들이 제일 신임할 만한 사람을 잡아 쥐어야 할 겁니다. 그래 가지고 회사와는 아무 내통이 없이 그 사람들이 자발적으로 하는 모양으로 해가며 열 사람, 스무 사람, 백 명…… 이렇게 끌어 넣야 할 겁니다…… 네, 물론 그럴 만한 사람이 있습니다."

주임은 제 김에 신이 나서 말소리가 기쁨에 떨렸다.

각과 담당을 먼저 내어보낸 후 주임은 좀더 사장에게 가까이 다가앉으며 낮은 목소리로,

"그전에 몇 번 말씀드린 일이 있습니다만 공장에 최동필이란 사람이 있습니다. 본래는 그다지 소행이 좋을 거 없었습니다만 지금은 아주 유순해졌습니다. 나이도 듬직하고 또 언행이 진중하고 아는 것도 제일 많습니다. 그 까닭에 직공들이 그를 다른 사람보다 어렵게 알고 신임하는 터입니다."

하고 손짓과 표정으로 말의 부족을 보충해 가며 그럴듯이 말하였다.

"하지만 한 사람만 가지고서야 어디……."

"아니올시다. 한 사람뿐일 리가 있습니까. 그 사람의 패가 또 많이 있습니다. 모다 나이도 상당히 들고 경험도 많아서 제일 신임받는 터입니다. 하니까 그 동필이란 사람을 위선 뭣해 놓면 그 담 사람은 자연 끌려들어 올 거거든요."

사실 주임은 그 사이에도 여러 번 동필이를 낚아 보려고 남몰래 꾀

도 부려 보고 또 기회 있는 대로 그를 친근히 굴어도 왔다.

그리고 그를 통하여 공장의 공기도 알아보려고 하였고 그의 생각이 나변에 있는지도 뽑아 보려고 하였다.

그러나 동필은 어느 때든지 주임이 바라는 바의 한끝도 그에게 비쳐 주지 않았다.

워낙 말이 적은 동필은 자기의 뜻을 말하는 일이라고는 통 없었고, 또 주임의 말을 받아 들으려는 기척도 보이지 않았다.

그것이 주임에게는 불만이 되는 동시에 또한 의문도 되었다.

동필이는 확실히 그전과는 달라졌고 또 젊은 축과 같이 함부로 집적 대지 않을 뿐 아니라 도리어 그들과 반목하고 있는 것이 사실인데 무슨 까닭인지 그런 티를 조금도 내지 않는 것이다.

치차(齒車)
톱니바퀴.

그리고 또 평소에는 시시비비에 도무지 상관하지 않는 그임에도 불구하고 학수가 팔을 다치고 입원할 때에는 그가 의외로 흥분한 일이 있다. 또 그 후에도 한번 여공이 *치차(齒車)에 손가락을 물린 일이 있는데 그때 마침 동필이가 제일 꺼리는 준식이가 고정축(固定軸) 나사를 늦추고 손을 빼어 주었음에도 불구하고 동필은 역시 맞장구를 대어 말썽을 부린 일이 있다. 그런 것이 모두 주임에게는 이해할 수 없는 일이었다.

그러나 이제 와서 생각하니 그럴 법도 한 일이었다. 아무 유리한 조건도 제시함이 없이 그저 건성으로 동필이를 끌어 오려는 것이 호감을 사니보다 되레 그의 감정을 사는 반대의 결과를 낳았을지도 모르는 것이다.

무어니무어니 해도 이 세상은 물질이라야 모든 일이 쉽게 풀리는 거니까…… 하며 주임은 말을 이었다.

"그런넵쇼, 그렇게 하자면 위선 이번 기회에 그 사람의 자리를 올려 주고 또 대우도 낫게 해주어야겠습니다. 그리구 사실 기술로 보든지 인격으로 보든지 담당이 되어도 조금도 손색이 없을 만한 사람입니다."

주임이 이렇게 말하는 사이 사장은 여송연 꼭지를 따며 저 혼자 생각에 빙그레 웃음을 지었다. 엉뚱한 생각이 났던 것이다—얼른 여순일 불러와야지…… 그래서 그는 그 말을 결론지어 버리듯이,

"하여간 그건 주임이 잘 생각해서 조처하우."
하고 말을 맺으려 하였다.

"네, 그러면 그 사람을 불러오리까요."

"이리로? 아니 나야 뭐 만날 거 없지. 주임이 불러다가 말해 보구려."

"네, 그러면 그만침 알고 나가겠습니다. 과히 걱정하실 건 없을 줄 압니다."
하고 주임이 일어나 나가려는 것을 사장은 담뱃불을 붙이며 손으로 제지하고,

"잠깐…… 거, 절대 다른 사람의 눈에 안 띄도록 하시오…… 그리고……"
하고 몸을 뒤로 젖히며,

"그리고…… 거, 여…… 여순일 좀 올려보내시우."
하고 심상한 빛을 꾸미며 신문을 집어 든다.

"지금 작업중이 되어서……"

"아 작업중이라, 그러면 점심시간에 오도록 일르시우."

"네, 그럭헙죠. 오후는 마침 남공들 건강 진단으로 휴업하게 되니까요…… 그럭허겠습니다 네."

"아마 여공들 중에서는 그가 제일 나을 것 같소. 이 사무실에도 있었으니까……."

"네, 네, 그건 사장 영감께서 직접 말씀하시는 게 좋을 듯합니다."

"그러면 나가 보시우."

"네, 나갑니다."

하고 주임은 늘 하는 버릇으로 조심조심 다리를 뽑으며 사장실을 나왔다.

사장이 여순을 불러다 놓고 꿩먹고 알먹기로 이러쿵저러쿵한 소리를 하고 있는 그 시간에 주임은 은밀히 동필이를 청해 놓고 여러 가지로 저울질하고 있었다.

"아니 내 말은 이번 건강 진단을 동필이는 어떻게 생각하고 있는가 말이오."

하고 주임은 무엇을 깊이 생각하는 체하며 부드럽게 물었다.

"뭐 어떻게 생각할 거라구 있습니까…… 세상일이란 좋은 일도 나쁠 수 있고 나쁜 일도 좋게 되는 수가 있는 거니까요."

동필은 근래에 와서 얼굴도 초췌해졌을 뿐 아니라 그 동작이나 말에도 옛날과 같은 씩씩한 기품과 *과단성이 없었다.

"그러면 좋을 것도 없고, 나쁠 것도 없단 말이오?"

"아닙니다. 가령 나쁜 일이라 하더라도 회사의 성의 여하로는 좋게 될 수도 있는 거고 또 그와 반대로 좋은 일도 나쁜 결과를 짓게 될 수 있단 말이지요. 가령 이를테면 불이나 물은 일상생활에 절대 필요한 거지만, 나쁘게 이용하면 얼마던지 나쁜 결과를 지을 수 있는 거와 같이……."

"그러나 일부러 나쁘게 할 심사야 있을 까닭 있소."

과단성(果斷性)
일을 딱 잘라서 결정하는 성질.

"그러니까 기왕 여러 사람의 건강을 위해서 하는 일이라면 병자에게 출근 정지를 시킨다든가 치료비를 내라든가 하는 일을 그만두도록 하시고 될 수 있는 대로 치료해 주도록 해야 할 줄 압니다. 이것은 나 개인 생각이고 또 나는 인제 딴 생각이라구는 없습니다만 어쨌던 회사가 직공의 생활과 건강을 될 수 있는 한도에서 잘 고려해 주었으면 하는 것뿐입니다."

동필의 말은 어디까지든지 온건하였다.

"네, 그 생각은 잘 알겠소. 다른 것은 여기서 명언하기가 어렵소만, 동필이 일만은 내가 책임지고 잘 고려해 볼 생각이오."

"아니, 지가 말하는 것은 저만 유독 회사의 은혜를 받자는 게 아닙니다. 모든 사람……."

"아니 그것도 잘 알겠소. 헌데 그렇게 협의적으로 나가랴고 들지들 않고 덮어놓고 *더펄그리는 패가 있단 말요. 그건 동필이가 나버덤 외려 더 잘 알 테지만 어저께 일만 해도 그게 무슨 망동이란 말요…… 동필이는 물론 상관 안 한 일일 테지만……."

"네, 저는 통 알지 못하는 일이고 또 알려고도 하지 않습니다만…… 저도 여러 가지 풍문을 들은 게 있는데 그건 사실인지요?"

"무엇이?"

주임은 시침을 따고 이렇게 반문하였으나 동필이가 묻는 의미도 알고 있었고 또 어떻게 대답하는 것이 이 경우에 좋을까 하는 생각도 하고 있었다.

"정리를 하느니 무얼 하느니 하고 여러 가지 말들이……."

하고 동필이가 어름어름 말할 때 주임은 삽시에 맞히는 데가 있어서,

"그럴 리가 있소."

더펄거리다
들떠서 침착하지 못하고 자꾸 경솔하게 행동하다.

하고 단 한 마디로 부정해 버리고 잠시 있다가 이렇게 돌려대었다.

"몸이 약한 사람은 나을 수도 있고 또 치료할 수도 있겠지만 머리에 병든 사람은 곤치기가 여간 어렵지 않단 말요. 하니까 그런 사람은 사장이 절대로 그저 두지 않을 작정이란 말요. 사실 공장을 위해서는 그게 당연한 처사겠지. 회사가 잘 되면 종업원이 따러서 잘 될 건데 이걸 생각지 않으니까 이를테면 제 눈을 제 손으로 멀구는 거고 회사에서 내보내는 게 아니라 제가 쫓겨날 벌이를 하고 있는 셈이란 말요…… 그러나 그 대신 회사에서 얌전히 보는 사람은 이번 기회에 어떤 방법으로든지 대우를 개선할 예정이오. 말하자면 새 공장이 되는 동시에 공기를 일신하고 *논공행상(論功行賞)을 좀더 철저히 해볼 생각이란 말요. 하니까 동필이도……."

하고 주임이 말하는 것을 동필은 위정,

"그렇지만요……."

하고 가로막았다.

주임의 말이 자기에게 호의를 보이기 위해서 하는 것인지도 또는 자기를 우대한다는 암시로 하는 말인지도 동필이는 곧 알아채었다.

그러나 자기가 여태 해온 바로 보아서 회사나 주임이 특별히 그리할 이유도 필요도 없을 것이고 또 자기 자신도 그런 것을 받을 만한 하등 이유가 없는 것을 깨달으며 말을 한 걸음 뒤로 돌려 가지고,

"다른 것은 다 모르겠습니다만 인사관계란 특별히 나타난 허물이 없이야 어디 그렇게 할 수 있습니까. 그리고 또 쉽사리들……."

하고 말하는 것을 주임은,

"뭐 상관없어……."

하고 단호히 머리를 흔들며 결연한 뜻을 보였다.

논공행상
공적의 크고 작음 따위를 논의하여 그에 알맞은 상을 줌.

"사람이 누가 허물이 없겠소만 가령 일시
의 충동으로 우연히 지은 허물이라든가
또는 한번 그리고 이어 곤친다든가
하면 물론 용서할 수도 있겠지만 몇
몇은 그 나쁜 생각을 점점 더 키어
가면서 곁사람까지 휩쓸어 널랴
고 든단 말요."
하고 주임은 더 말을 이어서,
"아따 왜 그전 그 추첨—
하기 특별상여(夏期特別賞
與) 때에도 말요, 괜히 몇
놈이 방해를 해서 충실히
일하는 사람까지 상을 타지 못하게 하지 않았소. 그리고 또 학수가 부
상당했을 때만 하더라도 좋지 못한 눈치가 여간 많지 않았단 말요……
어디 그뿐인가. 직공이 졸다가 제 잘못으로 손구락을 다친 것까지
도……."

"그때는 저도……."

"아니 동필이는 첨부터 협의적으로 나왔으니까 별로 문제 될 거 없
지만…… 어쨌던 몇몇 놈땜에 여러 사람이 여간 손해가 아니란 말요.
하니까 몇 사람 나쁜 분자에게 필요 없는 관대한 태도를 보임으로써 착
실히 일하는 여러 사람의 이익을 희생시킬 수는 없는 거 아니겠소. 대
체로 보아서……."

"글쎄올시다. 그야 물론 회사에서 알 일이겠지만……."
하고 동필은 어름어름 이렇게 말하였으나, 한편 씩씩히 날뛰던 옛날의

기억도 얼마간 남아 있고 또 같은 처지를 동정한다는 막연한 양심 꼬투리도 약간은 남아 있어서,

"그렇지만 좀더…… 깊이 고려할 필요가 없을는지요?"
하고 말하였다.

"아니 그건 내 권한에도 속한 문제가 아니고 사장 이하 중역들이 대체로 결정하는 거니까 물론 잘 처리할 줄 아오."

주임은 자기가 맘먹고 있는 바를 솔직히 말하는 것이 좋을지 어쩔지 몰라서 책임을 사장과 중역들에게 미뤄 놓고 말을 이어서,

"그런데 나는 벌써부터 이렇게 생각하고 있는데 동필이 생각은 어떤지, 즉 위선 동필이 같은 사람이 직공들의 모범이 되도록 솔선해서 나서면 어떨는지……"
하고 슬쩍 동필의 눈치를 살핀다.

"모범이오?…… 어디 그렇게 될 수 있습니까? 그저 한편 구석에서 못난이 노릇이나 하고 있는 판인데요."
하고 동필이는 씽긋 웃으며 지금 자기가 취하고 있는 태도를 사실대로 겸손히 말하였으나 주임에게는 그것이 딴 의미로 들려서,

"아니 동필에게 대해서는 나도 이미 생각한 바가 있소. 남을 지도하고 단속하자면 그만한 자리와 대우를 먼저 가져야 할 것은 물론이지. 어쨌던 그건 내게 일임해 주우."

"아닙니다. 결코 그런 의미가 아니라 나는 그저 일개 직공으로 아무데도 상관하지 않겠다는 말입니다. 지금도 그렇지만 금후도 물론 그럴 생각입니다."

"그건 겸손하는 말일 테지만…… 사실 누구니 누구니 해도 동필이를 신임하는 사람이 대부분이거든. 제일 오래된 사람, 즉 이 공장의 맨

중요한 직공들은 누구보다 동필이 말을 제일 어렵게 알지 않소. 그러니 그 사람들을 생각해서라도 그렇게만 있을 수 없는 거란 말요. 남의위 되는 사람은 혹여 싫은 일도 하는 수 있는 거고 따라서 그만치 이쁨[勞]도 많은 법이거든."

"아닙니다. 저 같은 건 벌써 테 밖에 돌려난 지가 오랩니다."

"원, 그럴 리가 있소. 내가 그 속에서 늙은 사람인데 그만 눈치야 모르겠소. 몇몇 나쁜 자가 있어서 그렇지. 그런 것만 처치를 하면 아주 이상적으로 될 수 있단 말요. 지나간 일이지만 하기 특별상여 때만 해도 동필이가 솔선해서 직공들을 일깨워 주었더면 모다 그대로 따라가서 아주 잘 됐을 거란 말요…… 그러지 않아도 요새 일본 내지에서 오는 소식을 들으니까 공장 내에서 직공들이 자진해서 능률증진회니 무어니 하는 걸 만들어 간다는데 우리 공장에서도 동필이 같은 사람이 앞서서 친목회 같은 거라두 척 만들어 보구려. 모두들 기뻐서 따라오지 않나."

하고 주임은 좀더 어조를 굳게 하며,

"여러 사람을 위해서 한 번 이상을 베풀어 보는 것이 어떻소. 물론 그리하는 데 필요한 자리와 편의는 충분히 고려해 줄 거니……."

"아니올시다. 첫째 저 같은 사람은 인제 일반의 신임도 없고 또 저 자신이 제 맡은 일이나."

하고 동필이가 사양하는 것을 주임은,

"아니 좌우간 좀더 충분히 생각해 보우. 사장도 양해하는 터이니까…… 자아 그만침 알고 동필의 안(案)을 하나 만들어 보란 말요. 꼭 그렇게 믿겠소."

하고 다짜고짜로 뒤덮어씌우듯이 말하였다.

점심시간이 가까웠을 때 정님은 사장실로 올라갔다.

어저께 이후로 잔뜩 찡그려졌던 주임의 얼굴이 갑자기 풀어져 예에 없이 만족한 빛을 띠고 무슨 대단한 사건이나 있듯이 직장으로 나가 버린 틈을 타서, 정님은 별로 필요도 없는 서류 몇 장을 가지고 슬쩍 사장실로 올라왔던 것이다.

주임에게서는 징그러운 경계를 받고 사장에게서는 노골적인 꺼림을 받게쯤 되어 버린 요즈막의 정님은 이편에도 저편에도 닿을 곳 없는 조각배와 같은 외로움에 붙들려 있는 것이었다.

더욱이 너무도 빨리 돌변해 버린 사장의 괘씸한 태도에 대하여 그는 가슴이 쑤시어서 견딜 수 없었다.

그렇다고 어디 가서 호소할 땅도 없고 사장의 맘이나 시원히 두드려 보았으면 하는 생각도 있으나 그리할 용기도 없었다.

그러던 끝에 오늘은 큰맘을 먹고,

"하다못해 밉성이라도 부려 줘야지…… 그저 곱닿게 물러설 줄 알았더냐."

하고 입 속으로 종알거리며 사장실로 올라왔던 것이다.

그러나 사장은 인제 보는 체도 하지 않는다.

그 어느 때에는 무슨 말이든지 터놓고 할 수 있을 것 같았으나 오늘에 와서는 사장의 지위에 눌려서 먼저 말을 걸어 볼 뱃심이 나지 않았다.

그런데 또 사장은 일부러스럽게 보던 신문으로 얼굴을 가리듯이 높게 쳐들지 않는가. 사장의 그 모양이 무슨 탈을 쓴 흉측한 동물과 같이도 정님에게는 보였다.

정님은 무언지 모르게 주위의 공기에 압박되는 듯함을 느끼며 조심

조심히 이편 방 한 가에 놓인 탁자 앞으로 가서 서류를 내려놓고 한참 뒤져 보고 있었다.

그러다가 슬며시 의자에 걸치고 철필을 꺼내어 필요도 없는 글을 끄적거리었다.

맛없는 시간이 숨막힐 듯이 뜬걸음으로 옮기어 간다.

사장은 의자 뒷전에 몸을 젖히며 슬쩍 정님을 노려보고 벽에 걸린 괘종으로 시선을 돌렸다. 열두시가 거진 다 되어 간다. 인제 몇 분만 지나면 여순이가 올라올 것이다.

그는 다시 신문을 들여다보았으나 어쩐지 맘이 조급해났다.

"정님이……."

사장은 위엄을 돋우어 가지고—위엄이라는 것보다 정님의 접근을 피하기 위해서의 사무적인 냉정한 목소리로 불렀다.

"네—"

정님은 공손히 사장의 앞으로 왔다. 한편 반갑기도 하고 또 한편 불안하기도 하였다.

"오늘 건강 진단이 있다지?"

"네, 어저께 남은 사람을 오늘 오후에 계속해서 합니다."

진단은 어저께로 끝났을 것이나 아침에 그 일이 있어서 오늘까지 밀려 왔던 것이다.

"그러면 바쁠 텐데 내려가 보지."

"불과 몇 사람 안 됩니다."

"그렇지만 내려가 봐야지."

하고 사장이 명령하는 어조로 말하는 것을 정님은 못 들은 척하고 이편 방 탁자 앞으로 돌아 나와서 잠시 서성거리고 있었다.

"얼른 내려가 보아."

사장이 언성을 높이어 다시 이렇게 말할 때 문이 슬며시 열리며 여순이가 들어왔다.

"부르셨습니까?"

"응, 이리 들어오."

사장은 여순에게 이렇게 말하고 이어 정님에게,

"어서 내려가 보라니까 뭘 하고 있어."

하고 명령적으로 외친다.

순간 정님은 반발적으로 사장을 흘낏 노려보며,

'도적놈!'

하고 속으로 욕하였다.

'짐생의 맘에 사람의 탈을 쓴 놈! 암만 점잔을 빼어도 속은 개차반이어.'

생각하면 생각할수록 절통한 일이었다. 하다못해 그날 밤의 사장의 추태라도 활동사진에 박아서 드러내 보일 수 있다면 그렇게라도 해서 영영 얼굴을 쳐들지 못하게 해주고 싶은 쓰라린 충동에 헐떡거리고 있었다. 그러며 픽 돌아서다가 여순이와 눈이 마주치자 공연히 더 약이 올라서 툭 튀어나오긴 했으나……

"볼일 다 봤으니까 일없단 말이냐…… 그러나 안 될걸. 어디 두고 보자."

정님은 문 밖에 나와서 이렇게 종알거리며 안에서 무슨 말을 하나 엿들을까 하였으나 그렇게 생각하기만 해도 *심화가 나서 그대로 걸어나오며 입술을 꼭 깨물었다.

'제 하자는 대로 대뜸 해준 년이 미친년이지!'

심화
마음 속에서 북받쳐 나는 화.

정님은 제 몸을 스스로 꼬집어 틀어 주고 싶었다.

그리고 쇠갈고리로 그의 살진 배꼽을 걸어 채며 '이놈아 물려 내라, 물려 내……' 하고 죽어 버리지 않을 정도로 살려 두고 영원히 괴롭혀 주고 싶은 *악착한 충동을 받았다.

정님은 암만해도 그대로 견디어 낼 수 없었다.

사장이 외치던 귀거슬리는 소리가 맘을 톱질해 주는 데 겸하여 지금 바야흐로 벌어졌을 사장실의 치사스런 꼴이 눈에 선히 그려져서 더더 군다나 가슴이 쑤시었다.

사장은 지금 음흉한 웃음을 웃어 가며 여순을 꾀고 있을 것이다. 그 날 밤 자기에게 하던 꾀임수를 지금 여순에게 보내고 있을 것이다. 자 기에게 해야 할 말을 여순에게 하고 있을 것이다.

사장을 알게 된 순서로 말하면 자기가 뒤인데 어찌 된 셈인지 사장 은 *제도루묵이로 벌써 그 취미에서 사라졌어야 할 여순에게로 다시 맘이 움직이고 있지 않은가.

"내가 받아야 할 대우를 고년한테 빼앗겨."

정님은 눈이 샐룩해지며 이렇게 종알거렸다.

그러나 여순이보다도 사장은 더 한층 밉고 괘씸하였다.

"그놈을 어떻게 해주면 좋을까?"

정님은 속으로 가장 잔인한 형벌과 인간의 상상을 허락지 않는 악착 한 운명을 사장의 신상에 그리어 보았다.

주린 이리와 독사의 무리가 욱실거리는 깊은 구렁으로 칼날 기둥을 태워 미끄러 떨어뜨리는 애처로운 광경도, 머리 위로 굴러떨어지는 바 위를 떠받들어 올리고, 다시 굴러떨어지면 또 받들어 올리기에 촌가도 쉴새없는 시지프스와 같은 영원한 고통도 그에게 견주어 보았다.

그래도 맘은 흡족지 않았다. 그러면 멱살을 거머쥐고 행길 바닥으로 내끌어 볼까…… 어쨌든 그는 그대로 앉아 배길 수가 없었다.

그는 다시 사장실로 올라오고야 말았다.

독수리의 발톱에 걸린 새 새끼처럼 가슴은 산란히 부서지고 마음은 잔칼로 오려 내듯이 들쑤시었다.

무엇이 무엇인지 헤아릴 수 없이 신경은 흩어지고 질투에 타는 눈은 장님과 같이 어두워졌다.

이층으로 올라가는 층층대에서부터 발소리를 죽인 그는 가까스로 숨소리까지 낮추어 가며 사장실 문 앞에 와서 문틈에 귀를 대었다.

무슨 말소리가 들려 오는 것 같았다. 그러나 물론 똑똑치는 않았다. 귀를 기울이면 기울일수록 제 가슴의 고동만 높아져서 안에서 나는 말소리를 똑똑히 엿들을 수 없었다.

그래서 고개를 돌리고 잠시 뛰는 가슴을 진정하고 있으려니까 별안간 안에서 사장의 흉측스런 웃음 소리가 들려 온다.

그는 더 참을 수 없는 듯이 슬며시 손잡이를 돌려 가지고 문을 조금 들이밀었다. 실오리만한 틈이 생길 때 그는 흠칫 하고 몸을 쪼그렸으나 사장의 자리에서는 자기가 잘 보이지 않을 것을 생각하며 귀를 바짝 들이대었다.

사장의 말소리가 좀더 분명히 들려 왔다. 절에 간 색시가 제에는 뜻이 없고 젯밥에만 눈이 간다는 격으로 사장은 주임이 당부하던 말은 어느새 뒤로 밀어 버리고 제가 평소에 생각하고 있던 바로 말을 옮기기 시작한 때였다.

"하하하…… 암만해도 여순이 생각은 알 수 없어. 웃사무실에도 얼마든지 자리가 있는데 왜 해필 거길 소원하는 건가 말야."

사장은 너털웃음을 쳐가며 이렇게 말하고는 이어서,

"그래 여태 웃사무실로 올라올 의향은 없어. 거 대체 알 수 없는 일인데…… 좌우간 뜻 가는 대로 말해 봐. 나도 생각하는 바가 있으니……." 하고 여전히 음흉한 생각을 빛 좋은 호의로 얼버무려 가며 여순의 맘을 낚아 넣으려는 게다.

'또 구미가 나는 게로구나!'

하고 생각하니 정님은 삽시에 솜털까지 떨려났다. 가시와 같은 시기심이 연해 가슴을 쑤시었다.

'아니 벌써 다 그렇게 됐을 건데…… 그러면 만족하지 못했던가?'

정님의 머리에는 문득 이런 의문이 왔다. 그러나 다음 순간 그는 곧 이 의문에 대하여 스스로 이렇게 대답하였다.

'옳지, 너무 오래된 일이어서 기억이 어스름해지니까 새로 야심이 움직여나는 건가…… 그러면 내게 대해서도 언제든 앞으로 또 저렇게 할 날이 있을까.'

그러나 이 자문자답은 정님에게 조금도 만족을 주지 못했다.

설혹 앞으로 다시 돌아서는 날이 있다 하더라도 언제 그것을 바라고 있으랴. 그러는 사이에 저 아니꼬운 꼴을 어떻게 바라보고 있으랴.

정님의 시기심은 다시 불타오르기 시작하였다.

"이것 봐 여순이……."

하는 사장의 소리가 들려 오자 정님은 다시 귀를 바싹 기울였다.

"세상일이란 그 어느 것이고 모두 때와 경우가 있는 거야. 내가 보는 바로는 적어도 일생에 영향 될 큰 운수란 것은 한번 놓치면 빨라도 십 년이라야 재쳐 돌아올 수 있다고 생각해. 회사의 운수도 역시 마찬가진데 마침 우리 회사도 지금 그러한 중대 시기에 당면해 있단 말야. 그래서 나는 이 기회를 놓치지 않고 대개혁을 단행하기로 한 건데 이 회사와 운명을 한 가지로 했으면 하고 내가 바라는 사람이야. 어찌 여순이 한 사람뿐일까만 그래도 내 생각은 여순이를 누구보다 먼저 이 호운에 끌어 오고 싶단 말야…… 무슨 때문인지는 나 자신도 알 수 없으되, 하하하……."

사장은 이렇게 웃다가 일단 소리를 낮추어 가지고,

"혹은 지난날에 내가 여순이한테 미안한 일이 많아서 그런지 또는 여순이가 타고난 복을 하늘이 나로 하여금 이루어 주도록 마련해서 그런지는 나도 모르나…… 하여튼 여순이가 이 회사로 다시 들어오게 된 것만 보더라도 저간에 무슨 조만찮은 인과(因果) 관계가 있는 것 같아. 그러니까 그걸 어기는 것은 이를테면 하늘에 거역하는 거란 말야."

하고 그럴듯이 구슬리나 여순은 아무 대답도 없다.

"새 공장이 시작되면 여순일 여공 담당으로 승격시킨다고 그전에 언명한 일도 있지만, 구태여 그럴 거 없이…… 지금 인사과에 여순이 같은 사람이 꼭 필요하니까 그리로 와 있으면 어때?"

"아닙니다. 저는 그대로 공장에 있겠습니다."

여순의 소리는 비로소 첨으로 똑똑히 들려 왔다.

"아니 인제 그만침 있어 보았으니까 올라와 있어도 상관없지 않어…… 여순이도 대강 짐작하고 있을 테지만 인제 새 공장이 되는 데 따라서 인사 정리도 생길 거고 또 금후로는 정말 근대 공장으로서의 관리 방법을 취해야 할 거니까 여공에 관한 인사 문제는 역시 여자 책임자에게 일임하고 싶단 말야. 한데 마침 여순이가 사무실과 공장 사정을 모두 잘 알고 있으니까 제일 적임자일 것 같아. 또 밖에 아무리 살펴보아야 여순이만한 사람이 없단 말야."

"왜 공장에 있던 사람이 지금 올라와 있지 않습니까?"

하는 여순의 말을 들으며 정님은 대뜸 모든 신경이 귀로 쏠렸다.

"아, 그것 말야. 원 어림도 없는…… 그걸 얻다 쓴단 말여. 젓갈을 *봇
장에 대는 심이지……."

사장은 뱉듯이 이렇게 말하고는 이어서,

"그거 어디 쓰겠더라구…… 다시 공장으로 보내던지 내보내던지 해
야지 가만히 보니까 아주 못쓰겠어. *황화장사 강아지처럼 아무 데나
함부로 드나들고 해서 회사 체면에 안 됐어. 공장에나 처박아 두면 모
르지만……."

"공장은 어디 그런 사람이 모이는 뎁니까, 모다 직실한 사람들뿐인
데요. 그전에는 몰랐습니다만 정작 가보니까 모다들 좋은 사람이에요."

"그러면 내보내는 수밖에 없지. 그러지 않아도 벌써부터 내보내려던
중이야."

사장의 말.

정님은 약이 머리끝까지 올랐다. 그래서 문을 탁 밀치고 들어가려
하였다. 그러나 마침 그때 어디서 쿵 하는 소리가 나서 그만 주춤 하고
픽 돌아섰다.

돌아선 지 잠시 후에야 그것이 바로 자기의 가슴에서 나는 소리인
줄을 알았다. 그만큼 그 순간 그의 가슴은 몹시 뛰었던 것이다.

'그날 밤에 하던 소릴 한번 더 외워 봐라, 이 악마야!'

하고 정님은 부지중 낮게 외쳤다. 뛰는 가슴과 함께 불끈 쥐어진 두 주
먹이 감전된 것같이 바르르 떨렸다.

원한에 타는 창자가 다 식어지도록 그 비계 찬 배허복을 악물어 가

봇장
불꼬리. 자루 그물 안
에 든 물고기가 모여드
는, 원뿔 모양으로 된
그물의 끝 부분.

황화장수
황아장수. 집집을 찾아
다니며 끈목, 담배쌈지,
바늘, 실 따위의 일용
잡화를 파는 장사꾼.

리가리 찢어 주고 싶은 무지한 충동에 정님은 허덕거리고 있었다.

여태 제 손아귀에 든 남자란 남자는 모조리 제가 먼저 따버리던 정님이었다. 그러니만큼 남자를 손에 넣는 동시에 말경에는 어떻게 보기 좋게 동댕이를 쳐버릴까 하는 것까지 함께 생각하던 정님이기도 하다.

그런데 그는 지금 바로 남자의 발길 아래 볼꼴 없이 나뒹굴어 떨어진 그 자신을 발견하지 않으면 안 되었다.

그것은 일찍 예상하지 못하던 일이다. 그러니만큼 그는 지금 첨으로 저도 모르던 샘에 사로잡혀 버렸던 것이다.

그는 누구에게든지 손에 닿는 대로 이마에서부터 발뒤꿈치까지 가루를 내주고 싶도록 치가 떨렸다.

여순이도 물론 마술사(魔術師)가 되기를 바라는 정님의 손아귀를 벗어날 수 없는 한 사람이었다. 그는 당장 문을 차고 들어가서,

"요년! 그런 사람이란 어떤 사람이냐…… 너는 그래 깨끗하냐. 이 치사스러운 년! 입이 *광주리 구멍같이 많기로서니 너 같은 년이 무슨 말이냐."

하고 질욕을 퍼붓고 싶었다.

그때 사장의 말소리가 다시 들려 왔다.

"하여간 여순이 일은 내가 특별히 고려하고 있으니까 가령 공장에 그대로 있다 하더라도 여기 있는 거나 마찬가지로 생각하고 공장 안 형편이나 잘 살피란 말야. 그리고 뭐 눈에 띄는 게 있으면 아무와도 말할 거 없이 바루 이리로 올라와서 나와 직접 말을 해."

"뭐 별로 말씀드릴 거라구 있어야지요. 모두들 성실히 일하는 사람뿐인데…… 도리어 저 같은 게 일에 서툴어서 실수하면 했지 그 담 사람은 조금도 나무랄 점이 없습니다."

광주리
대·등나무·싸리 등으로 엮어서 만든 용기의 총칭.

하고 여순은 겸손히 사장의 말을 막았다.

"아니 그런 게 아니라 아까도 말한 거지만 어저께같이 그런 일이 있을 때에 말야. 그런 것도 곧 와서 일러주면 내가 요량해서 잘 처리하도록 주임이나 담당들을 단속시킬 거란 말야. 그래야 회사를 잘 운전할수 있을 거 아냐. 또 비록 크잖은 일이라 하더라도 그런 일이 생기는 것부터 나쁜 놈들이 끼여 있기 때문이니까. 그런 것을 잘 살피는 동시에 여순이가 착한 직공들을 잘 단속해서 그런 일이 없도록 지도하란 말야…… 마침 경우가 좋지 않아. 여순이는 웃사무실에 있었고 따라서 사장 이하 중역, 사원들과 잘 알고 있는 터이니까 다른 직공들은 여순이를 부럽게 생각할 것이고 동시에 여순이와 접근하기를 은근히 바라고 있을 거란 말야. 즉, 여순이와 접근하면 사장 직계(直系)가 될 수 있다고 생각할 거란 말야. 그러니까 그들을 단합해 가지고 그 다음은 그들이 중심이 되어서 전 직공을 지배하도록 하란 말야."

"아닙니다. 직공의 심리는 회사 사무원과는 다를 줄 압니다. 웃사람에게 붙어 살려는 것보다는 차라리 제 몸과 동료를 더 믿지 않는가 생각합니다. 그러니까 지가 웃사무실에 있었다는 것은 하등 유리한 조건이 되지 못합니다. 도리어 지가 그런 티를 내면 의심과 미움을 받게 될 겁니다. 그래서 직공들이 혹시 오해나 하지 않나 하고 오히려 저는 필요 이상으로 근신하고 있는 터입니다. 그리고 또 대체로 저 자신이 남의 지도를 받아야 할 자리에 있는 사람인데 남을 지도하다니요. 뿐 아니라 직공들은 모다 성실히 일하고 있으니까 뭐 동정을 살필 필요도 없고 또 따로 파당을 만들 이유도 없습니다. 그것은 첫째 남의 의심을 사는 장본이 될 거고 따라서 이편에 의혹을 가지는 사람으로 하여금 별개의 파당을 형성하게 할는지 모르는 일입니다. 그러면 공연히 평지에 파란을 일구게 되는지도 모르는 것이 아닙니까.”

여순이가 이렇게 자기의 의견을 베푼 다음 사장이 무슨 말을 꺼냈으나 별안간 목소리가 낮아져서 정님은 그 말의 내용을 알아들을 수 없었다.

사장의 말소리가 낮아지는 반비례로 정님의 신경은 더욱 솔깃해졌다.

‘무슨 비밀담일까?’

하는 마음 저린 궁금증이 생기는 것이다.

“그만 나가겠습니다.”

하는 여순의 말소리가 들려 오자 사장은 곧 다시 목소리를 조금 높이며,

“아니 잠깐만······.”

하고 만류해 놓고는 이어서,

“여순이도 좀더 충분히 생각해 보란 말야. 만일 여순이가 이번에 올라와 있게 되면 전보다는 대우가 훨씬 나아질 거고 또······.”

하고 우선 구수한 미끼를 던져 놓고는 뒤이어,

“그리고 여순이 생각만 있다면 가족을 데려 올라와도 좋을 거여. 거기 대해서는 전일도 말한 바지만 내가 책임지고 보아줄 생각이니까.”

하고 가족에게 대한 호의까지 이용해 가며 그를 자기의 뜻에 좇게 하려는 것이었다.

그럴 판에 어디서 발소리가 뚜벅뚜벅 들려 왔다.

솜털까지 오싹 치솟는 것을 깨달으며 픽 돌아서는 순간 정님은 이층 *낭하를 걸어오는 경재를 언뜻 바라보며 가슴에서 무엇이 쩔렁 하고 떨어지는 것을 느꼈다.

그는 한참 어찌할 바를 모르고 우두커니 서 있었다.

낭하
행랑. 길게 골목진 마루.

교차선

경재는 정님이와 잘 아는 사이도 아니었고 또 그다지 마땅하게 보는 사람도 아니었다.

사장실에서 몇 번 본 일은 있었으나 그때마다 정님은 사장실로 오는 손님에게 대한 예의를 잃지 않을 정도로 요사스런 버릇을 숨긴 일부러스러운 점잖은 인사를 보냈을 뿐이요 경재는 그저 심상히 인사를 받았을 뿐이다.

경재는 오늘도 남의 앞을 지나는 때의 예의로 약간 몸짓만 보이고 그대로 지나쳐 사장실로 들어가려 하였다.

그리하여 출입문 손잡이를 막 잡다가 그는 문득 생각나서,

"손님이 계십니까?"

하고 돌아서 정님에게 물었다.

"네, 아니!"

정님은 이렇게 요령부득의 대답을 해놓고는 조금 후에야 제 정신이

도는 듯이,

"아닙니다. 들어가셔도 상관없습니다."

하고 고쳐 대답하였다.

그러나 정님의 하는 양이 암만해도 수상해서 경재는 잠시 주춤하다가 그대로 서 있기가 무엇한 듯이 문을 밀고 성큼 사장실로 들어갔다.

"아, 자네 오나. 어서 오게."

사장이 놀라듯 얼결에 이렇게 경재에게 말할 때 여순은 자리를 일어나며,

"나가겠습니다."

하고 고개를 수그린 채 돌아나오다가 이편 방에서 경재와 마주쳤다.

"선생님 오래간만입니다."

여순은 얼마 동안 격조했던 사람을 대하는 서먹서먹한 생각으로 점잖게 인사하였다.

"아, 여순씨!"

경재에게는 전연 의외였다.

사장이 경재를 보고 마음이 저린 이상으로 경재는 여순에게 놀랐다.

경재는 물론, 여순에게 대한 사장의 *불측한 야심을 알고 있으며 여순이가 거기 대해서 못박히는 모욕을 숨겨 가지고 있는 것도 잘 알고 있다.

'어떻게 돼서 여순이가 사장실로 올라왔을까. 단둘이서 무슨 얘기를 했을까.'

하는 것이 그다지 큰일은 아니건만 그래도 경재에게는 한 가지 풀 수 없는 수수께끼와 같이 생각되었다.

정님이가 문 밖에서 무엇을 엿듣고 있던 것까지 종합해 보니 갑자기

불측(不測)하다
짐작하기 어렵다.

이 안의 공기가 더한층 온당치 못한 것 같았다.

　그러나 물론 여순이가 자진해서 왔을 리는 없는 것이었다. 아무려나 사장이 죄다 그렇게 마련해 놓았을 것은 더 의심할 여지 없는 일이었다.

　'그러면 또……?'

　경재는 몸서리가 나도록 사장의 음흉한 행동이 징그럽게 생각되었다.

　그러나 그새 경재 자신도 저 모르는 사이에 무척 변해 버렸다.

　여순에게 대한 애착도 그전만치나마 줄기찬 것이 아니었고 현옥에게 대한 태도도 그전보다는 한결 *연화(軟化)하여 버렸었다.

연화
부드러워짐. 무르게 됨.

　여순이가 처음 행방을 감추었을 당시에는 현옥이가 더욱 귀찮게 생각되었고 뿐 아니라 모든 인간이 죄다 성가시게만 보이기도 하였으나 이럭저럭 그런 무렵이 지나가는 데 따라서 여순에게로 가려는 용기가 죽어지고 또 현옥에게서 멀어지려던 결심도 부드러워졌다.

　'인간이란 결국 되는 대로 사는 수밖에 없는 게다.'

하는 것이 때 따라 찾아드는 그 뒤에 온 인생관이었다면,

　'사랑이란 그역, 그런 것이다.'

하는 것이 그의 변해진 연애관이라고 할 것이다.

　이렇게 미적지근해진 경재의 심경은 현옥에게 대해서도 그다지 못난 태도를 가질 수 없게끔 변하여졌다.

　'여자란 모다 그눔이 그눔이지…… 좀 낫대야 그렇고 좀 못허대야 역시 그런 거지.'

　여순을 잃은 얼마 후부터 경재는 이렇게 관대한 생각으로써 사랑 때문에나 미움 때문에나 그 어느 편에도 마음을 고달피 하지 않고 아프게 하지 않으려 하였다.

—달팽이의 뿔과 같이 좁디좁은 세상에서 무엇을 다투며 무엇을 괴로워하랴. 무엇을 똑 부러지게 사랑하며 무엇을 까다로이 미워하랴. 애증을 넘는 것이 마음의 평화를 얻은 소이며 그저 그런대로 얼마를 잠자코 살아가는 것이 현명한 삶이 아니랴……

……경재는 사실 이러한 심경 가운데서 살아왔던 것이다.

아무 하는 일 없는 *타기만만한 경재의 생활은 그의 가슴에서 이만큼 옛날의 의지와 슬기를 죽이고 말았던 것이다.

경재는 지금도 이따금 여순을 추억하지 않는 것은 아니나 그러나 그것은 한 순간에 지나지 않았다. 모든 일에 깊은 집착이 없는 것같이 여순에게 대한 정서도 삽시에 왔다가 삽시에 가버리는 것이었다.

그러나 오늘 우연히 여순을 만나고 보니 가슴은 야릇하게 뒤설레기 시작하였다.

그 옛날 윤리에 어그러진 삼각관계를 빚어 내던 그 삼각지대에 기약 없이 다시 등장한 듯한 느낌이 나며 옛 추억이 *종처 자리같이 움직여 나고 애욕의 불길이 소리 없이 타오르는 것이었다.

그것은 모든 말과 동작과 표정을 초월한 순간이었다. 다만 한 고치만한 마음의 불빛 속에서 옛날의 자기와 옛날의 애인을 발견하는 행복되고도 불행한 순간이기도 하였다.

오래간만에 만나는 인사가 *필한 다음 침묵의 잠깐 사이가 지나가고 뒤미처 무슨 말을 하고 싶은 충동이 왔으나 경재는 그 말을 얼른 생각하지 못하고 있었다.

"여보게 이리 좀 오게."

사장이 이렇게 말하는 것도 못 들은 척하고 경재는 그대로 여순의 앞에 서 있었다. 그러다가 사장이 다시,

타기만만하다
게으름이 가득하다.

종처
부스럼이 난 자리.

필하다
끝내다. 일을 마치다.

"그러지 않아도 자네와 좀 상론할 일이 있던 차인데 마침 잘 왔네."
하고 말할 때 경재는 그만 여순을 놓치는 기회가 오는 것 같아서 사장은 보지도 않고,

"어째 그렇게 만나 뵐 수 없습니까. 집으로 좀 놀러 오십시오그려."
하고 위정 심상한 낯으로 여순에게 말하였다.

"괜히 바뻐서 그렇게 되었습니다…… 댁내는 모다 *건녕하십니까."

"네 별고 없습니다."

경재는 이렇게 대답하며 문득 오래간만에 만나는 그와의 사이에 바꾸어지는 문답으로서는 너무나 평범한 세간사로 말이 흐르는 것을 깨달았다.

그것은 커다란 괴로움보다도 더 견디기 어려운 가냘픈 괴로움이었다.

"그래 그새 공장 재미 어떠십니까."

"그저 그렇습니다."

여순은 경재의 물음에 대하여 무심히 이렇게 대답하다가 별안간 고쳐 생각하며,

"인제 겨우 재미가 날 만큼 되었습니다."
하고 얕은 웃음을 지었다.

"여기 있을 때보다 어떻습니까."

"외려 낫습니다. 첫째 바뻐서 일에만 열중하게 되니까 정신이 통일된다고 할는지요."

"하하, 그러실 테지요."

"그리고 동무들이 많아서 세월 가는 줄 모르겠는데 집에 돌아가면 몸이 어떻게 고달픈지……."

"암, 그렇겠지요…… 그러면 공부에도……?"

건녕(健寧)
건강하고 편안함.

"공부야 본래부터 안 하는 거지만…… 둔한 머리로 못 배운 것을 이번은 육신으로나 배울까 하고…… 호호호……."

"암, 외려 그게 낫겠지요."

하고 경재도 부지중 따라 웃었다.

그러나 어쩐지 마음은 웃을 수 없었다.

여순이가 공장으로 들어간 후에 생활이나 마음이 변하였다는 것보다도 힘써 지금 자기의 앞에서 아주 딴사람같이 변해진 체를 꾸미려 하고 또 그 생활을 무슨 대단한 의의를 가진 것으로 자랑하듯이 말하는 것이 경재의 눈에는 부자연하게도 또는 약간 아니꼽게도 보였다. 그것은 자기와의 거리를 멀리하려는 어떤 자존심에서 나오는 행동인 것같이 보였다.

대체 공장으로 가면 모두들 이렇게 변해지는 법인가. 그러지 않고는 보람 있는 삶과 의의 있는 일을 할 수 없는 것인가. 꾸미고 과장함이 없이 놀라운 일을 하는 사람이 참말 위대한 인간이 아닐까.

경재는 순간 이렇게 생각하였다. 그러며 그는 형철의 일까지를 연상하였다.

형철이도 그리로 들어간 후로는 한 번도 경재를 찾아온 일이 없다. 직업을 구할 때에는 그렇게 성가시게 찾아오던 것이 요새는 통 만나볼 수 없다.

여순이로 말하더라도 자기가 위정 찾아가고 편지해 주고 제 희망대로 주선까지 해주었는데 그리한 후로는 얼굴 한번 내미는 일도 없다.

그러나 경재는 지금 이 자리에서도 구태여 자기의 공로를 내세우려는 건 아니다.

다만 그들이 저희들의 목적을 달한 후로 자기를 멀리하고 자기와의 거리를 멀리하려는 것 같음이 적이 그를 불쾌하게 하였다.

그래서 경재는 결국 만나지 않은 것만 못한 꺼림한 가운데서 여순이와 다시 갈라졌다.

오후부터 공장은 임시 휴업이었다.

양지쪽 소면실 기계와 짐짝 위에 혹은 기대고 혹은 걸터앉아서 직공들은 오늘도 건강 진단에 대한 이야기를 되풀이하고 있다.

그들은 어저께 이미 진단을 마친 사람들이었다.

요사이 며칠 동안 연해 공장에 흐르고 있는 어수선한 공기를 그들은 대개 다 짐작하고 있었으며 따라서 일종의 불안을 느끼고 있었다.

무시무시한 생각이 가끔 마음을 긴장케 하는 것도 사실이나 또 한편 고달픈 노동과 잠 오는 봄기운에 겸하여 이러한 불안은 더욱 그들을 피곤에 빠지게 하는 것이었다.

그런데 오늘은 한가한 봄빛이 남쪽 유리창으로 들이비치고 또 바로 점심 식후가 되어서 유달리 *춘곤이 찾아들었다.

춘곤
봄철에 느끼는 노곤한 기운.

"하—함……."

이렇게 긴 하품을 하는 사람도 있고,

"으—아갸갸."

하고 뼈마디가 시끈거리는 늘어진 기지개를 켜는 사람도 있었다.

짙은 봄이, 무엇보다 휴식을 부르는 따분한 순간이었다.

그러다가 오늘 진단을 받은 직공들이 우 몰려들기 시작하며부터 장내는 다시 활기를 띠기 시작하였다.

'대마도'라는 별명을 듣는 이 공장에서는 제일 뚱뚱한 사나이가 건강을 자랑하듯이 삐뚜덕거리며 들어오자 모두들 그리로 시선을 주었다. 그는 워낙 익살꾼인데 또 한 가지 특징은 몸이 뚱뚱한 것과는 반대

로 목소리가 아주 모기 소리만큼 가는 그것이었다.

　그 비계 찬 몸집을 보며 그 가는 목소리를 연상하는 때에는 누구나 웃지 않을 수 없었다.

　동무들은 그를 가리켜 사람에게 필요한 일곱 구멍 중에서 어느 것이나 한두 개는 트이지 못한 것이 있다고 하고, 또 늙은 처녀나 고자 모양으로 목소리가 피지 못하여 말라 들어가는 것이라고 놀려 대기도 하였다.

　"자네 진단을 해보니 뭐라든가?"

　하고 한 사람이 뚱뚱한 사나이에게 묻자 여럿은 덩달아,

"그래 병은 아니라든가?"

"고자는 아니라든가?"

하고 그를 보며 웃었다.

"경칠 녀석들…… 아주 상지상이라더라……! 첩 너댓 개 해두 상관
없대, 히히히……."

하고 뚱뚱한 사나이가 *비린청을 간신히 뽑고 있는 것을,

"하하하…… 기급할 녀석."

하고 곁에 섰던 사나이가,

"내가 바루 저놈하고 같이 갔는데 의사가 척척 두드려 보더니만 픽
웃데그려…… 그러자 사팔까지 구을어 가며 웃는데…… 나도 그제
서야 보니까 저놈의 기계가, 하하하……."

하며 새끼손가락 끝을 내보인다. 그러자 뚱뚱보가,

"망할 눔! 영감의 상투가 커서 맛이냐?"

하고 말하는 것을 키가 호리호리하게 생긴 사나이가 채가며,

"이눔아, *흰소리 고만하고 나구 씨름이나 한번 해보자."

하고 뚱뚱한 사나이의 팔을 잡아당겼다. 그가 몸에 비하여 힘을 쓰지
못하는 것도 직공들의 이야깃거리가 되어 있었던 것이다.

"비켜, 요눔아…… 산두 커야 그림자가 있다구…… 온."

뚱뚱한 사나이는 가는 소리로 위엄만 돋우려 하였다. 그러나 그것이
한결 더 여럿을 우습게 하였다.

"그러니 한 번 해보잔 말이야. 이리 와……."

하고 호리호리한 사나이가 다시 뚱뚱보의 팔을 당기자 곁에서,

"해봐라, 해봐."

하고 여럿은 거 재미나는구나 하듯이 우겨친다.

비린청
비위에 거슬리게 쨍쨍
하고 어색하게 가는
목청.

흰소리
터무니없이 자랑으로
떠벌리거나 거드럭거
리며 허풍을 떠는 말.

진단을 마친 사람들이 연해 모여들어서 장내는 사뭇 웅성웅성하여
졌다.

"제군(諸君)!"

무중
갑자기. 뜻밖에.

그때 그들의 뒤에서 *무중 이런 소리가 날아왔다.

그러자 몇 사람은 얼결에 그편으로 눈을 돌렸다.

"흥, 유치원 급장께서 또 연설을 하시는군."

유치원 급장이라는 별명을 듣는 키 작은 사나이가 한 주먹을 든 채
일부러스럽게 눈을 부릅뜨고 무슨 대단한 웅변가나 된 듯이 앞에 선
사람들을 노려보고 있다.

"그런데 어디 보이나?"

"망원경이나 써야겠는걸."

하고 몇 사람은 신통치 않다는 듯이 다시 머리를 돌려 버린다.

"제군! 제군……."

그러나 익살맞은 이 키 작은 사나이는 연해 이렇게 외치고 있다.

키 작은 사나이가 연설 공부를 하고 있는 짐짝 앞에서 알콜스키가
제법 늘어지게 낮잠을 자고 있다.

아마 어젯밤에 한잔 톡톡히 건 모양이다. 간간이 코고는 소리도 들
린다.

키 작은 사나이는 그 사이 준식이며 형철이 등, 여러 사람과 이야기
하는 가운데서 얻은 지식을 종합해 가며 신이 나서―그러나 너무 딱딱
하지 않을 정도로 딴에는 풍자와 익살을 섞어 가면서 소리소리 외치나
모두들 벌써 여러 번 들어 본 관계로 그다지 신통할 거 없다는 듯이 저
희들 장난에만 눈을 팔고 있다.

"제군! 지금 회사는……."

그렇건만 키 작은 연사는 여전히 외치고 있다.

생각은 많으나 그것을 어떻게 순서 정연히 뽑아 놓을지 몰라서 그는 한참씩 눈을 부릅뜨고 있다.

"지금 어떻단 말이냐?"

어디선가 누가 *야지를 보냈다. 그러나 키 작은 사나이는 그런 것은 알은 척도 하지 않는다. 앞에 모여 선 사람들이 하나씩 둘씩 자기 편으로 돌아서는 데서 그는 힘을 얻었다.

"이번 새로 놀 전동기는 실로 우리의 상상을 허락지 않는 굉장한 것입니다. 이것은 *경사 정지장치(經絲停止裝置) 즉 날을 제절로 정지시키는 장치와 *위사 보충장치(緯絲補充裝置), 즉 씨를 자동적으로 보충하는 장치를 가지고 있습니다. 지금 것은 그것이 없습니다."

그러자 또 청중 속에서,

"그래 회사 선전하는 거냐?"

"저눔 필시 돈을 먹었어."

하고 '야지'를 보낸다.

"어떤 의미로 보면 기계는 우리의 몸과 같습니다. 사람이 기술을 가지면 가질수록 좋은 것같이 기계도 정교하면 정교할수록 좋은 것입니다."

키 작은 사나이가 이렇게 외칠 때 누가 또,

"하하, 단단히 먹었구나."

하고 픽 웃는다. 도리어 열을 돋우어 주려는 일부러스러운 야지다.

"그러나…… 그러나……."

키 작은 사나이는 제 김에 점점 신이 났다.

말을 순서 정연히 엮으려는 관심도 익살과 비유를 섞으려는 여유도

야지
야유.

경사(經絲)
피륙을 짤 때 세로 방향으로 놓은 실.

위사(緯絲)
피륙을 짤 때 가로 방향으로 놓인 실.

말의 수사(修辭)를 찾으려는 관심도 가질 사이 없이 함부로 외칠 뿐…… 그러나 그것이 도리어 첨보다 부자연함이 없었다.

차라리 열 있는 사람의 가식 없는 진지한 애교와 같이도 보였다. 말이 군둔한 사람이 골이 난다든가 또는 누구와 싸울 때 도리어 어조가 유창해지는 것같이 그도 열이 오르니까 사뭇 웅변가다워졌다.

그는 일사천리로 뽑아 논 다음 일단 말을 끊고 한참 모여 선 사람들을 내려다보았다.

그때 누가 어디를 어떻게 해놓았는지 잠자던 알콜스키가 화닥닥 뛰어 일어났다. 상당히 급소를 다친 듯이 아랫배를 움켜쥔 채 한참 있다가 찡그린 얼굴을 들어 주위를 노려보며 외쳤다.

"어느 눔이 그랬니?"

"이놈아 천주학을 하느냐, 낮잠은……."

누가 이렇게 말하자 알콜스키도 우스워났던지,

"망할 눔들! 깜짝 놀랐네."

하고 입을 쩍 다시며 바지춤을 들추고 이 사냥을 시작한다.

그는 아직도 무슨 영문인지 통 알지 못하는 상이다.

"그러니까 첫째……."

키 작은 사나이의 높은 청이 무중 뒤통수를 때릴 때에야 알콜스키는 깜짝 놀라며 머리를 들어 돌아보며,

"너이들 대체 뭐 하는 거냐?"

하고 다시 주위를 휘 둘러보다가 키 작은 사나이에게로 시선을 돌리며 '하하 너 또 입이 가려워났구나' 하듯이 쳐다보는 것을 곁에 섰던 사나이가,

"이눔아, 자던 잠을 깨란 말이다."

하고 손으로 머리를 잡아 맴을 돌렸다.

그럴 판에 준식이와 길림이가 왔다.

키 작은 사나이는 준식이와 눈이 마주치자 준식의 눈질하는 의미를 곧 알아채고,

"여러분! 이번은 이길림 연사가 열변을 토하겠습니다. 잠깐 동안만 기다려 주십시오."

하고 짐짝 위에서 훌쩍 뛰어내렸다.

"여, 당나귀 어디 한번 해보게."

"워낙 체격이 좋으니까 상당히 웅변일걸."

"암, 여부 있나."

"자아, 어서 어서……."

두서너 사람의 박수 소리가 났다.

이런 소리를 들으며 준식이와 키 작은 사나이 봉구는 사람이 없는 기계 사이로 걸어갔다.

"동필이와 여순이가 불려간 것을 아나?"

준식이가 주위를 살펴보며 나직이 말하였다.

"불려가다니 어디로……."

봉구는 놀라며 이렇게 반문하였다. 불려갔다는 말을 때여 갔다는 말과 같은 의미로 해석하였던 것이다.

"아니, 웃사무실에 말야…… 그런데 벌써 간 지가 오랜데 여태 안 오는 걸 보니까 무슨 얘기가 많은 모양이네, 자네 점 경과를 알아봐 주게."

"응, 알아보지……."

봉구는 준식이가 말하는 의미를 곧 알아챘다. 또 동필이가 무슨 때문에 불려갔을지도 대강은 추측할 수 있었다.

"인제 참말 본무댈 들어가는 모양일세그려……."

봉구는 좀더 위기가 절박해 오는 것을 느꼈다.

"응…… 그런데 이제 곧 동필이가 나올 거니 자네가 좀 알아보게. 여순은 내가 알아봄세."

"흥, 존 건 자네가 맡는단 말이지."

하고 봉구는 긴장한 속에서 태연을 꾸미며 픽 웃으나 그 눈은 벌써 어떠한 준비로 빛났다.

"그는 내가 본래부터 잘 아는 터이거든…… 그리고 동필은 자네하고 제일 가깝지 않나…… 한데 여순은 절대 염려 없는 사람이지만 동필이만은 결코 그렇게 등한히 보아서는 안 될 줄 아네. 시기가 시기고, 또 회사의 획책에 따라서는 동필이와 그 주위의 사람들이 어떻게 나올지 모르는 거란 말야. 그리고 회사에서 위정 그를 불러다가 장시간 동안 얘기하는 걸 보면 무슨 단단한 타협이 있는 모양이네. 하니까 자네가 그럴듯이 떠보란 말야…… 절대 이편의 눈치를 보여서는 안 될 거네."

"응, 알았네. 염려 말게."

"간단히 말하면 지금 회사가 동필이 일파를 이용해 가지고 한손 써먹자는 건데 거기 대해서 동필의 태도가 어떤지 만나 보면 어느 정도까지는 그 내심을 엿볼 수 있을 걸세. 이를테면 동필이는 지금 저편의 내정을 반영(反映)하는 *바로미터쯤 되어 있으니까 부단히 그와 그의 주위를 경계해야 하네."

"헌데 내 생각 같아서는 동필이가 그렇게 양심 없는 사람 같지는 않데. 일에 다다르면 사람이 여간 그립지 않은데 사실 그만한 사람도 드물단 말야. 그리고 또 시기가 시기니까 한 사람이라도 멀리할 필요가

바로미터(barometer)
사물의 수준이나 상태를 아는 기준이 되는 것

없을 줄 아네. 멀리하는 줄 알면 웬만하던 사람도 위정 반동하는 수도 있는 거거던…… 동필이야 설마 그럴 리가 없겠지만 가령 저편에 붙는다고 해보게. 형세가 그만치 불리하게 될 거 아닌가."

"그것은 전부터도 생각해 온 거고 또 여러 번 당기어도 보았지만 여전히 테 밖에 버티고 있지 않은가. 여태 중립 태도를 고집하고 있었으니까 창졸간 저편으로 기울어지리라고는 생각할 수 없는 일이지만 그래도 일변 감시는 해야지 않나."

"어쨌던 내게 맡겨주게. 꼭 움직여 주고야 말 테니……."

"그렇다면야 더 말할 것도 없는 일이지…… 자네나 내가 무슨 *살부지수라고 미워하겠나. 요행 옛날의 그로 돌아와 주면 더 말할 거 없는 일이지."

준식은 이렇게 말하는 사이 스스로 제 말에 일종의 감상(感傷)을 느꼈다.

그는 잠시 말을 끊었다가 다시 이었다.

"사실 평온 무사한 시기에 있어서는 그 사람의 참뜻을 알 수 없는 거고 결정적 시기에 이르러야 비로소 그 사람의 진정한 태도를 알 수 있는 거니까 별로 큰 문제가 생기지 않은 시기에 그가 침묵을 지켜 왔다 하더라도 그것을 가지고 그를 전적으로 규정지을 수 없을 것은 물론일세. 학수가 부상당했을 때라든가 그 후 몇번 그 비슷한 일이 생겼을 때에도 동필은 평소의 방관적 태도를 버리고 한몫 메라는 성의를 보인 일이 있는데 그때를 우리들은 너무 무심히 지나 보냈고 기껏해야 인도주의의 경향이라고 대수롭지 않게 평가해 버렸던 것은 사실이네. 이것은 우리의 자기 비판이 부족했든 것을 증명하는 거니까 이번은 우선 자네가 당면한 정세에 비쳐 좋도록 해주게…… 그리고 오늘 정보를 수

살부지수(殺父之讐)
아버지를 죽인 원수.

집해 가지고 밤에는 알려 주도록 해주게."

하고 준식은 총총히 나가 버렸다.

여순은 무슨 유혹을 이긴 것 같은 뒤가벼운 쾌감을 느꼈다.

아직도 한편 웃사무실에 대한 까닭 모를 미련이 있고, 보다 좋은 자리를 바라는 허영이 없는 바 아니나 사장의 검은 뱃속을 들여다보고 또 자기의 현재 생활을 보다 의의 있게 생각하려는 신념(信念)도 차차 *더위잡혀져서 사장의 앞에서도 그는 의젓이 자기의 뜻을 말할 수 있었다.

더위잡히다
의지가 될 수 있는 단단하고 굳은 지반을 잡다.

얼마 전에 사장에게 직업을 부탁하던 때에는 주위에 이목이 있어서 싫은 대로나마 *강허 공장이 좋다고 말하였으나 이번은 그런 군색한 티가 훨씬 벗어져 버렸었다.

강허
겨우. 마지 못해.

즉, 자기의 현재 처지를 불만히 생각하고 창피하게 생각하던 맘이 어느 정도까지 자취를 감추어 버렸던 것이다.

사장이 우쭐해서 제 지위를 스스로 자존망대하는 것이 속으로 우습기도 하였다.

'그까짓 자리, 무엇이 그다지 놀라울 거 있느냐.'

하는 생각도 났고,

'내 자리가 외려 그보다 낫다.'

하는 뱃심도 생겼다.

그는 구태여 세상 *명리(名利)에 끌리지 않으려 하였고 남을 공연히 자기보다 높게 보려는 *자비심(自卑心)을 버리려 하였다.

명리
명예와 이익.

자비심(自卑心)
자기를 낮추어 보는 마음.

경재를 만나서도 그 심경에는 별로 변동이 없었다.

물론 여남은 남자로 보기에는 아직 너무도 기억이 새로운 바 있었으나 그는 힘써 범연히 경재를 대하려 하였다.

그것이 그에게 대한 가장 좋은 태도일 것 같았다.

옛 일을 들추자면 한이 없는 그들의 사이였다. 그러나 그것을 헤집어 낼 수 없게 된 오늘에 와서는 그저 만나는 그때 그때를 예사로운 말과 태도로 꾸며 갈밖에 없었다.

말이 옛날로 돌아가기를 여순이도 바라지 않음이 아니나 그리하는 것은 필요 없는 모험 같고 또 현재의 생활에 괴롬이 되지 못할 것이어서 될 수 있는 대로 그 옛날과는 인연이 먼 심상한 얘기에만 시종하였던 것이다.

경재의 초췌한 얼굴이 이상히 맘을 당기기도 하였으나 여순은 힘써 그런 것에 붙잡히려 하지 않았다.

그는 경재와 갈라져 공장으로 돌아오는 동안 정에 끌려가는 무거움이 가고 의지로 걸어가는 경쾌함이 오는 것을 느꼈다.

여순이가 직장으로 들어서자 어디서 어느새 나섰는지 복술이와 분이가 뛰어왔다.

그 까닭 없이 반가워하며 헐떡거리는 얼굴을 보는 순간, 여순은 마치 먼 타국에서 고향으로 돌아온 것 같은 반가움을 느꼈다.

"언니, 어디 갔다 왔수?"

복술이가 먼저 급히 물었다. 분이의 눈도 그렇게 묻고 있었다.

"웃사무실에 갔다 왔다."

여순은 다른 사람의 눈을 피하여 한편 가로 가면서 나직이 대답하였다.

"웃사무실에요…… 왜요?"

분이는 놀란 듯 여순에게로 가까이 다가섰다.

"사장이 오래서 갔더니 다시 웃사무실에 있을 생각이 없느냐고……."

하고 여순은 대강 경과를 이야기해 주었다.

"언니, 그래 올라가겠소?"

하고 복술이가 올라가지 말라는 표정으로 물을 때 분이도,

"언니, 올라가지 말우."

하고 어린애같이 여순이를 쳐다본다.

"얜, 다시 올라갈 생각이면 애초부터 여길 오지 않지……."

하고 여순이가 웃자 분이도 안심한 듯이,

"난 또 털보가 불러 가게…… 무슨 일이 있나 했지."

하고 따라 웃는다.

"나도 별안간 무슨 일인지 몰라서 첨은 뒤숭숭하더라……."

여순의 말.

"그런 걸 우리는 괜히 걱정했지……."

"그러기 말이다."

하고 복술이와 분이가 서로 보며 의미 있이 웃는다.

"설마한들 쫓아야 내겠니."

여순은 위정 이렇게 딴말을 끌어다 대었다.

"아니 그런 게 아니라 털보가 여순씨니 뭐니 하고 애교를 부리는 게 암만해도 상서롭지 못해서…… 호호호."

복술이가 이렇게 말하며 웃자 분이가 곧 받아다가 부연하였다.

"그 웃음이 탈을 잘 내니까…… 도무지 궁금해서 견딜 수 있어야지."

"그까짓 게 그러기로서니 소용 있어……."

여순은 또 공장복 밑에 숨은 자존심이 발끈 솟았다.

그럴 판에 준식이가 왔다.

준식은 봉구를 동필이한테로 보내고 곧 여순이를 찾아왔던 것이다.

"여순씨, 웃사무실 복직령(復職令)이 나렸습니까, 하하하……."

꺼릴 만한 자리가 아니어서 준식은 터놓고 크게 웃었다.

"아닌 게 아니라 그런가 봅니다…… 그런데 그건 어떻게 아셨어요?"

"다 아는 수 있지요…… 대체 뭐랍디까?"

"그저 그런 소리예요. 갈팡질팡한 게 어디 대중할 수 있어야지요?"

여순은 사장의 야심을 어느 정도까지 알고 있었으나 그것까지는 털어놓고 말할 수 없어서 그저 이렇게 평범히 말하였다.

"덮어놓고 웃사무실에 올라와 있으라고 합디까."

"아니에요. 그런 것만이 아니고…… 공장 재미가 어떠냐, 공장 공기는 대강 알게 되었으냐…… 하고 묻더군요."

"하하하…… 제법 정치적 수완을 쓰는 모양이지요……."

"그리고 또 요새 무슨 별일이 없느냐, 직공들은 대개 어떻드냐, 나쁜 사람은 없드냐, 좋은 사람두 있드냐 하고 무슨 *팔진도나 펴듯이 슬슬 뜨는 꼴이 첨은 퍽 불쾌했습니다만 시치미를 따고 아무 일도 없다, 모다 존 사람들뿐이다, 부지런히 일들 하고 있다…… 하고 말해 주었지요. 했더니…… 물론 대부분은 다 그럴 거지만 그래도 몇몇 나쁜 분자가 있어서 가끔 말썽을 부리고 또 요새 무슨 딴 눈치가 있다는데 그건 알지 못하느냐구."

"하하, 그래서 뭐랬어요."

"그런 일은 통 알 수 없고 또 나쁜 사람도 있는 것 같지 않다구 그랬지요. 그러니까…… 지나간 일은 하여간 인제부터는 공장 내의 공기를 잘 살펴 달라구요. 앞으로 인사 문제 같은 것도 생길 거고 하니까 그만침 알고 미리 동정을

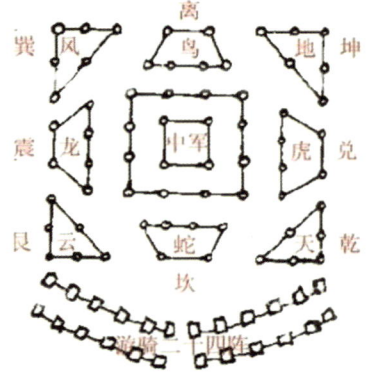

팔진도
중군(中軍)을 가운데 두고 전후좌우에 각각 여덟가지 모양의 진을 친 진법의 그림.

잘 살펴 두면 후에 좋은 기회가 올 거라고…… 그리고 뭐 인사과에 써준 대나요. 마침 자리가 있고 하니까……."

"그래서 승낙했습니까?"

"아니오, 나는 지금 이 자리가 첨부터 소원이니까 그대로 두어 달라고 했지요."

"요컨대 회사측의 의견이나 처사를 전적으로—무조건으로 지지하는 세력을 만들자는 겁니다."

"물론 그럴 테지요……."

"여순씨가 웃사무실에 있었던 관계로 자기의 명령을 잘 복종할 줄 알고 한번 걸어 보는 거겠지요."

"누가 걸리나요."

"아니 여순씨가 그렇다는 게 아니라…… 안 될 일이라도 극력으로 활동해 나가면 어느 만한 성과는 거두게 되는 거니까 혹 걸려드는 수확이 있을지 압니까. 여순씨는 여순씨 혼잔 줄 알지만 그 밖에도 또 손이 어떻게 뻗어 있는지 알 수 있습니까?"

"물론 그럴 테지요. 그러지 않아도 주임이 부리나케 사장실로 오르내린다, 각과 담당을 불러 올린다 하는 품이 어째 심상치 않더군요."

"아무렴요, 시기가 시기니까 오래도록 계획하던 일을 그르치지 않도록 지금 백방으로 짜고 들 것입니다."

준식은 여러 방면으로 형세를 내사하여 왔고 또 급사 순용이에게서도 가끔 필요한 재료를 얻었으나 그 자세한 것은 몇몇 사람 이외 여순에게도 터놓고 말할 수가 없어서 이렇게 얼추 윤곽만 떠서 말하였다.

그리고 순용이와 자기의 관계라든지 또는 순용이가 원한에 눈이 어두운 누이(정님)에게 손을 뻗고 있는 것이라든지는 준식이 혼자만 아는 일이었다.

"사장의 태도만 보아도 전과는 확실히 다르더군요―나쁜 분자는 절대 용서 않고 단호히 처치한다든데요."

"물론 그러려고 들 겁니다. 그래서 지금 바싹 초조해난 거겠지요…… 왜 아까 동필이도 불러 갔었지요…… 못 보셨습니까? 여순씨가 나간 지 조금 후에 직포부 담당에게 불려서 공장 사무실에 갔다가 그 길로 웃사무실로 가는 걸 본 사람이 있는데요."

"아니오, 난 보지 못했어요."

"그렇지. 물론 따로따로 불렀을 겁니다…… 주임이 여태 보이지 않는 걸 보니 동필은 역시 그가 불러다가 구슬리는 모양이군요…… 좌우간 곧 알아보지요."

하고 준식은 그만 가버리려다가 다시 돌아서며,

"그런데 인제 그런 기회가 오거던 되넘겨 저편 *속장을 좀 두드려 보십시오. 그리고 오늘 낮엣경과는 밤에 좀 더 자세히 알리도록 요령을 잘 생각해 두는 것이 좋겠습니다."

하고 인차 봉구의 말을 들으려고 저편으로 가버렸다.

봉구의 말은 대번에 동필의 격노를 샀다.

"너도 준식이패의 *끄나풀이냐?*"

동필은 첫마디부터 버럭 성을 내었다. 봉구가 자기를 뜨려고 드는 것을 곧 알아채었던 것이다.

동필은 털보에게 불려갔다가 돌아오는 길로 소면실에 들어갔다가 저편 기계 뒤에서 준식이와 봉구가 이야기하는 것을 보았었다.

그때 벌써 그는 자기의 말을 하고 있는 것이라고 직감하였다.

속장
눈앞의 이익만을 찾는 속인의 천한 마음.

그러지 않아도 준식이들이 요사이 와서 더욱 자기를 감시하고 경계하는 눈치가 농후해져서 동필은 더할 나위 없이 신경이 날카로워진 터이다.

그런데 또 엎친 데 덮치기로 주임한테 불려가서 일찍 뜻한 일이 없는 영예롭지 못한 당부를 받고 보니 갑자기 자기의 신세가 말못되게 되어 먹는 것 같고 남들이 모두 그것을 비웃고 쾌해 하는 것 같았다.

주임이 아무 거리낌없이 자기에게 터놓고 청을 하는 것도 기실은 자기를 타락한 사람으로 보는 까닭인 것 같고 준식이가 봉구를 찔러 보낸 것도 자기를 전연 이단자로 인정하기 때문이라고 그는 생각하였다.

그러고 보니 모든 사람이 한결같이 색안경을 쓰고 자기를 대하는 것 같고, 두세 사람이 모여 서서 수군거려도 어쩐지 자기의 후론을 하는 것 같았다.

그는 준식에게도 봉구에게도 극도로 감정이 예민해졌다. 봉구와는 비교적 친근히 지내는 터이었으나 그가 준식이와 태도를 같이한다는 것보다 차라리 준식의 피리에 춤추는 *괴뢰(傀儡)와 같이 자기를 뜨리려고 드는 그 줏대 없는 행동이 견딜 수 없이 미워났다.

괴뢰(傀儡)
꼭두각시.

그가 보기에는 봉구는 준식의 꼬임에 들어 자기의 본심을 잊고 맹목적으로 부동하는 것 같았다.

그것이 무엇보다 멸시할 점이었으며 가증한 일이었다. 그것은 일종의 노예근성이라고도 생각되었다. 만일 봉구가 제 본심으로 — 자발적으로 하는 행동이라면 외려 덜 미울 것이었다.

타매
아주 더럽게 생각하고 경멸히 여겨 욕함.

그래서 동필은 말 허두부터 봉구를 *타매하는 어조로 나왔던 것이다. 그러나 봉구는 그것을 깊이 탄하려 하지 않고 넌지시 웃어 가며 응

대하였다.

"이 사람은 미쳤나. 난데없는 준식이는 왜 끌어 오나. 누가 어디 만나기나 했단 말인가?"

하고 봉구는 싱글싱글 웃어 가며 시치미를 땠다.

그는 동필이가 준식이와 자기의 밀의를 엿본 것을 전연 알지 못하였다.

"만나지 못했어? 엥히 더런 놈들!"

하고 동필은 침을 탁 뱉고 쓴 입을 쩍 다시며,

"하여간 네 같은 놈들하고 왈가왈부할 거 없다. 두고 보면 알 날이 있을 거 아니냐?"

하고 어깨로 숨을 쉬며 그만 가버리려 하였다.

"대체 자네 왜 이러는 건가?"

봉구도 부지중 말소리가 높아졌으나 다시 한번 감정을 자제하며 동필에게로 따라갔다.

"왜 그러는 거냐…… 에끼 더러운 놈들…….”

"글쎄 이눔아, 말을 해봐."

"말할 거 없다. 너이 같은 놈들이 다 없어져도 내 양심이 말라 죽을 리는 없다."

동필은 이렇게 말하는 순간 뼈마디가 오싹 하는 가냘픈 고독감을 느꼈다.

그러나 그는 동시에 결코 양심을 버린 자기가 아니라고 생각하였다.

그 누구보다도 직공의 실질적 이익을 위해서 노력하려는 자기라고 그는 스스로 생각하였다.

지금은 비록 침묵을 지키고 있다 하더라도 일단 유사시에는 그 누구보다도 과감히 일어나리라고도 이 순간에는 맘에 다짐을 두었다.

그리고 그리함으로써 지금 자잘부레 조잘대고 다니는 햇내기패들을 악지가 딱 벌어지도록 놀래 주리라고도 생각하였다.

그러며 동필은,

"너 이놈들이 암만 그래 봐야 냄새 맡을 거라구 없다. 가거라 가."

하고 *앙연히 외쳤다.

"자네 왜 이러는 건가? 대관절 말 좀 해보게."

봉구도 불현듯 감정이 나서 저도 모르게 언성을 높였으나 인차 고쳐 생각해 가지고,

"허 망할 눔…… 사람두 미치자면 잠깐일세그려."

하고 다시 뒤끝을 슬쩍 풀어 주었다.

"내가 어디 갔다 온 건 알아서 뭣 하는 거냐. 또 갔다 왔으면 어떻단 말이냐 경칠 놈들! 남의 걱정 말구, 너이들 걱정이나 해라."

동필이가 이렇게 말하고 홱 가버리려는 것을 봉구가 소매를 잡아챘다.

"이 사람아! 그래 내가 물은 게 잘못이란 말인가. 가기는 어디로 가나?"

"내 갈 데로 간다. 그래 어쩔 테냐."

"못 간다 못 가."

"허허…… 위협하는 셈이냐? 그래 때릴 테건 때려 봐라, 얼마던지……."

동필은 턱 아래로 키 작은 봉구를 내려다보며 어이없는 듯이 입맛을 다신다.

"그러면 내가 자네한테 말을 묻지 못할 사람이란 말인가?"

봉구는 매어달리듯이 다가서며 눈을 모로 세웠다.

"그러기 정직하게 말을 해라. 되잖은 잔재간을 부리지 말구……."

"거짓말한 건 뭔가?"

"너이들이 그래 봐도 내가 다 안다 알어."

"이눔아, 글쎄 알긴 뭘 안단 말이냐? 말을 해봐라……."

"그러기 우선 너의 직함과 사명을 말해 보란 말이다."

하고 동필은 너무도 아니꼬운 듯이 제김에 씩 쓴웃음을 짓는다.

"직함? 엥히 망할 눔…… 그눔 참말 미쳤구나 미쳤어."

"그러면 좀더 똑똑히 얘기해 주랴…… 아까 준식이허구 무슨 얘길 했느냐 말이다. 그리고 무슨 말을 받아 가지고 왔느냐 말이다."

동필은 드솟는 흥분을 누르고 그만 일소에 부쳐 버리듯이 냉연히 조롱하는 얼굴로 봉구를 내려다본다.

"요새 밤낮 하는 그 얘길 했다. 그래 어떻단 말이냐? 너는 그래 뱃속이 편해서 낮잠이 올 지경이냐?"

이번은 봉구의 편이 분노에 떨고 있었다.

"얘, 그러지 말구 최동필이 같은 타락분자를 잡아잡술 공론을 했다구 정직히 말해 봐라…… 그러나 너이가 천하 없는 별소릴 다 해봐도 잡아멕힐 최동필이가 아니다. 어디 해보랴건 얼마든지 해봐라. 까딱이나 하나……."

동필은 냉소를 지으며 봉구의 코앞에 주먹을 겨누었다.

"이눔아! 누굴 놀리는 거냐?"

하고 봉구는 그의 주먹을 탁 싸리며,

"네가 참말 그런 눔인 줄 몰랐다. 다른 사람은 몰라도 나만은 너를 그렇게 믿지 않았다…… 새대가리만치라도 양심이 남아 있으리라고 믿었다."

하고 튀 하며 돌아서 버리려 하였다.

"요놈아! 믿는 게 그거냐…… 나는 적어도 믿는다면서 친구의 발뒤 꿈치에 무덤을 파라고 드는 그런 악한의 믿음은 받고 싶지 않다—안 받아도 손될 거 하나 없다…… 차라리 너이같이 경망한 놈들의 미움을 받는 게 내게는 영예인 줄 안다."

동필은 어느새 다시 흥분되어 갔다.

"무덤을 파? 엥히 망할 눔! 정말 제 무덤을 제 손으로 파는 눔은 너 자신이다. 지금이 어느 때냐 때가…… 되지 못한 사감을 가지고 끝까지 쥐와 고양이처럼 지나야 옳단 말이냐그래."

봉구도 극도로 흥분되어 갔다.

"너이가 그러는 거지 내가 그러는 거냐. 너이놈들이 무어라고 하든지 나는 내 양심을 버리려는 사람은 아니다. 너이들이 비록 내 머리 뒤에 무덤으로 가는 꼬리표를 달려고 들지만 그래도 내 갈 곳은 내가 걸어갈 거니 염려 말고 너이 갈 길이나 가거라."

"그러면 네 갈 길을 좀 말해 봐. 그것이 듣고 싶어서 너를 찾아온 거다…… 정말 그렇게 옳은 길을 걸으려는 너일 것 같으면 말 못 할 게 없지 않으냐?"

"네 같은 놈허구 긴 말 할 거 없다. 그리구 너와 나와 단둘이 다툴 것도 없다. 발뒤꿈치를 쫓아다녀도 하나 물어 갈 거 없으니 창피한 대루 돌아가거라."

동필은 이렇게 뱉고 어디론지 홱 가버렸다.

여순의 이야기를 다 듣고 봉구를 찾아온 준식은 멀찌감치서 그들의 말이 끝나기를 기다려 가지고 동필이가 어디로 가버린 다음 봉구의 곁을 쓱 지나가며 나직이 물었다.

　"어떻게 됐니?"

　"양심이 좀 *제려난 모양이데…… 좌우간 자네도 한번 만나 보게.

아주 튀여 버릴 상싶지는 않데."

하며 봉구는 한 걸음 뒤떨어져 따라가며 대강대강 얘기하였다.

제려나다
근육이나 뼈마디가 저
리다.

그 전후

　여순이와 복술이가 막 집을 나서려고 할 즈음에 뜻밖에 정님이가 찾아왔다.

　"아, 정님이…… 너 웬일이냐?"

　복술이는 놀라며 이렇게 물었다. 그전 한 공장에 있을 때에도 피차 내왕이 없었더니만큼 오늘의 정님의 내방은 전연 의외였다.

　"벌써 한 번 찾아온다면서……."

하고 정님은 무슨 이야기가 있는 듯이 머뭇머뭇하고 섰다가,

　"어디 나가는 길이냐?"

하고 묻는다.

　"응, 아니…… 잠시 산보나 가볼까 하고."

　사실 산보가 아니라 준식이들과 약속한 시간이 있어서 나가려는 것이었으나 그런 눈치를 보이지 않기 위해서 복술은 창졸간 이렇게 돌려대었다.

그러나 정님은 여전히 돌아가려는 동정이 없이—그러면서 여순이가 곁에 서 있어서 얼른 말을 꺼내지 못하는 듯이 서성거리고 있다.

복술은 곧 그 눈치를 알아채고 여순에게,

"언니 혼자 가보시우……"

하고 자기는 한 걸음 뒤떨어져 혼자 갈 테니 먼저 가는 것이 좋겠다는 의미로 슬쩍 눈짓을 하여 여순이를 먼저 내보낸 다음 정님이와 같이 다시 방으로 들어왔다.

"그래 *자미 어떠냐. 일이 과히 바쁘지나 않니?"

하고 복술이는 정님이와 마주앉으며 심상한 얼굴로 물었다. 그러나 본래부터 정님에게 좋지 못한 감정을 가지고 있고 또 지금은 피차 처지가 달라서 그가 찾아온 데 대하여 공연히 뒤숭숭한 생각이 났다. 혹시 무슨 *내탐으로 오지나 않았나 하는 의심도 났다. 그래서 속으로,

'요 사특한 년이 대체 무엇 때문에 왔을꼬?'

하는 생각으로 다시 한번 유심히 정님을 쳐다보는 때 복술은 정님의 초췌한 얼굴에 새삼스레 놀랐다.

그의 몸은 날씬하니 아무 데도 활기가 없다. 살결만은 그전보다도 더 희어진 듯하나, 그것이 도리어 몸과 맘이 함께 지쳐 버리고 거칠어 버린 증거인 것같이 보였다. 불의의 길을 걷는 사람의 말로가 너무도 빨리 너무도 처참히 다가온 것을 보는 느낌도 생겼다.

"자미가 다 뭐냐…… 난 오늘 회살 그만두었단다."

정님은 그전보다는 전연 딴사람같이 침착해지고 무거워지고 수심스러워졌다. 그전 같은 경망함과 요사스러움은 이 순간 조금도 찾아볼 수 없었다.

그만만 해도 훨씬 사람다워진 것 같아서 복술은 놀라듯 동정하는 표

자미(滋味)
재미.

내탐(內探)
남모르게 살펴봄.

정으로,

"그만두다니 왜 그만두어."

하고 정다이 물었다.

치탈
벗겨 빼앗아 들임.

침정(沈靜)
마음이 차분하게 가
라앉은 상태.

"누굴 *치탈할 게 있니 모다 내 잘못이지……."

정님은 자기 자신을 반성하는 *침정한 태도로 서글픈 웃음을 띠고 이렇게 말하였다.

"왜 털보가 나가라든?"

"아니 털보가 무슨 상관이냐. 그까짓 게 누굴 나가라 마라 할 권리가 있니."

"그러면 무엇 때문이냐…… 오—참 사장이 그리던?"

복술은 빙긋 웃으며 이렇게 물었다. 털보를 문제도 안 되는 인물로 치려는 정님의 태도는 말하자면 그보다 훨씬 높은 지위에 있는 사람을 상대로 하고 있다는 것을 암시하는 것이라고 복술은 깨달았다.

그래서 속으로 적이 증오심을 느꼈으나 힘써 그런 티를 내지 않고,

"왜 사장이 모처럼 불러 올려 갔다면서?"

하고 재차 물었다.

"아니 누가 나가라 말라 하는 건 아니지만…… 그렇더라도 그 꼴 보고 누가 있니. 글쎄 죽으면 죽었지……."

"왜?"

"넌 그 사잇일을 모르니까 이상히 생각할 거다만…… 말하자면 참 기가 막힌다."

정님은 이렇게 말하는 순간, 그 사이 지난 일과 그러는 동안에 삽살이 얽힌 감정이 불현듯 되살아났으나 남에게 낱낱이 말할 수도 없고 해서,

"메칠 전에 무슨 서룬가 잃어버렸대나……."

하고 사장과 자기 사이의 추잡한 곡절을 빼어 버리고 요사이 새로 일어난 일로 말을 가져갔다.

"그걸 글쎄 날더러 집었다는구나. 참 기가 맥혀서……."

"아 서류를? 그래서……."

"그래서 말이다, 그걸 얼른 내놓지 않으면 형사를 불러 대겠다고 을르고 달래고 한단 말야…… 그게 나가라는 말보다 더한 거 아니냐."

하고 정님은 하도 어이가 없는 듯이 쓴 입을 다신다.

"무슨 중요 서류든가?"

복술은 다시 이렇게 물었다.

"아니 전번 건강진단서에 관한 서류라나…… 아마 직공들의 건강상태를 적은 건가 봐."

"그래 어떻게 됐니, 찾아냈니?"

복술은 첨은 자기에게 관계없는 소리로만 여기고 심상히 들었으나 말이 이까지 미치자 귀가 솔깃해졌다. 그것을 어떻게 한번 얻어 보고 싶은 생각도 나고 남들에게 보여 주고 싶은 생각도 났다.

"그 이튿날엔가 다른 서랍 속에서 나오긴 나왔다더라만……."

"그러면 말썽 될 거 없지 않어?"

"아니야, 그런 게 아니라 내가 빼내다가 다른 사람들에게 보여 주고 도루 집어넣을대나…… 그리구 또 앞으로도 그럴 우려가 있다구……."

"그렇지만 애매한 담에야 그만둘 거까지는 없지 않니. 아무리 나가라고 한대두 나 같으면 한사코 버티고 있겠다…… 정작 나와 버리면 그만 누명을 뒤집어쓰는 셈인데……."

"그도 그렇지만 나가라는 건데 뿌득뿌득 있을 맛도 없고 또 그리지 않아도 벌써부터 그만두려는 차이고 해서 오늘 아주 그만둔다고 하고 나와 버렸다…… 저도 사람이면 좀 뜨끔할 테지…….”

“얘, 어림도 없는 소리 마라…… 나오는 날이 마지막이지…… 나와만 봐라, 어디 더 해볼 땅이 있나. 저로서 제 입장을 불리하게 만들어 놓고 돌아앉아서 벨르기만 하면 무슨 소용이냐. 내일부터 길에서 만나 봐라, 알은 척이나 하나.”

“아니다, 그래도 그는 내 손에서 지위고 명예고 모다 매장되는 것만 봐라.”

정님은 이렇게 말하는 동안 어느새 다시 흥분되었다. 자기를 반성하려던 조그만 자제조차 잃어져 버렸다.

그는 지금 서류 문제를 생각하고 있는 것이 아니라 자기에게 대한 사장의 몰인정한 행동을 무엇보다 분하게 생각하는 것이다. 그는 어떻게 해서든지 분풀이를 해주려고 생각하였다. 자기의 얼굴을 깎아 내는 한이 있더라도. 자기의 몸을 가루를 만드는 한이 있더라도 사장의 추행을 들어 그 낯짝에 지울 수 없는 치욕을 새겨 주려 하였다.

그러나 복술이는 사장과 그의 관계를 모르느니만큼 그런 심사까지를 살필 수는 없었다.

“어쨌던 네가 나와 버린 건 너무 경솔한 짓이다. 왜 나와, 나오길…… 있어 가지고도 얼마든지 흑백을 가릴 수 있는 건데…….”

복술은 복술이대로 문제의 생각과는 전연 닿지도 않는 딴생각을 하고 있었다. 이판에 정님이가 그대로 회사에 있어 주었더면 혹시 유용하게 이용할 수 있었을 걸…… 하는 생각을 하였던 것이다.

“아니다. 너는 모른다. 나와 가지고도 얼마든지 할 수 있다. 나올 때에야 그저 나왔겠니. 어느 모로든지 곯려 주고 말지.”

"글쎄 그건 네 생각이겠지만 인제는 뭐 별수없을 거다."

"아직은 순용이(동생) 때문에 이러구 있다만…… 내 입이 터지는 날이면 어떻게 되나 두고 봐라."

"참 순용이는 별일 없니?"

"왜 순용이도 첨은 그 서류 때문에 의혹을 샀단다. 그리다가 결국 내가 뒤집어쓰게 되니까 그 앤 벗어졌지만 그 애도 오래지는 못할 거다. 그전에는 사장도 퍽 신용했는데 요새는 무슨 눈치를 보았는지 중요한 회의가 있는 때에는 그 애도 통 못 들어오게 하더라……."

"그런데 또 네가 그렇게 나와 버렸으니까 순용이게도 다소간 영향이 있을 거 아니냐?"

"그렇지만 쫓아내면 나오는 한이 있더라도 어쨌던 그저는 안 있을 작정이다. 두고만 봐라."

"하지만 외로운 장군이 없다구 뭐 별수 있니?"

"그러기 말이다. 그래서 나도 준식씨한테 *상론하랴고 찾아갔었다."

상론(相論)
서로 의논함.

"그래, 만났었니?"

"아니 막 어디로 나갔대더라. 그래서 오래간만에 너두 만날 겸, 준식씨가 혹시 여게나 오지 않았나 하고……."

"안 왔다. 어디 우리집엘 다니는 줄 아니…… 통 안 온다."

"분이 집에도 안 댕기니?"

"그럼."

복술은 이렇게 시침을 따고 이어 말을 돌려,

"그리고 또 그를 만난들 별수 있니?"

"아니 그런 게 아니라 좀 상론할 게 있다."

하고 정님은 저고리 앞섶에서 손수건에 싼 서류뭉치 하나를 꺼냈다.

그리고 몇 마디 이야기를 하는 판에 밖에서 별안간 사람의 발소리가 나서 정님은 엉겁결에 다시 집어 감춰 버렸다.

"복술아……."

분이의 소리다.

"응, 너 벌써 저녁 먹구 오니?"

하고 복술은 미닫이를 열고 머리를 내밀며 말하였다.

"그럼 넌, 여태 안 먹었니?"

하고 분이가 얼른 나가자고 말하려는 것을 복술은 곧 말을 막으며,

"애, 너 어디로 가니?"

하고 눈을 끔적하였다.

분이는 잠시 무슨 영문을 몰라서 방 안을 쭈빗이 들여다보다가 정님이를 여순으로만 알고,

"언니, 저녁 잡수셨소?"

하고 물었다.

"언닌 산보 나갔다."

하고 복술은 미닫이를 좀더 밀며,

"애, 정님이 왔다. 넌 좀 안 들어오랴."

하고 들어오기를 청하며 눈짓으로 먼저 가라는 표시를 하였다.

"정님이가 왔어?"

하고 복술이가 말할 때에 정님이가 내다보며,

"분이냐, 좀 들어오려무나."

하고 오래간만에 만나는 반가움을 보였다.

"아니, 난 좀 볼일이 있어서…… 그런데 너, 무슨 바람이 불었니?"

하고 분이도 웃어 주었다. 그러나 평소에 못마땅히 생각하는 맘이 있

던 차에 평생 오지 않던 그가 공교히 긴한 일이 있어서 나가려는 무렵에 자발없이 냉큼 뛰어든 듯해서 속으로는 슬며시 미워났다. 요사스런 것이란 똑 남의 일을 방해할 짓만 해…… 하는 생각도 났다.

"얘, 정님이가 오늘 회살 그만뒀다는구나."

복술의 말.

"그만두다니…… 왜?"

하고 분이는 놀라듯 정님의 얼굴을 보았으나 아직도 좋은 낯으로 돌아와지지 않았다.

"싫으니까 그만뒀지 뭐……."

분이의 태도가 지나치게 동정을 잃은 것 같아서 정님은 그 이상 더 설명을 가하려 하지 않았다.

"싫긴 왜 싫어. 여공질도 할라니……."

하고 분이가 여전히 지나가는 행인의 일같이 심상히 말하는 것을 복술은,

"얘, 그런 거 아니란다…… 애매한 허물을 뒤집어쓰고 나왔단다."

하고 중재나 붙이듯이 정님의 사정을 대강 설명해 주었다.

"그런 판인 줄 알면서…… 애초에 가길 잘못이지."

하고 분이는 복술이더러 얼른 정님을 보내 버리고 곧 오라는 눈짓을 하고,

"얘, 난 볼일이 있어서 가야겠다…… 정님아, 잘 놀다 가거라."

하고 총총히 나가려 하였다.

"얘, 너 또 좋은 데로 가는구나."

복술이는 위정 이렇게 놀려 주었다.

"오냐, 내 신랑 선보러 간다."

분이도 *구격이 맞도록 이렇게 받아 주었다.

"애, 그 사람 집에 없대더라. 가지두 마라."

"망할 년! 그 사람이 다 뭐냐. 아주머니 집에 제사가 있어서 가는데."

"그런데 참 애, 너 여순 언니 부탁은 어떻게 되었니."

복술은 이렇게 헛소리를 하며 분이에게로 쫓아가서 나지막하게,

"너, 집, 똑똑히 알겠니?"

하고 물었다.

"그래 안다."

"그러면 먼저 가거라. 나도 곧 갈 텐데…… 정님이한테 무슨 들을 만한 소식이 많은 모양이니 잘 들어 가지고 가마…… 준식씨한테 그렇게 일러다구."

하고 말한 다음 복술은 정님이가 듣도록 일부러 큰 소리로,

"너 내일은 한턱 내야 한다. 안 하면 알지……."

하고 높게 말하였다.

"그래라. 너 좋아하는 줄(귤)이나 하나 갖다 주마."

하고 분이도 위정 크게 말하며 밖으로 나가 버렸다.

복술은 아주 심상한 체를 꾸미며 다시 방으로 들어왔다.

정님은 인차 서류를 끄집어내 놓고 빙긋이 웃으며—그러나 어딘지 모르게 불안과 공포를 가진 침착지 못한 태도로,

"이걸 짬짬이 베껴 쓰노라고 여간 시간이 걸리지 않았다. 벌써 그만두었을 건데 기왕이면 나도 좀 곯려 줄 생각이 있어서……."

하고 이어 서류 내용에 대해서 대강대강 설명해 주었다.

정님의 말을 듣는 동안도 그랬지만 다 듣고 나니 복술은 더욱 속이 죄어났다. 얼른 가보아야겠다는 생각뿐이었다.

그러나 정님은 여태 일어나려는 동정이 없다.

그럴 판에 밖에서 툭한 소리가 무중 들려 왔다.

"복술이 있소?"

두 사람은 깜짝 놀랐다.

복술은 얼른 서류를 집어서 품 속에 찔러 버렸다.

알듯 한 목소리면서도 얼핏 생각이 나지 않아서 잠시 고개를 갸웃하고 생각하고 있을 때 두 번째,

"복술이 있소?"

하는 굵은 목소리가 들려 왔다.

"누구요?"

하고 그제야 문을 밀고 마루로 나서는 복술은 순간 가슴이 쩔렁하였다.

그는 동필이었다. 전연 의외의 일이었다. 근래 동필은 복술이를 찾아온 일이라곤 한 번도 없던 터이다.

동필이와 복술이는 비록 한때나마 젊은 맘과 맘의 흐름이 있었으나 그도 돌아올 수 없는 옛 일이 되어 버리고 또 더욱 동필은 고립한 처지에 있고 복술은 저간 준식이들과 늘 태도를 같이하여 온 관계로 그들은 표면상 남남 사이보다도 더 심상히 지내 오면서도 내면으로는 야릇하게 감정의 갈등을 깊게 하여 오던 터이다.

그러니만큼 복술에게는 동필이가 돌연히 찾아왔다는 것이 풀 수 없는 수수께끼와 같이 생각되지 않을 수 없었다.

"준식이 안 왔소?"

동필의 물음은 또 한번 복술을 놀라게 하였다. 준식이들과 자기가 만나기로 약속한 것을 눈치차린 것이나 아닌가 하는 생각이 났던 것이다.

"준식씨가 무엇 하러 여겔 와요……."

복술이가 잡아떼듯이 이렇게 잘라 말하고 있을 때 정님이가 밖으로 나왔다.

"난, 가겠다. 또 오마."

하고 그는 곁눈도 팔지 않고 쪼르르 나가 버렸다.

"또 놀러 오너라, 응?"

하고 복술은 정님을 보내고 나서 재차 동필에게,

"준식씨가 왜 여길 와요?"

하고 또 한번 힐문하는 어조로 반문하였다.

"준식이는 이 집으로 못 오는 사람인가요?"

동필은 자못 냉담한 태도로 눈도 꿈쩍하지 않고 버티고 섰다.

"글쎄 못 올 거야 없지만 평생 안 오던 사람이 별안간 여길 올 리가 있어요……?"

"평생 안 와요?"

동필의 어성에는 확실히 무슨 트집이 있는 것 같았다. 상기한 그의 얼굴은 불빛에 비쳐 더욱 으르르하게 보였다.

"그럼요. 올 일이라고 있어야지요."

하고 복술은 한숨 늦추어 가지고 될 수 있는 대로 감정이 상하지 않을 정도로 온편히 말하였다.

"이 집으로 안 왔다 하더라도 그가 간 곳은 알 테지요."

"그 사람이 간 데를 내가 어떻게 압니까?"

"그리지 말구 얼른 얘기해 보십시오."

하고 동필은 별안간 넌지시 성미를 낮추었으나 느슨히 돌아붙는 품이 복술에게는 도리어 진저리여서,

"얘긴 무슨 얘기예요…… 모른다지 않습니까."

하고 성을 내었다.

"모르지 않을 겁니다. 모를 리가 있습니까?"

동필은 여전히 느린 소리로 말하며 냉조에 찬 긴 한숨을 후 하고 내뿜는다.

"모른다는데, 왜…… 주정하시는 겁니까?"

사실 동필은 술이 얼근히 취했었다.

"주정이요…… 아따, 주인을 찾고 들어왔고 또 들어와서는 그만침 똑똑히 내의(來意)를 말했는데 주정은 무슨 주정입니까…… 좌우간 긴 말 할 거 없이 준식의 간 곳이나 가르쳐 주시오. 그러면 곧 가지요. 그것만 알면 이 집에서의 용무는 필하니까……."

"글쎄, 모른다지 않습니까. 남이 어디로 다니는지 내가 알 거 됩니까?"

"그리지 말구 얼른 말해 보시우…… 말하기 거북하거든, 같이 가십시다그려."

"같이 가다니 어디로 간단 말이에요?"

"그가 있는 데로 좀 안내해 달란 말입니다."

"그는 집 없는 사람이든가요. 그의 집에 가보면 알 거 아닙니까?"

"집에 없으니까 말이지요…… 그래서 모처럼 이 집으로 찾아온 겁니다."

"집에 없는 사람을 낸들 어찌 압니까?"

"당신들의 영웅의 행방을 당신이 모른대서 말이 됩니까…… 더욱이 때가 때인데 비록 일 분 일 초라도 그 동정(動靜)을 모를 리가 있습니까…… 자아 바쁘실 텐데 얼른 가보지요. 준식이만 만나면 당신한테 대한 용무는 필하는 거니까, 그 다음은 얼마든지 당신 볼일을 보십시오.”

“언제는 구속되어 살든가요.”

“아따, 그러면 여기서 기다립시다그려…… 당신이 찾아 안 가면 그가 곧 찾아올 거니까…… 자아 실례합니다.”

하고 동필은 다짜고짜로 방으로 성큼 들어섰다.

동필이가 방으로 들어가는 것을 보며 복술은 한편 마음이 초조해 났다.

그런데 또 정님이가 주고 간 서류가 팔딱거리는 가슴을 건드리며 더욱 마음을 들끓게 하지 않는가.

그는 어두컴컴한 뜨락에 망연히 서 있었다.

자기를 기다리는 눈, 입 그리고 마음이 떨려서 속삭이며 자기를 부르는 것 같은 야릇한 감각을 느끼며 그는 쌀쌀한 봄바람에 몸을 오싹 떨었다.

순일순
순간 순간. 조금씩 조금씩.

어둠은 *순일순(瞬一瞬) 깊어 온다. 가까이 들리는 이웃집 시계 치는 소리가 그들의 운명을 감추고 있는 이 밤의 자태를 더욱더 무겁게 하였다.

숙숙(肅肅)하다
삼가는 일이 생길 만큼 분위기가 엄숙하다.

새카만 어둠 중으로 한 줄기 빛을 따라 *숙숙(肅肅)히 옮겨 가는 동무들에게서 뒤떨어져 버리는 것 같은 안타까움이 왔다.

자기보다 앞서가는 그들은 그들의 머리를 덮는 까만 하늘에 뿌릴 몇 개의 별을 만들어 가지고 빛을 뿌리러 가지 않는가. 별은 몇 개며 어떻게 만들었을까.

복술은 순간 어두운 하늘에 별을 뿌리는 이런 환상을 머리에 그리었다.

그러나 어쩐지 그것은 환상인 것 같지 않았다.

복술은 그대로 훌쩍 나가 버리려고도 생각하였다. 그러나 그렇게 하면 응당 동필이가 바싹 따라설 것 같았다.

그리하여 그는 어찌할 바를 모르고 한참 실히 그대로 서 있었다.

그것은 실로 갑갑한 순간이었다. 아무 변화도 아무 해결도 없는 시간이었다.

그는 하는 수 없이 다시 방으로 들어왔다. 요부와 같이 얼러맞추는 재주라도 있었으면 그렇게라도 해서 동필을 얼른 돌려보내고 싶도록 그는 마음이 수선수선하였다.

그래서 복술은 성난 동필이에게 부드러운 전법으로 다다르려 하였다.

"대체 무슨 때문인지, 내게는 말씀하실 수 없습니까?"

복술은 정색하며 점잖게 물었다.

"그거야 당신이 더 잘 알 거 아니오."

동필은 심상한 어조로 말하였으나 그 속에는 충분히 노기가 띠어 있었다.

"내가 남의 속을 어떻게 압니까…… 동필씨가 준식씨를 만날 용무가 무엇인지 제삼자인 내가 알 까닭이 됩니까?"

"나를 밤낮 감시하고 있는 당신들이 모르면 누가 압니까?"

"감시라니요?"

복술은 약간 힐문하는 어조로 나왔다.

"당신도 준식이파의 당당한 낭자(娘子)군의 한 사람이니까 그걸 모를 리 있소?"

하는 동필의 말에는 서릿발 같은 냉조가 섞여 있었다.

그러지 않아도 나가 볼 시간이 늦어서 화가 나던 판이요, 화가 나도 억지로 자제할밖에 없는 이가려운 판인데 또 이런 소리까지 듣고 보니

복술은 그만 발끈 돌아서,

"무얼 어떻게 해요?"

하고 소리를 빽 지르고 재차,

"무얼 어떻게 해요? 말 좀 해봐요."

하고 성을 버럭 내었다.

"흥! 상당허군. 과시 행동대의 관록(貫祿)을 여실히 보이는데, 허허허……."

역시 *강유(剛柔) 어느 편에도 붙잡히지 않는 *냉락(冷落)한 태도다.

"그런 소릴 할 테건 어서 일어나 가서요, 가요."

복술은, 털끝 하나라도 다쳐만 보아라 하듯이 표독스레 잡아떼었다.

"그런 소리라니요. 그게 잘못된 소립니까?"

동필은 별안간 점잖은 태도로 이렇게 반문하였으나 복술은 아무 대답도 하지 않았다. 그리고 다만 동작으로 얼른 가라는 뜻을 표시하듯이 아까보다도 좀더 표독스러운 태도를 보였다.

"당신들의 말본으로 지금 바루 비상기니까…… 당신들의 비상경계에 최동필의 일거일동이 역력히 걸려들었을 거 아니우."

"……."

"즉, 나 자신보다도 내 행동을 당신들이 더 잘 알 거 아니우."

그래도 복술은 아무 대꾸도 하지 않았다.

"하니까 구태여 날더러 그렇게 유도(誘導) 심문을 할 필요도 없을 겁니다. 그렇지 않습니까?"

하고 동필은 복술의 침묵을 깨쳐 주듯이 물었으나 그는 굳이 입을 다물고 아무 대답도 하지 않았다.

"바루 당신이 내게 대해서 생각하는 바를 솔직히 말해 준다면 그것은 나도 성의껏 듣겠소만……."

동필은 자기의 말이 다소간 탈선된 것을 깨달으며 태도를 고쳐 이렇게 말하였다.

"만일 당신이 생각한 거 없다고 하면 그 사이 남들에게서 보고 들은 거라도 말해 주면 고맙게 듣지요. 그리고 내 의견도 말해 드리지요."

"그거야 동필씨 자신이 생각해 보면 잘 알 일이지요."

복술이도 동필의 태도가 고쳐지는 데 따라서 감정을 없이하고 이렇게 대답하였다.

"나는 암만 생각해 봐도 오늘까지 나 자신에 부끄러운 행동이나 생각을 가져 본 일이 없소. 그러나 되지 못한 놈들이 공연히 쑥덕대는 모양이니 그렇기 때문에 준식이 놈부터 만나 보려는 거요…… 하니까 준식이만 만나게 해주면 저간의 사정은 자연 명백해질 거요."

"준식씨를 만나는 건 물론 좋을 줄 압니다만 내가 어떻게 만나게 하고 안 만나게 할 수 있겠습니까. 그러나 동필씨 성의만 있다면 얼마든지 만날 수 있겠지요…… 하여간 우리는 이렇게 생각할 뿐입니다. 동필씨고 준식씨고 본래부터 우의가 두터웠고…… 또 우리들도 두 분의 지도로 여러 가지 얻은 바가 많은 터인데 남을 인도할 만한 자리에 있는 이들이 그렇게 소 닭 보듯 해서야 어디 남들이 믿을 수 있어요."

"그래, 그게 내 죄란 말이우."

동필은 불현듯 다시 흥분되어 갔다.

"글쎄올시다……."

"남들이 안 믿어 주어도 무방하오. *감언이설(甘言利說)로 남을 호려 넣는 놈은 한편 반드시 *악담패설(惡談悖說)로 남을 모함하고 물리치는 법이오. 그런 악랄한 수단으로 남을 믿게 하느니 차라리 잠자코

감언이설(甘言利說)
귀가 솔깃하도록 남의 비위를 맞추거나 이로운 조건을 내세워 꾀는 말.

악담패설(惡談悖說)
사실과 다르게 함부로 남에 대하여 퍼뜨리는 나쁜 말.

그 전후 595

육신으로 남을 믿도록 하는 게 정당하겠지요. 그래도 남이 믿지 않는다면 그야 제 자신의 인격과 노력이 부족한 탓이겠으니까 그때는 자기의 몸을 더욱 편달하는 수밖에……."

"그러니 그 인격과 노력을 어찌 다른 사람에게만 요구하겠습니까. 우선 저 자신부터……."

"그래, 그걸 남에게만 강요하는 놈이 대체 어느 놈이란 말요. 바루 당신들의 맹장이란 자들이 그놈 아니우."

그 사이 혼자 쌓이고 쌓인 울적한 분노가 일시에 폭발되었다. 동필은 부지중 그 자리를 차고 일어섰다.

"앉으서요……."

하고 복술은 방긋 웃으며 다시 말을 이었다.

"그래도 우리는 동필씨를 믿고 싶으니까 말이지요. 그러니까 그런 말이라도……."

"믿고 싶어?"

하고 동필은 한참 복술을 노려보다가 "엥히!" 하고 뿌리치듯 훌쩍 나가 버렸다. 어디 가서든지 준식을 찾아 만나려는 늠름한 기세다.

쿵쿵 하는 발소리가 문 밖에 사라지자 복술이도 급히 집을 나섰다.

그는 길림이가 그려 주던 지도를 머리에 그려 보며 약속한 장소로 걸음을 빨리하였다.

동필이가 주고 간 인상이 어두운 길을 걷는 그의 머리에 새삼스레 선명히 떠왔다.

동필은 필시 두 사람의 옛날로 말을 이끌어 가리라고 복술은 처음 생각하였다. 그러나 동필은 끝까지 그런 티는 내지 않았다.

그리고 여자의 앞 더욱이 한때나마 젊은 심장에 새기고 있던 여자의 앞에 앉은 여남은 남자와 같이 모든 것을 잊고 오직 사랑에 취하려는 그런 연약한 빛은 조금도 보이지 않았다. 그것이 첫째 사내답게 생각되었다.

동필은 확실히 상기를 하였었고 가끔 격노를 띠었었다. 그 태도도 복술에게는 이해할 수 있는 것이었고 또 마땅한 것이라고 생각하였다.

웬만한 남자 같으면 남들이 그만큼 말썽과 눈총을 주게 되면 그만 구부러지든지 빗가고 말 것인데 동필은 심술 사납다고 하리만큼 뱃심이 좋다. 그것은 결코 자기의 양심을 버리지 않으려는 데서 오는 힘인 것같이도 보였다.

오늘 밤의 동필은 한 개의 여자에게 추근추근히 하려는 죄죄한 사람도 아니요, 상대자에게 무조건으로 타협을 붙으려는 나약한 사람도 아니었다.

그는 어디까지든지 자기의 의지를 살리려는 굳은 신념이 있고 자기에게 부딪쳐 오는 장애물을 제 손아귀로 다듬어 주려는 기골이 있는 듯하였다.

강한 개성과 굳은 의지의 소유자인 동필의 얼굴에서는 결코 옛날의 빛남이 사라지지 않았고 그 말 속에는 옛날의 그로 돌아가려는 눈물겨운 흥분이 있는 것 같았다.

복술이가 겨우 그 집을 찾아 가지고 밖에서 사람이 온 뜻을 연통한 때 먼저 뛰어나온 사람은 길림이다.

"아! 이제 오시오. 들어오시오."

길림이는 들어오기를 청하였다.

"아니, 준식씨를 잠시 만나 볼 일이 있어서요……."

복술이가 이렇게 말하자 길림이는 얼핏 알아채고,

"네, 네…… 그거 잘 알아보았소."

하고 물었다.

"네…… 얼른 준식씨 좀 불러 주서요."

"네……."

하고 길림이가 다시 방으로 들어가 버린 동안 복술은 캄캄한 뜨락 한 모퉁이에서 준식을 기다리고 있었다.

얼마 후에 준식이가 발소리를 죽여 가며 밖으로 나왔다.

"복술이—"

"네—"

낮은 소리와 소리가 호응하며 두 사람은 가까이 접근하였다.

"왜 들어오지 않소."

역시 나직한 소리다.

"먼저 상의할 것이 있어서요."

하고 복술이도 나직이 대답하였다.

그러고는 먼저 정님이를 만난 경과와 그가 주고 간 서류에 대한 이야기를 골자만 춰서 대강 말하였다.

"그래 그걸 지금 가지고 왔소?"

"네, 이겁니다."

어둠을 더듬어 손과 손이 맞부딪쳤다.

"그러면 들어가지요."

"아니 그리고 동필씨가 왔었어요."

"동필이요?"

준식은 놀라며 그렇게 물었다.

"준식씨를 이 밤으로 꼭 만나고 싶다는데, 만나 보시면 어떻습니까?"

하고 복술은 동필이의 말을 대강대강 보고 들은 대로 이야기하였다.

"나를요? 그래, 지금 어디 있어요?"

"글쎄올시다, 준식씨 주인으로 갔는지도 모르겠습니다. 그러나, 꼭 우리집으로 다시 올 겁니다. 두 집을 왔다갔다 하노라면 오늘 밤중으로 만날 수 있으리라고 했으니까요…… 그렇지만 지금쯤 준식씨 주인에 가서 기다리면 만나게 될 겁니다."

하고 말하다가 별안간 생각이 나서 복술은,

"그런데 오늘 밤 우리가 만나는 걸 눈치차린 것 같더군요…… 그래서 아까는 혹시 동필씨가 이리로 찾아오지나 않았나 하고 이리 오는 사이 공연히 걱정했어요."

"여길 알 까닭이 있소. 헌데, 뭐래요?"

"글쎄, 절더러 준식씨한테로 가자거니, 안내를 하라거니 하는군요. 그게 말 속에 말 있는 거 아니에요."

"공연히 추측일 테지요."

"하지만 가서 만나 보시는 게 좋지 않겠어요…… 참 애기들은 어찌 되었습니까."

"지금 진행중입니다…… 그러면 나만 잠시 다녀오기로 하지요."

"네, 기왕 가실 것 같으면 지금 가시는 게 좋겠어요. 이따가 다른 사람과 함께 가게 되면 혹시 수상히 생각할는지 모르니까요."

"그건 뭐, 상관없습니다만, 나도 한시라도 속히 만나보고 싶고, 또 웬만하면 오늘 밤으로 원만히……."

준식은 제가 할 절차를 이렇게 말하다가 그만 말끝을 감추어 버리고,

"좋습니다. 만나기로 하겠습니다."

하는 순간, 준식이 자신도 또 복술이도 이상한 감격을 느꼈다. 울듯울

듯 한 감정이라고 할까…….

"그런데 누가 함께 가지 않아도 좋을까요?"

"함께 가긴요, 절대 필요 없습니다."

준식의 말에는 무슨 굳은 신념이 번뜩이는 것 같았다.

"그러면 저도 만나지 못한 체 해주세요. 근래에는 준식씨와 통 만나지 못한다구 했어요."

"뭐, 그런 거야 아나 모르나 상관없지만 저편에서 만나자는 거니까 우선 만나 주는 게 옳겠지요."

"동필이도 무슨 결심이 있는 것 같드군요. 새삼스레 만나자는 걸 보니까요. 그러나 암만해도 아주 나쁘게 될 사람 같지는 않아요."

"좌우간 내게 맡겨 주시오…… 그만 들어가 봅시다."

준식은 이렇게 끊어 말하고 한 걸음 앞서서 방으로 들어갔다. 복술이도 뒤미처 약간 떨리는 가슴으로 방 안에 들어섰다. 먼지 낀 램프 아래의 빛나는 시선들이 그의 정신을 잠시 황홀케 하였다.

준식이가 주인으로 돌아온 지 얼마 후였다.

동필은 성큼성큼 그의 방 앞에 와서 덜컥 문을 열어 보고 아무 말 없이 방 안으로 들어와서 한참 준식의 왼뺨을 노려보았다.

준식은 동필이가 들어오는 것을 보고도 역시 아무 말 없이 그의 동정을 비스듬히 살피고만 있었다.

그들은 반 년나마 반목해 왔다. 본래 친한 사이였더니만큼 감정도 여남은 사람보다 더 깊었다.

한 십 년 만에 만나는 것같이 준식에게는 생각되었다. 그만큼 둘 사이는 소격했던 것이다. 그러나 이 밤에 이렇게 의외로 만날 것은 전연 뜻하지 못한 일이었다.

남포등

흥분과 *암류(暗流)와 희망과 공포가 흐르는 실로 야릇한 순간이었다.

싸우기 위해서 만난 것인지 모이기 위해서 만난 것인지 알 수 없는 그러한 삭막한 감정에 지배되는 장면이었다.

"준식아!"

별안간 동필이가 이렇게 외쳤다. 몹시 날카롭고 무게 있는 소리였다.

그러나 준식은 까딱하지 않고 꿰뚫을 듯이 창편으로 시선을 보내고 있을 뿐 아무 말도 없다.

실로 처참한 대치였다.

"준식아!"

또 한번 묵철 같은 소리가 튀어나왔다.

"왜 대답이 없느냐?"

말이 무게와 깊이를 더하는 침묵의 잠깐 사이가 지나간 다음 동필은 다시 이렇게 외쳤으나 준식은 여전히 잠자코 있다.

"너이들 용감한 전사가 큼직한 관을 메고, 너이들의 입으로 만들어 논 한 개의 배신자를 넣으러 오는 줄 알았더니 암만 기다려도 오지 않게 산송장이 스스로 걸어왔다. 말해 봐라."

동필은 두 주먹을 불끈 쥐고 황소와 같이 준식을 노려보았다. 아무 반응도 보이지 않는 준식의 태도가 몹시 밉게 보였다.

"비겁한 꼴을 하지 말고 말을 해봐라."

"……."

"침묵이 모든 일을 해결해 줄 줄 믿느냐. 싱싱한 사람에게 온갖 누명을 씌워 놓고 그 꼴을 하면 무사할 줄 아느냐, 말을 해라."

그래도 준식은 여전히 침묵—네 할 말을 죄다 해보라 하듯이 또는 그래야 네 속을 다 알 수 있다 하듯이 준식은 아직도 침묵을 깨지 않으

암류(暗流)
겉으로 드러나지 아니하는 불온한 움직임.

그 전후 601

려는 상이다.

"경계란 무슨 소리냐? 얻다 쓰는 거냐?"

"……"

"나를…… 나를 경계할 필요가 어디 있느냐. 왜 말이 없느냐?"

"……"

"네 쉬파리떼를 내게다 잔뜩 붙여 노니 대체 무슨 냄새를 맡으려는 거냐. 또 맡은 거 있건 말해 봐라."

그래도 준식은 아무 대꾸도 하지 않았다. 동필이가 찾아온 진의를 아직도 다 타진해 내지 못했던 것이다. 그러므로 그에게 다다를 근본 태도를 아직은 어떻게 세울지 결정을 짓지 못하고 있었다.

"몇 놈이 편당을 지어 가지고 약한 사람, 곁 없는 사람, 선량한 사람, 못난 사람을 *초개같이 따돌리는 것이 너이들의 이른바 '역할' 이냐?"

초개
'지푸라기'라는 뜻으로 쓸모 없고 하찮은 것을 이르는 말.

"……"

"때와 경우를 생각하지 않고 함부로 줍적대면 그것이 이른바 용사냐?"

"……"

부화뇌동(附和雷同)
줏대 없이 남의 의견에 따라 움직임.

"제 의견에 *부화뇌동(附和雷同)하는 무리만 낚우고 그 담 사람에게는 덮어놓고 검은 꼬리표를 다는 것이 너희들의 소위 진리를 사랑하는 행동이냐? 실지야 여하튼 공론(空論)이나 수북이 쌓아 노면 그것이 소위 이론이냐?"

준식은 비로소 한 마디하려고 하였으나 또 한번 기회를 늦추었다. 동필의 말은 결코 오늘 처음 듣는 이론이 아니었다. 걸핏하면 그들이 내세우는—이리 대면 이리 되고 저리 대면 저리 되는 따위 평범한 문구였다. 그러나 그날에는 진정과 양심이 있는 것을 준식은 또한 잊지 않았다.

동필은 여전히 뻗지르고 선 채로 준식을 내려다보다가 말을 이었다.

"너이들 생각에 맞지 않는 사람은 직공도 될 수 없고 아무 일도 해내지 못한다고 생각하느냐?"

그때 준식은 얼굴의 근육이 긴장해지며 앙연히 외쳤다.

"그렇다. 딴 길을 걷는 사람은 우리들의 편은 아니다."

"딴 길? 딴 길이란 뭐냐?"

동필은 이렇게 쏘아 붙이고 다시 말을 이었다.

"할 일이 없는 때에는 동무들끼리 물어뜯고 하다못해 제 다리라도 뜯어먹고야 마는 것이 너 같은 놈들의 심사다…… 정말 일을 하려는 성의가 있고 보다 큼직한 문제가 코앞에 닥따려 봐라. 너이놈들처럼 동무들끼리 뜯어먹구 있어…… 개 같은 놈들!"

그래도 준식은 잠시 대꾸가 없다.

"그러면 너이놈들이 가는, 그 놀라운 길이란 무엇인지 좀 말해 봐라…… 주제넘은 자식들……."

그때 준식은 결연히 말하였다.

"아직 잘 들어가지 않은 모양이구나. 한 번 더 말해 주마. 네가 지금의 그 태도를 곤치지 않는 이상, 우리들의 편은 아니란 말이다."

준식은 사실 동필의 말 속에서 옛날의 양심을 엿볼 수 있었으나 그것을 좀더 채질해 주기 위하여 한번 더 공세(攻勢)를 취하였다.

"참말 일을 하려니까 너희 같은 것을 경계하고 배제하게 되는 거다."

"뭐?"

순간 동필은 터럭 끝까지 약이 올랐다. 꽉 거머쥔 시커먼 주먹이 준식의 왼뺨을 벼락같이 후려갈겼다.

준식의 코앞으로 붉은 핏줄이 죽 흘러내렸다. 그는 조용히 손을 들어 그것을 씻으며 서릿발 같은 웃음을 띠고 외쳤다.

"제 양심이 몹시 쑤실 때는 그것을 속이기 위해서 남을 때림으로써 제 양심의 아픔을 가리려고 하는 법이다…… 그러나 아직까지 아파할 양심 꼬투리나마 남아 있는 것은 너를 위해서 다행한 일이다."

그러나 동필은 잠시 말끝을 잃은 듯이 그저 완강히 뻗지르고만 섰다.

"너두 양심이 있으면 생각해 봐라. 오랜 일은 그만두고 작년 여름— 특별경품 문제 이후 오늘까지의 너의 행동을 반성해 보란 말이다. 우리가 너를 버렸는지 네가 우리를 버렸는지 생각해 보란 말이다…… 그렇건만 오늘까지도 우리는 너에게 기대를 가지고 있었다. 그러나 너는 끝까지 테 밖에서 배돌려고만 하고 그리고 또 비밀교섭을 받고도 일언 반사의 말이 없지 않았느냐. 그래도 너를 믿어야 할 것이냐."

"비밀교섭?…… 이눔아! 너까짓 놈들이 무어라고 떠벌리더라도 내게는 내 생각이 있다. 너이가 참견하지 않아도 내 일은 내가 할 테니 걱정 마라."

"그것부터 틀린 생각이 아니냐. 네가 너 혼자서 네 속에 육조를 배포했다기로서니 그게 우리게 무슨 소용이냐."

"이눔아! 털보와 얘기만 해도 배신자…… 엥히, *바람개비 같은 자식들! 너이야말로 가위 그런 소질을 가진 놈들인 줄 알겠다. 너이와 말하는 내가 되려 어리석다. 어느 놈이 옳았는지는 일을 겪어 봐야 아는 거다."

하고 동필은 그만 홱 나가 버린다.

"이눔아!"

바람개비
팔랑개비. 몸을 경망스럽게 놀리며 이리저리 돌아다니는 사람을 비유적으로 이르는 말.

준식은 재바르게 일어서 그의 덜미를 짚었다.

"어딜 가느냐?"

그러자 동필이는 픽 돌아서며,

"어딜 가?"

하고 눈을 모로 깔떠본다.

"못 간다……."

"그래 이거 안 놀 테냐?"

"너를 네 가는 데로 보낼 줄 아느냐?"

"보낼 수 없어."

"너의 친구로서 너를 잡아올 권리가 있단 말이다."

하고 준식은 팔에 힘을 주어 홱 끌어 앉히려 하였다.

"이눔아! 그래 때릴 테냐?"

하나 동필의 말에는 힘이 없었다.

"앉아라, 앉어……."

"……."

"나는 우리들을 위해서 우리들의 한 가지 의무를 행하고 있는 거다. 못 간다."

그때는 벌써 동필에게는 아무 말도 없었다.

"지금 때와 일과 우리는 함께 너를 기다리고 있다. 빛나던 너를 기다리고 있다."

그 순간 준식은 별안간 자기 말에 눈뿌리가 따끔해짐을 느꼈다.

"자아, 손을 보내라. 손을……."

준식은 그의 손을 거머쥐고 한 손으로 코앞을 닦았다.

순간 동필의 눈도 이슬같이 빛났다.

"자아 나가자! 모두들 기다리고 있다."

준식이가 팔을 끄는 대로 동필이도 일어섰다. 두 사람은 어둠 속을 터벅터벅 급히 걸어갔다. 심장은 높게 뛰었다.

대조

사장은 극도로 흥분되었다. 자기 탁자에 놓인 글발도 다시 들여다보지 않고 또 아무 말도 하지 않았다.

그 하찮은 놈들한테 *선손을 빼앗긴 듯한 것이 무엇보다 분하였다.

대체 그 무지막지한 놈들이 어떻게 자기의 원대한 계획을 엿들여다보았기에 발설도 안 한 일을 미리들 이렇게 서둘까. 누가 찔러 준 것일까…… 하는 풀 수 없는 의문이 그의 맘을 더 분노와 증오에 쑤시게 하였다.

완전히 남에게 발등을 드디인 것 같은 절통한 생각도 나고 *양(養)하던 강아지에게 발뒤꿈치를 물린 것보다 괘씸한 증오도 느꼈다.

대관절 이놈들을 어떻게 해주면 좋을까. 모조리 처치를 해버리기라도 할까…… 그는 묵묵히 앉아서 이렇게 쓰린 가슴을 짜고 있었다.

그러나 자기 자신에게 미칠 손해를 불구하고라도 지금의 격노를 풀기 위해서 마지막 수단을 취하기에는 그의 욕심이 너무 강하다.

선손
선수(先手).

양하다
기르다.

분한 생각 같아서는 당장 말썽의 장본을 송두리째 건사해 버리고 싶으나 그러고 보면 당연히 자기에게 올 이익이 하루아침에 날아가고 말 것이었다.

하루에 얼마만한 이익이 있다는 것을 잘 아는 그는 또한 하루에 올 손해도 미루어 짐작할 수 있었다.

그는 분노와 이해 문제의 둘 사이에 끼여서 어찌할 바를 몰랐다. 그것은 실로 참기 어려운 고충(苦衷)이었다.

그는 천하의 *권모술수(權謀術數)를 *휘뚜루 제 한 손에 거머쥐고 마음대로 채찍을 내리고 바라는 대로 선 자리에서 해결을 지었으면 하는 엄청난 독재자의 꿈까지 어두컴컴한 분노 속에서 꾸고 있었다.

사장에게 제일 가까이 앉은 전무는 그래도 가끔 사장의 탁자에 놓인 종이를 들여다보며 무슨 생각을 짜고 있는 상이다.

그도 물론 흥분되었으나 그것에만 그칠 수 없는 그의 자리였다. 그는 누구보다도 선후대책을 빚어내어야 할 중요한 자리에 있는 사람이었다. 그래서 그는 골똘히 늙은 머리를 짜고 있는 것이다.

그 밖에 서무, 인사, 공무 등 각과 과장과 공장 주임은 송구해서 할 말을 찾지 못하고 있었다.

일이 돌연히 이까지 되어 버려서, *망지소조히 사장 앞에 숨소리를 죽이고 앉은 것과 그보다도 그 뒤에 올 귀찮은 말썽들을 생각하니 눈앞이 까마득해지지 않을 수 없었다.

그들은 한결같이 그 종이를 가져온 놈들과 아울러 그 종이를 한데 뭉쳐서 오리가리 찢어 주고 싶었다. 그믐밤같이 어둡고 무거운 침묵이 해결의 반딧불 하나 비쳐 줌이 없이 갑갑히 흐른다.

비가 올지 바람이 불지 알 수 없는 암담한 분위기가 이 한 방에 압축

권모술수(權謀術數)
목적을 이루기 위해 수단과 방법을 가리지 않는 모략과 술책

휘뚜루
무엇에나 닥치는 대로 쓰일 만하게.

망지소조(罔知所措)하다
너무 당황하거나 급하여 어찌할 줄을 모르고 당황하다.

되어 그들을 에워싸고 있는 것 같았다.

　고요하면 고요해질수록 어디서 무슨 소리가 별안간 탕 터져 올 것 같고, 안전지대에 서려고 하면 서려고 하니만큼 도리어 바람과 물결이 발판을 빼앗고 몸을 날려 버릴 것 같았다. 운무 자욱한 어두운 하늘로 태풍을 예고하는 불길한 새가 호이호이 소리를 내며 날아가는 것 같기도 하였다. 밀물이 *각일각(刻一刻) 발 아래로 밀려드는 것 같기도 하였다.

각일각
시간이 지나감.

　어쨌든 이대로 침묵 속에 파묻혀 가기에는 누구나 너무도 침울하였다.

앞을 내다보고 빛을 찾고 싶은 순간이었다.

그러다가 먼저 침묵을 깨친 사람은 역시 사장이었다.

"그러기 내가 뭐랍디까…… 필시 무슨 장난이든지 있으리라고 *신신이 말하지 않았소."

사장은 틀어진 눈초리를 공장 주임에게로 먼저 돌렸다.

누구보다도 제일 이 회사와 이해관계가 깊은 사람은 사장이었다.

이름만은 주식회사지만 사실은 사장의 개인 재산으로 경영되는 회사이니만큼 그는 그 어느 중역보다도 회사의 부침(浮沈)에 깊은 관계를 가지고 있는 것이다. 그만큼 그는 속이 달아나지 않을 수 없었다. 그러나 모든 사원들은 회사일에 너무도 등한한 것같이 이 순간에는 생각되었다. 더욱이 주임은 몇 번 주의를 주었음에도 불구하고 일을 이 지경 만들어 놓고 말지 않았는가.

"황송하올시다만 그 후에는 별일 없더니만…… 어쨌든 탈은 그 계집애(정남이) 때문입니다. 서류를 훔쳐다가 뵈었으니……."

주임은 말을 절며 단박 이마에 땀발이 섰다.

서류를 맡은 책임자는 물론 서무과장이나, 그것이 마침 사장실에 올라갔다가 잃어졌으니까 그 책임은 두말할 것 없이 사장에게 있어야 할 것이다.

그러나 그렇다고 사장에게 책임을 지우는 것은 온당치 못한 일이라고 눈치 빠르게 간취한 서무과장이,

"서류를 잃은 것은 내 책임입니다……."

하고 제가 메고 나섰다.

그는 참새같이 약은 사람이요, 수은같이 잘 빠지는 사람인데 더군다나 사장의 기생첩(평양집)과 이럭저럭 거래가 되고, 그와 사장과 결연

이 되기 바로 전에 와서는 제창 육촌오빠로 촌수가 받아져서 사장과도 그만큼 긴밀한 관계에 놓여지게 되었다.

본시 일개의 평사원이었으나 그러한 *반연으로 어느새 일약 과장의 의자를 점령하게 되고 또 *세재(世才)가 야물어서 사장의 총애를 거진 독점하는 터이었다.

평양집이 워낙 인물 곱고 가무가 얌전하고 게다가 잔꾀가 많은 계집일 뿐 아니라 서무과장도 그만 못지않은 사람이다.

*교언영색으로 사람을 낚아 붙이는 재주로 말하면 두 남녀는 육촌이라기보다 차라리 당형제라고 하는 것이 마땅하다고 남들은 말하였다.

서무과장은 코에다가 조준기(照準器)를 댄 사람처럼 남의 심리를 딱재어 가지고 꼭 들어맞을 만한 대목에만 그럴듯이 들여 쏘는 요령 있는 사나이다.

그러므로 다른 사원들은 그가 기생이었고 사장의 첩만 되었더면 회사 너댓 개는 단 가마의 눈같이 녹아나리라고 평판들을 하는 터이다.

"아니……."

사장은 이렇게 서무과장의 말을 막았다.

서무과장은 사장의 책임을 제가 둘러쓰려고 하였으나 사장은 그와는 달리 생각하였다. 사장은 결코 서류를 잃은 때문이라고 생각지 않는다. 그보다 좀더 근거가 오랜 것이 있다고 생각한다.

"일을 그렇게 단순히 생각하니까 늘 실패하는 거란 말요…… 만일 서류가 분실되지 않았더면 아무 일 없을 줄 알우. 그러면 서류문제가 있기 전부터 있어 온 일은 무엇으로 설명하겠소…… 비록 조고만 일이라도 부단히 주의를 해서 미연에 방지해야 하는 거라고 벌써부터 당불해도 심상치질 하니까 이런 일이 생기는 거란 말요."

반연(絆緣)
얽히어 맺어지는 인연.

세재(世才)
세상 물정에 밝은 재주. 또는 그런 사람.

교언영색(巧言令色)
아첨하는 말과 알랑거리는 태도.

연재 당시 삽화

하고 사장은 다시 주임을 쏘아본다.

그러자 서무과장은 자기의 말이 사장의 비위에 들어가 맞은 것을 엿본 듯이 금테안경 위로 힐끗 털보를 보고 다시 두말할 거 없다는 듯이 미꾸라지 입같이 조그만 입을 딱 닫아 물고 발닥 까진 참새눈 같은 눈을 금테안경 밑으로 스르르 내리감았다.

"……거, 치료비를 전부 대달라니…… 한두 사람도 아니고 또 하루 이틀도 아니구……."

사람 좋은 전무가 탄식 비슷이 혼자말로 이렇게 중얼거렸다.

"거, 어림이나 있는 소립니까, 온……."

키 작고 눈이 좀 째어진 인사과장이 이렇게 대꾸를 해주었다.

인사과장은 사람만은 분명하고 제 수완과 근면 덕으로 오늘날의 자립을 가지게 된 것이나 사장은 언제든지 그 자리를 경재가 결혼하는 날이면 그에게 넘겨 주려고 하는 터이어서 요새는 그를 어디로 밀까 하는 생각을 가끔 하고 있는 터이다.

"그거야 워낙 안 될 말이지만……."

하고 털보가 말하는 것을 사장이 역증을 내며 툭 채갔다.

"그것만 안 되고 그 담 건 다 된단 말요?"

하고 종이에 적힌 글자란 글자를 송두리째 날려 버리려는 듯이 퉁명스럽게 외쳤다.

"아니올시다…… 제 병을 제가 모른다고 버틴댔자 그야 몇 날이겠습니까만…… 그보다 맨 큰 문제는 이것일 줄 압니다…… 이미 계획이 선 거고 또 절대 그대로 하지 않으면 안 될 사정이니까요."

하고 사장 앞에 놓인 종이를 손가락으로 가리키며 주임이 말하였다.

"그렇지요. 불필요하게 되는 사람이야 할 수 없는 일이지요. 그저 놀려 두고 먹일 수는 없는 거니까요……."

인사과장이 털보의 말에 찬성하는 뜻을 표하였다.

그러나 사장은 그 말에도 동감을 가지는 동정이 없었다.

그는 이것저것 할 것 없이 전폭적으로 쓸어버리자는 심사였다.

"의견이 있으면 충분히 말들 해보시죠. 우선 저놈들의 요구에 대한 회사 방침을 세워야 할 거니까……."

전무가 좌중을 돌아보며 사람 좋은 얼굴로 다시 의견을 물었다.

그러나 잠시 아무도 입을 여는 사람이 없었다.

전무는 사장 앞 탁자에 놓인 종이를 손가락을 훑어 내려가며,

"이 따위 맨 큰 문제는 다시 재론할 필요도 없는 거지만 그담 것들은 어떻게 했으면 좋을지 이런 비상기와 불의의 사건에 당해서 도리어 회사를 *만세 반석에 올려놀 좋은 방법이 나오는 수가 있으니까 충분히 들 토의하는 것이 좋을 것 같소. 즉, 이런 중요한 문제를 무사히 마르 갖는 것이 이를테면 현재의 난관을 헤치는 동시에 금후의 진로(進路)를 여는 방법이 될 줄 아오. 회사 일이자 곧 내 일이니까. 무슨 의견이든지 미리 원만히 협의를 하는 것이 좋겠소…… 만일 전부 용인해 줄 수 없다면 그만침 알고 그 방침 아래에서 나가야 할 거란 말요."

하고 다시 말하였다.

그러자 주임이 몸자세를 고치며 먼저 사장의 동정을 살핀 연후에 전무에게 향하여,

"제 생각은 이렇습니다. 그들도 당초부터 이 아홉 가지가 전부 자기네 뜻대로 되리라고는 생각지 않을 줄 압니다. 그것은 이 서면에 나타난 바로도 *역연(歷然)합니다. 즉 아까 말씀한 가장 중요한 몇 가지는

만세 반석
영원히 기초가 튼튼함.

역연하다
분명히 알 수 있도록
뚜렷하다.

대조 **613**

그들도 번연히 안 될 것을 알면서 적어 논 줄 압니다. 하면서도 이런 되지 않을 것들을 끼여 놓아야 요행 그 중의 하나가 들어맞든가 그렇지 않으면 그 담의 용이한 조건들이 쉽사리 용납될 줄 알거든요. 그래서 이렇게 여러 가지 잡색을 뒤섞어 논 건데 가령 이를테면 아까 말씀한 맨 중요한 것 외에도, 시간과 삯에 관한 것만 보아도 짐작할 수 있습니다. 이런 것은 걸핏하면 나오는 소리지만 사실 여간 큰 문제가 아니고 또 거진 실현된 전례라고 없는 일입니다. 저이들이 누구보다도 그걸 잘 알면서 위정 이렇게 끼여 넌 것만 보아도 한 수단으로 한 것임을 능히 간파할 수 있습니다. 하니까 그런 것은 첫 무렵에 잡아떼어도 무방할 줄 압니다……."

하고 창황히 의견을 베풀었다.

그는 직접 직공에 관한 일은 누구보다 자기의 책임이라고 생각하였기 때문에 다른 사람보다 은근히 머리를 많이 짜서 실로 자기도 뜻하지 못하던 직공의 심리분석까지 시험한 것이나, 사장은 거기서도 별로 신통한 느낌을 받지 못하는 상이었다.

"그러면 그 담 것은 어찌했으면 좋겠소. 즉 여기 남은 이것들 말입니다. 야업수당, 휴식시간, 공장시설, 대우개선, 위생시설…… 에 관한 이런 것은 들어줘도 무방하단 말입니까?"

전무가 다시 물었다.

"네, 그렇습니다. 그런 것은 말입니다. 가령 들어준다고 언명한다 하더라도 얼마든지 돌려댈 수도 있고, 또 *천취해 갈 수도 있는 문젭니다. 즉 대우를 개선한다 하지 않습니까. 말이야 얼마든지 해줄 수 있지만, 그것은 직접 공장에 관계하는 당무자들이 요령 있게 둘러맞추기에 달린 겁니다. 또 새 공장이 되고 새 기계를 사용하게 되면 야업이란 거진 없을 거고 또 공장시설은 새로 된 거니까 더 말할 것도 없는 거고 그 밖에 위생상태도 지금과는 비교할 수 없이 좋아질 거니까 그도 문제 없을 줄 압니다. 이런 몇 가지 것으로 어름어름 무마해 가는 사이에, 이번은 다시 두번 움쩍 못 하게 꼬리를 잡아 줘야 할 줄 압니다."

주임은 다시 이런 의견을 말하였다.

따라서 사장처럼 다짜고짜로 제 고집만 우겨서는 도리어 의외의 손해가 올 것도 미리 점치고 있었다.

"글쎄 그도 방법은 방법인데……."

사람 좋은 전무가 턱을 괴고 이렇게 중얼거리고 있을 때 약은 서무과장은 여태 조준기를 대고 재었던 듯이,

"안 됩니다."

하고 우선 사장의 비위에 들어맞을 한 마디를 보내고, 흘끔 금테안경 위로 사장의 동정을 살피었다.

서무과장은 자기의 말이 적확히 사장의 속심에 들어맞은 것을 *기찰한 때 다시 말을 이었다.

"가령 들어줄 만한 조건이 없지 않아 있다고 치더라도 첨부터 섣불리 들어줘서는 안 됩니다. 차라리 첨은 단호히 거부해야 합니다. 그래 놓고 저편의 내정을 관망해 가며…… 혹시 의외로 강경한 때라도 몇 번 교섭을 거듭하고 또 어간에 조정하는 제삼자도 나서고 한 다음에 마지못해서 들어주는 체하고—이 몇 가지는 양보한다. 그러나 그 담 것은 절대 될 수 없다…… 이렇게 최후 단락을 지어야 할 줄 압니다. 즉, 늦추고 당기는 걸 잘해야 할 줄 압니다. 그리고 또 날짜를 천취해 가면서 질질 끌고 나가야 할 줄 압니다. 어쨌든 일단 저놈들에게 끌리기 시작하면 늘 끌려만 가게 되는 거니까 첨부터 이편에서 끌고 나가

기찰(譏察)
분위기나 행동 따위를 넌지시 살핌.

규각(圭角)
말이나 뜻, 행동이 서로 맞지 아니함.

야 합니다. 그렇게 하는 사이에 저이끼리 의견이 갈리고 따라서 *규각이 생기게 되거든요. 워낙 직공이란 열 사람이면 열 사람 다 의견이 꼭 같으냐 하면 결코 그런 것은 아니니까요……."

"불한당 같은 놈들…… 당장 처치를 해버려야지."

사장은 이렇게 한 마디를 뱉고 그만 흥분해 말끝을 잃은 듯이 잠자코 있다.

시사(示唆)
어떤 것을 미리 간접적으로 표현해 줌.

서무과장은 그때 언뜻 한 가지 *시사(示唆)를 얻었다. 즉 사장의 속뜻은 교섭이고 뭐고 할 것 없이 단판씨름으로 결판을 내고 말려는 것임을 엿볼 수 있었다. 그는 여태 사장의 심경을 모두 꿰뚫어보지 못한 까닭에 어느 경우에도 안전할 완곡한 의견을 베풀고 있었으나 사장의 뜻은 그것이 아니었고 한 마디로 끝을 내어 버리자는 것이었다.

그래서 서무과장은 얼마큼 삐뚤어졌던 조준기를 똑바로 돌려대듯이 좀더 결연한 태도로 나왔다.

"물론 그렇습니다. 불필요한 관용(寬容)은 도리어 실패를 가져오는 수가 많으니까 단호한 태도를 취하는 것이 득책입니다."

그러나 사장은 역시 암말 없이 무엇을 생각하고 있다.

단려
생각이 짧음.

*단려(短慮)한 사장은 남들이 이러쿵저러쿵 미적지근한 대책을 상론하고 있을 동안 자기는 그와 반대로 목대 센 고집만 가지고 있었으나 서무과장이 결연히 나갈 것을 말하자 이번은 반대로 그런 경우에 올 파문과 손해를 고려하게 되었다. 즉 성은 나면서도 한편 손해가 무서워났다.

신경질인 사람이 어쨌든 남의 의견과는 반대로만 가자는 것같이 그도 울뚝 찰나의 감정을 뱉어 놓았으나 돌쳐서 자기의 말에 찬동하는 서무과장의 말을 듣고 보니 또 한번 배틀려지는 맘 속에서 딴 걱정이 슬며시 찾아왔던 것이다.

그러나 그러는 순간,

'천만 놈이 뭐라고 하던지 이것은 내 회사다!'

하는 뿌리 깊은 소유의식이 함께 왔다.

"이놈들! 대체 누가 하는 회산데 이래라 마래라 해!"

사장은 심술 사나운 소리로 이렇게 뱉고 이어 좌중을 돌아보며,

"더 얘기할 거 없소."

하고 외쳤다.

더 구구히 이러니저러니 중언부언하는 것은 자기의 회사—자기의 소유에 흠을 내는 일인 것 같아서 사장은 좋거니 궂거니 더 말을 꺼내지 못하게 하려 하였다. 그것은 강한 소리 같지만 사실 사장은 이 불의의 일에 이만큼 졸지에 피곤과 쇠약을 느꼈던 것이다.

"그러면 전부 거절하기로 하겠습니까."

전무가 물었다. 가부간 이편의 태도를 정하자는 것이었다.

하나 사장은 잠시 아무 대답도 없다.

"오후 세시까지 회답해야……."

전무는 사장의 기색을 고려해 가며 어름어름 다시 물었다.

그럴 판에 밖에서 문을 노크하는 소리가 나더니 누가 머리를 쭈뼛이 들이밀다가,

"아, 회의중이십니까?"

하고 놀라서 문을 되닫아 버리었다. 그는 경재였다.

"그만 나가서 일들 보시우."

사장은 이렇게 말하고 탁자에 놓인 서류를 안 포켓에 감추어 버렸다.

벌써 오후 세 시가 가까웠다. 전무 이하 각과 과장과 공장 주임이 물

러나간 다음, 경재는 서무실에서 나와서 다시 사장실로 들어왔다.

이 날에 한하여 사장실 공기는 이상히 음침하였다. 무슨 심상치 않은 *사단이 있는 것을 직감할 수 있었다.

경재는 공연히 자기 맘까지 무시무시해짐을 느꼈다.

그러지 않아도 몰락해 가는 가정에서 더군다나 자기를 붙들어 가던 맘의 *확집(確執)이 한 가닥씩 무너져 가는 것 같은 가운데서 늘 무엇이—무슨 뜻하지 않은 불행이 닥뜨려 올 것 같은 뒤숭숭함을 느껴 오던 경재에게는 까닭 없이 이 자리가 맘을 뒤설레게 하는 것이었다.

결국 그는 사장의 말을 듣고야 그 대강을 알 수 있었다.

그는 근 한 시간 동안 어느 정도까지 양보하는 것이 좋겠다는 것과, 무엇보다도 인사 문제 같은 것은 사뭇 신중히 고려해야 하리라는 것을 참고로 말하였다.

그러나 그렇게 말하는 경재 자신에게도 확실히 어떻게 했으면 제일 좋은 방도가 되리라는 구체안은 없었다.

그 자신은 사장의 편도 아니었고 그 반대편도 아니었다. 그가 만일 그 어느 편에든지 자기의 입장을 둔다고 할 것 같으면 좀더 그 경우에 맞는 방침을 생각하려고 하였을 것이요 또 생각해 내었을지도 모르는 일이나 그는 *어간에 동떨어진 사람이니만큼 그 어느 쪽에도 치우치려 하지 않았다.

그러므로 사장에게 그렇게 권면하면서도 그 의견이 꼭 옳다고 생각한 것도 아니요 동시에 저편의 주장이 당연하다고 믿은 것도 아니다.

따라서 그의 말은 결국 어떤 구체안에 이르지 못하고 그저 회사의 경우를 잘 이해하도록 양해를 구하라는 것과 어느 정도까지 피차 양보하는 것이 쌍방을 위하여 유리하리라는 막연한 권고에 지나지 못하였다.

사단(事端)
일이나 사건의 실마리.

확집(確執)
자기의 의견을 굳이 고집하여 양보하지 아니함.

어간
시간이나 공간의 일정한 사이.

하나 사장은 경재가 그렇게 어름어름한 말을 하고 있는 데 대한 반동으로 되레 뱃심이 선 듯이 그의 의견을 반대하였다.

그리하여 그렇게 말해 가는 사이에 마치 여러 종업원에게나 말하는 듯한 어조로 나갔다. 즉 앞으로 일장 웅변을 토할 연습이나 하듯이 사장은 그다지 미끄럽지 못한 연설조를 우선 경재에게 시험하는 것이었다.

"아니네. 회사는 지금 실로 중대한 시기에 당면하여 있네. 한때 재계가 극도의 *공황에 빠졌던 것은 자네도 아는 바가 아닌가…… 구주대전 이후의 공황이 전무후무하다고 했건만, 그것은 불과 이십 개월에 지나지 않았네. 그러나 이번 공황은 삼사 년을 줄창 내리 계속하지 않나. 그러니만치 그 회복은 여간 어려운 것이 아니며 여간 시일이 오랠 것이 아니네…… 지금 경기가 점차 회복되어 간다고 하지만 그것은 아직 '가라게이키(空景氣)'에 지나지 않네. 첫째 오늘의 일 원은 말만은 같은 일 원이지만 실상은 옛날—즉 경제 안정기의 절반도 안 되네…… 하니까 암만 재계부흥을 떠들어도 아직은 *전도요원하단 말일세."

사장은 의외로 제 말이 웅변임을 스스로 만족히 생각하듯이 다시 늠름한 태도로 말을 이었다.

"자네도 보다시피 물가가 머물 줄을 모르고 자꾸만 올라가지 않나. 그것은 말하자면 원료가 등귀해지는 반증(反證)이란 말일세…… 그런데 먼저 물가가 올라가고 그 담에 원료값이 올라가는 것이 아니라 그 반대로 원료가 올라가는 데 따라서 뒤미처 물가가 올라가는 것일세. 그러니까 물가가 올라간다는 것은, 즉 원료비가 이미 등귀해졌다는 것을 의미하는 것일세. 우리 회사도 그전보다 생산고 지수(生産高指數)가 올라가고 있는 것은 사실이고 또 생산품 가격이 올라가고 있는 것도

공황
세계공황. 1929년 뉴욕 주식거래소에서 주가가 폭락하면서 발단된 공황은 물가폭락, 기업 도산, 실업자 폭증을 야기했다.

공황시대의 실업자 행렬

전도요원(前途遙遠)
가야 할 길이 아득히 멂.

대조 619

사실이네만, 거기 비하면 원료 시세는 훨씬 더 올라가고 있네. 그래서 사실은 적잖이 이 원료고(原料高)에 머리를 앓고 있네. 하니까 자연히 비싼 원료를 가지고 어떻게 적은 생산비로 많은 물건과 좋은 물건을 만들어 낼까 하는 것이 늘 문제 되지 않을 수 없단 말일세. 그것이 무엇보다 근본문제요 또 급선무니까…… 사실, 공장 신축이라던가 거게 따른 새 계획이라던가 하는 것이 모두 여기서 나온 방침일세…… 국제적으로 블록경제가 결성되고 국가적으로 통제경제가 고창되는 이때에, 한 회사에서도 그만한 방침을 세우지 않고는 전도를 타개할 수 없는 걸세."

사장은 자기의 입장을 굳게 지키고 자기의 이익을 끝까지 옹호하려고 하니만치 그 말하는 취지도 명확하였다.

그러나 이편도 저편도 아닌 경재에게는 그만한 속심이 설 수 없었다. 그는 자신 없는 얼굴로 *강혀 말을 꺼냈다.

강혀
겨우.

"물론 무슨 방침을 확립한다는 것은 당연한 일이겠지요만 가령 새 공장과 새 기계를 사용한다 하더라도 그것을 훨씬 대규모로 늘여서 지금의 인원보다 더 많은 인원을 쓰게 되면 아무 문제도 없을 거고 또 사업도 확장될 거 아닙니까. 그래서 생산고를 올리고 따라서 이익을 올리는 것이 적극책이 아니겠습니까. 그리면 인원 축소라든가 또는 소소한 인건비의 일부를 이익에 편입하자는 소극책은 자연 불필요하게 될 듯한데요. 하니까 제 의견은 회사의 방침을 나쁘다는 것이 아니라 그 방침을 소극에서 적극으로 전환시키면 어떨까 하는 그것입니다……."

경재가 이렇게 말할 때 사장은,

"아니네."

하고 단호히 말을 끊었다.

"그렇지 않네. 기왕의 공황이 어째서 생겼는지 아나. 생산자들이 대중없이 함부로 물건만 많이 만들어 냈기 때문이네. 즉, 수요 공급의 관계를 생각지 않고 무제한으로 만들어만 냈기 때문이네. 물건은 많으나 살 능력이 적으니까 물건이 팔리지 않거든…… 하니까 자연 싸게 팔 수밖에…… 그래서 회사들이 대부분 결딴난 걸세. 자네 영감도 이를테면 그 희생자의 한 사람이 아닌가. 허니까 그런 경험으로 보아도 경영 통제가 없어서는 아니 될 거란 말일세. 즉, 수요와 판매가 느는 데 따라서 거기 쫓아가며 생산을 점차적으로 늘려 가지 않으면 안 되네. 자네 말은 현재의 인원을 표준으로 사업을 확장하라는 의미인 듯하네만 그것은 원체 사업가의 경영 방침이 아니네. 즉, 정세를 살펴 가면서 거게 맞도록 긴축 또는 확장을 해야 하는 거지 덮어놓고 확장했다고 그만치 이익이 올라가는 것은 아니네. 도리어 무모한 확장은 졸지의 실패를 가져오는 수가 많네…… 그러니까 다시 바꾸어 말하면 지금 회사가 가지고 있는 생산품 소화량(消化量)과 앞으로 개척할 수 있는 적실한 판로(販路) 범위를 잘 측정해 가면서 사업 규모를 결정해야 하는 걸세."

"하지만 기왕이니 지금 좀 더 확장했다고 체화(滯貨)가 생기겠습니까?"

"그건 아주 모르는 소릴세. 사실 이번 방침은 긴축인 동시에 대확장이네. 인원수로 보면 물론 긴축이지만 생산고로 말하면 두말할 거 없이 확장이란 말일세. 즉, 전보다 적은 인원으로 훨씬 많은 물건을 만들게 되었네…… 그러나 어떻게 판매전이 맹렬해졌는지 이 정도의 확장도 사실 이 회사로서는 일종의 모험이네. 다른 것은 다 고만두고라도 종연방직이 조선에 새로 뻗힌 세력만 보게…… 또 그뿐인가. 이 경쟁은 국제적으로 더욱 심해 가고 있네. 더 말할 거 없이 이런 실례가 있달 밖에…… 독일 사람이 자기 나라에서 자전차를 사오는 경우에 독일 사람 이름으로 주문하면 훨씬 비싼데 조선 사람, 즉 외국 사람 이름으로 주문하면 그 절반값도 안 주고 살 수 있네. 그래서 검소한 독일 사람들은 고국에 주문할 일이 생기면 모다 조선 사람 이름을 비네. 이만치 각국은 해외시장을 얻기에 노력하고 있네.

자기 나라 사람에게 비싸게 팔면서도 타국의 고객을 얻기 위하야—해외시장을 얻기 위하야 덤핑을 하고 있다는 말일세. 그러니 이놈의 세력들 때문에 판로 개척하기가 여간 어렵지 않단 말일세. 만일 온 조선이…… 내가 조선 사람이요, 내가 만든 물건이 내 고장 물건이라고 해서 모조리 이것만 사준다면야 지금보담 열 배 백 배라도 확장하겠지…… 조선은 그만두고 단지 서울 사람에게만이라도 이 회사 물건만 사주어야 한다는 의협과 의리를 어느 귀신이 넣어 준다면야 확장하다뿐이겠나. 내일…… 아니 오늘 밤 안으로 당장 대확장에 망살(忙殺)될 거고 따라서 직공을 얻기에 내 이마가 열 백이라도 죄다 배껴지고 말걸세, 하하하……."

사장은 껄껄 웃으며,

"말하자면 영업에는 아무것도 없네. 그러니 내 회사 사람이라고 필요 불필요를 막론하고 언제까지든지 먹여 살린다는 의무는 없는 걸세."

하고 결론을 지었다.

말을 맺은 사장은 적이 득의의 빛을 띠고 잠자코 있다. 사장의 자리에 앉음으로써 이따금 얻어듣는 똑똑치 않은 지식이 이때에는 이상히 술술 튀어나와서 딴에는 웅변이었다고 생각하였다.

그는 그만한 웅변과 이론이면 이번 말썽은 용이히 봉쇄할 수 있으리라고 생각하였다.

그러며 그는 인제 얼마 후에는 바로 그 웅변을 실지로 써보리라고 생각하였다.

그의 눈앞에는 벌써 *협수룩한 차림에 공손히 머리를 숙이고 앉은 직공들의 모습이 방불히 떠올랐다. 그리고 자기가 일장의 웅변을 토함으로써 그들이 백기를 들고 물러가 버리는 장쾌한 장면도 연상하였다.

"사장의 위엄에다가 이만한 웃짐—웅변을 실어 노면 그 어느 눔이 물러가지 않고 배길 것이랴."

사장은 자기의 취할 바 태도를 완전히 결정하였다.

그러나 경재에게는 말로나마 사장을 이길 만한 지식도 끈기도 없었다. 있다면 다만 막연한 온정이 있을 뿐…… 그것은 물론 남의 눈을 속이기 위한 것은 아니었다. 그러나 그것은 또한 아무런 힘도 해결도 없는 무책임한 온정이었다.

그는 사장을 미워할 용기도 없었다. 또 사장이 지금 미워하고 있는 그 사람들을 미워하는 심사도 물론 없었다.

그리고 사장의 말을 더 들으려는 생각도 인제는 없었다. 장차 어떻게 되어 갈 것인지 그는 헤아려 낼 수 없었다. 또 생각하려고도 하지 않았다.

무슨 고된 일에 몹시 시달린 것같이 머리가 *뗑해서 정신을 차릴 수 없었다.

그럴 판에 문득 사장실 바깥 낭하에서 무슨 소리가 들려 왔다. 무슨 소리인지는 잘 알 수 없으나 경재는 대뜸 머리가 섬뜩해짐을 느꼈다.

그 소리는 뜬 속도로 점차 가까이 왔다. 사람의 말소리도 가끔 섞이긴 하나 그보다 뚜걱뚜걱하는 툭한 구둣소리가 더 많이 들려 왔다.

경재는 까닭 없이 가슴이 뛰기 시작하였다.

"여기서 잠깐 기다리시우."

협수룩하다
옷차림이 어지럽고 허름하다.

뗑하다
머리가 아프거나 정신을 차리지 못할만큼 어리벙벙한 모양.

그것은 확실히 늙은 전무의 소리였다. 그것이 바로 이편으로 가까이 오는 많은 발소리를 제지하려는 초조한 소리인 것도 경재는 곧 알 수 있었다.

다음 순간 사장실 출입문이 소리 없이 슬쩍 열렸다.

그것이 마치 무슨 회리바람에 불려서 요란히 열리는 것같이 경재는 놀라운 시선을 그리로 주었다.

서무과장이 당황한 얼굴을 조심스러운 동작에 감추어 가며 급히 그러나 사뿐사뿐 사장실로 걸어들어왔다.

"사장 영감을 뵈입겠다는데요……."

서무과장이 이렇게 말하자 사장은 곧 알아챘으나 얼결에,

"누가?"

하고 서무과장에게 묻다가 고쳐 진정해 가지고 뱃심을 보이듯 태연한 태도로,

연재 당시 삽화

"들어들 오래시우."

하고 턱을 들며 몸을 뒤로 젖힌다. 그러나 순간 그도 미상불 긴장되지 않을 수 없었다.

"이리로 들어오랄까요?"

"네……."

사장의 명령을 받아 가지고 서무과장이 돌아나간 다음 경재는 부지불각에 자리를 일어섰다. 그러나 상기한 사람같이 머리가 무겁고 다리가 허전거려져서 그는 일부러 다리에 힘을 주어 한두 걸음 옮겨 놓았다.

굳게 막힌 관문(關門)에 다다른 것 같은 무거운 기분에 그는 눌리었다.

사장실 출입문이 밖으로 무슨 커다란 파도에 떠다밀린 것같이 보

였다.

그럴 판에 문이 열리며 늙은 전무가 앞서서 들어왔다. 그 얼굴이 태고적 벽화(壁畫)와 같이 거멓게 질려 보였다.

그러나 그보다 그 다음에 들어온 사람들…….

경재는 그만 눈이 휘둥그래졌다. 신경이 놀라서 머리끝으로 치솟는 것같이 섬뜩함을 느꼈다.

그 사람들 중에서 경재는 맨 처음으로 여순을 보았다. 그리고 준식을…… 또 형철을…….

그 이상 더 생각할 아무런 여유도 그에게는 없었다. 별안간 앞이 무너지는 듯 그는 눈이 캄캄해졌다.

그는 단숨에 문밖으로 나와 버렸다. 하나 그들의 그림자는 더욱 분명히 눈밑에 떠올랐다.

자기에게 비하여 그들은 너무도 분명한 대조였다.

이때 같이 그는 어두워 가는 황혼에 선 자기 자신을 똑똑히 발견한 일은 없었다.

해질 무렵 생기는 황혼

"저 방으로……."

사장이 누구에랄 것 없이 턱질을 하며 응접실을 가리킬 때 전무와 서무과장은 앞서서 여러 사람을 응접실로 인도하였다.

그 사이 경재는 서무과로 들어갔다. 그것은 응접실과 제일 가까운 위치에 있었다.

그 뒤창으로 내다보면 응접실의 일부가 들여다보이는 것이었다.

그는 가까스로 뛰는 가슴을 진정해 가며 응접실 편으로 귀를 기울이고 있었다.

그러나 무언지 모르게 가슴은 자꾸 뒤설레었다. 스스로 제 맘을 비웃어도 보고, 또 좀더 강한 자기가 되어 보려고 노력해 보기도 하였으나 좀처럼 그렇게 되어지지 않았다.

이윽히 지나서 사장의 목소리가 가늘게 들려 왔다.

경재는 *첨 그 소리에 가슴이 쩔렁함을 느끼었으나 그것이 바로 사장의 소리임을 깨달으며 짐짓 맘이 가라앉아 가기 시작하였다. 그것은 확실히 바람을 머금은 소리가 아니었다.

사장은 말소리보다 기침 소리가 더 높았다. 연해 *목다심을 해가며 그는 말을 이었다.

그것은 아까 경재에게 하던 말과 내용이 비슷하나 그때보다는 더 졸변이었다.

사장도 그것을 스스로 의식한 것인지 연해 기침을 해가며 목소리를 다듬으려는 상이었다.

"……에…… 지금 말한 것과 같이 회사는 지금 비상한 곤경에 처해 있습니다. 그러나 회사는 결코 비관하지는 않습니다. 앞으로 이것을 타개할 방침이 확실히 서 있습니다. 그리고 또 회사는 여태까지 불소한 손해를 불고하고 여러분을 위해서 여러 가지 노력을 아끼지 않았습니다. 사정이 허하는 한 앞으로도 물론 그렇게 해나갈 예정입니다. 에…… 그러나 여러분을 위한다는 것이 도리어 여러분 전체를 불행에 빠지게 해서는 안 되겠기에 시세에 따라서 새 방침도 취하고 새 공장까지 지은 것은 여러분이 보는 바와 같습니다. 이런 방침이 서지 않고는 회사가 유지해 갈 수 없고 회사가 유지해 갈 수 없으면 여러분에게도 그만한 불행이 올 거 아닙니까?"

사장은 또 한번 기침을 하고,

"에…… 그런 데 대해서…… 세상은 흔히 옳은 일을 비방하고 역선

전하는 수가 많은데 여러분도 혹시 그런 풍문에 미…… 미혹되지나 않 었는지. 그래서 혹시…… 경…… *경거에 나오지 않었는지. 에…… 물 론 그럴 리는 없겠지만 좀더 회사를 밀어 주고 각자 신중히 몸을 가져 주기 바라는 바요. 공연히 근거 없는 말에 미혹돼서 제 몸을 그르치는 수가 많으니까…… 한 말로 그치자면 각자 제 몸을 근신하는 것이 제 몸을 지키는 유일한 방법인 줄 아오……."

경거(輕擧)
경솔하게 행동함. 혹은 그런 행동.

사장이 잠시 말을 끊자 뒤미처 서무과장의 소리가 들려 왔다. 그는 평 소 전무의 자리를 엿보고 있느니만큼 이번이 그 야심을 이룰 한 기회인 것같이 선손을 써서 한몫 메고 나서려는 것을 경재는 곧 알 수 있었다.

"즉, 사장의 말씀은 이렇습니다. 회사로서는 종전이나 별다른 일이 없는 터이니 따라서 여러분의 진정서(그는 일부러 이렇게 불렀다)에 씌인 것 같은 일도 아직…… 전연 없는 사실이란 말요. 하니까 일언이 폐지하면 그런 일이 없는 이상 그러한 진정도 자연…… 전부 의……미 없는 것이 되지 않을 수 없단 말요."

서무과장이 이렇게 끊어 말하자 저편에서 곧 누가 무슨 말을 하는 모양이나 그것은 응접실 안켠인 관계로 잘 들리지 않았다.

그때부터 경재의 가슴은 다시 또 뛰기 시작하였다. 무슨 소린지 똑 똑히 엿들으려고 하면 할수록 심장의 고동은 높아 간다.

응접실에서 오고 가는 말이 한참 실히 무겁게 계속되고 있으나 무슨 의미인지는 분명히 알 수 없었다.

그럴 때 뛰어나게 높고 우렁찬 소리가 무중 들려 왔다…….

"최고의 책임자가 말씀하시오…… 사장이 직접 말씀하란 말이오."

귀밑으로 서릿바람이 쓱 스쳐 지나가는 것을 경재는 느꼈다.

그것은 어김없이 준식의 소리였다. 뒤미처 야무진 이야기의 부르짖음이 들려 올 것만 같이 경재에게는 생각되었다.

그것은 견딜 수 없는 생각이었다. 가슴은 몹시 뛰었다.

높은 발소리가 낭하를 탕탕 울리며 지나 나갈 때까지 그는 정신을 수습하지 못하였다.

그날 황혼…… 숨소리 꺼진 우중충한 큰 회사를 걸어나오는 경재의 앞은 더한층 컴컴해졌다.

『황혼』, 영창서관, 1940.

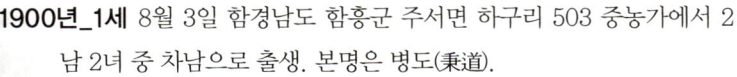

1900년_1세 8월 3일 함경남도 함흥군 주서면 하구리 503 중농가에서 2남 2녀 중 차남으로 출생. 본명은 병도(秉道).

1915년_16세 함흥 보통학교 졸업. 4월 경성고보에 입학.

1918년_19세 4월 경성고보 중퇴하고 함흥고보로 전학, 졸업.

1919년_20세 형을 따라 북경에 가서 익지 영어학교에 입학함. 이때부터 사회과학 공부를 시작함.

1920년_21세 겨울 귀국.

1921년_22세 봄 동경으로 유학, 니혼대학(日本大學)에서 사회과학을 공부함.

1923년_24세 귀국.

1924년_25세 북청에 있는 사립 대성중학교 강사로 재직.

1925년_26세 이광수의 추천으로 『조선문단』에 「그날 밤」(1월) 발표.

1926년_27세 봄 부친이 타계. 만주 무순으로 이주. 평론 「프로예술의 선언」(《동아일보》, 11. 6)을 발표.

1927년_28세 1월 귀국하여 카프 재조직에 참여. 이때 「계급대립과 계급문학」(3월)이란 글을 『조선지광』에 발표하면서 본격적인 이론가로

등장. 소설 「그릇된 동경」 ≪동아일보≫, 2. 1~10.), 「그 전후」(『조선지광』, 5월), 「뒷걸음질」(『조선지광』, 8월)을 발표.

1928년_29세 김화산을 비롯한 무정부주의자들과 논쟁함. 함흥에서 조선일보 지국을 경영. 소설 「홍수」(≪동아일보≫, 1. 2~6.)를 발표. 소설 「합숙소의 밤」(『조선지광』, 1월)과 평론 「문예운동의 실천적 근거」(『조선지광』, 2월)를 발표.

1929년_30세 「과도기」(『조선지광』, 4월)와 속편 「씨름」(『조선지광』, 8월) 발표.

1930년_31세 잡지사 조선지광사에 입사, 동사에서 발간하는 『신계단』 편집을 맡음.

1932년_33세 ≪조선일보≫ 함남 특파원으로 파견되었다가 나중에 본사로 소환되어 학예부장을 맡음. 사내의 진보파와 보수파 사이의 싸움에서 사장 편에 붙은 배신한 사람을 폭행하여 퇴사. 이 시기의 경험을 「세로」(『춘추』, 4월)에서 작품화.

1934년_35세 카프 사건으로 전주 감옥에 수감됨.

1935년_36세 12월 석방됨. 함흥으로 돌아와 인쇄소 경영.

1936년_37세 첫 장편소설 『황혼』을 ≪조선일보≫에 8개월여에 걸쳐 연재(2. 5~10. 28).

1937년_38세 「조선문학의 새 방향」(≪조선일보≫, 1. 1~8.)를 필두로 다수의 평론 발표. 「홍수」의 2부인 「부역」(≪조선문학≫, 6월)을 발표. 「청춘기」(≪동아일보≫, 6. 8~11. 29)를 연재.

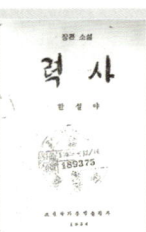

1938년_39세 인쇄소를 그만두고 동명극장 경영.

1939년_40세 첫 소설집 『청춘기』(중앙인서관) 간행. 「귀향」(『야담』, 2.~7.)을 연재. 전향자의 좌절과 현실적응 노력을 그린 소설 「이녕」(『문장』, 5월)을 발표.

1940년_41세 임화, 김남천, 안막 등과 더불어 국민총력조선인연맹과 조선문인보국회에 가담함. 『귀향』(영창서관)과 『황혼』(영창서관)이 단행본으로 간행됨. 한말 전환기를 그린 장편소설 『탑』(≪매일신보≫, 8. 1~41. 2. 14.)을 연재함.

1941년_42세 『초향』(박문서관)과 『한설야단편선』(박문서관)이 간행됨.

1942년_43세 『탑』(매일신보사)이 간행됨.

1943년_44세 7월 문석준과 관련하여 보안법 위반으로 투옥.

1944년_45세 5월 출옥.

1945년_46세 이기영, 송영 등과 함께 9월에 조선프롤레타리아예술연맹 조직 결성을 주도함. 기관지 『예술운동』을 발행하면서 임화가 이끈 조선문학건설본부의 『문화전선』과 경쟁을 벌임. '문교(文敎)'에 관한 일을 함. 12월에 김일성을 만남.

1946년_47세 2월 조선프롤레타리아예술연맹 함남지부장을 맡음. 3월 북조선예술총연맹 위원장을, 6월에 ≪함남인민보≫ 사장을 맡음. 7월에 북조선 민전 17인 위원 중의 하나로, 8월에는 북로당 주석단 31인 중의 한 사람으로 선임됨. 북로당 중앙본부 집행부 문

화부 책임자로 일함.

1947년_48세 2월 북조선인민위원회 교육국장 역임. 7~9월 소련 여행. 북조선인민회의 대
의원 맡음.

1949년_50세 북조선문학예술총동맹 3차 대회에서 위원장으로 피선. 최고인민회의 대의원
이 됨.

1951년_52세 3월 15일 어머니 타계. 조선문학가동맹과 북조선문학예술가동맹이 통합되어
창설된 조선문학가총동맹의 위원장이 됨. 6월 『승냥이』(조선작가동맹출판사) 발간.

1952년_53세 6·25전쟁을 다룬 소설 『대동강』(≪로동신문≫, 4. 23~29.) 연재.

1953년_54세 김일성의 항일투쟁을 형상화한 「력사」(≪로동신문≫, 4~7.)를 연재함.

1954년_55세 장편 『력사』(조선작가동맹출판사) 발간.

1955년_56세 3월 『황혼』(조선작가동맹출판사) 재간행. 6월 『대동강』(조선작가동맹출판사)
발간. 7월 김일성의 어린 시절을 다룬 아동소설 『만경대』(민주청년사) 출간.

1956년_57세 7월 적색 농조를 다룬 『설봉산』(조선작가동맹출판사)을 발표. 10월 『탑』(조선
작가동맹출판사) 재간행.

1957년_58세 8월부터 58년 9월까지 교육성과 문화선전성이 합쳐진 교육문화성에서 교육
문화상 맡음. 7월 『청춘기』(조선작가동맹출판사) 재간.

1960년_61세 9월 9일 『력사』로 『두만강』의 작가 이기영과 함께 인민상 수상. 최고인민회의
　　　　　 상임위원회 부위원장, 조선평화옹호 전국민족위원회 위원장, 세계평화이사회 이사직
　　　　　 등 역임.

1962년_63세 10월경 숙청됨.

1976년_77세 사망.

『황혼』의 창작방법론과 '주체성'의 문제

서 경 석 (한양대학교)

1. 작가에 대하여

한설야(본명은 한병도)는 1900년, 함경남도 함흥에서 태어났다. 함흥 일대는 바닷가에 연한 지방이라서 일찍부터 공업이 발전하고 간첩사업도 활발히 진행되던 곳이다. 이곳에서 성장하면서 작가는 간척사업이나 공업에 종사하던 사람들의 모습을 관찰할 수 있었는데 이런 경험이 그의 작품 활동에 밑거름이 되었다.

아버지는 한씨 집성촌의 지도자급 인사였는데 특히 동무 이제마의 제자여서 그의 사상의학을 전수받았다고 전해지고 있다. 한설야의 작품 「탑」에서 잘 묘사되고 있듯이 한설야의 아버지는 한설야의 삶의 궤적에 큰 그림자를 드리우고 있는 존재이다. 한설야의 형 한병무는 한설야가 함흥법전에 재학할 당시 그를 북경으로 데리고 간 장본인인데 아직 자료상으로는 어떤 인물인지 확인되지 않고 있다.

한설야는 이곳 함흥에서 보통학교(초등학교)를 졸업하고 서울에 와서 경성 고등보통학교(중학교)를 다니다 다시 함흥 고등보통학교로 전학, 그곳에서 졸업했다. 1919년에 함흥 법전에 진학한 후 형과 함께 북경으로 가서 여러 조선인들과 교유한 것으로 추측된다. 당시 북경은 3·1운동의 영향 등으로 5·4운동이 일어났었고 조선의 독립 운동가들이 많이 활동하던 곳이라 이곳 생활은 그의 사고에 큰 영향을 미쳤을 것으로 짐작된다. 이 시기의 경험은 후에 북한에서 쓴 「열풍」에 그려져 있다.

한설야는 1925년, 춘원 이광수의 추천으로 『조선문단』에 「그날 밤」이라는 작품을 발표하였다. 『조선문단』은 당시 빈곤을 주제로 작품 활동을 하던 신경향파와는 대립하던 문인들이 활동하던 잡지여서 그가 이 잡지로 등단했던 당시에는 아직 프롤레타리아 문학에 대한 인식이 뚜렷했다고 말하기는 어렵다.

그가 공개적인 글에서 프롤레타리아 문학을 지지하고 나선 때는 「프로예술의 선언」을 ≪동아일보≫에 발표했던 1926년 11월이다. 1926년은 한설야의 부친이 사망하고 집안이 기울어 만주 무순으로 모든 가족이 이주했던 때이다. 무순은 대규모 탄광이 개발된 광업 도시로 이곳에서의 생활은 한설야의 작품 활동에 상당한 영향을 미쳤다. 탄광노동자의 세계나 만주 이주농민의 세계를 체험할 수 있었기 때문이다. 다음해 고향으로 귀향하면서 고향의 변화를 실감하고 이 경험을 바탕으로 작품 「과도기」를 1929년 발표하게 되는데 이 작품은 그의 대표작으로 남아 있다.

한설야는 1927년부터 프롤레타리아 문학자로서 본격적인 활동을 시작한다. 잡지사 편집자나 신문사 기자 등으로 활동하기도 했지만 주로 고향에서 작품이나 평론 활동에 매진했다. 단편소설과 희곡 작품 등을 창작하고 비평문도 쓰지만 어떤 문학을 건설해야하는가 하는 문학이념에 관한 글이나 민족주의 문학을 비판하는 글, 그리고 특히 사회주의 운동세력의 운동방향에 대한 글들을 많이 발표하였고 내외적으로 벌어진 많은 논쟁에도 적극적으로 참여하였다. 이런 활동으로 인하여 그는 1934년 카프사건(프롤레타리아 문화인들을 23명을 검거한 사건)에 연루되어 투옥되었다. 집행유예로 이듬해 12월에 석방된 후 매우 정력적으로 창작활동에 매진한다. 석방 뒤 직후인 1936년 2월, 그는 자신의 첫 장편소설 「황혼」을 ≪조선일보≫에 연재한다. 해방 이전인 1943년에는 문석준 사건에 연루되어 보안법 위반으로 투옥되어 1944년 5월 출옥한다. 해방 후에는 북한에서 활동하며 북한문학의 발전에 기여하였고 1962년 모종의 사건으로 전 직책을 박탈당했지만 2002년 복권되었다. 1976년 사망했다.

2. 「황혼」에 대하여

2.1

한설야의 「황혼」은 「조선일보」에 1936년 2월 5일부터 10월 28일까지 205회에 걸쳐 연재된 장편소설이다. '황혼'이라는 어휘는 말 그대로 '종말에 이르는 상태'를 의미한다. 자본가와 부르주아 지식인들의 종말과 새로운 노동자 세력의 부상이라는 의미를 함축하고 있다. 여기에 빛을 잃고 기울어가는 세력은 자본가들인 안중서와 김재당, 그리고 인텔리이지만 노동계급 편에 서지 못하고 현실과 타협하는 김경재 등이며 부상하는 세력을 대표하는 것이 준식과 그의 공장 동료들, 그리고 노동자 편에 가담하는 여순, 형철 등이다.

제목에서 암시하듯이 한설야는 세계를 임금 노동과 자본이 대립하는 구조로 보았다. 따라서 세상 사람들을 분류하는 방식도 노동자와 이들의 노동을 통해서 이윤을 얻는 자본가로 분류한다. 한설야가 마르크스주의에 관한 서적들을 탐독했으며 프롤레타리아 문학운동 조직에 가담하여 사회주의 문화운동에도 적극적이었음을 염두에 둔다면, 이러한 시각은 당연한 것이었다. 또한 이러한 사상적 경향은 1930년대 중반 조선의 지적 풍토에서는 이미 익숙한 것이었다.

그는 자본가들의 세상은 점차 기울어가고 노동자들의 '건강한 세상'이 올 것이라고 확신한다. 그러나 현재에는 자본가들이 초과이윤을 확보하기 위해 노동자들을 탄압하고 해고하며 열악한 노동환경 속으로 몰아넣고 있다고 생각했다. 따라서 노동자들은 단결하여 이에 저항한다면 노동자들의 세상이 더 빨리 오리라는 신념이 있었다. 이 작품에서 중심 모티프가 되고 있는 산업합리화 반대투쟁은 이런 노동자들의 노력의 표현이었다.

한설야는 『황혼』의 작품구조를 이러한 자신의 생각에 기초하여 구성한다. 노동자들의 단결된 투쟁과 자본가들의 옳지 못한 여러 행태를 그려나가고 한편으로 지식인들이 어느 쪽에 서는가를 보여줌으로써 어느 쪽이 역사의 올바른 방향인가를 제시하려 했다.

2.2

간략하게 이 작품의 인물과 내용의 구성을 살펴보자.

이 작품은 1930년대 조선사회를 자본가계급과 노동자계급이 대립하는 사회로 보았다. 자본가를 대표하는 인물은 안중서와 김재당이다. 안중서는 신흥 자본가로 광산업에 진출하여 부자가 되어 김재당의 Y방직회사도 인수한 인물이다. 일제 식민지 정책에 대단히 협조적이며 상공시찰단에 끼어 일본 산업계를 시찰하고부터는 일본처럼 조선도 산업합리화 정책을 추진해야 한다고 생각하고 임금을 낮추거나 해고하고 혹은 노동시간을 연장하는 등의 조치를 내린다. 이를 계기로 하여 노동자들이 산업합리화 반대투쟁에 나서게 되는데 그 투쟁에 더욱 정당성을 부여하는 맥락은 그의 인간적 품성 때문이다. 그는 도덕적 결함을 지니고 있다. 그는 여비서인 여순을 유혹하여 성폭행을 시도하고 정님을 농락한다. 안중서라는 인물형은 이익을 추구하는 데에는 조금의 양보도 없으며 도덕적으로도 타락한 자본가의 전형이다.

김재당은 한때 Y방직회사 사장을 지내며 부를 누려왔으나 시대에 효과적으로 대응하지 못하고 회사가 파산하자 이를 만회하기위해 갖은 노력을 기울이는 몰락한 자본가이다. 특히 아들 김경재가 여순과 사귀는 것에 반대하고 안중서의 딸 안현옥과 결혼하도록 강요하며 김경재가 안중서의 방직회사에 취직할 것을 끈질기게 권유한다.

이 작품에는 노동자들이 많이 등장한다. 준식, 학수, 낙범, 기태, 분이, 복술이, 동필 등이 그들이다. 이들은 준식과 같은 '선진적' 노동자, 즉 노동운동의 필요성을 미리 인식하고 있고 노동자 모임을 조직하여 노동자들로 하여금 노동운동으로 나아가도록 지도할 능력이 있는 존재와 결합하여 산업합리화 반대투쟁의 대열에 합류한다.

이 두 계급의 중간에 끼어있는 존재들이 바로 여순, 경재, 형철 등이다. 이 인물들은 이 작품에서 주인공에 해당하는데 이들이 어떤 길을 선택하는가를 그리는 것이 이 작품의 내용전개의 핵심이기 때문이다.

여순은 조실부모하고 시골에서 사립학교를 졸업한 후 서울의 S여학교에 다녔다. 졸업반 시절 김재당 집에 가정교사로 있었으며 김경재의 소개로 S방직회사 사장 안중서의 여비서가 된다. 경재와는 연인관계를 맺지만 그러나 경재를 안중서의 딸 안현옥과 결혼시키려 하는 김재당의 반대와, 우유부단하게 처신하는 경재의 모습, 그리고 안중서의 성적 농락을 경험하면서 노동자의 길을 선택하게 되고 건강진단 반대투쟁에 적극 참여하는 인물로 변화하며 초등학교 동창인 준식과도 연인처럼 지내게 된다.

김경재는 와세다 대학 정치과 출신으로 급진적 사상을 지니고 있었던 인물이다. 안중서의 딸 안현옥의 약혼자이지만 그녀의 성향에 혐오감을 느끼며 여순을 연모하게 된다. 그러나 이 둘 사이에서 과감한 결단을 내리지 못할 뿐 아니라 아버지의 몰락과 함께 현실적인 압력을 느끼게 되어 한때 지니고 있던 급진적 사상을 실행하지 못하는 무기력한 인물로 전락하고 만다. 동경유학 시절의 친구인 인텔리 형철이 Y방직공장 노동자로 취직하여 건강한 노동자로 살아가는데 비하여 그는 생각을 실천하지 못하고 주저하다가 노동자 세계에 합류하지 못하고 결과적으로 그 반대편에 서게 되는, '어두워가는 황혼에 서게 된' 인물이다.

이상의 검토에서 알 수 있듯이 이 작품은 전반부에는 자본가 계급의 야비하고 타락한 삶을 그려나가고 후반부에는 이에 대항하는 노동자 계급의 삶을 그렸으며, 전, 후반에 걸쳐 이 대립하는 계급 사이에 낀 인텔리들이 어떤 계급에 동참하여 역사발전의 길로 혹은 그 역사발전에 거스르는 길로 가는가를 그린 것이다.

2.3

『황혼』은 작가의 의도가 분명히 그리고 투명하게 제시된 작품이다. 이런 작품들을 읽고 그 주제를 파악하는 일은 어렵지 않다. 그런데 이러한 작가의 세계관의 투명한 재현이 작품의 설득력이나 작품의 진실성에 도움을 주느냐의 문제는 별도로 논의해보아야 한다.

당시 문단에서는 이 『황혼』에 대해 대개 두 가지 방향의 반응이 있었다. 첫째로는 이 작품의 인물들이 살아있는 인물이 되지 못하고 있다는 비판이다. 준식이라는 인물이 그런 건강한 인물로 변화하게 되는 복잡한 과정이 형상화되어 있지 않을 뿐 아니라 여순이 노동자로 변신하는 내면적 인식이나 과정이 충분하지 못해서 설득력이 떨어진다는 지적이다. 비평가 임화의 이러한 비판은 일견 일리가 있다.

작품이 독자를 설득하기 위해서는 어떤 인물이 변화하는 현실적 상황을, '실감'이 있되 당대의 역사현실에 부합하게 제시하고, 그를 통해 인물이 자연스럽게 변화하는 과정을 그려야 한다. 그럼에도 여순이나 준식의 경우는 이러한 과정이 극히 빈약하다는 지적이다. 이 작품의 주제를 전달하는 핵심적인 두 인물의 설득력이 떨어질 경우, 작품 전체가 좋은 평가를 받지 못하게 된다.

둘째로는 김남천의 지적이다. 『황혼』을 두고 지적한 내용은 아니지만 관련이 없는 것은 아니다. 그에 의하면 한설야의 작품은 6, 7년 전의 방법이나 수법을 그대로 쓰고 있어서 정체되어 있는 작가라는 것이다. 세상이 바뀌었는데 작가의 세상을 보는 안목이 바뀌지 않았다는 지적이다. 한설야의 1938년 작품 「산촌」을 두고 내린 비판이지만 한설야의 작품 경향에 대한 당시 비판의 방향을 읽을 수 있어 도움이 된다.

임화와 김남천의 이런 언급은 몇 가지 의미심장한 내용을 함축하고 있었다. 가장 중요한 것은, 여순과 같은 인물이 당대의 실제 현실에서 출현할 수 있느냐, 거의 불가능하지 않은가, 라는 생각이 내재되어 있다는 점이다. 현실적으로 존재할 수 없는 인물이 작품에 그려진다면 그것이 설득력을 지닐 수 있는가. 문학작품이 상상력의 소산이며 허구라는 입장에서 본다면야 별로 문제될 것이 없지만 한설야나 임화, 김남천 등은 이런 입장의 소유자들이 물론 아니었다. 따라서 핵심은 현실적으로 이런 인물이 존재할 수 있는 정황인가일 터이다.

이 문제를 풀어보기 위해서는 한설야의 언급을 잠시 참고할 필요가 있다. 한설야는 1939년에 쓴 「'황혼'의 여순」이라는 글에서 이렇게 말한다.

은희(한설야의 작품 『청춘기』의 주인공)는 끝까지 소시민층의 한 사람으로 교양 있는 사람들의 그 길을 자신의 길로 하였지만 여순은 스스로 그 길은 취하지 않고 그보다 훨씬 고난에 찬 지하도를 자기의 길로 택하였다. 그것은 보통사람이 취하지 않는 길이지만 그러나 여순은 그것이 명일의 보통 인간이 취할 길인 것을 잘 알았기 때문이다.[—중략, 인용자] 산다는 것은 환경과 타협하거나 또 환경에 추수해서만 가능한 것이 아니라 환경과 싸우는 데에도 있을 수 있다고 믿기 때문이다. 아니 도리어 살아갈 수 없을 만큼 거칠고 사나운 환경에 있어서는 싸우는 그것만이 오직 생이다.

이 글을 살펴보면 여순이라는 인물이 그런 변화를 선택한 이유는 현재에는 그 근거가 없지만 미래에는 있을 것이라는 신념과 확신 때문이라는 것이다. 그리하여 현재의 현실 가운데에는 그 여순 같이 변화하는 인물의 현실적 근거를 발견할 수 없어서 그녀가 '지하 도'의 세계에 고립되어 있지만, 자기의 신념을 지키며 싸워나간다면 미래에는 여러 명의 '여순'의 가능성을 발견할 수 있다고 지적한다. 한설야의 이러한 언급에서 특히 주목되는 점은 '명일의 보통 인간이 취할 길'이라는 신념체계이다. 지금은 그 길이 보이지 않지만 명일에는 존재할 것이라는 그 신념, 이것은 한설야 작품세계만이 지니는 독특한 특성이 다. 한설야의 이런 특성은 그가 후에 쓴 「지하실의 수기」에서 분명히 표명된다.

> 내게는 이 지하실을 뚫고 나갈 수 없는 것이……아니 그보다 분명 이 지하실을 뚫고 나가야 할 또는 나가는 일련의 인간군이 보이지 않는 것이 무엇보다 더 답답하다. 응 당 있어야 할 그것을 찾지 못하고 또 그 속에서 몸을 재치지 못하는 것이다. 그러기 때 문에 이 눈먼 지하실의 주인공은 언제나 불행한 것이다. 허나 이 지하실의 주인공은 때로 피나게 어두운 눈을 비벼 대고 팔다리를 허둥댄다. 무엇을 찾고 싶은 것이다. 여 기에는 다만 피와 호흡과 맥박의 순간뿐이다. 이것만이 멈춰지지 말지어다. 세기의 눈 과 수레가 의외로 손 가까운 한줌의 흙 속에 어둠 속에 있을지도 모르는 것이다.

현실 속에서 자신이 그리고 자신의 주인공이 살아 숨쉴 현실을 찾을 수 없을지라도 신 념을 잃지 않고 지하실에서라도 기다리고자 한다는 의지가 보인다. 이러한 신념은 그의 작품 『황혼』을 구성하는 기본적인 전제이다. 먼저 신념과 사상이 있고 그것을 실현하는 방법의 하나로 작품을 쓰고 그 사상을 실천하는 인물을 등장시켜 현실과 싸우게 하는 방식이다.

『황혼』에서 이러한 방법은 쉽게 확인할 수 있다. 여순이가 활동하고 있는 공장을 살펴보면 알 수 있다. 작가가 과거 경향소설을 작가가 쓸 당시에 포착했던 세계가 그대로 여순의 삶에 배경이 되어있는 것이다. 가령 『황혼』의 줄거리 가운데 직공 학수가 부상당하며 벌어지는 일은 「교차로」를 연상시키며 『황혼』의 「암투」편에서 경재가 여순에게 이야기해 주던 친구 박형철의 이야기는 「사방공사」와 「과도기」의 내용을 그대로 옮겨 놓은 것이다. 따라서 이 공장 공간은 실상 여순이라는 인물을 살려내기 위해 관념적으로 설정된 것이라 할 수 있다. 왜냐하면 공장노동자의 삶과 그들의 열악한 노동환경이 체험과 관찰의 재구성을 통해 구체적으로 실감 있게 묘사된 것이 아니기 때문이다. 이는 준식이라는 인물의 구체적 묘사가 부족하다고 비판받던 맥락과도 관련된다.

중요한 것은 여순이라는 인물이며 이 인물이 지니고 있는 강력한 주체성이지 현실의 생생한 형상화에 있는 것이 아니다. 이것이 한설야 작품 창작의 중요한 방법론이라 판단된다.

한설야의 이러한 입장을 이해한다면 임화의 입장과는 정반대에 놓여있음을 눈치챌 수 있다. 즉 임화는 현실의 변화 가능성이 미미하면 그 미미한 원인을 밝히자는 쪽이다. 즉 당대의 프롤레타리아 운동의 힘을 발휘하지 못하고 침체되어 있다면 '그 원인을 내부에서 밝혀 그것을 정확히 진단해야 한다'는 입장이라면 한설야의 경우는 침체되어 있어도 '정신차리고 계속 노력하면 결국 성공한다'라는 입장이다.

다시 원점으로 돌아가 어느 쪽이 작품의 설득력에 공헌하는가 하는 측면에서 논의해보자. 작품의 설득력은 작품이 전형적인 정황에서 전형적인 인물을 제대로 확보하고 있는가에 의해 결정된다. 이 측면에서 바라보자면 『황혼』은 이에 미달한 작품이다. 그러나 이 작품이 결코 가볍지 않은 가치를 지니고 있음도 부인할 수 없다. 그것은 그 선명한 주체성의 강조 때문이다. 한설야가 북한 문학의 건설기에 강력한 지도력을 행사하여 북한문학의 구도를 만들어나갔음을 고려한다면, 북한문학의 특징이라 할 수 있는 그 주체적 속성은 이 『황혼』의 전통과도 연관이 있을 수 있겠다.